当代文学史研究丛书

程光炜 主编

张均 著

中国当代文学报刊研究
（1949—1976）

北京大学出版社
PEKING UNIVERSITY PRESS

图书在版编目(CIP)数据

中国当代文学报刊研究. 1949—1976 / 张均著. —北京：北京大学出版社，2022.7
（当代文学史研究丛书）
ISBN 978-7-301-33093-7

Ⅰ. ①中… Ⅱ. ①张… Ⅲ. ①中国文学—当代文学—报刊—研究—1949—1976 Ⅳ. ①I209.7 ②G219.297

中国版本图书馆 CIP 数据核字(2022)第 108081 号

书　　名	中国当代文学报刊研究（1949—1976）	
	ZHONGGUO DANGDAI WENXUE BAOKAN YANJIU（1949—1976）	
著作责任者	张　均　著	
责 任 编 辑	延城城	
标 准 书 号	ISBN 978-7-301-33093-7	
出 版 发 行	北京大学出版社	
地　　址	北京市海淀区成府路 205 号　100871	
网　　址	http://www.pup.cn　新浪微博：@北京大学出版社	
电 子 信 箱	pkuwsz@126.com	
电　　话	邮购部 010-62752015　发行部 010-62750672　编辑部 010-62767065	
印 刷 者	三河市北燕印装有限公司	
经 销 者	新华书店	
	650mm×980mm　16 开本　41.5 印张　580 千字	
	2022 年 7 月第 1 版　2022 年 7 月第 1 次印刷	
定　　价	139.00 元	

未经许可，不得以任何方式复制或抄袭本书之部分或全部内容。
版权所有，侵权必究
举报电话：010-62752024　电子信箱：fd@pup.pku.edu.cn
图书如有印装质量问题，请与出版部联系，电话：010-62756370

目 录

序/於可训 …………………………………………………… 1

前言　当代文学报刊研究的方法论反思 ………………… 1

第1章　《文艺生活》(1950.1—1950.6) …………… 19

　《文艺生活》的复刊、新生与停刊 ……………………… 21

第2章　《小说》月刊(1948.7—1952.1) ……………… 37

　《小说》月刊的复刊、停刊及其他 ……………………… 39

第3章　《天津日报》"文艺周刊"(1949.3—　) ……… 61

　"老解放区文艺"的新风格
　　——兼议布衣孙犁的办刊之道 ………………………… 63

第4章　《文艺报》(1949.10—1966.5) ……………… 85

　"有力"人物的"争夺战"
　　——《文艺报》人事纠葛及编辑理念之演变 ………… 87

　"新英雄人物讨论"的前前后后
　　——《文艺报》与当代文学"竞争的信息" …………… 109

　"新的人民的文艺"意味着什么？
　　——《文艺报》与当代文学的形成 …………………… 128

第 5 章 《大众诗歌》(1950.1—1950.12) ………… 149

    同人刊物的大众化转换
        ——从《诗号角》到《大众诗歌》 ………………… 151

第 6 章 《说说唱唱》(1950.1—1955.3) ………… 167

    赵树理与《说说唱唱》杂志的始终
        ——兼谈旧文艺现代化的途径与可能 …………… 169
    王亚平与《说说唱唱》的改版及停刊 ……………… 193

第 7 章 《文艺》月刊(1950.1—1951.12) ………… 211

    "列宁的文艺原则"是否可以"坚持"?
        ——南京《文艺》月刊的创刊与停刊 …………… 213

第 8 章 《光明日报》"文学评论"双周刊(1950.2—1951.11) ……… 231

    "新现实主义"和文艺界的"华东系统"
        ——1950—1951 年间的《光明日报》"文学评论"双周刊 ……… 233
    "文学评论"双周刊与《文艺报》的是是非非 …………… 251

第 9 章 《新观察》(1950.7—1960.7) ………… 273

    一份杂志和一种文体
        ——《新观察》与"杂文的复活" …………… 275

第 10 章 《文艺月报》(1953.1—1959.10) ………… 295

    胡风派与《文艺月报》的始终 ………………… 297
    《文艺月报》的内部问题及其停刊 ……………… 316

第 11 章 《文艺学习》(1954.3—1957.12) ········· 335

塑造"人民"的可能与限度
　　——论《文艺学习》与当代文学读者的复杂关系 ········· 337

第 12 章 《光明日报》"文艺生活"周刊(1954.4—1957.4) ········· 359

召唤知识分子的文学空间
　　——"文艺生活"周刊与当代文学的版图重构 ········· 361
重建文学批评的美学分析 ········· 377
"文艺生活"周刊的新诗、旧诗论辩 ········· 391

第 13 章 《文汇报》"笔会"副刊(1956.10.1—) ········· 407

"盛世遗民"与文人文章 ········· 409
文学的"对台戏"如何开唱?
　　——论《文汇报》"笔会"副刊的文艺批评 ········· 426
"笔会"副刊的"杂文复兴"论争 ········· 445

第 14 章 《诗刊》(1957.1—1964.12) ········· 461

臧克家与《诗刊》的"同人刊物"问题 ········· 463
《诗刊》与新诗"传统"的重塑 ········· 483

第 15 章 《星星》(1957.1—1960.10) ········· 497

"《星星》诗案"与《星星》诗刊 ········· 499
从"诗歌下放"到"新诗的道路"
　　——《星星》诗刊 1958—1959 年的新诗大辩论 ········· 518

第 16 章 《收获》(1957.7—1960.10,1964.1—1966.5) ………… 539

"同人刊物"是怎样生存的
　　——论《收获》杂志之于当代文学的启示价值 ……… 541

第 17 章 《朝霞》(1974.1—1976.9) ……………………………… 559

《朝霞》与上海市委写作组关系考 ………………………… 561
怎样克服"无产阶级文艺"的焦虑?
　　——《朝霞》杂志与社会主义文学的危机应对 ……… 578

结论　文学报刊与当代文学之关系 …………………………… 597

当代文学报刊的"四重面孔" ……………………………… 599
报刊体制与当代文学的发生及展开 ……………………… 619

参考文献 …………………………………………………………… 643

后　记 ……………………………………………………………… 649

序

　　张均教授近年著述颇丰,继《中国当代文学制度研究(1949—1976)》之后,又有《中国当代文学报刊研究(1949—1976)》即将出版。后者的研究是对前者的细化,同时也是对前者的拓展和深化,称之为姊妹篇亦可。我曾为他的前一部专著写过一篇序,有些话题实际上已涉及这部专著的研究,只是限于篇幅,未及尽言。既然如此,那就趁他这部专著的出版,接着再说下去。

　　我在上一篇序中说:从制度的视角研究文学,有广义和狭义之分。广义的文学制度研究,是从今天的文学制度中,抽取出一些单项元素,如管理、出版、传播、接受乃至教育、社团、期刊、稿酬等,用以研究既往时代的文学或别一国度的文学,以说明其所受这些制度因素的影响。狭义的制度研究,面对的则是文学制度的全体,或者说是一个已经完形的制度。张均的这部专著,显然是属于广义的制度研究范畴。在我所列广义制度研究各项中,文学报刊研究一如文学出版研究,是文学制度研究中一项具有特殊重要意义的研究。

　　文学报刊研究的重要性,就在于从文学产品的生产到消费的过程中,文学作品的发表和出版,处于一个不可或缺的中间环节和中介位置。这个中间环节和中介位置,在经济学术语中叫流通,在近年流行的文学研究术语中,就是从新闻传播学借用过来的一个名词,叫传播。有时也与接受连用,叫文学的传播与接受。

　　文学产品的流通与物质产品的流通不同,物质产品在流通的过程中,所提供的是一个相对固定的物质形态,以这种物化形态,直接进入商品交换。文学作为一种精神文化生产,其产品从生产到流通,却是一个动态的物化过程。一般说来,文学产品的生产,从作家的内在构思,到外化为一定的文学作品,要经历两个阶段的物化。初始阶段,是作家的书写过程,即把思维变为文字的过程。这个过程,虽然也为文学赋形,但并不直接进入流通领域,而是为进入流通领域提供一个可供进一步加工的原初形态(半成品)。经过发表和出版过程中的再度赋形,才成为相对定型的产品(成品)。这个成品的物质部分,包括附着其上的物化劳动,才作为商品进入流通领域,并由此发生传播和接受效应。一部(篇)文学作品的写作完成,并不意味着它的物化过程同时也已经完成,它还要经历编辑的选择、取用、编排、加工等一系列程序,才能最后定型。在这个最后阶段的物化程序中,一部(篇)文学作品是否被选择、取用,固然是该作能否被最后物化的前提条件,但怎样编排、加工,同样是该作如何被物化、最终呈现何种状态的一个决定性因素。在中国当代文学中,常见的情形是,一篇文学作品被安排在刊物的"头条"重点推出,或放置于一个引人注目的名栏中发表,就传播和接受的效应而言,要优于一般性的安排和发表。有时,一篇文学作品被编辑更名或作内容的调整与文字的加工,也会改变作品发表的面貌(物化形态)。书稿出版的情形,大体与之类似。

我们通常或许认为,这些都只是文学作品物化过程中的一些技术性问题或操作问题,与文学作品的价值和意义无关。殊不知,情况可能恰恰相反,这些长期以来被人们所轻视和忽略的问题,正是引起文学产品的价值增殖抑或耗损的重要因素。这是因为,文学产品和物质产品的价值实现,虽然都需要经过一个消费过程,并在这个消费过程中最后完成,但二者的消费方式却完全不同。物质产品的消费需要改变它的物化形态,否则,它只是"可能性"的产品,而不是"现实"的产品。马克思说:"一条铁路,如果没有通车、不被磨损、不被消费,它只是可能性的铁路,不是现实的铁路。""一件衣服由于穿的行为才现实地成为衣服;一间房屋无人居住,事实上就不成其为现实的房屋。"总之是,都要使它的物化形态发生改变。文学产品的消费恰恰相反,不但不会改变它的物化形态,还要使其物化形态尽可能地保持完整。文学作品的"原发"和"初版"之所以显得重要,原因正在于此。凡此种种,这些有关文学产品的物化和价值实现的问题,都与文学作品的发表和出版有关。文学作品的发表和出版,赋予文学作品以固定的物质形态,文学才得以以精神文化产品的方式,为人们所消费和接受,同时也以这种物化形态,发生它应有的社会作用。也只有在这个意义上,文学报刊研究才是"文学的",否则,就有可能是一种文化产业研究。

张均的当代文学报刊研究,有这种"文学的"意识和自觉,与那种流行的工作总结式的报刊研究,满足于对刊发作品的类型划分和数量统计不同,也与偏重于技术细节和操作规程的编辑学的报刊研究有别,张均的当代文学报刊研究,关注的主要问题是:由哪些人,用怎样的方式,如何造就了当代文学的一种独特的传播体制?这种传播体制又是通过怎样的一种运作机制,影响乃至主宰了当代文学从生产到消费的流通过程,进而影响了当代文学制度?张均采用这种方法,不是大而化之地宏观论述,而是作具体细致的个案分析。这种个案分析深入到他所选定的十余种报刊或长或短的存在历史内部,挖掘这些报刊起落沉浮背后各种政治权力的博弈,各种团体和个人力量的影响,从这种错综复杂的矛盾纠葛中,探讨当代作家的创作被选择取用、被编辑加工所物化赋形的各种可能性。我曾说张均人化了文学制度研究,或曰把文学制度研究还原成了人的研究,即构建制度、操作制度和被制度所构建、所操作的活生生的人的研究,这话同样适用于他的当代文学报刊研究。从文学制度研究到文学报刊研究,张均也把他的"人化"的文学研究,提升到了一个方法论的高度,成了他的文学研究活动一个识别度很高的标志。

就文学的"人学"属性而言,张均的这种"人化"的文学研究方法,可能更容易逼近文学的本质,但同时也增加了它的难度。与那种流行的也较轻松的理念化的、逻辑化的研究方法相比,这种研究方法的难度就在于,研究者需要面对众多"感性的""肉身的"、充满欲望的个体。那些在我们看来是"理所当然"(理念化的)或"顺理成章"(逻辑化的)的事,由于这些个体的加入,经由这些"实践主体"的运作,就可能变得纷纭繁复、扑朔迷离。通常我们会认为,这都是些无关紧要、无足轻重的人事纠纷,但这种人事纠纷只要与"历史的"活动相关联,就可能产生"历史性"的影响。而且这种影响还会因为这些个体的"历史性"存在,变得越来越复杂、越来越微妙。中国当代文学报刊起落沉浮的历史背后,就存在这种复杂微妙的人事。厘清这些复杂微妙的人事关系,于研究而言,能明其究竟,于研究者而言,则平添趣味。我喜欢这种"人味"很浓的有趣味的文学研究,唯愿张均能发扬而光大之。

是为序。

於可训
2020年7月8日写于深圳南山海滨

前　言
当代文学报刊研究的方法论反思

最近十多年，在中国现代文学报刊研究的影响下，中国当代文学报刊（1949—1976）研究开始起步，但整体而言还未引起学术界的真正重视。① 究其原因，当在两点：一、这一时期文学的"文学"价值未获广泛承认；二、研究者往往泥陷于某种方法误区。而对其"文学"价值的质疑，与方法迷误实亦纠缠甚深。那么，是怎样的方法迷误呢？对此，洪子诚曾有反省："处理这个时期的文学与政治现象时，十分容易构造一种'二元对立'的历史图景。比如把作家简单区分为'依附''奴性'的，与坚持'独立精神''反抗'的两类。又比如出现'官方'与'民间'，'主流意识形态'与'非主流意识形态'，'国家权力话语'与'个人话语'等'对立项'的概念"，"（这）对于我们深入地把握这一时期的文学，会带来很大的妨碍"。② 这类"二元对立"的描述方法其实源出于启蒙主义研究模式，它还可以更简洁地表述为"'政策'与'对策'的历史"以及党与"文学上持不同政见者"（Literary Dissent）的故事。③ 无疑，这类故事是改革开放四十多年来的文学史"常识"，它们怎么会给当代文学（报刊）研究带来"很大的妨

---

① 目前研究主要有《国家文学的想象和实践：以〈人民文学〉为中心的考察》（吴俊、郭战涛，上海古籍出版社，2007年）、《意识形态结构与中国当代文学——〈文艺报〉（1949—1989）研究》（武新军，中国社会科学出版社，2010年）、《民族文学的建构——以〈人民文学〉（1949—1966）为例》（袁向东，暨南大学出版社，2011年）等专著及少量研究生毕业论文。研究者中既缺乏有影响的"一线学者"，分析个案又过于集中在《人民文学》《文艺报》，与当时一百六十余种文学杂志（省市级以上）、一千余种报纸文学副刊的巨大规模很不相称。

② 赵园等：《20世纪40—70年代文学研究：问题与方法》，《中国现代文学研究丛刊》2004年第2期。

③ 《"文艺理论与通俗化：四〇—六〇年代"研讨会记录》，《中国文哲研究通讯》（台北）1996年第3期。

碍"呢？笔者以为,这中间是包含了比较复杂的客体化、抽象化等常常为人忽略的方法论问题的。在展开具体研究之前,有必要先结合已有的当代文学报刊研究对此予以恰当的辨析,并在国家/个人、主流/边缘等已成"常识"的启蒙主义研究框架之外,重新设置中国当代文学报刊研究的方法与问题。

一 启蒙叙述的双重误读

"二元对立"的启蒙叙述是当代文学报刊研究中的"公共知识",譬如,研究者已习惯于把报刊作者分为两类,"即顺应时变的主流作者与夹缝中生存的'另类'作者"①,把报刊研究定位在"考察国家意识形态是如何通过这一载体,对新的文学格局进行设置……以及媒体在体制化过程中所作出的反应"②。当然,这在很大程度上是符合事实的,但在整体意义上,它无疑包含着对当代文学(报刊)复杂性的忽略、删除甚至扭曲。为什么这样说呢？因为此类启蒙主义叙述对国家和个人存在着双重的误读。

启蒙主义对国家(社会主义政治及其文学)的误读可分为客体化、同质化两个方面,前者更为严重。那么,何为"客体化"？洪子诚实有述及:

> "外部"的、"启蒙主义"的方式……在确立一种普遍性的理论和法则的基础上,审察当代文学进程,评骘作家作品。这在推动文学观念和文学评价标准的更新上,起到重要作用。当然,它的限度和弱点,现在也有充分暴露。最重要之点,一是过分信任所确立的理论、法则的绝对普遍性,另一是对对象的"独立存在"缺乏足够的意识。③

所谓"客体化",即一种对象被解释者以外在于其自身的逻辑去解读、判

---

① 欧娟:《〈人民文学〉杂志与中国当代文学》,湖南师范大学 2009 年博士论文,第 1 页。
② 李迎春:《建国初期〈文艺报〉研究(1949—1957)》,河南大学 2006 年博士论文,i 页。
③ 洪子诚:《近年的当代文学史研究》,《郑州大学学报》(哲学社会科学版)2001 年第 2 期。

断,而其自身"独立存在"的逻辑却被"遗忘",并在事实上沦为被表述、被支配的客体。这种认识上的扭曲,是当下社会主义政治及其文学的真实遭遇。具言之,中国当代史(社会主义)主要不是在政权与知识分子的关系上展开的,但学界却以知识阶层特定的历史经验与现实认知作为依据,构造了中国当代史。尽管中国共产党最初发动革命的初心、新中国成立后的主要工作都不在于制造伤痕,但在不少知识分子讲述出来的历史(如"伤痕小说")中,新中国恰恰被误读、被窄化为伤痕记忆的载体。这种讲述当然有确凿的事实证据,但仅如此理解国家,无疑与社会主义自身的逻辑"擦肩而过"。那么,如果我们不把社会主义政治狭隘化为权力管制,它还有怎样的追求呢?这至少表现为两层:1. 它是革命知识分子帮助下层民众争取正义与权益的社会运动;2. 它是后发国家摆脱被奴役地位的现代化实践。作为与封建专制政权有绝然区别的发展性政权,社会主义的这两重诉求皆未完全达成预期的目标,但又确实取得了巨大的历史贡献,当然同时也存在因方法失误而导致的沉痛的历史教训。对此高度复杂的历史,海外观察者的评价比较平实:"从国家整体来看,它们与1949年相比是大大地改进了,对于一个资源有限的国家来说也是很了不起的。它使社会地位平等化,没收聚集起来的财富,并为被社会遗弃的人们提供最小收入和服务","提高了穷人、妇女、青年和某些少数民族的社会机遇和精神收益,同时也缩小了极富者和极贫者之间的差别。……另一方面,与社会革命相联系的政策和运动给许多中国公民,特别是那些被打成敌人的人们带来了严重的后果。新形式的社会分层开始产生,它将大批人口置于较低阶级的地位"。① 这种判断兼顾新社会的得失,但国内启蒙主义者只愿以知识阶层在新社会"向下翻身"的经历作为历史讲述的唯一标准,而对新政权在完整工业体系建设、农田水利建设、全民普及教育、农村医疗等方面的切实功绩缺乏必要的认识与认同。这种幸存者记忆和认同使有着"多重面孔"的社会主义政治被"改装"为单一的意识形态治理。

---

① 〔美〕詹姆斯·R. 汤森、布莱特利·沃马克:《中国政治》,顾速、董方译,南京:江苏人民出版社,2003年,第263页。

社会主义文学(报刊)被客体化为单一的国家意识形态机器也就不难想象,如下启蒙式判断可谓比比皆是:"(当时)文学的独立思想品质丧失,成为国家统治机器的重要组成部分","粗暴、单一的创作环境迫使作家们纷纷创作出了大同小异、千篇一律的'概念作品',作品人物的语言是纯粹的墙体标语"①。这类观点与孙犁、赵树理、柳青、茹志鹃、李準等大批作家的创作实践并不相符,但它们无疑切合当前语境。对此,程光炜结合"改革开放"语境予以解释:"当前'十七年文学'研究里被巧妙安装了80年代的'新启蒙编码'",因为"改革开放""这种叙述需要'人的主体性'来支撑,更需要将'十七年'的事件性安插在这么一个不利于它的解释环境中,并用主体性来刺激它、揉搓它、开掘它",因此,"'十七年文学'被整理了也就等于被陌生化了","变成了非人性和非文学性的文学年代"。②可见,社会主义文学(报刊)被客体化,是历史的、现实的多重力量共同作用的结果。而事实上,作为"新的人民的文艺",它有自身的叙事逻辑。它的确承担有意识形态治理的功能,但远在新政权建立之前,它就已经是:1. "人民"(下层民众)反抗暴政、争取生存权益的"弱者的武器";2. 民族独立的动员叙事。这两层性质在新中国成立后得到延续:将农民召唤到公有制人生中去(这被认为是避免贫富悬殊、使下层免于精英势力打压的可行性道路)、激发全体国民建设国家的热情。遗憾的是,这两层根基性的内涵皆被新启蒙编码屏蔽在意识形态治理之外。

可见,启蒙主义叙述对社会主义政治及文学的阐释存在双重客体化的问题,它的"很大的妨碍"不难想象。当然,这并不意味着"非人性"等指责缺乏意义,只是这些"症状"都与中国的非西方位置、下层民众的"少数者"处境有关。"……竹内好确信,为了反对西方的侵犯,非西方必须团结组成国民","在该国民中,同质性必须占优势地位。如果不建立黑格尔所称的'普遍同质领域'(universal homogenous sphere),就成不了国民。所

---

① 欧娟:《〈人民文学〉杂志与中国当代文学》,湖南师范大学2009年博士学位论文,第64页。
② 程光炜:《我们如何整理历史——十年来"十七年文学"研究潜含的问题》,《文艺研究》2010年第10期。

以,无论我们喜欢还是不喜欢,现代国民的现代化过程应该排除该国民内部的异质性"。① 而如中国这样积贫积弱的国家要争取独立与发展,必然经历内部整合(即兼含建构与排斥的"纯化"),更兼共产党革命以下层民众为主要的利益主体,其现实中的对立面(上层精英)沦为被排斥的"异质成分"不言而喻。而且,排斥还指向"主体"民众的日常"杂质",譬如其内部差异,以及与集体不协调的个人欲望。而后一症状,其实也是"少数者文学"的普遍特征:

  少数者的文学一定是集体性的……(它)完全源于这样一个事实:少数中的个体,总是被看作一类人,被强迫体验作为一类人的普遍经验。被压迫的个体被强迫进入一个否定性的具有普遍意义的主体位置,他会将其变成肯定性的集体位置。②

在中国,由于下层民众("少数者")以前整体地被否定,其反抗必先追求整体性肯定("正面假象"),故诸多不合正面之要求的"杂质"必遭排斥。可见,社会主义文学内在的双重排斥性与其双重正义追求(民族独立、下层解放)互为因果,若剥离特定历史语境仅以"外部"方式将之"非人"化,是缺乏说服力的。

  启蒙主义对国家的另一重误读在于同质化。这在当代文学(报刊)研究领域最主要的表现是,"主流意识形态""国家文学"等分析概念在操作上并不那么有效。其实,所谓"主流"并非现实的文学力量,而主要是印在文件、规定上的文字,它们要真正落实为文学现实还要取决于报刊主编、文艺领导等"代理人"的认可程度和利益取向。这决定了现实中的"主流"内部差异重重。恰如当年评论家王淑明所言:"(革命胜利)一方面固然表示文艺界统一战线范围的扩大,同时另一方面,也就带来了文艺思想上某

---

① 参见〔美〕酒井直树《现代性与其批判:普遍主义和特殊主义的问题》,白培德译,《后殖民理论与文化批评》,张京媛主编,北京:北京大学出版社,1999年,第408—409页。
② 〔美〕阿卜杜勒·R.詹穆罕默德、戴维·洛依德:《走向少数话语理论——我们应该做什么》,陶庆梅译,罗钢、刘象愚主编:《后殖民主义文化理论》,北京:中国社会科学出版社,1999年。

种情形的混乱,虽然大家在毛主席的文艺为工农兵的方向下团结起来,但对于某些文艺上基本问题的认识,如普及呢?还是提高呢?要不要写小资产阶级呢?描写落后群众,还是表现先进分子呢?……还达不到统一的认识。"①这里面有委婉的措辞,其实当年认识"不统一"的情况要更严重。当时,"新的人民的文艺"的确已成共识,但是以毛泽东《在延安文艺座谈会上的讲话》(以下简称《讲话》)为"经"还是另有所循,新四军系统的文人就与延安文人不同,他们在报刊上往往"言必称苏联",对《讲话》则未予以特别的重视(见新中国成立初《文艺》月刊、《光明日报》"文学评论"双周刊等)。即使在延安文人内部,曾经遭受重要挫折、力图重获领袖信任的丁玲对《讲话》的解释与执行也比春风得意的周扬更趋激烈、政策化,对国统区作家也更少包容。至于白区出身的自由、率性的夏衍,对《讲话》的执行力度就比较有限。遗憾的是,启蒙研究者往往意识不到这类"代理人困境"的存在,直接把多有歧异和摩擦的"主流"同质化甚至标签化了。

较之对国家的两重误读,启蒙主义对个人的误读要少一些,主要表现在将知识分子(尤其"幸存者")经验普适化。其实不同社会群体(阶层)的"人性"诉求并不一致,恰如论者所言:"如果说,共同的经济利益是工人阶级和贫农革命的当务之急,而且,他们必须形成集体主义才可能与强大的统治阶级抗衡,那么,衣食无虞的小资产阶级更为渴望拥有更大的个人精神自由。"②也就是说,言论自由和参政权利是知识分子有关"人性"的合理诉求,而压制个性、为生存权而形成战斗的"集体"更是下层民众争取"人"的尊严的重要条件。两种"人性"是各自现实环境的深刻反映,难辨孰是孰非。社会主义文学在源起上是下层"战斗"的一个部分(毛泽东称为"文化战线"),但遗憾的是,启蒙研究者只承认知识分子的"人性",并以之为"普遍性的法则",将社会主义文学(报刊)的"集体"叙述裁定为"统治"性的、"非人性"的。

---

① 王淑明:《论文学上的乐观主义》,北京:文艺翻译出版社,1952年,第88页。
② 陈平原:《"左翼"、"时代"及"文学"——在"左翼文学的时代"国际学术研讨会开幕式上的讲话》,《鲁迅研究月刊》2006年第1期。

可见，无论对于国家还是个人，启蒙主义叙述都已从1980年代初的思想解放的武器蜕变为当下垄断性的"认识装置"（柄谷行人语），对当代文学（报刊）研究带来了社会主义文学客体化、"个人"普适化等多重"妨碍"。

二　启蒙研究的非语境化

不过，启蒙研究的"很大的妨碍"更严重的表现还在于其常常脱离具体语境而不自知的抽象化思维。这表现在，文学报刊运作与文学创作存在绝大区别——创作或可孤立于斗室之内，但报刊实践必然广泛涉及主管部门、出版机构、文人创作、市场传播、读者反应等诸多流通环节，处于复杂的权力关系与利益纠葛之中。然而启蒙主义研究几乎致命地忽略了这一点——在理论上，他们或许并不否定语境的重要，但在实践中却往往单纯地将报刊解读为观念（"国家话语"或"个人话语"）的载体。有研究者甚至把"党报党刊""国家文学"的概念绝对化、普遍化，仿佛报刊内始终有某种超级观念在运作，在宰霸一切。这当然有所根据，如当时报刊发刊词"无一例外地要写上最流行的政治语言，以表达对主流意识形态的认同"①，内容则频见有关抗美援朝、斯大林寿诞、总路线及"工人习作""工农兵评论"等专辑。但是，这些真的能代表报刊所有真实吗？不妨看两个例子。

一是1951年《文艺报》对夏衍的批评。当时，因《武训传》事件《文艺报》多次不点名地批评上海文艺领导夏衍，尤其张禹的文章不满夏衍仅检讨了事，认为倘若只是检讨，就"无非是旧官僚式的笑骂由人"，"像从前封建朝廷士大夫的'清讲'那样"，故提议追究其"行政责任"。② 文章义正词严。同时，《文艺报》也在该文前加了严肃的"编者按"（以很少使用的黑体

---

① 孟繁华：《众神狂欢——世纪之交的中国文化现象》，北京：中央编译出版社，2003年，第186页。
② 张禹：《读夏衍同志关于〈武训传〉问题的检讨以后》，《文艺报》1951年第5卷第4期。

字型排版),称"(讨论)应着重从思想上来解决问题,不能单靠像这篇文章所要求的用简单的追究行政责任的办法来解决。正因为这样,上海文艺界才需要更好地展开思想斗争,用批评与自我批评的武器,来克服错误的文艺思想,建立正确的文艺思想。只有这样,上海文艺工作才能正确地前进"。从字面解读,此篇"编者按"显然有纠张禹之"偏"、保护夏衍之意。故有研究者称:"可以看出主编对这一问题仅看作是一个文艺问题:文艺思想存在问题所以需要帮助解决,但它不是政治问题",并以为主编丁玲并不那么"服从"主流意识形态,读者可从中"听到文艺的嘎嘎挣扎之声"。① 这种理解,就单纯地将报刊文章理解为观念载体了,且看似合理:张禹文章代表"主流",丁玲的"编者按"则委婉持以"异议"。但毋宁说,这种"合理"只是研究者头脑中有关主流/异端的启蒙思维定势的反映,真相却大异于此。研究者应该未读过另外两条相关史料。一是《夏衍传》所载此事对夏衍的伤害:"他当然也不会忘记,建国以来,由丁玲、冯雪峰等人控制着的《文艺报》曾给自己横添了多少罪名。张禹那篇颇有引人入罪用意的妙文,就是刊发在《文艺报》上的。《文艺报》的编辑们还加了一条'编者按'。……一个'单'字,多么含蓄而有深意!"②无疑,传记作者认为"编者按"同样伤害了夏衍。可惜,我们往往不易"读"出其中的"含蓄"。那么,丁玲为何要伤害夏衍呢?又有一条材料可作补充,此即1951年12月19日胡风写给梅志的家信:

> 张禹文尚未见到。前天,丁婆忽然说,《文艺报》上张禹的文章看了没有?说时,很高兴的样子。你不是说过她在上海开会时夏连介绍都不介绍么?现在,她就是这样复了仇的。这些人,都有很厉害的一手。艾青把她比作凤姐。③

---

① 魏宏瑞:《文学场与政治场——以十七年(1949—1966)〈文艺报〉"编者按"为考察中心》,《扬子江评论》2008年第5期。
② 陈坚、陈抗:《夏衍传》,北京:十月文艺出版社,1998年,第516—517页。
③ 晓风选编:《胡风家书》,上海:复旦大学出版社,2007年,第266页。

显然,胡风认为"丁婆"(丁玲)刊发张禹文章意在对夏衍"复仇"。事实正是如此。该"编者按"可说是与张禹一唱"红脸"一唱"白脸",看似保护,实则将夏衍的错误浓墨重彩地凸现于全国文艺界之前,"杀气"隐约。当然,据笔者掌握的史料看,丁玲如此不惮于利用《文艺报》"敲打"权重一方的夏衍,并非因于小小过节,而与当时中宣部内部胡乔木、周扬、丁玲之间复杂的人事纠葛有关。① 在此事上张禹、丁玲或许都没把"最流行的政治语言"或《文艺报》看得多么神圣:意识形态修辞某种程度上成为他们用以"攻伐"对手的工具。此时报刊文章体现的就主要是利益、权力甚至意气,与意识形态或文学观念实在无甚关系。

另一例子是 1953 年《文艺月报》对耿庸的批评。在该年 7 月号上,《文艺月报》发表了两篇批评文章:《从一篇〈真理报〉的专论谈到〈阿Q正传〉研究〉》(陈安湖)、《驳〈〈阿Q正传〉研究〉的一些错误论点》(沈仁康)。从字面理解,两文是为维护主流观点(鲁迅"两期论")而展开的对耿庸《〈阿Q正传〉研究》一书的正常的学术批评。但真的如此简单么?事实上,两文系该刊副主编唐弢组稿而来,但在编委会上遭到了刘雪苇(华东宣传部文艺处处长)、彭柏山(华东文化部副部长)的明确反对,随后唐弢致函夏衍,经夏衍亲自到该刊编辑部坐镇,两文才得以面世。② 那么,两篇正常批评何至如此曲折?这是因为刘雪苇、彭柏山等人从中感到了某种危险,而唐弢之所以组来两稿,也与上海文艺界由来已久的周扬(夏衍)派与胡风派的矛盾有关。双方对此皆心知肚明。但势力强大的夏衍终究占据了上风,《文艺月报》随后接连刊发批评亦门、冀汸、路翎等胡风派的文章。这些文章表面上是明确捍卫正统马克思主义的文艺观念,但实则是为了夺取话语制高点而有意挪用主流辞句,并最终达成在势力斗争中取

---

① 自 1951 年起,中宣部副部长、毛泽东秘书胡乔木与中宣部部长陆定一、副部长周扬的关系变得微妙,其间,丁玲经胡乔木安排,出任中宣部文艺处处长,身兼多职,并利用《文艺报》屡次批评周扬的"外围"(如夏衍、赵树理等)。虽然丁玲 1953 年即较快地退出了中宣部的高层矛盾,但覆水难收,她的这些行为使她自己在 1955 年后付出了代价。

② 参见本刊编辑部《揭露胡风反革命集团对〈文艺月报〉的进攻》,《文艺月报》1955 年 6 月号。

胜的目的。

　　这两个例子都是当代文学报刊运作中的常见事实。它们表明,文学报刊不止是单纯的观念载体,启蒙研究的非语境化的抽象定位更多的是书斋式假想。其实,报刊经常利用观念或意识形态修辞为权力/利益服务,恰如美国媒体学家詹姆斯·卡伦所言:"思想和'再现体系'都是被相互竞争的群体用来争取其利益的话语'弹药库'的组成部分。"①党刊也好,社论也好,高调意识形态也好(甚至异端言论),都可能只是"弹药"。遗憾的是,启蒙论者不太愿意承认这类事实,譬如有论者以为:"(党报党刊)编辑规则中很重要的一环就是纪律,而且非常严明,所以,党报党刊的文学编辑几乎杜绝了滥用职权、以个人好恶为纲厚此薄彼或进行利益交换等情况。"②这多少是研究者的美好想象。中国社会从来都充满比较复杂的人事矛盾,社会主义年代也很难例外。当时文艺界不但自身矛盾纷出,而且还往往不幸地、越来越深地卷入了政治斗争,其中假意识形态之名而行斗争之实的报刊批评何止一例两例?如《文艺报》对《说说唱唱》杂志的批评,《光明日报》"文学评论"双周刊与《文艺报》的激烈冲突,《人民文学》对《望星空》的批评,都有一定的利益背景。而1960年代中前期报刊对《早春二月》《李慧娘》《林家铺子》《北国江南》《海瑞罢官》等作品的批判,更有着政治角力的内幕。如果研究者不能或不愿深入历史语境,进而发掘观念冲突下的利益博弈,其研究必然遭到"很大的妨碍"。

　　这种"妨碍"导致许多报刊研究陷入前述知表而不及里的尴尬,甚至落入想当然的境地。譬如,1952年年初,丁玲从《文艺报》主编任上离职,有些研究者就很自然地从主流/异端之二元对立的启蒙思维予以推理:丁玲去职,肯定因于"上级领导"对其编辑工作中异端思想的不满。带着这种推理,研究者还找到了证据,即《文艺报》此前刊发的《〈文艺报〉编

---

①　〔美〕詹姆斯·卡伦:《媒体与权力》,史安斌、董关鹏译,北京:清华大学出版社,2006年,第301页。
②　马研:《〈人民日报〉〈文艺报〉对中国当代文学的影响》,吉林大学2010年博士学位论文,第132页。

辑工作初步检讨》等文章。故如下结论"水到渠成":

> 《文艺报》思想上的迟钝与不力,终于让上级领导决心改组编辑机构,这就是当时还兼任人民文学出版社社长的冯雪峰的走马上任。与丁玲相比,他的办刊宗旨似乎更为接近领导意图。……读读《文艺报》1952 年 2—24 号的"编者按",就会发现,刚刚上任的冯雪峰特别小心翼翼,紧跟当时的政治宣传,对当时高校文艺学教学中的偏向、文艺界中的错误思想倾向等问题积极表态。①

其实,单从《文艺报》看,丁玲自谦"战斗性"不足的文章确有两三篇,但该报左"斩"右"杀"(含丁玲亲自发起的《我们夫妇之间》批判)的文章却不下百篇。而且,研究者对当时文坛格局缺乏了解。1950—1953 年间,文艺界的"上级领导"是胡乔木(周扬当时名义上是"负责"文艺界的,但在 1954 年后才真正主导文坛),胡乔木则积极扶持丁玲,并欲以之取代周扬。1951 年,丁玲兼任中宣部文艺处处长、中央文学研究所所长、《文艺报》主编等要职,并在该年底逾过周扬主持北京文艺界整风。她卸任《文艺报》主编并非因为领导不满,恰恰相反,她是负载着胡乔木的期望去接管《人民文学》,《文艺报》则转由故人冯雪峰兼任。此时,在胡乔木支持下,丁玲、冯雪峰、陈企霞一系实已掌握当时最权威的文学资源。其间并不存在所谓丁玲"不力"、冯雪峰"紧跟"的事实。② 又如,有研究者以为,"党报党刊的文学编辑在推介新作家、新作品时稍有不慎,就会给作家和编辑本人带来巨大的灾难。在'反右'过程中,《人民文学》的编辑秦兆阳、李清泉因为推荐文学新现象'不当'而被打成右派就是这方面的缩影"③,其实情形

---

① 魏宏瑞:《文学场与政治场——以十七年(1949—1966)〈文艺报〉"编者按"为考察中心》,《扬子江评论》2008 年第 5 期。
② 其实,冯雪峰并非"紧跟"派,他出任《文艺报》主编后,在例行公事的同时逐渐调低了该刊的"战斗性",并开辟了多少有点离经叛道的"新英雄人物讨论",对《讲话》以来形成的"新的人民的文艺"的规则颇多反思和纠偏。
③ 马研:《〈人民日报〉〈文艺报〉对中国当代文学的影响》,吉林大学 2010 年博士论文,第 133 页。

并非如此。若研究者多看一点秦、李的资料或黄秋耘等知情者的回忆录,就知道两人遭难实主要因为他们在"周(扬)、丁(玲)之争"中对周扬公开表示不满。工作"不当"等,更多是公开场合的借口。

那么,如果文学报刊不仅仅是意识形态或观念的机械载体,其后又纠缠着怎样的"人"呢?无疑,此处之"人"不仅是研究者认定的被"包下来了"的"国家机器上的'齿轮'和'螺丝钉'"①,而更是身处复杂观念与利益情境中的个体,尤其是势力中人。所谓"势力",实指一种以思想接近尤其是利益协同而形成的非正式私人群体,又称宗派或派系。黎安友认为,"成员对领袖的效忠"以及"全体派系成员为派系的利益工作"的原则,是中国传统精英政治的基本方式。② 新中国成立后,由于实行单位制度,资源集中,势力冲突愈发明显,文艺界亦不例外。这主要表现在,在出版国有体制下,少数国家级刊物成为稀缺资源,作家须仰求于报刊,不同文学势力更视之为不可或缺之物,因此,"有力的作家们进行了对于这些刊物的争夺战"③。不过,私人势力染指报刊也是对国家意识形态的威胁,故文艺领导人对此多有批评。1951 年底,周扬表示:

> 我们要整顿文艺领导思想,就不能不改进文艺领导的具体工作。文艺事业不是个人的事业,而是集体的事业。文艺事业,正如前面我说的,是国家的人民事业的一个重要部分。文艺事业,除了国家和人民的利益以外,再也不能够有其他任何的利益。④

但批评作用有限,新中国成立未几许多文学报刊就陷入了"一层又一层的小领袖主义"⑤,甚至周扬、丁玲等文艺界领导自身就是报刊"争夺战"中的

---

① 斯炎伟:《全国第一次文代会与新中国文学体制的建构》,北京:人民文学出版社,2008 年,第 89 页。
② Flemming Christiansen、Shirin M. Rai:《中国政治与社会》,台北:韦伯文化国际出版有限公司,2005 年,第 7 页。
③ 胡风:《胡风三十万言书》,武汉:湖北人民出版社,2003 年,第 355 页。
④ 周扬:《整顿文艺思想,改进领导工作》,《文艺报》1951 年 5 卷 5 期。
⑤ 胡风:《胡风三十万言书》,武汉:湖北人民出版社,2003 年,第 355 页。

"有力"者。这类"有力"的各派文坛力量主要包括:丁玲、冯雪峰、陈企霞一系,周扬以及夏衍、刘白羽、张光年、林默涵、何其芳、陈荒煤等作家兼文艺官员形成的派别,1960年代中期崛起的以江青为首的激进派。此外,左翼系统的胡风派、解放区文人中的"华东系统"、延安文人中的太行山作家群体(赵树理等)和冀中作家群体(孙犁、萧也牧等),"文革"中后期围绕国务院副总理邓小平而集聚的部分文人,都曾掌握或希望掌握报刊资源。

可见,纷乱纠结的"人事"和彼此冲突的观念(意识形态)交织并存,共同构成了当代文学报刊现实运作中的"力的关系"。其间力的相互作用颇为复杂,不但存在观念之间的矛盾,也存在势力之间的纠葛(都戴着意识形态的"有效面具")。这重重矛盾,尤其是利益对于观念的"腐蚀",使文学报刊一方面推动着主流意识形态的建构,另一方面又从内部毁坏、损害着主流意识形态。

三 多元主义与重新历史化

遗憾的是,启蒙论者很少能自省到启蒙之于主流、异端的多重误读,更少意识到报刊背后势力/利益冲突的普遍存在。许多研究满足于反复讲述主流/异端观念冲突的故事,由而陷入重复性研究的难堪:无论研究《人民文学》还是《文艺报》,无外乎寻找主流与异端的矛盾,无外乎证明"一体化"所言不虚。如此作论,并非要否定一体化,但它至多是报刊"多重面孔"中最易识别者而已,对其过度强调,事实上已经部分遮蔽了报刊内在的复杂性。那么,研究者怎样才能真正面对此类复杂性呢?这意味着,研究者必须告别启蒙,即"从被'新启蒙编码'设置的'十七年整体性'理解中走出来,绕过正悄悄形成的'十七年'研究的森严行规"。① 这在方法论上无疑是有困难的,但可以从三个方面着手调整。

第一,借鉴、吸收多元主义的媒体研究方法。当前研究过分强调国家

---

① 程光炜:《我们如何整理历史——十年来"十七年文学"研究潜含的问题》,《文艺研究》2010年第10期。

意识形态的支配力量,认为包括刊物在内的整个文坛都"仰承国家意识形态的喜好,在国家政策的指挥下有序的运作","被无形的国家意志所掌握、控制"。① 多元主义则明确反对此类假设。英国媒体学家杰姆斯·罗尔认为:

> 没有一个机制只表达一种意识形态。没有一个媒体机构能做到这一点。事实上,如果我们仔细研究全世界大众传媒的内容,会发现多元和矛盾的话语是其中最基本的主题。②

1949—1976年间的中国文学报刊同样牵涉多重"力的关系",它们不可能只是国家意识形态的"一言堂",甚至也不止是主流与异端的"二重奏"。那么,又有哪些力量围绕在报刊周围呢?它们不仅有观念层面上的主流异端及诸多未必便于归类的文学观念和审美理想,而且还有现实利益层面上的各种文学势力。这种交叉、重叠的观念与势力,不是"二元对立"的启蒙"装置"可以化约的,而多元主义方法可以切近这种真实,恰如凯尔纳所言:"媒体文化是一个你争我夺的领域,在这一领域里,主要的社会群体和诸种势均力敌的意识形态都在争夺着控制权",所以研究者应该"(从)现实斗争的角度来读解文化文本,把意识形态的分析置于现存的社会—政治的论争与冲突中,而不是仅仅涉及那些被假定是铁板一块的统治性意识形态"。③ 这是很具操作价值的提议。④ 如前所述,当年文学报刊"周边"纷争迭起,有崇奉《讲话》的报刊主编,也有对《讲话》心存保留的文艺领导,而对《讲话》的崇奉还会引发有关阐释权的争夺,更兼各种文学势力存心各异,以意识

---

① 王本朝:《中国当代文学体制研究》,武汉大学2005年博士学位论文,第67页。
② 转引自〔英〕利萨·泰勒、安德鲁·威利斯《媒介研究:文本,机构与受众》,吴靖、黄佩译,北京:北京大学出版社,2005年,第87页。
③ 〔美〕道格拉斯·凯尔纳:《媒体文化——介于现代与后现代之间的文化研究、认同性与政治》,丁宁译,商务印书馆,2004年,第11、175页。
④ 引入"斗争的角度"并不意味着当年文学报刊处于理想的多元环境之中。事实上,它们面对的不同社会群体和意识形态之间存在不对称关系(asymmetric of power),其中国家占据着法理上与资源上的双重主导地位,然而"主导"不等于"全部纳入党和国家意识形态的轨道",报刊仍可说是"你争我夺的领域"。

形态或文学观念为"弹药"、为势力利益而"你争我夺"。换句话说,国家意识形态的确在谋取领导权/"霸权",但"霸权是一个过程","它并非是单一的,并非是铁板一块,也不是指主流集团行使自上而下的和几乎完全控制意义的过程","恰恰相反,霸权是不断地建构与再建构;它是斗争性的与协商性的"。① 国家意识形态要和谁"协商"呢? 这当然包括读者、市场,尤其是观念、利益各异的各色"代理人"。这种协商其实有时也会以国家意识形态的失败而告终。这种不断流变着的"你争我夺"的报刊史实,唯有采用多元方法才能得到恰切的呈现。

第二,重新历史化。启蒙模式陷入重复性研究,还因于缺乏真正的历史化,不深入语境,"立足当前的想当然的价值判断则太多"②。前述对丁玲卸任《文艺报》主编一事的"推论"即是如此。类似事例还有很多,如新中国成立初年报刊上大量出现的"读者来信"一度被想当然地以为是"控制知识分子"而设,其实呢,是源自毛泽东的群众情怀。毛泽东以为,中国共产党既然是对人民负责的政党,它的报纸就理当反映人民的疾苦与呼声,故他多次批示,要求报纸"必须重视人民的通信,要给人民来信以恰当的处理,满足群众的正当要求"③,要求将反映基层官员不作为和腐败的来信整版刊上《人民日报》,以形成群众监督。文学报刊上的"读者来信"即由此而来,其初起与"控制知识分子"毫无关系。④ 那么,怎样通过重新历史化避免此类"想当然"呢? 要在两点。其一,与当前启蒙"共识"保持适当距离,耐心重返各种报刊具体而微的办刊过程,"建构尊重当代文学史

---

① 〔美〕W. 阿普尔:《国家与知识政治》,黄忠敬等译,上海:华东师范大学出版社,2007年,第 7 页。
② 韩毓海:《"漫长的革命":毛泽东与文化领导权问题(上)》,《文艺理论与批评》2008年第 1 期。
③ 毛泽东:《必须重视人民群众来信(一九五一年五月十六日)》,《毛泽东文集》,第六卷,北京:人民出版社,1999 年,第 164 页。
④ "读者来信"在实际文学生活中产生的效果比较复杂,一方面,确实为文学创作提供了有效的反馈;另一方面,随着编辑、批评家和普通读者对"读者"的盗用,"读者来信"也产生了越来越明显的控制作用。但运作的结果涉及体制、文化甚至人性多种因素,与设置初衷关系实在不大。

发展的复杂性、矛盾性和变化性的'过程美学'"。① 即不预下判断,而是深入报刊创刊、运作、挫折、停刊或复刊等事件现场,捕捉到其自身实实在在的问题,如《文艺报》在 1950 年代中前期一直处在"周、丁之争"的旋涡中,《天津日报》"文艺周刊"长期孜孜以求地培植清新、明净的"革命美学",《光明日报》"文学评论"双周刊则力图在文坛"杀出一条血路",《文艺》月刊有意绕过《讲话》、直接援引苏联理论资源建构中国"社会主义文学"正统,《文艺月报》始终泥陷于各类派争、创刊六年无甚作为,"同人刊物"《诗刊》则非常重视通过旧体诗词与各位政治领袖建立"亲密"关系。这种种问题,与"想当然"的主流/异端之争未必有关,但却是历史自身丰富性与复杂性的呈现。其二,史料的"内""外"互证。真正理解报刊"历史",还要求研究者视野不局限于报刊文本。譬如只看《文艺报》上刊发的文章,的确会产生丁玲不"紧跟"、被撤职的误解,但只有多接触陈明、王增如、徐庆全等人提供的"外部"史料,才能明白真相。恰如鲁迅所言,中国人常常"有明说要做,其实不做的;有明说不做,其实要做的;有明说做这样,其实做那样的;有其实自己要这么做,倒说别人要这么做的;有一声不响,而其实倒做了的"②,所以研究者唯有广求史料,多疑善辨,才能接近事情的真相。报刊研究者唯有对"你争我夺"的文坛格局有整体的把握,才能突破报刊文本的表面文辞,捕捉到其中的"微言大义",明白"千篇一律"之下的暗示、反对或影射。遗憾的是,不少研究者为求速成,对"外部"史料缺乏广求的耐心。

第三,反思并调整自我认同。启蒙主义的"妨碍"还因于研究者对社会主义政治下受害者的情感认同和反对者的身份自设。研究者若以受害知识分子立场自居,社会主义政治及文学就必然会沦为单质的"集权政治"。一体/多元、共名/无名等研究思维的流行,就是这类自我认同的结果。它当然包含一定的合理诉求,但问题同样不容回避,即它"以历史的

---

① 黄发有:《中国当代文学研究的方法论思考》,《南京社会科学》2012 年第 2 期。
② 鲁迅:《伪自由书·推背图》,《鲁迅全集》,第 5 卷,北京:人民文学出版社,1981年,第 73 页。

'压迫'为背景,以重新肯定知识分子的'价值观'为主轴,在'重叙'历史的过程中,同时也影响、干扰了历史本身丰富性的呈现和展开"①。那么,怎样理解这种"干扰"呢? 这主要表现在这类自我认同多以知识分子的情感倾向与利益诉求为基准,而对下层民众的"人性"诉求缺乏深层共鸣。借用甘阳在《自由主义:贵族的还是平民的?》一文中的概念,当下学界奉信的实为"贵族的自由主义",社会主义革命却是"平民的自由主义"。"贵族"追求参政权利,平民则以经济/社会平等为"人"的尊严的首要条件。邹谠以"公民""群众"之别解释中国革命的特殊性,"群众要求的不是抽象的人权,而是社会、经济上的权利,例如要土地,要求男女平等。中国革命是从争取社会经济权利开始的,进而要求政治权利,要民主"②,而社会主义文学从源起上就是为下层争夺生存权的"弱者的武器"。但当前研究者很少意识到革命、社会主义文学与(下层)自由的关系,基本上抹杀了它们内含的"人民的政治"(the politics of the people)。这对在特定历史环境下认识"新的人民的文艺"造成了严重的"妨碍"。但要反思此种自我认同也无疑困难重重。一则它有虚高的正义,反思或质疑都会被等同于背叛良知。更困难者是本能的经验限制,"我们的社会地位给我们提供了看待世界的框架"③,不少学者念念不忘"教授当年"、难以想起"当年"途有饿殍,并非因为没有"良知",而是因为他们无力超越自我的经验、趣味和利益。如果说,现代文化"主流就是从一个被压迫者的立场看问题"④,那么今天知识界的主流却是在忽略被压迫者,在虚拟的反抗下与现实中的权力、资本达成共谋,"把所谓的'自由'更多地理解成了一种少数人享有的'特权'",对"弱者的权利、不幸者的权利、穷人的权利、雇工的权利、无

---

① 程光炜:《文学讲稿:"八十年代"作为方法》,北京:北京大学出版社,2009年,第187—188页。
② 〔美〕邹谠:《二十世纪中国政治》,香港:牛津大学出版社,1994年,第17页。
③ 〔美〕大卫·克罗图、威廉·霍伊尼斯:《媒介·社会:产业、形象与受众》,邱凌译,北京:北京大学出版社,2009年,第323页。
④ 王晓明、杨庆祥:《历史视野中的"重写文学史"》,《南方文坛》2009年第3期。

知识者的权利"则"闭口不谈"①。不难想象,由于思维定势与现实利益的支持,启蒙研究者的自我认同调整将甚为艰难。

方法论上的反思与调整总比具体观点的改变来得困难,但对于真正希望推进当代文学报刊研究的学者而言,又是可以预期的。那么,经过以上必要的方法调整,当代文学报刊研究将打开怎样的与启蒙模式不同的问题空间呢?这亦可分为三个层面。其一,可以从多元竞争的层面重新认识"当代文学"的发生、形成及发展过程。一方面,"新的人民的文艺"是在与多种差异性的文学观念的竞争中完成对当代文学的建构的,并始终与多种异质"文学成分"保持共存。另一方面,各种先后崛起的文学力量也在参与这种竞争,并利用报刊争夺文坛正宗地位、控制生存和发展空间,通过建构"正确的"文学知识而重新配置文学利益,在此过程中,势力斗争中的私方利益对"新的人民的文艺"构成了强烈侵蚀,从内部瓦解着"新的人民的文艺"之于现实生活的再现能力。其二,可以通过报刊编辑体制从流派主义到派系主义的变化,重新认识"当代文学"在创作、批评、传播等各个领域生产方式的变化,从微观的报刊史实深刻剖析宏观的文学生态。其三,重新历史化的报刊研究,实际上是一种有关当代文学史重新认知的田野工作,这种工作不但可以"释放出被当前'文学常识'所压抑和排斥的内涵,重新激活被压抑的另类文学实践和复杂多歧的脉络"②,而且还有资于我们对改革开放四十多年来文学史叙述、学科权力关系的重新理解。这三个层面,都是在启蒙主义之外,当代文学报刊研究者能够和应该拥抱的历史的复杂性与丰富性。

---

① 甘阳:《自由主义:贵族的还是平民的?》,《读书》1999 年第 1 期。
② 旷新年:《把文学还给文学史》,《读书》2009 年第 1 期。

第1章 《文艺生活》
（1950.1—1950.6）

　　《文艺生活》(月刊)是新中国仅有的数种承自民国时代的旧刊物之一。该刊1941年创刊于桂林,主编为中共地下党人司马文森。1944年秋被国民党当局勒令停刊。1946年初在广州复刊,1946年7月再度被查封。司马文森随即将该刊移至香港继续出版,至新中国成立,该刊在港出版三年有余。1950年初由香港迁回广州继续出版。但到1950年6月,再度停刊(实亦终刊)。该刊兼发文艺作品与文学批评。

《文艺生活》的复刊、新生与停刊

与由香港转移至上海出版的《小说》月刊一样,1950年后的《文艺生活》也是由香港回移内地继续刊行的。不过作为新中国成立以后硕果仅存的几种同人刊物之一,《文艺生活》办刊历史最为悠久。这份刊物抗战期间创办于桂林(1941),由中共地下党员司马文森主编,先后历经被勒令停刊(1944)、复刊(1946)、再度被查封(1946)、移港出版(1946)等多番波折。作为进步左翼文学刊物,《文艺生活》在新中国成立以后的复刊、新生与停刊,清晰地见证了"新文学"传统在"新的人民的文艺"体制中的生存策略与矛盾处境,也多少折射了左翼知识分子在新环境中自我身份和文学认同的调整。遗憾的是,对此刊物及其背后的体制与文学之间的复杂"故事",学界至今尚未给以必要的关注。

一 《文艺生活》的复刊

1949年10月广州解放时,命运多舛的《文艺生活》还在香港出版①,它的主编司马文森刚参加完中国人民政治协商会议。11月,司马文森率领

---

① 《文艺生活》抗战期间曾因经费困难等原因而休刊,抗战胜利后在广州复刊。陈残云回忆,"日寇投降以后,司马复员回广州,同来的有几位一起在广西工作过的同志。他们在西湖路租了一栋房子,复刊《文艺生活》。我也复员回广州,和他见了面,他约我合编《文艺生活》,经过组织同意,我搬到西湖路与他共同工作","《文艺生活》在广州是影响较大的月刊,每期印6000册,国民党反动当局对它'另眼相看'"(见陈残云《司马文森和他的散文》,《司马文森研究资料》,杨益群、司马小莘编,北京:十月文艺出版社,1998年,第337页)。《文艺生活》不久就被国民党当局查禁,于是又"转移香港复刊,不久改出海外版,同时在香港及海外华人比较集中的一些地区建立分社,发起'文艺生活社'社员运动,社员多达一千五百人","对香港文学的推动、培养香港本土青年作家也起了积极的作用"(见王福湘《司马文森的华侨和侨乡社会文学》,《黎明大学学报》1998年第1期)。

"香港文艺界回国观光团"参观解放后的广州,并借此重游了他在广州西湖路编辑《文艺生活》的旧居。最晚是在此时,司马文森明确产生了要在广州再度复刊《文艺生活》的念头。这反映在他当时的一篇感怀文字中:

> 我在这个解放了的南方大城市,作了别后的第一次巡礼。我到了三年前的故居去。故居依然是三年前的模样,然而却住着完全陌生的人,在这幢房子里面,我曾消耗过不少时日,在这所房子,我们作过揭穿国民党反动派破坏旧政协阴谋的集会,我们草拟过反对反动派市政府对四大民主杂志的查封的抗议书。也就在这幢房子里面,被特务搜查,把我们出版的杂志、家私和稿件查封了。家人们也就在这所房子里面受到特务走狗无数次的恐吓和压迫,而终于不得不离开……我在故居外徘徊着。我不知道,我是否该上去看看……但我想着:假如我能够再来,在这所房子里编我们的杂志,和朋友举行建设新中国新华南的集会……那是一件多么叫人愉快的事。

这篇名为《会师记》的文章,刊登在香港《文艺生活》总第53期上。实际上,总第53期是《文艺生活》在港出版的最后一期,总第54期即移师广州。有关司马文森在广州军管会登记《文艺生活》并获准营业的努力,现缺乏相关回忆材料。不过他的党员身份以及与华南文艺界领导人物(如周钢鸣、陈残云等)的密切关系肯定起了关键作用。所以,他几乎以最快速度于1950年2月在广州完成了《文艺生活》的复刊工作,这使《文艺生活》成为当时与《小说》月刊、《大众诗歌》《人民诗歌》等少数几种同人刊物并存的身份特殊的刊物之一,同时也成为"新的人民的文艺"重构文学版图、排斥"国民内部的异质性"①的可能对象。这里存在一个明显问题:新中国成

---

① 〔美〕酒井直树:《现代性与其批判:普遍主义和特殊主义的问题》,白培德译,《后殖民理论与文化批评》,张京媛主编,北京:北京大学出版社,1999年,第409页。

立后,同人办刊已明显不合时宜①,何况《文艺生活》还有一份几乎称得上是"漫长"的作为"新文学"刊物的历史?从各方面讲,《文艺生活》都可谓"已完成自己的历史任务",不必再迁回广州谋求复刊了。对此,司马文森是否意识到了呢?从《会师记》这篇文章里,颇难看出端倪。不过,从司马的人生行迹看,他并非只是一个撰文办刊的书生。据他女儿司马小萌所述:"在湘桂大撤退时,他在敌后与地方党组织配合,组织了抗日青年挺进队,并任政委,开展敌后武装斗争。又教育整编了当地国民党的小股武装,成立抗日纵队,他担任政治部主任。"②能收编地方武装,能在敌后周旋,可见司马文森多少是经世故、懂时势的。故他对新政权下同人刊物貌似合法(新中国从未明文禁止同人刊物)实则"不合时宜"的局面不会完全无知。而且,从复刊后《文艺生活》所采取的诸般举措看(稍后将述),"同人"问题其实是司马文森十分敏感之事。这是不足为奇的,历来"文化的意识形态系统"都"是由许多为争夺控制权而相互竞争、相互冲突的阶级和利益所构成"③,对新政权而言,同人刊物的主持人即使可以信任,但既然缺乏体制性领导关系,那么它们与党的刊物"相互竞争、相互冲突"的可能就必然存在——既如此,司马文森为什么还要执意复刊呢?

推究起来,除感情因素外,还应有另外两点。其一,分享胜利的革命者心态。对此,陈思和有过中肯的分析:"来自左翼文学阵营和长期配合共产党进行政治斗争的进步民主人士……在新政权的奋斗史和建立史上占有一席光荣之地,一种当然的胜利者的喜悦极大地支配了他们的情绪,尽管在实际的政治生活纠葛中他们也会遭遇各种意想不到的烦恼,但在历

---

① 对此,张啸虎对储安平复刊《观察》的婉劝可见一斑:"我在北京去看了他,谈及《观察》复刊问题,记得我婉言说到,这类刊物已完成自己的历史任务,恐怕要寻求新的起点,我建议储先生仍回上海任教。他当时很忙,匆匆未及多谈。"见张啸虎《忆储安平先生和观察周刊》,《读书》1986年第11期。
② 司马小萌:《悼念我的父亲司马文森同志》,《新文学史料》1985年第2期。
③ 〔澳〕格雷姆·特纳:《电影作为社会实践》,高红岩译,北京:北京大学出版社,2010年,第180页。

史与人民的同一立场上,他们真诚地感受到分享胜利的喜悦。"①司马文森在写作上属"左翼"阵营,但在政治上却非"进步人士"。他17岁入党,长期从事地下工作,属于周恩来领导下的白区党系统。司马小莘回忆:"新中国诞生了。父亲怀着无比喜悦、激动的心情,离港赴京,参加中国人民政治协商会议第一届全体会议,为'共同纲领草案整理委员会'委员。随后参加开国大典。那时,他先后有几十篇报告文学发表于香港《文汇报》《大公报》,率先较全面、系统地向港澳同胞及海外各界介绍了新中国的风貌。"②这种经历,使他对新中国充满当仁不让的热爱与自豪,很自然地感觉自己有充足的理由和自信来复刊《文艺生活》。其二,相对于延安的"外省经验"。司马文森出身南洋,又长期在粤港地区从事革命工作,这使他不但和延安文人缺少接触,更缺乏某种"被改造"的脱胎换骨的切实体验。这种"外省经验"使他容易"以唯我革命的姿态激励着自己在艰苦的环境里孤军奋斗",且"往往忘记了自己也会成为革命和改造的对象"。③ 当然,从字面上看,司马文森并非完全"忘记"(他在港版最后一期上曾提及"改造知识分子的计划"),然而理性认知毕竟不等于内心刻骨铭心的体验,司马文森对知识分子思想改造的复杂性明显缺乏充分的估计。于是,《文艺生活》在一片解放的喜悦中重新回到了广州。

不过,同为同人刊物,复刊后的《文艺生活》和略早复刊的《小说》月刊、《文艺复兴》等存在明显的差异。如果说,《小说》等刊物是"一个斗争的场域",其中"某种思想体系最终会战胜其他种类的思想体系而占据主导地位"④还要经过冲突、"谈判"的话,那么《文艺生活》则基本上无此"斗争"过程。从复刊第1期看,司马文森主动放弃旧的"思想体系",表现出了强烈的新生渴望。与《小说》等继续沿用原有卷、期序号不同,《文艺生

---

① 陈思和:《重新审视50年代初中国文学的几种倾向》,《山东社会科学》2000年第2期。
② 司马小莘:《怀念父亲司马文森》,《中国统一战线》2005年第12期。
③ 陈思和:《重新审视50年代初中国文学的几种倾向》,《山东社会科学》2000年第2期。
④ 〔英〕格雷姆·伯顿:《媒体与社会:批判的视角》,史安斌主译,北京:清华大学出版社,2007年,第103页。

活》将移至广州出版的第 54 期删除原卷、期序号,改称新 1 号。其弃旧就新姿态一览无余。所谓"旧",即指此前《文艺生活》所从属的"左翼"传统(又从属于"新文学"传统)。所谓"新",则指周扬宣传的"新的人民的文艺"。那么,《文艺生活》"新 1 号"怎样向文艺界展示新生的呢? 一方面,通过《复刊词》与自己作为"新文学"同人刊物的历史划清界限。《复刊词》称:"我们要表明的是,是我们这个杂志并非同人杂志,而是属于全体读者的。由于多年来工作的结果,我们深切了解到,要使我们的工作,我们的斗争任务彻底实现,只有和大家共同携手,在毛泽东的旗帜底下,一起奋斗才有可能。"另一方面,则以更急切的方式将自身的过去与现在都叙述进"新的人民的文艺"的序列。《复刊词》慎重讲述了《文艺生活》的革命史:"1946 年 7 月,我们只出完了六期(总 24 期,光复版第六期)就被国民党查封了,被迫迁到香港出版。又因反动派对本刊采取封锁政策,香港与广州间,虽一水之隔,许多读者还是看不到本刊,甚至个别读者从香港带了本刊回穗,也被当作'反动分子'捉去。但我们并不屈服在反动派的高压下,我们在极端困难情况下,还是把《文艺生活》维持下来。"①在谈到《文艺生活》的任务时,他表示:"'文生'创刊于抗日战争时期的桂林,那时我们的任务是担负民族的抗日战争的文艺宣传动员",那么在新时代呢? 司马文森主动地把规划、"建设"华南文艺的责任放在自己肩上:

> 我们的任务,跟随时代发展也有了改变,那就是:一、积极参加人民解放斗争及新民主主义的新中国建设。二、肃清为帝国主义者、封建阶级、官僚资产阶级服务的反动文学及其在文学上的影响。三、发展工农兵文艺,扶植及培养华南的文艺干部,建设新华南文艺。②

一份与广东省委、华南文联几乎无甚关系的私办杂志,这样宣称要"扶植及培养"华南文艺,恐怕司马文森本人也多少有点心虚。所以,新 1 号还刊出了一份几乎囊括国内所有左翼作家、解放区作家的"特约撰述人名

---

① 《复刊词》,《文艺生活》1950 年新 1 号。
② 同上。

单"以壮声色。名单包括郭沫若、茅盾、周扬、荒煤、欧阳山、宋之的、何其芳、何家槐、蒋牧良、端木蕻良、华嘉、萧乾、林山、夏衍、冯乃超、欧阳予倩、荃麟、葛琴、黑丁、聂绀弩、罗烽、草明、黄药眠、康濯、孟超、周钢鸣、李季、易巩、郁茹、钟敬文、艾青、巴人、赵树理、孔厥、马烽、张庚、于伶、黄宁婴、杜埃、林淡秋等。应该说,这份61人名单比较可疑,因为司马文森在新中国成立之前,与赵树理、康濯、马烽等解放区作家素无接触,亦无交情,势难在短时期内"特约"到以上诸位。新1号刊出这份名单,恐怕是临时拟就,以强化《文艺生活》作为"新的人民的文艺"的专门刊物的形象(事实上这份名单不久就受到批评)。

新1号对《文艺生活》形象的自我塑造具有较强策略性,但其向"新的人民的文艺"的归化之心无疑是真实、真诚的。其新生之旅由此启动。新2号提供的信息显示:该刊编辑人为司马文森,出版者为"文艺生活社",发行者为南光书店(设广州、上海、香港分理处)。可见,其出版、发行渠道皆为私营。无疑,这完全是一份继续运作在旧有的"新文学"经营轨道上的"新生"刊物,它与香港的关系仍然紧密:"司马由于工作关系仍留在香港,任香港《文汇报》总主笔,并负责我党领导的香港电影和新闻小组。《文艺生活》是他编排后送广州出版的。"①那么,新生后的《文艺生活》将迎来怎样的新的局面呢?

二 新生:自我归化

告别"新文学"、主动归化"新的人民的文艺",是《文艺生活》新生以后最希望展示给文艺界的自我形象,自然也构成了《文艺生活》理论阐释和政策指导的核心思想。新1号开宗明义,明确表明了对"毛泽东文艺方向"的悦服与信守。在该期刊物上,司马文森发起了一场名为"对一九五〇年华南文艺工作的希望"的笔谈。在笔谈中,林焕平宣布:"新中国的

---

① 雷蕾:《司马文森和〈文艺生活〉》,《新文学史料》1985年第2期。

作家,谁能深刻地掌握毛泽东的文艺思想,谁就能走上正确的方向,创作优秀的作品。谁不能掌握毛泽东的文艺思想,谁就容易走错路,写不出为老百姓喜闻乐见的东西。"①陈君葆也表示毛泽东的文艺思想是"指示我们的文艺工作的正确方向的指南":

> 在《论文艺问题》里边,毛泽东先生曾提到过革命的文艺运动的对象,革命的文艺做给谁看的问题,也提到过革命的文艺应该表现什么和表现谁的问题。毫无问题,我们的文学作品是要写给人民的,我们的艺术是要做给人民看的,我们的文学,我们的艺术是要为人民服务的,没有比这更清楚,也没有比这更重要的原则了。②

不过陈君葆一口一声"毛泽东先生",多少表明广东地方人士对于新中国领导人的陌生,而他接下来的话就不免另有一些尴尬了:"革命文艺的作用在催促旧的灭亡,同时也就是在催促新的诞生。现在新的是诞生了,但旧的还不是即趋于完全灭亡,在这个新旧递嬗的期间当中,讴歌新的自属必要,但对于催促旧的灭亡的基本任务,仍然要坚持不懈。"③显然,陈君葆撰写此文和司马文森编发此文时,都没有意识到新生的《文艺生活》其实也可能属于"旧的灭亡"的一部分。

对于党员作家司马文森而言,缺乏此种敏感当属自然。新 1 号以后的新生各期继续申明这一立场。新 2 号刊出署名"顾问部"的文章,热情介绍周扬在第一次全国文代会上的讲话《新的人民的文艺》,称"是这些年来,我们所读过的一些理论文章中最好的一篇","是毛主席文艺思想这些年来在解放区中具体实践的一个生动画景","华南的文艺工作者,不但要精读它,更应该根据它来学习怎样把握毛主席的文艺思想"。④ 新 3 号又刊文表示华南需要"学习"毛主席的文艺思想:"没有这一个基础,是不能

---

① 林焕平:《抛弃包袱,稳步前进》,《文艺生活》1950 年新 1 号。
② 陈君葆:《现阶段文艺工作的几个重点》,《文艺生活》1950 年新 1 号。
③ 同上。
④ 顾问部:《介绍周扬同志〈新的人民的文艺〉》,《文艺生活》1950 年新 2 号。

对毛主席文艺思想把握得正确的,但要彻底使自己更深入的改造,还不是谈谈就行的,还得自己到实际的工作中去,真正和工农兵结合,真正的走到人民中去受考验。"①这接二连三的表态,与《小说》月刊、《文艺复兴》等相对"不形于声"的杂志不太一样,其急切之心甚至有过于中央权威刊物《文艺报》。这显然与司马文森的不那么自信有关。

或因此故,《文艺生活》在文艺政策的指导上颇注意"延安化"。这表现在两方面。第一,正面强调"赶任务"。林林撰文称:"最近接触一些文工团的同志,他们提起了为着迎接任务,文艺创作配合任务的困难,就是说任务来得快,文艺创作完成得慢,赶不上;有时正赶这个任务的创作,还未了结,第二个任务又来了,顾此失彼,难抓得牢。并且,为宣传任务而去创作,为主题而去找题材,很难写得出,写出来也常常陷于教条公式的毛病",对此,林林提出了对应之策,要求作家培养政治敏感,站稳立场,要写小型作品,如歌剧、短剧、活报,要注意集体创作,"如果以赶任务的创作,看做'遵命文学',敷衍塞责,那在作者的确是苦恼的事,就对文艺服从政治这基本原则还有认识不足的地方"。②与此相关,在新 4 号"文艺信箱"中还刊出"顾问部"鼓励集体创作的稿件。而这两层,实际上是当时多数报刊未必认同。《文艺月报》创刊时,编委石灵就化名"玄仲"专门撰文《关于"赶任务"》抵制政治对于文学的过度介入。第二,强调群众化。新 1 号以公开征求文艺通讯员的方式响应《讲话》:"(毛主席)告诉过我们,文艺是为人民大众,首先是为工农兵的。这个指示,现在已成为我们文化艺术建设的总方向","我们的文艺不是照像,我们的笔不是照像机。因而一个文艺通讯员在动手写作时,要先弄通自己的思想,一篇作品,不是把现实生活照抄,而是要达到一个斗争目的!表扬、打击,针对某个具体情况提出意见。没有革命立场的作品,不是我们今天所需要的"。③而从新 2 号开始,《文艺生活》即宣称要"开展文艺创作运动",并发表通讯员文

---

① 陈程:《为什么要学习毛主席的文艺思想》,《文艺生活》1950 年新 3 号。
② 林林:《谈赶任务与创作》,《文艺生活》1950 年新 4 号。
③ 《怎样做个文艺通讯员》,《文艺生活》1950 年新 1 号。

章,如艾治平的《雷州半岛人民热烈支前》、熊云阶的《在黎墟的一小时》、黄溦的《军民一家》等等。此外,《文艺生活》也着眼于华南地区的旧剧改造、民间文艺,并倡议相关工作。

此上种种,显示了《文艺生活》誓与《文艺报》《人民文学》"同调"的明确企图。然而,仅有理论阐释似还不能充分体现其弃旧就新的现实决心。第 5 号上的一篇批评文章因此显得意味深长。这篇署名"王迅流"的文章的作者背景如何已不可考,但它的表述却颇耐人寻味。它要批评的是冯至一篇有关杜甫的考证文章,不过文章开头说:"昨天我在某书肆里,偶然翻到《小说月刊》第三卷第三期,发现了冯至先生所作的《杜甫的家世和出身》",如此强调文章出处"《小说月刊》第三卷第三期"恐非偶来闲笔。在下文批评中,王表示:

> (杜甫)在中国旧社会里,固然被推为诗圣,但是在现在看来,不过是一个趋炎附势汲汲于想做大官的庸俗诗人罢了。他的一生,并无革命事迹的表现,脑子里充满着忠君、立功、个人英雄主义的思想……虽然在杜甫的诗集中,有几首描写贫民苦况,和对现实不满的诗,现在还可一读,可是作者偏不在他的诗里剔除糠粕,撷取精华,却要对他祖先戚属作无聊底考证,试问将这些知识报告给人民大众,有何作用?①

应该说,这种批评有故意"找碴"之意,冯作无甚可批而一定要批,且特意给出出处刊物,多少让人怀疑:《文艺生活》真正的批评目标未必是冯至,而是刊发冯至文章的《小说》月刊②。在新中国成立初同人刊物之中,《小说》月刊的来历、现实影响与《文艺生活》最为接近,那么批评《小说》是不是在有意与这种不改"同人"底色的旧刊物"划开界限"、以向党的文艺管理部门自明身份呢?这多少表明,"新文学"传统正在经历某种"文

---

① 王迅流:《评冯至〈杜甫的家世和出身〉》,《文艺生活》1950 年新 5 号。
② 《小说》月刊于 1948 年创刊于香港,茅盾、楼适夷等主编,1949 年上海解放后迁沪出版,改由靳以负责。在靳以主持下,这份刊物的编辑风格基本未作大的调整,具有明显的同人刊物风格。

化同构型的破碎"①的命运。

三 "延安化"与地方知识

新生的《文艺生活》的"延安化"努力,还更明确地表现在创作实践上。它的作者,除了旧有的粤港地区左翼作家外,还增加了大批随第四野战军南下的解放区作家,如黑丁、李尔重等。而在作品内容方面,则明显遵从了"新的人民的文艺"关于题材的"潜在的约定"——表现工农兵的斗争生活。

新1号集中刊发了一组有关第四野战军的稿子,如戴夫《解放军南下故事选》、向旭《我是一个南下工作团团员》、耶戈《飞兵在沂蒙山上》、于逢《毛主席巨像是怎样制成功的》。另外则是一组关于广州新、旧社会对比的稿子,如秋云的控诉国民党军队撤退时炸毁海珠桥的罪恶的《海珠桥,你要复仇》,韩林明控诉国民党监狱黑暗的《红花冈》,黄药眠描绘"旧世界"临死面貌的《思想底散步》。两类稿子,都带有强烈的政治化甚至政策化的面目。这种风格,构成了此后《文艺生活》的基本用稿标准。新2号刊出苏怡《林彪将军印象记》(人物素描)、戴夫《解放军南下故事选》、韩萌《落网》(短篇小说)、卢钰和冯喆《起义前后》。新3号又接着刊出王质玉《光荣回来了》(小说)、戴夫《粤桂边追歼战》、杜埃《在南边的海湾上》(报告)、黄药眠《当我们在哈尔滨的时候》(报告)、秋云《血的元宵节》(报告)等作品。其中,王质玉小说写战士张元祥光荣回乡,亲历家乡新的变化。新3号刊发的《红旗》(独幕活报剧,集体创作,齐闻韶、汪明执笔)、新5号刊出的《垃圾的闹剧》(独幕活报剧,集体创作)、《纪律》(独幕剧,丁辛之)等作品,同样讲述的是新旧社会变迁的故事。这种紧紧趋附"新的人民的文艺"的编辑作风,在《小说》月刊是难以觅见的,与另一家小

---

① 〔美〕科内尔·韦斯特:《新的差异文化政治》,陈永国译,《文化研究读本》,罗钢、刘象愚编,北京:中国社会科学出版社,2000年,第150页。

心、谨慎的同人刊物《大众诗歌》(沙鸥主编)倒有仿佛。但这显然是有代价的:此类作品在半世纪后几乎难以勾起读者的阅读兴趣。

不过,这并不意味着《文艺生活》已沦为一份乏味的刊物。毕竟司马文森未经改造,又主要在香港编辑,这就使《文艺生活》在趋附之时不免时有脱轨,或与旧有"新文学"习气发生复杂瓜葛。比如新1号、新2号、新3号分别为郭沫若、茅盾、周扬绘像(大约是按三者行政级别所绘),就显然与文艺界实际情形有所隔阂。新中国成立初年,郭沫若、茅盾皆位高权轻,"许多党员作家……对茅盾、郭老都瞧不起,认为这些人只能谈谈技巧"①,两人实际影响力其实已在周扬之下。当然,更多隔阂还在于作品的不合"成规"之处。从新1号开始,司马文森就开始连载自己在新中国成立前就已完成的长篇通俗小说《红夜》,仍是旧的左翼作风。而黄药眠的《断想》也流露出与"新的人民的文艺"不太合拍的生命的忧郁:"胜利的阳光照过来,把我心里的忧愁的积雪都消融了。但你看见过初春的太阳照到山涧吗?流水旁边,或岩石的侧旁,总还有一堆堆的残雪。我猜,我们的灵魂深处,也许还有些残雪啊!""我在晚上还常常在发惊梦,一时梦见自己被捕了,一时梦见友人们在惊惶中逃窜。但一觉醒来,只看见柜上的灯还是蹲在那里十分恬静。啊,过去的早就过去了,但我们的心是一座坟,在里面埋下了多少当年的人物啊!"为什么"胜利的阳光"不能化去"心中的坟"呢?黄药眠显然是从个人生命的维度在观照历史。然而,最大的脱轨却是解放区作家。载于新4号的黑丁小说《新的开始》涉及农村土改中的复杂面。而李尔重小说《杨连长》更展示了解放军内部不太为人所知的一面。小说写到连长杨青山抗战胜利后出现的某种心理失衡:

> 抗日战争胜利之后……首长们生活比以前都改善了。对于这点,杨青山基本上没啥意见。可是有一件最使杨青山恼火的事:一些新参加的和首长结婚了的女人,也跟着首长住在洋房里,一桌上吃饭,牛哄哄的,实在顺不过气来的……你看他们穿的干净,住的舒

---

① 《作协在整风中广开言路》,《文艺报》1957年第11期。

服,出来进去的当"太太",真让人牙根子发麻。杨青山看看自己还是穿的"踢死牛"的撒鞋——硬棒棒的,穿的一身汗汗水洗的破军装。他时常地发牢骚:"完啦!吃不开啦!五个窟窿抵不住人家的一个窟窿!完啦!"

这种描写,涉及中国革命内在的复杂性,但在"新的人民的文艺"中,它无疑属于"不宜公开"的范围。尤其心怀不满的杨青山,因此充满性的向往,结果差点被女特务所诱惑。这种军人形象当然不符合新政权对工农兵"正面假象"的要求。

此外,作为一份主要在粤港地区发行的刊物,《文艺生活》还保留了不少"地方性知识"。比如,曾参与《文艺生活》早期编辑工作的地方小说家陈残云就在新1号上发表小说《乡村新景》。这篇小说记叙解放军部队途经某山村,农民对解放军由畏惧、疑惑到信任的心理转变。作者使用国、粤双语创作(叙述使用国语,对话则采用方言),颇能保留地方的心理与风俗:"她只管哭,半句话也不讲。地保急了,'有乜野事情你讲呀,几十岁人,啼啼哭哭,唔失礼人都失礼长气公呀'。'係啰,係啰,唔怪得人话佢越老越糊涂'","地保人急智生,悄悄地去问媳妇。媳妇细声说:'唔见左只鸡哇——'地保说:'车,唔见左只鸡使乜哭得咁紧要?'媳妇说:'佢怒的共产军'。地保解释说,'共产军点会要你只鸡?揾真吓呀?'说完,地保跟长气公、媳妇分头插寻。不久,长气公在柴堆中,发现这只鸡在生蛋"。这使《文艺生活》对"新的人民的文艺"的趋随又兼含稀有的"地方知识"。与此相应,《文艺生活》还于新5号刊出两篇越南作者的论文:《越南现代文学的发表》(武玉潘)、《我们的文艺战线》(阮辉象)。这两位作者,应该是司马文森在香港接触到的越南革命文人。

四 "暂时停刊"

趋附"新的人民的文艺",无疑是"新文学"出身的《文艺生活》在新体制中的生存策略。在这背后,实际上含有司马文森对于《文艺生活》作为同人刊物的不安甚至自卑。事实上,新1号刊出61人特约撰稿人名单后,很快传来批评,《文艺生活》不得不撤下这份名单并公开致歉。这益发加深了刊物的不自信。借用英国学者罗伯特·J.C.扬的说法是,刊物"被人指点、被人取笑,而这还仅仅只是表面上的情况","同时存在的情况是,处于这种情况当中的人内化了这一观点,将他们自己视为与众不同的低人一等的'他者'"。①《文艺生活》无疑为自己不是"机关刊物"的事实颇感不安。所以到新3号,司马文森又表示:

  文生复刊匆促,不论内容或形式,都不如原先的理想。可告慰的是,各方面认识和不认识的同志都给我们提供了非常宝贵的意见,我们决心逐步的改正它,使它能完全符合要求。……我们不是一份专刊作家稿件的刊物,也不是同人性质的刊物,是一份希望做到大家来办、大家来写的刊物。②

不"符合要求"是显然的:它的众多政治化、政策化的作品未必令读者喜欢,而不时有之的脱轨之作不会令延安文艺批评家满意更是必然。新中国成立初期,《大众诗歌》《说说唱唱》等杂志屡屡遭到《文艺报》批评,就出于后一层因由。从各方面看,《文艺生活》遭到挑剔、批评都几乎是情理之中的事。

  然而出人意料的是,《文艺生活》出版到新5号都未遭到什么"有力的"批评。除"撰述人名单"之外,《文艺生活》刊登的各类作品都未引起什么关注。然而,这又并不意味着《文艺生活》可以按部就班地发展下去。新6号如期出版后,所载各种作品都一如既往,然而在杂志最后,却赫然出现一篇《"文生"半年》,宣布《文艺生活》要"暂时停刊"了。此一宣布毫无预兆,不免令人愕然。估计司马文森本人也颇愕然,因为此前一月,他还在新5号上刊出《本刊稿约》,热情洋溢地"欢迎投稿! 欢迎批评! 欢迎订

---

① 〔英〕罗伯特·J.C.扬:《后殖民主义与世界格局》,容新芳译,南京:译林出版社,2008年,第21页。

② 《编后》,《文艺生活》1950年新3号。

阅!"那么,这中间究竟发生过什么事情呢?对此,当事人司马文森和雷蕾(文森夫人)、知情人曾敏之都曾言及,但不免都有些不着正题。如司马提到"暂时停刊"的三层原因,除了刊登"特约撰稿名单""不负责任"外,还有就是"半年来发表的作品,真正能反映华南人民生活的不多"和"定价太高"。①关于经费,杨益群亦持相同观点:"(《文艺生活》)后由于经费困难等原因停刊。"②后两层理由都不能算非常充分。稿件质量不高是普遍现象,可以逐步改善而不必以停刊解决。至于销售不佳,或是事实,但司马办刊近十年,这种情况应已处理多次。所以更大可能不是事实而是托辞。或因此,司马文森不愿说"停刊",而只说"暂时停刊":"希望这次暂时停刊时间不会太长。从六〇期起,'文生'会用新的面目和大家见面。"③而事实上,《文艺生活》的总60期(新7号)此后并未变成现实。那么,司马文森此时真实的心境如何呢?雷蕾回忆:"这次《文艺生活》的暂时停刊,并未能如司马所希望的是暂时'停刊'。由于……种种原因,'文生'没能再复刊。在那些日子里,我看得出司马心情极不平静。"④从各方面看,《文艺生活》突如其来的停刊与稿件、销售方面的顾虑应有关系,但最直接原因应不在此,而在于大家都未提及的上级方面的意见。司马文森是颇有地位的党员,能让兴致勃勃的他亲手给自己主办近十年的刊物画上句号的,恐怕只能是上级党委了。他的心情"极不平静",很可能是面临着上级党委出于组织考虑的安排之后心中的不理解与不适应了。只不过考虑到组织影响,司马文森未必愿意将事情说得那么明白。当然,这仍是"大胆推测"。可以作为参考证据的是,1952年初《小说》月刊停刊即是"根据华东文联筹委会领导的意旨"⑤。那么,上级党委为什么要将新生中的《文艺生活》停刊呢?应主要与它的"新文学"传统形象和同人刊物的办

---

① 司马文森:《"文生"半年》,《文艺生活》1950年新6号。
② 杨益群:《司马文森传略》,《司马文森研究资料》,杨益群、司马小莘、陈乃刚编,北京:北京十月文艺出版社,1998年,第9页。
③ 司马文森:《"文生"半年》,《文艺生活》1950年新6号。
④ 雷蕾:《司马文森和〈文艺生活〉》,《新文学史料》1985年第2期。
⑤ 洁思:《靳以年谱》,《新文学史料》2000年第2期。

刊方式有关。对于共和国文学体制而言,二者都是不大适宜的。这不但因为私营刊物总有提供竞争性意识形态的嫌疑,也因为新生的国家自有一套完整规划,而有些"异质"事物恰是需要被整顿的。对此,罗伯特·J.C.扬表示:"如果一个国家的人民外表不同、语言不同、宗教不同,那么这种不同将会威胁到这个国家的'想象的共同体'……有许多人,许多种语言,许多种文化为此受到了国家的压制。"①显然,《文艺生活》亦以其非机关刊物的身份受到掣肘。不过,上级对《文艺生活》不太支持并不等于对主编不信任。事实上,在《文艺生活》停刊不久,司马文森就担任了中国作协广东分会刊物《作品》的主编,还兼任华南分局文委委员、中南作协常务委员。到1955年,司马文森更被调至外交部工作,出任我国驻印度尼西亚大使馆文化参赞。这说明,《文艺生活》的停刊,不是因为人事纠葛,而是因为"新的人民的文艺"在文学版图重构中对于"新文学"的重新安置。有了这么一番"故事",再读新6号刊出的黄阳的诗,就不免有几许复杂:"亲爱的毛泽东呵!/我们紧握着拳头/走在大风雨下/都为了追随着你的思想/你打开了的历史的新页/人生的路上就布满着阳光。"

---

① 〔英〕罗伯特·J.C.扬:《后殖民主义与世界格局》,容新芳译,南京:译林出版社,2008年,第62页。

第 2 章 《小说》月刊
（1948.7—1952.1）

《小说》月刊1948年7月由南下文人创办于香港,设有八人编委会:茅盾、巴人、葛琴、孟超、蒋牧良、周而复、以群和适夷。实际主事者是楼适夷和以群。1948年底,各编委陆续北上,《小说》亦于1949年8月移至上海继续出版,并改由靳以、李金波负责。1950年12月由私营同人刊物改为全国文协上海分会会刊。兼发小说与批评。1952年1月,"根据华东文联筹委会领导的意旨"正式停刊。

《小说》月刊的复刊、停刊及其他

《小说》月刊(香港)系茅盾、以群、楼适夷等临时寓港的"国统区进步文人"于1948年7月创办。① 次年10月在上海复刊并出版3卷1期,由此与《文艺复兴》《文艺生活》《大众诗歌》等杂志一起成为新中国成立初年屈指可数的"出身"可疑的同人刊物之一。遗憾的是,由于"沪版"实际负责人靳以等过于欠缺延安经历及对"新文学"经验的过分"沉溺",《小说》月刊对政权鼎革之后文学形势的转变缺乏深刻认识:一方面,它衷心拥护新中国及其现代化蓝图,另一方面,它的办刊方法、文艺主张以及有关"小说"的想象却事实上成为新的文学秩序的异数,或者说,它在延安文人权威"版本"之外为当代文学提供了另一种"进步文人版"的"新的人民的文艺"。如果说媒体文化注定难以摆脱不同"社会群体和诸种势均力敌的意识形态"之间的"你争我夺"②,那么《小说》的复刊、停刊以及它自始至终不脱新文学"旧轨"的编辑方法就非常典型地折射了当代文学内部不同文人群体、不同文学成分之间无止息的矛盾、冲突与整合。

---

① 关于此事,周而复回忆:"1948年香港文艺界可谓盛极一时,以郭沫若、茅盾为首的国民党统治区的著名作家大多数都先后到了香港;早在1946年下半年,周恩来副主席就派了不少文化工作干部到香港,进行文化文艺工作。聚集在香港的作家日益增多,可使作家发表作品的刊物寥若晨星,我和以群、适夷商量办一个文学刊物,主要发表小说,想请茅盾先生主编,由以群去征求茅盾意见。茅公欣然同意,但只愿参加编委,没有时间主编刊物。我们尊重他的意见,由茅盾、巴人、葛琴、孟超、蒋牧良、周而复、以群和适夷组成没有主编的编委会,实际负责编务是适夷,他当时比较空闲。《小说月刊》于1948年7月1日创刊,出版者:小说月刊社。在九龙加连威老道16号二楼,也就是以群主办的文艺通讯社的社址,由前进书店(九龙弥敦道399号)总经售,实际上由他们负责出版发行。出了6期以后,改由香港生活·读书·新知三联书店出版发行。"见周而复《〈收获〉三十年——兼怀靳以、以群》,《新文学史料》2003年第3期。

② 〔美〕道格拉斯·凯尔纳:《媒体文化——介于现代与后现代之间的文化研究、认同性与政治》,丁宁译,北京:商务印书馆,2004年,第11页。

一 《小说》复刊与新文学"旧轨"

按照周而复的说法,上海尚未解放时,他即已接受党的安排,从北平前往上海,准备参加上海的接收工作。此时《小说》月刊已由港迁沪,出版公司亦由三联书店改为商务印书馆。等到上海解放后,商务印书馆很快向军管处申请《小说》等刊物复刊。由于上海出版事业几居全国之半,所以有关方面对此申请不敢擅作主张,而是迅速向中央请示。请示电文称:"关于商务印书馆与中华书局所呈请登记之十种杂志(计商务五种:《东方》、《教育》、《学生》、《小说》、《新儿童》;中华五种:《新中华》、《中华教育》、《中华少年》、《小朋友》、《中华英语》)。我们意见既不能完全批准也不宜全不准,而只先各批准其一两种。在商务方面拟批准《东方杂志》及《小说月报》,中华方面拟批准《新中华》。《东方杂志》过去言论反动,复刊时且须在政治态度上有所声明,可否,盼示。"①此电文于1949年7月13日发出。20日,中共中央批复称:"对商务中华十种刊物可以逐步分别审核批准","先批准一些政治上较单纯较不重要的刊物,例如《新儿童》、《小朋友》、《中华英语》等","其一贯较为进步者,可较早批准"。② 回电没有明确提到《小说》,但《小说》无疑是"一贯较为进步"的,故于1949年10月1日正式复刊。

"沪版"《小说》与"港版"《小说》在编委会上略有调整,主要是在原有茅盾、巴人、葛琴、孟超、蒋牧良、周而复、以群和适夷八人之外另外增加了张天翼、绀弩、欧阳山、赵树理四人。尤其增加有"工农兵文学方向"之誉的赵树理,明显是意在扩大刊物的代表性。不过,吸收解放区作家进入编

---

① 《上海市委关于商务中华十刊物复刊问题向中共中央的请示电》,《中华人民共和国出版史料》,第1卷,袁亮主编,北京:中国书籍出版社,1995年,第185页。
② 《中共中央关于商务中华十刊物复刊问题复上海市委电》,《中华人民共和国出版史料》,第1卷,袁亮主编,北京:中国书籍出版社,1995年,第186页。

委会,更多意味着《小说》月刊经营全国的雄心①,而非在编辑哲学上转向延安作风。事实上,《小说》迁移上海以后的实际负责人从未有过这种归化"新的人民的文艺"的考虑。或者说,在他们看来,按照《小说》过去的经验兢兢业业地办刊发稿,就自然属于"新的人民的文艺"了。《小说》在香港创刊时,即未设主编,由八人编委会共同负责,实际上楼适夷主事较多。迁移上海以后,多数编委都已赴北京就任要职,《小说》就由仍在上海的周而复商请靳以承担编辑事务。周而复回忆:"(靳以)十分乐意接受,但他是个忙人,当时在沪江大学担任教授,只能拿出四分之一的时间,这时李金波(翻译家,研究英国文学)有空,可以全天工作。这一个又四分之一的人承担了继续编辑《小说月刊》的任务。"②关于此事,洁思编写的《靳以年谱》亦有类似记载:"下半年开始接编《小说》月刊(从四卷下半卷起)。此刊原由茅盾、楼适夷、叶以群、周而复于1948年7月在香港创办,解放后移沪出版,原先的编委一时散处各地新的工作岗位,无人继续编辑,周而复又忙于华东局统战部工作,无法兼顾《小说》月刊的编务,他就商请靳以接编。靳以欣然答应,但他主要的工作是在大学,也正忙得不可开交,他却忙里偷闲硬挤出时间编辑。"③不过两份材料对于靳以接手的具体时间的说法不太一致。按周而复的说法,是在第三卷下半卷,按洁思说法则在四卷下半卷,前后有数月差异。但未必可以说何说更为精确,因为《小说》是同人办刊,合作看稿或轮流看稿,并没有像机关刊物(国有事业编制单位)那样有严格的交接手续。两说之异,并不影响靳以、李金波在1949年下半年接手《小说》月刊的事实。此后两年直至停刊,《小说》就主要由靳以、李金波二人负责。

---

① 从一份临时性的香港刊物走向全国性杂志,这是沪版《小说》月刊的大的变化。此种变化在其《征稿启事》中体现得比较明显:"《小说月刊》,去年创办于香港,从三卷一期移到上海继续出版,这是一个全国性的小说创作为主体的大型文艺刊物,热烈期待全国文艺工作者的合作,凡长篇小说、中篇小说、短篇小说、速写、报告、论文、批评、报道,字数不论多少,均所欢迎。"见《小说》1949年第3卷第1期。
② 周而复:《〈收获〉三十年——兼怀靳以、以群》,《新文学史料》2003年第3期。
③ 洁思:《靳以年谱》,《新文学史料》2000年第2期。

对于新中国成立初期获准复刊的几份前"同人刊物"而言,当务之急是如何处理刊物与新政治环境的关系。为此,《文艺生活》(广州)取消原卷、期序号改称"新1号""新2号",并通过《复刊词》诡称该刊"并非同人杂志,而是属于全体读者的"①,希望借此将自己的过去彻底"打发"。北大学生刊物《诗号角》索性易名《大众诗歌》。《小说》初看也颇相似,譬如突出有关工人、国家等新符号,《熔炉工人》(第3卷第1期)、《军民打成一片抢修浏河海塘》(第3卷第3期)、《人人敬爱毛主席》(第3卷第4期)、"义务劳动"(第4卷第1期)等木刻绘图纷纷出现在扉页和封面。内文也出现茅盾《略谈工人文艺运动》(第3卷第1期)、菡子《工厂纪事》(第3卷第4期)等与形势吻合的文章。那么,是否可由此判断:"沪版"《小说》完全"改弦易辙"、主动归化了《讲话》和"新的人民的文艺"呢? 其实不然,《小说》无论是编辑风格还是文艺主张都与"新的人民的文艺"存在明显的疏离与隔阂。

隔阂表现在五个方面。其一,"沪版"《小说》与"港版"类似,其主要组稿对象还是"国统区进步文人",如《饥荒》作者老舍、《炮手》作者沙汀、《许老板》作者许杰、《金宝的娘》作者罗洪以及理论作者冯雪峰、唐弢、魏金枝、靳以等。解放区作家亦颇有其人,但主要是青年作者(如立高、戴夫、任大心等)而无重量级作家。这与据说"对党员作家十分信任,对非党的作家却总是不放心"②的《人民文学》几乎相反。这是《小说》同人办刊特征的反映。其二,即使在1951年文艺主管部门要求"省市出版的期刊,必须是通俗的"③的政策压力下,《小说》也罕有发表工农兵作者作品,说唱类作品更不必说。其三,与《文艺报》《人民文学》大量刊登真假莫辨、意识形态化的读者来信不同,《小说》复刊后基本上不刊发读者来信。其四,《小说》亦不使用"社论""编者按"等具有虚拟政治权威的批评形

---

① 《复刊词》,《文艺生活》1950年新1号。
② 田之:《〈人民文学〉反右派获初胜——剥露唐祈、吕剑的丑恶原形》,《文艺月报》1957年第9期。
③ 《关于加强工农读物出版工作的决定(草案)》,《中华人民共和国出版史料》,第3卷,袁亮主编,北京:中国书籍出版社,1996年,第493页。

式,其"编后记"不过是交代具体编务,不太谈论"文艺方向""文艺政策"等指导性的问题。其五,《小说》较少刊登理论文章,"在第三卷前三期中,几乎没有一篇批评"①。所谓"几乎没有一篇批评"并非指《小说》完全没有理论文字,而是指其理论文字没有一篇能像《文艺报》那样达到了暴露、打击、改造各种"不健康""反动"的作品和现象的效果。如果说社会主义传播模式"将排斥其他的或各种有抵牾的观点当做一种政策问题"②,那么《小说》显然未能领略政策的深层含义。对此,《小说》在第4卷以后有所改进,然而仍然被认为不符合批评的规范。据1951年上海文艺界整风时的批评称:"(《小说》)后来虽已逐渐感到展开批评的必要,但仍没有认真地组织批评。他们曾召开过座谈会来讨论作品,这种方式本来是可以采用的,但由于思想上对这一工作的重视不够,抱着敷衍塞责的态度,会前缺乏充分的准备,座谈会的内容必然也就不会充实和深刻了。他们也曾展开关于《江山村十日》和《关连长》这两篇作品的讨论,但因为放弃领导,任其自流,因而没有在比较重要的问题上展开进一步的深入讨论,并得出正确的结论。"③所谓"正确的结论",指刊物应在讨论的最后给出权威判断或"唯一真理"。这无疑是"对人民负责"的"新的人民的文艺"对批评的理解。而《小说》本无意讨论,讨论后不给"结论"更是新文学自由论辩、求同存异作风使然。而且,《小说》即使发表批评文章,也很少使用"我们"或党的姿态。后者被钱理群称为"我们体"。④《小说》的批评,就只是表达一个批评者的个人意见,刊物无意将党的或群众的权威添加其上。

  以上五点隔阂,实来自新文学时代的办刊惯例。靳以对此惯例与新的制度环境间的"不协调"应该是不够敏感。这在《小说》有限的理论文字

---

① 李策:《上海文艺界进行文艺整风学习》,《文艺报》1952年第13期。
② 〔英〕尼克·史蒂文森:《认识媒介文化——社会理论与大众传播》,王文斌译,北京:商务印书馆,2001年,第26页。
③ 李策:《上海文艺界进行文艺整风学习》,《文艺报》1952年第13期。
④ 对"我们体",钱理群如此描述:"'我们'不仅是代表着'多数',即所谓'人民'('群众')、'阶级'('政党')的代言人,而且是真理的唯一占有者,解释者,判决者,即所谓真理的代言人。与'我们'相对立的是'他们',二者黑白分明,你死我活,非此即彼,不可调和,绝不相容。"见钱理群《1948:天地玄黄》,济南:山东教育出版社,1998年,第28—29页。

中体现得更为内在、致命。第 3 卷第 4 期刊出的重要理论文章《论现实主义》,其实仍停留在 1940 年代后期现实主义论争的氛围中。作者吕荧仍在与傅履冰、沙汀等辩论"客观主义"问题:

> 现实主义要求作家通过事物的表象把握本质,创造"典型环境中的典型人物"……一个作家如果只是客观的把观察到的许多表面生活事象如实的描写出来,没有深入到社会的内部,追求它的本质,再通过人的典型来表现它;这样,在作品里,不论作家多么的忠实写实,也只能写些人物的小动作,像怎样喝茶,抽烟,走路,伴笑,谈话,用手腕,施心计……并且这些小动作也只能表现生活表象或是人物外貌,没有更深更广的内容。这样的人物不论多么真切,都只是一些模糊的影子,小说只是各种生活场面的拼凑,表面事象的铺张,一幅幅事件画的汇集。①

不难看出,无论作者、编者,《小说》都比较隔阂于文学已进入"新的人民的文艺"的时代的文坛大势。其实重要的已不是客观、主观谁占上风的问题,而是所有文艺工作者都须细致理解《讲话》、按照"新的人民的文艺"进行创作的问题。而《小说》似乎"遗忘"了《讲话》以及周扬等延安文人的存在。

编辑风格、文艺主张的双重隔阂表明,复刊后的第 3—4 卷《小说》骨子里还停留在新文学时代。那么,这是否意味着靳以等有意识地要凸显与"新的人民的文艺"的差异?未必。《小说》或许以为,只要它在政治上认同了新中国,那么它自然就属于"新的人民的文艺"了。这种显然缺乏慎重考量的思路清晰体现在第 3 卷第 2 期的扉页插图上。在漾兮绘的《永远跟随着我们我们伟大的导师——鲁迅先生前进!》一图中,鲁迅身躯伟岸,举一只"到群众中去"的灯笼,引领大群扛、提、挟着墨水、小提琴、画夹诸般物件的文艺工作者奔前而去。这表明:鲁迅不但与党的政策"无缝对

---

① 吕荧:《论现实主义》,《小说》1950 年第 3 卷第 4 期。

接",而且仍是当代文学的伟大引路人。这反映出《小说》对周扬在一次文代会上的发言——"(《讲话》)规定了新中国的文艺的方向","深信除此之外再没有第二个方向了,如果有,那就是错误的方向"①——未能细加"品味"或不完全认同。甚至靳以等也不了解中国革命对于以鲁迅为代表的五四文学传统重塑的要求,更不明白革命成功后知识分子的角色已从"自以为是的设计师"下降为"能为建设新秩序大厦提供服务的熟练手艺人"。②《小说》何以未能捕捉这些变化?推其原因,当在两点:一、《小说》同人实在没有直接感受过《讲话》、缺乏延安经历;二、作为左翼"进步文人"、鲁迅追随者,他们承认党的政治领导,但在文学方面确实当仁不让地自居为"设计师"。那么,"进步文人"设计的"新的人民的文艺"对小说的想象与"延安版"又有何不同呢?

二 "进步文人"版的"新的人民的文艺"

"进步文人"版的"新的人民的文艺"在刊用小说方面非常强调艺术质地。《小说》第3—4卷推出了老舍《饥荒》、马加《开不败的花朵》、沙汀《炮手》、立高《入党》、维西《一个侦察员的故事》、余允铭《洋蜡烛》、方膺《滨海新纪事》、萧也牧《大生产的回忆》等小说。靳以不幸在1959年因心脏病猝发早逝,未留下有关他编辑《小说》月刊时选稿标准方面的资料,但从《小说》所刊发的小说看,这些作品普遍艺术质地较佳,比较注重场面与细节。老舍、沙汀的小说自是如此,就是解放区来的康濯、萧也牧、马加等也不例外。有关《饥荒》的读者反应在当时的报刊上难以觅见③,但《开不

---

① 周扬:《新的人民的文艺》,《周扬文集》,第1卷,北京:人民文学出版社,1984年,第513页。
② 〔美〕杰罗姆·B.格里德尔:《知识分子与现代中国》,单正平译,天津:南开大学出版社,2002年,第329页。
③ 《饥荒》(《四世同堂》)的艺术功力是公认的,但缺乏反应可能是因为对这部予以赞扬明显是不甚妥当的,因为它明显是有异于"新的人民的文艺"的启蒙视野下的"国民性重铸"的故事。当然,批评更是不妥,因为老舍是成就卓著、颇获新中国礼遇的小说家。

败的花朵》即因"生活"充分而被认为"可以给其他作者一个参考","(作者)对待自己所接触到的生活,应该从中发现问题,认识问题,并因而得到正确的见解与思想,把握生活中的本质,应该拥护什么!反对什么?然后再把这生活加以反映,把生活中所得到的思想形象化"。① "生活"在《开不败的花朵》中很明显:"正是蒙古草地最好的季节。天气不太冷,也不太热。草棵都绿了,花朵都开放了。那红色的金簪子花,黄色小馒头花,蓝色的蓝雀花,一朵一朵的,一堆一堆的,一片一片的,那看不完、数不尽的蒙古草原上盛开的花朵呵。风不伤脸,灰不扬尘。天空清清朗朗的,小鹅鹂唱着歌。"这种"形象化"的优点,在其他小说中也有明显表现。如《心事》(李丹人,第6卷第2期)对童养媳在新的婚姻制度下心理的描绘:"她越想,心里越甜,她好象看见山也变大了,河也变宽了,满山满原都是绿油油的;她自己种的地,麦穗长得又长又大,再回到家里一看,又清静,又顺眼……她想着想着,好像这一切都活起来了,都慢慢向她走来了……"又如《白山黑水》(潘芷汀,第6卷第1期):"(山岭)就在森林的北部,是长白山的一个小小支脉。如果从南边山上来望它,它的弓形脊背,起伏蜿蜒,像一个庞大的鲸鱼,浮在森林的大海上。每当早晨、傍晚,烟雾流荡在森林上空的时候,这庞大的动物就沉在海底了。天气晴朗起来,它便又浮在海面上,山庄上的炊烟,腾空矗立。"

靳以在用稿时无疑比较注意语言与细节的艺术力量,而对政治不甚措意或敏感度不够。刊登于第4卷第3期的韦嫈的小说《母亲与孩子》曾引发讨论。韦嫈是艾青的夫人,青年小说家。这篇小说写的是战争期间,女干部杜慧芝需要把自己的孩子"坚壁"到农民家里,但她因顾虑到农家的卫生条件而迟迟难舍。正在为难之际,杜慧芝听说了农妇桂芬的一件事情:为了掩护同志不被发现,桂芬曾亲手捂死了自己的孩子。杜慧芝深受触动,于是愉快地把孩子留下,并积极帮助农家打扫卫生。这篇借平凡小事而涉及人性与革命之矛盾的小说,发表以后迅速引起了文艺界

---

① 日木:《马加的〈开不败的花朵〉》,《大公报》1950年12月5日。

的关注。《光明日报》"文学评论"双周刊为此小说展开了讨论。评论家蒙树宏撰文认为:"《母亲和孩子》是写知识分子出身的干部杜慧芝和农妇桂芬对待自己的孩子、处理自己孩子的情形。作者通报了这件具体的事,告诉了我们:为了翻身的大革命,有什么东西不可以抛弃呢?桂芬便是为了伤员的安全,窒息死了自己的儿子的。这件事不但影响了杜慧芝的转变,也同时常常的教育了每一个读者。所以我说《母亲和孩子》的主题是非常有意义的,而作者通过这件事来表现这个主题,基本上也是成功的。"①但蒙树宏的批评是显然的:"桂芬并不是忍心的母亲,失去了孩子后她感到极端的难过,一提及便伤心得流泪,但为了革命她必需这样做。我们站在某一点来说,杜慧芝的爱儿子桐桐也是对的,可是绝不能把这狭隘的母爱扩大,不在爱国家、爱民族、爱革命的前提下爱自己的儿子,却把儿子看成身上的一块肉,甩不开抛不掉,反而变成一个包袱,妨碍了她的工作和进步","作为一个大学生出身的杜慧芝表面上是懂得这些道理,但只是模糊的一个概念,并没有和实际联系起来,因此一触及现实的问题,她的理论便似五彩的肥皂泡那样破碎了,不能抛弃母子间私情的眷恋"。② 对蒙树宏的批评,另一批评者齐谷不甚认同,认为蒙的批评是概念化的,譬如,齐谷认为"农家脏是事实","杜慧芝的'一心一意的为孩子打算',把卫生问题看得过分严重,因而不愿意坚壁孩子,正是她把个人利益放在革命利益前面的具体表现。当她从思想上认识了自己错误的时候,她便对农家不卫生的问题有了不同的看法——把它看成应该积极去克服的困难,办法便是帮助老乡打扫卫生。……这中间有什么不可以理解的呢?因此,并不是作者过分强调了卫生这一面,而是蒙树宏同志看问题太简单、太浮面了一些"。③

实际上,蒙树宏、齐谷关于《母亲和孩子》的争论还未触及"新的人民的文艺"的另一个禁忌:在这篇小说中,革命被置于人性和伦理的对立

---

① 蒙树宏:《评〈母亲和孩子〉》,《光明日报》1950年12月23日。
② 同上。
③ 齐谷:《也谈〈母亲和孩子〉》,《光明日报》1951年2月24日。

面,似乎恰恰是革命导致了反伦理(亲手捂死自己的孩子)的悲剧。这种故事或许在素材上是真实的,但此种事件设置显然不利于革命认同的建构。靳以对这种"叙事政治"缺乏充分的了解,而《小说》最感兴趣的作品似乎恰在这种"越轨"类型。在有限的批评文字中,《小说》也展开了对另一部小说《关连长》的讨论。这篇作品原刊于《人民文学》,记叙上海解放时,解放军某部进攻敌人据点,意外发现据点实乃一所学校,许多孩子也被困其中。为避免伤及孩子,负责指挥进攻的关连长决定放弃炮击,改用轻武器进攻,结果孩子得救了,而关连长和一些战士却牺牲了。这部小说明显也是一个革命与人性相冲突的故事。但《小说》没在这方面太多落笔,而主要就小说的细节问题展开了讨论。魏金枝认为《关连长》"把一切故事的现实性,摧毁个一干二净",比如学校尚有孩子一事不太可能,"小说中所说的是一个……有红围墙有花园有草地规模相当大的相当阔绰的学校。这样的一个学校,学生自然是有些资产的,不但家长要把自己的子弟老早领回去,学校的负责人也决不会不将学生送回家去,省得多负责任",即使是被劫持,"这些被劫持了的学生的家长,不会设法去赎出他们的子女么?""这些见钱眼开的反动军队,还会为着阻挡而不让赎回这些于事无济的小孩子么?"故魏认为"小说的故事是虚构的,即使不是虚构,也必然经过畸形的过分的夸张了某一部分,或竟对于战事的知识并不丰富"①。对魏金枝近乎挑剔的较真,许杰不免为作者抱不平:

> 他的着力之点,却似乎落到琐碎的一面,而他的论断,也就渐渐趋向到打击这一方面去了。……朱定同志的这篇《关连长》,我们可以说它是从观念到经验的,但是,我们却不能说他对于生活,丝毫一点没有经验;反之,倒是觉得,他的部队与战争的经验,还是很多的。在这里,如果作者的思想性更强,艺术性更高,他能够设想得更周到,体会得更真实,他把一切可能指出的漏洞都避免了,我想,这条路

---

① 魏金枝:《论〈关连长〉的现实性》,《小说》1950年第4卷第4期。

还不是没有路的。①

许、魏虽持论有异,但着眼点却十分相似——怎样根据实实在在的经验写出可靠动人的小说细节。所以,这与其说是讨论,不如说是在委婉地给习作者展示"好小说"的标准:故事现实、细节可靠、充满语言的生动与美。其中几乎没有涉及本质、规律、历史真实等"延安版"的"新的人民的文艺"的必备概念,多少有些"艺术第一"的气味。这显然不合时宜,然而上海相对宽松的政治环境(文艺界负责人夏衍比较包容)、深厚的海上文化氛围,使《小说》几乎自然地将"新文学"观念及办刊标准引入了它所构想的"新的人民的文艺"。如果说"文化是一个被争夺的领域,它是不同社会集团……之间发生冲突的舞台"②的观念未必吻合1966年后的内地文艺界,但在新中国成立初年还是比较准确的。

然而,《小说》也明白"艺术第一"不宜公开宣讲,尤其是将"伟大的导师"鲁迅(启蒙)引入"新的人民的文艺"(革命)能否成立,其实还需要有力的合法性论证。由此,4卷2期上的《描写成长和发展中的新人物》一文,其实就在"弥合"启蒙与革命、"新文学"与"新的人民的文艺"之间的裂缝。文章指出前国统区"进步文人"对于旧的写作方式合法性的顾虑:"过去由于社会条件的限制,使不在少数的一部分文艺工作者,无法深刻体验到新人物的成长过程","他们所擅长的是批判和揭发反革命统治者的丑恶面貌和凶狠无比的残暴行为","对新进的正面人物还描写得不够完善"。③不过这与其说是自我检讨,不如说是委婉提出了"延安版"的"新的人民的文艺"的偏缺:

> (作家们)可能会产生一种疑虑,就是担心到我们着重地描写新人物的成长和发展,是不是将会削弱了对旧社会残余的鞭捶,也就是

---

① 许杰:《也谈〈关连长〉》,《小说》1950年第4卷第5期。
② 〔英〕阿雷恩·鲍尔德温等:《文化研究导论(修订版)》,陶东风等译,北京:高等教育出版社,2004年,第141页。
③ 日木:《描写成长和发展中的新人物》,《小说》1950年第4卷第2期。

说,我们照顾到了"接生",而会不会忽视了"掘坟",这个问题是可能发生的。①

所谓"掘坟"指"新文学"对于国民性的剖析,"接生"则指"新的人民的文艺"通过"新人物"叙述达成的社会主义文化创造。"进步文人"的忧虑在于,"延安版"的"新的人民的文艺"是否会导致新文学传统的消失?对此,日木表示不必疑虑:"关键就在于把握住社会本质,深刻体验了现实生活,通过这些英雄人物的身上,把社会向前发展中新旧冲突的矛盾表现出来,新的得到决定性的胜利,旧的让它躺进棺材。在这里,我们既很健康地'接生',也完善地'掘坟'。"②此说看似无异于《讲话》,实则包含着不大相同的创作诉求——《讲话》是在敌人身上表现"旧的"精神,此文则要求在"英雄人物的身上"同时呈现"新的"和"旧的"。这意味着英雄同样纠结着"旧的""落后的"需要反复"搏斗"才能祛除的国民性意识,更暗示了健康的"新的人民的文艺"对鲁迅的需要。显然,"接生"与"掘坟"之说是在树立"进步文人版"的"新的人民的文艺"的合法性。相应地,靳以还在第4卷第4期摘录了周恩来《在中华全国文学艺术工作者代表大会上的政治报告》中的一段文字:"我们主张文艺为工农兵服务,当然不是说文艺作品只能写工农兵。比方写工人在解放以前的情况,就要写到官僚资本家的压迫;写现在的生产,就要写到劳资两利;写封建农村的农民,就要写到地主的残暴;写人民解放战争,就要写到国民党军队里的那些无谓牺牲的士兵和那些反动军官。"③这段涉及地主、资本家、反革命的观点可说是对周扬《新的人民的文艺》的"纠正"。《小说》摘引此段,当然不是为了活跃版面,而多少是在为被"工农兵"排斥或负面形构的地主、资本家、反革命等人物争取被表述的权利。其实何止地、资、反呢,"小资产阶级知识分子"当时也不太能写。不难推想,《小说》是重视知识分子权益并希望对"延安

---

① 日木:《描写成长和发展中的新人物》,《小说》1950年第4卷第2期。
② 同上。
③ 周恩来:《在中华全国文学艺术工作者代表大会上的政治报告》,见《建党以来重要文献选编(一九二一——九四九)》,第二十六册,北京:中央文献出版社,2011年,第547页。

版"的"新的人民的文艺"有所补益的。

这表明,《小说》月刊与同期充满迷茫的《文艺生活》《大众诗歌》等同人刊物并不相同。它沉稳、自信,不但不自我放弃,而且还有在"延安化"之外另行开辟更为丰富的"新的人民的文艺"实践空间的自我期许。当然,这与它的"豪华"的同人阵容是有关的,譬如茅盾、周而复(上海统战部长)等。实则同人力量也起到了作用:1950年12月《小说》正式从私营同人刊物变身为机关刊物。对此,当时与《小说》"不分你我""捆在一起编"的《文艺新地》的编辑艾以回忆:"《小说》月刊迁沪后很长时间无家可归……直到1950年年底出版第4卷第5期时,小说月刊总算有了归属,成为中华文学工作者协会上海分会会刊。"①从理论上讲,靳以因此也更有条件将"进步文人版"的"新的人民的文艺"落到实处了。

三 成为文协刊物之后

然而"在朝""在野"终究不同。文协上海分会给《小说》带来资金,靳以借此机会从第4卷第6期起将原九十余页篇幅"增容"到一百四十余页。更大的变化则在于为"进步文人版"的"新的人民的文艺"添加了延安"成分"。这体现在指导性姿态的凸显。第4卷第5期"编后记"称:"白原同志的散文《快乐村》,主要的是写出人民对祖国的热爱。在这一点上,我们诚恳地希望各位作家从不同的角度来反映祖国的伟大和可爱,使得中国人民广泛地深刻地认识这伟大和可爱的祖国,因而更能发扬人民的热爱祖国的真情。选录这篇散文只是一个开端,热望我们的作家同志们丰富这一主题的具体内容。"②这种呼吁,意味着《小说》月刊开始离开过去的同人办刊立场,逐渐以国家(中国作协上海分会)的姿态展开第5卷的编辑工作。该卷解放区作者数量明显增多,柯蓝《延安十年》开始连载,并第一次出现有关毛泽东思想的阐释文字。该文明确承认毛泽东文艺思想的

---

① 艾以:《海上文谭》,上海:上海三联书店,2012年,第188页。
② 《编后记》,《小说》1950年第4卷第5期。

权威和"新的人民的文艺"的历史合法性,甚至对新文学作者公开批评:

> 不可否认,有这样一部分人。也许,他们过去有一些生活经历,对于过去的生活有些许理解,并且也能运用一些"文艺技巧",或者说"写作能力是很强的"。但是,写出来的作品怎样呢?当他们在写到过去的一些生活经历,容或是生动和形象的,可是一写到新的生活、新的事物、新的现实中的矛盾和斗争时,就显出了这样空洞、无力,甚至是在某种程度上的歪曲,因而就没有感染人或说服人的力量。这些作品正好像高尔基所指出的,他们是把"文学底注意力主要地放置在正在死亡的东西上,而没有放置在已经开始生长和活动的东西上。"他们没有从实践中去认识新的生活,用高尔基的话来说,就是没有好好地倾听新的历史的声音;而是"被动地屈服于对现实的揭发和否定的态度底陈旧传统之下,没有充分鲜明地反映出第二种现实,在描写陈旧的真理当中,没有指出新的真理,没有指出在崩溃的古老事物底混乱中间、人的里面的那种新的东西"。①

而第 5 卷第 6 期(1951 年 7 月出版)头条还刊出了"上海红五月工人文学创作竞赛得奖作品"两篇,一篇是陈澈的小说《草包生了机灵心》(一等奖),另一篇是沈迹的小说《竞赛》(二等奖),这对于此前《小说》疏离"工农兵"的风格是明显的调整与改进。

这是"进步文人版"的"新的人民的文艺"中新的"延安化"成分,但其"艺术第一"的用稿标准并无实质性改易。第 5 卷第 1 期"编后记"赞叹卢鸿基散文《父亲底心》:"(它)细腻地写出了……一个父亲的感奋和喜悦的心情","这个父亲""和他的女儿十多年不相见了,女儿又早就失去了母爱;因之父亲底心就更为繁复和感人了"。对于工人得奖作品,《小说》则以艺术标准严格"敲打"。如许杰评论获奖的陈澈小说《草包生了机灵心》,所列缺点竟有五点之多,譬如形象不鲜明、结构散漫等:"短篇小说所

---

① 谭质:《实践与创作——读了毛主席的〈实践论〉以后》,《小说》1951 年第 5 卷第 3 期。

写的,应该是一个故事,一个中心,有些枝蔓的人物和故事,如果并不是必要,就应该尽量的删除,尽量的割爱","小周老婆的出现,似乎和整个故事无关的吧!"①魏金枝《读〈竞赛〉》同样严厉。可以说,两篇得奖作品经魏、许一番点评之后就主要是失败教训,实在谈不上"优秀"经验。由此可见,《小说》对"毛主席的文艺方向"的落实相对复杂:一方面公开赞成,另一方面却在具体编辑中仍坚守艺术标准。可以说,靳以、许杰等"习气"已深,甚至无意消除与新的文艺风气之间的隔阂。

隔阂在第5卷几篇"问题"小说上体现得更明显。周熙《岗位》(第5卷第4期)记叙没有文化的解放军班长崔克勤转业作户口警后的心理苦闷,而在"延安版"的"新的人民的文艺"中,有关解放军的描写实已普遍化为一种"已被认可的类型成规","观众在了解文本的时候带着一定的预期"并从中"得到愉悦和享受"。② 故不同于"预期"的《岗位》引发了讨论。黄之俊认为《岗位》对解放军"似乎有些歪曲","(崔克勤)把在公安部门工作认为不是革命工作,把管理户口工作认为是做鸡毛蒜皮的杂务,是些没出息的事","老革命,负过三次伤,经过革命部队的陶冶,受过党的教育党的领导的崔克勤,就是这样一个在思想上犯严重错误的人物么?"③由此,黄之俊认为《岗位》对"高度组织性、纪律性和文化修养的部队""缺乏本质性把握":

> (作者)只抓住一些表面现象来描写我们的战士,这怎能会正确,会不发生错误呢?当然,我们也不能全部否认在我们的人民战士中没有像崔克勤这样的人物存在,但是,我们可以百分之百肯定的:即使有,但仅是极少数的……是没有代表意义的。……假如作者仅抓住这极少数的、个别的、特殊的现象,来创造典型,这无论如何是错误的,何况像崔克勤这样一个人物……怎能怎应该描写成为作者

---

① 许杰:《〈草包生了机灵心〉读后》,《小说》1951年第5卷第6期。
② 〔英〕利萨·泰勒、安德鲁·威利斯:《媒介研究:文本,机构与受众》,吴靖、黄佩译,北京:北京大学出版社,2005年,第54页。
③ 黄之俊:《要正确的描写战士!——评周熙的〈岗位〉》,《大公报》1951年7月31日。

笔底下那样呢?①

黄氏使用的个别/典型、表象/本质等概念是"延安版"的"新的人民的文艺"的关键词,《小说》与之颇为疏远。第 5 卷第 5 期中的《前进》(立高著)情形相似。该小说写解放军海军英勇作战,为突出英雄的意志,小说详细地描写了战士负伤的情形:"赵孝忠觉得腿上炙辣的疼,一动,右臂也疼得难挨","看看自己的胳膊上,起了干巴巴的一层白盐;伤口被太阳晒焦,结了血痂。他像被钉在石板上,一动就疼得刺骨椎心","'能回得去吗?'他又反问着自己。五六处伤口疼得动不了身,离祖国的海岸是这样遥远,流了这样多的血,肚里空得咕咕叫,'能回得去吗? 只有死在这里了!'"大约因为"媒体有助于塑造我们的世界观、公共言论观、价值观和行为观等"②,故评论者对这样"不健康的倾向"很感不满:"写人民英雄的勇敢,不怕牺牲,是应该的,如果强调'牺牲',而用很多悲惨场面来衬托,就不对了。……就是写'牺牲',也得表现出革命的乐观主义。不明确这点,就会夸大'牺牲'了,结果,带着一种悲观的气氛。……这能够教育群众吗?""所以,作者在选择题材的时候,首先应该认识,那些能够起推动作用;那些是消极的,甚或是落后的","(应该)从本质上来看问题,注重描写前进的和光明的新事物"。③ 在"延安版"的"新的人民的文艺"看来,为达到"塑造人民"的叙事效果,必须呈现工农兵的正面形象(甚至单一、同质的"正面假象")。在此,重要的不是工、农、兵真实的生命体验,而是"正面假象"再现体系的逻辑需要。

与此类似,第 5 卷第 1 期中的《王老板》(许杰著)也是颇成问题的。小说呼应了第 4 卷第 4 期有关地、资、反被表述权利的呼吁,讲述一位私营主的进步并很细腻地描述了他的内心。这在两方面违反了"延安版"的

---

① 黄之俊:《要正确的描写战士!——评周熙的〈岗位〉》,《大公报》1951 年 7 月 31 日。
② 〔美〕道格拉斯·凯尔纳:《媒体文化——介于现代与后现代之间的文化研究、认同性与政治》,丁宁译,北京:商务印书馆,2004 年,第 62 页。
③ 谢霞:《谈英雄形象的描写——从立高的小说〈前进〉谈起》,《大公报》1951 年 7 月 31 日。

"新的人民的文艺":一方面,即使按照周恩来比较温和的主张,资本家能被表述也主要由于他作为工人对立面的"压迫"功能,但作为"反面人物",他是不可以充作"历史主体"承担国家未来的;另一方面,倘若王老板注定是"反面人物",他就只能是工人"倒置的自我表象",被"正面人物"所生产而不能拥有属己的逻辑。故而不宜呈现其内心,对其内心讲述愈充分,就愈妨碍革命意识形态实践的有效性。对此文学生产规范,过于"沉溺"新文学经验的许杰和《小说》都缺乏必要的敏感。然而诸多同行是清醒的:许杰找书店出版《王老板》单行本时遭到直截了当的拒绝:"'出版社说,写的是老板,不是工人,不出版了'。"①

不难看出,"在朝"位置并未改变《小说》"在野"的"习气"。虽然明确认同毛泽东文艺思想,但《小说》在思想趣味上未显示出太多摆脱新文学"旧轨"的意愿。因此,合法的体制身份难以遮掩《小说》作为"进步文人版"的"新的人民的文艺"的内在的越轨特征。不知是否出于自明其身的考虑,《大公报》(私营)对《岗位》《前进》《王老板》等刊载于《小说》的小说作品展开了上述有组织的讨论。这些居心暧昧的"讨论",无疑将《小说》的问题更加明显地凸显在上级文艺管理部门面前。

四 《小说》的停刊

尽管有很深的新文学"习气",但《大公报》接二连三的"讨论",以及上级机关可能的压力,《小说》不得不继续调整。如果说此前《小说》一直在认同姿态之下展开着与"延安版"的"新的人民的文艺"的内部竞争的话,那么到了第 6 卷,这种"对意义的辩论和对主导意义地位的争夺"②明显削弱。

《小说》6 卷出现两点变化。一、一反此前很少刊发理论的习惯,频繁

---

① 许玄编:《绵长清溪水:许杰纪传》,太原:山西人民出版社,2000 年,第 194 页。
② 〔澳〕杰夫·刘易斯:《文化研究基础理论》,郭镇之、任丛、秦洁、郑宇虹译,北京:清华大学出版社,2013 年,第 6 页。

登出有关苏联的论文,如《高尔基的道路》(王西彦,第6卷第1期)、《列宁和高尔基如何与颓废派文艺观点作斗争》(牟雅斯尼科夫作,曹葆华、张企译,第6卷第2期)、《论艺术与现实的关系》(G.尼多希芬作,王翚译,第6卷第5—6期)等。这显然是向"延安版"的"新的人民的文艺"的靠近。此种努力有一定效果,但也再次凸显了《小说》和延安的隔阂。其实对苏联社会主义文论,延安文人的态度是历史化、具体的:他们真正信任和落实的,是中国化了的社会主义现实主义(以《讲话》为代表),而非列宁、高尔基或马、恩的理论表述。对此靳以等并不太知情,屡有误解。二、《小说》于第6卷第3期开辟类似"读者来信"的"批评与讨论"栏目,专门刊发读者对《小说》所刊作品的意见。编者表示:"我们希望通过这些宝贵的意见,作者能写出更好的作品来;本刊也能在读者大众的批评与监督之下,逐渐地更充实。"不知靳以此段表白是否有难言苦衷,但这种做法即便在当时亦无第二例。的确,当年《文艺报》等刊物多有"读者中来"栏目,但该栏目主要是批评别人而非针对自身。兼之当时读者"批评与监督"之于刊物几等同于"剿杀"(1950—1951年间因读者批评《大众诗歌》停刊而《人民文学》《说说唱唱》先后改组),靳以对此应该缺乏严重估计。事后看,这新辟的"批评与讨论"栏目的确加剧了《小说》的被动与危险。

  读者开始成为《小说》意外的"敌人"。或许靳以自忖《小说》历来讲求艺术质地当不致招来不测之祸,倘这样想,那就是对新中国成立初期读者的复杂性缺乏了解。洪子诚指出:其时文学环境"塑造了读者的感受方式和反应方式,同时,培养了一些善于捕捉风向、呼应权威批评的'读者'"[①]。不论哪种,都使"延安版"的"新的人民的文艺"朝向教条主义快速下坠。《小说》"读者"亦大致如是。第6卷第3期刊出读者梁群对小说《双儿和苓苓》(莫西芬,第5卷第5期)的批评。小说记述农村青年男女的恋爱。梁群称莫西芬手持"小资产阶级庸俗的笔","(小说)只是庸俗的儿女私情",实际上,"一切都是和政治分不开的,在今天的农村里,尤其是

[①] 洪子诚:《中国当代文学史》,北京:北京大学出版社,1999年,第27页。

土地改革后的新农村,农民翻身作了主人,他们的政治觉悟普遍地提高了,他们的生活不单是进行自己的生产,更有着丰富的政治内容",而"作者只是孤立地描写了双儿和苓苓的恋爱,把生活中最重要的内容——政治完全忽视了","这种写法是完全不正确的","同时双儿和苓苓互相爱慕的心情,作者的处理也是错误的,难道生活在今天农村的青年,结合的条件,只是会干活和体贴人意么?"①很难判断读者梁群是过于单纯还是故作"单纯",而范力对《打井》中农民封建思想的批评同出一辙:"作家的任务并不在于写出生活的表面现象,更重要的是要写出生活的本质","可是这位乐观积极的老头,在打井这个工程上却被写成那么固执封建,甚至反覆地惦着:娘们也打井,心里悬虚的慌;连夜里也梦见过垮了井筒子;竟想退了股,'不参加打井,落得个干净'"。② 同时,钱予辰也批评《红色的锦旗》(周壁,第5卷第6期)所写的"新中国少年"近于"流氓":"开口'老子',闭口'妈的',甚至拔出拳头就打……简直是一个流氓。作者这样描写有什么意思呢? 诚然,在旧社会中,某些孩子曾感染到一些旧的习气,但是究竟是极少的几个","在解放以后,经过不算短的新民主主义教育,这种现象是很少的","相反的,在学校里,只有小朋友间的融洽友爱,互相帮助、团结","为什么我们不多写一些关于新中国少年们蓬勃的气象,以及他们如何热爱自己的祖国,来教育儿童们,而要描写这些极个别的事情呢?"③这些读者批评,明显是从"应该怎样"出发而非从现实出发。其批评以"延安版"的"新的人民的文艺"的本质论为根据,却忽略了本质性与现实性的辩证关系——"正面人物"的"本质"只有建立在较大概率的现实基础上才能产生艺术魅力。应该说,如此意见对《小说》是危险的。但第6卷第4期读者再次批评《红色的锦旗》:"为什么作者要选择一个贫农出身的手工业工人,特地来表现他的喝酒、打女人、打孩子、'没知识'、'糊涂'

---

① 梁群:《对〈双儿和苓苓〉的意见》,《小说》1951年第6卷第3期。
② 范力:《关于〈打井〉》,《小说》1951年第6卷第3期。
③ 钱予辰:《评〈红色的锦旗〉》,《小说》1951年第6卷第3期。

呢?"①汪福昌、顾孟平则批评小说《心事》对已被"延安版"定位为旧社会不幸牺牲品的童养媳的幸福的描写:"我们并不否认在有童养媳的人家,或许有像王家老俩口这样的人物","但"那仅是个别的或是特殊的现象,绝大多数的童养媳,都是在度着悲惨痛苦的日月。虽然作者把王家说成的是'一家穷人',好像小女同王家原是同受着封建地主的压迫,是一条藤上的两个瓜。可是,就是这样,也依然是没有普遍代表的意义"。②

这些读者依据"延安版"的"新的人民的文艺"的批评原则,以抽象取代具象,以概念压倒现实,严重地动摇了《小说》的合法性。这不免蹊跷:靳以怎么会如此连篇累牍地发表这些自我否定的"读者来信"?一般而言,在新中国成立初期,刊物除非有上级党委的压力,否则不会发表这类"自挖墙脚"式的"读者来信"。当时《文艺报》发表"读者来信"达百封以上,但都是批评《文艺报》以外的刊物、作品或作家,像《小说》月刊这样成篇累牍的自我批评几乎没有。而且,即便必须诚实地"来信"照登,他也可安排魏金枝等来"纠正"这些教条主义意见。所以,如此做法完全不是靳以"进步文人"的作风。故可推测,是上海文协给他施加了压力,甚至下达了停刊指示,因为第 6 卷第 3 期、第 4 期"自扇耳光"式的"读者来信"明显是准备停刊的"节奏"。遗憾的是,靳以英年早逝,不曾留下相关资料,不便确证。但《小说》确实突告停刊了。

第 6 卷第 5 期迟迟不见面世,延至 1952 年 1 月 20 日和第 6 期合刊出版了,而这竟成最后一期。对停刊缘由,停刊号"编者的话"称:"现在我们响应全国文联的号召,遵从华东文联筹委会的领导……决定《小说》出至六卷停刊。"③领导希望停止这个名义上是作协刊物却又顽固地运作在新文学"旧轨"上的刊物,是可以理解的,不过对停刊缘由,靳以还是提供了似乎很为客观、充分的解释:"不能很好地组织稿件;更不能很有计划地配合当前的政策发动创作。……最近看到了丁玲同志的文章《为提高我们

---

① 刘果生:《评〈红色的锦旗〉》,《小说》1951 年第 6 卷第 4 期。
② 汪福昌、顾孟平:《评李丹人的〈心事〉》,《小说》1951 年第 6 卷第 4 期。
③ 靳以:《编者的话》,《小说》1952 年第 6 卷第 5—6 期。

刊物的思想性、战斗性而斗争》打了一个冷战,更感到编者的责任重大,不能再这样下去。"①"打了一个冷战",说明靳以并非全是敷衍而确实有所苦衷。这表现在两点,一、作为长期编辑同人刊物的资深主编,靳以缺乏"配合当前政策的经验"。其实《小说》复刊以来,不必说未配合大的政治运动(仅发表过一次作家支持抗美援朝的声明),就是对文艺界内的批判运动(如《武训传》批判、萧也牧批判)亦有无动于衷之嫌。实则《小说》曾重点刊发萧也牧的散文《大生产的回忆》,很有检讨必要,但靳以未作任何表示。二、作为有着成熟、稳定文艺观念的"进步文人",靳以不论怎样"靠近",他在编辑中践行的"新的人民的文艺"终究难以同化于"延安版"。最具讽刺性的是,靳以在停刊号上郑重"推荐"的小说《为幸福而斗争》竟又是一篇"严重错误"的作品。在中山大学图书馆收藏的《小说》月刊上,该小说在目录上被黑笔涂抹、在内文中更被活生生裁剪而去,留下一簇让人不安的刀痕。从各方面看,《小说》停刊可以说是适宜的。只是恰如詹姆斯·卡伦所言,"现代媒体扮演了教会的角色,向大众解释并帮助他们理解这个世界"②,随着《小说》停刊,"进步文人版"的"向大众解释并帮助他们理解这个世界"的方式逐渐稀少,当代文学的内部竞争与博弈亦被削弱。

---

① 靳以:《编者的话》,《小说》1952年第6卷第5—6期。
② 〔美〕詹姆斯·卡伦:《媒体与权力》,史安斌、董关鹏译,北京:清华大学出版社,2006年,第99页。

第 3 章 《天津日报》"文艺周刊"(1949.3—   )

《天津日报》"文艺周刊"自1949年3月24日创刊,赓续至今,是新中国成立以后最为知名的文学副刊之一。小说家孙犁为创刊负责人,邹明、李牧歌夫妇为责任编辑。1956年孙犁因病长期疗养,"文艺周刊"就改由邹明主要负责。该周刊以刊发京津等地青年作者、初习写作者的作品为主,兼发少量习作分析一类的文字,在1950—1970年代,先后培养了刘绍棠、丛维熙、房树民等大批青年作家。这批深受孙犁影响的作家日后被文学史家称为"荷花淀派"。

"老解放区文艺"的新风格
——兼议布衣孙犁的办刊之道

1949年后全国文协对"新的人民的文艺"的提倡,是以"老解放区文艺"作为基础的,然而"老解放区文艺"又何曾是个狭窄、确定的概念——在延安文艺之外,晋察冀、山东、苏北甚至华中等根据地,又何曾没有自己的"文艺"？对此,文学史家往往不暇细顾。实则"老解放区文艺"内部的分歧与矛盾必然导致"新的人民的文艺"的建构的差异甚至冲突。在此方面,与"华东文人"主编的《文艺》月刊、《光明日报》"文学评论"双周刊、山西作家主持的《说说唱唱》等报刊一样,由冀中作家孙犁主编的《天津日报》"文艺周刊"[①]亦具有特殊的文学史价值。它其实提供了一种与延安形成互补、对话意义的"新的人民的文艺"的建构方案及实践。因此,《天津日报》"文艺周刊"值得被研究者置放于新的问题框架中予以再度观照。

一　发展"老解放区文艺"

相对而言,延安文人主持的报刊在新中国成立以后比较切近党对报刊作为"一定的阶级、党派与社会集团进行阶级斗争的一种工具"[②]的要求,也因此给后世研究者留下不佳印象,但孙犁主编的《天津日报》"文艺周刊"就大为异样。作家佳峻回忆:"这里刊出的一些清新、质朴、不雕琢、不媚俗的作品,它们给我很深的印象,读后常常联想到一个普普通通的菜

---

① "文艺周刊"编辑人员颇为精干。李牧歌回忆:"解放初期,我即在文艺部(那时称副刊组)工作,是看孙犁主编的'文艺周刊'的初稿。孙犁是终审,我爱人邹明是二审","从解放初期至1956年,我的工作几乎都是在孙犁的严格领导下做的"。见李牧歌《秋天的回忆——记孙犁》,《天津日报》2004年12月16日。

② 张召奎:《中国出版史概要》,太原:山西人民出版社,1985年,第442页。

园、一块平平常常的草坪、一潭波澜不惊的春水、一片四处可见的绿叶,平凡极了,但充满生机、就像每天可以领略的早晨的风。"①如"早晨的风"一般的清新、质朴、健康的革命美学风格,可说是"文艺周刊"的追求。1980年代,孙犁如此谈及该刊编辑诉求:"物以类聚,文以品聚。虽然是个地方报纸副刊,但要努力办出一种风格来,用这种风格去影响作者,影响文坛,招徕作品。"②显然,此风格与延安文人对政治政策的深深纠结不甚一致,与"政治宣传读物"更无甚关联。

关于孙犁,近年学界有一种影响很大的解释,即"革命的多余人"之说。研究者杨联芬认为:"孙犁一生是充满被动与无奈的,命运将他酱在一个与他的个性、理想都貌合神离的文化中。不夸张地说,除了抗日战争那几年,孙犁一生的绝大部分生命都被销蚀在一种因理想与现实难以吻合而对主流意识形态'信'却又不爱的矛盾心境与精神苦闷中。"③对此,程光炜表达了另外一种忧虑:"有目的地使孙犁与他原有的'革命文学'的精神谱系相剥离,给作家戴上一顶'多余人'的新帽子,却明显是当前文化思潮规训现代文学研究的结果。'娱乐消费文化'的兴起导致了'革命意识'的衰落,由消费文化所派生的文学意识形态,要求'重评'革命文学的价值及其问题,这就使许多左翼作家与'革命文学'基本教义相剥离成为了必然。这是学界近年'左翼研究热'之兴起并很快热闹起来的最大秘密。"④两种看法皆有恳切之处。的确,孙犁的人生追求、审美趣味在革命之中处于边缘位置,但这并不意味着孙犁不热爱革命甚至"不革命"。究其实,孙犁是一位不喜言辞、内心细腻,然而对革命、国家充满无尽崇敬的文人。他的大量记述冀中人民抗战、革命的小说即是很好的证明。但毫无疑问,他在某种程度上对"多余"的自我认同,亦使他的编辑诉求与丁玲、张光年(《文艺报》主编)等延安文人大有殊异,甚至与臧克家这种国统区

---

① 佳峻:《晨风中,我吹起短笛》,《天津日报》1983年5月5日。
② 孙犁:《我和〈文艺周刊〉》,《远道集》,天津:百花文艺出版社,1984年,第121页。
③ 杨联芬:《孙犁:革命文学中的"多余人"》,《中国现代文学研究丛刊》1998年第4期。
④ 程光炜:《孙犁"复活"所牵涉的文学史问题——在吉林大学文学院的讲演》,《文艺争鸣》2008年第7期。

出身的主编也极为不同。

　　这表现在两方面。一方面,"文艺周刊"是忠实的"新的人民的文艺"的刊物,它完全不是道格拉斯·凯尔纳所说的"不同集团与意识形态争夺主导性地位的是非之地"[①]。自1949年3月24日创刊起,这份每周出版一期(整版)的文艺副刊就在凸显自己的革命定位。在第1期上,"文艺周刊"刊出了荒煤热情洋溢的宣告:"我们能否在城市里来发展与提高这种表现工人的新艺术?能够的,我们应该有信心。问题仍在于,仅仅在于我们和工人群众的结合。我们已经有了为兵为农的经验——经过了长时期的痛苦的斗争与锻炼——如果同样以参加人民解放战争和土地改革那样的热情深入到工厂中去,经过一定的时间,我们一定能够创造反映工人的文艺,很好的为工人服务!这就是我们天津文艺工作者(来自解放区以及原来在天津的)最主要的、最光荣的任务!"[②]这样的宣告显露的是"老解放区文艺"在乡村再现方面"经过长时期的痛苦的斗争与锻炼"之后"征服"城市的决心。事实上,这份决心在随后办刊过程中被踏踏实实地落实了。不过,这种"新的人民的文艺"的办刊企求也遭受了巨大的压力。这种压力不是出现在办刊之始,而是逐渐出现在解放约半年之后。当时,可能出于初期的新鲜与刺激,平、津等都市的文学读者对作为"新的人民的文艺"基础的"老解放区文艺"表示了短暂热情,但贫穷低贱的乡村生活、满脸灰尘的士兵终究难以长久地吸引刘云若或张恨水的读者,而面目相似的人物和故事也令素养较高的读者不满。故在1949年下半年,对"老解放区文艺"的不满甚至嘲笑,在平、津等都市里渐成"暗潮"。对此,丁玲等文艺界领导人无不感到压力。最初与孙犁同为"文艺周刊"负责人的方纪愤愤地说:"有人说:老解放区的作品看一篇就够了,其余的大致差不多。这种说法当然是不对的,而且是刻毒的,是一笔抹煞不能服人的。"[③]在此情势

---

　① 〔美〕道格拉斯·凯尔纳:《媒体文化——介于现代与后现代之间的文化研究、认同性与政治》,丁宁译,北京:商务印书馆,2004年,第3页。
　② 荒煤:《天津文艺工作者的光荣任务》,《天津日报》1949年3月24日。
　③ 方纪:《真人真事和典型》,《天津日报》1950年1月13日。

下,部分原本出身城市的"老解放区"作家(如萧也牧等)就逐渐放弃了已成为"旧的小说"的"老解放区文艺"。① 这确实是颇难面对的难题。孙犁与萧也牧是冀中作家群中颇有交谊的友人,但"文艺周刊"并没有走萧也牧那种迎合"城市里的读者"的"胃口"②的道路。孙犁明确坚持将"老解放区文艺"作为发展的基础。因而,"文艺周刊"也通过解释有意"调校"着读者的阅读趣味。1949年底,孙犁在河北师院以"怎样认识解放区文学的内容和主题"为题,作了力挺革命文学的讲演:

> 我们写了抗日战争的正规战斗和群众性的游击战斗,写了胜利,有时也写了悲壮的牺牲。占最大分量,是写了敌后广大农民怎样支援了这个战争,其中包括参军,送交公粮,战勤担架,拥军爱民等。当抗日开始,战争便是在极端困苦艰难的条件下进行的,在那些年月,军队除去打仗,还不得不开荒种地,不得不上山打柴,干部除去工作还得纺线,割草,从事运输。又因为广大的青壮年农民走上战场,农业生产经常遭受敌人的破坏和掠夺,在抗日战争的八年间,生产也成为解放区作品的主要内容。……一切,对于敌后的人民来说,都是有重大意义的工作。村中政权,群众团体,文化娱乐,风俗习惯都展开新的天地。这一时期的文学用短小的,直接的,激情热烈的形式反映了这个新时代的各种图景。③

当然,孙犁也认为这种文学存在可以改进的缺点:"在一个轰轰烈烈的运动里,把群众单纯化,是我们作品的主要缺点。它减低了作品的思想性,指导现实,贯彻政策的积极意义。在现实里,作家首先体会到的是群众的力量,是英雄的性格,是抒情诗。但是,它不应该是单纯的美的抒情和抽象的英雄赞。应该说,现实里的美和英雄是在困难环境下的坚忍精神,危险关

---

① 萧也牧:《我一定要切实地改正错误》,《文艺报》1951年第5卷第1期。
② 同上。
③ 孙犁:《怎样认识解放区文学的内容和主题——在河北省立师范学院文史系讲》,《天津日报》1949年12月23日。

头的战斗献身勇气,是能扭转错误坚定立场的领导力量。"①

如果说"现代媒体扮演了教会的角色,向大众解释并帮助他们理解这个世界"②,那么"文艺周刊"无疑也有此信心。在刊出孙犁讲话的同期,"文艺周刊"也刊出了"征文启事":"在这一个翻天覆地的变革里,在这个旧的已经死亡或正在死亡,新的已经诞生或正在诞生的时代,你一定看到和感到不少新鲜事物,如果你能把你所看到的所想到的新鲜事物,用最经济的笔墨,把它们形象化,就是廖廖几笔的速写也将是勾勒了时代和人类向上的轨迹,成为生命与活力的纪录。"③在某种意义上,孙犁此文可算一份迟到的"发刊词"。事实上,"文艺周刊"明确继承并发展了"老解放区文艺"的"内容和主题"。就此而论,孙犁是比秦兆阳、冯雪峰、刘雪苇等更见"忠诚"的"新的人民的文艺"的践行者。秦、冯、刘诸人多少是在"革命"名义下与新文学资源暗通款曲,而孙犁则始终站在"老解放区文艺"的坚实根基上,孜孜矻矻开掘"革命美学"的"新风格"。

因此,"文艺周刊"在此后相继刊发了方纪关于继承、发展"老解放区文艺"的专题阐述。"老解放区文艺"优胜于新文学、鸳蝴派的重要因素是其语言"接地气",故方纪由此谈论"文学的道路":"我们要学文学,首先要很好的学习人民的语言","有些人也许奇怪:工人农民的话都是'老粗'话,又粗又俗,讲起来怪不受听,为什么要学他们的话呢？我记得一位中学生告诉我:'解放区的小说,一翻开就是大伯大娘的,真俗气!'这便是受反动统治阶级的欺骗,形成的一种知识分子偏见",那么怎样"提炼加工"方言呢,方纪的建议妥贴、可行:"第一是选择。就是要把那些方言当中特别富有地方色彩的好的语言提炼出来,应用到人物的对话中,这样可以使人物的性格特点特别突出,加深读者的印像;如写山西人说山西话,就很容

---

① 孙犁:《怎样认识解放区文学的内容和主题——在河北省立师范学院文史系讲》,《天津日报》1949年12月23日。
② 〔美〕詹姆斯·卡伦:《媒体与权力》,史安斌、董关鹏译,北京:清华大学出版社,2006年,第99页。
③ 《本刊征文启事》,《天津日报》1949年12月23日。

易使人物突出","第二是改造。把方言当中带一般性的,主要相同,只是在发音和语尾上有区别的加以改造,使一般的读者可以懂,同时又保留了原来语言的特点。如陕北话的'白格先生'的,按陕北发音要写成'别格森林'就谁也不懂了,但如按前种写法,那么意思都可以懂,而又保留了原来语言的特点"①。关于人物典型的描写,方纪还提出了"从个别的事物中发现它一般的意义,而又从一般的事物中找出各自的特质"②的方法,而这正是《讲话》所强调的。类似倡导在随后"文艺周刊"上一直有之。第 136 期所刊张念嘉文章提出了革命作品应有的追求与效果。张氏认为,作品应表现英雄人物,不能缺少"对新生活的渴望和热爱","我们首先就是希望能够从小说、戏剧、电影等里面,看到我们国家里最优秀的人物形象,或者高度集中了许多优秀人物高贵品质而创造出来的","他们的伟大事迹,思想和感情,会感动我们,教育我们,激励我们,他们的形象永远生活在我们的心灵里"。③ 作者还引用了日丹诺夫的报告:"表现出我们的人民,但不只是今天的情形,也展望他们明天的情形,和用探照灯照亮前进的道路。——这就是我们今天每一个正直的苏联作家的任务。"

不难看出,"文艺周刊"对"新的人民的文艺"的忠实有甚于《文艺报》《人民文学》等延安文人主编的刊物。不过,这还只是一方面。另一方面,忠实于革命的"文艺周刊"却又没有滑入《人民文学》(丁玲主编前期)、《诗刊》("反右"以后多数时期)那种满纸"革命"却乏善可陈的尴尬局面。相反,在创刊后短短两三年内,"文艺周刊"就切切实实培养了一批优秀的年轻作家(参见表 3-1),"'文艺周刊'的版面上,新人新作如雨后春笋般地不断涌现。青年作者如刘绍棠、丛维熙、房树民、韩映山;工人作者如阿凤、董廼相、滕鸿涛、郑固藩……其中以刘绍棠最为突出。他的《大青骡子》、《槐花夜奔》一经发表,在读者中很快引起轰动。因为他那时才

---

① 方纪:《关于文学的语言问题》,《天津日报》1949 年 12 月 30 日。
② 方纪:《真人真事和典型》,《天津日报》1950 年 1 月 13 日。
③ 张念嘉:《和优秀人物站在一起》,《天津日报》1951 年 11 月 4 日。

十四五岁,在文坛上号称'神童'"①。不过较之"新人"培养,"文艺周刊"更大贡献恐怕在于创造了"老解放区文艺"的新风格。

表 3-1 《天津日报》"文艺周刊"主要青年作者简况

姓名	出生年份	最初在"文艺周刊"发表作品时的身份	在"文艺周刊"发表的主要作品
陈祥淑	不详	天津工人	《小妞子》《凤芹这一家人》《白水回收》《幸福》
刘绍棠	1936	通州潞河中学学生	《完秋》《伏署》《修水库》《摆渡口》《大青骡子》《运河滩上》《十字路口》《布谷鸟歌唱的季节》《槐花夜奔》
阿凤	1920	天津铁路局工人	《擦车》《挑战》《生活报告两篇》《夫妻之间》《提拔》《五一的壁报》《亲戚》《作业时分》《后娘》《调车》《入队》《望鞍钢》《邻居》《秋夜》《小杂货铺》
董廼相	不详	天津北站铁路工人	《小影壁》《"让饭凉一凉再吃吧"》《新纪录》《窍门从难处找》《刘林和李明》《朱师傅》
鲍昌	1930	天津人民艺术剧院办公室主任	《复工》《王贵》《任务》《铁》《暴风雪冲击着包头》
萧来	不详	不详	《回头是岸》《摔箱子》《欢送》《太阳光下》《不守规矩的克克》
叶淘	1924	《唐山劳动日报》记者	《交流电》《小唐》《红色的钢流》《饭盒》《一只眼睛的小组长》《眼光向远看》《小孩妈组》《两相好》、《热力》《超音速的"小飞机"》
滕鸿涛	不详	天津工人	《房子》《皮猴》《职工食堂》《董英》
房树民	1935	通县中学学生	《秋天》《年底》《麦秋》《爱国售粮》《退粮记》《照像》《深秋之夜》《花花轿子房》《渔婆》《九月的田野》

---

① 李牧歌:《秋天的回忆——记孙犁》,《天津日报》2004年12月16日。

（续表）

姓名	出生年份	最初在"文艺周刊"发表作品时的身份	在"文艺周刊"发表的主要作品
韩映山	1933	保定中学学生	《高洗子》《鸭子》《苑苇和小芝》《凤儿的亲事》《瓜园》《两条道路》《冰上雪花飘》《船》《兰燕娘》《姐妹们的信》
孙铭	不详	不详	《护堤的故事》《回家》《一只泔水桶》《她带着红领巾》《青纱帐的故事》《一个小战士的故事》
丛维希（熙）	1933	北京市立师范学生	《红林和他爷爷》《老菜子卖鱼》《七月雨》《红旗》《社里的鸡鸭》《合槽》《故乡散记》《夜过枣园》
吴梦起	不详	不详	《根瘤菌》《秋天的夜晚》《方士信的前途》
魏锡林	1937	河北武邑中学学生	《梁成嫂》《好代表》《一双溜冰鞋》
大吕	不详	天津中纺二厂工人	《军布》《兄弟》《支援新厂》
安树勋	不详	天津师范学校学生	《小根子》
蓝曼	1922	华北军区某部科长	《纪念章》《故乡五首》《母亲》《家庭》《雨，还在淅淅沥沥地落……》《在车站上》《枣树刚刚吐芽》
克明	不详	不详	《山庄巧遇》《长明灯》《山村技术员》《生命》
郑固藩	不详	天津工人	《老八吨》《老冯头》
孙静轩	1930	《山东青年报》记者	《窗口》《田园里腊梅花已经开放……》《好啊！森林的猎人》《农村散诗》
青林	1935	邢台中学学生	《喜事》《山村的春夜》《守园员》《陪送》
苑纪久	1932	安国中学学生	《养鱼员》《白青文》《浇苇》
杨润身	1923	中央文学研究所学员	《小鸽子和老奶奶》
刘占周	不详	不详	《春花》《小河旁》《骑兵队长》

（续表）

姓名	出生年份	最初在"文艺周刊"发表作品时的身份	在"文艺周刊"发表的主要作品
何苦	不详	不详	《织布机翻身记》《当暴风雨袭来的时候》《老吴和小凤》《王宝林结婚》

今日研究者往往将"十七年文学"目为"政治宣传读物",恐怕是不相信革命也能拥有自己的"美学",但"文艺周刊"无疑给出了肯定的答案。对此,孙犁有明确考虑:"这是一个强调现实主义的文艺刊物。它欢迎有生活、有感受,手法通俗,主题明朗,切切实实的文艺作品。张而皇之的,不中不西的,胡编臆造的作品,在这里向来是不受欢迎的。"①何谓"不中不西"呢？胡风派作品庶几近之。孙犁与胡风无甚交集,然而对于胡风追随者那种压抑的、搏斗的叙述不太习惯。"文艺周刊"曾刊出一篇署名"明"（应为编辑邹明）的文章批评路翎小说《朱桂花的故事》,认为"(该书)使人感染到一种低沉、暗淡的情绪,精神上加上不少压力,作者所写的工人,都是些古怪、阴沉、灰暗、落后、顽固……的人物,作者写这些人物,费的劲不少,刻画的很深,也正因为这样,给人'暗淡'的印象也越深,老工人,都是'滑头'、'老二流子',新工人,是'爱出风头'……当作者写到这些人物转变,不是军代表泛泛地谈几句,便是因为什么哭了一场,——人物转变了,问题解决了。而留给人的印象,却丝毫没有转过来,因为写人物消极的一方面太过分了,看不出这些人物转变的可能。……语言,那真是典型的'别扭'晦涩。我以为对这本书有展开批评与讨论的必要"②。这种批评与私人恩怨无纠葛,更多是"文艺周刊"对文学"应该怎样"的自然反应。胡风派那种兼含现代主义技法的主观心理抒写显然不符合孙犁对"新的人民的文艺"的设想。也就是说,"文艺周刊"并非"意识形态的竞技

---

① 孙犁:《我和〈文艺周刊〉》,《远道集》,天津:百花文艺出版社,1984年,第121页。
② 明:《评〈朱桂花的故事〉》,《天津日报》1951年9月2日。

场"①,它只与革命有关。那么,孙犁希望在"文艺周刊"培植的革命美学究竟怎样呢?实即孙犁自述的"切切实实"。它包括两层含义:一、"有生活、有感受、手法通俗";二、"主题明朗"。

"主题明朗"较易体会。"文艺周刊"所刊小说,大都是"新的人民的生活",如乡村新的婚事与新的人际关系,如国营工厂里新的生产与精神风貌,如战争年代可歌可泣的往事,多数都"勾勒了时代和人类向上的轨迹",积极、健康,与中华民族在新中国成立初年所表现出来的"上升期"精神气象颇相吻合。相对而言,"有生活、有感受、手法通俗",则须经由作品文字才能更有贴近的体验,如:

> 中秋节夜,月亮从东南天角不声不响地爬上来,一下子把运河滩全照白了。银杏从屋里一跳,跳出门槛,朝北屋里喊道:"娘!我到外边玩去了,您给等门哪!"北屋,富贵奶奶跟老伴儿正叽叽喳喳地说话,银杏这一叫,她突然一惊,定了定神,忙应道:"别回来太晚了!"银杏早已经跑出院外,在月光下,她端详了一下自己身上绿底儿小白点的新褂子,按了按辫子上的桂花,害羞地笑了。(刘绍棠:《运河的桨声》)

"文艺周刊"所刊类似风格的小说每年都不下百数十篇。这些作品,题材与其他刊物作品并无大异,但优胜处在于文字感觉。它们有如孙犁自己的小说《山地回忆》,清新、明净,仿佛闻得见运河滩上的泥腥味儿与春天槐花的香气,却同时又包含人生际遇与灵魂之美,与所谓"政治宣传读物"相去甚远。或因此故,"文艺周刊"办刊未几即已享有佳誉。后世文学史家更以"荷花淀派"称谓该刊的新起作家。这种文学史"待遇"在新中国成立后刊物中唯此一家。事实上,"文艺周刊"也是当时唯一能够形成"以杂

---

① 〔美〕詹姆斯·卡伦:《媒体与权力》,史安斌、董关鹏译,北京:清华大学出版社,2006年,第138页。

志和报纸副刊为中心的文学流派"①的刊物。

二 "物以类聚、文以品聚"

显而易见,房树民、刘绍棠、陈祥淑、丛维熙、叶淘这些来自天津及周边地区的年轻作者并非"老解放区"作家。那么,"文艺周刊"如何将这些原本青涩的中学生、工人"打造"成优秀作家的呢,又是如何将"老解放区文艺"发展为"新风格"的呢?"文艺周刊"无疑有它坚持经年的"生产经验"。不过,这又并非什么"秘诀",不过就切切实实落实在孙犁所说的八字上——"物以类聚、文以品聚"。孙犁以自己的小说及美学趣味作为聚集优秀作品的"类"和"品",并由之生发,最终汇成生气勃勃的"苗圃"。考以办刊史实,可发现孙犁和编辑邹明、李牧歌在编辑"文艺周刊"时在三个层面作了努力。

其一,以孙犁等冀中小说家优秀作品及创作经验作为示范,以其清新、健康、质朴的美学品格聚集青年习作者。孙犁本人早期在"文艺周刊"时有发稿,如短篇《吴召儿》(第36期)、《看护》(第63期),长篇《风云初记》还以配图方式连载数月。对他的创作风格,该刊也有到位分析,如萧来评述小说集《芦花荡》说:

> 作者是经历过那些生活的人,在每一篇里,作者写一个小小故事,一个小小女性情感的激动,这小小的是温柔的,但不敢失斗争的倔强,在《藏》的短篇里,作者写浅花,这个落后的妻子,起先是疑惑三四天不回家宿的丈夫有了坏主意,及至知道:"……丈夫夜里出来不是为了男女关系,倒是为了抗日工作,一种放下了心的愉快,一种因为疚愧引起的更强烈的爱情,一种顽皮的好奇心……"就是这

---

① 洪子诚认为,1949年后创办的刊物,"基本上结束了晚清以来杂志和报纸副刊为中心的文学流派、文学社团的组织方式"。见洪子诚《问题与方法》,北京:生活·读书·新知三联书店,2002年,第206页。

样,流露了女性细腻的心理描写……作者很会安排他的故事,人物,故事好,人物真实,但往往过分重视了安排这两个字,所以在《芦花荡》的后半本《战士》、《女人们》里,显得安排的痕迹。①

这里值得注意的不单是孙犁"小小的是温柔的,但不敢失斗争的倔强"的革命的美学追求,而且还有一个作者与另一个作者之间"相与细论文"的交流氛围。孙犁本人还积极将周刊青年作者组织成"副刊写作小组",亲临讲课。这些"创作经验谈",有些经整理后发表在周刊上,如1951年1月21日刊出的《作品的生活性和真实性》和1952年5月12日刊出的《怎样把我们的作品提高一步》。在后文中,孙犁讲了怎样表现"新鲜事物",怎样观察、描写,怎样遣词造句以求"生动"。这种优秀写作者的"夫子自道",对初学者极有教益。孙犁还先后邀请方纪、康濯等友人参与指导"写作小组"。1953年12月24日刊出的《有关创作的几个问题》一文,即康濯在"写作小组"的讲演。与此同时,周刊也刊出少数成名作者的作品,如红杨树(魏巍)《两年》(第12期)、秦兆阳《娘》(第16期)和《老大哥同志》(第94期)、鲁藜《战士与母亲》(第170期)、康濯《往来的路上》(第233期)、梁斌《游击队诞生的日子》(第269期)、王林《人民的日子》(第270期)、白刃《我站在姑嫂塔上》(第295期)、田间《要振生》(第359期)等。这些长长短短的小说或诗歌,和孙犁小说一样,都堪称"栽培文学新人的智力投资"。② 甚至,孙犁本人还在周刊上刊出过从谏如流的检讨文字。1950年7月14日,孙犁发表《一篇关于农村婚姻问题的报告》(小说),随即萧来对该作提出批评。孙犁不但刊出萧来合理的批评,而且还公开承认该作"从战斗生活培植结合起来的爱情写的空虚,作品的根基打的不坚实"③。

其二,不过"文艺周刊"最用力的不是名家名作示范,而是新人自己成

---

① 萧来:《芦花荡》,《天津日报》1949年10月15日。
② 刘绍棠:《怀旧与远望》,《天津日报》1983年5月5日。
③ 孙犁:《对〈一篇关于农村婚姻问题的报告〉的检讨》,《天津日报》1950年7月28日。

为自己的"示范"——优点或缺点都可用作对照、参考。这是其他刊物未曾有过、也不屑为之的举动：一个中学生或者一位工人，他（她）的文字凭什么成为学习的对象！但孙犁处事，不以名声论显微，而只论作品之优劣，"我看稿子，主要看稿件质量，不分远近亲疏，年老年幼，有名无名，或男或女。稿件好的，立即刊登，连续刊登，不记旧恶，不避嫌疑"①。其实，要真正做到这一点，是相当困难的。但周刊却一以贯之，经常从来稿中选择"有生活、有经验"的佳作或有瑕疵的作品予以评介。这不但肯定、鼓励了一众写作者，而且为写作者指出了现实的可仿效的方向。如批评李佩瑶《姐俩》"题材的单纯，语言的明朗，都给人一种亲切的感觉"，但"在处理捉特务这一情节时，缺少对周围事物的有机的联系，对特务分子动作的描写也是过分的简单"②。又如称赞丛维熙（时为中学生）小说《老菜子卖鱼》："作者对于老菜子和二蟹的性格的把握上、内心活动的描绘上、周围事物的关系上，都超越了我们一般表现农村生活的来稿的范围。例如作者写到老菜子和二蟹扒鱼垱的场面，是十分动人的。'"静'。突然蝈蝈儿停止了叫唤，高粱叶儿'沙沙'地摆动半天。老菜子从高粱地里钻出来，两眼贼溜溜地朝河滩瞟瞟，轻轻招呼：'二蟹！出来呗！'高粱穗子左右直摇晃，二蟹钻出来，声音象松了的弦子，颤颤嗦嗦地说：'我我……怕……'。'二十多的汉子，站起来顶房木梁哩，怕啥？'老菜子声音放轻了，轻得掉朵棉花都听得见：'有你菜子叔给你撑腰呢？你咋站在树底下，还怕霜打！'月亮底下，二蟹脸一阵青一阵白，嘴唇干张半天，也没有说出话来'"，"只是简单的几笔，但却留给人们深刻的印象"③。试想，"文艺周刊"不像《文艺报》那样高谈习作者弄不明白的现象与本质、个性与共性等理论问题，而只是对小说细节如此兴致勃勃，这怎能不是简洁、直接的导向呢？编辑邹明写了许多类似的平平实实讨论小说技术的"读稿杂感"。如通过来

---

① 孙犁：《关于编辑工作的通信》，《远道集》，天津：百花文艺出版社，1984年，第77页。
② 邹明：《读稿简评》，《天津日报》1951年8月19日。
③ 邹明：《读丛维熙的几篇小说：兼谈最近关于表现农村新生活的来稿》，《天津日报》1953年8月20日。

稿剖析常见缺点:"(作者)常常是通过误会场面,凭空制造矛盾,制造斗争","如果我们的作者都有深刻的生活体验,每一篇作品,每一个情节,每一个人物的行动、思想,都经过用心的,仔细的考虑,经过认真的选择与分析,我想,就不会轻易地凭空制造矛盾,制造斗争了。有一位工人同志对我说:'不那样写(就是不制造误会),转不过弯来呀!'这样的写作态度和对待生活的态度,无疑是很不严肃的"①。有时邹明、李牧歌还通过"编后附记""编后记"等形式提出切实的意见,如认为李春祥的小说《结合》"是作者初次的习作,但生动地刻画了一对青年男女工人的幸福生活,和结合的过程。小说的主要缺点就是在于作者对所表现的人物与事件,未能从思想上加以考察,作品的主题思想不够明确"②。如评述大吕的小说《于师夫这二年》:"写得很生动,于师夫的性格是非常突出的,过程也较深刻,特别是语言,作者完全是通过主人公的语言来表现性格的,因此显得很有力。自然,缺点也有的,如缺乏环境和气氛,使人感觉零碎。"③

"文艺周刊"还不时约请其他编辑或文艺界人士帮忙看稿,萧也牧、穆谟等都写过精致意见。如穆谟对《于师夫这二年》的分析:"有关于师夫这个人物,作者不是用一套叙述,也不是一段描写,几乎完全用了人物在故事中的行动,和他自己的语言。尤其在解放前的一段里,写的更成功,更深刻。解放前的于师夫就是这样:'"爸,爸!"于师夫极有礼貌的弯下细长的身子……'。同样,'……先造死后造生么,命跟相可不是说着玩的,你看我——'不等旁人表示意见,一把扯住他的薄大的耳朵。'瞧,薄主贵,相书上说:耳大虽薄也聚财,饥寒此生不会来。……'虽然仅仅是几句说白,可是对于表达一个人物,创造一种性格,是多么有力的说明啊。"④此外,周刊还提供作者之间交流、讨论的空间,譬如署名"知文"的评论者对小说《当暴风雨袭来的时候》的评述就明显有作者间"切磋"的意味:"(小

---

① 邹明:《谈作品中的矛盾、冲突和误会》,《天津日报》1952年10月12日。
② 《编后附记》,《天津日报》1951年11月11日。
③ 《编后记》,《天津日报》1950年3月10日。
④ 《穆谟来信》,《天津日报》1950年3月17日。

说)还有一点小地方表现的太不真实,就是赵秉权。赵秉权是青年团员,主动去问为甚么故障,更自动找人帮忙电气工人工作。对生产工作的积极,充分的表现青年团的伟大,可是他去的时候穿着白背心黄裤叉好像不妥当。作者几次写到外面吹到屋里的风很冷。可以证明那天并不热,可是为甚么赵秉权要穿背心裤叉呢。……还有作者说那天的夜是非常的黑,这样的说,'他们互相之间,看不清面容,听不清声音',可是在三奎失去神志,在顺着杆子滑下来时,人们飞快的跑去抱起他,为甚么人们能看的见三奎呢,应该是下边的人用电筒照着他,可是作者并没有说明。"①有这样的实实在在的"切磋",怎能不养成周刊投稿者们"切切实实"的作风呢?如果说"媒体可被视为一个斗争的场域"②,那么"文艺周刊"更像在寻找文学"共识"。这些文章明显把"有生活、有经验"作为最重要标准,而且基本上不提及阶级立场,其所论及的优缺点皆是"切切实实"的创作中的问题——这一切,使被评述者感受最多的是感情上的亲切与技术上的收益。那些在其他党办刊物上习见的"判决书"式批评在周刊不存在。

其三,"文艺周刊"还开辟了编者、作者、读者交流互动的平台。此事在其他刊物往往是无奈为之,但在周刊却是孙犁、邹明、李牧歌日常编辑工作的延伸。孙犁回忆:"我当编辑时,给来稿者写了很多信件,据有的人说,我是有信必复,而且信都写得很有感情,很长。"③有时,周刊会把编者、作者、读者之间的往还信件经过整理予以刊发,形成"疑义相与析"的氛围。这中间,有作者来信表示感谢,有时编辑部会约请青年作者谈心得体会,如陈祥淑《写我最熟悉的》、叶淘《体验生活的一点认识》等。同时,周刊对读者亦极重视,不过不是如《文艺报》等刊物利用伪托的"读者来信"去"威慑"作家,而是从读者中获取"切切实实"的编刊建议和阅读意见。其实"文艺周刊"开设写作组、编辑经常点评来稿即与读者建议有关。

---

① 知文:《评〈当暴风雨袭来的时候〉》,《天津日报》1950 年 2 月 24 日。
② 〔英〕格雷姆·伯顿:《媒体与社会:批判的视角》,史安斌主译,北京:清华大学出版社,2007 年,第 103 页。
③ 孙犁:《关于编辑工作的通信》,《远道集》,天津:百花文艺出版社,1984 年,第 78 页。

1949年7月25日，读者刘剑青来信表示："我认为文艺周刊不但是多登好的创作，同时又应该是一个指导青年写作的地方。那么我具体建议，文艺周刊是不是可以辟出一栏，像'文艺讲座'之类的形式，经常根据来稿的优缺点做为讲座的内容，在理论上指导一下。如果这个要求难以实现的话，至少希望请几位有经验的新作家老作家，谈谈如何写，写什么及写的经验等问题。再不行的话，最后望能多转载些有关写作理论方面的文章"，"文艺周刊出了二十多期，她反映了广大的农村、部队、工厂等的生活，我认为有很多好的作品值得推荐。是不是可以组织一些作家批评的文字，一方面可以做为指导，另方面也可以展开批评"。① 可以说，进入1950年后，刘剑青所提的两点建议都得到了很好的落实。而且，读者意见也在帮助"文艺周刊"的"切切实实"美学风格的形成。如读者林毅称赞散文《牙刷》说："作者（阿凤）的态度是老实的，不夸张，也不故意小题大做，看起来使人感觉作者是老老实实地把新社会里一件具体的事情告诉我们"，"你们最近的编辑方向我很赞成"。② 而读者陈其理对在其他刊物上常见的"狐假虎威"式爱唱"歪曲论"的读者大加讽刺："有一位同志就这样批评一篇表现工人生活的小说：（因为小说的作者写了一个人物，过去由于劳动纪律不强，影响了车间计划的完成，后来经过党和工会的教育，劳动纪律改变了，超额完成了生产计划。）'这样的人物在今天的工厂是不存在的，他这样落后，劳动纪律这样不强，党在工厂中的教育和作用哪里去了？难道解放四年，工厂中还有这样的落后分子吗？'……这样对待文学作品的态度，现在已经成为一种有害的风气。"③事实上，因以"切切实实"为准，新中国成立初期的"文艺周刊"从未刊发过那种"善于捕捉风向、呼应权威批评的'读者'"④的来信。

---

① 刘剑青：《刘剑青来信》，《天津日报》1949年7月25日。
② 林毅：《〈牙刷〉是一篇好的散文》，《天津日报》1951年8月26日。
③ 陈其理：《"生活中不会是这样子的"——读书摘记》，《天津日报》1953年10月10日。
④ 洪子诚：《中国当代文学史》，北京：北京大学出版社，1999年，第27页。

三　布衣孙犁的办刊之道

以"切切实实"的现实主义作为标准,"文艺周刊"成功地将"老解放区文艺"打造成了"新风格"。同时,为促成这些青年作家由周刊走向全国,孙犁还努力为他们谋划出版。周刊曾先后组织或推荐出版过短篇小说集《运河滩上》《七月雨》《康拜因手》《方士信的道路》《水乡散记》《诞生》等。可以说,从中学生、工人等习作者经过周刊培育而成为著名作家,是一道道清晰的成长"轨迹"。恰如孙犁自述:"一旦这些新作者,成为名家,可以向全国发表作品了,就可以从这里移植出去,再栽培新的树苗,再增添新的力量。"①对此,由周刊走向全国的刘绍棠异常感慨:"对于《天津日报》……我是非常钦佩和感念不忘的。孙犁同志把《文艺周刊》比喻为苗圃,我正是从这片苗圃中成长起来的一株树木。"②可以说,"文艺周刊"是 1950 年代最成功的文学刊物,甚至优于《收获》。因为《收获》虽多刊名作,但它并未"培养"作家(其作者侧重"老作家"),周刊却以十几二十岁的工人、学生习作者为基础,而竟能成就"文学流派"之实!不过随之而来的却是很使人困惑的问题,性格木讷的孙犁为何能做到这一点?

对此问题,自可解释得比较复杂,但究其实,实在只有四字可谈:"无欲则刚。"此话如何解释,可参考多年以后孙犁本人的自述:

> (我)对自己参加编辑的刊物,也只是视为浮生的际会,过眼的云烟,并未曾把精力和感情,胶滞在上面,恋恋不舍。更没有想过在这片园地上,插上一面什么旗帜,培养一帮什么势力,形成一个什么流派,结成一个什么集团,为自己或为自己的嫡系,图谋点什么私利,得到点什么光荣。③

---

① 孙犁:《我和〈文艺周刊〉》,《远道集》,天津:百花文艺出版社,1984 年,第 121 页。
② 刘绍棠:《怀旧与远望》,《天津日报》1983 年 5 月 5 日。
③ 孙犁:《我和〈文艺周刊〉》,《远道集》,天津:百花文艺出版社,1984 年,第 120 页。

结合孙犁人生行迹,这段自述可作两层理解:其一,编刊的孙犁,无以刊物为资本谋取仕途升迁的欲望;如果说"媒体机构是存在于一个由其他权力机构所构成的语境当中的"①,那么对于无意仕进的孙犁而言,"其他权力机构"的影响力无疑大为削减。其二,接触、培养大量青年作者的孙犁,也无以此为业缘培植个人文学势力的欲望。因这两层"无欲","文艺周刊"便和多数刊物划开了"界线"。不过,这样以"无欲"(或寡欲)来谈论孙犁,是否是主观推断呢?至少就仕进之心寡淡而言是有绝对根据的。孙犁终其一生,就是一个编辑和一个小说家,虽然后来也被加以一些虚衔,但这个深居简出的作家其实从未入过官场,实实在在只是一介布衣。对此,黄秋耘说:"他是千方百计避开政治,躲开政治,极不愿意干预生活。与政治有关的人如果同他接触太多,他也会不愿意的","他只担任《天津日报》编委,对他来讲,那是很低的职务"。②孙犁这种寡淡而不求"上进"、愿以布衣没世的性格,决定了他无意以刊物取悦或取信于上级部门或领导,进而也决定了周刊唯"切切实实"作品是求的纯正品质。

这又表现于三点。其一,"文艺周刊"对"稿件质量"的评断标准主要在于文学笔法:细节把握是否到位,心理刻画是否合理,语言是否鲜明,等等。"有生活、有经验"的作者因此有更多机会被发掘。相反,周刊极少为配合政治、政策而组织稿件。偶也有此类不得已的情形,如1952年第145期发表了几篇有关"三反五反"的小说,但仿佛是为了"消毒",孙犁特意在第156期刊出长文《论切实——"三反""五反"运动以来对本刊发表的几篇小说读后》,特别强调要从"切实"中来,要有实际的经验与体验,"反对单纯的概念和凭空的编排"。③ 与此类似的对配合政治的警惕,在周刊中

---

① 〔英〕格雷姆·伯顿:《媒体与社会:批判的视角》,史安斌主译,北京:清华大学出版社,2007年,第12页。
② 黄伟经:《文学路上六十年:老作家黄秋耘访谈录》(下),《新文学史料》1998年第2期。
③ 孙犁:《论切实——"三反""五反"运动以来对本刊发表的几篇小说读后》,《天津日报》1952年3月31日。

时时出现。邹明表示:"我们强调为政策服务,但也强调政策思想与艺术加工成为有机的结合。文学作品应该不是政策的翻版,而是通过人物的行动和形象来感染人们,教育人们。"①而对各地方刊物深以为惧的"赶任务"问题,邹明亦对其艺术要求"喋喋不休":

> 这个剧本没有发表,因为在剧本里,我们看不出工人生活的气氛,看不出有血有肉的人物,而是一篇说理的文字。人们从这个剧本里得到的印象,也多半是一些比较专门的技术名词和政治名词。……政治任务是要赶的,但并不降低艺术的要求。这就是说我们一方面要深入生活,表现生活中前进的新鲜事物,一方面要善于观察、分析、研究不同的事物,不同的人物的性格,人和人之间的不同的关系。我们不应该因为是赶任务,就可以忽视生活。②

"生活"高于任务,艺术高于政治,实是"文艺周刊"恪守的用稿原则。这种对政治性写作百般"挑剔"的做法,置之多少想获得领导赏识的主编(如《文艺报》《人民文学》主编丁玲、《诗刊》主编臧克家、《文艺月报》副主编唐弢)是断难出现的。亦因此故,周刊上的政治"气味"强烈的作品稍闪即逝,蔚为风气的,则是"切切实实"之作。其二,与"挑剔"政治性写作相似,周刊评论亦以艺术分析为主,无论论优评失,皆以促进写作为目的。无论是编辑点评,还是作者、读者交流,都以细致的、技术化读解为主,尤其注意作者之于人物描写、情节设计、语言描绘上的得失,且有与人为善之心,而无借"酷评"以邀时宠之意,譬如萧来谈及刘绍棠"试图扩大视野"时遇到困难:"但是困难对于一个辛勤的、认真的作者不是一种前进的阻碍,而是一种动力。"③这是多么温和的态度啊。可以说,在周刊上基本上看不到"歪曲劳动人民形象"之类的意识形态批评。在此意义上,程光炜

---

① 邹明:《关于文艺作品的政策描写》,《天津日报》1952年6月29日。
② 邹明:《克服我们的作品的概念化与公式化》,《天津日报》1952年9月7日。
③ 萧来:《〈运河滩上〉读后记》,《天津日报》1953年7月16日。

的看法——"'十七年文学'没有严格意义上的'文学'批评"①——置之"文艺周刊"则不免"冤屈"。其三,周刊力图避免卷入文艺批判运动,始终如"一潭波澜不惊的春水"。新中国成立初期风雨频作,但周刊对外界"风雨"有意"迟钝",在不得不表态之时才略作表态,绝不如《人民文学》《文艺报》那样或以大规模政治性文章为自己的错误"赎罪",或率为批判前驱。

以上三种做法所以能够坚持,与"文艺周刊"作为副刊的边缘身份亦有一定关系,但最主要的无疑是与孙犁"无欲则刚"的人生企图有关。周刊的办刊方法,对于一个力图"上进"的主编而言,显然极不相宜,但对纯净、健康的文学风格的养成,无疑是决定性的。不过,由"文艺周刊"希望自远且又能够自远于文艺界的"急风骤雨"不难想到,孙犁不"培养一帮什么势力",不"结成一个什么集团"的另一层"无欲"之策,对于周刊亦是必不可少的条件。

客观而言,"文艺周刊"虽为边缘性副刊,但还真不具备自远于运动的条件。譬如,萧也牧是孙犁故友,"文艺周刊"不但刊发过他的小说《海河边上》,还约请他对周刊编辑工作作过"指导"。1949年10月29日,萧也牧曾为周刊提供过看稿意见:"正因为把力量用到刻画人物上去了,在整个作品的结构方面有些松散,语言上显得不够洗练,读起来很不明快,这些方面虽是小节,但就会限制了作品更广泛地深入到群众里面去的!"同时也还称赞过周刊"取稿尺度宽,不拘泥于一种形式,只要是内容正确都有发表的机会。并不仅仅限于编者的爱好或胃口,来决定稿件"②。有如此瓜葛,孙犁和周刊很容易被牵连其中。此外,天津又是"胡风分子"重灾区,鲁藜、侯红鹅(林希)等都是周刊作者。尤其鲁藜,周刊曾刊发过他的《战士与母亲》(第170期)、《未来的勇士》(第214期)、《红旗手》(第237期)等作品。至于后来声名狼藉的"右派分子"刘绍棠,更是周刊培养作家

---

① 程光炜:《文学讲稿:"八十年代"作为方法》,北京:北京大学出版社,2009年,第172页。
② 萧也牧:《萧也牧来信》,《天津日报》1949年10月29日。

的最大成绩。凡此种种,都使周刊难脱干系。但周刊又何以脱掉了"干系"呢?这与孙犁不参与文艺界任何势力有关。参与势力,"跟"对权势人物,是许多渴求仕途发展之人的官场心得。但孙犁既无做官之念,自然也就不需参与某"派"某"系"。而这番疏淡,实对周刊风格的维系至关重要。倘若孙犁是文艺界的"丁玲派""周扬派"抑或任何一派中人,他就不可避免要用刊物"为自己或为自己的嫡系,图谋点什么私利",甚或因为利益纷争而利用刊物去批评与自己有利益冲突的派系。如此事例,在当年报刊中可谓在在皆是。比如丁玲利用《文艺报》反复批评"周扬的人"(如夏衍、赵树理),《光明日报》"文学评论"双周刊因和周扬接近而对《太阳照在桑干河上》吹毛求疵,《北京日报》因为北京市委与"激进派"的矛盾而发起"现代戏"讨论,《朝霞》杂志和1976年1月复刊的《人民文学》甚至将写与"走资派"斗争的小说当作刊物的主要任务,诸如此类,实为刊物带来巨大的"隐患":一旦被攻击者突然逆转得势,那么刊物轻则检讨改组,重则停刊整顿,要想"波澜不惊"势必难得。孙犁和"文艺周刊"之所以能够在历次政治运动中略作敷衍就可以退回自己那方清新、优美的文学世界,很大程度上就因为孙犁在文艺界无私怨,无"敌人"。否则,萧也牧、鲁藜、刘绍棠随便一人,都会给人可乘之机,并给周刊带来灭顶之灾。所以,事后看,孙犁无"拉帮结派"之欲于周刊而言,实在是福莫大焉。当然,孙犁的寡淡甚至发展到不居"培养"之功(日后拒绝文学史家赠予的"荷花淀派"称号),又不免逾于人情。

由今观之,"无欲则刚"、不以杂志取媚于谁,确实是"文艺周刊"成功最可靠的保证。在这一点上,《文艺周刊》与《收获》杂志大略仿佛。不过亦有一点不同,作为冀中小说家的孙犁,也有延安经历,属于"延安文人"。辗转烽烟的革命经历,进城"当家"的"新主人公"心态,亦使"文艺周刊"具有《小说》《收获》这类"旧知识分子"主编的杂志难以具备的底气与自信。它对"切切实实"的现实主义的培育,是"新的人民的文艺"的深具文学史意义的建构。遗憾的是,由于身体原因,孙犁在1956年就实际离开《天津日报》而长期请假疗养。周刊实际上就完全由邹明、李牧歌夫妇负责。他们仍然坚持了孙犁时期的"切实"作风,然而作为年轻编辑,他们到底没有孙犁悟透世事的历炼。在"反右"后的第三年,邹明终于遭受厄运,被下放农村。此后,周刊仍然继续存在,但人与风格俱发生大的变化,不再构成"延安化"的有力补充。

第 4 章 《文艺报》
（1949.10—1966.5）

　　《文艺报》正式创刊于 1949 年 9 月，为全国文联刊物（后改为中国作协直属刊物）。1949—1956 年间为半月刊，1957 年短暂改为周刊，此后又变为月刊。1950 年 1 月至 1951 年 12 月间由丁玲、陈企霞、萧殷共同担任主编，1952 年 1 月至 1954 年 12 月间由冯雪峰担任主编，1957 年 4 月至 1965 年 5 月间，由张光年担任主编。该刊是唯一的中央级文艺理论刊物，以刊发文学批评和理论文章为主。1966 年 5 月停刊。

"有力"人物的"争夺战"
——《文艺报》人事纠葛及编辑理念之演变

1954年,胡风在"三十万言书"中激烈批评当时文学报刊陷入"一层又一层的小领袖主义","有力的作家们进行了对于这些刊物的争夺战"①,其矛头所向,尤在于当时唯一的中央级文艺理论刊物《文艺报》。胡风的批评未必中肯,但可以为我们在意识形态之外提供了一种新的理解报刊体制的视角——的确,《文艺报》是在中宣部管理下的意识形态阵地,但它同时又是文坛上各种"有力"人物发生纠葛(或"争夺")的所在。对此,《文艺报》主编陈企霞之子陈恭怀表示:"从《文艺报》创刊到1955年前后,文艺界上层领导之间的矛盾和斗争一直是相当激烈的","《文艺报》作为一个文艺理论和批评的阵地,自然就成为矛盾的焦点"②,可谓知情之言。事实上,意识形态控制与人事纠葛这两种层面的矛盾,始终交织、重叠于《文艺报》1950年代的办刊历程中。对此交互关系,目前学界仅对前者发生了兴趣,对其人事纠葛过程则少有注意,而对此人际纠葛与《文艺报》编辑理念演变的关系,就更无关注了。

一 "周、丁之争"中的《文艺报》

严格地讲,《文艺报》开始并非"争夺"之所。其创办动议起于第一次全国文代会之前。最初安排胡风任主编,茅盾任副主编。但胡风顾虑到周

---

① 胡风:《胡风三十万言书》,武汉:湖北人民出版社,2003年,第355页。
② 陈恭怀:《关于父亲的"陈述书"》,《悲怆人生——陈企霞传》,北京:作家出版社,2008年,第67页。

扬的羁绊迟迟不愿就职,最后改由丁玲担任主编①,而安排茅盾另任《人民文学》主编。可以说,丁玲出任《文艺报》主编几乎是"推让"的结果。其实,新中国成立之初丁玲由于担心与已生隔阂的周扬共事,甚至未考虑到北京工作(她以东北作家代表身份参加文代会)。经过周扬的恳切相邀,丁玲才答应出任《文艺报》主编。而在新中国的一片意气风发中,周扬对丁玲确实有尽弃前嫌、共建党的文学事业的良愿。可以说,胡风所谓"一层又一层的小领袖主义"、日后文坛众所周知的"周(扬)、丁(玲)之争"在创刊之初的《文艺报》并不存在。

  1949年9月,《文艺报》正式出版。由于丁玲不乏疑虑的心理,兼之报刊"进行生产的环境并非自己所有,而是由历史所直接确立、给定的"②,她几乎以"无为而治"的方法主编。在第1卷(1949年9月—1950年3月),《文艺报》中规中矩。一方面,对党的政治方针、文艺政策均表响应,另一方面,则恰当组织了一些学术讨论,如"关于中国旧文学的学习问题""美学思想问题"等专题,大都意见平和,就事论事。也很少发表批评文章,主要发表了大量工作经验与工作通讯文章。同时,还开设"文艺信箱""读稿随谈"等栏目,指导习作者。这种办刊风格平和有余,但亦不免显得无甚特色。这在一些文学青年中激起不满。张中晓在致胡风的私信中表示:"去年,我被政治上底彩云震昏了!就学习文艺方面来说,我从生活费里省下几块钱来订了半年《文艺报》(第一卷),我想,这里面该集合全国文艺底精华吧!但,谁知上了当:越看越讨厌。起初,总以为我还没有被'改造',感情合不来的缘故(这是照现在的说法),后来,在第十二期上又看到了沙鸥底压轴戏,我就从讨厌变为憎恶了。"③习惯于《七月》《希望》的读者,当然难以忍受《文艺报》的平衡与平庸了。其实,平庸从来不是主

---

  ① 《文艺报》1949年创刊号上署有三位主编:丁玲、陈企霞、萧殷。这不太合乎一位刊物只有一位主编的惯例。其实,中宣部最初的安排就是由丁玲担任主编,由陈企霞、萧殷担任副主编,但由于陈企霞"主编还分什么正副"的牢骚,丁玲遂将三人都署为主编。
  ② 〔美〕大卫·克罗图、威廉·霍伊尼斯:《媒介·社会:产业、形象与受众》,邱凌译,北京:北京大学出版社,2009年,第144页。
  ③ 张中晓:《张中晓致胡风信(1950年7月27日)》,《新文学史料》2005年第2期。

编过《北斗》《解放日报》文艺副刊的丁玲的风格。但第1卷《文艺报》确实反映出一个热情不足的主编的精神状态。然而,张中晓没有充分注意到,在他抱怨《文艺报》的同时,《文艺报》已经开始"变身"。不过不是朝着他希望的方向转变,而是向着与政治"更密切地结合"的方向转变。

这一层,在第2卷第4期刊出的编辑部"初步检讨"中说得颇为清楚:"《文艺报》已经编辑至第十六期,从各方面的反映来看,起了它一定的作用,它与群众有了较广泛、较密切的联系,解决了文艺工作上、创作上、思想上的某些问题。它的工作的方向大体上是正确的","但《文艺报》是不够我们要求的水平的","第一,最主要的缺点,是没有通过文学艺术的各种形式与政治更密切地结合,广泛地接触目前政治上各方面的运动。《文艺报》只有几期刊登了这样的文章,并且作为社论或特辑,但内容不充实,好像只起了点缀的作用","第二,在提高文艺的思想方面,贯彻宣传与研究毛主席《在延安文艺座谈会上的讲话》非常不够。我们是注意了文艺思想上的问题,在每期上,我们都曾组织一些有关文艺思想的文章,但现在看来,内容充实深刻的还嫌不够。我们也曾发动一些讨论,但有些问题没有充分展开,例如在上海引起争论的关于可不可以写小资产阶级的问题,我们认为是一个值得讨论的问题,我们请何其芳同志写了一篇《一个文艺创作问题的争论》,本来也不是作为结论的,但跟着没有来稿了,我们也就没有设法继续下去,后来在读者的来信中,反映出这个问题也仍未完全搞通,对于接受遗产的问题也如此","第三,未能更好地与当前的文艺运动配合","第四,我们的读者对象偏重于作者与文艺工作者,因此我们的文章,也就针对着这种对象,我们对广大的文艺爱好者和一般读者的注意就不够了"。① 当然,类似检讨在1950年5月间不少刊物都曾刊载,其背景是1950年4月23日的《人民日报》社论《加强报纸与人民群众的联系》。该社论称,"(报纸)应该是与人民群众有着广泛的亲密的联系,它应该时时刻刻地关心群众的利益,深切地懂得群众的要求",并批评目前报纸"脱

---

① 编辑部:《〈文艺报〉编辑工作初步检讨》,《文艺报》1950年第2卷第4期。

离群众","对于建立和领导通讯员网、读报组和处理读者来信等工作,没有给予应有的重视"。这一社论有力推动了当时的报刊编辑工作,不过与不少刊物止于表明立场不同,丁玲持积极落实态度,还专门为此召开了座谈会。在此次座谈中,丁玲承认《文艺报》对诸如"保卫世界和平"之类的运动"看起来总嫌有些点缀似的",邵荃麟则建议《文艺报》"把全国文艺杂志搜集来,在作风上、编辑上、态度上来加以批评"。①

这种检讨与建议,意味着《文艺报》将步入正轨。第 2 卷第 5 期以后,《文艺报》表现出了领导全国文艺的姿态,主要动作即是推出"批评与检讨"栏目(第 3 卷以后易名为"文艺批评")。在这些栏目中,《文艺报》有意识地展开了对"新的人民的文艺"内、外"异质成分"的清理。清理以批评和检讨两种形式,涉及两个主要方面。其一,是对"新文学"传统的重新叙述。第 3 卷第 1 期刊出的曹禺文章称:"我只是凭我个人的是非之感,在我熟习的狭小圈子里,挑选人物,构成故事,运用一些戏剧性技巧来表达我的模糊而大有问题的思想。"②第 3 卷第 12 期更以专题形式刊出读者对卞之琳诗作《天安门四重奏》的批评。卞本人在检讨中表示"接受'首先看得懂'的要求","主观上是向好懂这个方向走","我承认:最基本的还是要和人民打成一片;真正办到了,写起诗来,根本就不会发生严重的写得好懂不好懂的问题"。③ 这些文字,实际上宣布了"新文学"朝向"旧文艺"的下滑。其二,是对"新的人民的文艺"内部不合规则者的批评,如《评王林的长篇小说〈腹地〉》(企霞,第 3 卷第 3、4 期连载)、《我对〈我们的力量是无敌的〉的意见》(吴甫,第 3 卷第 8 期)、《为什么主题不明确》(王朝闻,第 3 卷第 8 期)等。被批评者往往检讨,如朱定发表了《我的检讨与希望》(第 3 卷第 1 期)、王亚平撰写了《对于〈愤怒的火箭〉的自我批评》(第 3 卷第 8 期)、胡丹沸撰写了《跳出狭小的圈子》(第 3 卷第 9 期)、胡考刊出

---

① 唐挚整理:《加强我们刊物的政治性、思想性与战斗性》,《文艺报》1950 年第 2 卷第 5 期。
② 曹禺:《我对今后创作的初步认识》,《文艺报》1950 年第 3 卷第 1 期。
③ 卞之琳:《关于〈天安门四重奏〉的检讨》,《文艺报》1951 年第 3 卷第 12 期。

了《我的检讨》(第3卷第9期),等等。不过,由于周扬等对"新的人民的文艺"过于意识形态化的设计,多数创作都难以吻合要求,所以这些批评多数显得挑剔甚至粗暴,譬如陈企霞对《腹地》的"酷评"即是如此:这部小说"很多描写是片面的,杂乱无章的","人物性格前后矛盾,有些甚至是分崩离析的,并且在完成主题的意义上说来,是多余的,也有很多在效果上是有害的,是被扭曲了的东西","人物和事件陷入极端可笑的境况中","党的领导实际上是被否定了的","广大群众与现实激烈的斗争,则充满了无原则的纠纷,至少在客观效果上,确实只是一些肤浅、庸俗、琐碎以及无意义的东西"。① 这种批评明显不那么公正,实则对这部小说孙犁已在《天津日报》"文艺周刊"专门刊文予以肯定,并在新世纪被学界重新"发现"。这种武断的批评作风使《文艺报》在当时文艺界留下了极为不良的印象:

> 那时丁玲是《文艺报》的领导,左得厉害!……批孙犁有什么道理?批碧野有什么道理?批《三千里江山》、批《关连长》……一路批下来。那时人家一拿到《文艺报》就哆嗦:又批谁了?……这不是周扬的责任,是丁玲的责任。当然也不能简单化。这种编辑思想,不能完全让丁、陈负责,要是没有上面的意思,她也不敢总这个样子。②

王林即对陈企霞的批评很不服气,他不但不写检讨,还为此上告中宣部。不过,把第2—3卷的《文艺报》批评为"左得厉害"也不能说完全公允。毕竟,"民族国家并不轻易地容许差异"③,《文艺报》有其合理的逻辑。同样,把"左"的责任完全归咎于丁玲个人也不公允。其实,此期间《文艺报》的"粗暴"与其他负责人(如陈企霞)的躁厉、专断作风也颇有关系。而丁玲本人,至少此时还是希望以创作立身,对文艺界现状的介入兴趣并不浓厚。应该说,此时《文艺报》更多是顺势而为,亦无对主编权的特别敏感乃

---

① 企霞:《评王林的长篇小说〈腹地〉》,《文艺报》1950年第3卷第3、4期。
② 邢小群:《唐达成谈韦君宜》,《回应韦君宜》,邢小群、孙珉编,北京:大众文艺出版社,2001年,第409、410页。
③ 〔英〕戴维·莫利、凯文·罗宾斯:《认同的空间:全球媒介、电子世界景观和文化边界》,司艳译,南京:南京大学出版社,2001年,第31页。

至"争夺"。

　　勃兰兑斯认为:"文学史,就其最深刻的程度来说","是灵魂的历史"①,而报刊实在也可以说是主编的"灵魂的历史"。如果说这一点在《文艺报》前3卷体现得并不明显,那么进入1951年后就明显变得异样。1951年春,一桩意外改变了丁玲。此即丁玲受胡乔木之邀出任中宣部文艺处处长(此职此前由周扬兼任)。关于此事,丁玲晚年很少谈及,且"省略"了胡乔木的关键劝辞。这在胡乔木、丁玲、周扬都去世以后由陈明透露了出来——胡乔木对丁玲明确表示"周扬不行,要让丁玲来干"②。此事内情比较复杂。大约在1951—1953年间,中宣部副部长胡乔木以毛主席秘书的特殊身份,在中宣部内部逐渐表现出主导中宣部工作、将陆定一(部长)、周扬(副部长)边缘化的倾向。胡乔木何以如此不得而知,但他起用丁玲、冯雪峰乃至彭柏山等与他比较亲近的实力派人物担任文艺界各重要职务,则是诸多文学史家未曾注意到的文学史实。丁玲在这场"胡、周之争"中是首先被推上前台的重量级人物。这是新中国成立初期丁玲命运转折的关键。由此,"不愿当官,也不愿意争权""只想搞创作"③的丁玲在胡乔木的压力与支持下,开始了自己短暂的仕宦生涯,也开始了自己"遗患"无穷的与周扬争胜的历程。所谓"周、丁之争"也逐渐为圈内人所了解。这影响了第4卷以后《文艺报》的"编辑哲学"。

　　这又体现为两个方面。第一,丁玲以较周扬更权威、更正确的毛泽东文艺思想阐释者的姿态④,在《文艺报》上开展了猛烈的文艺批判。"《武训传》批判"和"萧也牧批判"由此发生。前者由毛泽东发动、《文艺报》全力推进,后者则由冯雪峰、丁玲在《文艺报》直接发动并推及全国。这两次

---

①　〔丹〕勃兰兑斯:《十九世纪文学主流·第一分册》,张道真译,北京:人民文学出版社,1980年,第1页。
②　邢小群:《丁玲受害之谜考辨》,《中国现代文学研究丛刊》2002年第1期。
③　宋建元:《丁玲评传》,西安:陕西人民出版社,1989年,第402页。
④　《文艺报》第4卷、第5卷不但刊发了大量"言必称《讲话》"的文章,而且还刊发了《〈实践论〉与文艺上的反映问题》《坚决纠正错误,实现毛主席的文艺方向》等直接阐释《讲话》的论文。

批判有其历史局限性,但它们都有着"新的人民的文艺"争夺文艺领导权的合理性和必然性。试想,"新的人民的文艺"的基本前提是革命的合法性与必要性,一部以改良主义为内核的《武训传》当然会引起必要的反弹。而在以劳动重塑下层阶级尊严和主体认同的1950年代,一部将工农干部滑稽化(尽管有真实基础)的《我们夫妇之间》又怎能不引起党的理论家的警惕?与此同时,《文艺报》还开辟了"新语丝""对文艺批评的反应"等栏目,形成了全面监督的局面。监督范围之广、批评力度之强,给编辑唐达成留下深刻印象:"杂志几乎成天都在批评作家。批萧也牧的《我们夫妇之间》、杨朔的《三千里江山》、碧野的《我们的力量是无敌的》,甚至孙犁的《风云初记》也被批评,等等。"① 经过此类峻厉批判,"新文学"、鸳鸯蝴蝶(以下简称"鸳蝴")文艺乃至与"解放区文艺"有异的左翼文学,都逐渐淡出"当代文学"。第二,《文艺报》无形中成为"周(扬)、丁(玲)之争"的前沿阵地,准确地说,是丁玲在胡乔木支持下批评"周扬的人"的"阵地"。这主要表现在《文艺报》屡屡批评周扬派两位重要人物——夏衍和赵树理。对夏衍的批评系由《武训传》而发。《武训传》事件与夏衍本无太大关系,且夏衍已以上海文艺界负责人身份在《人民日报》公开检讨此事并取得毛泽东谅解。但《文艺报》却不肯放过,先于第5卷第4期刊发张禹文章,提出追究负责人的行政责任,认为《武训传》电影既在上海摄制,上海文化局长(夏衍兼任)就得负失职责任,若只是检讨而不追究行政责任,那批评"无非是旧官僚式的笑骂由人","像从前封建朝廷士大夫的'清讲'那样"。② 然后又于第5卷第5期刊文称:"关于上海文艺工作中的混乱与错误,在北京已有过不少批评","上海文艺工作的领导应该进行深入的检查","关于《武训传》的问题,夏衍同志曾作了一次检讨,但我认为这个检讨是不深刻的,还没有从思想上认识错误的根源。他在检讨中着重地强

---

① 唐达成:《四十年来的印象和认识》,《忆周扬》,王蒙、袁鹰主编,呼和浩特:内蒙古人民出版社,1998年,第263页。
② 张禹:《读夏衍同志关于〈武训传〉问题的检讨以后》,《文艺报》1951年第5卷第4期。

调错误的产生是由于'自由主义'。我想,问题并不这么简单。我们回想一下他自己担任编剧的电影《人民的巨掌》吧。这部影片对于老区来的老干部作了令人难以容忍的歪曲和嘲弄,从某些方面来说,和影片《我们夫妇之间》中嘲弄耻笑张英并没有什么差别。《我们夫妇之间》这些影片在上海有那么多人歌颂,造成了思想上的严重混乱,而领导思想也正有某些地方和这些错误思想合拍"。① 进入 1952 年,《文艺报》再次批评"上海文艺界缺乏坚强有力的思想领导",在历举诸般问题以后,严厉指出:

> 上海文艺界的资产阶级思想与小资产阶级思想得以如此猖獗,并且得到广泛的赞扬与歌颂,决不是偶然的。上海文艺界某些负责领导工作的同志,他们放弃了文学艺术这一思想斗争事业必须由无产阶级来领导的原则,因而也就不能"绝对地坚持无产阶级保持自己完全的阶级独立性",而是和资产阶级与小资产阶级文艺思想妥协,并与之共鸣。……上海文艺界缺乏坚强有力的思想领导,以至使上海解放初期某些已经匿迹不敢抬头的非无产阶级的思想意识得到了发展的机会,逐渐地暴露出来。②

这样连二连三的猛烈批评,对夏衍构成了巨大的压力。不过由于陈毅、周恩来出面保护,这些批评并未产生预期的效果。但对赵树理的批评就产生了现实后果。1951—1952 年之交,《文艺报》批评赵主编的《说说唱唱》达四五次之多③。如批评刊于《说说唱唱》上的《"武训"问题介绍》"对于这次重大的思想斗争,竟只是轻描淡写","虽然在文字上是'通俗'了,但它的内容却是有错误的"④;又如对刊载在《说说唱唱》上的小说《政府不会亏了咱》《种棉记》的批评。这些批评往往未必指向作者,而总是将矛头"绕"到副主编赵树理身上。与夏衍广有高层人脉不同,赵树理所能得援的有力

---

① 高为华:《上海文艺应该展开批评与自我批评》,《文艺报》1951 年第 5 卷第 5 期。
② 《上海文艺界应纠正思想混乱现象》,《文艺报》1952 年第 3 期。
③ 由于所持精英、通俗文艺观念的差异,丁玲、赵树理之间原本即有一定门户之见,1950 年《文艺报》就已发表过批评该刊上的小说《金锁》(淑池作)的文章。
④ 吴倩:《应当加强通俗文艺刊物的思想内容》,《文艺报》1951 年第 5 卷第 4 期。

人物仅周扬而已,但当时周扬亦渐陷被动,并不能给赵树理提供太多帮助。所以,赵树理最终黯然离开了《说说唱唱》,甚至淡出北京文艺界。

《文艺报》此时期的积极、突进姿态、将机关刊物挪用为私人恩怨的工具的做法,是权力争斗的结果。遗憾的是,学界对胡、周、丁之间错综复杂的人事纠葛历来言之不详或不愿言及。但1957年丁玲"倒台"以后有段批判文字倒隐约提及:"她利用党和人民所交托的岗位,极力培养自己的小圈子,企图实现她的称霸文坛的野心。她和陈企霞、冯雪峰把他们当时主编的《文艺报》变成了独立王国。"①"称霸"自然说不上,但在1951—1952年间,丁玲的确造成了周扬的仕途危机。据说:自1951年9月始,中宣部召开了八次文艺干部座谈会,期间"与会者对文艺领导提出了严厉的批评,认为周扬应对存在的问题负'主要责任',丁玲也对周扬提出批评,周扬被迫作了'详细的自我批评'"②。不难看出,此时《文艺报》至少充当了双重角色:意识形态媒介与势力争斗的工具。如果说媒介是由"许多为争夺控制权而相互竞争、相互冲突的阶级和利益所构成"③,那么此时期《文艺报》就更多地交织着国家声音和私人利益。这使《文艺报》步入"面孔"更为多重的时期,而不仅仅像不少研究者以为的那样只是囿于政治意识形态。

二 冯雪峰与《文艺报》新变

1951年底,丁玲在北京文艺整风会议上点名批评包括《文艺报》在内的诸多杂志和报纸文学副刊,如《人民文学》、《人民戏剧》、《说说唱唱》、《光明日报》"文学评论"双周刊、《文汇报》"文学界"周刊等。嗣后,丁玲出人意料地从《文艺报》主编任上离职,出任《人民文学》副主编(该刊主编

---

① 《十五年来资产阶级是怎样反对创造工农兵英雄人物的?》,《文艺报》1964年第11—12期。
② 徐庆全:《周扬与丁玲的历史碰撞》(二),《文史精华》2005年第7期。
③ 〔澳〕格雷姆·特纳:《电影作为社会实践》,高红岩译,北京:北京大学出版社,2010年,第180页。

为茅盾,实际负责人为党员副主编,丁玲之前副主编为艾青)。那么,丁玲为什么不再担任《文艺报》主编了呢?对此,亲历者和研究者皆有误解。敏泽回忆:"丁玲、陈企霞出事后,组织上把冯雪峰调来了。"①此说不大确切——丁、陈出事是在1955年"胡风案"后,而丁玲离职是在1952年初,两者并无关联。研究者也存在误解:

> 1952年1月,由于丁玲的过于强调纯文学办刊的理念和一些政治因素,《文艺报》编辑部进行改组,冯雪峰任主编,编辑有陈企霞、萧殷、马少波等,此时,他的办刊理念与之前的丁玲十分相近,在注重文学性的同时更注重紧跟党的文艺政策。这在他于1951年6月在《文艺报》上发表的、同样针对萧也牧的《我们夫妇之间》的批评文章《反对玩弄人民的态度,反对新的低级趣味》中就可窥见,并将此问题提升到政治立场的高度。②

实情并不完全如此。一、丁玲并非因为"过于强调纯文学办刊"而被撤换。事实上,丁玲这一阶段"左得厉害",此去《人民文学》是她在胡乔木支持下出任新的重要职务,是拓展实力范围而非仕途受挫。研究者对当时文艺界胡、周、丁的纠葛关系了解不太充分。二、冯雪峰尽管假托"读者来信"发起过对《我们夫妇之间》的批判,但该事只可谓党的理论家对"新的人民的文艺"边界的必要维护,而谈不上"紧跟党的政策"。事实上,冯接手《文艺报》后大力"纠正"了丁玲时期的激进做法。尤重要的是,冯之接手《文艺报》,并非因为他比丁玲更政治化或更保守,而是因为他与丁玲一样被胡乔木视作"可信任的人",同时又与丁玲系多年故人。故有关《文艺报》主编易人一事,当年相关材料才真正说得比较准确:"1952年丁玲改任《人民文学》主编,她推荐冯雪峰接替她作了《文艺报》的主编。他们把《文艺

---

① 敏泽、李世涛:《国家不幸诗家幸,赋到沧桑句便工——敏泽先生访谈录》,《文艺研究》2003年第2期。
② 马研:《〈人民日报〉、〈文艺报〉对中国当代文学的影响》,吉林大学2010年博士学位论文,第10—11页。

报》变成了抗拒领导和监督的'独立王国'。"①不过此材料说丁玲"推荐"其实言有未尽,因为该材料1957年发表时真正的推荐人胡乔木仍在高位。更具体、准确的材料是丁玲本人在1980年代提供的。丁玲说,冯"主编《文艺报》是有人在会上提出来我赞成的。因为我觉得我编《文艺报》不合适。我不是搞理论的,他是搞理论的"②。"有人提出来"当指胡乔木,但丁玲亦不便明说。实际上,各当事人都讳言而又心知肚明的是,在1951—1952年,胡乔木聚集丁玲、冯雪峰、陈企霞等作家,有意识争取了更多文学资源,形成了对周扬的事实优势。至1952年初,丁玲入主《人民文学》,冯雪峰接手《文艺报》,而丁玲原本是中央文学研究所所长,冯雪峰也本是人民文学出版社社长,可以说,在胡乔木支持下,此时的丁玲、冯雪峰一系已成为文艺界声势颇大的一支力量。对此,当时胡风有敏锐观察:"现在丁太太当权"③,"子周(按:指周扬)退了一步,要和丁婆婆之类'集体',互相'帮忙'了。一头被早已现出了矛盾的多头代替了"④。

不过,冯雪峰与丁玲虽系亲密故人,但人生诉求却大有差异。王蒙说:"(丁玲)有强烈的创作意识、名作家意识、大作家意识。或者说得再露骨一些,她是一种名星意识、竞争意识","她与一些艺术大星大角儿一样,很在乎谁挂头牌"⑤。而在中国,作一个首屈一指的小说家只能在特定范围内"挂头牌",走上仕途才更符合大众普遍的价值观。因此,丁玲虽最爱写作,但内心里却不能完全了断对仕途的考虑。后一因素,使她深深卷入了前途莫测的胡、周矛盾,也使《文艺报》和政治发生了"紧密的结合"。冯雪峰却大不然。他本质上无仕进之心,反而对"新的人民的文艺"本身有深切、严肃的关注。故他与胡乔木、丁玲、陈企霞虽系同一阵营,但编辑理念

---

① 《冯雪峰是文艺界反党分子?》,《文艺报》1957年第19期。
② 丁玲:《我与雪峰的交往》,《丁玲年谱长编》,王增如、李向东编,天津:天津人民出版社,2006年,第287页。
③ 胡风1951年11月24日致梅志函,《胡风家书》,上海:复旦大学出版社,2007年,第255页。
④ 同上书,第257—258页。
⑤ 王蒙:《我心目中的丁玲》,《读书》1997年第2期。

实有差异。对此,谢波的观察颇为准确:"丁玲认为新体制下的文学作品的公式化、概念化以及粗制滥造的倾向是正常的、暂时的、可以克服的,怀疑这一点就是怀疑新的体制与党所规定的文艺方向,就必须加以严厉的批判。而冯雪峰在肯定新中国文艺有一定的优秀的成绩之外,更强调文艺的落后,认为新的文艺政策在很大程度上阻碍文艺的发展,怀疑新体制的一些负面因素并不意味着阶级斗争,甚至,一些政策与领导方式的确是应该被怀疑并讨论的。"①所以,二人虽同是党的作家,但区别颇大。陈企霞的一段回忆也可见出冯与丁、陈的区别:

> 我和雪峰的个人关系很好,他又是我的老上级。平常经常开开玩笑,没有什么上下的等级。有一次代表团自己吃饭时,冯说:"陈企霞真了不起,一支笔横扫了文艺界。"我很严肃地对他说:"雪峰同志,我对自己的工作是从不嘲弄的,要干就认真干好,而且我写的东西都经过你审查,你还作了修改。怎么能说我横扫文艺界呢?"……冯很尴尬,知道我陈企霞不是好对付的,以后再也不跟我开这类玩笑了。②

当然,这种区别并不意味着冯雪峰要把《文艺报》办成"十九世纪的刊物"。作为党员,冯雪峰仍大致延续了丁玲时期的意识形态化风格。有关各类"不正确"的文学作品、文学现象的批评及相关检讨仍然存在,譬如对作品、文学现象的具体批评③,譬如一如既往地刊出"读者来信"④,譬如对"犯错误"的作家施加压力,如张季纯在1952年第15期上刊出过《我的检

---

① 谢波:《文艺报研究(1949—1976)》,苏州大学2007年博士学位论文,第59—60页。
② 陈恭怀:《悲怆人生——陈企霞传》,北京:作家出版社,2008年,第223—224页。
③ 这方面的文章仍有一定数量,如林默涵《胡风的反马克思主义的文艺思想》(1953年第2期)、何其芳《现实主义的路,还是反现实主义的路?》(1953年第3期)、敏泽《对〈三千里江山〉的几点意见》(1953年第6期)、侯金镜《评路翎的三篇小说》(1954年第12期)等等。
④ "读者来信"也有一定数量,如王戟《对胡风文艺理论的一些意见》(1952年第13期)、苗穗《改变批评的恶劣态度》(1952年第13期)、刘金《"我们很快就会看得懂的!"》(1952年第15期)、葛杰《对〈诗与现实〉的两点意见》(1953年第11期)、徐士年《一本错误百出的"理论书"》(1953年第11期)、希明《〈小说习作〉是一本有害的书》(1954年第16期)等。

讨和解答》,秦兆阳也在 1954 年第 12 期上发表过《关于对〈农村散记〉的批评的感想》。

然而,对丁玲的"延续"又是有限的。一方面,随着丁玲在《文艺报》的影响逐渐减弱,冯雪峰从 1952 年下半年开始逐渐调整方向。最明显的是"酷评"、恶评大量被删削。比如 1952 年下半年(第 13—24 号)在"文艺评论・文艺论文"栏目里共刊出文章 33 篇,仅有两篇是针对性批评,其他则都是指导性、总结性文字,不针对具体的作品或人,更无党同伐异之企求。在作家检讨方面,也压缩到最低限度。1952 年下半年仅刊出一篇检讨。1953 年除林默涵、何其芳两篇批评文章外(当是中宣部安排发表),再无粗暴批评。但说理析文的平和性文章逐渐增多,如《电影〈南征北战〉所达到和没有达到的》(钟惦棐,第 3 期)、《评电影〈葡萄熟了的时候〉》(王朝闻,第 7 期),《细节、具体描写》(王朝闻,第 3 期),等等。"短评""新语丝"栏目也变成指导性的,如短评《地方报纸上的文艺作品评介应该面向群众》(第 1 号)、谢云《不可取轻忽的态度》(第 8 期)。"读者中来"刊出的意见也比较少针对具体作家,而更多是针对普遍倾向,如鲁文《反对翻译工作中的粗制滥造作风》、王勉《希望多多为工厂文艺活动创作演唱作品》,等等。另一方面,冯雪峰还有意在调校《文艺报》的编辑作风以及"新的人民的文艺"渐成教条的规范。恰如伊格尔顿所言:"意识形态永远是一种复杂的现象,其中可能掺杂着冲突的、甚至是矛盾的世界观"①,冯雪峰对党的文学的理解与丁玲显然有所差异。比如,丁玲在《文艺报》建立的"读者来信"制度,集批评、检讨、监督于一体,使读者成为现实的文学介入力量,甚至成为意识形态力量,致使作家闻读者而色变,沦入"按照读者的要求和愿望来进行自己工作的某种程序"之中。② 对此冯雪峰显然不满。在他接手后便有意对读者"祛魅"。1953 年第 1 期《文艺报》刊出编辑部文章,批评读者"在文艺学习的态度和方法上,还有一些不够健康的现

---

① 〔英〕特里・伊格尔顿:《马克思主义与文学批评》,文宅译,北京:人民文学出版社,1980 年,第 10 页。
② 雷加:《四十年间》,《新文学史料》1990 年第 2 期。

象","仅仅满足于一事一物的简单的定义和结论"。① 随即,有意削减"读者中来",刊发信件数量由1952年的46篇骤减至1953年的21篇。而对教条主义趋向同样予以调校。自1952年第9期起,冯刊发大量文章,发起"关于创造新英雄人物问题的讨论"。这一讨论以反对人物塑造中的概念化、公式化为内容,对新中国成立以来的"新的人民的文艺"逐渐固定的"成规"发出强烈挑战。这次讨论以及冯本人在《文艺报》上刊发的《英雄和群众及其它》一文,影响颇大,以致1964年批判材料《十五年来资产阶级是怎样反对创造工农兵英雄人物的》将这次讨论列作冯雪峰"资产阶级思想"的主要证据。

　　无疑,冯雪峰的编辑理念与丁玲颇有差异。严格地讲,作为资深文艺理论家,冯雪峰对"新的人民的文艺"有着与《讲话》不尽一致的解释与实践。而1952—1954年间的《文艺报》成为冯雪峰实现个人文学理想、理论个性的舞台。亦因此,在"反右"中冯雪峰被指责在编辑《文艺报》时"反对"工农兵文学:"全国解放后,党和文艺界委托冯雪峰以主编《文艺报》的重任。这时他虽然在口头上表示拥护文艺为工农兵服务的路线,但实际上还是反对的。他曾力图使《文艺报》成为宣传他们一伙人的文艺思想和扩大他们个人威信的地盘。"②周扬的这一指责并非无中生有。可以说,冯雪峰的创新求变是《文艺报》一段颇堪纪念的日子。不过,1954年底的"小人物事件"(指《文艺报》拒绝刊发两位青年李希凡、蓝翎的《关于〈红楼梦简论〉及其他》一文而引起毛泽东批评、《文艺报》编委会随后改组之事)又使这一切发生变化——冯雪峰、陈企霞一并退出《文艺报》编委会。这可说是一场意外,也可说并非意外。冯雪峰开展的"新英雄人物"讨论,以及他在新中国成立前的著述,的确存在一些不同于《讲话》的探索与思考。

---

① 编辑部:《请不要采取这样的批评态度和批评方法》,《文艺报》1953年第1期。
② 周扬:《文艺战线上的一场大辩论》,《人民日报》1958年2月28日。

三 人事纠葛与"新局面"

如果说,1955年前围绕《文艺报》的"争夺"未必明显,那么1955年后《文艺报》则进入拉锯时期。"拉锯"双方,一为编辑部内留存的亲近丁玲、冯雪峰的编辑,一为强势加入的周扬方面的力量。在编辑部内,两任主编丁玲、冯雪峰都有很强的个人魅力,编辑部骨干唐因、唐达成、杨犁等青年编辑,较少世故,因挚爱文学而支持丁、冯。譬如唐因,"书生气十足"(冯牧语),"讲操守、气节、原则","厌恶繁文缛节,喜好狂言放论,不拘礼数,不讲究处世之道,不会随机应变,不审时度势"。① 这类不知进退的青年的存在,使《文艺报》在很长时间内都保留着丁玲、冯雪峰的影响。尤其在1955年"胡风案"发,丁、陈受到牵连之时,这种支持、同情就更见强烈。对此,涂光群回忆:"唐因、唐达成原是丁玲、陈企霞主编《文艺报》时期留下来的最突出的青年业务骨干,他们很自然地被怀疑在人际关系、思想情绪上同丁、陈存在着千丝万缕的联系。"② 日后批判材料也称:"丁玲、冯雪峰、陈企霞,即使离开了《文艺报》编辑部,他们也仍然没有停止在一些编辑人员当中继续散布反党的毒素","在编辑部部分工作人员当中,并没有彻底清除掉"③,甚至直接将唐因、唐达成等称为"陈企霞以前的亲信"④。这些说法其实比较准确。不过在改组中,这批青年编辑由于资历、名望等因素皆未进入编委会。自1955年第1期开始的新编委会由康濯、侯金镜、秦兆阳三人组成。而这三位编委,都是当时周扬所信任的人。其中,秦兆阳系"鲁艺"出身,侯金镜以对路翎小说的批判而得到周扬赏识。康濯情

---

① 丹晨:《斯人独憔悴——唐因逝世半周年祭》,《今日名流》1998年第8期。
② 涂光群:《五十年文坛亲历记(1949—1999)》(上),沈阳:辽宁教育出版社,2005年,第131—132页。
③ 陈骢:《我们在战斗中前进!——〈文艺报〉编辑部反右派斗争报告》,《文艺月报》1957年第9期。
④ 《文艺界反右派斗争深入开展,丁玲、陈企霞反党集团阴谋败露》,《文艺报》1957第19期。

况略微复杂:"康濯原来和丁玲的关系比较好,后来因'揭发'丁玲而受到周扬的重用,到《文艺报》接替了丁玲,成为反对丁、陈的骨干。"①比较明显,在冯雪峰、陈企霞因"小人物"事件意外离开《文艺报》以后,《文艺报》的领导层就换成了"周扬的人"。当然,这样说是否臆测呢?毕竟当初丁玲出任《文艺报》主编是因周扬恳切相邀所致,且从 1949 年到 1954 年间,周扬虽名为中宣部副部长,但对《文艺报》其实甚少过问。对此,他在"小人物"事件中的检讨可谓实话实说:"几年来,我把精力大部分放在政府文化行政工作上","而很少注意研究文艺思想问题和认真地阅读作品","对于《文艺报》这样一个重要刊物,我一直关心很少。因此《文艺报》的错误,我要负严重的责任。我有负于党和人民的委托"。② 由此观之,说周扬插手《文艺报》似证据不充足。不过,从新编委会的人事倾向上看,尤其从周、丁关系的逆变来看,周扬要从丁玲、冯雪峰一系"夺"取《文艺报》主编职位几乎是势所必然。周扬、丁玲在延安时代本来就有一定隔阂,1951 年由于胡乔木的介入,丁玲利用《文艺报》等媒介对赵树理、夏衍等周扬所器重的作家、文艺领导进行了有计划的批评,甚至对周扬本人进行了组织批评,这一切都让周扬非常被动。不过,胡乔木、丁玲的联手并未从根本上消除毛泽东对周扬的信任。周扬恢复权力后,即利用"胡风案",力图将丁玲、陈企霞、冯雪峰一并牵连其中。相对而言,将《文艺报》编委会撤换为自己信任的人,不过是他回击丁玲、冯雪峰最终走向文艺界绝对权威地位的一个次要举措。

在如此的"周、丁之争"的人事背景下,《文艺报》不能不步入一个"斗争"比较明显的时期。在编委会内,周扬一系占有明显优势(一年后周扬重要支持者张光年也增列为编委),与周扬较为接近的袁水拍、与周扬缺乏渊源的萧乾的相继调入,都未影响这一优势。不过,由于周扬以及他所欣赏、提拔的作家大都沉稳持重、具有政治头脑,再兼之编辑部一线青年

---

① 敏泽、李世涛:《国家不幸诗家幸,赋到沧桑句便工——敏泽先生访谈录》,《文艺研究》2003 年第 2 期。
② 周扬:《我们必须战斗》,《人民日报》1954 年 1 月 2 日。

编辑不那么服从,《文艺报》在 1955 年后就"很难再有哪个个人的印迹"①,而基本上呈现为随波浮沉之势。形势吃紧时,就大量刊发政策性文章,如成篇累牍地刊登反胡适、反胡风论文。形势宽松时则不时发表一些异议文章,对社会主义现实主义的真实性、英雄人物的塑造等理论问题展开讨论。前一方面不必赘论,后一方面则确实呈现了矛盾重重的编辑部对于文学的共识与努力。后者在 1956 年"双百"方针提出以后极为明显。当时《文艺报》开辟了文艺随笔、"文艺茶座"等专栏,发起各种讨论,彰显"解冻"氛围。1956—1957 年间,《文艺报》的讨论与批评涉及文学诸多层面。比如王尔宜指责文学批评过度政治化:"片面地拿对主题思想、人物的分析来代替深刻的美学分析","任何一篇作品,只有通过优美的艺术形式,以富有情感、具有具体感性的形象,去把握、概括和反映生活的本质,表现出生活的真实和深刻的思想内容","丢开或降低了艺术尺度,那还算什么批评!"②丁子则讽刺批评投机现象:"(有些人)常常用别人的大脑替自己思考,用领导同志的三言两语替代自己对作品的分析判断。一个作品出来以后,他们就伸长耳朵打听领导同志有什么表示。如果领导同志说'好',他们就跟着赞不绝口;如果说'不好',就立即口诛笔伐。"③又比如对题材决定论的反省:"题材实在太狭窄了,写来写去都不出乎生产活动的范围,有的简直在写生产过程和生产经验。读者看得厌倦了","把题材仅限于思想斗争,或仅限于写工农兵,而在描写它们的时候又没有各种各样的'世事',无限广阔的'人生',作为积极背景","庄子曰:'井蛙不可语于海者,拘于墟也;夏虫不可语以冰者,笃于时也;曲士不可语于道者,束于教也'。我们对题材看法的狭窄,正同这段话里说的情况一样,不过我们所'束于教'的是教条,自己设定的清规戒律"。④亦有对出版体制的讽谏。

---

① 马研:《〈人民日报〉、〈文艺报〉对中国当代文学的影响》,吉林大学 2010 年博士学位论文,第 11 页。
② 王尔宜:《且谈当前的文艺批评》,《文艺报》1956 年第 9 期。
③ 丁子:《领导者的苦闷》,《文艺报》1956 年第 18 期。
④ 巴人:《"题材"杂谈》,《文艺报》1956 年第 17 期。

冯康男称:"既然各个文艺刊物不仅有名字的不同,而且还有'级别'之分,当然,作家就要把'提高'的作品给中央,把'普及'的作品给'地方'了,有些作家在给'地方'刊物的信中直率地说:'我这篇稿被中央退回来了,现寄给你们选用'。广大读者自然也以阅读'中央刊物'为无上光荣,如去阅读'地方'刊物则有些——有些什么呢?我暂且还找不到确切的形容词。甚至于某些邮电局、新华书店、出版社也只对'中央'刊物感到兴趣,'地方'刊物则是可有可无的。再从各个文艺刊物本身来看,毫无疑问,'低级'要向'高级'看齐,'地方'应该服从'中央'——这样说似乎太有点'行政方式'的味道,还是说'地方'学习'中央'吧!这种学习精神也确实可嘉,几乎是从形式到内容,学得一模一样!""'千篇一律,万部一腔'!"①又如提倡干预生活,苏平热情称赞《在桥梁工地上》"闪烁着不可调和的斗争的火花。"②

应该说,这些讨论代表了《文艺报》办刊史上最活跃的阶段。然而,编辑部的文学共识毕竟有限。即使"鸣放"期间,有些批评未必就完全出于文学公义,而与势力恩怨有辩白不清的关系。如1956年第2期的专论《斥"一本书主义"》就以"莫须有"方式攻击丁玲,为已陷入"问题"旋涡的丁玲、陈企霞推波助澜。而侯金镜认为陈企霞的批评"在读者中散播了简单化、庸俗化地理解文艺作品的风气,降低了读者对文学艺术作品的鉴赏力,麻痹了他们的美的感受机能"③,单看文字并非没有道理,然而张光年等此时推出此文就没有加重"丁、陈问题"的考虑?对此,唐因、唐达成等编辑恐怕有所想法。故到"鸣放"高潮期,这些丁玲支持者就对周扬作出有力的反批评。对此,后来批判材料称:

> 冯雪峰……和他那一伙人始终把《文艺报》的改组,看作党对他们的打击,而心怀不满。他们总是企图翻案,以便卷土重来。大鸣大

---

① 冯康男:《关于"地方"和"中央"》,《文艺报》1956年第22期。
② 苏平:《〈在桥梁工地上〉是一篇出色的特写》,《文艺报》1956年第8期。
③ 侯金镜:《试谈〈腹地〉的主要缺点以及企霞对它的批评》,《文艺报》1956年第18期。

放期间,《文艺报》编辑部的唐因、唐挚等右派分子一方面阴谋篡改《文艺报》的方向,另一方面密谋由冯雪峰挂帅创办所谓同人刊物;他们声言"要在文学上打天下",要通过刊物"打开一个新局面"。可见右派分子利用刊物来闯天下的企图,是始终不肯放弃的。丁玲、陈企霞、江丰还计划在原定1957年10月召开的全国文学艺术工作者代表大会上公开制造文艺界大分裂的局面。反右派斗争才使他们的阴谋全部归于破产。①

"制造文艺界大分裂"不免耸人听闻,但案其事实则多有所据。如在1957年3月10日的日记中,郭小川以不满口吻记述道:"下午参加宣传会议的小组会,又是那几位党员同志接连不断地发言。雪峰一再起来主张提'大胆地创作,善意地批评,反对压制的种种清规戒律'","他的情绪实在是不正常的"。② 这种在郭小川看来"实在是不正常"的情绪,实是对"新的人民的文艺"的质疑。而在《文艺报》编辑部,这种质疑又直接表现为对"丁、陈"对立面周扬的不满。唐达成回忆:"(周扬)说:英雄人物有没有缺点,可不可以写? 既然英雄人物本质上是革命的,是优良的,非本质的缺点,如对老婆不好等,也完全可以忽略嘛。写英雄何必要写非本质的东西呢?""当时我年轻气盛,觉得这样说太教条主义了,也太抽象了","我就写了一篇7000字的长文,题目叫《繁琐公式可以指导创作吗?——关于写英雄人物与周扬同志商榷》","我说抽象地提出可以不可以写缺点,是一种形而上学的提法,因此无法确切的回答,实际上只有根据不同的情况来决定是否写缺点。高尔基笔下的母亲形象,还有夏伯阳的形象,都不是完人,都有转变过程,不也是英雄人物吗? 文章后面说得厉害一些。我说,按照公式或者所谓本质来写英雄,虽然写出了英雄,但实际上人物失去了灵魂,失去了生活本身鲜活生动的真实"。③ 这篇文章尖锐、系统、影响颇大。

---

① 周扬:《文艺战线上的一场大辩论》,《人民日报》1958年2月28日。
② 郭小川:《郭小川全集》,第9卷,桂林:广西师范大学出版社,2000年,第50—51页。
③ 唐达成:《四十年来的印象和认识》,《忆周扬》,王蒙、袁鹰主编,呼和浩特:内蒙古人民出版社,1998年,第264—265页。

与此同时，在萧乾、唐达成主持下，《文艺报》还刊出系列文章，批评经周扬等人解释、确立的"新的人民的文艺"。这些自我反思，既是很有文学史价值的理论辩议，却同时和"周（扬）、丁（玲）之争"有着密切关系。实际上，当时圈内人就是这样看的。郭小川 1957 年 6 月 8 日日记称："到笑雨处，看到金镜、钟惦棐、光年、笑雨等四人谈《文艺报》问题，唐因、唐达成独树一帜，大反其宗派主义，实际反周扬，情况很繁杂。"①而张光年在"反右"时更公开地将《文艺报》的这一系列"鸣放"都定位为宗派活动：

> 他们怀着为独立王国复仇的决心，精心选择了几个"反教条主义"的主攻方向：一个是部队的文化领导机关，包括过去曾经在军委文化部担任领导工作的陈荒煤同志在内，——这是为过去陈企霞主持的"新人物问题讨论"的不光彩的结局翻案复仇的……第三个也是最主要的一个主攻方向，就是所谓"敲作协的大门"，——这是通过对作家协会党组的攻击一直攻到中宣部甚至于党中央的负责同志，目的是为 1954 年检查文艺报的结论翻案，为 1955 年作协党组对丁、陈反党集团的揭发和斗争翻案。……发表在今年 5 月《文艺报》上的唐挚所写的批评周扬同志的文章（用了一个耸人听闻的题目《烦琐公式可以指导创作吗？》），就是这种不满情绪的反映，而且因袭了陈企霞的战术。②

这番罪名是否完全是冤曲呢？未必，只不过所有人事纠葛、私人恩怨皆有漫长的前因后果可循，而不可单单委过于其中一方。"鸣放"期间，丁玲、冯雪峰有所倾向甚至活动倒的确是事实。在他们支持下，唐因、唐达成、陈涌等即曾考虑筹办同人刊物只是并未付诸实践。

不难看出，"双百方针"提出以后，《文艺报》不仅成为文艺界"资产阶

---

① 郭小川：《郭小川全集》，第 9 卷，桂林：广西师范大学出版社，2000 年，第 93 页。
② 张光年：《文艺界右派是怎样反对教条主义的》，《文艺报》1957 年第 37 期。

级的'自由论坛'"①,而且还成为"周、丁之争"最直接的阵地。1955年"胡风案"以来,周扬一直在抓"丁、陈问题",但"双百"以后由于张际春等资深干部的介入,周扬意图不断受挫,而丁玲到1957年大有卷土重来之势。在此情形下,《文艺报》在"鸣放"期间的活跃就不难理解了。然而一个令人困惑的问题是,即便丁玲、冯雪峰的力量有所复苏,但周扬、张光年、刘白羽等人仍占明显优势,那么《文艺报》上那些异端言辞(尤其是反攻周扬、陈荒煤的文章)又如何能够刊出呢?在此,张光年的表现不免复杂。一方面,他和周扬在编辑部内鼓励大胆鸣放,"周扬长期不到《文艺报》编辑部来,但1956年底开始要鸣放时,他却直接到各编辑室鼓励大家鸣放。他说:'放是错误,不放也是错误,而且是更大的错误。'"②另一方面,张光年又以生病为由在1957年五六月间请假,将《文艺报》编务委托给副主编萧乾。他为何会在这激动人心的时刻生病呢?对此,张在日后接受采访时避而不谈,仅表示"完全没有想到会有所谓'1957年夏天形势'"。此说不太可信。张光年请假,可作两方面理解。其一,张光年与多数周扬派文艺官员一样,具有高度的政治敏感性。党史上"宁左勿右"的传统可能使他有不安的直感,他之"生病"与主动远离风险应有关联。其二,除规避风险外,张光年请假、"让"出《文艺报》主编权是否还有欲擒故纵的"阴谋"在内呢?此说张光年倘在世,必会断然否认,但涂光群却有这样的推测:

> 毛泽东主席在1957年5月15日起草了一份发给党内干部阅读的文件《事情正在起变化》,首次提出右派问题……作协党内一部分人知道这份文件最快也是有三天之后,即1957年5月18日、19日之际,或稍后几天。……作协的排头刊物《文艺报》,迟至1957年6月23日出版的一期刊物(第12期)才开始变调,转向反右。也就是

---

① 《文艺界反右派斗争深入开展,丁玲、陈企霞反党集团阴谋败露》,《文艺报》1957年第19期。
② 张光年、李辉:《谈周扬:张光年、李辉对话录》,《新文学史料》1996年第2期。

说,从1957年5月下旬至6月下旬,作协仍照样进行整风、鸣放,但这时候的作法,不能不带上"阴谋"的味道了,这就是服从上边整体的部署,让更多的"鱼"浮上来。①

结果是,在《文艺报》浮上的几条"大鱼"就包括唐因、唐达成、侯敏泽以及萧乾。如此评说是否诛心之论呢?事实上,张光年等在"反右"时就已公开表示:"有些毒草是我们有意识地放出的,准备批驳的。"②

事后看,激荡人心的"1957年之夏"同时也是《文艺报》编辑部内部周、丁两派之间的"最后一战"。随着丁玲、陈企霞、冯雪峰急转直下、掉入被批判旋涡,"作为'独立王国'基地的《文艺报》编辑部,普通的编辑和工作人员,几乎没有一个能逃脱当'右派分子'的厄运","《文艺报》改组后,原来的编辑们被强行遣散,不少人戴着'右派分子'的帽子被送去劳动或失业在家,处境极为悲惨"。③ 此说大致准确,但也不完全确切。事实上,周扬信任的人如张光年、侯金镜等并未受到影响。随着1957年的结束,丁玲、冯雪峰彻底退出文坛,"有力"的作家对于《文艺报》的"争夺战"亦告结束——周扬派作家全盘接管了《文艺报》。此后直至停刊,其主编权再未遭遇到任何实质性的挑战。不过,"官气"颇重的此派作家,不再具备冯雪峰那种逆势而上的勇气,《文艺报》此后亦就随政治气候而浮沉。张驰之间,其办刊个性在多数时候是不太明显的。

---

① 涂光群:《五十年文坛亲历记(1949—1999)》(上),沈阳:辽宁教育出版社,2005年,第129页。
② 张光年:《文艺界右派是怎样反对教条主义的?》,《文艺报》1957年第37期。
③ 陈恭怀:《悲怆人生——陈企霞传》,北京:作家出版社,2008年,第272页。

"新英雄人物讨论"的前前后后
——《文艺报》与当代文学"竞争的信息"

作为中央级文艺理论"指导刊物",《文艺报》长期自觉承担规范制定者和阐释者的角色,并直接受中宣部管理。而这也是新中国成立以后机关刊物的普遍现实。故洪子诚感叹说:"在这个时期,难以能从同一,或不同的刊物中,看到竞争的、矛盾的信息和观点的表达。"[①]然而,此说只能看作大略之论,实则各刊物的复杂性与特殊性仍然超出想象,譬如《文艺报》在冯雪峰主编时期(1952.1—1954.12)即多有"竞争的、矛盾的信息和观点的表达"。这尤其体现在冯在该刊发起的"关于创造新英雄人物问题的讨论"中。这一讨论当时颇引人注目,在当代文学理论发展史上也堪称"关键性"论争。对此,学界已有所研究,但不无误读。比如有论者以为:"这几次一定规模的讨论,为新英雄人物的创造规定了具体的模式。"[②]此种观点与冯雪峰在讨论中的"微言大义"几乎南辕而北辙。其实,此次讨论深刻反思了周扬有关"新的人民的文艺"的阐释以及当时渐成"成规"的人物叙述规范,且直接促成了社会主义现实主义的自我调整,构成了其内在的张力与丰富性。

一 "新英雄人物讨论"的缘起

冯雪峰1952年1月接替丁玲主编《文艺报》。如前所述,此事与胡乔木的安排有关。新中国成立初年,作为文艺界实际负责人(1954年前周扬

[①] 洪子诚:《问题与方法》,北京:生活·读书·新知三联书店,2002年,第208页。
[②] 王琳:《从1950年代初的〈文艺报〉看"英雄人物"创作模式的建立》,《社会科学研究》2006年第2期。

在文艺界地位低于胡乔木),胡乔木安排冯雪峰接任《文艺报》主编,其实有在文艺界掌握资源、维持优势的个人考虑。不过,冯雪峰与同样深受胡乔木提携的丁玲颇有差异。这表现在,尽管冯雪峰比较接受胡乔木的领导,但这并不意味着冯像丁玲那样内心多少"燃烧"着仕进的热情。恰如丁玲早年的评价:"(雪峰)对于名誉和地位是那样的无睹。那样不会趋炎附势,培植党羽,装腔作势,投机取巧。"①这是切实的判断——在中国男人甚至在中国知识分子中,冯雪峰都堪称优异的"少数":他没有政治手腕,也没有兴趣有此"手腕"。新中国成立以后,他的人生热情主要集中在文学事业,譬如鲁迅研究与《鲁迅全集》汇编,譬如人民文学出版社的编译事业。这意味着,冯雪峰主编《文艺报》与丁玲必有较大的不同。如果说,丁玲主编时有比较明显的靠近组织、凸显自己作为毛泽东文艺思想权威阐释者的现实考虑的话,那么冯雪峰则更多是对当时日渐机械、教条的文学运行现状忧心忡忡。所以,出任《文艺报》主编以后,冯雪峰暗中对《文艺报》作了重大"变政",即有意识"调校"文学朝向政治/政策不断"陷落"的危险趋势。这既表现在削减"读者来信"、压制恶评、酷评"等细微举措上,也表现在组织声势颇大的"新英雄人物讨论"上。后者集中在1952年,是当代文学在新中国成立初期最积极有力的自我反思之一。

但这并不意味着冯雪峰不赞同自毛泽东、周扬以降的关于"新英雄人物"的提倡。恰恰相反,作为党的资深文艺理论家,冯雪峰历来都极为重视文学对于正面人物(英雄人物)的塑造。他明确表示:"创造正面人物,即描写先进分子或把英雄人物的高贵品质加以突出的描写,以教育全体人民,这是我们的现实主义——社会主义现实主义文学的最根本的任务。"②这些表述同《讲话》或周扬的阐释并无差异,包含着"新的人民的文艺"的基本要求。是怎样的"要求"呢?这涉及"新的人民的文艺"的双重起源。一方面,它是作为"弱者的武器"的阶级动员的叙事,另一方面,它

---

① 丁玲:《风雨中忆萧红》,《文人笔下的文人》,秦人路、孙玉蓉编,长沙:岳麓书社,1987年,第582页。
② 冯雪峰:《论〈保卫延安〉的成就及重要性》,《文艺报》1954年第15期。

又是民族主义的动员叙事。而这两方面的斗争,无论下层阶级争取生存的斗争,还是积贫积弱的民族争取独立,都要求其文艺承担"正面假象"的生产。对此,敏米的研究颇值得借鉴。他认为,由于欧洲殖民者对非洲人的文学表述总是不真实的"负面假象",非洲人文化反抗的最有效方式就是"翻转"之并制造与之对立的"正面假象":"代替殖民者强加在受殖者身上的负面假象的,是受殖者为自己塑造的正面假象。"而此种逆转也合理地发生在阶级文学之中:"针对无产阶级的负面假象,也有一个正面假象。"①故而对于"正面假象"(英雄人物)的生产,是第三世界文学也是延安以降中国社会主义现实主义文学普遍的叙事实践。而对此,林默涵在1947年曾有清晰的论述:

> 在旧的文艺作品中,并不是完全不写工农,但在那里,工农的姿态是被凹凸歪扭的镜子映照出来的,不是被写成恶徒,便是被画成小丑,他们永远是被讥笑和玩弄的对象。……这是压迫者的立场和观点。他们这样描写的目的是很显然的,就是要证明:工农是天生成的活该受压迫的人们。有的是采取了同情的态度,一面讥嘲,一面却也含着泪珠,要引起人们的恻隐之心,救救这些可怜的人们。这是人道主义者的立场和观点。但我们既反对前者,也不要后者。我们的作家的立场,应该就是工农大众自己的立场。②

事后看,林默涵所谓的"工农大众自己的立场"未必能够真正实现,且"对由学院、知识分子垄断的文学等级观念构成了强有力的冒犯"③,但它更多的是社会主义文化实践的内在必然。对于这种新型的叙事实践,冯雪峰显然是支持并努力促成的。

不过,在冯雪峰看来,创造作为"正面假象"的英雄人物,并不等于抛

---

① 敏米:《殖民者与受殖者》,《解殖与民族主义》,许宝强、罗永生选编,北京:中央编译出版社,2004年,第52页。
② 林默涵:《关于人民文艺的几个问题》,《群众》(香港)1947年第19期。
③ 刘继明:《我们怎样叙述底层》,《天涯》2005年第6期。

开"生活的深刻性"而彻底虚构。但在新中国成立之初,部分理论家的确渐有向壁虚构之嫌。譬如陈荒煤表示:"这些在革命斗争的英雄,数以千万计,不是像我们某些作品中所表现的,还只在改造和生长的过程中。无数的英雄已经成长为中国革命斗争的最优秀的典型人物。"①胡丹沸甚至认为:"我们在实际生活中发现不了新人物,不是新人物不存在,是我们的眼睛有毛病,思想感情上还有问题存在。"②相应地,在新中国成立的巨大喜悦中,"偏爱美德"的"风尚"也扎下根来,"革命者像清教徒或雅各宾派一样偏爱美德。这种偏爱构成了乐观主义的革命者用自己的纯洁性去要求他人的革命者的特性"③,许多读者甚至不能接受作家对英雄缺陷、缺点的描写。公式化、概念化的问题由此迅速严重起来,英雄逐渐有"通体光明"的倾向。而丁玲主编时期的《文艺报》可说是公式化、概念化主要的推波助澜者。对此,冯雪峰颇有警醒。1953年,他在一篇未公开刊行的文章中说:"在这几年的创作上,现实主义显得特别薄弱。除去极少数的几种,我们作品上的真实性是非常低的。"④这种忧思或不为文艺主管部门所乐见,但它更多地代表了冯氏对当时文学可贵的观察与诊断。故他接任《文艺报》主编不久即开始组织"新英雄人物讨论",几乎是势所必然。自1952年5月至12月,在冯雪峰、陈企霞的策划下,《文艺报》发表大量讨论文章,造成了广泛影响。对此,十多年后的批判材料称:"在这次讨论中,《文艺报》借口反对所谓'简单化'倾向","宣传了极为错误的意见"。⑤

---

① 陈荒煤:《为创造新的英雄的典型而努力》,《文艺报》1951年第4卷第1期。
② 《创作·政策·新人物等问题》,《文艺报》1950年第1卷第7期。
③ 〔法〕雷蒙·阿隆:《知识分子的鸦片》,吕一民、顾杭译,南京:译林出版社,2005年,第46页。
④ 冯雪峰:《关于创作和批评》,《雪峰文集》,第2卷,北京:人民文学出版社,1983年,第500—501页。此文最后撰成时间是1953年7月,据内容看,它应该是冯雪峰为第二次全国文代会撰写但被毛泽东弃用的大会报告。
⑤ 《十五年来资产阶级是怎样反对创造工农兵英雄人物的?》,《文艺报》1964年第11—12期。

二 "竞争的信息"

1952年第9期《文艺报》正式开辟"关于创造新英雄人物问题的讨论"专栏。"编辑部的话"明确将"讨论"矛头指向当时文艺界的一些"不妥当的看法":"有些意见在提倡大力表现新英雄人物的同时,由于对问题各方面缺少比较全面的观察,因而是笼统的、或者几乎是绝对的来反对触到生活中落后现象,反对处理落后'人物'的'转变'问题,从而就在实质上否认了生活中的矛盾与斗争。"所谓"不妥当的看法"最易让人联想到的,就是周扬等文艺界领导人关于少写或不写英雄缺点的专门谈论。冯雪峰如此开门见山,敏感者不难"嗅"到其中的令人不安的气息。或因此故,参与这场讨论的就主要是青年评论者和读者,而少见知名评论家的身影。如在此问题上多有阐解的陈荒煤、林默涵等,都未参与其中。

1952年第9期《文艺报》刊出四篇文章,其立场与"编辑部的话"都颇为切近,估计是冯雪峰征集而来。其中,曾炜明确反对"不能写缺点"的"戒律":"缺点是可以写的,问题是我们怎样看待缺点,是否首先表现了英雄人物的优良品质的一面,在首先表现了好的一面的基础上来写缺点是可以的","《被开垦的处女地》的党支部书记,他是有缺点的,但他给读者的深刻印象就是有着坚强的党性,使读者对他发生爱"。① 当然,当时主流批评反对"写缺点"往往是以"从落后到转变"已沦为公式为借口的。对此,梁汉从生活真实发出质疑:

> 有一位同志在他的作品中,为了不丑化英雄,为了使英雄不仅有优美的品质而且有优美的形象,就故意删改了描写英雄所遭到的困难的一段……这不禁使人怀疑:为什么不能在文艺作品中批判生活里实际存在的错误思想倾向,或者表现困难的发生与克服过程呢?难道生活本身不是充满了千变万化的复杂的矛盾运动的吗?在革命

---

① 曾炜:《关于英雄人物的描写》,《文艺报》1952年第9期。

军队的内部或个别的革命人物的身上,难道没有先进的与落后的、无产阶级的与非无产阶级的思想斗争吗?……简单地提出不许写"落后转变",是不恰当的,因为这种说法是有片面性的。①

董晓天则从矛盾论出发挑战反对写"落后到转变"的观点:"现实生活是如此丰富而多样,而一切事物都是包含着矛盾和处在不断的发展中的。"他指责主流批评导致荒谬的结果:"譬如说,一篇作品中所描写的许多农民中有一个农民有一种落后思想,他就会不加考虑地指责道:'难道我们的英勇、勤劳的农民是这样的吗?何等的歪曲!'甚至认为这是一种有意的侮辱","(这)就不能使自己对这些作品有正确和全面的认识"。②

在第 9 期四篇讨论文章中,李树楠的文章最具理论深度。其实不准写缺点也好,反对写"从落后到转变"也好,都是以本质主义理论作为根据的。故李树楠批评主流观点是静止、片面的,转而提倡历史主义的态度:"譬如有这样的说法:写从落后到进步的转变,是公式主义,是文艺创作中的不良倾向和危险倾向,因为它否认事物的本质,分不清前进与腐朽的界限。又如有这样的说法:写人民群众应该歌颂他们的优秀品质,才能教育人,至于那些落后的现象是个别的、偶然的,所以就不必去描写。又说:只有英雄才是典型人物,等等。我以为这种种说法和提法是片面的,并且是错误的。我想,只要不是对现实闭着眼睛的人,就不会否认,我们今天的现实中每天都是在涌现着新的英雄的,他们推进了生活前进,改变了生活的面貌,但是这并不等于说只有英雄才是典型,也不能说写从落后到进步的转变就是否认事物的本质","这种论点和说法,我以为都否认了现实生活的丰富与复杂,否认了现实中存在着的多种多样的矛盾与斗争,而把现实生活简单化和抽象化,也就是教条主义化了。譬如'认为写从落后到进步的转变就是否认事物的本质',这说法实在够糊涂。难道说事物发展到今天就静止、凝固不动了么?难道现实生活已经是那样地完美无缺,既无矛

---

① 梁汉:《作家应该忠实于生活》,《文艺报》1952 年第 9 期。
② 董晓天:《不应忽视生活中的矛盾和斗争》,《文艺报》1952 年第 9 期。

盾也无困难也不再前进了么？难道说事物中落后与进步和新旧因素的斗争是非本质的么？而且，事物的本质，难道不恰恰在落后与进步、旧与新的矛盾斗争中么？显然，否认了事物的本质的，不是别人，而是这样说法的本身。我们今天新的生活并非自天而降，生活中所出现的新人物也并非生来就成长为英雄的。革命的英雄是革命斗争的产物。所以，和这些看法恰恰相反，这一切正是在和客观、主观世界中所存在着的旧势力顽强斗争后才产生出来的，历史、生活的真实就是如此。"①

凯尔纳认为："媒体文化是一种诸种再现之间的竞赛，这些再现重现了现存的社会斗争。"②显然，冯雪峰主动挑起的这场讨论，不仅是观点分歧，同时也是不同文学力量之间"社会斗争"的一部分。一个月后，解放军评论家张立云对第9期各篇文章发起了反批评。张立云频繁援引毛泽东、日丹诺夫、斯大林等的论述③，明确质疑第9期"编辑部的话"，认为反对写"落后到转变"甚为必要，并将此现象"上纲"为小资产阶级和资产阶级思

---

① 李树楠：《帮助作家正确地描写矛盾与斗争》，《文艺报》1952年第9期。
② 〔美〕道格拉斯·凯尔纳：《媒体文化——介于现代与后现代之间的文化研究、认同性与政治》，丁宁译，北京：商务印书馆，2004年，第97页。
③ 张立云援引的毛泽东的言论有"革命的文艺应该以歌颂人民、歌颂光明为主要任务"，"苏联在社会主义建设时期的文学就是以写光明为主，他们也写些工作中的缺点，但是这种缺点只能成为整个光明的陪衬"。援引斯大林的言论有"任何生活现象就有两种倾向：肯定的与否定的，我们应该保卫前者而推倒后者"。援引《真理报》专论有"作家们在这里应该积极的我们社会主义现实的肯定的基础，帮助新事物取得胜利。绝不能容忍这样的剧本：其中否定的人物压倒一切，而且描写否定人物的艺术方法还比描写肯定现象更鲜明、更富表情"。见张立云《关于写英雄人物和写"落后到转变"的问题》，《文艺报》1952年第11—12期。事实上，在后来的第二次全国文代会上，周扬的大会讲话基本上与此一致。周扬先是引用马林科夫在联共十九大上的报告："现实主义艺术的力量和意义在于：它能够而且必须发掘普通人的高尚的精神品质和典型的、正面的特质，创造值得做别人的模范和效仿对象的普通人的明朗的艺术形象。"接着周扬特别突出了《讲话》"文学艺术必须首先写光明，写正面人物"的观点，认为"文艺作品所以需要创造正面的英雄人物，是为了以这种人物去做人民的榜样，以这种积极的、先进的力量去和一切阻碍社会前进的反面人物和落后的事物作斗争。不应将表现正面人物和揭露反面现象两者割裂开来。但是必须表现出任何落后现象都要为不可战胜的新的力量所克服。因此决不可以把在作品中表现反面人物和表现正面人物两者放在同等的位置"。周扬：《为创造更多的优秀的文学艺术作品而奋斗——一九五三年九月二十四在中国文学艺术工作者第二次代表大会上的报告》，《周扬文集》，第2卷，人民文学出版社1985年版，第250页、251页。因此可以说，张立云的观点是非常正统的。

想:"以'落后到转变'作为主要的创作题材……还有文艺工作者主观上的原因。那就是:小资产阶级的东西,不容易理解新的英雄人物。在他们看来,写新东西还不如写旧东西来得顺手;写前进思想、前进人物远没有写落后思想、落后人物来得熟悉。所以,就在一些比较写得好的作品中,你仍可以看到:对落后现象刻画得是生动的、细微的;对转变过程写得是粗疏、简单的;对进步现象写得是概念的、模糊的。"①应该说,此说并非没有道理。的确,承"新文学"而来的"小资文人"(包括冯雪峰),几乎本能地就可从"工农兵"的神圣面影下发现阿Q的浓厚底色。这也是客观事实,但张立云不能接受。在以"资产阶级思想"将之轻率打发以后,张还将落后、动摇等词语与"英雄"隔离开来:"动摇,那是小资产阶级的特点,不是革命战士、人民英雄的特点。站在人民立场上的革命文艺工作者,有必要对之加以区别。但这并不是说,在我们的文艺作品中不能写革命阵营中的动摇分子","但必须是当作变节、叛变分子来写他们;他们只能是被否定的,不能是被肯定的人物"。②

今天看来,张立云的观点有些不可思议,所谓动摇"不是革命战士、人民英雄的特点"之说不太经得起推敲,但他言之凿凿。不过这未必是教条主义所致,亦有可能只是把特定的"思想和'再现体系'"作为"争取其利益的话语'弹药库'的组成部分"③的"酷评"而已。但张的论点无疑给讨论树立了标靶。在与张文同期刊出的"编辑部的话"中,冯雪峰也援引《人民日报》社论,提出对"脱离群众脱离生活"的"公式化概念化的倾向"进行"必要的批判":"正如《人民日报》社论《继续为毛泽东同志所提出的文艺方向而斗争》中所指出的,目前文艺界所存在的思想混乱的状况,主要是表现在两方面:'首先,也是主要的,是资产阶级思想对于革命文艺的侵蚀。这表现为脱离政治,脱离群众,追求资产阶级的艺术形式,追求小资产

---

① 张立云:《关于写英雄人物和写"落后到转变"的问题》,《文艺报》1952年第11—12期。
② 同上。
③ 〔美〕詹姆斯·卡伦:《媒体与权力》,史安斌、董关鹏译,北京:清华大学出版社,2006年,第301页。

阶级的庸俗趣味,在虚伪的化装下,宣传着各种非无产阶级的错误思想以至反动思想。'其次,和上述倾向似乎相反,而实际上也是脱离群众脱离生活的,便是文艺创作上的公式化概念化的倾向。'所以,在讨论怎样更好地描写新英雄人物的问题的时候,就应当对上述的两种阻碍革命文艺健康发展的错误倾向进行必要的批判。"① 显然,以张立云为代表的写"新的人民英雄"的观点,被冯雪峰列入了第二类"脱离群众"的倾向,是公式化、概念化的极佳样本。然而,第11—12期合刊号并未变成对张立云的集中批评,而更像一场混战,呈现出"你争我夺"的媒体文化的特征。其中,鲁勒比较支持张立云,认为"从落后到转变"沦为公式也是实情:"既然是'落后',在作者的观念中,必然是想家,想老婆,怕吃苦,怕死,怕行军……表现出来的形象则必是歪带军帽,不扣钮子,愁眉苦脸,吊儿郎当,装病偷懒,闹不团结,满嘴怪话,违犯纪律,反抗上级","这就形成了'满篇落后相,处处怪话声'的作品","所谓'转变'也成了一个公式","新的写得暗淡无光,旧的却是淋漓尽致,加以有意无意的歪曲,就形成宣扬丑恶与隐蔽美丽的结果"。② 周立波也认为工农英雄多是有着"内在的纯洁、优美和强韧的英雄人物","觉悟不高的一些工农兵是有缺点的","(但这)不是他们的基本的东西,不能把这当做他们的本质的特征"。③

但评论家蔡田认为不许写"落后转变"已造成不良影响:"文艺批评要实事求是。正如董晓天同志所说,不许写'落后转变'的口号'已经在一部分文艺工作者和读者中间起着不好的影响。'有些作者和读者,就死抱着这一个条文去进行创作,去衡量别人的作品。也有一部分作者和读者,虽然从理论到实践都不同意这个有片面性的条文,但又恐怕被人认为是主要要多多描写黑暗,就宁愿缄口不言。"④ 武汉电信局职工王宗德则以单位发生的真实的转变事迹批评不许写"落后转变":"如果只简单地提出不许

---

① 《编辑部的话》,《文艺报》1952年第11—12期。
② 鲁勒:《正确地认识生活与反映生活》,《文艺报》1952年第11—12期。
③ 周立波:《谈思想感情的变化》,《文艺报》1952年第11—12期。
④ 蔡田:《在创作上遇到的问题》,《文艺报》1952年第11—12期。

写'落后转变',也是不恰当的。因为一个英雄人物的成长,个人的进步与提高,是有其一定的斗争过程(也包括思想斗争)","如'三反''五反'运动中,店员检举奸商,有些店员在开始时,是有些顾虑的","如怕失业,怕报复,拿不开情面等等。经过一定时期的启发帮助,店员工人们觉悟提高了,阶级界线划清了,坚定了自己的阶级立场,因而大胆地毫无顾虑地检举奸商。我们写文艺创作,描写店员的思想斗争和认识逐步提高而检举奸商,又有什么不可以呢?"①李晴将无"落后"之累的先进人物讽为"无本之木":

> 他们也高呼要"大力创造新人物",但是却反对写困难,写矛盾,他们的理由是:"我们的战斗刚刚得到胜利,我们需要得到休息。不要再拿什么困难和矛盾来折磨(!)人民吧,给他们一点轻松的东西!"他们笔下的"新"事物,就是一帆风顺,天下太平;他们笔下的"新"人物,缺少血肉与思想。……这种"新"人、"新"事,难道不是无源之水和无本之木吗?②

同期《文艺报》还刊出"读者来信综合":"通讯员庄进辉说:'在我所读到的一些文艺批评中,有的要求背景像湖水一样平静澄清,连一个脏的泡沫都不许有,而积极人物则须像天仙似的无瑕,我认为这是脱离实际的想法。……我想他们恐怕只是从'新中国的一切都是好的'这一抽象概念出发,而对新人新事是怎样成长和发展的情况并不清楚,于是只好用概念和僵硬的条文来套作品了。'读者崔世杰说:'如果为了恐怕歪曲英雄,歪曲新的人物,而避免写人民生活中的斗争,使他不遇到困难,避免写英雄的成长过程,那么,这也是犯了公式主义。'"③

应该说,在1952年11—12期合刊号上的"混战"中,由于工人、读者的群众身份,由于"编辑部的话"包含的倾向性意见,主张写缺点、尊重"生活

---

① 王宗德:《我对写新人物的一点意见》,《文艺报》1952年第11—12期。
② 李晴:《这是脱离生活的结果》,《文艺报》1952年第11—12期。
③ 《为什么写不好英雄人物——读者来信综述》,《文艺报》1952年第11—12期。

深刻性"的观点还是略占上风。而两派意见的对垒,多少反映出"新的人民的文艺"内部正统延安文人与前左翼文人之间的抵牾与博弈。而后者,多少有着"驳斥""官方叙述、权威说法"并"竭尽一己之力尝试诉说真话"①的意味。

三 凝聚"共识":英雄与"国民性重铸"

这么说并不意味着冯雪峰从根本上不大认同《讲话》。事实上,冯雪峰努力为之的,是在"新的人民的文艺"内部纳入启蒙资源,实现革命与启蒙的对接。换言之,冯雪峰对"新英雄人物"的理解是与"国民性重铸"相联系的,而非简单地用"正面假象"替代"负面假象"。作为鲁迅友人兼学生,冯雪峰对民众的理解首先是启蒙式的。对此,日后姚文元对冯雪峰的批判可作为很好的参考:"冯雪峰眼光中的人民却是这样的麻木的……例如第一,是'麻木',他认为在'独裁的反动的残酷的统治之下',人民已经变成'冷酷到失去知觉的麻木的忍受'……第二,是'善良',他认为中国人民从'长久而沉重的蹂躏与压迫之下而仍得生存下来','几乎忘记了一切',变成了有一种彻底的奴隶性的'驯服而善良'的人,变成了只知道'做一个循规蹈矩的好人';第三,是'恐怖主义',他以为人民对反动统治的反抗是'以恐怖主义对待恐怖主义'。"②姚文元的总结堪称简洁、准确。的确,在冯眼中,中国民众肩负着千年精神负荷,而新的英雄正是在现实的矛盾、斗争中与这些负荷不断"搏击"而诞生的,新的"国民性"也只有通过新与旧的冲突、光明与黑暗的"肉搏"才得以诞生。在此意义上,冯雪峰认为承续延安而下、以歌颂为主的"新的人民的文艺"的"真实性是非常低的"。不难看出,冯雪峰的讨论和《讲话》也可说是"代表不同利益和不同

---

① 〔美〕爱德华•萨义德:《知识分子论》,单德兴译,北京:生活•读书•新知三联书店,2002年,第24—25页。
② 姚文元:《冯雪峰资产阶级文艺路线的思想基础》,《文艺报》1958年第4期。

力量的媒介观点"并"在媒介文本中进行着较量",①是社会主义现实主义内部不同取向之间的对话。亦因此故,与《文艺报》以往在文艺运动上"对下边影响很大,有的都被当作学习文件"②不同,"新英雄人物讨论"却被众刊物小心地"绕道"而去,唯有故人丁玲在《人民文学》上作了一次呼应,但重量级人物普遍沉默。尽管如此,冯雪峰、陈企霞仍坚持初衷,继续推进讨论。

1952年第13期,《文艺报》又刊出安理、余树声、周良沛文章。安理回忆:"去年,我们文工团创作了一个反映部队守卫海防的多幕剧《在祖国海岸线上》,参加四野全军会演,全剧没有一个反面人物","在对部队战士演出时很多人没看完就走了","为什么会写成这样呢?就因为当时思想上有哗众取宠的想法:'一定要写英雄,要这样写或者那样写,一定不要写落后或缺点,这样,至少不会受批评'","这样,虽然'英雄满台',实际上没有表现出什么真正能给人以教育的英雄"。③可见,缺乏缺点、缺乏内在斗争的英雄,很难产生艺术魅力。余树声亦有同感,并将此种现象批评为"反现实主义":"不写出英雄人物无产阶级思想和一切非无产阶级思想的斗争,不写出英雄人物对落后现象的不妥协的斗争过程,这难道能算真实地历史地反映了现实吗?"④为避免此种"错误",余倡议学习毛泽东的《矛盾论》。但究其实,此"反现实主义"之批评与冯雪峰一年后在二次文代会大会报告草稿(被毛泽东弃用)中表述的观点如出一辙。与安理、余树声直接批评张立云不同,周良沛倒先承认其合理性:"那时,我觉得我们的文艺创作已经形成一种倾向。这倾向就是站在小资产阶级立场上,否认事物的本质中的主要方面,错误地夸大和渲染'光明中的黑暗面'和凭空臆造不合理的'落后到转变'。针对这种倾向,提出了'写英雄,写光明',要作

---

① 〔美〕大卫·克罗图、威廉·霍伊尼斯:《媒介·社会:产业、形象与受众》,邱凌译,北京:北京大学出版社,2009年,第190页。
② 张葆华:《"百家争鸣"中谈戏曲评论》,《文艺报》1957年第5期。
③ 安理:《歪曲生活和公式化的"英雄"》,《文艺报》1952年第13期。
④ 余树声:《学习矛盾论,克服文艺创作和文艺理论中的偏向》,《文艺报》1952年第13期。

家写新人物、新感情,是很对的。"①不过他明显是"欲擒故纵",马上就指出这可能导致新的公式化:

> "落后到转变"被另一种公式主义、概念化的创作倾向所代替了。"三反"中,许多搞创作的同志都不敢写官僚主义和一些干部的贪污现象。……当时有些配合"三反"的剧本,虽然当时没有给予批评,有些人却说:"这是活报剧,赶赶任务就过去了。要写就写资本家怎么向我们进攻,而我们的干部却怎么坚定才行。"当时,我自己也认为这种说法是对的。现在想起来,这种看法是片面的。同时,"三反"运动就给这种片面的说法以有力的反驳。明明这是现实生活中所存在的重大问题,而不去写它,这与现实主义要求创作忠实地反映现实生活是不相容的。所以,我认为不加具体分析地把"落后到转变"当作一种"创作方法"来反对是不妥当的。②

而且周良沛还认为许多反对"落后"者本身系无知所致:"很多人不加分析研究,便说'歪曲英雄形象'、'非本质'","有一次,我们看了一个描写少数民族的小歌剧,歌剧里面有一个苗族少女在碾米的时候是赤着脚的。接着,就见一个师文工队长提意见,说'这只是少数民族野蛮、贫困,是歪曲了劳动人民的形象'"。③

可以看出,第13期三篇文章不再"混战",明显与冯雪峰观点切近而从各个角度抨击张立云式的观点。第16期又刊出四篇文章,其中三篇皆批评甚至讽刺剔除"落后"因素后的英雄描写。王正谈及歌剧形象田桂英的失败说:"我们能不能去表现落后呢?剧中能否出现有落后思想的男工和有旧思想的母亲?田桂英及其同伴有思想的波动吗?……许多顾虑使人们不敢写。"④读者刘炳善则对无缺点的英雄人物奚落有加:"这些英雄

---

① 周良沛:《笼统地反对写落后到转变不能解决根本问题》,《文艺报》1952年第13期。
② 同上。
③ 同上。
④ 王正:《重视生活的真实》,《文艺报》1952年第16期。

人物,一到有些作者的笔下,往往就变成了毫无生气的纸人。政府的干部,往往把他们写得十分呆板,没有活气,使人怀疑何以能被称为人民中的英雄人物","观众一看到台上的政府干部要讲话,就马上想站起来走路"。① 读者左介贻更提供了令人尴尬的实例:"作家因为生活贫乏,有时连生活细节的描写也不能不借助于已见的书本,而成为一种枯燥无味的公式。比如在思想斗争的时候,不是折树枝就是抓头发,吸烟的呢,就让烟烧着手。有一次我和一位平常还不大看电影的人在一起看电影,当剧中人在作思想斗争时,正拿着火柴预备吸烟,我那朋友就说:'那人会把火柴丢掉的。'话刚说完,那人便把没有擦的火柴丢在桌上了。后来那人把烟点上了,我那朋友又说:'烟会烧着他的手的。'后来真烧着手了。我很奇怪我的朋友怎能预先知道。他说:'怎么会不晓得呢,老是这样表演的。'一般化、公式化的作品有什么东西能教育人呢?"② 显然,这些文章的倾向性仍然比较一致。应该说,冯雪峰组织的这场讨论与其说是众声喧哗,不如说是在展示由分歧走向"共识"的合理化过程。明眼人不难看出,讨论至此,结论实已呼之欲出。刊于第16期上的关太平的文章,其实可以看成结论:"文艺创作中写某些人物的落后到转变,不但可以,而且应该,有时甚至是必须的。因为现实生活是十分复杂、多样的。文艺为了反映这个复杂多样的现实生活,不仅要反映出其进步的一面,也要反映出其落后的一面,并且还要反映出它们相互消长,反映出新的如何战胜旧的、进步的如何克服落后的,反映出生活的前进的面貌","新现实主义的文艺自然首先要歌颂新的、进步的事物:一方面也要批判旧的、落后的事物,这种歌颂和这种批判,并不是互相对立、互相排斥,而正是有机地联系着、结合着的"。③

---

① 刘炳善:《概念化、公式化的作品歪曲了生活》,《文艺报》1952年第16期。
② 左介贻:《现实生活这样告诉我们》,《文艺报》1952年第16期。
③ 关太平:《关于创造新人物的一点意见》,《文艺报》1952年第16期。

四 没有"结论"的讨论

当然,关太平的文章不是编辑部正式推出的结论。后者其实是由副主编陈企霞亲自撰写的讨论《小结》。遗憾的是,这份《小结》未能与读者见面(送审时未获通过)。现可看到的该《小结》的观点是通过批判材料转述的:

> 当时《文艺报》实际负责人陈企霞在为这次讨论写的《小结》(未发表)中反对把创造新英雄人物作为"我们的创作方向",他认为这种提法是一种"简单化的思想"。他说这种孤立地机械地理解这一创作任务的思想,在我们的文学界,是真实地严重地存在着的。他还诬蔑我们文学艺术作品中的"正面人物写得不真实"。他强调,"必须描写人物的发展与成长过程",否则就要"陷入""公式化"。①

陈企霞比冯雪峰更为猛烈。他连创造新英雄人物的"方向"意义都反对。而这,是从毛泽东到周扬、陈荒煤一贯强调的"新的人民的文艺"的根本任务,恰如杜赞奇所言,"在中国和印度那样的新民族国家,知识分子与国家所面临的最重要的工程之一,过去是、现在依然是重新塑造'人民'"②,那么怎样教育并"塑造"人民呢?创造为民众所喜爱愿意效仿的"正面假象"(英雄人物)即是必经之途。对此冯雪峰其实是认可的,但陈企霞连这一层都予以否定,不能不说非常冒失,缺乏对社会主义现实主义的本质性把握。当时《文艺报》送审对象是胡乔木和周扬(以胡为主),连冯、陈的支持者胡乔木都不能通过,可见"新英雄人物讨论"存在理论边界。

不过这层内幕读者自然无从知晓。"讨论"到第16期落下了帷幕。

---

① 本刊资料室:《十五年来资产阶级是怎样反对创造工农兵英雄人物的》,《文艺报》1964年第11、12期。
② 〔美〕杜赞奇:《从民族国家拯救历史:民族主义话语与中国现代史研究》,王宪明等译,北京:社会科学文献出版社,2003年,第19页。

从已经展开的讨论看,主张不写缺点、不写"落后转变"的观点被作为新"公式化"倾向受到全方位批评。故而此后对现状深表不满、主张正视光明内部的"黑暗面"的观点在《文艺报》上成了"合法的知识"。如《文艺报》1953年第1期社论称:"三年多中间的文学和艺术的创作竟是非常的不多,而其中可称优秀的作品更是不多。……人民已经日渐不能忍耐肤浅地、稀薄地反映我们现实的、思想性既低下而艺术性也拙劣的作品。这样的作品,是不能认为已经反映了我们伟大的现实的。人民对于我们的怠惰、敷衍了事、粗制滥造,以及公式化、概念化的作品,等等,已经表示大大的不满。"而侯敏泽转述的读者"风凉话",也不免使"新的人民的文艺"赖以为基础的社会主义现实主义原则颇有尴尬:"有人认为,'社会主义现实主义'就是要'把鸡蛋写成小鸡',要求在鸡蛋打开来'并不能见到什么羽毛'时,在鸡蛋没有变化成小鸡的条件时,就把它写成小鸡。……还有一种说法,认为'典型的创造'就是'……预见明天的情况,甚至后天的情况,从那里把今天所需要的,足以更完满更充分地表现本质的现象,拿过来,集中到今天……使成为完整的形象'。"①这些讽刺不免刻薄。应该说,作为党的权威文艺理论刊物,《文艺报》似乎是在挑战渐成"共识"的主流。不过显然,这不是中央高层意见的反映,而更多是冯雪峰、陈企霞"代理"进《文艺报》的探索性意见。从这一点上讲,《文艺报》是存在主编权上的"代理人"问题的——党委托可信任的作家掌管刊物,而作家却有着与党未尽一致的文学观念与审美追求。

"代理人"冯雪峰显然还有将"新英雄人物讨论"的结论制度化的考虑。1952年下半年,胡乔木受命组织全国第二次文代会,冯雪峰则受委托撰写大会报告草案(周扬其时已被边缘化,在湖南参加工作地方)。这可谓胡乔木在文艺界以丁玲、冯雪峰等为班底赢得最大影响力的时期。然而,由冯雪峰撰写的大会报告草案竟未获首肯。关于此事,张光年回忆:胡乔木"主张作家协会会员要重新登记,长期不写东西的挂名者不予登

---

① 敏泽:《对于社会主义现实主义的一些错误理解》,《文艺报》1953年第12期。

记",毛泽东"对取消文联发火了","因为这件事触怒了,大会报告也气得不看了"。①"大会报告也气得不看了"应属想象,一则胡乔木不会将报告从毛泽东处取回,以毛泽东喜爱理论问题的个性,生气之后他应该还是把该报告看了。二则毛泽东很快通知由周扬取代胡乔木重新撰写大会报告。以毛泽东对胡乔木的长期信任(甚于周扬)而作出如此重大改变,应不是一时生气,而是读过冯雪峰报告后的慎重决定。作为对比的是,周扬重新组织撰写的大会报告深获他的赞赏。那么,毛泽东赞扬周扬报告、不满冯雪峰报告的着眼点各在何处呢?黎之回忆:"关于创造英雄人物能不能写品质性的缺点问题,毛泽东表示同意周扬报告中的观点,他风趣地说:人都是有缺点的,所以英雄人物当然也有缺点。但是,文艺作品中的英雄人物不一定都写他的缺点。像贾宝玉总是离不开女人,而鲁智深却从来没考虑到女人。为了创造典型有意识地夸张或忽略某些方面是应该的。"②毛泽东对冯雪峰报告的不满极可能亦在此。事实上,周扬在重新撰写的报告中明确申述了与冯、陈很不同的"新英雄人物"观:"(英雄人物)对自己的缺点采取不调合的态度,他能够勇敢的接受群众的批评和勇敢地进行自我批评",但"这决不是说作家写英雄的时候都要写出他的缺点,许多英雄的不重要的缺点在作品中是完全可以忽略或应当忽略的。至于一个人物如果具有和英雄性格绝不相容的政治品质、道德品质上的缺陷或污点,如虚伪、自私甚至对革命事业发生动摇等,那就根本不成其为英雄人物了"。③ 这明显与《文艺报》"讨论"观点迥异。所以,尽管周扬在报告中从始至终未提及冯雪峰、陈企霞,但现场与会的黎之依然认为:

> 周扬在报告中着重批判《文艺报》对一九五三年十月第二次文代会的方针"采取了消极的抗拒的态度"。这个批评是有其历史背景。第二次文代会以前文艺界对文艺形势的估价,英雄人物的创造,文艺

---

① 张光年、李辉:《谈周扬》,《新文学史料》1996年第2期。
② 黎之:《初进中南海》,《新文学史料》1994年第2期。
③ 周扬:《为创造更多的优秀的文学艺术作品而奋斗》,《人民文学》1953年11期。

批评的方针和作风有很大分歧。关于英雄人物的创造问题,《文艺报》曾组织了讨论,陈企霞起草了结论。这些问题周扬等同志与冯雪峰等同志之间看法上也明显的不一致。……所以周扬在这里特别批评《文艺报》对抗文代会方针。①

应该说,黎之的记忆不太准确,就公开的发表版本看,周扬报告中没有点名批评《文艺报》的任何内容。但作为当时中宣部的青年干部,黎之的这种"抗拒""分歧"的印象无疑是准确的。不难想象,冯撰写的报告应该是另外一番面目,其中必有令毛泽东深感不满之处。那么,会是哪些论述呢?据现收入《雪峰文集》第2卷的未刊手稿《关于创作和批评》(从内容和时间判断,当是报告草稿),可见如下一些论述,如"我们已经出版和发表的作品,在数量上不能说少,但大部分水平都还很低。少数较好的作品,在水平上也还不能说已经达到了能力上可能达到的高度,例如这几年发表的作品,其中可作为最高成就的,也还不及延安文艺座谈会以后到全国解放前之间的最高成就的作品",又如:

> 有些人把先进英雄人物从群众中孤立开来看,并且以为只有孤立开来才能使先进英雄人物显得高出于群众,才能把他写成为高出于群众的典型人物,结果写出来的人物却完全不是先进英雄人物,不但没有高出于群众,而且简直是一种公式化的、假造的、没有真实性的人物。不用说,这是由于对实际生活斗争研究得不够,了解得不够,忘记了广大普通人民群众才是推动历史前进的最基本的力量这样一个真理。②

前段文字引起毛泽东的不满显而易见,后段文字初看问题不严重,但细加琢磨,冯要求英雄人物首先是从群众中产生的("群众"在冯雪峰的"词典"

---

① 黎之:《初进中南海》,《新文学史料》1994年第2期。
② 冯雪峰:《关于创作和批评》,《雪峰文集》,第2卷,北京:人民文学出版社,1983年,第500页。

里与愚昧、"麻木"纠缠不清),因此英雄的成长要经历这样的历程——"(人民)有光明的一面,也有灰色的一面;有要求解放的战斗的一面,也有依然被封建意识束缚着的一面","人民在现实矛盾的斗争中是经过种种的思想斗争和自我批评的斗争而得到自己的正确的方向和思想的"。① 这种"英雄"和当时文坛已开始流行的"英雄"完全不同,故冯雪峰认为后者"假造""没有真实性"。当然,从字面上看冯的表述多有温和、平正之处,但毛泽东还是发现其中的重要差异。或许在毛泽东看来,中国下层阶级一旦冒死参加革命,他们本身就是"真理"的化身,而冯雪峰一定要把他们放在显微镜下以诊断其"麻木""恐怖"的做法,无疑不太符合新中国蓬勃向上的现实情境。所以弃冯稿而不用几乎是必然的。

可以说,冯雪峰为二次文代会撰写的报告是《文艺报》"新英雄人物讨论"的最高的也是最后的理论表述。它的被弃用明确传达了毛泽东对冯雪峰"新英雄人物"理论的不满。而这,也使"新的人民的文艺"的生产在某种程度上呈现为"社会关系图中居于不同、有时甚至是对立地位的群体间的一种冲突"②。而使这种文学内含的"社会斗争"性质更刺人眼目的是冯雪峰作为"浙东乡下人"的倔硬——在二次文代会召开不久,他把毛泽东弃用报告中的主要内容又以单篇文章的形式在《文艺报》上隆重刊登出来,此即后来被批评是"采取了消极的抗拒的态度"③的《英雄、群众及其他》(刊 1953 年第 24 期)一文。这无疑折射了当代文学内部不同话语力量之间的摩擦与冲突,见证了其内在的张力与复杂性。由此亦可知,日后冯雪峰在《文艺报》"小人物"事件中失掉主编一职其实不能说是"委屈"的和偶然的。

---

① 冯雪峰:《现实主义在今天的问题》,《雪峰文集》,第 2 卷,北京:人民文学出版社,1983 年,第 169 页。
② 〔美〕约翰·菲斯克:《解读大众文化》,杨全强译,南京:南京大学出版社,2006 年,第 46—47 页。
③ 周扬:《我们必须战斗》,《人民日报》1954 年 12 月 10 日。

"新的人民的文艺"意味着什么？
——《文艺报》与当代文学的形成

"新的人民的文艺"是1949年周扬在全国第一次文代会上为新中国文学定下的未来规划，当然更是《讲话》的理论体现。可以说，新中国成立以后的文学报刊原则上都在践行"新的人民的文艺"。其中，作为唯一的中央级文艺理论权威刊物，《文艺报》尽管中经冯雪峰的"变政"、1956年"鸣放"以及1962年文艺政策调整，但它对"新的人民的文艺"的践行，可以说最为规范、持久。虽然由于主编屡经调整，《文艺报》的"新的人民的文艺"践行未必体现为系统的理论阐释，但细致爬梳各种主流文学批评、相关论争以及"越轨者"的检讨和自我批评，颇可以清理出"新的人民的文艺"在文学功用、真实观、人物想象等层面逐渐稳定乃至板结化的"成规"。对此，尚无研究者从文艺理论的视野予以关注。梳理并讨论这些1950—1970年代不同文学话语、文学利益相互冲突中的"主导概念"，具有理论和实践的双重意义。

一 "本质的真实"

文学对于人生及社会有何作用？这是任何"文学方向"都首先必须予以界定的。自由主义者可能主张无功利的闲逸的艺术世界。譬如林语堂称："我们信奉今朝有酒今朝醉，人生得意须尽欢……我们会毫不犹豫地放弃那些捉摸不定、富有魅力却又难以达到的目标，同时紧紧抓住仅有的几件我们清楚会给自己带来幸福的东西。我们常常喜欢回归自然，以之为一切美和幸福的永恒源泉。尽管丧失了进步与国力，我们还是能够敞开窗户欣赏金蝉的鸣声和秋天的落叶，呼吸菊花的芬芳。秋月朗照之下,我们感到心满意足。"①在这样的境界里,文学的功用与"菊花的芬芳""秋月的朗照"自然是接近的,要在予人一种无功利的艺术世界,静享人生之美。但在"新的人民的文艺"里,这种文学的确不大适宜。试想,有闲逸之趣的人,肯定不是被租税压得喘不过气的农户或一天要在工厂里做工16 小时以上的包身工,而中国革命恰恰以这些农民或工人的权利为主要目标。而要使人投身革命这种崇高而又充满牺牲的事业,必须通过文学等媒介手段予以感召。故而,自延安以降,"新的人民的文艺"就以动员为旨归。而《文艺报》自创刊以来,它所讲述的文学亦悉集中于此。1950 年第 1 卷第 9 期,《文艺报》刊出了一篇署名"波"的文章。作者为解放军某部文工团团员,他原不安心文工团工作,但在现场看到《刘胡兰》的演出效果后,看法发生变化:"原来戏剧竟有这样大的力量!我亲眼看到战士们在诉说看过《刘胡兰》后的感想时,眼泪扑答扑答的向胸口滴着,这不是深厚的阶级同情是什么呢?我又亲自听到战士们看过剧后,坚定的说出自己的练兵计划,立功计划和彻底消灭反动派的决心。连队的指导员告诉我们:看过剧后当晚就有很多战士要求入党。部队首长们见到我们很亲热的说:你们演一个戏比我们上一个月的政治课还有效!这天我真惭愧极了,从前我为什么要那样轻视戏剧工作呢?"②3 卷 2 期周文的文章则从实践与理论相结合的角度阐释了革命文学之于现实/政治的互动关系:"无数的青年,曾经是由于读了革命的文艺作品,开始觉悟,因而走上了革命道路的……记得有一个工作团在山沟里搞土地改革,把群众发动不起来,后来他们把《李有才板话》读给群众听,很快就把群众发动起来了,这就是一个很鲜明的例子。……革命文艺就是这样:既从属于政治,又反转来给伟大影响于政治,这也就在一定范围内直接起了改造客观世界的作用,创作家也就起了'人类灵魂工程师'的作用。"③类似论述在《文艺报》上比比皆是。以文学动员青年、以文学促进政治发展,实际上成为作者、读

---

① 林语堂:《中国人》(全译本),郝志东、沈益洪译,上海:学林出版社,1994 年,第 335 页。
② 波:《战士教育了我》,《文艺报》1950 年第 1 卷第 9 期。
③ 周文:《〈实践论〉与革命文艺工作》,《文艺报》1950 年第 3 卷第 2 期。

者、批评者关于文学的"共识"。可以说,"新的人民的文艺"其他方面的"成规"其实屡屡遭到来自内部的质疑,但唯此一项几成不言自明的知识。以致于韦君宜说出下面这番话时——"这样的(自私的)人物也是实在有的,但是青年们不喜欢,因为这样的人物不足以作为青年的楷模。青年们甚至也不大爱那些品质写得像也不错的人物,他们服从组织拼命干,够个英雄,但是木头木脑没有理想,像我们有些作品中描写的工农兵英雄那样。青年们爱那些有理想、爱思索、而且思索得很丰富很深刻的英雄人物,他们所以愿为祖国牺牲是有一定道理的"[①]——压根儿都没想到它们有一天可能完全不被后世(所谓"小时代")青年信任。

那么,"新的人民的文艺"怎样才能"给伟大影响于政治"呢? 答案在于真实地描写生活。然而"真实"并非指自然主义实录,而有特定内涵。对此,周扬说:"(社会主义现实主义)要求作家在现实的革命的发展中真实地去表现现实。生活中总是有前进的、新生的东西和落后的、垂死的东西之间的矛盾和斗争,作家应当深刻地去揭露生活中的矛盾,清楚地看出现实发展的主导倾向,因而坚决地拥护新的东西,而反对旧的东西。"[②]可见,此处"真实"在于通过故事把握历史发展的矛盾与规律,从而展示给读者有价值的未来及人生选择。对此,《文艺报》既有专论阐发,亦在批评中践行这一标准。在 1951 年第 3 卷第 12 期上,《文艺报》主编萧殷撰文,通过现象与本质的厘分,具体解释文学真实:"一篇作品是否真实,不在于它'如实地'描写了事实或现象,关键在于是否通过了现象透视到本质,是否通过生活现象的描写反映了生活真实面貌(本质的面貌)。如果不是这样,不管你所写的事实或现象如何逼真,读者仍然会觉得这篇作品是不真实的。鲁迅先生之所以能在《一件小事》中,通过一个现象的描写,勾绘出劳动人民的崇高品质,高尔基之所以能在《我的旅伴》中,通过一个旅行伴侣的描写,写出了市侩主义的形象。……主要是由于他们并没有停止在现象的描写上,而是通过现象,看出这现象背后所隐藏的、要经过深深思

---

① 韦君宜:《青年们希望作品中表现什么样的人物?》,《文艺报》1953 年第 3 期。
② 周扬:《社会主义现实主义——中国文学前进的道路》,《人民日报》1953 年 1 月 11 日。

索之后才能发现的更深刻的意义。我们有好些作者常常过于相信自己的眼睛和耳朵,认为自己耳目所经验的,就是真实的,他们不仅满足于表面现象的观察上,而且也满足于表面现象的描写上。"①那么,"现象的真实"与"本质的真实"区别在哪里呢:

> 实际上我们的耳目所接触的,常常是现实生活的表面现象,有时甚至是偶然的现象,对于这些事实或现象,如果不经过发掘,就算你描写得很生动吧,但是它能使读者深一步的认识生活么?不能;能使读者通过你的描写看到历史的真实面貌——历史的真理么?也不能。既然这样,那末,有什么理由说自己的作品反映了真实呢?②

建立在"历史的真理"之上的"本质的真实"实构成了"新的人民的文艺"的核心概念。在这种"真实观"的帮助下,"新的人民的文艺"获得了观察生活的广度与深度,亦深受其规限——比如大量生活中屡屡发生的事实被认定为"表面现象"而失去了进入文学的"资格",而大量在现实中极少发生的事情在小说中屡屡出现,理由即在于它们包含着某种"历史的真理"。尤其这种本质主义真理观与动员的现实需求相互遇合以后,"真实"就更变成弹性极大的概念,有时甚至失掉了与虚假的界限。故有识之士在吁求文学的健康发展时,往往剑指"真实""规律"等"新的人民的文艺"的核心概念,如茅盾在"鸣放"期间明确表示:"我们相信社会主义现实主义的创作方法最善于从真实地反映现实中间指出社会发展的规律,因而是最进步的创作方法;我们提倡而且宣传社会主义现实主义的创作方法,然而我们同时也坚决主张作家们在选择他的创作方法这一个问题上,应该有完全的自由,即应当根据自愿的原则。社会主义现实主义文艺的胜利,应当依靠更多更好的作品来取得,而不应该依靠其他的人为的

---

① 萧殷:《生活的真实与艺术的真实》,《文艺报》1951年第3卷第12期。
② 同上。

不过，虽时遇挑战，但《文艺报》在"十七年"期间通过持续不断的批评实践，基本上确立并维护了"真实""规律"的体系性位置。早在创刊之初，《文艺报》便刊载了茅盾等关于国统区文学（"新文学"）的否定性判断，如认为国统区文学"不能反映出当时社会中的主要矛盾与主要斗争"，"由于作者本人在不同程度上脱离了直接的革命斗争，就不能把握到，并正确地分析社会中的主要矛盾与主要斗争，因而作品中也就不免显得空疏"。② 其后对各种新作品中出现的偏离规范的情形亦屡屡纠正。如认为小说《我们夫妇之间》的作者"对生活理解得不深，从他的作品里，看不见生活发展的正常规律，即生活的现实性；只是依靠一些零散现象加以无原则的夸张，自然作品就显得很不真实"③。今天这些纠正往往被视作粗暴无理，但事实上它们的确是一定时期内文学"共识"的直接反映。比如认为从萧也牧小说中"看不见生活发展的正常规律"的观点，系小说家柳青在座谈会上提出的意见，未必是言不由衷之辞。事实上，对"发展规律""本质真实"的重视，的确是新中国作家的"共识"。那么，何为"规律""本质"呢？《文艺报》编辑唐因（化名"于晴"）揭示了许多创作无法把握"本质"的弊端：

> 在《刘巧儿》中，刘巧儿的父亲刘彦贵，是一个"醉鬼，无赖"，"是个老财迷，爱喝酒，爱花钱"，他之所以把女儿偷偷地卖给地主，完全是为了想得到一笔可观的彩礼，以满足他的堕落的生活的享受。他明白地表示："我聘姑娘是为彩礼，那管他亏心不亏心。"由于这样的描写，读者固然也会对这样的人物发生憎恶，但是，这种憎恶还只能是针对作品中某一个特殊的人一些不良的品性，而不能更好地使读

---

① 沈雁冰：《文学艺术工作中的关键性问题——在第一届全国人民代表大会第三次会议上的发言》，《文艺报》1956年第12期。

② 茅盾：《在反动派压迫下斗争和发展的革命文艺——十年来国统区革命文艺运动报告提纲》，《中华全国文学艺术工作者代表大会纪念文集》，北京：新华书店，1950年，第52页。

③ 记者：《记影片〈我们夫妇之间〉座谈会》，《文艺报》1951年第4卷第8期。

者透过这样的人物,具体地感受到一种旧的制度对于人们的迫害。这种描写会得到这样的结果:如果刘巧儿的父亲并不是一个流氓,或者稍稍有一点"良心",那末,刘巧儿在争取婚姻自由的斗争中,就不会遇到这样的压迫了。在《李二嫂改嫁》中,也有类似的情况。李二嫂的婆婆李大娘,浑名"天不怕",是一个女流氓,并且有"一伙子流氓撑腰",是"和人家共事非占上风不可"的。李二嫂之所以在婚姻的事件上遭到波折,较多地是由于某些流氓的一时的作弄。从这样的描写里,读者的憎恶也只能是针对着某个坏人的坏的品性,而不能通过这些人物的所作所为,真切而严重地感到作为一种制度所加于人民群众的痛苦。①

刘彦贵也好,李大娘也好,若要成为"真实"的人物,就须让读者从中看到在新旧历史交替中旧的制度之于历史发展的反动作用。制度、阶级本质、发展规律,在此构成了丛聚性的概念,共同筑起了"新的人民的文艺"的叙述"成规"。

二 合理的"正面假象"的生产

由唐因的批评可以看出,"新的人民的文艺"的叙事"成规"还更具体地体现在人物叙述之上。不过,在人物叙述中对正面人物(英雄人物)的强调与整饬尤甚于反面人物。在此方面,虽不时有"新英雄人物讨论"一类希望引入新文学经验的"插曲",但相关规范还是强有力地建立起来了。《文艺报》在其中仍起到了主导者作用。

早在《讲话》中,毛泽东就要求文学将过去被排斥在戏曲小说之外的工农兵作为主要表述对象。而周扬在第一次全国文代会的讲话中,更将毛泽东的观点明确发挥出来:"民族的、阶级的斗争与劳动生产成为了作品中压倒一切的主题,工农兵群众在作品中如在社会中一样取得了真正

---

① 于晴:《关于婚姻和家庭生活的作品的一些问题》,《文艺报》1953年第4期。

主人公的地位。知识分子一般地是作为整个人民解放事业中各方面的工作干部、作为与体力劳动者相结合的脑力劳动者被描写着。知识分子离开人民的斗争,沉溺于自己小圈子内的生活及个人情感的世界,这样的主题就显得渺小与没有意义了。"①应该说,早期《文艺报》主编(丁玲、陈企霞、冯雪峰)虽与周扬在私人关系上多有隔阂,但在将正面人物(工农兵)作为人物叙述的中心并无差异。故《文艺报》在此方面意见鲜明。1953年初,《文艺报》刊文表示:"在创造艺术形象时,我们的艺术家,文学家和艺术工作者必须时刻记住,典型不仅是最常见的事物,而且是最充分、最尖锐地表现一定社会力量的本质的事物。依照马克思列宁主义的了解,典型绝不是某种统计的平均数","这是什么意思呢?我想这就是说:所谓积极的典型,主要的就应该是那些'值得做别人的模范和效仿对象'的最优秀的先进人物。还应该有消极的典型,就是生活中间那些'偷偷摸摸的人、升官发财主义者,拍马屁者,官僚主义者,骗子手,个人主义者'这类落后人物。不应该以那些说不觉悟又有些觉悟,说觉悟又不行,半冷不热,趑趄不前的人物,当做我们作品中积极的典型。我们描写先进人物,应当着眼于那些最优秀、最先进的人物,应当从这些人物表现看出来,今天在各个战线上,我们的为保卫和建设祖国而斗争的最高水平的人物都是些什么样子。这样的人物今天可能还不是占大多数的,但是,这样的人物却是代表我们的劳动人民性格中最本质、最优秀、最有前途的部分。这些人物被称为先进人物,是因为将来我们的人民都一定要向这个方向走。应该成为积极的典型的,正是这些人物,而不是那些按照'统计的平均数'计算的,数目最多的人物"。② 不过,明眼人可以看出来,韦君宜谈及的"先进人物",并非指工农兵,而是工农兵中"最有前途的部分"。这无疑是对《讲话》政策性的发挥。故不难看出,在"新的人民的文艺"中,对何者可以成为"正面人物"是明显有限定的。在从工农兵到"最有前途的

---

① 周扬:《新的人民的文艺》,《中华全国文学艺术工作者代表大会纪念文集》,北京:新华书店,1950年,第71页。
② 韦君宜:《青年们希望作品中表现什么样的人物?》,《文艺报》1953年第3期。

部分"的推移过程中,"数目最多的"一般的工农兵实际上并没有作为英雄的充分资格。至于工农兵以外的其他阶级的人物,则更不允许其"混入"英雄的行列。因此,《文艺报》曾刊文批评剧本《李凤美》误将地主女儿当作"正面"典型:

> 这篇剧唯一正面人物就是大地主李俊水的女儿李凤美,她是所谓"十六岁的姑娘,思想积极的农村知识分子。"作者没有说明她具有什么样的"知识",但这个毫无思想基础的"地主小姐",竟搬出了大套的理论和政策,打算说服她的破坏土改的父亲,这是多么"岂有此理"!为了衬托地主女儿的进步,作者又捏造了不少落后农民群众。农会主任张永灿的母亲对于她儿子拒绝地主婆的行贿表示了反对,中农阿年、贫农炳木、阿狗、雇农来发等,对土地改革或者是不赞成,或者是怀疑,或者是胆怯。①

无疑,正面人物的甄选资格包含内在的排斥机制。这在1990年代以后被目为对个人的压制,然而,它是否真的就是无理的、粗暴的文学律令呢?

其实不然。在这方面,英国学者艾勒克·博埃默的一段话或许值得参考:"故事界定了我们","民族主义运动依靠文学,依靠小说家、歌唱家、剧作家而打磨出具有凝聚力的有关过去和自我的象征,从而使尊严重新得到肯定"。② 博埃默这里谈的是非洲民族在反抗殖民统治时必然求助于文学书写的实际情形。在非洲人自我书写之前,殖民者已经表述过他们:他们被讲述为愚昧的、缺乏自性的,故非洲民族主义文学的核心任务便是重塑自我形象,以凝聚人心,以成为政治解放、重获民族尊严的"催化剂"。而在中国革命及其文学里,发生的几乎是相同的"故事",只不过"中国人民历来最主要的殖民者是他们自己的政府"③,而革命小说对抗的则是蒋

---

① 常晓照:《〈土改宣传剧〉应该停止发行》,《文艺报》1951年第4卷第2期。
② 〔英〕艾勒克·博埃默:《殖民与后殖民文学》,盛宁、韩敏中译,沈阳:辽宁教育出版社,1998年,第6页。
③ 〔美〕周蕾:《写在家国以外》,香港:牛津大学出版社,1995年,第12页。

介石政权及其有关下层阶级的表述。对抗目的在于求取工农子弟的解放与尊严,而对抗之方法也在于讲述故事,尤在于创造"具有凝聚力的有关过去和自我的象征"。这种叙述逻辑,与敏米所言的无产阶级的"正面假象"的源起基本相似。正因为如此,韦君宜在文章中引述了马林科夫的报告,作为"新的人民的文艺"在人物描写方面的首要要求——"我们的作家和艺术家必须在作品中无情抨击在社会中仍然存在的恶习、缺点和不健康的现象,必须创造正面的艺术形象,表现新型人物光辉灿烂的人格,从而帮助培养我国社会的人们具有与资本主义所产生的毒疮和恶习完全绝缘的性格和习惯","现实主义艺术的力量和意义就在于:它能够而且必须发掘和表现普通人的高深的精神品质和典型的、正面的特质,创造值得做别人的模范和效仿对象的普通人的艺术形象"。① 那么,"新的人民的文艺"又该怎样"创造正面的艺术形象"呢?从《文艺报》积年的批评看,集中于三个相互关联的方面。

其一,阶级论的本质主义模式。对此,萧殷指出:"人们的生活,从表面上看,是杂乱无章的,比如一个英雄吧,除了他的英雄事迹之外,仍然有许多生活琐事夹杂其间,倘若我们不善于选择,不善于通过各种各样的现象找出他的基本特征,而又不从这基本特征的各个侧面去描写他,反而'如实'地去记录他的日常生活,那末,可以想像,这是'记录'的结果,不仅不可能真实的写出这英雄性格,反而会因其他细节的描写而掩盖了这人物的基本特征。譬如著名的罗马国王尼罗吧,当他对待人民的时候,是一个十足的暴君,然而,当他回到家里对待他的子女时,却又那样和善慈祥。像这样的人物,如果不抓住他性格的主要方面加以刻画,反而去描写他在各种场合所表现的现象,那末,他的性格特征就会被各种现象模糊起来,甚或完全被掩盖了。……离开了某种历史的(阶级的)矛盾及其发展的真实状态的描写,表现某种性格的形成与发展,就很难想像。"②而这所谓"抓住性格的主要方面",实即恩格斯所要求的"典型环境中的典型人物":

---

① 韦君宜:《青年们希望作品中表现什么样的人物?》,《文艺报》1953年第3期。
② 萧殷:《生活的真实与艺术的真实》,《文艺报》1951年第3卷第12期。

  所谓"典型环境中的典型性格",它的含义,一方面要求通过典型的性格去反映现实中的矛盾及其发展的典型状态,另一方面,又要求作家在现实矛盾与发展的主要状态中去把握人物性格。凡是愈能反映出社会上最主要最有代表性的、愈能反映出社会矛盾发展状态下所形成的性格,就愈是典型的、真实的。否则,离开主要的社会情势影响的性格,都不能算是典型的。……高尔基说:"艺术底基本的使命,是要站在比现实更高的地方,从新人类的创造者——无产阶级所建树的光辉的目标的高处,来看今日的事业。"所谓"站在比现实更高的地方",并不是离开现实基础去幻想,而应该是从现实深处看出它的发展方向与发展规律。文学艺术家应该能够从目前洞察到未来的远景,他们有责任去描写出一眼不能看透的社会与历史的发展的规律,并揭露它的主要矛盾。所谓发展规律,并不是按照社会科学的概念,使人物事件的图式化、划一化,而应该在深入描写现实生活中,洞察现实的本质,从本质的描写中透视到未来的发展。①

不难看出,这种阶级论的表述系统同时又是历史主义的,它要求在变化的历史中呈现人物的阶级本质。不过,历史主义也好,阶级论也好,"正面人物"塑造亦有其边界。就阶级本质而论,"新的人民的文艺"不允许边界混乱。在这方面,由于工农兵在新文学尤其是传统旧文学中久遭排斥、贬低,许多作家在将其提升为"正面人物"时往往陷入"混乱"。对此《文艺报》不遗余力地予以了纠正。如1951年第4卷第7期批评萧也牧《锻炼》对农民党员的描写失当:"作者用一种什么感情来描写农民呢?新参加革命的知识分子马军,最初在沟南村工作,这个村里唯一的共产党是农民白老黑。在作者的笔下,白老黑是一个看到地主就会像'在大风骤雨中的小树'一样'微微发抖'的人物,他对付地主唯一的办法就是扎一个草人当作地主,'天天磕头想咒他死'。然而白老黑莫明其妙地入了党。这里,不是通过激烈的阶级斗争,也没有广大群众的爱戴和拥护,好像只不过听了干

---

① 萧殷:《生活的真实与艺术的真实》,《文艺报》1951年第3卷第12期。

部蔡子和的一席话,把草人一丢就成了共产党员。这也难怪要求入党的马军(他的动机是不纯的)要感到不平,要在'精神上有一个很大的的震动'了!""当敌人用杀死丁大富的母亲来作为恐吓时,白老黑竟会吓得'跳了起来','"啊"的一声,半张着嘴,眼珠子一动也不会动了',好像共产党员和积极分子除了哭,除了颓然,除了沉默以外,就只会抓住别人的手毫无主见地求救!作品中每次在这一类阴暗的情景描写之后,就立刻强调新参加革命的知识分子的优越与高明,马军会立刻教训这些农民:'这就是斗争!'是这样的么?在艰苦环境中,是刚参加革命的知识分子坚强不屈地教导着农民么?农民共产党员,农村各级分子在斗争中倒是那样哭哭啼啼庸懦无能么?——这是伪造!""从作品看来,不是小资产阶级知识分子在革命斗争中,在和劳动人民的相处中,使自己的思想感情得到锻炼;而是小资产阶级知识分子在'锻炼'劳动人民!这显然是歪曲。"①不能说乐黛云的批评是教条主义的。事实上,萧也牧的确忘记了农民形象应该承担的"具有凝聚力的有关过去和自我的象征"的功能。类似错误频频发生。1951年第5卷第1期批评京剧《太平天国》:"该剧将农民出身反抗满清封建统治的李秀成,描写为因争夺女人受刺激才投入革命的地主阶级;将革命领袖之一的李明成,描写为奴颜事敌的'汉奸';将英勇善战的萧朝贵,描写为'好色之徒'。"②

其实,"好色"或"驯服地默默地忍受"未必不是某些农民的性格真实。但批评者指责作者"伪造""歪曲了历史真实",其实是指作者违反了"新的人民的文艺"根据马克思主义对"正面假象"的事先设定。在此设定下,纵使"好色""驯服"有真实根据,亦不宜于被纳入叙事。显然,"无产阶级"的被压迫处境及其反抗之路划定了农民等下层人生的"合法"区域。逾出其范围者,则会被目为"歪曲""伪造"。在这方面,被《文艺报》猛烈批评的小说《腹地》很有代表性。这部小说所写的八路军、群众的人生逻辑及感受都大大逸出了"无产阶级"边界,譬如"作者布置了一种使人感到与英

---

① 乐黛云:《对小说〈锻炼〉的几点意见》,《文艺报》1951年第4卷第7期。
② 《关于历史剧中历史人物的处理》,《文艺报》1951年第5卷第1期。

雄的经历(受过很多锻炼的老党员)与品质(赤胆忠心,又勇敢又积极)不能衔接的,那种个性的、悲剧的、孤独和阴沉的气氛",尤令人不能接受的,是小说"对于英雄灵魂的探索":

> 在辛大刚"留在村子里混下去"的日子里,作者处处可以说是深入地在渲染英雄对人事得失的一种无原则的、十分难以理解的感慨……辛实发的妻子姜红文,过去对辛大刚是"有意"的。当大刚……"感觉他俩的神气像是夫妇","'可是',他心里可是有点儿酸,'辛实发这小子怎么弄到她了呢'……"作者以下列两段,描写了辛大刚当时的内心的情境:他回想起拉队伍的时候,辛实发当司务长时,账目向来不清楚,有人告他贪污。……"也许这小子在那时候发了笔昧心财,回到家里成了财主才娶了她吧?""假若我那伙队伍老在这一带活动……""我那一会儿挺威风,骑着大马挎着盒子的,一提出娶她,不会不答应吧?……"何等的痴心妄想,何等的患得患失!①

而《腹地》对群众的描写,同样令人愤慨:"农民老明叔,甚至于对八路军的吃苦耐劳,都抱着恶意的怀疑态度;'什么吃苦耐劳,为人民谋解放,我算听腻啦!'……等等。作者这样认识群众,能说不是十分特殊的吗?""(群众)到处是无目的地逃难,无可奈何地被逼遭受灾难,像一群羊似的被赶来赶去","我们看不见群众在日本强盗屠杀的威胁下的真实民族仇恨。我们更看不见群众在斗争中一步一步觉醒的面貌"。② 批评里反复提到的"仇恨""觉醒",都是"新的人民的文艺"对于正面人物的叙述关键词。

其二,与"无产阶级"的先驱本质相关,"新的人民的文艺"并不欢迎对工农兵的负面表述,尽管该种表述可能有充分的事实根据。周蕾认为,革命者习于"通过一种独特的象征性位置———一种无权力位置———获得道德性胜利"③,在《讲话》中,工农兵的无权力处境与其道德优势总是"捆

---

① 企霞:《评王林的长篇小说〈腹地〉》,《文艺报》1950年第3卷第3期。
② 企霞:《评王林的长篇小说〈腹地〉(续完)》,《文艺报》1950年第3卷第4期。
③ 〔美〕周蕾:《写在家国以外》,香港:牛津大学出版社,1995年,第15页。

绑"存在的。对此,周扬承《讲话》而下,讲得异常清楚:"我们是处在这样一个充满了斗争和行动的时代,我们亲眼看见了人民中的各种英雄模范人物,他们是如此平凡,而又如此伟大,他们正凭着自己的血和汗英勇地勤恳地创造着历史的奇迹。对于他们,这些世界历史的真正主人,我们除了以全副的热情去歌颂去表扬之外,还能有什么别的表示呢?"①故《文艺报》虽迭换主编,但对"正面"的维护却是持续的。一方面,《文艺报》屡屡刊文强调表现工农兵的优点,另一方面,则对英雄缺点的表现颇加警惕。甚至对已经作为英雄而塑造的工农兵,亦"警惕"作家表现英雄的动摇。张庚为自己的英雄"动摇"论在《文艺报》上自我检讨:"我对于《钢铁战士》这个歌剧的批评,就曾经说过这样的话:'难道张志坚就没有一分钟的动摇吗?'为什么一个钢铁一样的人民战士一定会动摇呢?我对于张志坚这样人物内心所表示的这种怀疑,实际上乃是表现了自己的一种小资产阶级的怯懦心理,这种批评实际上乃是对张志坚这样人物的一种诬蔑。又比方对于歌剧《白毛女》中的喜儿最后对黄世仁所存在的那一点儿幻想,我曾经认为是好的,是合乎人情,而没有认识到那深深存在喜儿心中的乃是阶级的仇恨。"②对毫不动摇的英雄,《文艺报》则刊文表扬:"从战火里锻炼出来的英雄,其气魄永远是吞没敌人,其性格永远是坚实的明朗的,充满了革命的乐观主义,从来不知颓萎与沮丧。这样的特质,乃是为革命斗争现实所决定了的阶级特质,正确的理解它,肯定它,即是对于阶级性格、对于现实的正确理解与肯定的问题。"③不过,现实生活中所谓"先进人物"的缺点比比皆是,而"新的人民的文艺"却又以"夸大优秀的东西"为务,这中间的"出入"的确难以让人释怀。对此,周扬曾解释为"缺点是旧社会带来的",但这存在操作上的难度。而《文艺报》1953 年初提供了另一种解释:

---

① 周扬:《新的人民的文艺》,《中华全国文学艺术工作者代表大会纪念文集》,北京:新华书店,1950 年,第 74 页。

② 张庚:《坚决纠正错误,实现毛主席的文艺方向——在中央戏剧学院文艺整风学习动员会上的讲话》,《文艺报》1951 年第 5 卷第 5 期。

③ 李昭、申述:《评〈平原烈火〉》,《文艺报》1950 年第 3 卷第 5 期。

> 有人提出:人总是有缺点的。如果写英雄人物写得太先进,太优秀,不写缺点,恐怕就写得不近人情,缺乏个性了。我们不清楚这所谓人总是有缺点是指的什么。如果是说工作有不够尽善尽美的地方,考虑问题不能十分洞彻,毫无漏洞……这在工作中间确是难免的。……但是,文艺界有不少主张必须写英雄缺点的同志的议论却不是指的这些,有的说:英雄在下牺牲决心时岂能没有一分钟动摇?有的说:英雄一面想为祖国战斗,一面岂能不想想还是掉队回家好?……这些说法很显然是指的英雄的革命意志总会有不坚定,英雄人物的品质总会有问题,政治上总会有些动摇。——简直就是认为英雄也不可能是全心全意忠于革命的。这种想法,实在是表现了对于我们这时代的英雄的品质的无知。①

这种解释比较缠绕,但细细分析,可知作者实际上将英雄可能有的缺点分为两类:一是思想性质上(即"品质"方面,如"动摇"之类)的,一是工作方法上的(如工作缺点、毛躁性格等等),并认为前一种缺点不可以写。这并非说,生活中没有思想动摇的人物,而是说既然思想动摇,就不足以"代表我们祖国的最先进、最优秀的,代表着千万青年的理想与希望,为青年领路的人物",就不值得写。而值得写的人物,肯定是其中无此类缺点的英雄。相对而言,后一类方法缺点可以写,比如工作作风粗暴或狭隘等"毛病"。不难看出,这一逻辑不易自洽,然而却颇合于"正面假象"的叙事需求。因此,这种思想/性格二分的操作办法,其实形成了此后英雄讲述的"成规"。1950年代中期以后,但凡广受欢迎的英雄形象,如有缺点,多以方式、方法缺点居多,而在思想上怀疑阶级论、不相信革命的几乎没有。

其三,"新的人民的文艺"对于正面人物描绘还要求比例优势。即是说,由于文学塑造正面典型的目的在于"树立人民前进的榜样"(陈荒煤语),那么,正面人物在故事中取得篇幅优势就是很可理解的了:"作家的笔表现生活的新旧斗争,应该集中地表现新生阶级的新人的成长与强大。

---

① 韦君宜:《青年们希望作品中表现什么样的人物?》,《文艺报》1953年第3期。

即便是表现没落的阶级,也必须是这样一种表现方法:无论帝国主义、反革命如何顽强凶恶,而人民革命的力量更强大。不能首先表现新生的力量的生长,就不可能正确地表现旧的阶级的灭亡。否则,对旧社会只能作到单纯的无力的暴露,不能鼓舞群众去改造它。今天,无论如何,一个作者如果仅仅作到对旧社会的暴露,那是非常不够的,因为今天的现实,是人民的自己的斗争证明了,旧的不合理的社会制度完全可以、必定被推翻的,人民有这个力量。"①故对偏离这一比例要求的作品,《文艺报》一直保持着调校的努力。如对《腹地》中正面人物辛大刚势屈于落后分子辛实发的批评:"作者在辛实发与辛大刚的两次会面的场面中,着力地描写了蜕化分子生活上的幸运——热衷于个人生活的经营与享受。使人惊异的辛大刚在会面中完全被这种幸运弄得心花撩乱,对于他政治上的堕落既无批评,更不会有力地划分界限。两次会面的场面,给人的印象,是蜕化分子的生活优越感,竟大大压倒了我们的英雄","特别使人不能理解的,是辛实发的结局。在最后敌人大屠杀的场面上,作者把辛实发却竟也写成基本上是'至死不屈'地牺牲了的一人。在这里,说明了作者对辛实发这样的人物,革命阵营中的动摇与蜕化的分子,态度是暧昧而十分不确定的"。②而对赵树理《锻炼锻炼》中"落后现象"过多致使"读者满眼灰暗"的描写,也明确予以指责:"这主要是表现在环境描写上面。我们尊重讽刺作品本身的特点,同时也必须要求它正确地反映现实。反面人物应该成为讽刺作品描写的重点,但是正面力量也必须得到有力的表现。问题的焦点就在这里。而要解决这个矛盾,环境的描写就显得十分重要。作者必须正确地描绘出我们强大的社会环境与讽刺对象之间的冲突,这样才表现出整个社会的光明面跟落后现象之间不过是九个指头与一个指头的关系,才能告诉读者,这些落后现象,在'六亿神州尽舜尧'的社会里,只不过是个别的,次要的。也只有这样,才不致于使读者满眼灰暗,对现实失去信心。"③

---

① 陈荒煤:《为创造新的英雄的典型而努力》,《文艺报》1951年第4卷第1期。
② 企霞:《评王林的长篇小说〈腹地〉(续完)》,《文艺报》1950年第3卷第4期。
③ 李联明:《略谈〈锻炼锻炼〉的典型性问题》,《文艺报》1959年第9期。

三 反面人物:"看不见的人"

根据社会主义现实主义之于"真实""规律"的本质主义规定,"新的人民的文艺"逐渐形成了自己关于正面人物的讲述"成规"。显而易见,作为匹配性的叙事规范,"新的人民的文艺"对于反面人物的讲述亦自有其"成规"。在此方面,《文艺报》的阐释与批评同样起到了重要作用。所谓"反面人物",系指代表着历史前进过程中落后乃至反动势力的人物。对这些人物,《文艺报》亦通过批评透露诸多宜或不宜的信息,比如要少写,比如要处理成"负面假象",切忌不可在数量上压倒正面人物,要作为后者的陪衬而出现,等等。除此之外,还有一些颇值得考量的特殊的叙事"成规"。这也体现两个相关方面。

其一,与正面人物相似,"新的人民的文艺"对反面人物的要求亦出自阶级论的本质主义。这包括两层含义:(1)反面人物必须以阶级概念为核心进行建构,比如以剥削/压迫农民为"本质"的地主阶级,以剥削/压迫工人为"本质"的资产阶级,等等。(2)这种阶级建构又是排斥性的,不太接纳不为"阶级"识别的人生信息。比如,一个地主诚然以租赁为生,但他(她)同时可能是位爱情赤子(如贾宝玉),或是位爱国英雄,但在"新的人民的文艺"的视界下,这种可能打破"负面假象"的更为多异的人生面相不允许叠加到反面人物阶级"本质"之上。为此,《文艺报》曾批评方之小说《来访者》。这篇小说讲述了"右派分子"康敏夫的故事,然而在"揭露"这一反面人物的同时,又讲述了康早年的爱情悲剧。这种叙述方法,若以今天眼光观之,无疑是人性复杂性的呈现,但从当时规范来看,的确暧昧而混乱:

> 既然康敏夫是右派分子,为什么作者一点也不揭露他在政治上的反动性和灵魂上丑恶的个人主义野心,却用同情的笔调十分细致地去刻画他在个人爱情上的痛苦?……(作者)用陈旧的几十年前的爱情故事,掩盖了他政治上、思想上的反动性,粉饰了他的极端丑恶的灵魂。从作品艺术形象来看,作者对于康敏夫的爱情上的曲折遭

遇,在感情深处是同情的,因此就不可能用鲜明的阶级感情去揭露他政治上的反动面貌。当康敏夫的阶级本质被个人爱情悲剧所掩盖时(这个爱情悲剧被抽去了时代背景和阶级烙印),这个形象自然就从被批判的对象转为引人同情的对象了。①

在《来访者》中,康敏夫这个反面人物同时又被叠加上受害者的身份,那么读者是该恨此人还是该同情此人呢? 从文化认同角度来看,这篇小说可以说是定位含混。"剥削阶级"必须作为"主导概念"来控制整个叙事,不但爱情受害者、政治爱国者等兼含正面内涵的身份不允许冲击这一主导概念,就是流氓、恶霸这种负面道德身份亦不应过分渲染,以免误导了读者对"阶级"的辨识与憎厌。对此,《文艺报》3卷2期曾刊文表示:"如果攻击地主太着重他们的强奸、杀人、悭吝甚至神出鬼没的罪恶(如《石榴裙》),那末,即使攻击着某一地主,效果上不能算是有力地攻击着地主阶级。由于特殊的这一个被刻画到了不能代表这一群的程度,因为不能赋予这一个以典型意义,在客观上就放松了地主阶级。作为地主阶级,他的罪恶主要是残酷的剥削制度和不能容忍的剥削关系。……任何具有独特性的形象,总不应和阶级的共通特征游离,不论如何强调形象的多样性,不能和阶级的共通特征游离。如果人物古怪到了超现实的程度,如果事件离奇到了超现实的程度,这种暴露在艺术的效果上是不能普遍的感人的,因此在政治效果上是缺乏应有的说服力的。"②不能不说,这位署名"罗华"的作者非常准确地把握了"新的人民的文艺"应有的"现实"的规则。

其二,反面人物在"新的人民的文艺"中还被要求处理为"看不见的人"。③ 何谓"看不见的人"? 黑人学者安・杜西尔有段话颇可以参考:"在1950年代的二战的影子下成长的孩子们自然想玩战争的游戏,这其中包括我的两个黑人兄弟和我自己。我们模仿从收音机听来的和从我们家

---

① 姚文元:《论来访者的思想倾向》,《文艺报》1958年第16期。
② 罗华:《歌颂与暴露》,《文艺报》1950年第3卷第2期。
③ 安・杜西尔:《染料和玩具娃娃:跨文化的芭比和差异销售规则》,《文化研究读本》,罗钢、刘象愚主编,北京:中国社会科学出版社,2000年,第173页。

崭新的落地式摩托罗拉黑白电视机里看来的事情。在那些战争游戏里,人人都想当盟军,那是些大无畏的,所向披靡的白人男英雄,他们使民主在世界上不受威胁,而且再次把我们从黄祸中拯救出来。当然,谁也不想扮演敌人——敌人往往不是德国人或意大利人,而是日本人。因此,敌人成了看不见的人,更恰当地说,一直是看不见的人。"①"一直是看不见的人",有时是指敌人身体不能获得出现在读者(观众)视野中的机会,更多是指敌人的内心被禁止呈现,在其邪恶、野蛮的外形背后不存在"内心"。或者说,其灵魂成为叙事有意遗忘的"角落"。后一种情况,实际上在《文艺报》长期的讨论中已凸显为一种"看不见"的规则。对此,《文艺报》上讲得最明确的是冯牧对小说《战斗的青春》的批评。雪克的这部小说讲述了许凤领导的游击队的战斗经历,而她的恋人胡文玉却在残酷的战斗中沦为叛徒。冯牧认为,雪克对胡文玉的描写"是最不能令读者谅解的缺点",

> (作者)希望刻画得更深刻些,以便能够从这个人物身上展示出一个个人主义者堕落成为叛徒过程中的丑恶的灵魂和精神世界。但是,他的这个意图却是失败了的。如果说,作者对于胡文玉在叛变之前的描写,对于这个人物由于个人利益和集体利益发生冲突所产生的痛苦矛盾的心情的描写,还有着某种程度的生活真实性和说服力量的话,那么,在他一旦成为叛徒之后,一切这类关于个人心理矛盾的细微的描写,即使不是完全违背生活的发展逻辑的和虚伪的,也是完全没有教育意义的和有悖于整个作品的主题思想的鲜明性和纯洁性的。……人们也许不禁要提出这样的疑问:既然这个彻头彻尾的个人野心家是那样坚决地投向敌人的怀抱中去,而作者在小说的结尾处却以一种近于怜悯之情来反复描写起他的不安和悔恨来,这究竟有什么意义呢?难道是要在读者中间唤起对于这个可憎的人物

---

① 安·杜西尔:《染料和玩具娃娃:跨文化的芭比和差异销售规则》,《文化研究读本》,罗钢、刘象愚主编,北京:中国社会科学出版社,2000年,第173页。

的宽恕和怜惜么?①

冯牧谈到的胡文玉成为叛徒之后"关于个人心理矛盾的细微的描写",主要是指胡对于许凤的思念,尤其是在俘获许凤以后矛盾、犹疑和痛苦的心情。这些,被冯牧归为"败笔"。这倒不是说反面人物胡文玉不会产生这种心情,而是指这样的袒露内心的描写,不宜出现在以反面人物的没落或死亡来揭示历史规律、教育读者的小说中。类似责问也出现在有关小说《辛俊地》和《来访者》的批评之中。钱志华认为,《辛俊地》对地主之女徐桂香(小说中游击队员辛俊地的恋人)的描写是"不健康的","作者对徐桂香这个基本上站在地主阶级一面的人物,有着过多的美化,这是不对头的。对于这场糊涂的恋爱,村长曾经批评过辛俊地,应该说,这同样是作者理智上的正确的认识。但是,徐桂香形象的客观意义,却完全和这相反。当她的父亲要持枪去追赶辛俊地的时候,她恳求他千万不要打死他。而当打死了的时候,'桂香就扑过去,爬伏在辛俊地渗透出鲜血的背上大声地哭起来了。'她想到的只有辛俊地。她的父亲愤怒地命令她站起来,'徐桂香(却反而)紧紧的抱着辛俊地,仍旧发疯似的哭喊:"你(指父徐怀冰)打死我吧!让我跟他(指辛俊地)去吧……啊……"。'在生前,这个姑娘,像'一个忠实的妻子',在等待和对待辛俊地。这一切,都使对她的批判削弱了。而这又正是作者对他们爱情的态度。作者给这一场糊涂的恋爱,覆盖上了一层柔和的诗意。难道,这不是对徐桂香的温情吗?"②无疑,这个先天地就应该是反面人物的徐桂香以其对爱情的执着而使批判难以措手。而《来访者》中作者给予反面人物康敏夫的"发言权",亦在"肮脏的康敏夫"身上"渲染了一些美好的东西":

> 例如,作者借康敏夫的口这样来赞美康敏夫对女演员的"真诚的爱情":"她那一双眼睛,你瞧瞧吧,能一下看到她心里;多么坦白,又

---

① 冯牧:《谈〈战斗的青春〉的成败得失》,《文艺报》1959 年第 11 期。
② 钱志华:《发人深思,促人猛醒》,《文艺报》1958 年第 10 期。

多么深沉。而且,你听过她唱吗?她一开口,她眼睛里面那一切善良,光明的东西,就都随着她的声音唱出来了。"在小说里,作者经常赋予康敏夫以这样的抒情调子和真挚的内心独白。当康敏夫知道女演员怀孕、养母逼她堕胎后,作者写他"又惊又喜"地想道:"她怀孕了,这是我的孩子,是的,我的孩子,堕胎,她怎么能,我不允许,我有责任!"请看,这是一个多么负责的父亲呀!由于小说中充满了诸如此类的描写,就使读者变得迷糊了:对康敏夫倒底是爱,还是恨?作者把他写得那么自私、嫉妒,又那么软弱、善良。这里正反映了作者对这个人物的态度是含糊的,暧昧的。①

不难看出,《来访者》《战斗的青春》《辛俊地》等作品之所以遭到批评,都与反面人物获得"发言权",其内心被读者"看见"有关。这种处理办法严重损坏了"新的人民的文艺"的批判性和教育力量。在革命逝去的年代,这种"看见"被认为是人性魅力的表现,但在当年,它却是一种约定的合理的"成规"。

何以如此?这与反面人物在"新的人民的文艺"中的叙事功能有关。对此,《文艺报》实多有述及,如:"正因为要歌颂英雄,有思想的作者才不过分强调对比和夸张的手法,不把敌人当成毫无抗抵的泥娃娃来对待,而是现实地描写出敌人的顽强以显示英雄之力量的。正因为敌人顽强;但终于能被人民力量所摧毁,所以才更有力地歌颂了英雄"②,"正面人物的性格固然可以对观点发生影响,反面人物也可以对观众的性格发生作用。例如,敌人的形象愈生动,愈真实,愈鲜明,使观众真正了解敌人的狡猾、奸诈、残酷、阴险等等,愈加了解敌人也是一个真正顽强的对手,愈加憎恨这种性格,那么,也就了解到正面人物性格的可贵之处,懂得从正面人物的性格中汲取应该学习的东西。反面人物的性格,实际上也是一面镜子,它可能从另一角度反映出我们性格上的缺点;使我们感到在斗争中不够警

---

① 志朴:《评来访者》,《文艺报》1958 年第 13 期。
② 罗华:《歌颂与暴露》,《文艺报》1950 年第 3 卷第 2 期。

惕、不够坚决、不够勇敢或者还缺少智慧"①。不难看出,在"新的人民的文艺"中,反面人物之所以被刻画,不是因为有一种人生(如胡文玉、徐桂香等)有一种灵魂需要被真实地表述,而是因为正面人物刻画的需要。这实际上也意味着,反面人物的生产与正面人物生产存在某种逻辑关系。在此,阿·默哈默德关于殖民主义文学的分析颇可以参考。他认为,在殖民主义文学中,殖民者依靠自己的武力,用欧洲人的主体概念重新讲述了土著人的故事——当然,不是把土著人讲述成欧洲人的复制品,而是将他们从"消极"方面讲述成欧洲人的复制品。比如,殖民者如果认为理想的欧洲人是健康、文明的话,那么土著人就会被他们讲述成愚昧而野蛮的。正是在此意义上,阿·默哈默德认为"土著人只能充当欧洲人将其自我的消极部分投射于其身上的接受器",被殖民者只是殖民者的"倒置的自我表象"。② 即是说,表面看来,土著人与殖民者如此不同甚至对立,但实际上二者共享同一套生产逻辑,土著人是欧洲人"倒置"的结果。二者之间存在决定与被决定、生产与被生产的关系。从这里,我们不难瞥见"新的人民的文艺"中反面人物与正面人物的关系——它们是不是也存在决定与被决定的关系?比如正面人物是无私、勇敢、纯洁的英雄,反面人物就必然是自私、卑琐、多欲的坏人。也就是说,反面人物不是他(她)自己,而主要是一面"镜子",从反方面来映射、证实正面人物的真实性。如此人物当然需要被处理成"看不见的人"。

从反面人物到正面人物,从对真实的描摹到对文学功能的认知,"新的人民的文艺"实多有着或明或暗的叙事"成规"。《文艺报》在其前后存续的"十七年"间,参与甚至主导了这些"成规"的形成(其间也时有反弹与调整),并有力地介入了当代文学版图的重构。不过,这些理论倡导与批评实践,未必可以简单理解为政治意识形态的传递,其实在很大程度上也包含着第三世界文学乃至现代文学共同的处境与逻辑。

---

① 陈荒煤:《关于创造人物的几个问题——〈在延安文艺座谈会上的讲话〉学习笔记》,《文艺报》1962年第6期。

② 〔美〕阿布都·R.简·默哈默德:《殖民主义文学中的种族差异的作用》,《后殖民理论与文化批评》,张京媛主编,北京:北京大学出版社,1999年,第201页。

第 5 章 《大众诗歌》
（1950.1—1950.12）

《大众诗歌》1950年1月创刊，月刊。其前身为北京大学学生刊物《诗号角》，1948年8月由该校经济系学生赵立生创办，前后共出版8期。《诗号角》改版为《大众诗歌》以后，由沙鸥担任主编，艾青、臧克家、田间、沙鸥、力扬、徐迟、袁水拍、亚平、晏明等为编委。主要刊发诗歌作品和相关评论。1950年12月停刊，共出版12期。

同人刊物的大众化转换

——从《诗号角》到《大众诗歌》

1950年1月1日,北京的读者可以在市面上见到一份崭新的诗歌刊物——《大众诗歌》。然而对于知情人而言,这其实是已出版8期的北京大学学生刊物《诗号角》改换的"新装"。《诗号角》原是一份由北大经济系学生赵立生创办并受到北大、清华著名教授支持的进步同人刊物①,它现在以《大众诗歌》之名重新面世,其间变故自然不只是更换刊名。如果说,杂志"对它们周围的世界产生着影响,反过来也被世界影响着"②,那么,从《诗号角》到《大众诗歌》似乎恰恰从其中一端滑到了另一端。这中间经历了怎样的周折,又有怎样的人事推移和"编辑哲学"的调整呢?对此,学界尚未表现出关注兴趣。然而作为一份遭遇体制剧变的同人刊物,《大众诗歌》的办刊处境及其谋求在新体制中生存的调适方式,颇可见"异质成分"与"新的人民的文艺"之间难以兼容的文学史关系。

一 《诗号角》的复刊与易名

在创刊号上,《大众诗歌》将发刊词取名为《大众诗歌创刊了》,仿佛是一个刚刚诞生的"胎儿",只字不提它的已出版8期且为编辑同人甚感自

---

① 赵立生回忆:1948年7月,"中文系同学郑子林(现名郑大海)来访,言谈之间,提出办一关于新诗的刊物,二人一拍即合",《诗号角》由此而生,它的作者主要是北大、清华两校师生,冯至、闻家驷、李广田等教授都大力支持,"当时师生关系很亲切和信任,不需要什么介绍信,可以自由造访这些师长,他们就对你推心置腹地加以指引",但办刊未几,就被国民党"没收朝华书店全部《诗号角》,并追查出版者"。见赵立生《回忆〈诗号角〉》,《新文学史料》2012年第2期。

② 〔美〕萨梅尔·约翰逊、帕特里夏·普里杰特尔:《杂志产业》,王海主译,北京:中国人民大学出版社,2006年,第124页。

豪的战斗的历史。① 这番举动,今天看来颇显怪异。然而在当时,确有编辑同人不得已的苦衷。那么,是何苦衷呢?据笔者细读 8 期《诗号角》(尤其是北平解放前夕的 4 期),不难看出编者内心中存在两种不自信。其一,《诗号角》所刊作品,虽然多有讽刺国民党、向往革命的进步之作,但与"解放区文艺"仍然有较大差距。这种差距在 1949 年前本不足为虑,但在延安文人人主文坛、"解放区文艺"即将成为新的文学标准之时,这种顾虑就不得不成为事实。对此,从 1949 年 6 月起接手主编《诗号角》的诗人苏金伞讲得异常清楚:

> 不少的诗歌工作者目前正感到痛苦。原因是:一方面想面向广大工农兵,但对于工农兵的生活,思想,感情又体会不深;一方面对于自己的语言,形式等,早就发生了怀疑,于是,造成了当前一部分诗人的沉默。这种痛苦我们也正在身受。……过去在国统区,表现的重点是针对蒋匪的罪行与疮疤,淋漓尽致地揭露;今天,解放带来的是建设,是繁荣,是欢愉,是彻底肃清反动势力的战斗精神,这一主题的根本变换,需要过去的诗人脱胎换骨,从新做起,否则,就不能恰好地表现今天的生活情形。②

"脱胎换骨"之说事后看并不算夸张。不过,苏金伞讲的其实是国统区作家面对新局面的困窘,但作家遭遇的问题未必等同刊物遭遇的问题。然而《诗号角》的作者来源又主要是北大、清华两校师生,因此作家感到的痛苦就不能不变成刊物自身的生存焦虑。其二,《诗号角》政治倾向非常明确,支持革命,讽刺国民党,然而在人事关系上与中国共产党又无任何事实关系。大致说来,它的创办是一个爱好诗歌、倾向进步恰好又家财较丰

---

① 赵立生回忆:"《诗号角》在建国前出的四期,主要内容为反映进步的学生运动,或揭露国民党的残酷迫害,或歌颂学生运动的英勇斗争,或剖析自己思想中陈旧的因袭负担,或庆贺自己的新的觉醒,或记录自己坚持走向革命的足迹……受到广大同学的欢迎。辗转相传,不胫而走,影响所及,遍及京、津、沪、宁。"赵立生:《回忆〈诗号角〉》,《新文学史料》2012年第 2 期。

② 苏金伞:《编后》,《诗号角》1949 年第 6 期。

的学生（赵立生）的自发行为。虽然办刊未几即遭没收、查缉的命运且"赵鸿志、郑子林、吴炳生、黎先智、杜翼全、吴尔耆等同学，在十一月出完《诗号角》第四期《诗论专号》，向反动诗人开炮以后，相继奔赴冀中解放区参加革命"①，但《诗号角》与革命活动缺乏直接的关系则是事实。其实，当时北大中文系学生中颇不乏地下党员，如乐黛云、李瑛（李瑛亦是《诗号角》作者）等，但赵立生显然对此方面较少留意。新中国成立后，私营文艺刊物大都自动停刊。赵立生则利用工作之便成功申请《诗号角》复刊②，但显然，赵立生对新的文化体制尚缺乏必要的认识与理解。其实，早在中共二大，中共中央即规定党的报刊"均须由已经证实为忠于无产阶级利益的忠实共产党编辑"③。在此情形下，出身"资产阶级"的私营同人刊物要与新的文化体制共存，无疑会面临复杂的局面。这是1949年后《文艺生活》月刊（司马文森主编）、《小说》月刊（靳以主编）等同人刊物共同遭遇的难题。

　　事后观之，在新中国成立初年，中宣部没有以体制的方式真正吸纳1949年前创办的私营同人文学杂志。这是不难理解的。对于新生的急需建立文化领导权的革命政府而言，这些同人刊物可以说是一个个"意识形态的竞技场"④，对它们不太亲近自在情理之中。不过站在1949年初春意气飞扬的北平街头，赵立生显然无法充分看到这一层。他也明白需要适应和转换，但对其中的困难估计并不充分。由于他本人年轻、缺乏文学资历（这一点全国各地著名诗人集聚北平以后更见明显），兼之又在教育局

---

① 赵立生：《回忆〈诗号角〉》，《新文学史料》2012年第2期。
② 对此赵亦有述及："为了成为合法出版物，遵照当时'北平市军事管制委员会'的规定，我代表《诗号角》前往申请登记。登记地点是市政府新闻处。当时我分配在市教育局工作，都在一个大门里，新闻处负责登记的也是北京刚参加工作的大学生，都属于军管会，互相了解，顺利核准为'登记新字第九号'，《诗号角》成为第一个经军管会批准出版的诗刊。"见赵立生：《回忆〈诗号角〉》，《新文学史料》2012年第2期。
③ 《中国共产党加入第三国际决议案（一九二二年七月）》，《建党以来重要文献选编（一九二一——一九四九）》，第一册，141页，北京：中央文献出版社，2011年。
④ 〔美〕詹姆斯·卡伦：《媒体与权力》，史安斌、董关鹏译，北京：清华大学出版社，2006年，第138页。

从事实际工作,所以他的适应新的文化体制的思路便是给《诗号角》"换血"。主编先是换为著名诗人(苏金伞),接着又换为有着党员身份的著名诗人(沙鸥)。相应地,作者构成也发生了很大变化,大批知名的解放区诗人与于其中。① 刊物的内容与栏目也在发生类似"换血",如复刊后的《诗号角》第5期"请著名木刻家、中央美术学院教授李桦设计了封面,他使用了木刻家曾景初的《光明来了》作为封面木刻:一群穷苦的男女老幼欢呼光明的到来",还请人"题写了'在毛泽东的旗帜下'以鲜红的颜色印在封面上"。② 而第6期更增加了"工人诗选""战士诗选"专栏,第8期又开辟"生产诗歌特辑""街头诗小集"等专栏。用赵立生的话说,这些努力皆在于"使新诗'为工农兵创作,为工农兵所利用',认为这样才符合《在延安文艺座谈会上的讲话》的精神"③。

《诗号角》如此频连相接的"换血"和调整,当然是为了趋近于"解放区文艺"和新的体制。恰如国外研究者所言:媒介从业人员"不能独立生产","他们进行生产的环境并非自己所有,而是由历史所直接确立、给定的"④,《诗号角》的这番调整无疑充满诚意。它选择了与《文艺生活》相同的道路——旧的同人杂志希图剔除自己的同人身份而认同于"新的人民的文艺"。不过不同的是,《文艺生活》主编司马文森是知名作家且始终掌握住刊物编辑、出版大权,而赵立生究其底只是二十出头的文学青年,在让出主编权后也逐渐在编辑部被边缘化了。对此,赵立生在回忆中未曾明言,但从不少当事人(如晏明)在回忆中只字不提赵立生可见,这位刊物

---

① 1949年6月,赵立生邀请名诗人苏金伞主持编务,"编完第七期后,1949年10月,苏金伞被调往河南工作,第八期由田间主编。在他们的主持下,从第五期到最后第八期中,在《诗号角》上发表过作品的诗人有艾青、田间、臧克家、戴望舒、王亚平、沙鸥、袁水拍、关露、苏金伞、吕剑、严辰、徐放、青勃、芦甸、亦门、牧青(即鲁煤)、陈雨门、丁耶、劳荣、乔羽、马恩成(马伯力)、邵燕祥(汉野平)、萧向阳、黎先耀、吴火等"。赵立生:《回忆〈诗号角〉》,《新文学史料》2012年第2期。
② 赵立生:《回忆〈诗号角〉》,《新文学史料》2012年第2期。
③ 赵立生:《我与〈诗号角〉》,《诗探索》1999年第3期。
④ 〔美〕大卫·克罗图、威廉·霍伊尼斯:《媒介·社会:产业、形象与受众》,邱凌译,北京:北京大学出版社,2009年,第144页。

创始人和出资人在人员壮大、名诗人济济一堂的编辑部里已人微言轻。正因此,不断"换血"的最后,是发展到更换刊名。对此,赵立生回忆:

> 1949年11月出版了第八期《诗号角》以后,有些诗人(主要是沙鸥)甚至认为《诗号角》这个刊名也不够大众化,不易为工农兵所理解,于12月改组,成立《大众诗歌》社,在北京南河沿大街的欧美同学会举行成立大会。参加的有林庚、冯至、萧三、钟敬文、俞平伯、艾青、臧克家、卞之琳、沙鸥、邹荻帆、袁水拍、徐迟、吕剑、严辰、力扬、彭燕郊、田间、马际融、马丁、郭镛、赵立生、徐放、李景慈等,可以说极一时之盛。①

赵在另一篇文章中也谈到了这种顾虑。② 于是,作为编者认同体制的结果,《大众诗歌》由此诞生。它的编辑方式仍是同人式的,编辑部充满同道唱和的气氛:"出版、发行,由北京大众书店负责,每期支付编辑费,除必要开支外,每月召开一次编委会。在峨嵋酒家开会,会后,请全体编委吃一顿。沙鸥是月会的策划人,编委中,除克家因健康情况欠佳,偶尔出席外,其它编委:艾青、田间、力扬、徐迟、袁水拍、亚平、沙鸥和我,每月均出席。这是一次畅谈诗的创作与评议《大众诗歌》本期发表作品及下期编稿创意的会。这是十分难得的会。"③ 有如此融洽的团队,又处于全国几乎没有诗歌刊物的新中国成立之初,从逻辑上讲,《大众诗歌》的未来是可以期待的。

二 《大众诗歌》的三重调整

在文艺界,沙鸥不能算是有影响力的诗人,但活动能力强,比较习于

---

① 赵立生:《回忆〈诗号角〉》,《新文学史料》2012年第2期。
② "现在才认识到那时'文艺为工农兵服务的政策,执行者又看得太死,掌握得太左'。当时,在诗歌的形式方面,知识分子的自由体也受到怀疑,好像李季的《王贵与李香香》和赵树理的《李有才板话》等民歌体和快板诗成了发展的方向。……在当时的情况下,他们还是对《诗号角》进行了'革新'。"赵立生:《我与〈诗号角〉》,《诗探索》1999年第3期。
③ 晏明:《飘飘何所似,天地一沙鸥》(上),《新文学史料》2001年第2期。

把握政治的与文学的形势。他力主将刊物易名为《大众诗歌》，显然有比较系统的考量。如果说《诗号角》是启蒙民众、朝向国民党统治的战斗的号角，那么《大众诗歌》则认同于新生的中国，呈现出为"人民""大众"服务的姿态。在沙鸥主持下，《大众诗歌》自1950年1月至12月共出版12期。较之《诗号角》，它发生了三层明显大众化的转换与变化。

第一，"面向人民大众"的艺术形式。在《诗号角》时期，由于作者、读者都侧重于大学校园，刊物在此方面并无注意。但沙鸥接手后，"大众化"成为紧迫之务。在《发刊词》中，编者明确表示要皈依"新现实主义"："在新形势、新任务下"，"中国诗人的写作题材是丰富的，取之不尽，用之不竭的"，"诗人不允许再躲在自己的小圈子里，要面向人民大众、走进人民大众中间，和他们一同呼吸、一同感受、一同生活、一同提高、一同前进，为着把革命进行到底，实现新民主主义的社会而奋斗。这个新现实主义的创作方向是肯定了，是在毛主席的文艺思想指导下明确了，发展了"。① 在形式方面，更以"大众化"为追求："人民大众的文化水平不同，思想力、感受力的大小不同，也就规定了诗歌的创作不能固定于一个形式。事实上，诗人所选择的主题、所表现的内容绝不能一致，它的形式也一定容许多样的尝试与发展。但有一个标准，必须使你所用的语言，表现的形式做到通俗易懂、群众喜爱接受，进而起到反映现实、推动现实的作用。"②不过从刊物随后刊出的文章看，编辑部对于何为"新现实主义"、它与旧现实主义的差异之处并无深入理解（譬如界定"真实""本质""发展"等概念），甚至对《讲话》强调的思想改造等问题亦未展开有效讨论。作为缺乏延安经历的党员诗人，沙鸥对延安理论家提出的"新的人民的文艺"的理解似乎主要集中在大众化形式之上。1卷1期刊出的俞平伯文章，强调大众化，几乎是变相否定了新诗。与此相呼应，钟敬文也在2卷2期发表《民谣的现实主义》，呼吁新诗向民歌学习。此外，艾青也刊文倡导"写新诗的朋友应该尝试多写朗诵诗"，"为了朗诵而写的诗，最好能尽量口语化，比喻要十分

---

① 《〈大众诗歌〉创刊了》，《大众诗歌》1950年第1卷第1期。
② 同上。

明朗,句子精炼而又浅显易懂,丢掉那些使人听不清的句子和字眼"。① 如果说,艾青是希图新诗多吸收音乐化的优处的话,那么俞平伯、钟敬文则更近于"外行说诗"——新诗既然已经告别旧体踏上自由体的新途,必然有旧体难以适应现代生活的缘故,而向民歌、民谣学习,更似空谈。最优秀的新诗诗人如艾青、卞之琳、穆旦诸人很少由此受益——很难想象,民谣的简易、浅显能够兼容现代文人"丰富和丰富的痛苦"。

实际上,真正的新诗诗人颇能明白新诗向旧诗或民谣学习效果有限。苏金伞回忆,在刊物还叫《诗号角》时,他和沙鸥就曾约请诗人写大众化作品:"艾青、田间、严辰、吕剑等人都写了稿。艾青在当时的情况下,也用民歌体写了一首诗。这是我所见到的他所写的唯一的一首民歌体诗。以后出集子也再没收录过。"②对向民歌(民谣)学习的大众化之路是否可行,想必艾青心中有所保留。倘若是艾青主编《大众诗歌》,他恐怕很难实实在在去推行大众化。但此时正和赵树理、苗培时等人一起提倡"通俗文艺"的沙鸥(沙鸥同时是赵树理发起的"北京大众文艺创作研究会"的创作部部长),对"诗"的理解恐怕本来就比较接近民间说唱。所以,《大众诗歌》创刊后,大量推出了一批向民间说唱形式借鉴的新诗,譬如他本人创作的《斯大林唱传》、严辰的《李大娘盼胜利果》、柳倩《缴公粮》、蒂克《满天霞》,等等。这些作品,对略识文字或不识文字但可听书的读者,或可解颐一笑。譬如《斯大林唱传》采用四川金钱板,开篇云:"诸位朋友请靠拢我站,你们莫闹吼吼把话言。我不说大海波浪翻天,我不说烈雷把老树打断,我说在北边有个大国,他的名字就叫苏联,苏联有位斯大林,斯大林这名字中外传遍,他今年整满七十岁,七十大寿古来也稀罕! 他本是人类的大救星,有了他灾难才能避免!"又如《李大娘盼胜利果》:"初八十八二十八,李大娘今年五十八,耳朵聋,眼睛花,说话漏了风,张嘴没了牙,雪白的头发霜打草,干瘪的双手像鸡爪,她好比——,棉花籽榨干了油,风中的

---

① 艾青:《多写朗诵诗》,《大众诗歌》1950年第1卷第5期。
② 苏金伞:《创作生活回顾》,《新文学史料》1985年第3期。

蜡烛点到了头。"这样的作品,对于过去《诗号角》赖以为根基的北大、清华师生而言,未免不堪卒读。不过沙鸥亦无兴趣顾及这类"旧读者"的感受。从1卷4期开始,《大众诗歌》甚至直接推出民间说唱作品,如《黑姑娘》(王亚军,大鼓)、《金喜翻身》(老舍、候一尘,单弦)、《煤镐尖上论英豪》(苗培时,唱词)、《巧智谋》(李岳南,唱词)、《红衣女郎周杏妹》(冯不异,单弦),等等。这些作品,和赵树理主编的《说说唱唱》其实已非常接近,而与《诗号角》最初的风格取向已相去不可以道里计。

　　不过,沙鸥提倡的大众化是不是就等于完全地民间化、说唱化了呢?也未必。毕竟《大众诗歌》的编委们并非都是说唱作者,故在《发刊词》里,沙鸥还表示:"这里所说的通俗易懂,既不等于'迁就群众',也不是反对'提高的艺术形式'。我们说,群众经过土地改革、人民解放战争、建立中华人民共和国的伟大现实斗争、考验、影响,早已有了飞跃的进步。他们不只提高了觉悟,有了新思想、新看法、有了初步鉴别艺术好坏的能力;他们还创造了很好的新名词、新语言。因此他们也不一定需要过分的迁就。如果,非要迁就他们,没有原则的迎合他们,那就有当尾巴、流入庸俗的危险。"① 故在刊物上也有少量"在已有或现有的基础上提高的形式",如1卷1期刊出的林庚《人民的日子》:"我知道什么是祖国/我知道什么最难得/站在一切人民的面前/如同站在海洋的面前/如同站在阳光的面前/人山人海铺成的道路/如同知道前面是什么。"此诗保持了林诗原有的水准。而冀汸的《中国,在一九五〇年》依然有着"七月派"的抽象和深沉:"亚细亚/永远/没有了/黑夜,/穿丧服的年月/从此/一天一天/和我们遥远。"甚至沙鸥自己也写过一首承续"新文学"讽刺之风的新诗《驴大夫》(刊2卷3期)。据晏明回忆,该诗"由于作家楼适夷的小孩,因华北人民医院的疏忽而不治身死的事件所引起",意欲"揭露官僚主义作风对革命工作及人的生命的危害"。② 然而这类作品数量既少,风格与《李大娘盼胜利果》一类作品也颇难"混搭",《大众诗歌》也因此不免缺乏内在的一致性。

---

① 《〈大众诗歌〉创刊了》,《大众诗歌》1950年第1卷第1期。
② 晏明:《飘飘何所似,天地一沙鸥》(上),《新文学史料》2001年第2期。

第二,由进步倾向调整为强烈的政治化、政策化的追求。但凡办刊者,最紧要的问题是:办给谁看?《诗号角》的预设读者是大学师生,但如前所述,沙鸥接手后已明显不以这类读者为念。那么,他办刊最想获取哪类人物满意呢?大众吗?或许沙鸥真有躬身"大众"的考量,但有一类读者必是沙鸥希望引其注意甚至获其赞赏的,那就中宣部和全国文协的领导,甚至党和国家的领袖。如果说刊物"总是把目标定位于一小撮精确的受众,并细致地研究目标受众的特征"①,那么沙鸥眼中的"一小撮"恐怕就主要不是这样或那样的诗歌读者,而是对《大众诗歌》的生存有决定权的各层文艺领导。如此作说,并非臆断,而是以其高度政治化、政策化的编辑风格为根据的。作为一份同人的"小小的诗刊"②,《大众诗歌》的作风竟与肩负指导全国文艺工作的《文艺报》《人民文学》类似。比如,《大众诗歌》积极配合政治运动,组织了不少诗歌专辑,如"保卫和平特辑"(1卷6期)、"反对美帝侵略台湾朝鲜特辑"(2卷2期)、"庆祝中华人民共和国国庆特辑"(2卷4期),甚至刊出《毛泽东的语言》(端木蕻良,1卷3期)、《毛泽东的山峰》(吕剑,第2卷第1期)一类诗作。这种做法有强烈的呼应政治形势的倾向,与靳以当时在《小说》月刊上不问政治、只发表优秀作品的做法大相径庭。这使《大众诗歌》整体水准偏低,粗糙浅显,即有优秀之作,也只可算作偶然个案。③

第三,与《诗号角》自适于"小小的诗刊"相比,《大众诗歌》则以"战斗性"姿态指点全国诗坛,显示出强烈的替"新的人民的文艺"剿除"异质成分"的意图。这很显特别,因为与"解放区文艺"本多疏隔、非机关刊物身

---

① 〔美〕萨梅尔·约翰逊、帕特里夏·普里杰特尔:《杂志产业》,王海主译,北京:中国人民大学出版社,2006年,第124页。
② 苏金伞:《创作生活回顾》,《新文学史料》1985年第3期。
③ 第1卷第5期刊出的力扬《用什么来纪念这伟大的节日》,颇有何其芳《我为少男少女们歌唱》的欢快情绪,节奏悠扬,青春、明亮的气息溢于其间:"我们爱着我们的国家,/不仅因为她是四季开着花朵,/又四季结着果实,/大地上的空气发生芬芳,/是四个碧蓝的大海,/怀抱着无数的港湾,/是无数条溪水和河流/穿过山谷和草地,/各色各样的鱼类在里面生长,/各色各样的帆船在上面飘扬;/是无数的森林、村落和城市/围绕着山岳和平原,/在那里牛羊在呼唤,/鸟雀在歌唱,/瀑布在哗啦哗啦地流响。"

份的《大众诗歌》几乎天然地就是党的文艺管理部门有待整顿的"异质成分"。它如此举动,与其说是为了帮助中宣部整饬话语秩序,不如是为了在自己与其他"异质成分"之间"广泛的制造界限"①,以将自己从中"区分"出来。因此,《大众诗歌》所选择的批评对象,就不是自己力欲归化其中的解放区作家作品,而是与自己大致"同类"的刊物或作品。如第 1 卷第 5 期刊出的黄君颖文章批评刚刚出版的上海《人民诗歌》上的作品(该刊 1950 年 2 月创刊,是与《大众诗歌》性质相同的私营同人刊物)说:"今天在新中国的土地上写诗的,不会有人还有意地要距离工农大众远些,但这并不是说,我下定决心站在工农的立场,就一下子真站稳了,不是这么简单。"黄批评的例子,全部是《大众诗歌》上的作品:

> (《幸福的岁月》)有一种浓重的感伤的情感,这情感使我们难受,仿佛在说:"随你们去吧",我们用二三十年打来的胜利,不是这样一幅灰暗无光的图画;虽然,作者也用了"安靖"、"抽芽"、"努力加工"、"专政"等等词汇,这些词汇却被作者近乎软绵绵的感情,弄得变了颜色了。我们的工农大众不是这种感情,他们是明朗、坚决、朴实,他们当家作主人了,他们有气魄,有信心,有喜悦,而作者对于"幸福的岁月"的赞美,却成了无力的莫可奈何的低音了……作者的感情与工农大众的感情很少有相同之处。②

文章还批评任钧的《歌唱人民的新上海》"无视人民,看不见人民力量的思想更表现得突出",批评吴视的《让敌人憎恨这种友谊》为劳动人民的"穷"感到"说不出口""脸上无光",故黄呼吁"要站稳无产阶级的立场,不是简单的,我们千万不要以为'我已经是无产阶级的诗人了',这种想法会使我们更不容易改造。但我们必须彻底改造,否则,我们的作品就不可能真正地为人民喜爱,因为你想的与人民大众想的是两回事情,各想各的,就很

---

① 〔英〕安吉拉·麦克罗比:《文化研究的用途》,李庆本译,北京:北京大学出版社,2007 年,第 2 页。
② 黄君颖:《诗人站在何处——读诗笔记》,《大众诗歌》1950 年第 1 卷第 5 期。

难在一起了,为人民服务就不容易作到了"①。不能不说,这篇批评颇为敏锐,以致引起《光明日报》的响应,认为这一批评是"严正"的,且"指明了""写作者必须认真地脚踏实地地充实自己,好好学习,千万别自作聪明,夸大狂,甚或歪曲事实,无中生有"。②

但《大众诗歌》对胡风长诗《时间开始了》的批评,却引起胡风本人的极大愤慨。黄药眠认为该诗"是写失败了的","作者没有群众观点,不了解革命,缺乏实际斗争的经验。正因为作者自己缺乏他所要歌颂的英雄们的素质,因此在歌颂革命,歌颂领袖,歌颂人民的时候,他并不能理解到真实。他往往逞他自己一时冲动性的热情,一片空喊,而中间更间杂着许多作者个人自己的叙述,私人的牢骚,和从过去残留下来的失败主义的哀伤","他的社会效果也是不太好的"。③ 这篇文字当时颇耸人耳目,不仅在于胡风当时还是政府特邀北上的知名人士(正在商议工作安排),而且还因此文长达 2 万余字的规模。其实,《大众诗歌》只是一本每期 28 页的小刊物,但此文足足占了该期四分之一篇幅。胡风对此文强烈不满,四年后在"三十万言书"中特别批评此文"完全不从内容出发,对于内容随便加上歪曲的解释。例如第一篇写的是政协开幕式,但他当是写的天安门开国典礼"④。客观地看,黄文的确多有苛求。然而 2 卷 1 期刊出的陈尧光对胡风派诗人冀汸的批评文章,更有吹毛求疵之嫌。陈文认为冀汸《春天来了》一诗采用的"玛耶可夫斯基式"形式是从"外面砌上去"的,全诗抽象、

---

① 黄君颖:《诗人站在何处——读诗笔记》,《大众诗歌》1950 年第 1 卷第 5 期。
② 对此,《光明日报》还补充说:"如《让敌人憎恨这种友谊》(发表于上海《人民诗歌》)是这篇批评文章里的举例之一,在这首诗里便有这样的诗句:'但是,斯大林同志慈爱的阳光/照见了兄弟国家的困难/我们已经传达了他的指示;/无论中国需要什么/苏联保证尽量供给……'严重是后三行,这就是无中生有,或者说是'不知不觉'的歪曲。我读了这篇批评论文之后,得到了不少的启示和教育,这是富有战斗性的文章。"见刘咏《读〈大众诗歌〉第五期》,《光明日报》1950 年 5 月 24 日。
③ 黄药眠:《评〈时间开始了〉》,《大众诗歌》1950 年第 1 卷第 6 期。
④ 而且,胡风还反映,由于这篇批评及《光明日报》的一篇批评,《时间开始了》事实上"消失了","印成的书新华书店限制发行,后来出版社当成废纸卖掉"。胡风:《三十万言书》,武汉:湖北人民出版社,2003 年,第 85—86 页。

模糊,譬如冀汸歌颂朱德、毛泽东时写道:"闪着/金属的光/闪着/智慧的光",陈批评说,"智慧的光是怎样的我没有见过,虽然在譬喻时我们可以说这样闪烁的光是象征着毛主席和朱总司令无比的智慧的,然而我们说'智慧的光'总觉得是不像是我们的话。还有,以'金属的光'来比拟辉煌是不完全的,因为金属的光不一定都很光亮辉煌,有好多金属不是'辉煌'的",文章还批评冀汸把我们的未来设想为"叶绿、花红、草原、羊群、人人都做着彩虹色的梦","是忽视并曲解了我们革命的目标,反映了作者对于革命的不正确的认识"。① 其实,在1卷2期沙鸥曾刊用过冀汸的《中国,在一九五〇年》,不知是否此时胡风因不服从中央工作安排渐成"问题"而沙鸥力图与之脱离干系?如果存有此心,那么他的目的无疑达到了。1955年"胡风案"发时,沙鸥真的因此免除了牵连。晏明回忆:"沙鸥主编《大众诗歌》时,曾经手编发黄药眠批评胡风的长诗《时间开始了》,等等。当时沙鸥被视为'站稳立场的党员作家',与胡风及其集团是沾不上边的。"②

三 终究失败的"归化"

由沙鸥推动的《大众诗歌》在大众化、政治化及文艺批评三方面的变化,使刊物脱去了"号角"姿态,而取亲近大众与政治的道路。在这一点上,杰姆斯·罗尔(James Lull)的看法——"没有一个机制只表达一种意识形态。没有一个媒体机构能做到这一点"③——就不那么准确。的确,如果刊物主编或明或暗地施展"手脚",即便有明确的意识形态要求,文学报刊也会羼杂不同的声音,但如果是像沙鸥这样具有高度自我约束意识的主编,那么"只表达一种意识形态"还是颇可能的。故事后观之,作为诗歌刊物的《大众诗歌》第1卷、第2卷在文学上可取之处着实不多。那么在

---

① 陈尧光:《不要虚浮的感情——评冀汸的〈春天来了〉》,《大众诗歌》1950年第2卷第1期。
② 晏明:《飘飘何所似,天地一沙鸥》(上),《新文学史料》2001年第2期。
③ 〔英〕利萨·泰勒、安德鲁·威利斯:《媒介研究:文本,机构与受众》,吴靖、黄佩译,北京:北京大学出版社,2005年,第87页。

取得管理部门的信任方面又如何呢？据笔者接触到的材料,未发现相关史实。但《大众诗歌》2卷2期(1950年8月出版)的《编后记》透露了一些特殊的信息:

> 一、我们这个刊物已出刊八期了,八期来存在了不少缺点,如像对来稿,我们就没有及时的处理,使得好多作者都来信催问。我们已开过一次编务的检讨会,下一期上,我们的检讨将会整理出来发表,希望各地的读者们能更多地向我们提意见,使这个诗刊能逐步地办得充实一点。二、这一期我们发表了一些"诗讯",其中动态的报道太少,这是怪我们与各地的诗歌工作者联系更不够的缘故,我们计划从这一期起,每期都有一些各地诗歌活动的报导,盼诗人同志们及读者们多多供给我们材料,使我们的刊物能更多的反映一些诗歌方面的活动。三、我们计划增辟"信箱"一栏,为读者们解答一些有关诗歌的问题。

因为"作者来信催问"以致《大众诗歌》召开了"编务的检讨会",此说颇不可信。当时各刊物收到的来稿都如雪片纷飞,不发表、不回函皆为正常(发表才是偶然),编委会对成千上万的作者、读者未必真的在意,客观上也缺乏足够的精力应对。但既然在《编后记》中承认"缺点"和"检讨",可见沙鸥的确受到了外界压力。那么,如果压力不是来自作者、读者又是来自何方呢？据现有资料看,应与1951年1月25日出版的《文艺报》的一篇《对大众诗歌的处理稿件的意见》(彭拜撰)的文章极为相关,不过时间晚了三个月。故笔者推测,在1950年7、8月间,《文艺报》即收到彭拜此信并转交给了《大众诗歌》,所以才有《大众诗歌》的"编务的检讨会"。此事是否如此,尚无更多事实证据。不过沙鸥的态度并不诚实,在刊物下续的卷、期中,除了"诗讯"有所增加,既不见检讨"整理出来发表",也不见增辟"为读者们解答一些有关诗歌的问题"的信箱。

不过,此"食言"之举似未引起有关部门注意,一切一仍其旧。然而《大众诗歌》出版2卷6期(1950年12月出版)以后,下一期迟迟不见上市。终于读者意识到:它停刊了。没有"停刊说明",没有事先征兆,《大众诗歌》即告终止。它的存活期正好一年（出刊12期）。那么，为何停刊呢？是主动还是被动？对此，当事人后来不乏解释。赵立生回忆说："这种大众化的方向，可能并不为大众喜闻乐见，所以共出了12期，就停刊了。"①此说有一定道理——《大众诗歌》所取的"说唱化"新诗之路，很难为《诗号角》原有的高知读者群体所接受，而那些在乡间听大鼓、单弦的农民更无兴趣花钱买一本北京的"小小的诗刊"。不过，倘若真的只是这一困难，沙鸥完全可以通过调整编辑方向而予以补救。在文学读者快速增长的1950年代，刊物的生存要比新文学时代容易许多。而且，即便要停刊，沙鸥也会在刊物予以解释，如《小说》月刊、《文艺生活》，如此"无疾而终"恐怕另有隐情。因此，执行编辑晏明的回忆就更见合理性：

> 当年的《文艺报》及文艺报刊，经常出现这类批评文章。对《大众诗歌》，《文艺报》就以评文及通讯员和读者来信等形式，批评过三次，以致造成《大众诗歌》领导存在问题，不得不在出版十二期后，认为《大众诗歌》缺乏党的领导，而被迫停刊。②

不过，晏明的回忆存在两处错讹：1.《文艺报》批评《大众诗歌》共计五次，而非三次；2. 五次批评分别出现在《文艺报》3卷6期（两篇）、3卷7期（两篇）、3卷8期上。其中，《文艺报》3卷6期出版于1951年1月10日。即是说，《文艺报》的批评全部发表在《大众诗歌》停刊以后。对此，晏明的回忆不大准确，不过并不能由此推论他的判断亦属错误。作为执行编辑，晏明是停刊当事人，他认为停刊压力来自《文艺报》应当可信。真实情形极可能是：《文艺报》或中宣部文艺处通知《大众诗歌》停刊，然后《文艺报》再对《大众诗歌》予以集中批评。唯有如此解释，《大众诗歌》突如其来的停刊才更能让人理解。这意味着，《大众诗歌》舍弃"号角"而折身"大众"的努力并未取得文艺管理部门的认可。那么，是何原因呢？是《大众诗歌》所刊说唱化的新诗过于粗劣？这不太可能，因为粗劣实在是当时文

---

① 赵立生：《回忆〈诗号角〉》，《新文学史料》2012年第2期。
② 晏明：《飘飘何所似，天地一沙鸥》（上），《新文学史料》2001年第2期。

学刊物的普遍现实。那么是《大众诗歌》犯了许多政治错误？亦不然,实在而言,由于"自我归化"的编辑定位,《大众诗歌》并未如其他报刊那样成为不同文学利益与话语力量"争夺主导性地位的是非之地"。① 从后来《文艺报》对《大众诗歌》"追加"的批评来看,除沙鸥《驴大夫》对官僚主义的讽刺略有逆于"新的人民的文艺"的成规,其他诸事都多少有些夸大的成分。因而笔者以为,《大众诗歌》真正的"问题"不在于它所刊登的作品优劣如何,而在于它的私营同人刊物的身份。准确地说,《大众诗歌》不是由中央、省市宣传部门或文协创办的刊物,其编辑部和编委会也不是出自上级领导部门的严格遴选和妥善安排。因此,它们和《人民文学》《文艺报》等机关刊物存在根本的差异。私营身份难以改变,这几乎先天性地决定了它的停刊。在这一点上,《大众诗歌》与《小说》《文艺生活》《文艺劳动》《人民诗歌》等同人刊物面临同一命运,不过或先或后而已。但与其他刊物不同的是,在《大众诗歌》已告停刊的情形下,《文艺报》仍对它进行了展示性批评。在3卷6期上,《文艺报》刊文批评《大众诗歌》上的《驴大夫》一诗,称"(作者)沙鸥没有正确地掌握批评与自我批评的精神,而采取了不严肃的不正确的态度,使人读了这首诗之后,感到他不是在热情地严肃地批评,而是在发牢骚、泄愤气,在无情地讽刺","采取了不恰当的比喻,用驴来代表被批评的人","给被批评的人以一种十分可笑、可憎的形象","对自己的队伍,是不应该用那样刻毒的手法的"。② 文章还批评了《大众诗歌》编者:"《大众诗歌》编者把这篇诗编到刊物中去,而且放到第二篇,而且还有插图,这也不仅是由于疏忽的缘故。杂志编者的工作要提高,首先是严肃性和原则性要加强。"③同期还刊出了对《大众诗歌》第2卷第6期作品《愤怒的火箭》(王亚平)的批评,认为"王亚平同志把中国人民志愿军描写成人民解放军。一个文艺工作者在抗美援朝运动期间,连这

---

① 〔美〕道格拉斯·凯尔纳:《媒体文化——介于现代与后现代之间的文化研究、认同性与政治》,丁宁译,北京:商务印书馆,2004年,第3页。
② 段星灿:《评〈驴大夫〉》,《文艺报》1951年第3卷第6期。
③ 同上。

一个最基本的问题都没有搞清楚,我们疑惑作者是不学习或是很少学习政策,学习时事",《大众诗歌》这样刊物的负责同志也应该受到批评,登载了这样的作品,编辑同志没有觉察出来它的政策性错误。也是有责任的"。① 两篇批评文章,很可能都系《文艺报》组织而来,因为不但都措辞严厉,而且都有意识地将批评矛头引向"刊物的负责同志"。不料,"负责同志"沙鸥对此批评"是不能接受的"②,因此没有如当时惯例向《文艺报》交上"自我检讨"。于是,3卷7期、3卷8期《文艺报》上,又相继出现针对《大众诗歌》的"旁敲侧击"。前述彭拜《对大众诗歌处理稿件的意见》即于此时刊出。贾霁亦表示:"应该对大众诗歌社进行批评。只要经常留心该刊的人都知道,《大众诗歌》社编者在工作上是缺乏严肃、认真、负责的态度的,以致使该刊经常充满着内容空洞、标语口号、纯从形式出发的诗作,我们希望该刊对于这件事也应该进行深刻检讨。"③ 如此"炮火"齐集,不容沙鸥不检讨。沙鸥检讨在《文艺报》3卷9期上刊出以后④,《大众诗歌》就彻底结束。它的"空洞""散漫"与"降低了原则性与党性"由此成为读者共知的事实,尽管这一切恰因过于急切的大众化的办刊策略所致。这实在是新中国成立初年同人刊物数度重演的一幕——尽管它们如此努力地告别"旧我",但汇入"新的人民的文艺"的道路却是漫长而艰难的。由此可见,"新文学"在此过程中逐步边缘化乃至失去话语资源的价值,是极有可能发生的事实。不过直到此时,《大众诗歌》的作为体制外"同人刊物"的身份问题仍未被《文艺报》提及,也未被它自己提及。

---

① 滕鸿涛:《评王亚平同志的〈愤怒的火箭〉》,《文艺报》1951年第3卷第6期。
② 晏明:《飘飘何所似,天地一沙鸥》(上),《新文学史料》2001年第2期。
③ 贾霁:《欢迎这样的文艺批评》,《文艺报》1951年第3卷第8期。
④ 沙鸥的检讨在《文艺报》上刊出,自承《驴大夫》"不是与人为善,不是治病救人,而是推开朋友,是使有缺点而愿意改正的同志灰心失望","这些年来,由于长期在大城市里过自由散漫的生活,没有受到严格的锻炼,而在诗歌创作中,尤其是自己的艺术思想上,几乎从来没有过一次认真的检查,写出来的东西,又常在自己编辑的一些诗刊上发表,周围的同志们对我的作品又是鼓励多,批评少,这样形成了我的自满的思想,这使得自己的习作降低了原则性与党性,沾沾自喜于自己的所谓聪明与所谓技巧,忽视了全心全意地为人民服务"。见沙鸥《关于〈驴大夫〉的检讨》,《文艺报》1951年第3卷第9期。

第 6 章 《说说唱唱》
（1950.1—1955.3）

  《说说唱唱》（月刊）由解放区作家赵树理于1950年1月实际创办（公开署名主编为李伯钊、赵树理），是一份以发展民间通俗文学为旨的刊物。对外称"大众文艺创作研究会"编辑，实则与同时创刊的《北京文艺》并为北京文联的机关刊物。编委主要有王亚平、田间、老舍、李伯钊、赵树理、辛大明、苗培时、马烽、章容、康濯、凤子、王春等人。刊物分两个阶段，前期主要由赵树理负责。1951年底，赵树理因故淡出《说说唱唱》，北京文联同时亦将《北京文艺》并入该刊，并改由王亚平负责。1955年3月，《说说唱唱》反过来又被并入《北京文艺》。前后办刊5年有余，是新中国成立初期最具影响的通俗文艺刊物。

赵树理与《说说唱唱》杂志的始终
——兼谈旧文艺现代化的途径与可能

对于"共产党战胜国民党的最根本的原因",邹谠指认为"发动群众",借此"农民及贫苦大众下层阶级都变成政治生活的重要角色","最高层的政治领袖也以他们为'参考群体'"。① 这是政治学研究中的共识,不过甚少有研究者从文学角度考量这一问题:那些成了"重要角色"的下层阶级,会不会有一天也在文化、文学上提出自己的合理诉求,为其"草根"美学趣味与叙事方式争夺文学空间呢? 应该说,这正是当代文学史曾经的事实。因此,赵树理创办的《说说唱唱》就具有不应被忽视的文学史价值。这份以刊载通俗故事、评弹、说书、鼓词等旧文艺为主的刊物,在当代文学版图重构中,承载着旧文艺合法化、现代化的使命。这是看似顺利却满布暧昧与风险的道路——旧文艺主要属于下层阶级,具有天然合法性,然而在知识分子掌控着定义与"区分"的"新的人民的文艺"中,它无论在人生再现上还是在文体重建上,都会招致诸多质疑。赵树理与这份杂志的始终(1949年底—1952年初),充分折射了通俗/精英文学力量在1949年后新的文学体制中的冲突,以及旧文艺现代化的可能与途径。

一 创刊缘起:旧文艺的现代化

将乡村旧文艺推进由小说、新诗等新式文类占据的文艺界,应该是1949年后赵树理的文学计划,此前他未表现出这等宏愿,但旧文艺的合法性问题则始终萦绕在心。在古代,通俗故事、评弹、说书、鼓词、快板等主要

---

① 〔美〕邹谠:《二十世纪中国政治》,香港:牛津大学出版社,2004年,第4页。

流传于下层社会的俗文艺,不太能与诗词文赋等雅文学并列。"五四"以后,由于教育分化,雅/俗之间出现断裂。对此,苏珊娜·佩珀有精辟分析:"中华民国的教育发生了更加严重的分化:新型的西式教育仅限于城市中国家的精英分子这一级水平上,而乡村地区依然保留传统的价值观念和教育,其程度远远超过西式教育。"① 如果说,帝制时代的精英分子虽不太承认评弹、鼓词的文学地位,但还是和它们共享相似的知识(如儒家伦理)与经验并理解它们,"五四"精英则自信于西式教育,直接将之目为"封建糟粕"。对此,舒乙表示:

> (当时)作家基本上是知识分子、学生和留洋回来的,实际一点曲艺都没有接触过,既不会,同时又很讨厌这个东西。像打鼓、相声、单弦、快板、山东快书、河南坠子这些艺术,不仅不会,而且因为他们根本就不是这一层的人,没有最底层劳动人民的生活经验,所以也根本不会去听。②

虽然"不会""不听",但新文学精英拥有定义"文学"的权力和资源,因此旧文艺只能限于村巷俗地,而"上不了大雅之堂"。③ 这种雅/俗分裂当然属于权力垄断下的知识生产。布迪厄认为,"定义"是一种"冲突形式","每个人都想推行场中最有利于他的利益的局限性","这个定义是证明他适得其所的生存的最佳方式"④,"五四"精英关于"文学"的定义,显然在贬斥自己并不了解的下层阶级的审美、情感与利益,且通过国家教育体系再生产了这类"定义",将"旧文艺"被迫为"非文学"的历史高度自然化了。对此赵树理非常不满,他屡屡试图重新定义"文学"。李普回忆,赵树理曾对他表示:"新文学的圈子狭小的可怜,真正喜欢看这些东西的人,大

---

① 〔美〕费正清、罗德里克·麦克法夸尔编:《剑桥中华人民共和国史(1949—1965)》,王建朗等译,上海:上海人民出版社,1990年,第201页。
② 彭斐:《舒乙谈老舍与赵树理的友谊》,《中国赵树理研究》2010年第1期。
③ 同上。
④ 〔法〕皮埃尔·布迪厄:《艺术的法则》,刘晖译,北京:中央编译出版社,2008年,第271页。

部分是学这种东西的人。等到学的人也登上了文坛,他的东西实际上又只是给另一些新的人看","新文学只在极少数人中间转来转去,根本打不进农民中去","新文学其实应叫做'文坛文学'或者'交换文学'"。①这不免刻薄,但他以农民作为权衡标准,正是"中国人民参与政治的格式"起了"根本变化"的必然结果:既然农民已经承担革命的主要任务,他们当然有理由要求文艺界尊重他们世代相传的草根趣味与人生经验。毛泽东非常清楚这种历史大势——作为古典精英文学的欣赏者和作者,他公开提倡的却是下层阶级的艺术:不但形式上要有"新鲜活泼的、为中国老百姓所喜闻乐见的中国作风和中国气派"②,而且在思想上"要把立足点移过来","移到工农兵这方面来"③。

不过毛泽东的重视实为通过旧文艺吸引农民的政治策略,赵树理申求的则是旧文艺与农民审美经验自身的"文学"价值。从某种意义上说,赵更多的是一位兼通新文学技术的乡村艺人。赵精通说唱,"特喜欢上党梆子","对于许多出戏(生、旦、净、丑、末的戏全部算在内),他可以通背通唱","常会一边干活,一边唱大戏"④,"他在农村集市上能够一个人演一台戏,他唱、演、做身段,并用口拉过门、打锣鼓,非常热闹"⑤。说唱之于赵树理不仅是门精熟的手艺,更是融含着生命悲欢的审美体验。进城后与赵比邻而居的严文井回忆:

> 他爱好上党梆子,可以说是爱得入了迷,经常给我"送戏上门"。有些晚上,我正打算干点什么,他突然推门而入。"老严,我来给你唱段上党梆子。"不等我让座,他就在书桌边坐下了。接着就双手齐用,以敲打手指头代替打板和锣鼓,节奏急促紧张,同时哼着高亢的

---

① 李普:《赵树理印象论》,《长江文艺》1949年创刊号。
② 毛泽东:《学习》,《毛泽东选集》,第2卷,北京:人民出版社,1991年,第534页。
③ 毛泽东:《在延安文艺座谈会上的讲话》,《毛泽东选集》,第3卷,北京:人民出版社,1991年,第857页。
④ 韩文州:《与众不同的赵树理》,《世纪》2003年第6期。
⑤ 汪曾祺:《传统文化对中国当代文学创作的影响》,《汪曾祺全集》,第6卷,北京:北京师范大学出版社,1998年,第359页。

过门,一段我一字不懂的上党梆子就吼了出来。我没有偏见,但实在品评不出这段唱腔的滋味。我还没有反应过来,老赵马上又自我介绍:"还有一段更好的。"①

这是怎样的寂寞啊。然而流传上千载的乡村旧文艺能够拥有赵树理这样一位被誉为"方向"、成功跻身国家文学体制之内的代言人又是多么幸运。然而在"既不会""又很讨厌"说唱的精英文人圈子里为旧文艺代言,可以说极为艰难。弱势者的声音总不免激愤,赵树理在理论上时常愤然地宣称"民间文艺"为中国文学正宗,主张"以西方文学之长补民间文学之短","但又认为应以继承民间文学传统为主"。② 在写作上则表示要做"文摊文学家"并身体力行。筹办《说说唱唱》以前,他一方面在吸收"新文学"的基础上创作"通俗故事",另一方面则直接创作说唱剧本。③ 前一方面被后世研究者誉为"现代评书体小说",但当年"革命文化人"对之"并不十分认同",他们受"'五四'以来苏俄和西方现代小说观念影响","不自觉地表现出对来自基层社会,不符合流行的现代文学观念的作品的不屑与轻慢"。④ 屡屡遭受的冷淡,也激起了倔强的赵树理以旧文艺对抗"新文学"的念头:"(他)对于'五四'以后发展起来的各种新的文学形式,他好象有比一比看的想法。"⑤

为旧文艺呐喊,试验旧文艺现代化的可能,可说是赵树理创办《说说唱唱》的基础。但办刊物比写小说复杂,尤其是用新文学传播方式(作品印刷、舆论营造、新人培养等)推广过去主要依靠口头传播的旧文艺,多少

---

① 严文井:《赵树理在北京胡同里》,《中国作家》1993 年第 6 期。
② 《赵树理小传》,《赵树理研究资料》,黄修己编,太原:北岳文艺出版社,1985 年,第 5 页。
③ 赵树理 1949 年前曾写过一批剧本,如《清债》《万象楼》等,但对此文学史家尚未给予太多注意。
④ 董之林:《关于"十七年"研究的历史反思:以赵树理小说为例》,《中国社会科学》2006 年第 4 期。
⑤ 孙犁:《谈赵树理》,《回忆赵树理》,高捷编,太原:山西人民出版社,1985 年,第 35 页。

是"新鲜事物"。但另外两层现实因素"催生"了《说说唱唱》。一是《讲话》和社会主义意识形态确立的"普及文艺"不可质疑的合法性,二是新中国成立之初大众文艺的混乱局面。后者是赵树理在北京的现实观感。他发现天桥完全被旧文艺所统治:"艺人们用令人倾倒的技巧,表演着'封建君主的尊严'、'青天大老爷的恩德'、'武侠替天行道'、'吉人自有天相',以及'私定终身后花园,落难公子中状元,奉旨完婚大团圆'……(而)广大群众愿意出钱甚至站着去听那些旧东西。"①由此他产生创办刊物的动议:"他提出:要想打垮那些封建迷信、荒淫无稽的'敌人',首先得有'枪炮子弹'。这'枪炮子弹'不是别的,就是创作。创作不出新的东西,怎么去占领这块阵地?为此,他提出两条建议:一条是成立'北京市大众文艺创作研究会'","激发大家创作新大众文艺的积极性以保证向天桥这块阵地乃至全国,源源不断地输送'粮草'。第二条,就是有了作品,就得有个园地。也就是说,得办个刊物来发表这些作品"。② 赵树理的倡议得到呼应,尤其是杨尚昆夫人、时任北京市文委书记的通俗小说家李伯钊极表赞成。于是,"大众文艺创作研究会"于1949年10月14日正式成立,赵树理被选为主席,会员一度达八百余人。而《说说唱唱》经过数月筹备,也于1950年1月20日出版创刊号。赵树理与《说说唱唱》的关系就此开始。

《说说唱唱》主编由李伯钊、赵树理共同担任,对外称"大众文艺创作研究会"编辑,实则与同时创刊的《北京文艺》并为北京文联机关刊物。编委共有10人:王亚平、田间、老舍、李伯钊、赵树理、辛大明、苗培时、马烽、章容、康濯、凤子、王春(第2期增加)。其中,赵树理全面负责,"树理同志担任《说说唱唱》副主编,不是挂一个名,他每期都亲自看稿,改稿"。③ 而

---

① 戴光中:《赵树理传》,北京:北京十月文艺出版社,1987年,第261—262页。
② 刘长安:《赵树理与〈北京文艺〉》,《北京文学》2010年第9期。
③ 汪曾祺:《赵树理同志二三事》,《今古传奇》1990年第5期。

苗培时①、王春、章容等太行山故交构成了赵树理的支持者。编辑部主任苗培时"事无巨细、任劳任怨、挡里挡外"②。普通编辑中还有端木蕻良、汪曾祺这样的"遗才",整个编辑部比较团结,"至少每个月要开一次编委会,检查上一期的刊物,研究下一期的发稿计划"③。赵树理虽不善于经营人脉,但他实诚、朴质的作风,仍使《说说唱唱》团结了最大范围的作者。不过,当时对此不无误解。邓友梅回忆:《说说唱唱》"专门团结、联系北京城的闲散文人卖稿为生的作者","如社会言情小说作家张恨水、陈慎言,原《红玫瑰画报》主编陶君起,大清国九王多尔衮的王位继承人、专栏作者金寄水,参加这里工作的还有来自解放区的革命艺人王尊三、大学教授吴晓铃、既会演话剧还会写单弦的新文艺工作者杜彭等"。④ 这明显误解了赵树理的真正目的。赵树理并非要"专门"收集张恨水、陈慎言这样的边缘化的前鸳蝴文人。实际上,邓提到的几位鸳蝴文人都未在《说说唱唱》发表作品。据北京档案馆馆藏档案显示,《说说唱唱》的确向张恨水约过稿,但其鸳蝴风格不合杂志需要而被退稿。⑤ 赵树理显然无意"复活"城市旧文艺(鸳蝴),《说说唱唱》定位非常明确地"锚定"在乡村旧文艺(说唱)的现代转化上。对此,赵在取"说说唱唱"四字作为刊名时说得非常清楚:

---

① 苗培时早年是战地新闻记者、地下党员,抗战爆发奔赴延安,入陕北公学学习。在陕北公学纪念晚会上,自编自演西河大鼓《北平学生勇闯西便门》,被毛泽东发现,推荐到"鲁艺",从此开始搞大众文艺。此后苗与"京韵大鼓荣高棠""滑稽大鼓吕班""河南坠子鼓张可"并称"延安四大鼓"。赵树理1943年冬因《杀宋》小戏与苗结识,两人竟谈终日,遂成莫逆。赵随后推荐苗到新华书店工作,彼此成为同事。
② 刘长安:《赵树理与〈北京文艺〉》,《北京文学》2010年第9期。
③ 马烽:《忆赵树理同志》,《回忆赵树理》,高捷编,太原:山西人民出版社,1985年,第1—2页。
④ 邓友梅:《漫忆汪曾祺》,《文学自由谈》1997年第5期。
⑤ 现收藏于北京档案馆的一份1953年北京市文联的"工作汇报"(内部材料)明确表达了这种看法。文联认为,他们的写作完全"落后"于时代:"旧小说家……的政治思想水平很低,又不熟悉新社会,如张恨水、陈慎言等,写东西很多很快,但都不能用,如张恨水仍以旧社会恋爱的条件和方式(容貌、偏爱、看电影、逛北海)来写目前的恋爱问题。"储传亨:《关于北京市文联目前存在的主要问题及处理意见的报告》,北京市档案馆藏,馆藏编号001-012-00123。

在酝酿创办之初,因有人嫌这个刊名太土太俗,却又想不出更妙更雅的名字来,让他大动肝火,拍着桌子大发雷霆:"我们办它就是要提倡说唱文学,这是中国文学的正统。小说要能说,韵文要能唱,我们叫《说说唱唱》,正好体现我们的主张,这个名字有什么不好?"①

这份又"土"又"俗"的刊物,由此"杀进"了文艺界的核心阵地。新中国成立之初,鸳蝴文艺全线溃退、新文学自动"归顺",打着"工农兵"旗帜的乡村旧文艺却大有漫卷文坛的态势,以《说说唱唱》为代表的群众文艺刊物和数年后风靡全国的革命英雄传奇小说堪称代表性事件。对于孜孜于"新的人民的文艺"的延安文人来说,这些由革命同志推动的下层阶级文艺,是"新的人民的文艺"的自然成分,还是其风险莫测的破坏者,实在是不易判断的。然而,理论能力有限的赵树理又怎能预知其中的风险?

二 "眼光向下"与改造旧文艺

"提倡说唱文学",不止于以主要甚至全部篇幅刊发说唱作品,而更在于推动旧文艺的现代转化,使之适应已经变化了的时代和读者,从而使之成为"新的人民的文艺"的重要部分。对此,目前学界关注甚少。有关《说说唱唱》的材料往往感兴趣的是它的编辑佳话,如在大堆废稿中发现《活人塘》。其实《说说唱唱》推出的名家名作可以说是不多的,它的真正价值在于旧文艺现代化的有益尝试,并在事实上形成了全国性影响力。这体现在三个方面。

第一,继承并发展旧文艺形式。《说说唱唱》广告词称:"《说说唱唱》是通俗的、大众的、综合性的文艺月刊。……散文能'说',韵文能'唱';认识字的看得懂,不认识字的,说说唱唱听得懂,愿意听。"赵树理严格地执行这一自我要求。创刊两年,极少发表过新文学意义上的新诗或短篇小说,而几乎全部是通俗故事、鼓词、歌谣、评话、唱词、歌词等民间形式。这

---

① 戴光中:《赵树理传》,北京:北京十月文艺出版社,1987年,第265页。

些形式中,通俗故事与新式短篇小说颇为接近,如赵树理《登记》即历来被目为短篇小说,其实二者存在区别。短篇小说可能讲求场景刻画、心理分析和意境营构,通俗故事则明确以文化不高的农民为预设读者(听众),重心在于故事,讲求全须全尾、卖关子、找扣子,而叙述语言也力求接近口语的直白、流畅。《登记》《周支队大闹平川》都是如此。而《李福泰翻身献古钱》还借鉴了话本小说的写法,开场有诗:"旧社会辛酸苦难,流不完眼泪血汗;新中国自由幸福,说不尽美事奇谈",中间也经常插诗,如说李福泰意外得到古钱,"得来宝物八百斤,全家又喜又担心:喜的是,家穷光景有指望,怕的是,从此招得惹祸根"。读起来朗朗上口,很容易为熟悉演义、话本的农民所喜爱。其他文体注意能"唱"能"听",更是突出。赵树理写鼓词《石不烂赶车》(据田间《赶车传》改编)时,"为了增加鼓词的故事性、趣味性,赵树理字斟句酌,很是辛苦。他写一段,就弹着三弦唱一段,让唯一'观众'——女儿广建提意见;广建通过了,他才接着往下写。"①这样的作品,当然经得起检验。② 叶至诚歌词《啥人养活啥子人》也流传较广:"大家看一看/大家想一想/地主搭农民/到底啥人养活仔啥人/呒不我倷来种田/天上勿会落白米/半夜瞓 五更起/车水笨(刨)地才(全)要用力气/地主勿种田/仓间堆满上白米。"全篇歌词皆用吴方言,农民一唱难忘。这些作品大都缺乏凝炼、幽美等文人趣味,但却"很快地就被广大读者们接受,并且喜欢看",因此《说说唱唱》"发行数量是一次一次的激增",其作品"在电台上广播,被采为教材,被编为单行本"。③ 所以,即使到了后来快被停刊的1954年,北京文联仍然承认它"联系了全国的一部分通俗文艺工作者,并培养了一些年轻的作者;在贯彻文艺普及的政策,提高通俗文艺质量,坚持接受民间文艺的优良传统上,对全国的通俗文艺工作和地方刊物

---

① 刘长安:《赵树理与〈北京文艺〉》,《北京文学》2010年第9期。

② 王亚平回忆:"第1期就为刊物写了鼓词《石不烂赶车》,电台的马增芬同志还演唱过他的段子。"王亚平:《不知你们敢叫不敢叫——王亚平同志忆赵树理》,《赵树理忆念录》,李士德编,长春:长春出版社,1990年,第129页。

③ 编辑部:《努力学习毛泽东文艺思想 坚决改进编辑工作》,《说说唱唱》1952年5月号。

的编辑工作,都发生了一定的影响,所以它已成为全国性的通俗文艺刊物。它的销路由两千份逐渐上升到接近五万份"①。

第二,改造旧文艺题材,参与新的文化生产。赵树理并非唯形式论者,他更希望乡村文艺能由"旧"而"新",随国家一同走向新生。1945年,赵参加晋冀鲁豫边区政府于河北涉县下温村召开的文教卫生代表会议,会上"他看过从战士和驻地老乡手中搜集来的旧小说、旧唱本、旧评话本","内容不是宣传封建迷信,就是荒淫无稽的故事","那一晚赵树理没有睡好觉"②。但真要以"旧瓶"装"新酒",农民未必欢迎。毕竟,旧唱本、话本主要讲述皇帝赐婚、忠将良相的故事,很少将下层阶级作为主要对象,而农民的审美趣味也被"训练"成有关富贵的替代性消费,并不要求文艺反映甚至挑战自身的生存现实,"新酒"因此往往被拒绝。但赵树理坚持要从旧文艺中剔除迷信和黄色,而将中国农村正在发生的日常生活和新鲜事物纳入说唱之中。这一方面是"必须回应于当代的主旋律和所思所想""为当代社会生活提供种种的写照"③的媒体文化的属性,另一方面,则确实是赵树理希望将旧文艺改造为"新的人民的文艺"的努力。《说说唱唱》对此用力甚勤。创刊号封面就寓含此意:一幅彦涵的木刻,一群农民正在从高宅大院里分粮,从斑驳的墙上可以看到"耕者有(其田)"三个大字。这表明了《说说唱唱》和新中国历史共进退的立场。那么,在新中国成立初年,"新的人民的文艺"面临的最紧要任务是什么呢?借用罗小茗的表述,当时"分属不同阵营的国家"都在企求"生产出符合冷战要求的理想的国民",其"国家政策的制定、知识分子的思考和普通百姓的选择,共同承担起这一时期对'理想的国民'的生产,并逐渐形成了广泛的国

---

① 北京档案馆:《市文学艺术联合会工作总结报告(1954)》,馆藏编号 011-002-00201。
② 刘长安:《赵树理与〈北京文艺〉》,《北京文学》2010 年第 9 期。
③ 〔美〕道格拉斯·凯尔纳:《媒体文化——介于现代与后现代之间的文化研究、认同性与政治》,丁宁译,北京:商务印书馆,2004 年,第 10 页。

民的再生产机制",其中,"文艺实践占据着特殊的且相对独立的重要位置"。① 不论《说说唱唱》是否有这种清晰的文化生产诉求,但它在效果上无疑是达到了的。它的通俗故事、评弹、鼓词、歌词,全部脱去了旧文艺例必会有的替天行道、才子佳人框架,而将目光投向了革命年代的农民和其他下层阶级,并形成了两类题材。一是斗争历史。通过种种血泪家史的叙述,召唤阶级主体。这在创刊前半年比较明显。如《石不烂赶车》《李福泰翻身献古钱》《烟花女儿翻身记》《金锁》《传家宝》《小力笨》等。随着社会主义建设大规模展开,生产建设题材亦大幅增加。王力研究指出:此类作品"提倡学习与劳动并举、反对封建迷信、鼓励生产爱国、宣传民主选举优越性等,都属于参与国家意识形态(包括文学体制)建构的行为。其参与方式以叙述'集体'行为和传统的劳动价值观念为主","真实地反映了那个时代生气勃勃的社会风貌"。② 这种看法颇有见地。所谓"生气勃勃"最主要的就是重塑劳动的价值。如《人勤地不懒》写新的精神气象:"(双妞子)干起活来顶一个好庄稼小伙子。从今年春天挖泥起头,天天总是鸡一打鸣就起来,在灶里点上一把秫秸,贴上一圈饼子,趁热吃了就走","她妈问她上哪儿,她只是笑笑,要不就说:'反正总有活干'"。③ 这种以(集体)劳动为核心的新主体意识"承担的不仅是伦理的正义性,也是政治的正义性;不仅发展出对所有制关系的变更要求,也发展出对国家政权的新的形态想象",并"实际上成为'新社会'的重要内涵之一"。④ 这对赵树理很是自然:他在情感归宿与利益取向上都以农民为本位。无论赵树理对通过劳动重铸农民作为新的"国民"主体的内涵是否有所意识,《说说唱唱》都充当了凯尔纳所说的新国家的"文化教育学的资源":"(它)告诉人

---

① 罗小茗编:《制造"国民":1950—1970年代的日常生活与文艺实践》,上海:上海书店出版社,2011年,第377—378页。
② 王力:《通俗文学的转轨与大众审美趣味的变迁——〈说说唱唱〉的兴与衰》,《中国现代文学研究丛刊》2012年第6期。
③ 刘植莲:《人勤地不懒》,《说说唱唱》1950年第7期。
④ 蔡翔:《革命/叙述:中国社会主义文学—文化想象(1949—1966)》,北京:北京大学出版社,2010年,第271页。

们哪些是需要思考、感受、相信、恐惧和希冀的——以及哪些是不必要理会的。"①

第三,"眼光向下"的现代化经验。"眼光向下"是历史人类学近十多年推重的研究思路,它要求研究者调整过去精英史学的方法,将眼光转向人民大众的生活,同时还要"自下而上",从大众生活、社会基层反观并改造国家体制和精英文化。这种"眼光向下"的诉求对赵树理而言也可谓为文化"本能"。《说说唱唱》创刊号在"稿约"中清楚地写道:"内容:用人民大众的眼光来写各种人的生活和新的变化。"这是当时刊物中唯一甚至另类的提法。那么,什么是"人民大众的眼光"呢?如果我们承认"(叙述)是理解过去的一种方法,它有自己的基本原理"②,那么,赵树理就在把自己的小说经验转变为刊物的"编辑哲学":用农民而非其他阶层的情感和利益去观察社会、体验人生。这在赵树理小说中比较典型。董之林认为赵树理小说有"视点向下"的特点,"用以往现实主义或附加以'革命'、'社会主义'的大叙事理论都难以解释"。③ 蔡翔也认为赵树理等"解放区作家"的"农民"身份给他们提供了"由内而外""自下而上"的叙事角度:

> "农民"的身份常常决定了他们是在"乡村"这一共同体内部观察、体验和思考问题,因此,他们不仅和农民"共呼吸,同命运",而且切身感受着乡土生活的点点滴滴。这样一种乡土生活内部的感受、体验、观察和思考,方才真正深入到了"中国问题"的核心内容,因此,这些小说真正的内涵和意义实际上很难被政党/国家政治所完全覆盖。④

---

① 〔美〕道格拉斯·凯尔纳:《媒体文化——介于现代与后现代之间的文化研究、认同性与政治》,丁宁译,北京:商务印书馆,2004年,第1页。
② 〔美〕华莱士·马丁:《当代叙事学》,伍晓明译,北京:北京大学出版社,1990年,第1页。
③ 董之林:《韧性坚守与"小调"介入:赵树理小说再分析》,《甘肃社会科学》2011年第1期。
④ 蔡翔:《重述革命历史:从英雄到传奇》,《文艺争鸣》2008年第10期。

《说说唱唱》"真正的价值"也在这里。对此,王力指出:"《说说唱唱》不仅将叙事主人公置换为农民和工人,而且将'文化'定义在文字知识和应用技术领域"①,其实农民理解的"文化"就是识字和打算盘。当然,更深刻的表现往往在它所刊出的不经意的故事之中,譬如《活人塘》再现的战争残酷,《种棉记》所写农民对新技术的经济主义的理解,《桦树沟》对乡村复杂社会关系的反映,甚至揭示了"革命的第二天"的问题。应该说,旧文艺写到这个程度,就已多少突破了大众文艺的范围。所谓"大众文艺",按照 A. Hauser 的界定,"是'盲目的,沉溺于奇思幻想之中',任何正常的人都要为此而深觉沮丧,大众文化所教育者无他,就是让大众谦卑顺从而已"②。在《说说唱唱》所刊载的这些旧文艺里面,已经没有旧的戏曲演义对于帝王富贵的"奇思幻想",而更多对身边现实的观察与思考,对乡村社会和国家未来的期望。可以说,《说说唱唱》上的旧文艺已不便再称为"旧"了。

"眼光向下"、转向下层阶级的日常现实生活、推动说唱形式突入所谓"文艺界",构成了《说说唱唱》在旧文艺现代化方面的主要努力。而且赵树理始终注意与读者保持互动,强调刊物的"草根性"。在刊物第 9 期,编辑部特别附上一份读者调查表,问题涉及"文字是不是都能懂","在本刊发表过的作品,你听到过表演吗?你们的单位里表演过吗?效果和反映怎么样?",等等。此时《说说唱唱》相当成功,"销售到全国各地,远及在朝鲜战斗的志愿军也订了八千份",投稿者"有作家、画家、音乐家、文艺工作者、工人、学生、农民、教师、各级干部、戏曲艺人等"③,并"事实上成了全国性的刊物了"④。但它有没有自己的问题呢?在赵树理的预想里,无疑无

---

① 王力:《通俗文学的转轨与大众审美趣味的变迁——〈说说唱唱〉的兴与衰》,《中国现代文学研究丛刊》2012 年第 6 期。
② 转引自〔英〕阿兰·斯威伍德:《大众文化的神话》,冯建三译,北京:生活·读书·新知三联书店,2003 年,第 21 页。
③ 王亚平:《提高说唱文学的思想性和艺术性》,《说说唱唱》1952 年 2 月号。
④ 全国文联研究室整理:《关于地方刊物改进的一些问题》,《文艺报》1951 年第 4 卷第 6 期。

任何问题,因为"刊物是在毛主席'普及第一'的思想指导下办起来的"①,但"人民大众自己的眼光"真的和毛泽东的要求一致吗?这恐怕是赵树理无法理解的哲学"问题"。这是《说说唱唱》隐蔽的"软肋",然而它又屡屡无处可遁地被人"敏锐"地捕捉到。这使赵树理和这份杂志的前途注定要深陷纠结之中。

三 《说说唱唱》的"思想混乱"问题

《说说唱唱》对旧文艺现代化的实践探索得力于赵树理,但它的错误也从赵而来。这种错误甚至先刊物而存在。何以如此?这缘于赵树理在两个层面上与"文艺界"的隔阂甚至矛盾。一是赵奉乡村旧文艺为正宗的文艺观念,事实上形成了对精英文学的冒犯。对此,苗培时后来在检讨中明确涉及:

> (我)和文艺界的某些同志闹对立,合不来,有着严重的宗派主义的情绪;妨碍我向文艺界的先进们学习,使我不能和党外或党内的同志们合作……你们不承认我,我自己承认我;你们不承认我,我更不承认你们。因为你们写的作品,你们觉得是提高的,事实上群众不能接受,群众不买,假若说有销路的话,也不过大部分都是图书馆买去的。……若有人问我看什么文艺刊物,我就说:看《说说唱唱》,其余的好像都没必要看。②

这种在长期被冷淡处境中激成的偏狭观点,对于不同情其情况的"提高"型作家无疑会造成误解。然而赵树理同样不忌讳表达这样的对抗情

---

① 编辑部:《努力学习毛泽东文艺思想 坚决改进编辑工作》,《说说唱唱》1952年5月号。
② 苗培时:《把我的思想提高一步》,《说说唱唱》1952年1月号。

绪,故而他"与知识分子出身的文艺界人士往来不多,关系不很融洽"①。二是赵树理不能摆脱文艺界的人事纠葛、势力冲突。赵本人并不喜爱结党交援,但无法阻止别人将他归入某"派"某"系"。而这,就涉及赵树理与周扬的关系。周扬是赵树理文艺生涯中最重要的提携人。1946年周的一篇《论赵树理的创作》,真正确立了赵作为"方向"作家的文坛地位,新中国成立后又对赵的文学史地位、工作安排鼎力相助,而赵亦对周扬深抱知遇之恩。② 由此,赵被人目为周扬的"外围"也就不奇怪了。也由此,尽管赵树理为人本分,无意争斗,但他无法避免被周扬的对立面牵扯进一些意想不到的人事矛盾之中。这两层麻烦都给《说说唱唱》带来不小阴影。但更麻烦的是,这两层不融洽又正好集中于一人之上——丁玲。丁玲多年来一直轻看赵树理并对《讲话》的普及方针多有腹诽。新中国成立前,丁玲在太行区参加一次农村骡马大会,观看了赵树理编的秧歌戏《娃娃病了怎么办》。会后撰成一篇《记砖窑湾骡马大会》,文中虽也承认赵树理的小戏受到农民热烈欢迎,但同时也对赵的缺点抱以"宽容",说"我们没有理由去责备他",并对已写出《李有才板话》的赵树理下了明确结论:"就其本质而言,赵树理不是个艺术家,而是个热心群众事业的老杨式干部。"丁对赵的轻看可见一斑。在此情况下,赵树理、苗培时对"提高"文艺不时发出的"诽谤",无疑会加深时任《文艺报》主编的丁玲的反感。与此同时,丁玲又正好是周扬的对立面,赵树理成为她的"假想敌"几乎是"水到渠成"。对此,唐达成回忆:"丁、陈是很傲气,经常否定人,比如他们看不起赵树

---

① 陈荒煤:《一个很有胆识的作家——陈荒煤同志忆赵树理》,《赵树理忆念录》,李士德编,长春:长春出版社,1990年,第121页。

② 有关周、赵私人关系的史料并不少见。除了公开评论与序言,两人还有通信。据徐庆全收集,目前可以看到的赵致周扬的信件有3封,最早一封大约写于1947年的一封回信,是谈"我的前途"及"党使用我的计划"的。见徐庆全《名家书札与文坛风云》,中国文史出版社,2009年,第20—21页。新中国成立后,赵又经周扬安排出任文化部戏剧改进局曲艺处处长。另据当事人回忆,1960年代中期周扬遭祸,"上面已确定要对他进行批判。赵树理与周立波是外围,新侨饭店会议打了他的外围"。见周健明《我所见到的周扬》,《忆周扬》,王蒙、袁鹰主编,呼和浩特:内蒙古人民出版社,1998年,第386页。

理,这里面的确有一些情绪上的因素,因为赵树理是周扬肯定过的。"①其实,亦不仅是情绪使然,还有现实利益的顾虑——赵树理是解放区小说家中唯一可以和丁玲抗衡的人物。两人可能也存在直接的利益冲突。据说,为申报斯大林文学奖,丁、赵双方曾相持不下,各自组织文章准备在报上展开讨论,为此周扬还召集了会议,说:"今天参加会议的,都是共产党员吧。不能再这样搞门户之见了,以后你们东总布胡同不要批判赵树理,西总布胡同不要批判丁玲,谁要批评这两位同志,都得经我批准。"②不管此事是否属实③,丁玲对赵树理的芥蒂无疑较深。这多少意味着《说说唱唱》将面临多事之秋。

《说说唱唱》的旧文艺现代化实践几乎是踩着地雷前进的。据赵1952年初的检讨,"这两年来经过我手在这刊物上弄出来的具体思想错误在三次"④,这是就大错而言。若计入小错,就不止三次了。但这三次所以让赵树理印象深刻,是因为它们都是被权威刊物《文艺报》点名批评的,赵还被迫屡屡检讨。第一次错误是《说说唱唱》1950年第3期、第4期连载的小说《金锁》。《金锁》是"大众文艺创作研究会"会员孟淑池的一篇模仿《阿Q正传》的通俗故事,写一个叫金锁的农村流浪汉,给草浦庄赵老太爷当长工。赵不但欠他工钱,还想霸占他老婆,霸占不成则企图将二人一同害死。不料金锁死里逃生投奔了解放军。小说结尾,金锁回乡,恶霸伏法。小说发表以后,《文艺报》很快就刊发读者邓友梅的批评文章,认为奉行"有奶便是娘,有钱便是爹"的金锁很不真实:"真正的劳动群众(注意我说

---

① 邢小群:《唐达成谈韦君宜》,《回应韦君宜》,邢小群、孙珉编,北京:大众文艺出版社,2001年。

② 苏春生:《从通俗化研究会到大众文艺创作研究会——兼及东西总布胡同之争》,《中国现代文学研究丛刊》2003年第2期。

③ 关于此事是否属实,是有争议的。山西大学苏春生在上文中最早详述此事,后被辗转相引。但陈明坚决否定此事,但鉴于陈明连丁玲日记都要加以"修改",他的否定也不甚可信。2010年9月中国现代文学研究会第10届年会期间,笔者曾就此事当面请教苏先生,问他材料系从何处而来?苏先生表明也是耳闻而来,所以未能在文中注明出处。故此事只可作为参考,不可作为实据。

④ 赵树理:《我与〈说说唱唱〉》,《说说唱唱》1952年1月号。

的是劳动群众)是正直的、有骨气的、敢于反抗的,决不是像作者所写成的那样一个会拍会溜的脓包","他给地主推磨的时候'格外细心,格外起劲,他觉得能给五爷推磨是很露脸的事'……使读者看了后觉得一个要压迫人,一个愿意受压迫,好,两相情愿,还有什么觉悟可谈呢?"①邓友梅的这篇文章不知是丁玲组稿而来还是自发投稿(邓同时为"大众文艺创作研究会"会员和丁玲任所长的中央文学研究所的学员),但《文艺报》无疑十分赞同他的批评,在邓文中数次以编者名义插语,譬如"当作一个正面的人物,又是一个在时代转换的环境中,是应该写成正直的、有骨气的、敢于反抗的"。而且,《文艺报》还加"编者按"称:"(邓友梅同志的)基本论点是正确的。我们即将这篇批评转至《说说唱唱》编委会,目的在于引起他们的注意。他们曾在大众文艺创作研究会小说组对这篇小说连续地讨论了三次,并将讨论结果整理寄给我们。"为此,赵树理撰文《金锁发表前后》进行检讨。不过该文实际上算不得"检讨",只可说是回应。赵树理在该文中虽然承认作者"局部地从趣味出发"、编者"对读者也没有负到应该负的责任",不过文章的主要篇幅却在说明发表过程,尤其是,赵树理竟然对"读者意见"表示不敢苟同:"读者意见中,有一条是说这篇作品中的主角金锁是不真实的,是对劳动人民的侮辱。我以为这是不对的","事实上,破过产的农民,于扫地出门之后,其谋生之道普通有五种:'赚'、'乞'、'偷'、'抢'、'诈',金锁不过是开始选了个'乞',然后转到'赚'。'有骨气'这话是多少有点社会地位的人才讲得起的","如果事先把农民都设想为解放军那样英雄好汉,碰上金锁这类人就无法理解"。② 不难看出,从"人民大众的眼光"看,金锁是乡间普通的劳动人民,而《文艺报》的要求尽管符合"新的人民的文艺"的规范,但可以说是"无法理解"活生生的生活。

赵树理"自下而上"的检讨无异于反批评。一般而言,《文艺报》不会给被批评者以反批评的机会,但对赵树理仿佛欲擒故纵,给了他"辩护"机会,但才隔一期又赫然刊出了他的"再检讨"。《文艺报》怎样使赵树理低

---

① 邓友梅:《评〈金锁〉》,《文艺报》1950 年第 2 卷第 5 期。
② 赵树理:《〈金锁〉发表前后》,《文艺报》1950 年第 2 卷第 5 期。

头认错不得而知,但文艺界都目睹了赵"对'检讨'的检讨"。赵承认自己立场"非常不正确",并承认自己把握失当,"(我)说'有些写农村的人……把一切农民理想化了,所以才选一篇比较现实的作品来作个参照'也是错的。指导我作这样辩护的思想是自己有个熟悉农村的包袱","看到《金锁》之后,觉得其中写到的事物有不少地方和我自己观念中已有的事物都相差不多,因此就说它是'比较现实的作品',还要叫给别人作个参照。仔细一想:别人如果真的参照了这个讥讽农民的风格来写东西,不是都讥讽起农民来了吗?"①不过,赵树理并未承认《文艺报》的"设想"符合农民真实,相反,他对作者淑池仍持肯定态度,"我仍认为作家具有写农村的特殊条件:生活熟悉、文字通俗流利,只要经过相当的政治学习,一定是能写出好的作品来的"。② 说到淑池,显然可见《文艺报》锋芒所向存在有意的"偏差"。本来"检讨"该作者本人出面,现在却弄成了赵树理代他受过。这并非因为赵树理特别愿意保护作者,而是因为《文艺报》的批评总是会从具体作品的错误"绕"到编者身上。《说说唱唱》每期刊发那么多作品,哪能不出问题呢? 所以赵树理也就屡屡"中枪"。这样的批评的确与"新的人民的文艺""人民大众的眼光"之间的思想分歧有密切关系,但詹姆斯·卡伦不是说过么,"思想和'再现体系'都是被相互竞争的群体用来争取其利益的话语'弹药库'的组成部分"③,也许那些义正词严的学术批评不过是对立面用以进攻的"弹药"。处世单纯、实在的赵树理未必这样想,他总想证明《说说唱唱》在政治上是努力跟进的,但他的提携人周扬就极为敏感。据材料载:

> 对《金锁》的批评,也只涉及了赵树理同志,周扬同志也即刻开会,决定以后不能再这样做(实际稿子都是经过他审查的)。在去年党组扩大会上,周扬同志也说这是"打了赵树理,打赵树理,就是打我

---

① 赵树理:《对〈金锁〉问题的再检讨》,《文艺报》1950 年第 2 卷第 8 期。
② 同上。
③ 〔英〕詹姆斯·卡伦:《媒体与权力》,史安斌、董关鹏译,北京:清华大学出版社,2006 年,第 301 页。

们。"这话同样令人难以理解。①

所谓"难以理解"更多的是故作姿态。1950年代令人侧目的"周(扬)、丁(玲)之争"此时已隐约存在。赵树理是周扬扶持起来的重要作家,丁玲对赵树理的"打",不能不让周扬心怀忌惮,并利用自己中宣部副部长的领导身份出面干涉。

周扬"决定以后不能再这样做",确实起到了一定效果。在此后近一年时间里,《说说唱唱》虽然也受到一些批评,但来自《文艺报》的批评则暂时中止。不过,丁玲也是比较率性之人,在刊物外,她也有约束不了自己的时候。1950年10月,"大众文艺创作研究会"成立一周年,赵树理、苗培时等同人开会纪念,并邀请丁玲到会指导。丁玲在讲话中,首先肯定了研究会做了不少工作,但转而就讲到它也给人民群众带来一些不好的东西,并生动地表示:我们不能再以量胜质,不能再给人民吃窝窝头了,而是要给他们面包吃。丁玲的讲话激起苗培时的极大不满。苗等丁玲讲完话后,立即拍桌子讲话,当场声称丁玲同志的讲话是荒谬的。② 这本来只是一个偶尔的插曲,但苗培时不讲究分寸的表达方式无疑使双方的分歧彻底公开了。苗培时为此受到处分。而在时隔不久的1951年初,赵树理相继被免去工人出版社社长、文化部戏曲改进局曲艺处处长的职务,改任中宣部文艺干事。不难看出,赵树理的麻烦真正开始了。但旁观者很易将此事幕后推动者联系到丁玲,其实不然。赵的职务任免超过了丁玲的权力范围,而且文化部戏曲改进局曲艺处处长一职属于文化部党委书记周扬管辖,不是权力高于周扬的人是不可能将周扬意欲保护的赵树理予以免职、降职的。这就牵涉到另一个幕后人物——胡乔木。对此,赵树理回忆说:"胡乔木同志批评我写的东西不大(没有接触重大题材)、不深,写不出振奋人心的作品来,要我读一些借鉴性作品,并亲自为我选定了苏联及其

---

① 李向东、王增如:《丁陈反党集团冤案始末》,武汉:湖北人民出版社,2006年,第128—129页。

② 苏春生:《从通俗化研究会到大众文艺创作研究会——兼及东西总布胡同之争》,《中国现代文学研究丛刊》2003年第2期。

他国家的作品五、六本,要我解除一切工作尽心来读。"①这段材料被许多研究者辗转相引,往往把它视为领导的关怀。但笔者对此却另有所感,且相信周扬、胡乔木、丁玲三位当事人都不是如此简单理解此事的。其实,若要赵树理专心读外国书(其实赵并无兴趣),给他一两个月假即可,绝对不需要免职。胡乔木此举,多少与某些人事纠葛有关。这又涉及中宣部的内部矛盾——当时,中宣部副部长胡乔木主持部内工作,部长陆定一,副部长周扬、钱俊瑞等人,相继出现边缘化的趋势。与此同时,1951年的文艺界也出现许多微妙的变化:赵树理被降职为其小,丁玲出任中宣部文艺处处长并逐渐接替周扬的负责工作则为其大。据陈明回忆,丁玲出任文艺处处长,多少是胡乔木施压的结果。胡还明确表示:要让丁玲取代周扬。② 现缺乏史料去推究胡乔木何以要在中宣部内表现出了强势姿态,但文艺界发生的事情非常明显:周扬遭到毛泽东当面批评并被要求到农村参加土改,丁玲则利用《文艺报》频频批评周扬亲近的作家(赵树理、夏衍等),甚至在文艺界高层会议上直接给周扬"提意见"。这些在1951年底变得比较明显的"形势",迟钝的赵树理可能极少了解,但《说说唱唱》再次成为批评对象已不可避免。

于是自1951年11月起,批评又接踵而至。先是《说说唱唱》所载小说《种棉记》被《文艺报》刊文批评,认为"剧中对植棉运动的宣传是庸俗的,同时也歪曲了在这一运动中积极宣传与带头植棉的党员干部的形象"③。接着又因《武训传》被《文艺报》点名批评,"《说说唱唱》的《'武训'问题介绍》中……对于这次重大的思想斗争,竟只是轻描淡写地说:

---

① 赵树理:《回忆历史,认识自己》,《赵树理文集》,第4卷,北京:人民文学出版社,2005年,第346页。
② 陈明对此事有一个极为"简洁"的回忆:"(丁玲)当处长时,也是很勉强的。当时胡乔木跟她谈话,让她当处长,丁玲后来和我商量,当不当?我觉得,胡乔木把话都讲透了,你不当就不好了。"笔者问:"胡乔木怎么讲的?"陈说:"他就说周扬不行,要让丁玲来干。我说乔木都这样说了,你就勉为其难吧。就这样她就当了。"见邢小群《丁玲受害之谜考辨》,《中国现代文学研究丛刊》2002年第1期。
③ 安理:《读〈种棉记〉》,《文艺报》1951年第5卷第2期。

'有些人把他当作民族英雄,来宣传他,因此,才又有些人写了好多批评文章登在报上叫咱们大家来认识这个"武训"的本像'。这个介绍虽然在文字上是'通俗'了,但它的内容却是有错误的"①。为此,《说说唱唱》慌忙检讨:"本期刊登了一段介绍'武训'问题的短文,事后检查该短文作了错误的介绍,而我们也没有负到纠正的责任,谨向读者道歉",(该文)"模糊了原则是非,没有划清革命和反革命思想的界限,因而失掉了正确的立场,好像说宣传他的人和揭露他'本像'的人只是原被双方在报上打官司,与自己无关,不曾指出宣传者是有反动的资产阶级思想的,批评者是拿着马列主义的武器来和这种反动思想作战的,因此就不能叫人感觉到反动思想是应该打倒的"。② 接连的批评,也使《说说唱唱》成为读者挑剔的对象。孙良明小说《政府不会亏了咱》不久就被两位读者批评。可能是在压力之下,《说说唱唱》于 4 卷 3 期刊出了两封读者来信《洪涛先生来信》和《要正确地表现我们的干部》,并加"按语"说:"(我们)开会检讨了我们自己对政策理论认识低、对工作不严肃,今后在工作上、学习上都要更加认真,对读者要更加负责。"孙良明也"检讨"自己在小说中用大量篇幅描写干部"爱面子、不懂政策、听信谣言,甚至替特务宣传","没有考虑过在全心全意为人民服务的干部中是否会有这样的现象,即使有这样个别落后干部,能否当作典型来描写"。③

这些批评中,最为猛烈的是 1951 年 11 月 20 日担任北京文艺界整风运动主任(此职按常例当由文艺界最高负责人周扬担任)、踌躇满志的丁玲在整风学习动员会上对《说说唱唱》的公开点名:"有些刊物的领导人及编辑人员,在某些时候,其思想远远落后于群众的思想斗争的实际。如《说说唱唱》第十八期上登了一篇《武训问题介绍》","编辑者对于正在展开的对《武训传》的讨论的意义毫不理解,也说明了编者自己的思想混

---

① 吴倩:《应当加强通俗文艺刊物的思想内容》,《文艺报》1951 年第 5 卷第 4 期。
② 编辑室:《对发表〈武训问题介绍〉的检讨》,《说说唱唱》第 19 期(1951 年 7 月)。
③ 孙良明:《我的检讨》,《说说唱唱》1951 年第 21 期(1951 年 9 月)。

乱"。① 在此会议上被丁玲公开点名的几家刊物(如《人民戏剧》、《光明日报》"文学评论"双周刊等)会后都被停刊。的确,"民族国家并不轻易地容许差异"②,而在丁玲的叙述中,"编者"的"思想混乱"其实已使《说说唱唱》的旧文艺现代化实践下滑到"芜杂"的危险位置。

四　淡出《说说唱唱》

由于保护人周扬自己也处境不佳,《说说唱唱》逐渐陷入动辄挨批的被动局面。与此同时,它的旧文艺现代化实践也在技术上面临难题。这主要表现在高质量稿件日渐缺乏。据编委会自陈:"因为刊物性质的不同,收到的稿子合用的不多,没有多少选择的余地,以致未能使每篇稿子都与当时的现实任务结合得很紧密,未能使每篇作品的思想性与艺术性都提到我们主观上要求的高度",甚至某些作品"常常只能就一个政治口号,敷衍为一个粗略简单的故事"。③ 此说颇为恳切,亦可见出赵树理办刊前的估计不足。其实,乡村旧文艺运作并不像新文学那样依靠刊物,它更多倚赖表演或口头讲述,故而极少作者资源:老艺人能说能讲但不能写;而文学青年大都追随丁玲、艾青等去写新诗或现代小说了,剩下愿做"说说唱唱"工作的青年其实对民间形式并不能运用自如。对此,赵树理亦有自陈:"有些作家往往不习惯于通俗的形式,不能多来稿;有些掌握了说唱形式的人,对新的政治生活未必熟悉,写来的东西,在内容上有的太单薄,有的一般化,有的有错误,而我们选稿的时候偏又得从这些来稿中去挑,结果就从形式上比高低,在内容上自然仍以单薄的,一般化的为最多,甚而发表了有错误的东西。"④此外,则仍是文艺界的"正途"对说唱工

---

① 丁玲:《为提高我们刊物的思想性、战斗性而斗争》,《人民日报》1951年12月10日。
② 〔英〕戴维·莫利、凯文·罗宾斯:《认同的空间:全球媒介、电子世界景观和文化边界》,司艳译,南京:南京大学出版社,2001年,第31页。
③ 本刊编委会:《半年来编辑工作检讨》,《说说唱唱》第7期(1950年7月)。
④ 赵树理:《我与〈说说唱唱〉》,《说说唱唱》1952年1月号。

作形成的压力:

> 由于残存着一些对通俗文学工作的不适当的看法,许多同志或多或少地还轻视着通俗文学,以为运用民间形式是产生不出伟大作品来的,这是一种"雕虫小技",只能偶一为之,或不得已而为之,做这样的工作是"屈才"或"降格",他另有心向往之的大事业。有的以搞通俗文学为副业,以它为"自己的"正经工作以外向组织上交的"任务",这样,就会觉得为了它深入生活是不值得的。①

其实,说"残存"并不准确:尽管《讲话》反复强调"普及",但愿在"文摊"上、在农民中间度过自己文学生涯的作家,除赵树理外,恐难再找第二人。《说说唱唱》编辑部的端木蕻良、汪曾祺是小有成就的"现代小说"作家,王亚平是新诗作者,他们对说唱的兴趣并不强烈,甚至也不太看重赵树理其人其作。②

内、外并存的困难,加上北京文联另一份刊物《北京文艺》必须停刊(该刊有关《武训传》的文章被中央领导人点名批评)、编辑部人员需要安置,所以,在胡乔木、丁玲安排下,《说说唱唱》编辑部在1951年12月被合并、重组。这次重组,有两点变化:一是主编从李伯钊、赵树理改为老舍,李、赵改任副主编;二是增添王亚平为副主编(不再列出编委)。第一点变化是正常的,老舍资历深厚,原为《北京文艺》主编,合并后任新主编理所应当,但第二点就意味深长了——为什么要提王亚平做副主编呢?从随后发生的事情看,此举实即以王代赵,安排王亚平成为《说说唱唱》实际负责人。而赵树理则和李伯钊一样,成为挂名副主编。对此,研究者商

---

① 本刊编委会:《半年来编辑工作检讨》,《说说唱唱》第7期(1950年7月)。
② 沈彭年回忆:"他曾经给我看过《登记》这篇小说的创作提纲。不象有些作家创作提纲写得那样详细、具体,他的提纲有字有图,画出了小说中人物之间的关系,跟我讲了半天,我并未往心里去。我也写过一些曲艺之类的作品,树理同志常批评我写的东西没有'自己的风格'。与树理同志相处时间较久,但没有认真听取他的教诲,也没有汲取他的知识和经验,搞出具有独特风格的作品,回想起来,备感惭愧。"沈彭年:《叫人怎不肝胆俱裂,老泪纵横——沈彭年同志忆赵树理》,《赵树理忆念录》,李士德编,长春:长春出版社,1990年,第132页。

昌宝指出:"《说说唱唱》与《北京文艺》合并后,他被降为副主编。1952年1月,他的《文艺报》编委的职务也被取消了。明眼人都清楚,这种任免决定名义上是为了加强创作,实际上是等于否定了他此前工作和创作,而如果结合同期开展的所谓'清理中层运动',可以断定,赵树理事实上已经被清理出主流队伍的核心层。"①"名义上是为了加强创作",应指胡乔木的安排。不难看出,为了削弱周扬的支持力量,对立面把赵树理几乎一撸到底:1952年初的赵树理,除了专业作家身份外,几乎没有一个具体的工作岗位了。曾有会员八百余人的"大众文艺创作研究会"在1951年底就已"不散而散","党的支持是不长久的"②,而重组后的《说说唱唱》在1952年第1期发表的就是赵树理、苗培时两位旧文艺实践者的检讨。

　　赵树理就此离开了他一手创办的《说说唱唱》,虽然他的名字此后还在这份杂志的副主编位置上整整"挂"了三年。这时期还发生了挚友王春去世的不幸事件,赵树理除了决定自己每年给王春遗属三百元外,更不免心绪寥落。在主编《说说唱唱》两年中遭受的种种事端,使他不可能对其背后的权力、人心毫无所觉。于是,1952年4月,赵树理重返晋东南,并在那里开始撰写长篇小说《三里湾》。他与《说说唱唱》关系的终点,便是那篇刊载在1952年第1期的《我与〈说说唱唱〉》。而新中国的旧文艺现代化的实践也令人遗憾地在此出现了大的"暂停"。赵树理、苗培时等人的检讨实际上从形式、内容两方面对这种现代化的追求作了自我否定。在形式上,《说说唱唱》被自承有"由要求'形式通俗化'走到了'形式主义'"的错误,"把形式放到第一位而把内容放到第二位了"③,在内容上则自认为有"糊涂想法","不是去宣传无产阶级在国家生活中的领导作用,而是故意把阶级面貌模糊起来,甚而造就了非无产阶级观点"④,或者"提倡"无害论"——"就是说作品没有大问题,只要比那些老东西稍好(其实不

---

　　① 商昌宝:《找不到方向的"方向作家"——对赵树理被误读的重新解读》,《名作欣赏》2010年第22期。
　　② 木杲:《文艺作家的呼声》,《文艺报》1957年第10期。
　　③ 赵树理:《我与〈说说唱唱〉》,《说说唱唱》1952年1月号。
　　④ 同上。

一定好)就可以了。"①这样的自我检讨并不完全是赵树理、苗培时的真实考虑,它们更多的是"多种不同层面社会结构力量的制约"②的结果。在其中,我们可以清楚地看到:乡村旧文艺最终未能杀入"文坛",尽管它上有领袖的号召,下有广泛的群众基础,然而在精英分子主导的文艺界内,它的代言人太过孤独,其制度性力量也太过单薄。这决定了旧文艺最终的挫折,也决定了"新的人民的文艺"错失了另一种赵树理式的具有本土根基的经验可能性。

---

① 苗培时:《把我的思想提高一步》,《说说唱唱》1952年1月号。
② 〔美〕大卫·克罗图、威廉·霍伊尼斯:《媒介·社会:产业、形象与受众》,邱凌译,北京:北京大学出版社,2009年,第40页。

王亚平与《说说唱唱》的改版及停刊

对于《说说唱唱》杂志,目前学界主要考虑的是赵树理负责时期(1949年底—1952年初),而对赵离职以后的《说说唱唱》缺乏兴趣。其实,1952年初赵树理因丁玲批评淡出后,这份杂志就进入了王亚平时期。王亚平有关乡村旧文艺现代化的观念与实践大不同于赵树理。这表现在,他接手以后,主动"割断"了《说说唱唱》与赵树理及"大众文艺创作研究会"的"血缘"关系,全面改版,以令人突兀的政治化、精英化的"编辑哲学",主动地将"说说唱唱"这类乡村旧文艺归化到精英文人主导的"新的人民的文艺"之中。如果说"媒体在广泛的层面上支持着现存的社会秩序"[①],那么改版后的《说说唱唱》可以说是从赵树理的民间立场回撤,主动支持了长期存在的雅/俗分治的文学等级秩序。在新中国成立初年,这或许是当代文学版图重构中比较"适宜"的局面,但对社会主义现实主义的无条件认可,使《说说唱唱》的"民间"面目日益暧昧。而1950年代文艺界内部话语秩序与利益秩序之间的复杂关系,终使该刊在反复犹疑中走向了停刊,异质的旧文艺也大幅丧失它在当代文学中的空间与影响。

一 剔除赵树理的影响

《说说唱唱》改版以后,同时列出了一位主编(老舍)和三位副主编(李伯钊、赵树理、王亚平)而未公开说明谁是实际负责人,故学界多有误解。如舒乙认为赵树理是改版后的负责人:"老舍成了主编,赵树理变成了副

---

① 〔美〕詹姆斯·卡伦:《媒体与权力》,史安斌、董关鹏译,北京:清华大学出版社,2006年,第49页。

主编,但实际上还是赵树理在负责,老舍就等于在里边挂了个名。"① 董国和意见则相反:"一个作家把时间和精力都花在这上头,他(按:赵树理)没能想到但也无可奈何。他想逃离,天可怜见,《说说唱唱》与《北京文艺》两刊合一,还真给他创造了这个机会。老舍担任了主编,他可卸下了重担,回到老家,和乡亲们过舒心自在的生活去了。"② 其实两人判断都不准确:老舍、赵树理都不是负责人,诗人兼通俗剧作家王亚平才是北京文联内定的实际负责人。③ 1951 年最后一期《说说唱唱》刊出的王亚平署名文章《为彻底改正通俗文艺工作中的错误而奋斗》,明显就是北京文联安排王亚平实际负责《说说唱唱》的信号。这篇文章代表编辑部回应《文艺报》的猛烈批评,检讨《说说唱唱》两年来编辑工作的"错误",若非实际负责人,是不会以个人名义来刊发此类文章的。事实上王接手以后,赵树理就基本上离开了北京,长期在晋西南工作、写作。除了 1952 年第 1 期上的检讨,他此后也再未在《说说唱唱》上发表任何文章。与此同时,作为赵树理的支持者,常务编委苗培时也离职他去。编辑部其他编辑(如端木蕻良等)与赵树理本无渊源,故赵树理一淡出,他对《说说唱唱》的影响就大致消失。这与丁玲离开《文艺报》后仍对《文艺报》产生影响大为不同。因此,从赵树理到王亚平,《说说唱唱》可说是步入不同的发展阶段。这种"不同",正如赵、王两人的差异:如果说赵本质上是一位兼通新文学技术的乡村艺人,那么王则是一位重视通俗工作的新文学作家。其间差异,微妙而巨大,这决定了刊物新的策略与状态。

王亚平原系《说说唱唱》编委,兼以谙熟文艺界错综复杂的人事关

---

① 彭斐:《舒乙谈老舍与赵树理的友谊》,《中国赵树理研究》2010 年第 1 期。
② 董国和:《赵树理与〈说说唱唱〉》,《山西文学》2007 年第 7 期。
③ 王亚平(1905—1983),河北威县人,早年毕业于河北省立第四师范学院,1932 年冬于上海参加"中国诗歌会",主编《新诗歌》。抗战期间创立"春草诗社",出版《红蔷薇》《生活的谣曲》《中国,母亲的土地啊》《火雾》等诗集和《永远结不成的果实》《杜甫论》等著作。1945 年 3 月,郭沫若亲自主持了文艺界举办的王亚平四十寿辰和创作十五周年庆祝大会。1946 年赴解放区,任冀鲁豫边区文联主任。新中国成立后,奉调《人民日报》负责文艺版的编辑工作,历任《新民报》总编辑、北京市文化事业管理处处长、北京市文联秘书长、党组书记、北京市"大众文艺创作研究会"副主席、中国曲艺研究会副主席兼秘书长等职。

系,所以对《说说唱唱》1950—1951 年间屡屡被《文艺报》"死缠乱打"的原由了解得比当事人赵树理还要透彻。所以,甫一接手,王亚平便明确撇清了《说说唱唱》与赵树理的关系。在前述《为彻底改正通俗文艺工作中的错误而奋斗》一文中,他不点名地批评赵树理对编辑部缺乏思想领导,"我们这些同志,大都是小资产阶级出身,存在着浓厚的小资产阶级意识,常常用'灵感'式的方法来领导工作。这样就造成我们在具体工作中缺乏或放弃了思想领导,不能严肃地开展思想斗争,增长了夸功、自满、自大的思想,形成创作上粗制滥造的作风"①。同时,又明确援引丁玲的曾引起苗培时极度愤怒的"馒头""窝窝头"之喻来评价、否定赵树理有关旧文艺现代化的努力,认为此前《说说唱唱》"在某些地方投降了旧形式","在群众中散布了不良影响",

> 在创作上,我们"只求无害"的想法,以为只要没有毒害就可以写,可以发表。在剧本写作上以为只要写出来能演,总比老的封建迷信的戏好。甚至错误地以为群众觉悟不够,还不到吃"馒头"的程度,给他们"窝窝头"吃也就不错。这些降低艺术思想,迁就落后的想法是错误的,不能容许的。我们常常以作品量多而自慰,以为多写比不写好,这不是以作品为人民服务的真诚态度,是把个人利益摆在党的利益、人民的利益之上。

王还批评此前编辑部存在"小圈子",并称他们"既不能很好地联系专家,又没有很好地联系群众,结果是看的不远,想的不深,接触的面不广,沾沾自喜地抱住自己的小圈子,提不高,深入不下去,'有点飘飘然了'!"②所谓"小圈子",即指赵树理、苗培时、章容等几位来自太行山坚持通俗化的作家。但由于赵树理形式上还是刊物副主编,王亚平始终未予点名,但对赵一手创办的"大众文艺创作研究会"则毫不客气。1952 年 2 月号,《说说

---

① 王亚平:《为彻底改正通俗文艺工作中的错误而奋斗》,《说说唱唱》第 24 期(1951 年 12 月)。

② 同上。

唱唱》刊出两篇作者检讨文章,孟拉检讨说:"我从没有敢想过自己的写作动机。现在看来,我的写作动机是不纯的。当我写一篇作品时,很少想到这篇作品究竟对人民起不起教育作用,而是患得患失的顾虑这篇作品出去之后,能不能为人'赏识',能不能'成名'。"①潘鸿章也检讨自己"写作动机不纯、目的性不明确"②。其实细究两人检讨,并没有什么大的错误,不过是年轻作者希望成名而已。但王亚平仍把它们发表出来"示众",尤其有意为之的是,发表时把他们的单位都署为"大众文艺创作研究会小说组"。其实,两位作者皆自称"在学校里学习写作的初学者",可见是有具体的法定单位的,而所谓"大众文艺创作研究会"不过是个松散协会,对会员也没有任何组织约束力(如第一篇攻击《说说唱唱》的文章即由会员邓友梅所写而赵树理无力制止),不是行政意义上的"单位"。王亚平不按常规署上学校名字,反而署上略近乌有的"研究会",明显是要消除"研究会"的影响。事实上,到1952年7月号,王索性在刊物"编辑者"中删除了"北京大众文艺创作研究会"字样。不难看出,王亚平在有意识地清理赵树理的"影响"。也许,赵树理此后与《说说唱唱》不再发生联系,也与此有关。

  王亚平这么做,不免不合人情。但考虑到丁玲的强势批评,也不难理解。当然,如此撇清关系,还有深层的文艺观念分歧。赵树理与丁玲之间的宗派意气,主要导因在于有关"普及"的认识差异。但此类差异几乎存在于赵树理与所有重视"普及"的新文学作家之间。甚至与赵私交较好的作家,也不太认可他的观念。严文井回忆:"我觉得他坚持自己的艺术主张有些像狂热的宗教徒。他不可能被人说服。"③那么,赵树理与其他人的差异在哪里呢? 一般文人都持精英主义立场,主张从外部输入"骨架",再用这些"骨架"重组旧文艺的故事片断,赵树理则反对这种"代替"方法,坚持民间本位立场,认为经过调整、补充,旧文艺本身可以产生"新

---

① 孟拉:《我的写作态度》,《说说唱唱》1952年2月号。
② 潘鸿章:《彻底批判我错误的写作态度》,《说说唱唱》1952年2月号。
③ 严文井:《赵树理在北京胡同里》,《中国作家》1993年第6期。

的人民的文艺"。对此,贺桂梅指出:"旧文艺(也包括旧的伦理秩序)在赵树理这里,并不仅是'补充'性的资源(如周扬在关于'民族形式'论争时总结的那样),而是不可替代的基地和场域。"①也就是说,赵的"改造"以民间为本,多数文人则坚持以现代(启蒙/革命)为本,其间差异颇大。王亚平、赵树理之间同样存在这种分歧。王曾从事民间艺人改造工作,但更主要是位新诗诗人,他的"改造"无疑属于主流:"他对中国共产党的文化政策比较认同,并最终加入到它所领导的文化改造工程中。"②这种分歧在王、赵第一次谋面时(1947年西柏坡)就有流露:"他(按:赵树理)知道我在冀鲁豫解放区搞民间艺人和民间艺术改造工作,出来曲艺宣传队进行演唱,就一见如故,热情接待……当谈到'推陈出新'的时候,他说:'不只是一个去糟粕,取精华的改造过程,也是一个运用民族形式、寻求中国作风中国气派的创作过程。'他这样说的,也是这样做的。"③所谓"推陈出新",实是以现代逻辑重新界定、组织旧文艺,尤其是以马克思主义阶级模式为本,将旧文艺重新洗牌甚至"打碎"重来的过程。而赵树理援引"中国作风中国气派",则是希望保持旧文艺自身的逻辑,固"本"而后创新。两条道路似同实异。王亚平、赵树理其实互不认可。一个细节可作为证据——在1980年代的回忆中,王亚平仍将已获文学史家公认的杰出小说家赵树理称为"说唱文学家",大有视同于民间艺人之意。这表明,王亚平私意里以为赵的创作缺少某种必要的现代质素。从对赵树理缺乏"思想领导"的明确批评及随后改版动作来看,王对赵树理的编辑工作也并不那么悦服。这种内部分歧在1951年第12期(即王接手的第1期)的新"稿约"中体现得最为明显。此前赵树理强调的"人民大众的眼光"被抛弃,新"稿约"要求"用无产阶级的立场、观点来写新社会、新人物、新生

---

① 贺桂梅:《赵树理文艺的现代性问题》,《再解读:大众文艺与意识形态》,唐小兵编,北京:北京大学出版社,2007年,第106页。
② 吕寨:《王亚平的曲艺研究与创作》,《大舞台》2006年第5期。
③ 王亚平:《赵树理——卓越的说唱文学家》,《回忆赵树理》,高捷编,太原:山西人民出版社,1985年,第　页。

活"。① 这两者有区别吗？也许有的研究者认为没有，但王亚平说得甚为明白：

> （我们）显然是做的很不够的。……编辑人员又存在着偏重技术的观点，就产生了不少缺点和错误。在稿约第一条我们曾这样写着："内容：用人民大众的眼光来写各种人的生活和新的变化。"这个"人民大众的眼光"是有高有低的，我们是应该站在先进的阶级——无产阶级的立场，来从事编辑工作，才能使我们的《说说唱唱》成为教育群众、提高群众的文艺刊物。②

显然，比较"高"的眼光意味着《说说唱唱》新的"编辑哲学"的产生。

二 当旧文艺遭遇"无产阶级的立场"

从"人民大众的眼光"到"无产阶级的立场"，改版后的《说说唱唱》明显趋于激进。这首先表现在高度政治化的作风。如果说，赵树理对政治不免过于不敏感，那么王亚平就过度敏感了些。赵树理主编之初，《说说唱唱》根本不刊登理论指导文章，甚至连"编者的话"都不写（后屡被批评才写），也无意用政策去约束写作，对政治完全取被动应付的态度。③ 而王亚平一接手就批评此前编辑部"理论水平不高"，随后更把《说说唱唱》办成了通俗文学领域里的《文艺报》，趋时应势的姿态非常明显。这主要表现在三个方面。

其一，大量选登并组织配合政策的说唱作品。1952年2月号发表的7篇作品，除《柳树沟》是连载外，其他6篇全为"时事作品"。如顾群等《刘

---

① 《稿约》，《说说唱唱》第24期（1951年12月）。
② 王亚平：《提高说唱文学的思想性和艺术性》，《说说唱唱》1952年2月号。
③ 赵树理检讨说："事先缺乏计划，弄得完全被动。每逢有了政治任务，就临时请人补空子，补不起来的时候，就选一些与该问题多少有些关系的来充数。"赵树理：《我与〈说说唱唱〉》，《说说唱唱》1952年1月号。

正明终于站稳了工人阶级立场》、张志民《岳云峰破获贪污案》、杨立确《廖管理员的"冻猪肉"》、吴松操等《成渝铁路通车》、罗文茂等《给乔埃做个谈判总结》、卢广川《通讯英雄刘连科》。这种配合此前也时有之，但它主要体现为"讲述权力的权利并把它涂上绚丽的光彩"的政权"神话"式的写作①，如集中于文化认同层面的"翻身""解放"等谱系化故事，像这般直接把政策当成文学内容的作品并不多见。然而这种政策化写作变成了王亚平时期《说说唱唱》的基本"风格"。随后各期亦大致如此，如邓直《创造"速成识字法"的祁建华》（5月号）、《中国人民志愿军的诗歌》（7月号）、刃锋《烽火山上的英雄》（7月号）、缪文渭《治淮模范李兰香》（7月号）等等。在编辑中，王亚平还对跟得上形势的作品大加推举。如8月号刊出"解放军'八·一'运动大会文艺竞赛作品选"后，王亚平撰文《战士的创作给通俗文艺开辟了新道路》给予肯定。同期又通过"编后记"申明刊物用稿动向："两篇工人同志的散文作品《两个月没回家》和《周师傅》""都简洁、生动地反映了'三反'、'五反'运动以后工人在生产中表现的新的品质、新的精神"。不难想象这样的作品还能有多少艺术感染力，因此《说说唱唱》又遭到批评。批评者指责改版后的《说说唱唱》艺术水准欠佳：

> 五期以来《说说唱唱》上所发表的作品，无论是思想内容上和艺术形式上，大多数是没有达到应有的水平……虽然它们也反映了一些政治运动情况，但却不能令人满意。这使我们想起《我与〈说说唱唱〉》一文中所说到的一种情况：该刊从前每逢有了重要的政治任务，就临时请人补空，补不起来的时候，就选一些多少与该问题有点关系的来充数。……缺乏行动、深刻的艺术形象，只见铺叙事实，不见人物，很难使人感到生活的气息。②

---

① 〔法〕米歇尔·福柯：《必须保卫社会》，钱翰译，上海：上海人民出版社，1999年，第14页。

② 《提高通俗文艺刊物质量——评北京文艺刊物调整后的〈说说唱唱〉》，《文艺报》1952年第9期。

在此,《文艺报》多少有点"出尔反尔"的意思——先批评《说说唱唱》"思想混乱"①、政策水平不高,现在王亚平把"政策水平"提高了,却又转而关心它的"艺术形象",这叫办刊者如何"适应"！不过,这也不能说《文艺报》反复无常,因为在《说说唱唱》负责人由赵而王的同时,《文艺报》主编也由丁玲改换为冯雪峰,而冯雪峰历来都强调"艺术地"表现时代主题。但不管怎么说,《文艺报》是中央文艺理论刊物,其意见必须尊重并落实。所以,在6月号王亚平又开始对时事类作品略示批评:"《废品说话》《机器大合唱》都是用的'拟人法','拟人法'有时能够帮助我们形象地说明问题,自有它的优点,但是大量的发展起来,什么东西都会说话、顶嘴、自叹自夸,是没有必要的,不要变成一种倾向。"②王亚平甚至亲自撰文,指导作者描写人物。如以川剧《秋江》为例说:"这个戏,唱词很少,多系对话。一个少女,一个老人,从头到尾,都只用最幽默、生动、活泼的语言一问一答,叫人听了,风趣横生,不显得单调,不觉得多余,真算是恰到好处。"③不过,这些只是"微调",《说说唱唱》的政治化路线并无根本改变。1953年后,仍不断刊出"新婚姻法宣传专辑""战士习作选"等专辑,其"没有达到应有的水平"的问题并未解决。

其二,渐次精英化。赵树理以农民为预设读者,拒绝刊登农民不爱看的政策指导文章与文学批评,甚至不登严格意义上的现代小说,但王亚平则改弦易辙,逐渐增多理论文字。从1952年3月号开始,各种理论文章纷来沓至。3月号刊出两篇经验文章,一是《说古唱今》编辑部的《八个月来的〈说古唱今〉》,二是金陇的《巍山区组织群众说唱的经验》。6月号则摆出指导姿态,刊出两篇指导性文章,即端木《文艺必须通俗化》和王锦年《反对通俗文艺创作中的粗制滥造》,7月号又刊出编者的《配合速成识字法展开通俗文艺的创作》。在这些文章中,王亚平明确以全国通俗文艺指导者自居,"各地通俗刊物编辑部必须认真地进行对于毛主席《在延安文

---

① 丁玲:《为提高我们刊物的思想性、战斗性而斗争》,《人民日报》1951年12月10日。
② 《编后记》,《说说唱唱》1952年6月号。
③ 王亚平:《地方小戏怎样描写人物的性格》,《说说唱唱》1952年12月号。

艺座谈会上的讲话》的学习,展开对于通俗文艺里面严重存在着的'脱离政治'的形式主义,和破坏'艺术为政治服务的真实目的'的概念化和公式化的两种不良倾向的斗争"①。这些文字或不足异,真正令人不解的是这份以刊评弹、唱词、快板等说唱作品为主的旧文艺杂志竟然还讨论起了普希金、屈原,甚至印出普希金、屈原的画像。习惯于评弹的农民或许闻听过屈原,但对普希金是谁就不免茫然。这表明,王亚平已经不再把农民当成预想读者。如果说大众文化"总是关涉到生产社会意义的斗争"而"这些意义是有利于从属者的"②的话,那么《说说唱唱》的精英化倾向明显对它的旧有读者的趣味构成了压制。对此,不少读者感到"不适":"有些作品,既不能说,也不能唱,没法表演","群众不欢迎长篇'自我检讨'的文字,也不喜欢空洞说理的论文"。③ 为此,编辑部表示要"按照大家的建议,改进编辑工作",但事实上并未"改正"。这表现在:(一)更多的"既不能说,也不能唱,没法表演"的作品继续出现④;(二)更多的理论批评文章登场。王亚平甚至开始阐释只有知识分子读者才能明白的"社会主义现实主义"了:"我们的作者多半还不能真正地深入生活,了解在进步着的社会中最深刻、最本质的东西,通过高度的艺术加工,用适当的形式、独创的风格把它表现出来。"⑤"最深刻、最本质的东西"当然是农民无法索解的。但农民看不懂并不要紧,王亚平批评的正是某种"群众观点":"(有的同志)认为群众的欣赏能力不高,比较深刻的东西他们还许接受不了,只要能有一些可供演唱阅读的东西,有'一定'的'教育'意义就成,存在着'无

---

① 《编后记》,《说说唱唱》1952年6月号。
② 〔美〕约翰·菲斯克:《解读大众文化》,杨全强译,南京:南京大学出版社,2001年,第2页。
③ 《编后记》,《说说唱唱》1952年4月号。
④ 1954年3月号还出现了4篇非说唱类精英作品,即王亚平诗《因为想起你对中国人民的友谊》,李学鳌诗两首《时间的主人》《我有一个亲密的朋友》、方之小说《乡长买笔》。三诗水平平平,但无疑都是新诗。如李学鳌:"我有一个亲密的战友,/他是个普通的农民/我时刻把他怀念/像怀念我最亲的亲人。"1953年5月号上刊出"战士习作选"4篇,已是短篇小说做法。此后刊登新式短篇小说则成常态,如《周师傅》(才贵旺)、《孙老大单干》(马烽)、《百吨吊车》(艾芜)、《亲家》(秦兆阳)、《春种秋收》(康濯)等。
⑤ 《编后记》,《说说唱唱》1952年5月号。

害论'、'有胜于无'的思想。……我们在创作中要反映现实生活中最本质的、最典型的、最基本的东西。"①"有的同志"是哪些同志王亚平没有说明,估计是编辑部里持不同意见的同事。而再次强调"要反映现实生活中最本质的、最典型的、最基本的东西",实际上就彻底抛开了赵树理视为根本的农民读者及其"人民大众的眼光"。

其三,本质化要求。社会主义现实主义完全逆转了赵树理的民间本位的"编辑哲学",它实际上将《说说唱唱》上的各类作品都"集中"到了本质化规范之内。这表现在两点。其一,要求用社会主义现实主义创作说唱作品。这种要求几乎是破坏性的,改版以后再未出现《登记》《石不烂赶车》《传家宝》这样的佳作,甚至也未出现《周支队大闹平川》《桂元的故事》《李福泰翻身献古钱》这样引人入胜的故事。对此,编辑部日后反省称:"心目中有了这种虚拟的标准,又加上对于社会主义现实主义的理论理解得很简单、很机械,常常把它看成是一个狭窄的、僵硬的公式,不管对象,拿来向比较初级的说唱形式的创作头上硬套,这样一来,当然就会觉得这也不够,那也不够,看得上眼的作品很少了","我们的一位通讯员曾经问过一位写了不少唱词的作者为什么不再继续写了,作者说:'我可写不出十全十美的鼓词来!'"②其二,要求用"社会主义现实主义"整理、改编旧的说唱作品。这倒是王亚平的优长之处。与赵树理一贯主张原创不同,王亚平长期从事旧作新编,"改版"以后的《说说唱唱》在这方面用力甚勤。③ 大量以著名艺人说本为基础的"整理本"刊出以后,广受欢迎:"《十字坡》、《东岳庙》、《史家庄》等三段山东快书,获得广大读者的热烈欢迎。至八月三十一日止,编辑部共收到二百三十三封读者来信,要求继

---

① 王亚平:《是什么妨碍着我们创作的提高》,《说说唱唱》1952年6月号。
② 编辑部:《告读者》,《说说唱唱》1955年3月号。
③ 1952年后刊发的整理作品包括:扬州文联整理《扬州说书》(1953年8月号)、高元钧整理《十字坡》(1953年8月号)、高元钧原词、王亚平整理《东岳庙》(1954年1月号)、高元钧原词、萧亦五记录、王亚平根据马立元改本整理的山东快书《史家庄》(1954年5月号)、王尊三整理西河大鼓《美猴王》(1954年6月号)、张长弓整理河南坠子《祝英台下山》(1954年7月号)、倪大白整理《英台姑娘与山伯相公》(1954年11月号)、李国春整理西河大鼓《三金镇》(1955年1月号),等等。

续发表《武松传》,迅速出版单行本。"①"整理本"的成功,在王亚平看来,无疑是根据"社会主义现实主义"原则"去伪存真、去粗取精"的胜利:

> 要做好这件工作,必须历史地具体地分析那些材料,看看它所表现的是根据什么原著而演唱的,它所表现的是哪一朝代的人物、故事?它怎样、用什么东西丰富了那些人物、故事。什么地方夸大了,夸大的是否合理?什么地方删减了,删减的是否恰当?……例如高元钧《武松传》中的《十字坡》,把孙二娘形容得很凶恶、丑陋、过分的野蛮,这就与《水浒》上所描写的大不相同。我们在分析、整理的时候,必须对照着原著,减少她剥人的野蛮形象,把她写成一个被黑暗官府迫害,才落草开黑店,是只剥大贪官污吏的女英雄才行。其他,那些合理的、正当的、艺术上的描绘、夸张,都应该尽量地给它保存下来。②

显然,对旧的本子的"丰富"或"删减",不可能不使各"整理本"成为"具现了社会和政治的话语"的"复杂的人工制品"③,在"社会主义现实主义"内部又包含复杂的民间要素。这可谓《说说唱唱》在王亚平时期的一个亮点。

三 《说说唱唱》的终刊

不过,一份文学刊物完全依靠"整理本"而不能对当前生活作出及时回应,也是不可思议的。进入 1954 年,《说说唱唱》开始为此而苦恼:"有一些读者提出,《说说唱唱》过去以发表反映现实生活的创作为主,现在增加了别的性质的作品,创作的分量就相对地减少了,这样就不能满足群众

---

① 《致热爱本刊的广大读者》,《说说唱唱》1954 年 9 月号。
② 王亚平:《认真接受文学遗产,努力创作优秀作品!》,《说说唱唱》1953 年 10 月号。
③ 〔美〕道格拉斯·凯尔纳:《媒体文化——介于现代与后现代之间的文化研究、认同性与政治》,丁宁译,北京:商务印书馆,2004 年,第 14 页。

的需要,希望能够增加刊物的篇幅,保持原来创作的分量。"①其实不仅因于分量"减少",更因于创作质量下降。现藏于北京档案馆的一份北京文联1954年工作汇报明确指出:

> 目前通俗文艺的创作还远远地严重地落在现实生活的后边。很多的从事通俗文艺工作的同志们现在已经认识到了坐在家里,按照概念编制出来的"作品"已很不得人心,群众不但不断地提出严厉的批评意见,而且有时干脆地拒绝这样的"作品"……由我们所收到的稿子来看,反映农村生活的占大多数,而且写法大半相同——总是单干农民遇见旱、涝、虫、忙。②

而"读者来信"也显示,他们不满意改版后发表的作品"'多数不适宜演唱'、'空喊几句口号、平平无味、概念化'、'真正有血有肉,感人肺腑的东西不多'"③。与此同时,读者对《说说唱唱》不断增加的精英文体也示以不满,要求"坚持说唱风格,增加优秀的、具有民间特色的、说唱形式的作品,减少'不能说和不能唱的新诗、"大"小说'。也是多数读者共同的要求和意见(此类意见共占来信总数的74%强)"④。王亚平虽然不再像赵树理那样以读者为"上帝",但读者越来越多的不满也使他面对现实的压力。编辑部表示:"(读者)要求是正确的,但是这一时期还很难办到。原因是我们现在收到的反映现实生活的质量较高的作品还比较少。"⑤那么,何以"比较少"呢?从编辑部细述中,不难看出很多作品被认为不能达到"社会主义现实主义"的本质化要求:"有一些作者还认为写作说唱形式的作品只要遵守某一形式的一些刻板的规条就行,把问题看得十分简单。我们认为说唱形式的作品,首先必须是一个艺术作品,离不开'真实地、历史

---

① 《编后记》,《说说唱唱》1954年3月号。
② 北京市档案馆:《市文学艺术联合会工作总结报告(1954)》,馆藏编号011-002-00201。
③ 编辑部:《读者来信综述》,《说说唱唱》1954年11月号。
④ 同上。
⑤ 《编后记》,《说说唱唱》1954年3月号。

具体地反映生活'的基本方法。"①按此标准，不要说《活人塘》难以发表，就是赵树理的作品也未必符合"'真实地、历史具体地反映生活'的基本方法"。这表明，用"社会主义现实主义"去要求说唱旧文艺，对其中本有的审美趣味与生活世界多少有肢解、阉割之嫌。或因此，《说说唱唱》在改版约一年后，编辑部即与同僚部门（北京文联其他部门）为稿件发生矛盾："编辑部在采用文联内部的稿件上，与各部及撰稿人之间存在着严重的分歧。许多人反映编辑部选稿过苛，不照顾大家的创作条件，很不服气。编辑部强调保持刊物的水平——不愿迁就，态度也很生硬，有点盛气凌人。这样，久之便形成了对立的局面。"②甚至编辑部内部也有人并不赞同王亚平对政策指导、理论批评的嗜好："常常听到编辑部的同志在谈了理论批评文字之后，说：'这不解决什么问题。'像张啸虎同志的《读短篇鼓词五篇的体会》和苏刃同志的《谈〈偷石榴〉》，特别是后一篇，屡经多处转载，发生不小的影响，然而编辑部在审阅时却很冷淡的。"③

这透露出一个信息，《说说唱唱》不但"激进"化改版不甚成功，甚至王亚平在编辑部内也不能服众。王亚平资历较深，自视亦高，然而毕竟缺乏广有影响力的力作，更兼"阉割"式的改造旧文艺的办刊理念，他不能令汪曾祺、端木蕻良这样有实力、有修养的同事心服口服是必然的。从现存档案看，甚至在1953年3月，北京市委宣传部即考虑将《说说唱唱》从北京市移交全国文协："市文联既无力加强领导，而且指导通俗文艺的任务亦应由全国文协担负为宜，因此，建议由全国文协接办，市文联即可空出一部分编制。"④此事大约只是动议，但到1954年，《说说唱唱》窘况更加明显。同时王亚平本人也被曝出丑闻，即他在整理说唱作品时利用职权侵占原作者利益。多方面原因，使《说说唱唱》的移交在1954年七八月间再度议

---

① 《编后记》，《说说唱唱》1954年3月号。
② 北京市档案馆：《市委宣传部关于文艺工作的情况向中央宣传部和市委的请示报告（1953年3月30日）》，馆藏编号001-012-00123。
③ 编辑部：《告读者》，《说说唱唱》1955年3月号。
④ 北京市档案馆：《市委宣传部关于文艺工作的情况向中央宣传部和市委的请示报告（1953年3月30日）》，馆藏编号001-012-00123。

起。其间过程在刊物上并无反映。但从档案看,王亚平为此甚感焦虑,屡屡交涉。1954年8月9日、10日,王亚平连续两次写信给杨述、曾平、韦君宜等市委宣传部领导,表示不赞成刊物移交全国文协,主要理由在于他本人对北京文联"发生了深厚的感情",以及他对老舍的"统战"能力,"我和老舍在文艺工作上,有二十年的联系(远在一九三四年,在青岛曾共同办过刊物)。对于他的一切,比较熟悉","而且,冯雪峰过分地批评了老舍之后,他曾对我说,'以后,创作不要写了,我的市文联主席顶好也别做……'。这情况,我马上向市委、中央写了报告,才进一步巩固了党对老舍的团结,纠正了雪峰同志的偏激观点"。① 他还为《说说唱唱》继续留在北京文联提供了具体改进方案,如"调一些这方面的人材,如在四川工作的冯诗云,在山东工作的王希坚或陶钝,在北大文研所的贾芝,在天津工作的何迟等"②。现缺乏市委宣传部的回复材料,但王亚平没有"摸准"市委宣传部的真实想法无疑是肯定的,因为宣传部计划移交后"可空出一部分编制",而王在建议中还在要求提高办公条件:"必须有二十个人左右的(编辑)办公室,宿舍以及其他干部薪金等问题。"③王亚平与市委宣传部更详细的交涉过程不得而知,但从结果看,王亚平的要求得到了一定考虑:《说说唱唱》的确没有移交,但它却被停刊了,被易名为《北京文艺》。当然也不能说是停刊,因为此时《说说唱唱》编辑部本来就是由原《北京文艺》编辑部和原《说说唱唱》编辑部合并而成,现在可说只是换个名字,编辑人员大体如旧。但事后看还是停刊,一则刊名取消,二则新出版的《北京文艺》并非通俗刊物,而是一份略兼通俗成分的精英刊物。

对此结果,王亚平很不满意。作为长期从事旧文艺改造的文人,他无疑希望保持这份全国唯一有影响的通俗杂志,但明显地,市委宣传部、北京文联让编辑部停止通俗业务,肯定与某种轻视旧文艺的意见或舆论直

---

① 北京市档案馆:《王亚平、韦君宜关于市文联工作、对〈说说唱唱〉刊物问题的报告》,馆藏编号001-006-00966。
② 同上。
③ 同上。

接相关,甚至与精英文人要抢占北京文联机关刊物这个"地盘"有关。故在1954年11月号上,王亚平借批判《〈红楼梦〉研究》的机会,将这种舆论贬斥为"资产阶级思想":"我们的思想还没有被无产阶级的马克思列宁主义武装起来。像北京解放以后不久出现的对民间文艺遗产取消的理论,把所有的民间旧有戏曲,包括《梁山伯与祝英台》和《白蛇传》这样的节目,一概加以封建、迷信、色情的恶谥,企图一脚踢开的做法,推究其根源,就不能说这跟资产阶级思想没有关系。"①同时,王还通过"读者意见调查表"等群众声音来"挽救"《说说唱唱》:"从这些来信中看,《说说唱唱》在各地读者群众的文化生活中不仅有一定影响,而且对通俗文艺工作也起了一些推动作用。不少读者热爱这个刊物,来信认为'办得还不错','我很喜欢'""关于本刊所发表的经过加工整理的说唱文学遗产方面作品,如《武松传》、《九红出嫁》、《梁祝下山》、《偷石榴》、《梦狼》等,读者们是一致称赞的。"②而且,王亚平还列出了读者对于说唱文学的渴望:"江苏东台县新团乡张有根来信也说:'我们村里去年新建立了一个青年剧团,需要很多演唱材料。如小调、快板、相声、地方戏等。希望你社陆续刊登,以供我们应用。'拥有广大群众的各地文化馆、站,同样反映了很多类似意见。……西北空军某部赵仲毓来信也要求:'增加相声材料,供我们连队中开展文艺活动。另外希望多介绍些民间曲艺,如单弦、京韵大鼓、少数民族的歌子等。'"③甚至,王亚平还缕列了读者对改版的不满:"抚顺龙凤矿冯微同志来信认为'《说说唱唱》过去对小说、散文、新诗载的过多一些,对短剧、相声、莲花落、鼓词、快板、单弦、小演唱等作品太少了'。并感到'厂矿的业余文艺活动,不能从这个全国性的通俗文艺刊物上取得材料,实为遗憾'。"④这既是王对《说说唱唱》改版策略的反省,更是他对将通俗刊物《说说唱唱》改换为精英刊物《北京文艺》的不满。除此之外,王

---

① 编辑部:《重视批判〈红楼梦〉研究的错误观点的斗争》,《说说唱唱》1954年11月号。
② 编辑部:《读者来信综述》,《说说唱唱》1954年11月号。
③ 同上。
④ 同上。

亚平还刊发了《致热爱本刊的广大读者》,大有抗议市委宣传部的决定的嫌疑。"媒介文本提供了不同文化有争议的意义"①,应该说,王亚平在停刊前夕,还是喊出了不同声音。倘若他的主管领导是高度重视群众来信的毛泽东,那么他的这些举动可能会产生效果。但遗憾的是,市委宣传部对读者的"热爱"并不那么看重,还是正式决定停刊。1955 年 3 月号就此成为终刊号。

王亚平在终刊号上留下了不平之声,一是编发了王素稔论文《民间文艺是封建文艺吗?》,再度申张旧文艺在"新的人民的文艺"中的合法性与重要价值,二是引人注目地撰写了《终刊词》和《告读者》。《终刊词》写得很是缠绕:

> 现在为什么要把它停刊呢?因为刊物本身存在很难解决的问题;《说说唱唱》本来是北京市文联所办的刊物,可是因为客观的需要,它一天天地发展成了全国性的刊物,它的读者和作者遍及全国各地,大家也就很自然地要求它在整个通俗文学工作上起一些指导性的作用。但是,北京市文联因为种种条件的限制,不能照顾全国各地的通俗文艺工作,不能深入了解情况,不能全面研究其中的问题,不能普遍发掘优秀作品,要想担负读者期望于它的指导通俗文学工作的任务,事实上是有很大困难的。②

王亚平的解释"翻译"出来就是——《说说唱唱》办得很好,所以它要停刊。其中大有不平之气。《告读者》的"不平"更加明显。王甚至不忌讳给自己"唱赞歌",明确表示《说说唱唱》从一九五三年起是一个新的阶段",刊物"把普及与提高联系起来,整旧与创新联系起来,理论与实践联系起来,是符合于'百花齐放、推陈出新'的精神的"③。但这些牢骚之辞并无作

---

① 〔美〕大卫·克罗图、威廉·霍伊尼斯:《媒介·社会:产业、形象与受众》,邱凌译,北京:北京大学出版社,2009 年,第 190 页。
② 《终刊词》,《说说唱唱》1955 年 3 月号。
③ 编辑部:《告读者》,《说说唱唱》1955 年 3 月号。

用。《说说唱唱》如期被《北京文艺》取代,而王亚平本人也被排斥在新的《北京文艺》编委会之外。两个月后,王更被突如其来的"胡风案"裹挟在内,被公安机关逮捕。

《说说唱唱》前后63期的办刊历程在此画上句号。它不但宣布了王亚平以"无产阶级立场"代替"人民大众的眼光"的失败,也表明了通俗文艺在新文学内"越界"的尴尬。创办刊物,通过印刷与阅读,加强旧文艺的传播力度,是通俗文学对新文学传播经验的借鉴与挑战。但无疑,新的传播元素并未在短短几年内建立起完整的生产/消费程序。缺乏赵树理这样的兼通新/旧文艺的作者,也缺乏以直接阅读为新的消费方式的庞大群体,这种杂志终难长久。这些问题在赵树理时期已经存在,但王亚平的"社会主义现实主义"使《说说唱唱》失去说唱特质,情况则更严重。同时,作为北京文联的机关刊物,它也挤占了"理应"属于精英文学的"地盘"。多种原因,最后导致了《说说唱唱》的结束。当然,在一个工农兵当家作主的年代,下层阶级的文艺还是有其存在空间的。在《说说唱唱》停刊的同时,一份名为《民间文艺》的杂志同时创办。与一直想与精英文学"试比高"的《说说唱唱》相比,《民间文艺》在文艺界几乎是无名而隐匿的。这也许正是《说说唱唱》的批评者和不同意见者所希望看到的。

第7章 《文艺》月刊
（1950.1—1951.12）

《文艺》（月刊）1950年1月由南京文联创办，未设正式的主编和编委会，但其编辑工作应与文联主要负责人、"华东文人"陈山、赖少其、艾煊等存在直接的工作关系。该刊主要刊发华东地区作家作品，在文艺理论方面则具有明显的疏离延安、倾向俄苏文论的特征。1951年8月停刊，是新中国成立初年引人注目的"无疾而终"的机关刊物。

"列宁的文艺原则"是否可以"坚持"?
——南京《文艺》月刊的创刊与停刊

1949年7月5日,当周扬在第一次全国文代会上斩钉截铁地宣布"除此(按:指《讲话》)之外再没有第二个方向了,如果有,那就是错误的方向"①时,他心中必定有所系指,譬如"鲁迅的方向",譬如自由主义,等等。对此,周扬未留下必要的史料证据,但可以肯定地说,长期工作在延安的周扬未曾料及"老解放区文艺"内部也存在"代表不同利益和不同力量的媒介观点",甚至彼此之间还在"进行着较量"。② 所以如此断言,缘于南京文联编辑的《文艺》月刊(1950.1—1951.8)等刊物。作为一份由"华东文人"主办的机关刊物③,《文艺》月刊在新中国成立初年对"列宁的文艺原则"的坚持及相应的创作倡导,可以说代表着解放区作家内部对于"新的人民的文艺"另一种深具文学史意义的构想。不过由于这份刊物过早被迫停刊,今日学界已经无人了解这种体制内的可能构想与相应文艺实践。

---

① 周扬:《新的人民的文艺》,《中华全国文学艺术工作者代表大会纪念文集》,北京:新华书店,1950年,第70页。

② 〔美〕大卫·克罗图、威廉·霍伊尼斯:《媒介·社会:产业、形象与受众》,邱凌译,北京大学出版社2009年版,第190页。

③ 与多数机关刊物不同,《文艺》月刊从创刊至停刊都未刊出主编和编委会名单,兼之此刊前后只"存活"一年有余,半个多世纪后亦无当事人回忆相关"故事",故笔者至今仍尚不能判断该刊的实际负责人和编辑部构成。但有两点可以推断:1. 南京解放后由华东野战军接管,它的文艺工作是由"华东文人"负责的;2.《文艺》作为南京文联刊物,它与出身新四军的作家陈山(南京文联秘书长)、赖少其(南京文联主席)、艾煊(江苏文联副主席)等人存在直接的工作关系。

一 列宁主义与"新中国的文艺方向"

在中宣部负责人看来,作为"新的人民的文艺"样板的"老解放区文艺"与"延安文学"是等同的。但此"常识"犯有不大不小的错误。至少在全国解放前,延安并未彻底完成对所有根据地、解放区的文化整合。① 尤其在新四军和华东野战军活动的广大区域,战斗频仍,险情环生,既未开展过延安那种让知识分子脱胎换骨的"整风""抢救"运动,又恰遇陈毅这种自由、率性的领导人物,故而"华东文人"对《讲话》及毛泽东文艺思想的认知与延安文人大有疏异。对此文学史家至今未加注意。但以笔者对新中国成立初年由"华东文人"主编的一批刊物——如《文艺月报》(初期为刘雪苇负责)、《光明日报》"文学评论"双周刊(王淑明主编)等等——的阅读印象观之,这种疏忽可以说是亟需弥补的失误。在这些刊物中,《文艺》月刊最具代表性,它对"新的人民的文艺"的理解与延安并不完全一致。当然,从形式尤其是从办刊宗旨上看,《文艺》和延安文人主编的《人民文学》《文艺报》等机关刊物并无什么差异。它的"创刊词"同样强调:"人民的文学艺术工作者,应该无条件的服从民族的利益,也即是人民的利益,革命的利益。文学艺术应首先为工、农、兵服务;因为只有工农兵才是创造这个世界,和巩固保卫这个民族的主体。"② 不过,细心读者可以发现,《文艺》创刊号有一个不那么明显的关键词:苏联。这在"创刊词"中有提及:

> 中国的民族与革命的人民,从被压迫到了翻身,从可怕的黑暗世纪到了光明的世纪,是经历了很多曲折,革命者的血真是"血流成河",这条道路,是用血铺平起来的。如果没有共产党的领导和全国

---

① 抗战期间,八路军、新四军及各地方武装在敌后创建的根据地共有陕甘宁、晋察冀、晋绥、晋冀豫、冀鲁豫、山东、华中、华南、苏北、苏中、苏浙皖、淮北、淮南、皖江、浙东、河南、鄂豫皖、湘鄂、东江、琼崖、邱北等 20 个。其中,八路军、新四军各建立 7 个根据地。

② 《创刊词》,《文艺》1950 年第 1 卷第 1 期。

革命人民的团结,没有苏联与新民主国家的帮助,没有帝国主义国家内人民的帮助,没有马克斯、列宁主义,没有毛泽东思想,没有中国人民解放军……那是不可想像的。①

而在内容上,亦隐隐可见苏联存在的重要性。创刊号上发表了两篇苏联作家的文章,一是西蒙诺夫的《我怎样写了〈俄罗斯问题〉》(特稿),一是法捷耶夫等的《苏联作家在招待中国青年文艺干部茶会上的发言》。不过,仅据此就认为《文艺》对苏联有格外关注显然不足为据。其实,在中苏交好时期,《文艺报》等报刊也时或刊登《真理报》论文或马林科夫报告,《文艺》刊发苏联文章亦只可算"平常事"。真正引起笔者留心、慢慢意识到这份刊物的不同寻常的,乃是它在1—2卷内大篇幅地刊发苏联著述及有关评述(如表7-1):

表7-1 《文艺》所刊苏联著述及有关评述

类别	篇名	作者	译者	卷期
苏联文艺理论	论艺术的真实性	A.塔拉森科夫	蒋虹丁	1卷2期
	社会主义现实主义	A.塔拉森科夫		1卷2期
	高尔基论普希金	高尔基		1卷2期
	列宁对文化和艺术的意见	K.蔡特金	蒋虹丁	1卷4期
	苏联文学的新特性	塔拉森斯夫		1卷5期
	列宁和高尔基(长论)	B.毕阿里克	蒋虹丁	1卷6期
	巴尔扎克与现代	M.雅洪朵娃	赵瑞蕻	2卷4期
苏联文艺理论评介	莫斯科作家俱乐部		徐克刚	1卷1期
	坚持列宁的文艺原则,树立新时代的文艺批评	农菲		1卷2期
	列宁艺术是属于人民的			1卷2期
	鲁迅与苏联文学	焦敏之		2卷4期

---

① 《创刊词》,《文艺》1950年第1卷第1期。

(续表)

类别	篇名	作者	译者	卷期
苏联文艺作品及评介	滚出中国(诗)	玛雅可夫斯基		
	蓬乱的麻雀(童话)	波斯托夫斯基		
	土地	蔡密梁诺夫		2卷5期
	烛	K. 西蒙诺夫	杨苡	1卷6期
	歌颂社会主义劳动的诗歌		屠岸	2卷1期

在1—2卷内,《文艺》月刊对苏联文艺的热情不免过于显著。但更显著的,是它似乎要鉴取苏联的社会主义现实主义理论资源并以之构造"我们的文艺工作"的理论体系。实际上,从文学史眼光看,此项工作在《讲话》中业已完成,《讲话》之后此种理论建设工作已无须存在。按照周扬的权威表述,《讲话》"是中国革命文学史、思想史上的一个划时代的文献,是马克思主义文艺科学与文艺政策的最通俗化、具体化的一个概括"①。这意味着,毛泽东已将马克思、列宁主义与中国文艺的具体实践作了最完美的融合,已打造好新中国文学的"道统",此后文艺工作者主要是解释、传播这一道统(周扬、丁玲、胡乔木皆从事此业)。在此情形下,倘若有人或刊物重返马、恩,尤其是列宁,再度以之为资源"开出"各种新规范,那无疑意味着对周扬的宣称未做深入的思考。即使这新开出的规范与《讲话》相去未远,那也意味着该人或该刊尚未把《讲话》看作"新中国的文艺的方向"②,更别提"唯一的方向"。以此思路办刊,很可能会偏离新中国成立之初文艺思想整顿的整体布局。而这,正是《文艺》月刊1—2卷主要的但未必自觉到其"越轨"的工作重点。

如此判断自有根据。1—2卷《文艺》的理论建设归纳起来,其实就一句话——"坚持列宁主义的文艺原则"。这是农菲文章的醒目标题。按

---

① 周扬:《〈马克思主义与文艺〉序言》,《解放日报》1944年4月11日。
② 周扬:《新的人民的文艺》,《中华全国文学艺术工作者代表大会纪念文集》,北京:新华书店,1950年,第70页。

照农菲的界定,"列宁主义"指涉一个完整的理论谱系,涵括从马、恩到高尔基、列宁乃至到中国的鲁迅、毛泽东的理论论述——当然,核心是作为布尔什维克思想体系的列宁主义。对此,农菲写道:"作为文艺工作者来说,我们研究列宁有关文艺的启示,会使我们获得新的精神武装,使我们能顺利的完成历史给我们的斗争任务。"①文章在批评"过去在中国主张'为艺术而艺术'和主张'为人生而艺术'的人""'超阶级''超党派''第三种人''第三条道路'等谬论"的同时,大量引用列宁论述,"直接了当地说,(这些人)都是做了旧思想(封建思想、买办思想、资产阶级思想)的俘房,列宁还在一九○五年就已昭示我们:'文学应成为党的。针对着资产阶级的风习,针对着资产阶级的营利的做生意的出版业,针对着资产阶级的文学上的地位与个人主义,老爷式的无政府主义与赚钱主义。……社会主义的无产阶级应当提出党的文学底原则,发展这个原则,并且在尽可能完备和完整的形式中实现这个原则'"。② 由此,农菲认为新中国文艺的根本任务在于发扬"列宁的文艺原则":

> 根据列宁的原则,使我们的文艺工作,不仅要起到反映现实的作用,主要还在"负有在社会生活中起重要的先进作用的使命。"因此便不能对政治斗争没有高度兴趣,更不能强调"特殊"。革命的文艺家对于党(是指无产阶级的先锋队共产党)的遵从,这是很光荣的。中国的马列主义的文艺大师鲁迅,对自己的文学称为"遵命文学"。……遵人民之命,除了人民的要求无要求,除了人民的利益无利益,为人民的要求与利益而斗争,这才配得称之为新的文艺家,革命的文化战士,只有这样的人,才能算得上是列宁主义的信徒。③

这番论述与周扬大异其趣。周扬是毛泽东文艺思想的阐释者,延安文艺

---

① 农菲:《坚持列宁的文艺原则·树立新时代的文艺批评》,《文艺》1950年第1卷第2期。
② 同上。
③ 同上。

座谈会以后从未宣扬过其他主义(包括列宁主义)。这其中矛盾之处在于,如果坚持列宁主义的原则,那毛泽东文艺思想与列宁主义的关系将如何处理?对此,农菲不是没有考虑到。在文章中,他时亦引述毛泽东的个别论述。但究其实是把毛泽东视作和"列宁的最优秀的学生日丹诺夫"类似的追随者。这可以说是对新中国独立自主的文化战略缺乏深刻的认识。亦因此,他提倡的文艺批评与其说接近《讲话》,不如说更忠实于列宁原则。文章要求对解放区文学"表扬使其推广","反之,那些封建的、迷信的、色情无聊的东西仍是霸占着在政治上已经属于人民的舞台,那些粗制滥造的,和瞎拼乱凑些标语口号的庸俗不堪的东西,甚至还披上'大众文艺''人民文艺'的外衣,到处流行,未受到应有的抵制","许多人喜欢看旧内容旧形式的京剧,不喜欢看新内容新形式的话剧",故应按照列宁的指示,到群众中去唤醒群众。① 倘若细究,农菲的这些论点与毛泽东其实颇相扞格。事实上,毛泽东正"喜欢看旧内容旧形式的京剧",且能与群众同乐,并无偏执的精英趣味,能容忍所谓"粗制滥造"。

更不和谐的是,"坚持列宁主义的文艺原则"并不是农菲个人的一得之见,而是《文艺》1—2卷明确的理论倾向。这与当时多数刊物大力提倡《讲话》、用力推动学习毛泽东文艺思想大异其趣。《文艺》1—2卷无一篇阐释《讲话》的论文,反而大有"言必称苏联"之慨,大量引述的是列宁、高尔基等苏联的经典论述。如 K. 蔡特金回忆的列宁的观点:"艺术只从几千几百万人口当中的几千几百人里面产生,并不是我们对艺术的意见,我们不会这样想的。艺术是属于人民的。它的根源出自工人阶级的心灵深处。它必须为这些群众所理解,为这些群众所喜爱。"② 又如 A. 塔拉林科夫阐发的高尔基有关社会主义现实主义的经典论述:"高尔基曾经向苏联人民说过:'从你们身上,我看见了一个新人,一个庄严的人,在地球上站立起来……他向过去残余作不懈不怠的斗争,他向伟大的目标作不屈不

---

① 农菲:《坚持列宁的文艺原则·树立新时代的文艺批评》,《文艺》1950年第1卷第2期。

② 〔德〕K. 蔡特金:《列宁对文化和艺术的意见》,《文艺》1950年第1卷第4期。

挠的进行,他以新的文化武装了自己的祖国而做出惊人的英雄业绩,向全世界宣告了他的起立.'……然而这并不是说,社会主义的现实主义就抛弃了原来的批判的素质。苏联作家描绘了苏维埃人民的力量和精神的成就;但是他们也揭示了这些人们走过来的道路,也揭发敷衍、倒退和自私的习气,以及一切妨碍向上发展,向共产主义发展的错误倾向","自然主义是没有勇气深入现象的本质的,他只浏览事物的表面,他只把外在的征兆看成实质的东西"。① 方光焘也以拟对话的方式形象解释了列宁关于文学的党性的论述:

> 马克思、恩格斯仅仅指明了:在阶级社会中,任何意识形态,都带着阶级的性质。列宁却更进一步,指出了文艺、科学、哲学等等意识形态的党性,并且确定了政治对其他意识形态的指导地位。我们在列宁的思想中,可以看到马克思、恩格斯的"意识形态带有阶级的性质"一命题的发展和具体化。这就是马克思主义哲学的列宁阶段。要理解得这一点,我们才能懂得文学的党性。资产阶级的文学理论家,常常喜欢主张文学的中立性、纯粹性,以为文学是不隶属于任何党派的。这种无党派性,虽然表示对于政治的阶级斗争,毫不关心,可是"不关心"并就不等于"中立",或是斗争的中止。相反地那是对既成的社会秩序,对支配阶级的暗默的支持。列宁在《党的组织与党的文学》里,已经把这种虚伪欺瞒的论调,毫不留情地揭穿了。②

党性、阶级性、真实性,这些"新的人民的文艺"的核心概念,都被《文艺》月刊绕过了毛泽东、周扬等在国内已成体系的论述而溯源到了"列宁的文艺原则"。与此同时,《文艺》月刊整体面貌上也散发着某种"苏联风格":创刊号三副插图皆与苏联有关,如扉页是苏联艺术演出队杜金斯卡雅、谢尔基也夫在南京演出双人舞的照片,封里是玛雅可夫斯基作诗画四幅,封底是《俄罗斯问题》剧照四幅。1卷6期的封面也改成了高尔基的青铜雕

---

① 〔苏〕A. 塔拉林科夫:《论艺术的真实性》,蒋虹丁译,《文艺》1950年第1卷第1期。
② 方光焘:《文学的党性与艺术性》,《文艺》1950年第1卷第6期。

像,封里则使用了两幅高尔基图片。种种做法,或许透露出了编委会意欲创设"最正宗的"社会主义现实主义理论体系的勃勃野心,但是不是也会引起延安同行们的某种疑心——《文艺》要列宁主义,那么它还要不要毛泽东文艺思想呢?美国媒体学家凯尔纳说"媒体文化是一个你争我夺的领域"①,《文艺》1—2卷正是如此。在这两卷上,既不见阐释《讲话》的任何文字,也难以觅到周扬、丁玲、陈荒煤等延安理论家的片言只语,仿佛自成一个"文坛"。如此情形,不让人困惑也不免有些困难。

二 "华东文人"的别腔异调

在大致意义上,"华东文人"是自成一个小的"文坛"的。他们多是"鲁迅身边的青年作家",对《讲话》既是认同的,但也不乏独立的有价值的思考(如刘雪苇负责《文艺月报》时就不太赞成普及方针),也有自己的刊物和交游圈子。这一切,使他们编刊时很易对周扬重点强调的"错误的方向"缺乏慎重考量而踏上"自我探索"之路。"媒体组织的不同部分均有一定程度的自治"②,《文艺》的"自治"不但表现在坚持"列宁的文艺原则",也表现在文学创作与批评实践上。这表现在两个方面。

第一,"庸俗的资产阶级人道主义思想"。《文艺》的主要作者是"华东文人",如王啸平(茹志娟丈夫)、朱定、石言、沈西蒙等等。这些作家无疑学习过《讲话》和周扬有关"新的人民的文艺"的论述,但往往没有"刻骨铭心"地体会其微言大义,故而进入写作后时时忘却了这些理论指导。譬如,周扬要求"不应当夸大人民的缺点,比起他们在战争与生产中的伟大贡献来,他们的缺点甚至是不算什么的"③,但《文艺》刊发的作品与此要求相去较远。如创刊号在目录中以黑体标题推出的小说《马少清和他的连

---

① 〔美〕道格拉斯·凯尔纳:《媒体文化》,丁宁译,北京:商务印书馆,2004年,第11页。
② 〔美〕爱德华·S. 赫尔曼、诺姆·乔姆斯基:《制造共识:大众传媒的政治经济学》,邵红松译,北京:北京大学出版社,2011年,第1页。
③ 周扬:《新的人民的文艺》,《中华全国文学艺术工作者代表大会纪念文集》,北京:新华书店,1950年,第 页。

长》(啸平),写一个前国民党兵痞参加八路军以后"从落后到转变"的故事。在小说中,马少清劣迹斑斑,"公差贪污,企图腐化,打算开小差,火线上发洋财"。有一段描写,可见这名八路军士兵的粗鄙:"他不甘心在人家面前丢了自己的面子,'你们看不起我,我就更不肯接受你们的意见。谁看见我怕死?'张宝训只好拿出证据来:'你还赖!谁都看见的。上次打增援,你为什么从前面退下来?''我是从前面到后面来看地形。'听到他耍赖皮,张宝训可冒火了:'放你的狗屁!怕死还要说俏皮话!''妈的格屁!'马少清骂了一声,就举起了拳头。"甚至小说中的连长作风也粗暴无二,动不动就吊打、关禁闭。1卷4期刊出的《二杆子》(荆典五)中的战士也"有股子怪脾气,叫人难捉摸;无论干啥事儿总得碰高兴。遇着高兴没二话,叫他干啥就干啥;碰着不高兴,你就是拉着他,也躺在地上不起来。不过一到战场上决不含糊,精神一抖擞,倒是有股子二杆子劲"。不过,与"延安化"真正不"亲和"的是《文艺》比较倾心于人性和人道主义的故事。对于人性,毛泽东早就说过:"只有具体的人性,没有抽象的人性。在阶级社会里就是只有带着阶级性的人性,而没有什么超阶级的人性。"[①]"具体的人性""抽象的人性"如何区分,在操作上应该说难度较大,所以延安文人极少涉足,但《文艺》却对此缺乏充分估计,屡屡触碰这一不易处理的问题。1卷2期重点推出的王啸平小说《恩情》,讲述罗大娘冒认受伤的八路军为自己儿子,结果导致亲生儿子被当作八路军杀死。小说细致地描绘罗大娘内心的颤栗:"那站在门边的人,二十多年来,她熬星星,盼月亮,方熬长大的命根,他身上那块肉,那根汗毛,不是她亲生出来的?不是她'屎一把,尿一把'的养大起来的呢?!""但是躺在床上的人,这有了他们,好世道才能保得牢,没有他们,她和新儿就要回到过去那苦世道,都要像他爸一样苦苦的熬死。那恩人的八路,她大娘能忍心说不是她的儿吗?"如此将人性置放到"炼炉"上的写法,使作品具有奇异的精神深度。不过,这倒似乎属于"具体的人性"的范畴,但3卷1期刊出的朱定小说《兄弟》就分明是"超

---

① 毛泽东:《在延安文艺座谈会上的讲话》,《毛泽东选集》第3卷,北京:人民出版社,1991年,第870页。

阶级的人性"了,有着令人难以直视的人性的撕裂和痛苦。小说写张二保(共产党游击队员)的哥哥投敌,兄弟二人战场相遇,二保面临着痛苦的选择——射(杀)还是不射(杀):

> 二保抬起枪来,准星在月光下微微的发着光,准星前面就是那奔跑着的摇动的头,他紧紧的抓住了枪,手指摸到那冰冷的板机,慢慢的扣了下去,迅即用了一下劲,只觉得自己的身子震了一震,前面那摇动着的黑影突然停住了,像断线的鹞子似的,摇摇摆摆的瘫了下去。暴风过去了,月亮直照到坡上来,二保抱着枪,站在那里,就像一尊石像一样。

《恩情》《兄弟》这样的作品,无疑属于延安理论家屡屡批判的"庸俗的人道主义"。其实锐利的观察者,不难从这类小说(尤其《兄弟》)中看到苏联小说《第四十一》(拉夫列尼约夫,1926)的影子。现无材料表明朱定等撰写小说时是否借鉴了《第四十一》,但二保向哥哥扣动板机时颤栗的心境与红军女战士玛寥莎射杀白军少尉兼情人时纠结翻滚的内心瞬间是何等的相似!同样是讲述革命的故事,《讲话》出于现实的动员叙事的考虑要求避免"超阶级的人性",苏联小说则往往从永恒人性拷问战争的意义。显然,《文艺》疏离前者而接近后者。而且,在另一层意义上,《文艺》也不知不觉地违反了延安主流的叙述"成规"。恰如利萨·泰勒所言:"叙事无处不在","把过去、现在和将来事件的素材组织为叙事结构的努力实际上贯穿了所有看似散乱的文化实践"[①],革命的文学实践也内含着对某种社会秩序的确定。在此未来秩序中,革命是美好伦理秩序的保证与正义的践行者,但《恩情》《兄弟》尽管也写了战士、母亲的伟大,但多多少少地把革命放到"反伦理"位置上了?以母杀子,以弟杀兄,难道以革命的神圣名义就可以如此地将生命"抹除"吗?显然,相对于延安剧作《白毛女》《刘巧儿》乃至赵树理小说都将革命设定为幸福之源的妥贴做法,《文艺》上无疑犯有叙事的"战略"失误。这种由人性基准点而发生的叙事偏差甚至在1卷

---

① 〔英〕利萨·泰勒、安德鲁·威利斯:《媒介研究:文本,机构与受众》,吴靖、黄佩译,北京:北京大学出版社,2005年,第62页。

3期刊出的《柳堡的故事》中也有体现。在该小说中,李进和二妹子在战火中相遇、相恋,不也是因为革命而被扼杀了爱情么?(小说中李进原型后来作战牺牲并未与二妹子战后重逢)。可以说,这类作品其实并不符合毛泽东文艺思想,而与苏联文艺传统多有相通。

第二,批评实践上的别腔异调。与多数机关刊物一样,《文艺》月刊亦通过兼含排斥与认同双重机制的批评实践来建构"新的人民的文艺"。它同样疏远"旧知识分子"及其写作。① 但差异在于,《文艺》月刊在批评上非常注意艺术分析。如果说诸多机关刊物因为党性压力而往往疏忽艺术,那么倾心人性故事的《文艺》则对细节、场景、心理表现等艺术问题有着孜孜不倦的兴趣。如日木认为柳青"在描写农村人物方面,获得了相当成就",但"也有一些欧化的不适合于农民思想感情的描写,是多少带有一些涩性的,如对模范中农王存起夫妇的'接吻'描写……它有一段是:'他这娃娃似的天真使他婆姨笑了,两手把他的头搬倒,使他的被日头晒得粗硬的脸蛋碰着她的纤细的嘴唇。好像要把这一吻永远贴在他脸上一样,好久,好久,她才放开他,被幸福迷惑着,柔情地低声呻吟着……'这段描写与农民夫妇的感情,是有些不太相称的","有些地方是有些过于'细磨雕琢'"。② 对谷峪小说,则称其"结构紧凑,起伏适当,文字简炼,形象生动"③。无论是指出缺点还是肯定优点,日木的文章都扎实有力,深深

---

① 《文艺》创刊号上刊出罗荪的《向生活学习》,以小字排印,类似"花边",但其实是谈"旧知识分子"前途的重要问题。但如此编排,有意识地显示谈论"旧知识分子"已非新时代的"重要"任务。这种姿态本身就透露出排斥。创刊号还刊出平原的《警惕! 假洋鬼子! ——揪住胡适博士的假辫子》,称:"到华尔街玩战争的火,/在上海滩讲演水经注;/不管你玩水玩火,/白华人的命运,/等待着你这位'多才的博士'。"此诗与罗荪一文,划清了《文艺》与"旧知识分子"的界限。而此后以"小资产阶级""洋化"等为借口展开的对"新文学"/知识分子传统的排斥,始终存在于《文艺》之内。如劝告青年写作者摆脱"小资产阶级"的影响:"在中学的作文练习上发现一些同学写起文章来唉声叹气、恼春愁秋、寂寞空虚……那一套不健康的思想感情,说明他们仍然没有摆脱旧的封建主义和资产阶级的颓废和腐烂的思想毒素的影响",有的"只是注重辞藻的修饰,用许多漂亮的形容词去堆聚,内容方面反而不加注意,这种文章特别是诗歌,是受了旧的为文学而文学的影响,追求空虚的美和形式的完整"。艾明:《青年学生写作上的偏向》,《文艺》1950年第1卷第3期。
② 日木:《评柳青的〈种谷记〉》,《文艺》1950年第1卷第4期。
③ 日木:《读谷峪的三篇小说》,《文艺》1950年第2卷第2期。

植根于艺术分析。不过这并非评论家的个人习惯,而更多是《文艺》有意的提倡。对艺术质地的重视,《文艺》往往通过"编者按"或"读稿随笔"一类的文字传达出来。如对小说《教训》的推介:"作者是深深地感受到这种人物的痛苦和欢乐的","当然,由于作者是初学写作的工人同志,艺术概括的能力还不够,仍嫌太单薄……如果要使作品深厚而有力,那是需要长时间的从生活上写作上不断去锻炼提高的"。① 又如对青年习作的评述。瑞朵称:"(《舅家》)给人一种深厚亲切的感染力。作者的笔,轻松的触及到日常生活中,最接近本质,最富有典型性的东西",但"还不够深刻,结实",而《我们等待着》"是一首很美好的抒情诗",但"还不够深刻和踏实",缺乏"明确的认识基础"。② 尤其是,《文艺》还和另一份"华东文人"刊物《光明日报》"文学评论"双周刊南北呼应,于2卷6期推出"评《柳堡的故事》特辑",发表了成文英《评〈柳堡的故事〉》、竹可羽《关于〈柳堡的故事〉》、王啸平和沈西蒙《我们对〈柳堡的故事〉的看法》、秋田文艺学习组《我们讨论〈柳堡的故事〉》等文章。《柳堡的故事》是文笔优美的佳作,原刊于《文艺》,现在《文艺》又专门组织讨论。在讨论中,成文英(王淑明化名)、竹可羽的争鸣文章同时刊出。不过这关系密切、私下实为朋友的二人疑似"双簧",先是成文英以主流方法批评该小说描写士兵与驻地群众的恋爱"走上了不正确的道路",可能"会腐蚀战斗部队的情绪,并会使新的军事建设,受到了很大的损害"③,接着竹可羽猛烈批评成文英"不顾事实和不顾逻辑",认为李进未开小差"是由于他对部队的爱,和对革命坚持到底的信念",而指导员对二妹子的注意也因于群众路线,"指导员为自己不够关心基本群众(二妹子)的痛苦而严格地责备了自己",最后认为"《柳堡的故事》是今天中国所能看到的最好的短篇小说中的一篇"。④ 而王啸平、沈西蒙虽然承认作者带有"一些小资产阶级的温情","不够站在

---

① 莫耳:《〈教训〉读后感》,《文艺》1950年第2卷第6期。
② 瑞朵:《习作简评》,《文艺》1951年第3卷第1期。
③ 成文英:《评〈柳堡的故事〉》,《文艺》1950年第2卷第6期。
④ 竹可羽:《关于〈柳堡的故事〉》,《文艺》1950年第2卷第6期。

比李进思想感情更高一层来看二妹子","描写二妹子,只写她的头发,她的眼睛,她的多情,她的美丽……而对二妹子这农民的劳动、战斗、阶级……的气息则写得很不够",不过他们又认为这些到底只是"白玉之瑕",而作者"以他丰富的生活体验,以他一定的思想水平,以他相当卓越的表现技巧,给我们贡献了这篇颇受到群众欢迎的作品","(我们)是应该向作者学习的"。① 这些批评与讨论,显然缺乏"政治标准第一"的追求。

逆"政治标准第一"而推重艺术分析,以"人"的命运为基准而混乱了革命的文艺秩序的生产,甚至强调群众化、政治化而又极少提及《讲话》的普及方针,这些得失并存的做法在当时机关刊物中多少都显得有些与众不同。尤其是,《文艺》的办刊实践又与"坚持列宁的文艺原则"纠结不清,而与延安则存在一定的差异。这实际上使《文艺》成为当代文学"将《讲话》和延安文艺向国统区推广、进而在全国施行其'霸权'的过程"②中的步调不尽一致者。不过,这些不尽一致似有若无,似无若有。那么《文艺》到底有没有倾心"列宁的文艺原则"而疏远新中国的文艺方向呢?答案如何,《文艺》月刊的实际办刊历程才是最好的说明。

三 《文艺》的调整与停刊

其实,变故在3卷1期就发生了。该期《文艺》月刊突然篇幅减半,由66页骤减至33页。这无异于被"拦腰"斩掉一半,可谓大的变故。这对私营同人刊物或可谓正常,但《文艺》乃南京文联机关刊物,出现如此窘状多少出人意料。对此,《文艺》是怎样解释的呢?编者写道:"读者可以看到,本期刊物的面貌,较前有些改变了。是的,为了改变,我们把出刊时间延长了几天。"③"有些改变",显得颇为"平淡","为了改变,我们把出刊时间延长了几天"则多少暗示着"改变"中的复杂与无奈——刊物都缩减过

---

① 王啸平、沈西蒙:《我们对〈柳堡的故事〉的看法》,《文艺》1950年第2卷第6期。
② 贺桂梅:《"当代文学"的构造及其合法性依据》,《海南师范学院学报》2006年第4期。
③ 《编后》,《文艺》1951年第3卷第1期。

半了,出刊时间应是提早而非延迟,现在"延长了几天"是不是因为编辑部在和有关部门交涉呢?不过这篇"编后"对于缩减原因终究是一语未及。但在此前一期(1950年12月15日出版)上,编辑部刊出过一份"总结",提到过刊物"不上不下"的窘况:

> 刊物的读者对象欠明确,因此造成了内容的混乱。形成所谓"不上不下"的情况。有些文章工农大众看不懂,不爱看,而且刊物价格高,装潢太好买不起……有些知识份子和文艺工作者,则认为虽有可看的,但太粗浅;有些则认为既不深,也不浅,总之是不够味,既花钱还不如买一本《人民文学》或《文艺报》,内容比它精彩的多,所以大家反映没有基本的读者,没有为工人所深切爱好,也没有为知识青年所深切爱好,"两头落空,所以不上不下"!……(我们)存在着模糊观念。在选择稿件上不是求高度的思想性与简洁明白的文字技巧相结合的作品,使能满足无论是智识分子,文艺专家和工农大众;却模糊的意识着有那么一种专给专家读的作品或一种专给工农大众读的作品;而实际上是不会有这样的作品的。①

这的确可以算是一种偏失。不过其"偏"尚不足以以削减一半的篇幅来示改正。如此"腰斩"表明两点:一、《文艺》月刊的错误实在过于严重,非以峻厉手段而不足以纠正之;二、作出此决定的不是《文艺》月刊,甚至也不是南京文联,而很可能是更为上级的有关部门。不过时过境迁,笔者未能搜集到准确揭示其内情的史料,但从3卷1期以后《文艺》所发生的调整也能看懂其中的来龙去脉。那么,有哪些调整呢?这也体现在三个方面。其一,增设"青年习作专栏",帮助初学者写作。对此,编辑部称:"过去编辑工作的许多缺点,现在我们正积极地纠正和改进,使之真正成为广大的读者,特别是工人、学生和干部所喜爱的东西","为了满足工人和青年学生的要求,为了广泛的开展工厂和学生的创作运动,我们决定刊物每期设

---

① 本刊编辑部:《一年来编辑工作的回顾和今后瞻望》,《文艺》1950年第2卷第6期。

一青年习作专栏,专供初学写作的青年发表作品。同时为帮助提高青年们的写作水平,我们还特约了对文艺有研究的朋友,经常为习作写简评。另外,我们还增添了一个文艺顾问栏,专为大家所提出的文艺问题,作解答和研讨"。① 其二,强调政治化,甚至标举"赶任务",编辑部表示:"在编辑上,我们是尽量做到与当时当地的具体政治任务相结合的。现在,镇压反革命运动正在大力展开,我们就以此为重点,选择了稿件。这里所见到的几篇东西","都在不同的角度上,反映了人民是怎样地需要镇压反革命;人民是以怎样昂扬的情绪,投入了这个运动",并表示"今后依靠广大的作者和读者共同努力,和全南京人民一起前进,我们是相信是可以做得更好些的"。② 其三,落实"政治第一"的批评标准。可能是主动纠正此前"评《柳堡的故事》特辑"的错误,3卷5期刊出刘金《从实际出发》批评《柳堡的故事》违反军纪。3卷6期又刊出江波的文章,认为该小说的"思想性是不强的",比如"指导员第一次看见二妹子后说:'……(她)长得很俊俏,身体也很健康……她转身的时候,她那乌黑的辫子撵了一个小半圈。我想:她那里会是特务?我放心吃饭去了。'这是多么令人难以理解的事!对二妹子的身世一点还没有调查研究过,只是把她的外形细腻地描写了一番之后就下了结论而且'放心地吃饭去了',作为一个政治工作者竟无原则到了什么程度?"③

然而,《文艺》在这三方面的调整未必完全"对症"。除第二方面外,一、三两方面实际上《文艺》一开始即已有之,如配合政治运动组织的专辑一直有之④,"青年戏剧讲习班"之类的写作培训也多有坚持,现在再把这

---

① 《编后》,《文艺》1951年第3卷第1期。
② 《编后》,《文艺》1951年第3卷第4—5期。
③ 江波:《关于小说〈柳堡的故事〉的思想性》,《文艺》1951年第3卷第6期。
④ 在3卷以前,《文艺》月刊的政治化色彩是不弱的,如2卷2期以"保卫世界和平并声援朝鲜人民解放战争"为题,竟刊出了23篇文章,占全部37篇的2/3,其中包括A. 伏尔考夫《为各族人民的和平幸福奋斗的伟大战士》、罗荪《美国式的人道》、季音《"安全地带"与"无人区"》、刘开荣《美帝国主义大悲剧的又一幕》、杨扬子《向朝鲜人民致敬》(诗)、公兰谷《保卫世界和平》(诗)、方之《杜鲁门老爷求上帝》、张黎和侯澄阶《我们一定要解放台湾》(歌曲)、亦五《反帝英雄金日成》(鼓词)、吕军《蒋介石歪传》(鼓词)等作品,2卷5期抗美援朝战争正式爆发,又刊出《南京文联为拥护各民主党派抗美援朝卫国保家宣言的声明》、歌曲《同志们,拿起枪》(郑造、徐厚仁)、《并肩作战》(郑造、武俊达)、《水来土掩》(张黎、侯(转下页)

两点加强,并谈不上"新变"。那么,如此作论是否意味着《文艺》编辑部被这场变故弄得方向迷茫,连调整的着力点都无从作出准确判断了呢?其实也不尽然。尽管刊物未出现像前述三方面那样的检讨和解释,但另有两种调整却无声无息地发生了。这是两种相反相成的调整:第一,自 3 卷 2 期起,《文艺》月刊一改此前对列宁、高尔基、西蒙诺夫、法捷耶夫等苏联文学资源的过分热情,不再刊登苏联论文,而代之以南京文联领导的讲话稿件。"列宁的文艺原则"一类提法,自此在《文艺》月刊不复出现。不过对此变化,《文艺》未在任何文字中说明。第二,也是从 3 卷 2 期起,《文艺》月刊第一次正面评价来自八路军小说家的作品。林番的《〈桑干河上〉片谈》对丁玲的这部小说不吝赞美之辞,认为"由于作者明确地把握了错综复杂的社会关系,由于作者具有了艺术的概括力,给我们的启发和教育是非常深的"①。而到 4 卷 1 期,又出现了阐释毛泽东文艺思想的文章。叶复在文章中引用毛泽东《实践论》的论断——"无产阶级及革命人民改造世界的斗争,包括实现下述的任务:改造客观世界,也改造自己的主观世界——改造自己的认识能力,改造主观世界同客观世界的关系"——进而称:

> 文艺作品反映现实事物,首先要通过文艺工作者对客观现实的正确的认识。为什么有许多作品所表现的工农兵,却是小资产阶级型的,为什么中国人民在革命斗争中取得了伟大的胜利,已经英勇地站立了起来,而我们的作品还往往要表现自卑的一面,更多的,更善于反映落后的一面;这主要的原因,就是作者的主观世界的改造问题,还没有能和客观世界的伟大变革密切的结合,中间有了一段距离,以致于主观认识往往落后于现实的发展。②

(接上页)苣)等作品。此期"编后记"还说:"因为时间的紧迫,在这一期发表的抗美援朝,保家卫国的作品,无论在数量和质量上谈,都是非常不够的。尤其是缺少工人的作品,我们计划在下一期中,更多地发表这一方面的东西。"

① 林番:《〈桑干河上〉片谈》,《文艺》1951 年第 3 卷第 2 期。
② 叶复:《学习〈实践论〉——短论》,《文艺》1951 年第 4 卷第 1 期。

此文卑之无甚高论,不过就《文艺》而言意义实在重大——这是《文艺》刊出的第一篇学习、阐解毛泽东文艺思想的文章。不过,它又未免过于姗姗来迟。从《文艺》创刊的 1950 年 1 月 15 日,到刊发叶复此文的 1951 年 7 月 15 日,整整五百四十余日已经过去了,《文艺》到此时才想起"毛泽东文艺思想"①,而且叶复此文还只是一篇短论,这种态度恐怕上级部门未必能够理解。而且,对重量级延安作家的关注也只有那么一篇,从此再无下文。如此调整显然力度不足。不知是否因此,到下一期(4 卷 2 期),《文艺》月刊竟然宣布停刊了! 在中国当代文学报刊史上,这是第一份并未遭到重大批评而停刊的机关刊物,其情形不能不令人特别留意。

机关刊物理论上讲是政府声音的传达者,故《文艺》不能不对停刊有所解释:"(《文艺》)没有很好的估计自己的力量,面向南京群众,办好地方性刊物,而去追求形式上的'堂皇'与'大派头'就难免要产生驼子摔跤两不着地的现象了",因此"把目前这个形式的刊物,暂时停止"。② 对此解释,不知读者是否相信,至少编辑部自己是不大相信的。因为编辑部在检讨停刊原因的同时又刊发了一封意味深长的"读者来信"。署名"麟"的读者表示:

> 《文艺》月报从 3 卷 1 期(十三期)改进以后,已满一年了,内容增设了"青年习作"、"文艺顾问"和"习作简评"等栏,来专供初学写作的青年发表作品,帮助大家解决文艺上的问题。这样的改进,无疑地扩大了文艺的阵地,鼓励和帮助了我们青年文艺爱好者……我个人愿尽最大的努力,来支持它,团结在《文艺》的周围学习进步,做它一个忠实的读者和积极的通讯员。③

---

① 这倒不是说《文艺》月刊完全忘了毛泽东。事实上,在创刊号上《文艺》也刊出过赖少其的《见毛主席》(特稿),在阐解"列宁的文艺原则"时偶尔也提及毛泽东的个别文艺观点,但其分量显然不足以与列宁、高尔基等相提并论。无疑,多数"华东文人"此前对毛泽东接触不多,对其政治、军事战略应该有钦敬,但对其作为"文艺方向"则缺乏深切的体会。
② 编辑部:《致读者》,《文艺》1951 年第 4 卷第 2 期。
③ 麟:《对〈文艺〉改版后的意见和希望》,《文艺》1951 年第 4 卷第 2 期。

这封来信颇有可能是编辑部伪托,或授意通讯员所写。它明显反对"暂时停刊"的决定,并对《文艺》的未来抱以殷殷期望。一封"读者来信"当然改变不了停刊的结果,但它却可以传达出编辑部不服气的情绪。不过,从中也可看出,"坚持列宁的文艺原则"是否是一个"错误的方向",在《文艺》与上级部门(华东宣传部抑或中宣部)之间,并没有明确提出。而作为批评借口与改进理由的,都是有关配合政策、扶持新人之类的枝节问题。《文艺》最后的不服气应亦由此而来。然而不论《文艺》月刊对"坚持列宁的文艺原则"最终持什么态度,但它最初两卷的编辑实践确实能让后来观察者体会到"新的人民的文艺"在形成过程中所面临的不同文学成分、不同文学资源之间的冲突和"竞争"。恰如论者所言:"'当代文学'的历史叙述和文学知识被生产出来","其实也是与其他政治立场的文化活动,与左翼内部形成分歧的派别之间'不断地互相争斗'的结果"[①],当然《文艺》所代表的,与其说是鲁迅以降的左翼传统,不如说是另一种当时被疏忽、事后又被文学史"遗忘"的源于新四军的"老解放区文艺"。而被"遗忘"的处境,显示的又是制度的决心和力量。因此可以说,报刊体制在此明确参与了当代文学内部的版图重构。

---

① 贺桂梅:《"当代文学"的构造及其合法性依据》,《海南师范学院学报》2006年第4期。

第8章 《光明日报》"文学评论"双周刊(1950.2—1951.11)

《光明日报》"文学评论"双周刊不是《光明日报》直接筹划、出版的文学副刊,而是"华东文人"王淑明创办并主要负责。该副刊1950年2月26日创刊。主要刊发有关最新文学作品和文坛现状的批评,在办刊思路上延续了新文学时代的运作经验。1951年11月3日,该刊在屡经批评后停刊。

"新现实主义"和文艺界的"华东系统"

——1950—1951年间的《光明日报》"文学评论"双周刊

洪子诚认为,1949年后文学尽管存在"一体化"趋势,但其内部"事实上仍存在复杂的,多种文化成分、力量互相渗透、摩擦、调整、转换、冲突的情况"①,这是切合实情的判断。其实,当代文学的发生与形成,不仅是"新的人民的文艺"与其他异质"文学成分"(如新文学、鸳蝴派等)不断竞争、整合的结果,同时也是解放区文艺内部不同"力量"之间摩擦、冲突和妥协的产物。在此过程中,存在于1950—1951年间、数次引发文坛"波澜"的《光明日报》"文学评论"双周刊,就是一份具有典型意义的文学报刊个案。作为"社会权力及其斗争的一个重要论坛"②,这份出身"华东系统"的报纸文学副刊,虽然最终只运行了不到两年的时间,但它对"新现实主义"的理论探索与批评实践,为"新的人民的文艺"的自我建构留下了一份弥足珍贵的文学史档案和精神档案。

一 未被重视的"华东系统"

文艺界的"华东系统"是笔者尝试提出的概念。新中国成立以后,功勋卓著的华东野战军领导人均得到中共中央的妥善安排,但对华东出身的文人,领袖们就不暇细顾了。于是,在胡乔木、周扬等延安文人安排下,"华东文人"就未必都得到了慎重考虑。当时中国作协重要职位几乎全部由延安文人"包办","华东文人"仅在华东(如上海、南京等地)有

---

① 赵园等:《20世纪40—70年代文学研究:问题与方法》,《中国现代文学研究丛刊》2004年第2期。
② [美]道格拉斯·凯尔纳:《媒体文化》,丁宁译,北京:商务印书馆,2004年,第62页。

一定话事权。遗憾的是,文学史家都颇留意解放区文人与国统区文人之间的不平衡,但对解放区文人内部的不平衡则甚少考虑。其实,有权力者之间的斗争较之有权者/无权者之间的矛盾,更深地塑造着当代文学。尤其"华东文人"在两个层面上颇值得注意。其一,数量与质量均不容小觑。据统计,除去牺牲者与中途他去者外,至解放战争末期仍在华东的知名文人计有:夏征农、徐平羽、彭康、阿英、石西民、彭柏山、刘雪苇、朱定、王啸平、石言、黄源、赖少其、王淑明、吴强、茹志娟、陈山、沈西蒙、胡考、菡子、许幸之等。他们在当时、后来都不乏优秀之作。其二,"华东文人"在文艺观念上与延安存在整体性的差异。他们普遍没有延安经历,而新四军的领导作风(早期项英与中央思想有一定距离,后期陈毅则率性浪漫)及四面临战的险恶环境,又使延安式的"整风""抢救"运动不能充分实现。从"工农兵文艺"看,新四军文艺工作存在自由主义作风。一则关于阿英的材料可见一斑:

> 阿英初到盐阜抗日根据地,写作上有顾忌,以为只能写歌功颂德的文章,陈毅给阿英写信,借谈个人看戏感受,婉转表达自己的看法,他在信中说:"忆二十年前从学成都,尝往观《孝琵琶赵五娘》之'剪发'、'描容'、'挂画'诸节,其悲苦动人之处,迄今恍忽犹在心目。平生新旧剧寓目不多,真使我领略悲剧至味者,乃川班之赵五娘也。文学趣味以悲剧为最上乘。平生观戏,读小说与诗歌,均喜欢悲剧的,最恨歌功颂德以及酬对标榜之作,此或人之恒情,不独一人为然"。陈毅这种语重心长的肺腑之言,使阿英释疑解虑,全力投入了抗日文学写作。①

陈毅"以悲剧为最上乘"的趣味,可谓相当不"普及"。事实上,即使《讲话》公布以后,陈毅也未教条式地将"工农兵方向"规定为唯一方向,相反,他"要求文工团根据不同的对象,不同的情况,上演不同的作品",也

---

① 曹晋杰:《新四军与文化人——华中抗日根据地文化工作轶闻拾零》,《新文化史料》1994年第1期。

"鼓励作者有个人的创作性格、各自独有的表现方法"。① 如此风气之下,"华东文人"们的叙事诉求、审美追求以及对文学批评方法的理解,虽与延安文人存在"共识",但更有差异。譬如,他们在题材上会兼顾知识分子,在内容上非常重视展示人性的深度冲突。可以说,不甚同于《讲话》的文艺观念、散漫独立的作风以及经年累积的战斗情谊,使"华东文人"无形中形成了某种松散的"圈子"。这种与延安有所差异的文艺思想,兼之不太如意的现实处境,构成了"华东文人"对"新的人民的文艺"的不同于延安文人的探求之路。

《光明日报》"文学评论"双周刊的创办,正是"华东文人"不利处境的直接反映。它的创办人王淑明(1902—1986),早年在"左联""担任宣传部长负责宣传部工作"②,与鲁迅先生有所交往,和徐懋庸、周立波等共同主编《希望》半月刊。1938 年与吴蔷(吴强)结伴投奔新四军,担任皖南新四军总部教导总队主任,1939 年任新四军江北干校政治主任教员,解放战争期间任山东大学文艺系、教育系主任。新中国成立后,他没有进入华东,而是取道山东到达北京。在四处都是延安文人的北京,他的境况便多少不是那么如意。对此,他曾如此自述:

> 我到北京来参加文艺工作,觉得行政职务太小,"名不见重于当时",比起其他许多同志来,实在是"相形见拙",大有"冠盖满京华,斯人独憔悴"之感。觉得组织上既对我不信任,不另加青睐,就只有靠自己搞出名堂来。办刊物,就是自找出路的一法。③

一个革命作家沐浴在新中国的阳光里,怎会有"斯人独憔悴"之感呢?延安文人就很少如此。韦君宜回忆:"我记得刚进城时,我和杨述在北平街

---

① 章洛:《昔日的辉煌 今天的借鉴——新四军文艺工作简述》,《铁道师范学院学报》1993 年第 4 期。
② 金其安:《30 年代的左联宣传部长王淑明》,《江淮文史》2002 年第 4 期。
③ 王淑明:《从〈文学评论〉编辑工作中检讨我的文艺批评思想》,《人民日报》1952 年 1 月 10 日。

头闲走,指着时装店和照相馆橱窗里那些光陆怪离的东西,我们就说:'看吧!看看到底是这个腐败的城市能改造我们,还是我们能改造这个城市!'当时真是以新社会的代表者自居,信心十足的。"①不过,"信心"是建立在组织重用的基础上的。1949年,32岁的韦君宜无论资历还是才质,都堪称平平,但她接连出任共青团中央宣传部副部长、《中国青年》总编辑、北京市委文委副书记等重要职位,当然意气风发。而此时已47岁的王淑明,不能不倍感苦涩。以他的资深经历,以他的理论能力②,担任一个类似《文艺报》副主编的职位并不为过。但实际上当时王淑明几乎没担任过关键的职务。据资料记载,"他先后担任人民文学出版社中国现代文学编辑部主任,中共中央宣传部文艺处戏剧组组长"③。其实,这都是1951年以后的事情了(人文社1951年才成立),那么此前1949年、1950年王在何处谋职呢?现有史料都言之不详,估计只是充任人民出版社普通编辑。王自言"行政职务太小",无疑是据实而论。当然,这种苦涩是"华东文人"自然而然的结果,另一位理论新秀竹可羽亦有类似遭际。怀才不遇的共同处境,促使他们"自找出路","文学评论"双周刊由此产生(1950年2月26日创刊)。

这决定了"文学评论"双周刊与当时其他党办刊物的不同。这表现在两个方面。其一,王淑明早年深受鲁迅影响,办刊之时已形成了比较系统的文学观念。其二,王淑明既然有意"靠自己搞出名堂"来,那么这份副刊就必然会有意识地自异于众,它的"编辑哲学"也必会在国家意识形态之外另有所循。对此,王淑明在创刊号上略有表示:"作者写出文章来是为了给读者以教育","一篇批评文章发表了,他的意义,对读者来说,较之对

---

① 韦君宜:《思痛录·露沙的路》,北京:文化艺术出版社,2003年,第21页。
② 王淑明在"左联"时期就从事文学批评,从新中国成立初年他大量发表的批评文字看,从1950年代中后期他撰成《论人情与人性》《关于人性问题的笔记》等重要理论文章看,王淑明对现实主义文学理论的思考水平并不下于周扬、邵荃麟、陈荒煤等文艺理论家,惜乎未能得到一展其才的机会。
③ 金其安:《30年代的左联宣传部长王淑明》,《江淮文史》2002年第4期。

作者个人,恐怕要更重要些"。① 这段"编后"略似发刊词,看似平淡无奇,但有两点是异于众的。一是当时党报党刊无不开宗明义地表明自己作为政府宣传阵地、"遵循全国文协章程中所规定的我们的集团的任务"②的体制定位,而"文学评论"却在此之外重点谈论"读者",其间区别微妙而又重要。二是"读者"到底指谁,编者并未明言。一般而言,1949年后读者与"群众"几乎同义,但从该刊动辄就刊登篇幅甚长的理论文章看,其预设读者并非工农兵。由此不难推断,"文学评论"双周刊与其说是为读者服务,不如说是要借"群众"名义逾出党报党刊的边界而践行其特定的文学诉求。事实是否如此呢? 王淑明日后在检讨中交代说:"这刊物一开始,就具有同人的性质","我们几个人偶尔谈起,觉得当时的文艺批评的空气太沉寂,需要有一个刊物,来把它搅动一下"。③ "同人"显然不合时务,故王淑明有意识地选择了民盟报纸《光明日报》,希望在体制的缝隙中运作这份副刊:

> 我觉得《人民日报》是党报,在这上面出刊,我们的文章,就要受到审查,就有许多必须修改,而且甚至不能刊用……(而)在《光明日报》上附刊,我觉得有几种便利:一,不受审查。想说什么,就说什么,天地辽阔,可以放任而自由。二,既然是民主同盟办的报纸,党即使要来干涉或领导,亦有所不便。④

这也表明,"文学评论"双周刊与《光明日报》没有本质关系,而更多是份同人副刊。⑤ 这种"同人"性体现为比较明显的华东风格,与当时南京的《文

---

① 《编后》,《光明日报》1950年2月26日。
② 《发刊词》,《人民文学》1949年第1卷第1期。
③ 王淑明:《从〈文学评论〉编辑工作中检讨我的文艺批评思想》,《人民日报》1952年1月10日。
④ 同上。
⑤ 这份双周刊除了主事人王淑明之外,目前尚不太清楚还有哪些同人。据竹可羽自述:"我参加了《光明日报》上'文学评论'的编辑工作。"见竹可羽《论文学与现实的关系》,北京:作家出版社,1957年,第174页。此外,萧枫、岳海、陶建基等人,可能亦有参与。

艺》月刊南北呼应,与稍晚创刊的《文艺月报》(上海)也颇有仿佛。

二 疏离《讲话》的"新现实主义"

"文学评论"双周刊以文学批评为主要任务,有意地"搅动"了当时正在迅速延安化的文坛。王淑明在办刊过程中"比较有系统地研究一些文艺理论上的问题"①,并与周扬、丁玲等延安文人一样,展示了设计当代文学的非凡胸襟。但不同的是,周扬、丁玲等为《讲话》权威阐释者的位置竞争不已,王淑明却在此方面不大用力。"文学评论"在全部44期中没有发表过一篇有关《讲话》的阐解文字,相反,却大量译介了早期无产阶级文论和当时最新的苏联文艺政策与思想②,并屡以"编者按"形式重点推介,如对《布尔什维克》杂志社论也评介说:"本文内容,系对近年来苏联文学作一概括性的总结,其中论到文学与政治,文学与传统和革新,对社会主义的现实主义的正确理解等问题,涉及范围,相当广泛,而论断却非常深刻,是一篇重要的理论文章。"③这种种做法,似在奉苏联文学为"正典"资源,而与已"规定了新中国的文艺的方向"的《讲话》相对疏远。

这种疏远更突出地体现在该刊以"轰炸"姿态密集刊登的王淑明、竹可羽等同人的系统理论文章。这些文章以车尔尼雪夫斯基、高尔基、列宁、日丹诺夫等俄苏理论家作为资源,以荃麟、胡风、冯雪峰等作为理论对手(很少提到《讲话》及周扬等的解释),展开了有关"新现实主义"创作原则与艺术方法的阐述。所谓"新现实主义",是与"旧现实主义"(即批判现实主义)相区别而言。它的"新",按竹可羽的解释,在于现实主义、浪漫主义的相互激发:

---

① 王淑明:《论文学上的乐观主义》"后记",北京:文艺翻译出版社,1952年,第235页。
② 比较重要的文章有:《为了民主主义文学的前进——以艺术方法问题为中心》(藏原惟人)、《苏联作家协会创作组的活动》(B. 柯瓦列夫斯基)、《苏维埃文学的新特色》(塔拉辛科夫)、《论作家的劳动》(法捷耶夫)、《作家的技巧》(康·斐定)、《论活的主人公》(C. 巴巴耶夫斯基)、《苏联文学在新的高涨中》(《布尔什维克》杂志社论)等等。
③ 《苏联文学在新的高涨中》之"编者按",《光明日报》1951年9月8日。

(作家)得具有巨大的远见,就得高升到日常的事变之上,并了解还隐藏在未来之中的这些事变的意义。这就是说,现实主义的水平,必须提高到能够真实地正确地描写发展中的新的人物和新的生活。浪漫主义的水平必须从这样发展着的现实出发,越过现实或越过事变的自然过程,去描写在将来可能实现和应当实现的人物和生活。这就是说,对于现实的深刻的理解和对于未来梦想的巨大的信心结合在一起。①

这种观念其实是要求将历史主义的信念融贯到现实再现中去。王淑明持相似意见。他在批评自然主义"止于得到些皮面的外在现象,没有法子了解事物的内在的本质和规律"②的基础上,以"乐观主义"概括"新现实主义"的特色:"(作家)不仅要表现现实中的今天,而且还要展示其中未来的明天。作家们要用巨大的篇幅与辉煌的史诗,来丰富现实生活的内容,鼓舞人民生产建设的激情,歌颂他们崇高的道德品质;并且还要在人民面前展开着现实的远大图景。不仅善于描绘现在,重要的是能够发现正在成长着与尚处于萌芽状态中的东西。"③显然,这种"新现实主义"与"左联"时代的社会主义现实主义命题是衔接的,但它又结合社会主义建设的新语境提出了新的文学要求。这种要求,更具体地体现在关于人物、暴露、真人真事描写等具体叙述方法之上。

作为革命文人,王淑明等自然接受了"正面人物"与"反面人物"之间的"区分的辩证法"。正如美国媒体学家詹姆斯·卡伦所言:"媒体是操纵社会秩序和群体共识的主要手段"④,"文学评论"同样把正面人物和反面人物的描写视作新的文化认同生产的重要部分。在此意义上,王淑明要求作家告别新文学的"传统的表现手法",认为那样会"将翻身后的农

---

① 竹可羽:《现实主义与浪漫主义结合》,《光明日报》1950年3月12日。
② 束萌(王淑明):《论真人真事与"反自然主义"》,《光明日报》1950年3月26日。
③ 王淑明:《论文学中的乐观主义》,《光明日报》1950年4月24日。
④ 〔美〕詹姆斯·卡伦:《媒体与权力》,史安斌、董关鹏译,北京:清华大学出版社,2006年,第153页。

民,写成愁眉苦脸的样子",且会使"人民军队中的指战员,不是被表现得软弱无力,就是流于概念化","至于工人以主人公的身份来参加生产建设的事业,这样的被写进作品中的事,更可以说是少有"。① 这无疑是当时文艺界的共识:显然,"愁眉苦脸"的农民难以承担新的国家"主人公"角色,而"新的人民的文艺"又必须将农、工、兵在叙述中"锻造"为新的同质主体,以求造就新的人生认同。对此,王淑明明确指出:"人民今天在历史上所表现的伟大业绩,千百倍的超于资产阶级,我们的文学家,就应该以充分的篇幅,描写这一伟大的历史事件,创造人民的各种英雄形象。随着历史的向前发展,人民自己也将更加呈现出各种新的优良品质来。而我们的作家,也就要更能采用各种各样的文艺形式,将这新的优良品质,全面地、深刻地表现出来。"②但这里也存在暧昧区域:如果将"人民"中的工农兵再现为"英雄"是"历史的要求",那么同属"人民"的知识分子又该享有怎样的叙事"待遇"呢?这问题无疑突出而又复杂。对此,周扬在第一次文代会上讲得颇为含混,嗣后上海文艺界也议论纷纭,"文学评论"双周刊则意见明确:

> 如果一部作品中有小资产阶级作次要角色,自然没有问题,如果整个文艺界来说,有"几部"以小资产阶级为主角的创作,自然也没有问题,问题在哪里呢,问题在于你是否能够写出中国的小资产阶级在中国人民民主革命过程中最本质的形象和最本质的意义。……今天中国小资产阶级在革命过程中,最本质的是无产阶级化的过程,和工农兵结合的过程。我们正希望有这样的创作出来,因为我们还没有这样的好作品。③

"自然没有问题"的说法其实与延安文人有异,但本质化(历史化)的再现方法,则是"左联"时期社会主义现实主义对文学提出的要求。它还进

---

① 王淑明:《论文学中的乐观主义》,《光明日报》1950年4月24日。
② 同上。
③ 竹可羽:《现实主义与浪漫主义结合》,《光明日报》1950年3月13日。

一步地具体于反面人物之上。竹可羽指出:"现在也有人问,是否需要写暴露反动分子的作品,肯定地说,需要,因为我们也没有一部比较好的这样的作品,但是暴露他们的什么呢? 仅仅一般地说暴露他们的野蛮和残酷,这是不够的。应该暴露他们如何在伟大的人民革命力量高涨前面的垂死的挣扎,暴露他们死亡的过程","只有这样才能真正暴露出他们反动的时代本质的意义来"。①

"文学评论"双周刊还就表现"真人真事"给出了建议性的规范:"问题不在于应不应写'真人真事',问题在于'真人真事'是否具有典型的意义,是否集中了或反映了现实的本质的东西"②,"《母亲》与《真正的人》所以有那样伟大的成就,其原因是在于高尔基和波列伏依能从个别的事物中发现其一般的意义,从新生的事物中找出其成长的要素与特征,将他集中地概括的表现出来;这样,就把那些不必要的、偶然的东西完全删除掉,而将其中的一般的具有代表性的特点保存下来"③。而哪些是"本质的"哪些又是"不必要的""偶然的",同样由"新现实主义的创作方法"所规定,即"不再仅是如实地反映事实,而是要能比现实站得更高,更远,更富于指导现实的意义"。④

"文学评论"有关"新现实主义"的这些提倡与阐述,是新中国成立初年解放区文人关于"新的人民的文艺"的有效探索。整体看来,它与周扬等延安文人讲述的社会主义现实主义非常接近,同样强调意识形态介入,同样注重以"历史"方法再现人物与故事,但"华东"色彩同样明显:王淑明、竹可羽等很少援引《讲话》,而是以与俄苏文论汇通的气魄提出系统的建设性的理论建构,呈现出1930年代的左翼风范;他们也很少谈及延安文人夙夜在心的思想改造、普及化等问题;更强调"人"的真实,譬如要求作家描写人物转变时"必须将其主人公的内心斗争的非常复杂曲折的过

---

① 竹可羽:《现实主义与浪漫主义结合》,《光明日报》1950年3月13日。
② 同上。
③ 束萌(王淑明):《论真人真事与"反自然主义"》,《光明日报》1950年3月26日。
④ 同上。

程""精细而又深刻地表现出来"。① 当然,更多的"华东"色彩,还在于"文学评论"双周刊在批评实践中展示的"人性的现实主义"的艺术标准。

三 "人性的现实主义"的用稿标准

佛克马、蚁布思认为,"意识形态的灌输使得一种严格的经典成为必要"②,"文学评论"作为"新的人民的文艺"的媒体,也忠实地参与了新中国有关文学的知识生产与经典重建的"工程"。与《文艺报》等报刊一样,"文学评论"对解放区以外的文学传统也予以了界定和区分。它批评胡风《安魂曲》"始终站在革命主流的边缘,接触着而又游离着,始终和广大的人民群众与革命先锋部队,保持着一定的距离,和高高在上的'批判'态度"③,明确地拒斥启蒙。这种拒斥还延伸为艺术形式上的讨论与"斗争"。它批评林庚关于"抗美援朝"的诗作"十分晦涩难懂","把'青年的生命'和'白的枯骨'联系起来使人想起非常可怖的景象",并指责其政策错误。④ 这类批评与同时期《文艺报》对卞之琳《天安门四重奏》的"晦涩"的批评如出一辙,都意在帮助读者"界定"什么是"不可接受的""反常的""不重要的"或"毫无价值的"。⑤ 这表明"新现实主义"革命美学对以象征、暗示为特征的现代主义艺术体系的不承认。这类批评可说是不同文学传统之间的"斗争",但由于现实力量不对称,胡风、林庚所代表的文学在"斗争"中落败。他们虽未被完全否定,但其作为"新的人民的文艺"的资源的合法性意义难以确立。可以说,通过这类"讨论","文学评论"和其

---

① 王淑明:《论作品中的人物转变》,《光明日报》1950年3月26日。
② 〔荷〕D. 佛克马、E. 蚁布思:《文学研究与文化参与》,俞国强译,北京:北京大学出版社,1996年,第49页。
③ 乔力、岳海、王金陵、陶建基集体讨论,岳海执笔:《评〈安魂曲〉》,《光明日报》1950年5月3日。
④ 文简:《对林庚先生几首诗的意见》,《光明日报》1951年2月10日。
⑤ 〔英〕格雷姆·伯顿:《媒体与社会:批判的视角》,史安斌主译,北京:清华大学出版社,2007年,第310页。

他主流刊物一样,迫使新文学"无法挽回地退缩为一种典型的化石作用"①而逐渐丧失现实影响力。

不过,这种有关"新文学"的否定的知识的生产,"文学评论"双周刊和延安文人掌握的文学报刊实无大异,但在相对应的另一面,即肯定的新"经典"的建构中,它的"华东系"的差异性就非常明显。这主要表现在两点。

第一,被它推上"经典"前台的,少有延安作品。甚至,延安文人遭到了比胡风、林庚等新文学作家更为频繁的批评。对赵树理、丁玲令人骇然的批评原因复杂,稍后再论,但对孙犁、谷峪等"老作家"和新人的批评,显然有对延安文学作为"新的人民的文艺"的"正宗"甚至唯一"代表"身份的不满。譬如,孙犁小说《村歌》中的女主人公双眉生性活泼,能歌善舞,周围流言蜚语不断(颇似《铁木前传》之小满儿),这种革命女性的复杂性被"文学评论"批评为故意丑化、没有有效挖掘出双眉身上无产阶级的本质特色。② 那么,哪些小说被认为比较"优秀"呢?主要有:不久后被延安批评家批判的《我们夫妇之间》、写一位母亲为掩护同志而捂死自己孩子的《母亲与孩子》、写一位解放军连长为避免伤害无辜孩子而不惜牺牲自己的《关连长》,尤其是描写军民爱情的《柳堡的故事》,等等。这些作品的共性比较明显:一、它们不全由延安文人"包办",而往往为"华东"出品。如最受推崇的《柳堡的故事》的作者石言,即是新四军一师宣传干部;二、这些作品都长于讲述人情与人性内部的深度冲突。《母亲与孩子》讲母爱与同志之爱的痛苦纠结,《关连长》讲人类之爱与革命利益的冲突,《柳堡的故事》叙述爱情与责任的两难。此类人性冲突,使"文学评论"与主流报刊的差异令人侧目,其背后的艺术标准显然在《讲话》之外另有所自。

第二,它的甄别经典的标准在于"人性的现实主义"。所谓"人性的现实主义"取自藏原惟人的理论。藏原惟人(1902—1991)是日本无产阶级

---

① 〔美〕爱德华·萨义德:《东方主义再思考》,曹雷雨译,《后殖民主义文化理论》,罗钢、刘象愚编,北京:中国社会科学出版社,1999年,第8页。

② 王文英:《对孙犁的〈村歌〉的几点意见》,《光明日报》1951年10月6日。

文艺运动的主要理论家,对"左联"时代的鲁迅、冯雪峰、周扬、夏衍、华汉等皆有重要影响。王淑明在该刊第 4 期编发了藏原惟人的一篇文章,多少可见王的"左联"痕迹。但更重要的是,藏原惟人的某些观点与王淑明对"新的人民的文艺"的设计有现实的呼应,此即藏原惟人关于"人性的现实主义"的阐述:

> 近代文学又是人性主义的文学。它们是想在英雄的身上看见人类的弱点,在恶人当中看见善良的人性的文学。它们不是把人分成好人、坏人,而是描写为有更复杂和更多面的性格和心理的文学。①

王淑明数年后专力阐述人情与人性问题,恐怕与他早年所受的藏原惟人的影响有关,但无疑,这种标准与《讲话》对抽象的"人类之爱"的否定并不吻合。然而,"文学评论"双周刊有效地践行了"人性主义的文学"的标准。甚至,它所使用的"新现实主义"的概念也是藏原惟人"新写实主义"概念的"新版本"。

对于《关连长》《柳堡的故事》等小说,"文学评论"都曾以"人性的现实主义"的标准予以讨论。《关连长》写解放军某部进攻上海,关连长带领战士接近目标时发现敌人的指挥所是一所孤儿院,如进行炮击,必然会伤及大量儿童。为避免伤害,关连长改炮击为白刃战。结果战斗异常惨烈,关连长本人也牺牲了。这篇小说发表后,被批评是违反政策、"歪曲"英雄形象,"文学评论"的意见却不甚相同。徐洲认为关连长"不仅是一个英雄而且是一个仁慈的父亲",甚至是"崇高的人类的父亲的形象"。②"人类的父亲"云云,显系人道主义修辞,与阶级论颇有隔阂。这种"隔阂"到了《柳堡的故事》的讨论更见明显。1950 年 8 月 13 日,该刊推出"《柳堡的故事》批评特辑"。这篇小说发表在另一"华东"刊物《文艺》月刊之上,描写解放军战士李进和房东女儿的恋爱。在讨论中,署名"成文英"的文章对该小说持明确的否定态度,认为它"没有从部队的军民关系,军队

---

① 〔日〕藏原惟人:《为了民主主义文学的前进》,《光明日报》1950 年 4 月 9 日。
② 徐洲:《〈关连长〉读后》,《光明日报》1950 年 5 月 31 日。

纪律,革命的整体利益出发,来看待李进与二妹子间的男女关系","对部队的教育意义,是起了相反的付作用"。① 不过,这篇文章更像是王淑明、竹可羽的"双簧"。因为"成文英"实为王淑明化名,而该文机械的看法不符合王重视人情与人性的一贯观点,且下一期竹可羽对"成文英"毫不客气,大加批伐。王、竹二人关系密切,共同办刊,如此操作,大约是从《新青年》习来的编辑艺术。同辑刊发的另两篇评论,才是王淑明等想凸显的观点。其中,刘秉彦明确认为小说"并不因为李进和二妹子的恋爱而伤害了作品的主题",个人利益虽然应服从集体利益,但人性在革命中也是合理的、可能的,"作者经过政治委员(当年的教导员)说得很明确:'我们应该充分相信同志们的自觉,战场上愿意抱着炸弹炸地堡,有这样高的阶级觉悟,还怕没有能力处理自己的问题?……为什么不谈恋爱?不能回家抱老婆?难道我们就不是人吗?'"②萧枫则肯定该小说"是最好的短篇之一",并认为两位主人公的爱扎根"在阶级的爱的田野里",并用诗意的语言描绘了那散发着人性光辉的场面:

> 当李进离别二妹子的时候,他回头凝望着岸上;二妹子的眼泪也流在脸上,两人心坎的深处,共鸣着深沉的爱。爱情相思也使他们苦恼过,但对于李进来说,他会而且是正确地处理了这些问题的。他愉快地又重新卷进了新的战斗。越过痛苦而攀上个人幸福与革命幸福结合的境地……四年后,他们又在柳堡重逢了。这是个革命的,充满着崇高的幸福的重遇。虽然这个会晤的时间是那样片刻,但这应该说是人类最美满而最有意义的重逢。③

与徐洲对《关连长》的推介一样,"人类"也成为萧枫界定《柳堡的故事》的关键词。下一期,竹可羽对机械论者"成文英"逐条反驳,认为"小说的丰

---

① 成文英:《评〈柳堡的故事〉》,《光明日报》1950年8月13日。
② 刘秉彦:《〈柳堡的故事〉读后》,《光明日报》1950年8月13日。
③ 萧枫:《〈柳堡的故事〉的思想性和艺术性》,《光明日报》1950年8月13日。

富的主题思想和作者的现实主义才能,始终相结合着"①。这些讨论,挽救了电影《柳堡的故事》。据载,"《柳堡的故事》曾被评论界打了下去,正拍的电影停拍了。竹可羽发表论文指出,'《柳堡的故事》是今天中国所能看到的最好的短篇小说中的一篇'。后来陈毅元帅出面肯定《柳堡的故事》,电影才得以重新开拍"②。不难看出,王淑明等认为人性、"人类之爱"与阶级、集体并无什么矛盾。类似讨论同样出现在有关《母亲与孩子》《我们夫妇之间》等小说的推介上。

"难道我们就不是人吗",重申了共产革命最终的诉求:"人"的尊严。但毫无疑问,在革命进程中,这种最终诉求往往被国家、民族等作为手段的集体价值所湮没,甚至取代。"文学评论"对人性的强调,在新中国成立初年多少有些空谷足音,与延安文学是疏离的,甚至脱节。"脱节"表现在对革命的叙事"成规"的冒犯。《白毛女》《暴风骤雨》等延安文学将黄世仁处理为"恶"而将革命置于"善"的位置的叙述方法,成功地将革命合法性建立在民间伦理之上,并造就了"新的人民的文艺"的艺术力量。而在《母亲和孩子》《关连长》等小说中,革命的成功都需杀死孩子(刘桂兰捂死自己孩子),无形中将革命置于"恶"而非"善"的位置。尽管革命者的牺牲由此得到了更有力的凸显,但"人""人类"的伟大多少使"革命"陷入暧昧的位置。如果说"叙事是重要的制造意义手段"③,那么这些华东"制造"在意义传播方面无疑存在不难察觉的混乱。

四 当代文学批评中的"异数"

显然,所谓"人性的现实主义"与延安文人设计的"新的人民的文艺"存在隐约的裂隙。但王淑明等或对此缺乏深切的认识,或为有意"搅

---

① 竹可羽:《关于〈柳堡的故事〉》,《光明日报》1950年8月27日。
② 周舟:《评论家竹可羽的遭遇》,《新文学史料》1990年第4期。
③ 〔英〕利萨·泰勒、安德鲁·威利斯:《媒介研究:文本、机构与受众》,吴靖、黄佩译,北京:北京大学出版社,2005年,第65页。

动",这种不合法的"知识"在"文学评论"中还蔓延到题材、批评规范等敏感问题之上。在有关《母亲和孩子》的讨论中,齐谷"节外生枝"地呼吁当时已渐为禁忌的知识分子题材:"在我们的祖国的飞跃的前进中,广大青年知识分子有着迫切的进步要求,他们正在作着不同程度的努力,要把自己改造成为新时代的新人物。因此,用文艺作品在这个改造过程中很好地引导他们,是文艺战线上的重要的现实政治任务之一。他们是十分希望得到这样的引导的","描写知识分子改造的作品是太少了"。① 这种呼吁包含某种表述的"技巧",即以被"改造"的姿态求取知识分子在国家叙述中应有的"份额"。评论家白村则在有关《我们夫妇之间》的讨论中,正面论证了日常题材的合法性:

> 真正能说明生活的,并不是在于所描写的事件的大小,是否轰轰烈烈的,而是在于能否真实地反映生活。……《我们夫妇之间》,所描写的是一件很平凡的事,但这篇小说中写出的两种思想的斗争和真挚的爱情……有一定的社会意义。像这样的事情在我们生活中是经常见到的,因为没有认识到它的典型意义,也就马虎过去了。有许多文艺工作者所以时常觉得生活太平淡,没有什么可写,不就是没有能更深刻地观察和分析生活的原因吗?……问题的中心不在于题材是否伟大,是否是轰轰烈烈的故事,而在于通过这个题材是否可以表现出伟大的社会意义来。②

其实,在"新的人民的文艺"中,怎样的题材"有意义",怎样的题材不可以写,是有约定俗成的"共识"的。恰如马研所言,出于对"重大主题"题材的重视,"党报党刊对描写平凡日常琐事,表现个人欲望、情感的文学作品进行了抑制,这逐渐促成了党报党刊文学乃至当时整个文坛的一种风

---

① 齐谷:《也谈〈母亲和孩子〉》,《光明日报》1951年2月24日。
② 白村:《谈"生活平淡"与追求"轰轰烈烈"的故事的创作态度》,《光明日报》1951年4月7日。

气——对个性化描写和渲染非主流矛盾的坚决批判和清算"。① 在这种风气下,来自华东的"文学评论"双周刊自觉地成为正在形成的"当代文学"内部有益的探索与对话。

这种探索由于当时《光明日报》不受审查的便利,还进一步延伸为批评实践的艺术化与批评标准的调整。《讲话》规定"政治标准"第一(往往变成"唯一"),"文学评论"却非常强调作品的"艺术表现力"。在创刊号上,王淑明编发了自己的一篇《评〈红旗歌〉》。文章通过大量细节分析,指出剧本中的转变"没有主流,没有伏线,没有发展过程"等技术性问题②,比较服人。而且,为了"开篇明义",王还在"编后"中特意强调"描写"问题:"这期发表的两篇评论,在创作态度上有个相同点,就是要求作者要'善于描写人'。"③在此后编发的大量批评中,那种居高临下、以政治压人的文章比较少见。相反,多数批评都强调思想与艺术的结合,如小说《父子之情》被认为"对于高隆昌心理转化的描绘,是非常细腻曲折,入情入理的,毫无矫揉造作,牵强附会的毛病。让人看了,觉得自然,觉得真实,觉得有一股火热的力,撼动着自己的心——闭着眼,我就像看到了一个朝气蓬勃,工作积极的青年工人;和一个性格硬朗老实,不断进步的农民"④。《我们夫妇之间》也被认为有着"比较高的思想性和比较高的艺术性的结合的"⑤。而柳溪小说《一个花生搓子》被批评"是以开会和空洞的讲话代替了尖锐的斗争过程",评论由之提出,"作品不单单应该形象地提出问题,而且应该形象地解决问题"。⑥ 围绕《母亲和孩子》,齐谷和蒙树宏还就艺术问题展开了争论。蒙树宏说:"对桂芬的刻画我们感到是不大妥当的,如三十四页写杨华和杜慧芝到村子时'桂芬怯怯的走过来把孩子抱下

---

① 马研:《〈人民日报〉、〈文艺报〉对中国当代文学的影响》,吉林大学博士学位论文,2010年,第6页。
② 王淑明:《评〈红旗歌〉》,《光明日报》1950年2月26日。
③ 《编后》,《光明日报》1950年2月26日。
④ 于右民:《介绍〈父子之情〉》,《光明日报》1951年2月24日。
⑤ 齐谷:《也谈〈母亲和孩子〉》,《光明日报》1951年2月24日。
⑥ 白宇:《"形象地提出问题,概念地解决问题"》,《光明日报》1950年12月29日。

来'，用'生怯怯'三个字去写桂芬是不符合于她的性格的。"①但齐谷表示："这个作品主要是写杜慧芝的思想波动及其转变，因此并没有对桂芬作更多的刻画的必要"，"是的，桂芬在捂死自己的孩子的行动上表现了自己的伟大的牺牲精神，表现了自己的高度的阶级觉悟。但是，同时，她还是一个平凡而朴实的农村妇女，并没有经过很多社会的活动，在某些时候表现得'生怯怯'，我觉得是完全可能的"。② 双方观点未必可以定于一论，但彼此能就细节表现而深入辩议，在教条主义开始兴起的背景下，颇见生气。应该说，这些提倡是有方法的自觉的。如果说当时《文艺报》"最大的作用""就是作为整人的工具而存在"③，那么"文学评论"显然希望建立真正的批评的尊严。对此，王淑明在他处曾明确宣示：

> 文艺批评的标准，虽然是有两个，一个是政治标准，一个是艺术标准；但在对于具体作品的分析和运用上，却应考虑到在不离开原则标准下力求有分别，有轻重，并有等级地来实施这个原则。例如我们对于新老作家新旧作家的要求，就不能一样；对于新文艺与旧文艺的看法，亦应该是有区别的。如果采用同一的尺度来衡量，就不免妨害文艺创作的发展，而使作家畏缩不前，感到无所措手足之苦。实际上有些作品是政治性较强而艺术性较差的，与之相反，也有艺术性较强政治性较差的……只要不是违反人民利益与革命利益的作品，我们都应该承认其存在的价值。④

王提出的弹性的批评标准是有针对性的。在政治批评日渐流行的现实情势下，他的"有分别，有轻重，并有等级地来实施"的办法就多有抵制教条主义的现实意义。他不但在编刊过程中注意编发艺术分析成分较浓的文章，而且还利用各种机会批评教条主义。譬如在与竹可羽唱"双簧"时，主

---

① 蒙树宏：《评〈母亲与孩子〉》，《光明日报》1950年12月23日。
② 齐谷：《也谈〈母亲和孩子〉》，《光明日报》1951年2月24日。
③ 黄秋耘：《文学路上六十年（下）》，《新文学史料》1998年第2期。
④ 王淑明：《论文学上的乐观主义》，北京：文艺翻译出版社，1952年，第93页。

动化名"成文英"成为批评的靶子。竹可羽在文中说:"(成文英同志)还没有看清楚原小说,就批评和议论起来了","全文的精神是寻章摘句地搜集可能是缺点的东西拼凑在一起"。① 这直接揭示了当时批评中的普遍现象。王有时还通过"编者的话"敲打某些批评"好挑作品的缺点和常常概念地谈论作品的优点的毛病"②。甚至,直接拒绝教条主义批评,譬如"对于《武训传》的讨论……很冷淡视之"③。

无疑,"文学评论"双周刊在批评实践中对艺术标准的强调,对"人性的现实主义"的推重,对"新现实主义"的理论建构,对俄苏乃至日本右翼文论资源的借取,都与其"华东"出身(甚至"左联"经验)密切相关。在延安文人开始垄断有关"社会主义现实主义"的解释、有关"新的人民的文艺"的建构的情形下,这份文学副刊的存在及其声音,不仅是"老解放区文艺"内部差异性的证明,也为当代文学的发生和多元化建构形成提供了有效渠道。遗憾的是,这种不合法的"知识",在新的文学制度的建构中,终究难以久长。1951年底,"文学评论"双周刊以停刊告终。当然,其直接导因却并非是"华东"文人与延安文人文艺观念的歧异,而更在于王淑明的民国式的办刊策略激起的文坛恩怨,而新的体制又使恩怨的解决方法超出了发起者的预料。

---

① 竹可羽:《关于〈柳堡的故事〉》,《光明日报》1950年8月27日。
② 齐谷:《也谈〈母亲和孩子〉》,《光明日报》1951年2月24日。
③ 王淑明:《从〈文学评论〉编辑工作中检讨我的文艺批评思想》,《人民日报》1952年1月10日。

"文学评论"双周刊与《文艺报》的是是非非

对1949年后的文学报刊,洪子诚以"断裂"一词概括其特点,认为"刊物的性质有了很大变化","基本上结束了晚清以来以杂志和报纸副刊为中心的文学流派、文学社团的组织方式"。①"基本上",意味着这种判断并不绝对,事实上以"新现实主义"为理论宗旨的《光明日报》"文学评论"双周刊就与新文学传统"断"而不"裂"。这不仅指这份报纸副刊拥有比较明确的与《讲话》似即实离的文学共识,更指主编王淑明的办刊策略主要取资新文学时代的编辑经验。无疑,不循常规的共识与办刊经验,预示了"文学评论"运行的难度。不过,它在1951年底的停刊,与"新现实主义"其实关系不大,而更主要是因为它的"战斗性"过强的办刊策略招致的文坛纠葛,尤其是与《文艺报》之间的是是非非。这场是非几乎是一份鲜活的当代文学报刊运作样本,可使今天的研究者在新中国成立初年文艺界的多重矛盾中,比较清晰地观察到刊物运作方式,文学批评体制告别新文学、朝向当代文学转型的富于文学史意义的历史现场。

一 召唤新文学办刊经验

如果说,"文学评论"双周刊对"新现实主义"的阐释与实践是野心勃勃的,它的办刊策略则"惹事生非"。创刊伊始,主编王淑明就展开了针对性明确的批评。在创刊号上,编委竹可羽撰文直截了当地批评已被誉为"衡量边区创作的一个标尺"②的赵树理小说"仿佛还谈不上创造人物的经验","人物创造,在作者创作思想上仅仅是一种自在状态",如《邪不压正》

---

① 洪子诚:《问题与方法》,北京:生活·读书·新知三联书店,2002年,第206页。
② 陈荒煤:《向赵树理方向迈进》,《人民日报》1947年8月10日。

中的软英被处理成"等待着事情解决的消极人物","没有社会代表性","给读者消极的意义"。① 这是新中国成立后第一篇尖锐质疑赵树理的文章。这对当时匆促展开的文学"经典化"工程不能不说是耸动性的。但竹可羽并不自感忌讳,他还明确地怀疑"学习赵树理"的意义:"我们说'学习赵树理',这是对的",但必须"全面地把赵树理的创作提高到理论上来,根据社会主义现实主义的创作原则来进行分析研究证明,确定赵树理创作各种特色的应有的意义和前进的道路",否则"也不见得会有很大效果"。② 不能不说,竹可羽的观点有理有据:赵树理的确有些泥陷于"自然主义",对人物与事件皆缺乏"本质化"提炼。但公开怀疑党已经肯定过的作家,其现实震动的效应更胜于理论辩论。而这,恰恰是王淑明目的之所在(事后看来,此文也是"文学评论"双周刊打破"偶像"的"第一炮")。

那么,"文学评论"为什么要打破赵树理这类"偶像"呢?这涉及王淑明特殊的办刊策略。恰如王的自承,他当初创办这份副刊,是因为身为"华东"文人的他不满于自己"行政职务太小,'名不见重于当时'"的窘况,故决定通过"办刊物""自找出路"。③ 的确,早年的左联宣传部长、1938 年就加入新四军的王淑明,到 1949 年(47 岁)竟还只是科级干部④,他有此念头大可理解。不过,何以"办刊物"就能找到"出路"呢?这恐怕缘于王淑明青年时代对新文学刊物屡屡"逆取"⑤而卒得大功的深刻印象。王淑明 1902 年生,经历了新文学史上办刊最为辉煌的"五四"时

---

① 竹可羽:《再谈〈关于邪不压正〉》,《光明日报》1950 年 2 月 26 日。
② 同上。
③ 王淑明:《从〈文学评论〉编辑工作中检讨我的文艺批评思想》,《人民日报》1952 年 1 月 10 日。
④ 在现有史料中,能发现的王淑明新中国成立后担任的前两个具体职务是文化部艺术管理局戏剧编审组组长(1950)、人民文学出版社现代文学编辑室主任(1951,科级),但此前是什么职位,则不清楚。
⑤ "逆取"之说,借自闻一多。梁实秋回忆:"有一天我和努生(罗隆基)到清华园看潘光旦,顺便当然也到隔壁看看一多,他对努生不表同情,正颜厉色地对他的这位老同学说:'历来干禄之阶不外二途,一曰正取,一曰逆取。胁肩谄笑,阿世取容,卖身投靠扶摇直上者为之正取;危言耸听,哗众取宠,比周漫侮,希图幸进者谓之逆取。足下盖逆取者也。'"见梁实秋《谈闻一多》,《梁实秋怀人文丛》,北京:中国广播电视出版社,1991 年,第 153 页。

代。那时,陈独秀、胡适等通过《新青年》而成为时代巨子,创造社通过《创造》季刊、《创造周报》猛攻"文学研究会"而"异军突起"。这类"逆取"声名的往事历历在目,它们似乎在告诉青年王淑明:要想鹊起文坛,主动制造与名流的"官司"实为必要之策。对此,鲁迅当年曾将之列为"文坛登龙术"之"拾遗"而加以讽刺:"要登文坛,须阔太太,遗产必需,官司莫怕。"①岂止是"莫怕"官司,《新青年》、创造社其实都是在主动捕捉甚至"制造"官司。1950年初默默无名的"文学评论"双周刊,要借取的正是这样一种屡试不爽的新文学报刊经验。对赵树理的批评只是开始。王淑明、竹可羽与赵树理并无什么私怨,不过"擒贼先擒王",从"方向"人物下手,易于制造"官司"。若批评能引起赵树理的反击,继而双方唇枪舌剑,引得四众皆惊、全国瞩目,"文学评论"和主编名气想不大都不行。而有了"名气"(象征资本),再回头猎取较大的行政职务,未必就是难事。这就是王淑明运作这份副刊的"逆取"策略。这是否是笔者的臆测呢?不然,其实王淑明后来在检讨中对此有所涉及:

> 我们刊物批评的主要锋芒,一开始就不是向封建阶级,向资产阶级和小资产阶级的文艺思想作战,而是找一些在新文艺创作上具有显著成绩的作家,如赵树理、丁玲同志……等,在他们头上开起火来,预备把这些人打下去,好一显自己的身手。②

无疑,赵树理和丁玲是"文学评论"创刊前就已选定的打"硬仗"的"敌手"。这样说的另一条证据是:竹可羽在《再谈〈关于邪不压正〉》一文发表以后,又迅速完成一篇《论〈太阳照在桑干河上〉》,"文中认为这部小说的缺点在于对贫苦农民对土地的渴望的描写尚有不足"③。显然,这是准备把丁玲"打下去"的文章。但不知何故,"文学评论"没有贸然刊发此文,而

---

① 鲁迅:《登龙术拾遗》,《申报》1933年9月1日。
② 王淑明:《从〈文学评论〉编辑工作中检讨我的文艺批评思想》,《人民日报》1952年1月10日。
③ 周舟:《评论竹可羽的遭遇》,《新文学史料》1990年第4期。

是由作者投给了《人民文学》。结果发生意外:"稿子被(《人民文学》)轻率地退了回来。"①竹不服气,又将论文寄给了资深理论家冯雪峰,但"冯雪峰为此给他写了一封长信,表示不同意他的观点",且"他这封长信是由在北京的陈企霞转交给他的"。②陈企霞是和丁玲同时在任的《文艺报》主编,而冯雪峰与丁玲的私交逾于一般同志关系。情况可能是,冯雪峰给丁玲写信知会了竹可羽的批评,同时附上了竹的文章与他致竹的信,丁玲则将冯信托陈企霞转给了竹可羽。这样的曲折与复杂,恐怕王淑明、竹可羽始料未及——在新中国,丁玲不但是成就卓著的小说家,而且也是领导(《文艺报》主编、中国文联党组副书记兼中国作协党组书记),甚至还是文艺界的一方势力,不再像新文学时代那样可以自由讨论、相互批评。果然,在接到冯信不久,竹可羽又接到了要他列席中国文联理论组召开的《太阳照在桑干河上》座谈会的通知。名为"列席",从现场看,其实是专门为竹可羽召开的。据记载,在会上:

> 作者丁玲首先发言,时间未超过半小时。接着大家要竹可羽发言,他滔滔不绝地讲了三个小时。康濯、严辰、肖殷、黄药眠、杨晦、张天翼、田间、王淑明等名家大都作了简短的发言。大家语气温和,没有对竹可羽的看法表示明确的可否。例外的是陈企霞,他站起来作了较长的发言,严厉地指责竹可羽"不懂政策,没有生活",这是针对竹可羽论文的一个方面说的。③

陈企霞其实代表了丁玲的看法。无疑,丁玲以组织/权力的方式回应了竹的批评。这是 1949 年后批评权力化(体制化)的初起之兆。不过,丁玲如此反应自有其苦衷,并不可以简单地指责为"容不得他人的意识,甚至希望通过政治来压倒对方"④。其间缘由,实与新中国成立后报刊体制的剧

---

① 周舟:《评论竹可羽的遭遇》,《新文学史料》1990 年第 4 期。
② 同上。
③ 同上。
④ 〔美〕邹谠:《二十世纪中国政治》,香港:牛津大学出版社,1994 年,第 64 页。

变直接相关。新文学时代报刊纷立,又多系同人性质,新中国成立后报刊则成为等级分明的党和政府的宣传"喉舌"。这是自由报刊体制与计划报刊体制之异。怎样理解这种差异呢？美国媒体学家对美、苏报刊之异的评述颇可以参考:"我们把我们的报刊读者看成是'有理智的人',能够分辨真伪;而苏联报刊把他们的读者看成是须受监护人细心指导的。为了达到这一目的,苏联国家建立最完备的和可能的防范制度,来抵制消息上的竞争。我们偏向于保证新闻和思想有竞争,而他们偏向于保证既定方针通过苏联报刊表达出来。我们说他们的报刊不自由,他们说我们的报刊没有责任。"①显然,同样追求对群众"负责"的新中国报刊的文章,就不再是民国时代的"众声喧哗"(甚或小道谣传),而往往代表党的意见、权威声音甚至政治判断,"有不少读者认为文艺报像是派出所的布告牌"。② 其实有时报刊作者并无"布告""裁决"之意,但群众读者却屡屡从政治角度去读解。在此情况下,作家对报刊批评不能不心怀畏惧。而经历过"野百合花"事件的丁玲,对突然冒出来的竹可羽的批评没有理由不慎重以待。在批评体制已从"市场"改换为"计划"的现实情况下,她不希望竹可羽的文章发表出来,更不希望与之展开公开"辩论"而使自己"越抹越黑",当然是可以理解的。其实,最先遭到批评的赵树理也未公开回应。因此,从丁玲而言,通过文联召开座谈会,既可略施压力,也算是以半公开的方式作出了学术回应,整体而言还是妥善可行的。遗憾的是,王淑明对报刊体制与批评体制的双重变化缺乏足够认知:在计划体制下,被批评一方若起而作公开论战,多半会自毁"前途"。但恋恋于新文学的自由论辩经验的王淑明更多感到的制造"官司"的受挫。但凡"逆取",必以招致对方愤怒、回击继而双方"混战"、急剧提升市场关注度方为成功。不公开见报而小范围开会,显然不是王淑明、竹可羽所希望的。

但座谈会明显给竹可羽、王淑明造成了压力。据载,"当时竹可羽的

---

① 〔美〕威尔伯·施拉姆等:《报刊的四种理论》,中国人民大学新闻系译,北京:新华出版社,1980年,第6—7页。

② 李今:《为什么"放"得不够?》,《新观察》1957年第12期。

好友之一骆宾基劝他不要搞评论了。竹可羽回答得很简单,他说也许永远不搞评论了,但《论〈太阳照在桑干河上〉》一文要重写。因为当时已发表了冯雪峰关于这部小说的论文,他有不同看法"①。王淑明也不敢贸然将竹的文章刊在"文学评论"之上。因此,"文学评论"的打破"偶像"的策略暂时告停,它与《文艺报》(丁玲、陈企霞)之间的分歧也就暂未酿成矛盾。此后,"文学评论"的主要精力在于从人性论到题材到批评规范,系统地提出了与《讲话》颇有差异的"新现实主义"理论,并积极介入当下批评,参与另类的"经典"建构。不过,"暂时告停"也不等于完全放弃。此后大半年,"文学评论"的确再未提及丁玲,但对赵树理仍时有"敲打"。显然,不是每个小说家都有能力召开座谈会来"反制"批评者,赵树理挨批后寂无反应。无论是否因为势力单薄,但这无疑会"鼓励"批评者作出这等判断。于是,"文学评论"在暂时"放过"丁玲的同时,对赵树理却不太客气。1950 年 4 月,赵树理在自己主编的《说说唱唱》杂志上编发了一篇模仿《阿 Q 正传》的小说《金锁》,遭到《文艺报》批评,"文学评论"第一时间予以跟进。王淑明亲自撰文(署名"成文英"),批评该小说对"流氓无产者"金锁的刻画充满"自然主义",并表示"我们已不再需要……这样底作品——只是消极地反映人民中的一些落后因素,而不是将他们所固有的——人民中的进步底一面——坚强的、斗争的积极因素,予以有力地表现出来。这样的表现方法,虽然看起来,好似是忠实于客观现实的描写,其实是对现实的真实,作了最大的歪曲,对于人民不但无益,而且有害",尤其是,王点出了"编者"在其中的"坏作用":"我以为作者和编者,对于作品的创作态度与看法,都不免多少带着自然主义的倾向,而与新现实主义相距很远。"②对于中央级刊物《文艺报》的批评,赵树理被迫作了违心的检讨,但对于缺乏等级的副刊"文学评论"的批评,赵仍以沉默处之。这不能

---

① 周舟:《评论竹可羽的遭遇》,《新文学史料》1990 年第 4 期。
② 成文英:《对于〈金锁〉的看法》,《光明日报》1950 年 5 月 31 日。

不令王淑明感到失望。此后,他还曾两次批评赵树理①,但都未能引发预期中的"官司"。不知王淑明怎样理解自己对赵树理的反复"挑衅",但赵树理不宜作为"靶子"也是显然的;尽管赵树理在读者中享有不低于丁玲的巨大声誉,但他既缺乏个人势力,对自己在文坛这个"大酱缸"中的"声誉"好像也不怎么上心。要和他打响越来越大的"官司",无疑相当困难,"文学评论"真要像当年创造社那样成功"逆取",还得重新考虑丁玲或类似的重量级延安文人。

对丁玲的公开的猛烈的批评终于出现,但时间已到1950年底。这同样是新中国成立以来丁玲遭到的第一次公开批评,批评对象则是竹可羽曾批评过的《太阳照在桑干河上》(文章未能发表)。针对陈涌《丁玲的〈太阳照在桑干河上〉》一文的高度评价,署名"齐谷"的文章明确表示反对,批评该小说对工作团的活动表现不够,对人物的描写尤其失当,譬如对反面人物的描写"不结合着深刻的对整个地主阶级的憎恨","会产生某种不好的效果","过多地表现了钱文贵家庭内部的矛盾,因而多多少少冲淡了钱文贵作了地主阶级的代表的意义"②,而对干部的描写也被认为颇为失当。譬如文采,"在他的身上,结合了个人英雄主义者和市侩的特点,作者是作了相当夸张的描写的。这样的人物,在经过一定时期的革命锻炼的知识分子中间,应该说是个别的。作者着力地描写了这样一个人物,而又把他安置在工作团的领导者的地位,应该说是很不适当的"③。此外,齐谷还认为,丁玲对农民的描写亦过于粗俗、缺乏意义,比如写赵得禄老婆"赤着上身","两个脏稀稀的奶子和肚皮露出来",譬如写羊倌老婆"除了她丈夫的拳头就没有什么可怕,也没有什么可以慰藉。所以,常常显得很尖利","最敢讲话",对此,齐谷质问道:"这样的形象,对于读者会

---

① 两次批评,一是组织"读者讨论",批评《登记》没有与生产斗争联系起来,没有充分表现党的作用。见秋白文艺学习组集体讨论《赵树理的〈登记〉》,《光明日报》1950年9月24日。另一次是批评《说说唱唱》上的一篇鼓词"粗枝大叶,信笔之所之对人民不负责的作风"。见田方《从〈圣诞老人旅行记〉谈起》,《光明日报》1951年1月30日。

② 齐谷:《也谈〈太阳照在桑干河上〉》,《光明日报》1950年12月23日。

③ 同上。

产生怎样的效果呢?"①这篇文章的批评很为系统,的确切中了丁玲在为工农兵制作"正面假象"和为地主制作"负面假象"时的叙事"漏洞"。同期发表的另一篇文章并不直接批评丁玲,而是指责小说《董连长》"思想性是不高的"。② 不过《董连长》发表在丁玲主编的《文艺报》上,该文也可说是对丁玲的"侧击"。但无论正面强攻还是侧面一击,最让被批评者难以忍受的是王淑明在该期"编者的话"中透露出的隐隐自得:

> 我们刊登五篇读小说的评论文字,大都是积压了很久的稿子,其中《评〈董连长〉》一稿压得特别长久,应向作者表示歉意,《也谈〈太阳照在桑干河上〉》,这是从江西寄来的,我们未能及时刊出,也望作者原谅。……(它们)不能说是很成熟的作品,但是我们觉得这些是来自群众的意见值得重视,只要说得还有道理,还具体,还清楚,我们就愿意刊出来。我们把反映群众的意见作为自己的工作任务。……有时候专家认为很好的作品,群众却表示不满意,相反的情形也有,我们认为意见有分歧的时候,就应该展开讨论。③

这可以说是诡谈了。齐谷的文章不可能是"来自群众的意见"。一个"群众"怎么可能对陈涌的论述那么熟悉且又能写出那么具有理论深度的文章呢?而且,编者还挑明"专家和广大群众之间的意见""不一致"并表示要"展开讨论",这明显是要和丁玲"拉开场子"较量,其精心组织、有备而来不言而喻。果然,才隔一期,齐谷又在一篇不相干的文章中,捎带着打了丁玲一"棍"。齐谷表示:当前"左的偏向也是存在的,或者是对经过了一定时期革命锻炼的知识分子身上还残存着的缺点作了不正常的夸大的描写(如《桑干河上》中对文采的描写),或者是不适当地描写某些参加革命的知识分子的动摇的叛变,(如《好娘儿》中对林西永的处理)——这样的处理是违反现实的,因为绝大多数参加革命的知识分子都逐步克服自

---

① 齐谷:《也谈〈太阳照在桑干河上〉》,《光明日报》1950 年 12 月 23 日。
② 琮远:《评〈董连长〉》,《光明日报》1950 年 12 月 23 日。
③ 《编者的话》,《光明日报》1950 年 12 月 23 日。

己的动摇性变成坚定的革命者"①。对这样的被批评丁玲应该会感到意外。毕竟,年初她曾以屈就的姿态召开过"座谈会","文学评论"的两位主要编者竹可羽、王淑明都未对陈企霞的反批评表示异议。

依照王淑明的办刊策略,最终回到丁玲小说去"逆取"名气几乎是必然的,但在1950年底猛烈出现到底有些突然,太多蹊跷。这里重要的不是文章"讨论"了什么,而是王淑明何以隔了七八个月后就敢于丢开顾忌向丁玲挑战了呢?这不免令人费解。据笔者现在所能搜集到的有关王、竹等人的史料,不能得出任何确凿的判断。但根据一些"蛛丝马迹",笔者大胆推断:在1950年,王淑明等和延安文人的"头号人物"周扬重建了私人关系。这些"蛛丝马迹"包括两点。其一,王淑明和周扬本是"左联"旧识,且据娄彦刚提供的史料,"王淑明出席全国首次文代会,并随即调入文化部,任艺术管理局戏剧编审组组长"②,不难想象王在文化部可能会和副部长兼党组书记周扬恢复旧交。其二,齐谷批评丁玲时一反"文学评论"在理论上不太"理睬"延安文人的"惯例",而较多地引用周扬的观点,尤其是该文为文采辩护(当时传言文采是以周扬为模特写的),并时时将丁玲与周立波(周扬派主要小说家)进行比较,认为《桑干河上》处处"不及《暴风骤雨》",比如在"表现成长中的人物",《暴风骤雨》里,着力地写了赵玉林、郭全海这样的新人物、新品质","《太阳照在桑干河上》所写的暖水屯,是一个在抗战时期就有了工作的群众基础比较好的村子,并且已经有了十八个党员,群众应该是有了一定的政治觉悟的。可是在作品中,侯忠全这样的落后人物底表现得很突出,对郭富贵、王新田等积极分子描写得很少",即使有,也多是"概念的叙述,而没有具体的描写"。③ 这样的评论不但让丁玲难以接受,其实也违反评论界当时关于《桑干河上》比《暴风骤雨》更为成熟的公论。这些"蛛丝马迹"是否表明,王淑明等在与周扬的新关系中获得了向丁玲发难的勇气?如果是,"文学评论"双周刊可谓自趋

---

① 齐谷:《也谈〈母亲与孩子〉》,《光明日报》1951年2月24日。
② 娄彦刚:《王淑明:一个不应被遗忘的名字》,《新安晚报》2010年1月2日。
③ 齐谷:《也谈〈太阳照在桑干河上〉》,《光明日报》1950年12月23日。

"浑水",它与《文艺报》的冲突至此真正引爆。

二 不惮于与《文艺报》的官司

在目前已出版的《丁玲年谱长编》和各种丁玲传记材料中,笔者未能发现任何与"文学评论"相关的记载,但这并不表明丁玲未作任何反应,不过相隔时间稍久一些。最开始的迹象是1951年6月10日曾经被齐谷否定过的陈涌在《人民日报》"顺便"点了"文学评论"的名。陈涌批评小说《我们夫妇之间》有"毛主席在延安文艺座谈会讲话中已经批判过的小资产阶级的倾向",并特别指出作者萧也牧的小说"曾在读者中间发生过较大的影响,其中赞誉的词句我们是听到过很多的,有的说前者是我们模范的作品,因为它证明了即使是'一件很平凡的事',也能发现'有现实主义的主题',亦即'两种思想斗争和真挚的爱情'"。① 那么,这些"赞誉的词句"哪里来的呢?陈涌特别注明:它们引自《光明日报》"文学评论"双周刊上白村的文章。② 这看似漫不经心的"点名",实际上已将王淑明和"文学评论"梳理到即将展开的席卷全国的"《我们夫妇之间》大批判"中,明显是要假手政治来解决学术分歧。缺乏材料证明陈涌此举是否受到丁玲暗示,但接下来陈企霞在《文艺报》上故意向"文学评论"双周刊"找碴"的文章,无疑经过了主编丁玲的同意。与陈涌一样,陈企霞也不讨论《桑干河上》的得失,而是居然替"文学评论"双周刊细心地做起了校对工作。陈企霞发现,该刊6月30日发表的一篇名为《中国共产党与"五四"新文学运动》的文章,说到马列主义在"五四"时就已出现时称:"虽说仍然披着民主的外衣,但那已经不是旧民主主义,而是属于新民主主义的东西了。"③其中"披着民主的外衣"7字让陈企霞如获至宝。他即刻写成文章,刊发在《文艺报》上。文章称,"批着民主的外衣"使人"大吃一惊",因为此句乃

---

① 陈涌:《萧也牧创作的一些倾向》,《人民日报》1951年6月10日。
② 同上。
③ 尤琴:《中国共产党与"五四"新文学运动》,《光明日报》1951年6月30日。

是"敌人所惯用的'滥调'","作者竟没有想到这样的问题严重到何等程度",并追问"难道新民主主义应当被开除于作者所理解的'民主'这一概念的范围以外吗?"①陈企霞上纲上线的批评不能说没有道理,用"披上……外衣"来表述马列主义的确是瑕疵,但更令人惊奇的是,这不过是篇应景文字,那7个字也湮没在大堆的政治套话之中,要发现它们,需要怎样敏锐的阅读,又需要怎样惊人的耐心呵!这表明,《文艺报》的确对不知深浅的"文学评论"双周刊很关注了。这在行政化的报刊新体制下并无困难。遗憾的是,思维还大大停留于新文学时代的王淑明没有嗅到危险的逼近。相反,从随后反应看,陈涌的顺带一击,陈企霞的故意"挑刺",可能都使王淑明感到兴奋:他所设想的"逆取"要的不就是你来我往、唇枪舌剑的"乱局"吗? 为这一天,他已等待了一年之多的时间! 王淑明立刻对《文艺报》予以回击,推动这场文坛"官司"。

不过,王淑明的回击也有微妙选择。他没有回应陈涌对白村"日常生活"论的批评,那其实也是"文学评论"提倡的"新现实主义"的软肋。所谓"日常生活",所谓"人类"、人性,与《讲话》存在内在的裂隙,倘若一讨论,无疑是自我暴露。这种虚怯心理与丁玲、陈企霞等之于《桑干河上》的顾虑并无二致。故王淑明回击的是陈企霞的"咬文嚼字"。"文学评论"双周刊以最快速度刊出了《中国共产党与"五四"新文学运动》一文作者尤琴对"企霞先生"的反驳。尤琴认为,陈"断章取义","把那一段的头尾都截去,只引用了其中的部分",且公开表示,"企霞先生如果对本文再有答文,希望能将我在'文学评论'三十五期发表的《中国共产党与'五四'新文学运动》那篇文章全文,附录于文艺报上"②,言谈中大有与陈"鏖战"到底的决心。而且,未等陈作出回应,"文学评论"又迅速化回击为"反攻"。在下一期,索性抛开彼此"吹毛求疵"的假批评,而将话题引向了当代文学的真问题,譬如文学批评体制的权力化。该期刊出两篇文章,针对《文艺报》6月10日发表的"李定中"(冯雪峰化名)的"读者来信"及其更早对于《关

---

① 陈企霞:《不是用词不当的问题》,《文艺报》1951年第4卷第6期。
② 尤琴:《"不是用词不当的问题"》,《光明日报》1951年7月14日。

连长》《武训传》等作品的批评展开反批评。其批评之猛烈、之深刻,皆为当代文学形成史上的少见案例,深具学术价值。

"李定中"的来信名为《反对玩弄人民的态度,反对新的低级趣味》,该信对《我们夫妇之间》表示"反感","反感作者的那种轻浮的、不诚实的、玩弄人物的态度","对于我们的人民是没有丝毫真诚的爱和热情","如果照作者的这种态度来评定作者的阶级,那么,简直能够把他评为敌对的阶级了,就是说,这种态度在客观效果上是我们的阶级敌人对我们劳动人民的态度"。① 这种批评倒不见得是今日学界所以为"无理"的批评,它实质上是"新的人民的文艺"对越轨者的敏感与反弹。但毫无疑问,冯雪峰的批评以真理自居,其观点与发表过程都与他在体制中的优势位置(权力)有关。然而"文学评论"既不认可其观点,更不接受他的批评方法。李家骏文章承认萧也牧"犯了严重的客观主义的错误",但更严厉地指责"李定中"的主观主义:"李同志说:他读了萧也牧的小说,很觉得反感,(应该说对小说中某些部分起反感吧?)因而,他就'心里想,假如俗语说的"文如其人"这句话是真的,那么我甚至要怀疑作者这个人恐怕也是不大诚实的。'这话是何等的主观!何等的片面!何等的偏激!……李同志先反感于'作者的那样轻浮的,不诚实的,玩忽人民的态度',而且'从头到尾都是在玩弄她。'(《我们夫妇之间》的女主人公)就觉得'写到她高贵品质,也抱着玩弄的态度;写到她的缺点,更不惜加以歪曲,以满足他(指作者——骏注)玩弄和"高等华人"式的欣赏的趣味。'是这样的吗?"这样就把"把萧也牧的某些作品说得一钱不值;甚至把萧也牧其人,也似乎肯定得无可救药,更甚者,把萧也牧归入人民的'敌对阶级'或者有成为人民'敌对阶级'的危险的可能性"。② 李家骏因此明确表示,"李同志把艺术的表现方法问题——思想问题,与政治问题混淆起来""是要不得的",而"李定中尖酸刻

---

① 李定中:《反对玩弄人民的态度,反对新的低级趣味》,《文艺报》1951年第4卷第5期。

② 李家骏:《反对尖酸刻薄的批评态度》,《光明日报》1950年7月28日。

薄的批评态度也必须批判！"①另一篇"裘祖英"（王淑明化名）文章的批评范围更加广泛，由"李定中"而及《文艺报》，由《文艺报》再及当时正在成形的权力化批评体制。裘认为，"当前存在于批评界的不好态度"共有五点，如"缺乏与人为善的态度"，"批语的态度上尖酸刻薄""近于嘲讽"，"不分作品中所发生的错误的主要与次要，在批评上，都采取着同样对待的态度"，等等。当然最严重的是两点，一是"非原则性的批评"，"断章取义，抓住'鸡毛当令箭'……其流弊所及，是造成这样一种风气：捉小错误，放弃了大的规则；就会造成文人相轻，互不尊重，招致了文艺界发生一种无原则的纠纷"。而另一点更见严重：

> 是盛气凌人，居高临下，自视为裁判者，而把作者与其作品，看成为受审与被拷问者。这些批评家们，把棍棒代替了批评。这真如俗话所说的："一朝权在手，叫你见阎君"。这些人常常是先抱有一种成见，一种预定的公式和概念，认为作品合于这样的公式和概念，就是好的，否则就是坏的。他的批评，是程咬金的斧子，三斧头，看着来势凶猛，其实没有后劲。其批评方式：不是全好，就是全坏，用自己主观印象的叙述来代替从生活的观点去分析文艺作品。因而其批评内容，不是过分偏激，就是流于捧场。而事实上，也往往就是这种人有其自己的小圈子，小集团。他们自己互相标榜，而拒绝与排斥所谓在他们圈子外的人。这些人自己害怕批评，拒绝批评，但在批评起别人的作品来，却往往是迎头痛击，大喝一声。这样做下去，究竟有什么好处呢？他们不是在鼓励创作，而是在做屠夫和刽子手。②

"自视为裁判者"，是充满着历史自信的革命文化的普遍特征。由之而生的批评与市场体制下的自由论辩几乎不可通约。裘祖英此文可谓切中肯綮。它是新中国成立初年革命文学内部最早一批自我质疑的声音，具有

---

① 李家骏：《反对尖酸刻薄的批评态度》，《光明日报》1950年7月28日。
② 裘祖英：《论正确的批评态度》，《光明日报》1950年7月28日。

重要的文献价值。

其实,王淑明、李家骏未必清楚"李定中"即是冯雪峰,但无疑地,他们对《文艺报》的猛烈"攻击",对当时文学批评制度的质疑,取得了非常成功的"逆取"效果——这份等级不彰的报纸文学副刊终于引起了文艺界的高度注意,尤其是两位重要领导人胡乔木和周扬的高度关注。当然,如此"官司"并非因为"文学评论"与《文艺报》之间的人事恩怨。据实而论,丁玲、陈企霞等对"文学评论"双周刊或有被动的恼怒,但王淑明等对《文艺报》则委实无甚私仇,只不过他们既然要通过这份小小副刊"搞出名堂"①,就不能不寻找文坛上最具影响力的人物制造事端。但此种"逆取"明显凸显了两种批评体制、报刊体制之间的错位:若说新文学时代的批评强调自由论辩,那么"新的人民的文艺"的批评则循守马列模式,否定不同观点的竞争。按照 J. 阿特休尔的分析,"那种模式认为只有一个客观现实,所以提供与现实相反的错误的观点只能起到反作用"②。这就牵涉到当代文学建构之大计,"文学评论"与《文艺报》间的纠葛不能不因此更趋于复杂。

三　论战背后:批评体制的迁移

不过,这并不意味着"文学评论"双周刊对自由批评体制的标举,会那么轻易地遭到"横扫"。的确,《文艺报》迅速对裘祖英、李家骏的批评作出了理论回击。据陈企霞1955年"陈述书"称,当时他撰成一篇《关于文学批评》的反驳文字,以回击王淑明的这篇文章。《文艺报》编辑部对此事很为慎重,"这两篇漫骂了当时的文艺批评,完全是错误的","编辑部决定我

---

①　王淑明:《从〈文学评论〉编辑工作中检讨我的文艺批评思想》,《人民日报》1952年1月10日。

②　〔美〕J. 赫伯特·阿特休尔:《权力的媒介》,黄煜、裘志康译,北京:华夏出版社,1989年,第125页。

写这篇文章"。① 所谓"编辑部",主要就是实际负责人丁玲。一篇学术争论文字,何必编辑部来作决定写或不写呢? 可见丁玲有所顾虑。这顾虑就在于,王淑明看似只是一个副刊编辑,但在人事上与周扬存在一定关系。可能是投鼠忌器,在这篇文章发表之前,陈企霞先后送呈胡乔木、周扬过目,因此出现了一些微妙的"差错"。对此,陈企霞后来有勉为其难的解释:

> (文章)写好以后,大家的意见是这问题较大,应当请乔木同志审阅一下(当时乔木同志经常对《文艺报》有所指示),我把来稿寄给乔木同志后,就想到也应当请周扬同志审查,所以接着也送了一份请周扬同志审查。乔木同志很快把文章寄回来了,改了很多。不久,周扬同志的审阅稿也退回来了,也改了一些。当时因为付印很急,我又仔细看了一下他们两人改的并无矛盾之处,就综合两人所改的,完全没有损害他们所修改的,付印了。刊物出版后,乔木和周扬同志都并未提出别的意见。但事隔一二年后,周扬同志却提出这也是反领导的内容之一,这问题一直使我不懂。②

陈企霞写这份"陈述书"的时候,已因 1954 年底《文艺报》"压制小人物"事件而被隔离审查,同时文艺界的丁玲、冯雪峰、陈企霞一系开始面临周扬的强势压力。而在"文学评论"与《文艺报》激烈冲突的 1951 年,周扬虽然名义上也是文艺界负责人(中宣部分管文艺工作的副部长),但实居胡乔木之下,甚至有被得到胡乔木支持的丁玲取代的危险。因此,当时丁玲、陈企霞等对周扬的态度就比较暧昧:形式上尊敬,内心里却并不那么以为然。所以,尽管陈企霞说得吞吞吐吐,但不难看出,陈企霞在文章写完后,虽然分送胡、周二人看了,但可能照胡乔木意见作了修改,对周扬"审

---

① 陈企霞:《陈述书》,陈恭怀:《悲怆人生——陈企霞传》,北京:作家出版社,2008 年,第 402 页。
② 同上。

阅稿"就没作什么"参考"。他说对两位领导的意见"完全没有损害"恐怕不甚确切,既然周扬认为此文"反领导"(即反周扬),那此文就很可能没理会周扬的意见。那么,周扬的意见是什么呢?笔者无法觅得原件,估计是不太同意陈对王淑明的猛烈批评,但显然,《文艺报》和陈企霞自行其是,"付印了"。当然,王淑明与周扬虽有一定旧交,但并不是非常密切,所以当时处境不佳的周扬也未必愿意因他和丁玲正面冲突。① 故《文艺报》对"文学评论"双周刊的反击略经"波折",仍得以顺利展开,并迅速从王淑明所期待的论辩"持久战"切换为组织性的处理。

陈企霞的反击文章刊发于 4 卷 10 期的《文艺报》上。陈表示:"自然,用不着否认,我们各种报刊上的批评文章,并不都是正确或完全正确的。对于正在初步发展,而且大体上是按照正确方向发展的文艺批评,我们应当采取欢迎、鼓励和保护的态度,而决不能采取抹杀和打击的态度,要求每篇批评文章都要十全十美,事实上,就是堵塞批评,特别是群众性的批评。直接从读者中来的批评,有时是点滴的意见,有时是迫切的要求;有的批评比较枝节,有的论断不够周到,也有的不免显得机械、轻率。但是我们应当认清,这些从群众中来的文艺批评,却常常提供尖锐的新鲜的问题,值得引起我们的注意。这些批评中的个别的缺点,应当指名负责纠正。但我们千万不能因此得出裘祖英的论断来",由此他认为,李定中的"来信"依然是有价值的,"提供尖锐的新鲜的问题,值得引起我们的注意",与此同时,他明确宣称《文汇报》的'文学界'和《光明日报》的'文学评论'两个副刊,平常注重批评,把这种错误的论文无批判地放在第一篇的地位,这是不正确的"。② 应该说,陈虽然祭出了"群众"的意识形态权威性,但并未真正阐述清楚新的批评体制的合法性所在,譬如只相信"唯一"真实、"对人民负责"等等。故此文不过"一方面表现出对自己的《文艺报》

---

① 到 1951 年底,周扬势力更见削弱。他被毛泽东点名下乡土改,而文艺界负责工作逐渐由丁玲接手。下乡期间,周扬数度致函丁玲,态度谦微,并希望通过丁玲改善与胡乔木的关系。这时期的周扬不但"保护"不了不太亲近的王淑明,就是对关系密切的夏衍遭到的《文艺报》的批评,也徒莫奈何。

② 陈企霞:《关于文学批评》,《文艺报》1951 年(第 4 卷)第 10 期。

是绝对不允许别人来碰的,另一方面表现出对别人都是老爷式的命令态度"①。这种粗暴态度无疑会招致唯恐"官司"不大的王淑明的新一轮反击。遗憾的是,新的反击只能是想象——"文学评论"双周刊突然失声。从王事后的检讨材料看,这场论争迅速"切换"到了组织解决的程序。按照传播政治经济学的观点,"那些操控着文化生产和产品发行的各种势力之间的力量对比"是具有"限制公共领域"的功能的②,"文学评论"的失声,显然是幕后力量斗争的结果。但再度让人遗憾的是,这类材料极少有案可稽,"文学评论"与《文艺报》的幕后冲突亦不例外。对此,笔者可以查寻到的可靠信息,是王淑明不久后在《人民日报》的公开检讨:

> 所有这些严重的思想错误,我在当时发表了这篇文章之后,竟丝毫没有觉察到,经过别人指出后,也未能引起我的注意。直到许多人都这样说,领导上也直接和我谈起,我才开始感到事情的严重!③

"这篇文章"指署名"裘祖英"的《论正确的批评态度》。方方面面的人都出面向王"谈起"此文的"严重的思想错误",可见新的批评体制与丁玲现实力量的强大。不过,"别人""许多人"尤其"领导"是谁,王言之了了。哪一级组织找过王,又给他谈了怎样的道理,王皆不曾细谈。但从该检讨可以看出,"文学评论"过去所刊发的许多文章,如杨树先的《对两个问题的意见》、紫兮对《黄河坝上》的批评,都被检讨成了"牵强附会,不能自圆其说的"。④ 而从王淑明数年后有关人性、人情问题的深刻思考看,他的这番检讨多少属于被迫性质。不过被谁所迫、"文学评论"又遭到了怎样的组织处置,现都缺乏史料。但被"处理"的时间比较明确,应该是1951年9

---

① 《对〈文艺报〉的批评——在中国文学艺术联合会主席团和中国作家协会主席团联席(扩大)会议上的发言》,《文艺报》1954年第22期。
② 〔英〕格雷姆·伯顿:《媒体与社会:批判的视角》,史安斌主译,清华大学出版社2007年版,第1页。
③ 王淑明:《从〈文学评论〉编辑工作中检讨我的文艺批评思想》,《人民日报》1952年1月10日。
④ 同上。

月。关于此事,竹可羽在 1957 年出版的评论集中曾隐约谈及:"从 1951 年 9 月以后,整整有五年时间,我没有写评论文章,原因是很多的,例如参加了一年土改工作,长时期的病和从事批评工作的客观上的困难等等;但主要是由于自己放弃了。"①话虽隐约,但不难看出,竹可羽也遭到整顿,以致"放弃"评论工作。可以肯定,幕后斗争到 9 月就大致落定。有两事可作为佐证。其一,8 月以后的"文学评论"大失生气,无所作为。8 月 11 日出版的第 38 期共刊出 4 篇文章,主要是两篇苏联译文,与文坛现状无甚关系。39 期就转入了令人难堪的"自我批判"。萧也牧是"文学评论"过去力图用"新现实主义"理论加以经典化的小说家,但现在他的《母亲的意志》被认为"是作者主观想象的、虚构的,离开了生活现实的作品","(母亲)思想性格不统一,忽而'唠唠叨叨',忽而很明智地为儿子的革命行动掩护;忽而'有点恍惚',忽而又把'精忠报国'的大红花送给参加军校的儿子。我们在什么样的现实中找到这样的母亲呢?""我们在作者的作品中没有看到解放后母亲受到什么启示,什么教育。她又买'双人床',安排晚年的幸福生活。这是什么发展规律呢?"②白村的"日常生活"论也被黄钢以大幅文字批评为"模糊了萧也牧那一作品的阶级本质;没有能指出其小资产阶级思想的庸俗性和严重的思想错误。论文的作者由此表现出:他同样也是满足于生活的现象;对于哪一种生活细节才能够反映生活的本质,而另一种生活细节不但不能正确反映、反而会歪曲事物的本质,没有能加以正确的区别"。③ 这种批评实已涉及"文学评论"的"新现实主义"理论宗旨。而且,在黄钢文章的最后,王淑明还以少见的大号黑体字形式印出了一则"编者按":

> 黄钢同志这篇文章的论点,是正确的。编者失察,过去将白村的文章,予以发表,而且还排在第一篇,这是不对的。白村文章里,还举

---

① 竹可羽:《论文学与现实的关系》"后记",作家出版社,1957 年,第 174 页。
② 蒲阳:《评〈母亲的意志〉》,《光明日报》1951 年 8 月 25 日。
③ 黄钢:《错误的例证与混乱的论点》,《光明日报》1951 年 11 月 3 日。

萧也牧《我们夫妇之间》作品做例,备致推崇,编者亦未能予以删改。

又:萧枫同志亦有评《我们夫妇之间》一文,发表于本刊上,对萧也牧的作品评价甚高,编者都未能看出其论点的错误。足见编者理论水平低下,顺便一并在这里作检讨。

在新中国成立初年,"编者按"多用于传达权威声音,但这份"编者按"却是不折不扣的"自我检讨",也堪为当时报刊编辑中的稀见个案。显然,"文学评论"办到这个难堪的程度,停刊就是自然的了。事实上,最后五六期除了"自我批判"之外,几乎没有高质量的稿件,登的多是有关鲁迅作品写作时间的考据或高尔基论文学语言的陈旧论文,大有"凑数"之态,完全丧失了当初野心勃勃的姿态。其二,丁玲对"文学评论"的公开批评。或许王淑明最难释怀的是,他一开始就选定的"预备""打下去"以"一显自己的身手"①的两大目标人物(赵树理和丁玲),直到"文学评论"停刊都未出面和他展开过任何辩论!但丁玲无意辩论,并不意味她不希望有一个结论。这一"结论"就是1951年12月10日丁玲在北京文艺整风学习动员大会上对王淑明的批评。在这次会议上,丁玲重点批评了一些刊物与作者,口气严厉,但对"文学评论"倒显得云淡风轻,只是在批评"个别的刊物"的"小集团倾向"时,似乎是顺带提了一句:"此外,大家知道,《光明日报》的'文学评论'和《新民报》的'文艺批评'的编辑态度,也是不严肃的。"②局外人从此话很难意识到丁玲、陈企霞已经和这份副刊交恶已久,更想象不到王淑明、竹可羽等此前遭受的组织压力。此前、此后的压力甚至给王、竹留下了"后遗症"。两人在不久后出版自己的著作时,都未收入"惹祸"文章(即《论〈太阳照在桑干河上〉》和《论正确的批评态度》)。王的著作《论文学上的乐观主义》出版于1952年,他之不收可能是不敢。而竹著《论文学与现实的关系》出版于1957年9月,此时"丁、陈"已经成为"问题"。他不收

---

① 王淑明:《从〈文学评论〉编辑工作中检讨我的文艺批评思想》,《人民日报》1952年1月10日。
② 丁玲:《为提高我们刊物的思想性、战斗性而斗争——在北京文艺界整风学习动员大会上的讲话》,《人民日报》1951年12月10日。

该文,大有故意给人难堪之意。竹可羽在该书"后记"中说:"不久,我参加了《光明日报》上'文学评论'的编辑工作,又看了些新的书,这样就又接连写了七八篇。这些都不过是些很粗糙的习作。这些文章,已经发表的除了一篇以外,都放在这里了。"①"除了一篇以外"的那"一篇"即《论〈太阳照在桑干河上〉》,该文在"丁、陈"事发后得以发表。已获发表而不收录,不收录却又要在"后记"中补上一句,补上一句后却又不作解释。竹的抱怨与不肯"谅解"可见一斑。

"文学评论"在刊出黄钢批评文章以后,就不再有下一期,于是1951年11月3日实即停刊。但在刊物上,王、竹既未宣布,也未作任何解释或暗示。但显然,他们是被迫的、不服气的。这从王淑明不久后的公开检讨中可以揣摩出来。王说:

> 这次文艺整风学习,丁玲同志在大会上的发言,指出"'文学评论'的编辑态度不严肃",我当时听了很不乐意,觉得对于这个刊物,自己很花了一番心血,不能说一点成绩都没有,怎能说它"态度不严肃"呢?……后来苦苦思索,再把"文学评论"发表过的文章,前后看了一遍,觉得丁玲同志所指出的,是完全适当的。②

写此检讨之时王淑明已50岁,50岁的男人要"苦苦思索"才能找出自己错误之所在,那很可能就根本不是"错误",而是被势所屈。而且还在《人民日报》作自毁前途的检讨,可见压力之大。不服气却又被迫服输,这意味报刊运作机制和文学批评机制至此都真正改变——新文学彻底落幕,而当代文学真正拉开序幕。办刊之初,王淑明把报刊看作"报馆",把自己和丁玲等视作不同观点持有者,但他两年"逆取"的碰壁与失败,实可予人三点启示。一、在国有体制下,报刊观点已不再代表个人,而更多地被读者理解为党和政府的意见。发起批评者,尽管在主观上未必有借重意识形

---

① 竹可羽:《论文学与现实的关系》,北京:作家出版社,1957年,第174页。
② 王淑明:《从〈文学评论〉编辑工作中检讨我的文艺批评思想》,《人民日报》1952年1月10日。

态之意,但客观上却挟有政治威力,被批评者很难避免声名扫地,故作家极力避免卷入论战,组织化了的报刊由此丧失自由辩论空间的功能。二、怎样辩论才是新时代合适的方式呢？从丁玲召开的"座谈会"看,作家显然希望是先经组织内部协商,形成"共识"后再见之媒体,这样才不致引起读者误会与对被批评者不应有的伤害。三、在新时代,权力必然是论争的最后解决机制。从"十七年"大量的论争个案看,丁玲、陈企霞对于"文学评论"的态度,其实还是比较克制的(毕竟"先礼后兵"),而不予分辩、直接以行政措施解决论敌的"批评",此后就逐渐司空见惯了。这种批评权力化之畸状所以能够发生,全赖于新的单位制度所建构的等级关系。对此,邹谠有所分析:"在经济发展缓慢的一元社会",这种制度"会发生极为严重的后果。因为在一个多元的、社会经济发展迅速的社会中,你可以在某一单位成为我的上级,但我对你并不产生依附关系,我也许可以到另外一个单位或企业去,甚至可能最后把你打垮。而在一元社会里,这些机会是不可能出现的",这种制度"在一元社会里把一元社会里下级对上级的服从、依附关系给强化了。"①对此三点,王淑明其实都缺乏深入认识,这使他来自新文学的编辑经验处处碰壁。

《光明日报》"文学评论"双周刊与《文艺报》的是是非非,随着王淑明告别"无政府主义"、加强"组织观念"②而告结束。或许因为有周扬的关系,或许与丁玲并无实质性私怨,更主要是由于他毕竟是资深的革命文人,"文学评论"双周刊停刊以后,王淑明仍然在文艺界工作③,但在1950年代的大部分时间里,这位"新现实主义"提倡者基本上成了一位组织内普通的沉默的文人,并在1966年以后的文化逆变中被推入"遗忘"的行列。

---

① 〔美〕邹谠:《二十世纪中国政治》,香港:牛津大学出版社,1994年,第65页。
② 王淑明:《从〈文学评论〉编辑工作中检讨我的文艺批评思想》,《人民日报》1952年1月10日。
③ 此后王淑明相继担任过人民文学出版社现代文学编辑部主任、中宣部文艺处戏剧组组长、中国文联研究室副主任等职务,后面两个职务名义上都直接是丁玲的下属。

第 9 章 《新观察》
（1950.7—1960.7）

《新观察》（半月刊）系从复刊后经营失败的《观察》改组而来。《观察》1949 年 11 月由储安平复刊，经营惨淡。1950 年 5 月改组为《新观察》，黎澍、杨赓短暂担任主编，后改由戈扬主编。《新观察》最初是解说国内时事的半月刊，嗣后演变为文艺综合性刊物。1956—1957 年间以"杂文的复活"而称誉文艺界。该刊较深地卷入"反右"风波。"反右"以后则逐渐成为以刊载散文为主的纯文学杂志。1960 年 7 月停刊。

一份杂志和一种文体

——《新观察》与"杂文的复活"

《新观察》半月刊(1950.7—1960.7)系从复刊后经营失败的《观察》改组而来,其身份凡历三变——初为"解说国内时事的半月刊"①,继而又被定位为"文艺综合性刊物",到1960年停刊时实已成为以刊载散文为主的纯文学刊物。然而这并未影响《新观察》在1950年代的持久声誉。在当年作协主管的六大刊物中,"《新观察》的发行数一度达到50万份以上而高居榜首",而其"主要台柱就是杂文"。② 不过作为"战斗的文体"③,杂文在"新的人民的文艺"中的合法性及实践价值不免模糊而不确定。恰如新政权对"鲁迅"形象的建构与竞争一样,起于鲁迅的杂文也经历了复杂的"斗争"过程。《新观察》的1950—1960年可以说完整折射了杂文文体在1949年后民族国家文化生产中的复杂境况,也见证了当代文学内部版图重构的多重角力。

一 "忠诚的批评者"与《新观察》"小品"

杂文地位的不确定,在新中国成立后成为"潜在的约定"——旧的杂文作者"的确觉得'不是杂文时代'了"。④ 何以如此?研究者多解释为政治形势变动导致的新的语境。这当然有所根据,但对当时充满历史自信的执政党而言,又未必恰中肯綮。更适宜的解释或许在于竹内好的观点

---

① 《新观察》1950年第1卷第1期,附页介绍。
② 黄秋耘:《文运与国运》,《文艺争鸣》1992年第5期。
③ 方环:《杂文的遭遇及其命运》,《文汇报》1957年6月4日。
④ 秦似:《秦似杂文集》"前言",北京:生活·读书·新知三联书店,1981年。

(由酒井直树的概括):"为了反对西方的侵犯,非西方必须团结组成国民。西方以外的异质性可以被组织成一种对西方的顽强抵抗。"①在20世纪三四十年代的中国,召唤并塑造一种可以承担民族未来的同质"主体"是文化生产的战略任务。而在共产党革命实践及其文学生产中,工农兵被选中为新的历史"主体"。在此情形下,他们就不太适宜成为讽刺对象,杂文的用武之地自然趋于缩小。对此,毛泽东讲得清楚明白:"在给革命文艺家以充分民主自由、仅仅不给反革命分子以民主自由的陕甘宁边区和敌后的各抗日根据地,杂文形式就不应该简单地和鲁迅的一样","对于人民的缺点是需要批评的","但必须是真正站在人民的立场上,用保护人民、教育人民的满腔热情来说话","讽刺是永远需要的","我们并不一般地反对讽刺,但是必须废除讽刺的乱用"。②何为"讽刺的乱用"?无疑不大容易准确地界定。所以新中国成立之初,关于杂文出现一些小的"讨论"。黄裳、萧曼若、杜高等都曾参与讨论。讨论者的共识是杂文可以写,而且应该写。其中袁鹰的看法颇有代表性。他认为:"鲁迅式的杂文已经光荣的完成了它的历史任务,它在对敌斗争的文艺战线上,留下了一定的光辉战绩。那样的时代是一去不复返的,到来的是和平建设的时代,时代在前进,杂文也就得从原来的基础上再提高一步。"③关键是,怎样"提高"呢?怎样才不是"讽刺的乱用"呢?对此,冯雪峰的观点可说是指导性的。他建议用"新的革命的杂文"来代替具有"在黑暗势力统治下面的奴隶头额上的烙印"的鲁迅式杂文:"新的杂文,在人民民主专政的时代,却完全不需要隐晦曲折了。也不许讽刺的乱用,自然并非一般地废除讽刺。它能够大声疾呼和直剖明析了。而首先必须站在人民的革命立场上,对于人民和革命朋友必须满腔热情,并且必须以人民大众的语言说话,为人民大众所容易懂得。现在是最有利于写杂文,也最有利于把杂文

---

① 〔美〕酒井直树:《现代性与其批判:普遍主义和特殊主义的问题》,《后殖民理论与文化批评》,张京媛主编,北京:北京大学出版社,1999年,第408页。
② 毛泽东:《在延安文艺座谈会上的讲话》,《毛泽东选集》,第3卷,北京:人民出版社,1991年,第872页。
③ 袁鹰:《对"杂文复兴"的一些意见》,《解放日报》1950年4月16日。

写得好、写得出色的时代。"①明显地,冯雪峰提倡的是站在人民立场上的与人为善的"热讽"。这无疑是建设性的意见。但遗憾的是,新中国成立初年并无人专力去作杂文。甚至"杂文"这个概念,亦日渐消失。冯本人1952年在《文艺报》开辟"新语丝"专栏时,也只自称为"随感",而非杂文。可以说,整体而言,杂文在新中国成立初年面临着即将谢幕的窘状。

对此,恐怕《新观察》最初两任匆匆而过的主编(黎澍、杨赓)都未留意。1950年底,戈扬出任新主编,这一情况有所改变。戈扬(1914—2009),原名树佩华,早年投身革命,人称"红衣少女",著名新闻记者,新中国成立后任新华社华东总分社副总编辑、《解放日报》驻京办主任。她之出掌《新观察》,与胡乔木有关。据戈扬之子胡小胡回忆:"中宣部副部长胡乔木选定母亲做主编。"②胡乔木为何要起用戈扬?则直接因于当时《新观察》发行数量偏低的压力。据《新观察》2卷1期透露,戈扬接手后的头等大事是重新思考《新观察》的定位:"一个月来,我们编辑部主要的忙着一件事情:如何使《新观察》赶上它应走的道路。什么是《新观察》应走的道路?我们向各方面征求意见,和很多人商量、研究、开会……"③这意味着,《新观察》前半年走的是"不应走的道路"。那么,新的道路又在何方?戈扬也在2卷1期作了宣布:

> 我们找到了一条路,一条既仄狭又宽广的路。所谓仄狭,是和各杂志分工,另走一条新路;所谓宽广,是比一切杂志服务的范围更广,服务的对象更多。这样,我们就确定了它是时事政治、通讯报导、社会生活、文学艺术的综合性刊物。同时,又规定了它的特点和风格;这个特点和风格,如果拿几句话来概括,那就是:"活泼清新、文图并茂、古今中外、无所不谈。"④

---

① 冯雪峰:《谈谈杂文》,《文汇报》1950年6月30日。
② 胡小胡:《我的父亲母亲》,http://blog.sina.com.cn/huxiaohulong(2013年4月1日访问)。
③ 《编者・作者・读者》,《新观察》1951年第2卷第1期。
④ 同上。

"随便的谈""无所不谈",明显使人联想到杂文。不过,真若如此"联想"那不如说是"过度"想象。应该说,此时戈扬并未考虑到让《新观察》承续新文学杂文传统,而不过是希望以短小活泼的形式(该刊为每期39页的容量偏小的薄册)生产新的国家认同。① 所以,1951年《新观察》实际上并未刊发杂文或类似文体,而是发表了几篇短篇小说和新诗,刊物仍然没有产生大的影响。

不过"穷则思变",进入1952年,《新观察》基本上不再刊登小说、故事等文学作品,而正式推出了杂文这一令该刊日后享誉文坛的文体。不过,如《文艺报》一样,戈扬并未使用"杂文"这一概念,而是策略性地使用了比较软性的"小品"概念。但细读《新观察》关于"小品"专栏的说明,明显又与杂文存在"近亲"关系:"'小品'栏是以短文和漫画作为批评的武器,以纠正人们的缺点,和人们意识中残余的资本主义思想作斗争。"②所谓"短文"莫非就是杂文?指出"人民"身上"残余的资本主义思想"其实与周扬不赞成"暴露黑暗"的权威意见存在矛盾。对此戈扬应该清楚。故作为平衡,《新观察》同时还推出"生活小故事"和"我们的首都"两个栏目:"'生活小故事'栏是通过我们生活中小的事例,来表现新社会里人们的新的思想、感情和品质。"③从后来发表的作品看,"我们的首都"栏和"生活小故事"栏定位在赞扬性、肯定性,与"小品"栏错搭配置,大有为讽刺短文"护驾"之感。这种编刊苦衷,颇让人想起J.阿休特尔的说法:"报刊杂志和广播电视并不是独立的媒介,它们只是潜在地发挥独立作用。"④无疑,周全、稳重的考量,使《新观察》安全地将它的"独立"召唤送

---

① 这与新中国成立初年戈扬思想的单纯有关。一则圈内"典故"可见一斑:"她本来是出名的左派","她写过一篇文章说,二十年之后(时间我记不清)共产主义天堂实现,人们将不会再哭,除非笑得太厉害,笑出眼泪来。这篇文章被一向认为右的黄秋耘写文章驳斥,说如果家里死了人也不哭吗?一时引为笑谈。"韦君宜:《思痛录·露沙的路》,北京:文化艺术出版社,2003年,第53页。
② 《编者·作者·读者》,《新观察》1952年第1期。
③ 同上。
④ 〔美〕J.赫伯特·阿特休尔:《权力的媒介》,黄煜、裘志康译,北京:华夏出版社,1989年,第336页。

到了作者、读者面前。为示范计,该期《新观察》刊登了4篇小品:《根绝贪污》(郑智)、《锻炼》(石金)、《在西伯利亚列车中》(石金)、《贪小失大》(华君武,漫画)。到1952年2月期,又刊出《王处长》(石金)。该文谈及革命干部"王处长"的"理想",简练而又锋利:

> 做了交际处以后,最初还不免有几分"土气",慢慢地就越来越"洋气"了。他认为既然职司交际,就要讲究排场。排场之一就是盖一座洋楼。排场之二就是从各大城市买地毯、买家具来布置和装饰这座洋楼。百货店、家具店把他当作大主顾,奉承唯恐不及。他也俨然是这座洋楼的"主人"。在这里,吃的用的和服侍的人,应有尽有。他是满意的。他想:"革命革到这般光景,没有什么话可以说了。"

这让人想起"阿Q们的革命党",也触及"革命第二天"个别革命者朝向既得利益群体转化、蜕变的社会事实。怎么看,该文都是锋芒锐利的杂文而非闲情"小品"。作者明显选择了"揭露革命先知在掌权前所宣扬的革命理想与官僚分子所建立的国家之间的差距"①的立场。而且这也逾出了革命文化生产的界线。不过,作者石金又是聪明而策略的,文章一开头就指出王处长"本来是个没落的小地主",结尾再次重申"王处长和国民党官僚没有什么不同。可是共产党和国民党是完全不同的"。这是将革命之弊"剥离"到"人民"之外的讲述技巧,但实际上并不损害其内在锋芒。可以说,杂文在《新观察》赢得了一个有力开始。

不过,开端似乎立刻成了"绝响"。不知是否出于"圈内人"善意提醒,随后几期小品的批评矛头都齐刷刷地转向了党的政策认定了的"敌人",譬如配合"三反""五反"的《永远不能让老鼠感到快乐》(严文井,3期)、《不要改变成分》(周方,3期),讽刺欧美"帝国主义"的《人和兽》(臧克家,5期)、《细菌战犯的"经济学"》(许征帆,6期)等。显然,这些"小品"将讽刺限定于被认定的"敌人",而绕开了现实的"人民"真实的社会问

---

① 〔法〕雷蒙·阿隆:《知识分子的鸦片》,吕一民、顾杭译,南京:译林出版社,2005年,第116页。

题。因此,这类"小品"于读者日常现实较少切肤之感,不太可能获得共鸣。这表明,戈扬有意识"砍削"了"小品"(杂文)应有的锋芒。1952年第6期甚至取消"小品"专栏而放大"生活小故事"专栏。到第7期,小品文章更被移入"国际栏",无形中等于消失。显然,《新观察》还是决意不作"第一个吃螃蟹"的刊物。故一段时间内《新观察》"小品"不再有专栏,虽时有小品刊出但无甚生气。不过到1952年10月底,《新观察》突然又发出新的"征文通知",热情号召读者燃起"讽刺的烈火":"我们要求读者们对旧社会所遗留下来的贪污浪费现象、官僚主义作风、保守思想、封建思想、资本主义思想,以及一切腐朽的垂死的东西,加以无情的揭露和批判,用无情的讽刺的烈火,烧毁这些腐朽的东西。"①戈扬为何这样突变?笔者缺乏必要史料,推测应与冯雪峰接手《文艺报》(1952年2月)后不断推出有分量的大胆、有力的评论有关,如《不要在现实面前闭上眼睛》等。1952年《新观察》难道不是"在现实面前闭上眼睛"了吗?毫无疑问,从1953年起,《新观察》进入了自己轰轰烈烈的小品时代。小品数量急速攀升:从1952年尚只55篇,到1953年骤升到140篇(1954—1956年则分别为121篇、90篇、121篇)!到1953年第13期,《新观察》索性将"生活小故事"取消。至此,在"新的人民的文艺"中身份不定的杂文借"小品"之名全面登场。史家一般将"百花"时代看作杂文全面"复兴"之期,《新观察》可以说是走在最前面,并形成独家风格。

无疑,1953—1955年《新观察》小品能率先形成风格,并不仅基于数量优势,更主要在于它的知识分子批评立场的形成。何谓"知识分子立场"?萨义德认为:当"愈来愈有力的媒体流通着形象、官方叙述、权威说法"时,知识分子只有"借着提供米尔斯所谓的揭穿(unmaskings)或另类版本(alternative versions),竭尽一己之力尝试诉说真话,才能加以抵抗"②。当然,这并非说戈扬立意要使《新观察》承担抗议角色,而是说她作为"革命

---

① 《编者·作者·读者》,《新观察》1952年第22期。
② 〔美〕爱德华·萨义德:《知识分子论》,单德兴译,北京:生活·读书·新知三联书店,2002年,第25页。

知识分子"有意充当新中国的"忠诚的批评者"。在此意义上,《新观察》提供"另类版本"涉及多个层面。在批评一般社会现象方面,刊出过后石《孩子是私有物吗》(1953年5期)、谢云《戴着望远镜走路的人》(1953年14期)、姚昌淦《老油条》(1954年13期)等文章。当然最受欢迎的小品集中在对官僚主义的揭露上,如陈中诉说"人民意见箱"的苦闷:"长期被冷落在街头,任凭风吹雨蚀,没人理睬","肚里的灰尘已经积有两层铜板厚"。① 煜昭讽刺官员世故:"老李对于批评和自我批评,特别是对领导同志提意见这个问题,自己有一套看法。每逢同志在会上向领导同志提意见,他总是躲到别人后面,自始至终闷声不响。有人问他原因何在,他笑笑,轻巧地说:'我是不善于批评的呀!'老李虽然不善于批评,但对于表扬一项倒颇擅长,尤其是对于领导同志。每次谈到科长的优点时,他总是滔滔不绝。单就科长办事态度这一点,他可以赞扬上个把钟头。"②1954年第17期刊出的姜维朴的诗《有一位自称忠实于革命的人》,与煜昭颇为接近:

> 有一位自称忠实于革命的人,
> 他似乎最会虚心,善于发现别人的优点,
> 批评时总是表扬在前,
> 像朗诵赞歌,悠扬、婉转。
> 有时,实在不得不提到缺点,
> 未说话,喉咙里先藏下八分,
> 唇边再留下一点,
> 最后,他声音颤抖地做了半天补充:
> "这,这,不成熟的思想,如有差错,万望包涵……。"

天马同样揭露"革命世故":"首长说:'今天又是个晴天,'/他说:'保险保险!'/首长说:'不过也不见得。'/他说:'首长看问题真全面!'//首长说:'这是感官的本能。'/他说:'学这个本能,也要锻炼!'/首长说:'爱奉承与

---

① 陈中:《"意见箱"的意见》,《新观察》1953年第3期。
② 煜昭:《巧妙的批评》,《新观察》1954年第14期。

喜欢奉承别人都不好。'/他说：'首长原则性强，精明果敢！'/首长说：'凡事都应该有自己的见解。'/他说：'至理名言！至理名言！鄙人完全同意首长的意见！'"①此外，华君武的《不是笑话》（1953年第4期）、李刚《研究研究》（1953年4期）、刘英《不用脑筋的领导者》（1953年5期）、苏东植《总结是这样做的吗》（1953年6期）、马铁丁《"大家负责"》（1953年15期）、由甲《长期病号》（1955年24期）等小品也都以略含幽默的讽刺引人注目。

纷沓迭至的讽刺性小品使《新观察》销量直线上升，迅速成为当时文艺界的"一线刊物"，主编戈扬也声名鹊起。② 不过，此时期小品并无鲁迅式杂文的棱角。这表现在：一、这些批评始终是"含着微笑的批评"，无"讽刺的滥用"之嫌；二、这些批评止于现象而不涉及体制。同时，戈扬还不时地为这些"忠诚者的批评"涂刷"保护色"，如不时"表明"刊物对新中国的热爱："这些小品文受到了广泛的欢迎。除了批评性的小品文，还希望写表扬性的歌颂性的小品文"③，"工厂、农村、部队里的读者们，将你们自己的或是听到的富有教育意义的真实故事，用笔的方式写给我们"④。

二 补正"新的人民的文艺"

杂文在《新观察》的复兴，不单表现为时评的活跃，亦表现在它对"新的人民的文艺"的参与。其实，《新观察》的文学色彩在戈扬手上是渐趋浓厚的。在1952年，文学尚是时事通讯之"附属"，到1954年二者就平分秋色了。如1954年第14期共刊出28篇文章，其中小品6篇，诗与小说9

---

① 天马：《"至理名言"》，《新观察》1955年第3期。
② 她从"新闻界四大花旦"之一变为"四大女编辑"之一，后者"即杨刚、彭子冈、戈扬和韦君宜"，其中，"杨刚是《人民日报》副总编辑，彭子冈是《旅行家》杂志主编，韦君宜是《中国青年》杂志主编"。胡小胡：《我的父亲母亲》，http://blog.sina.com.cn/huxiaohulong（2013年4月1日访问）。
③ 《读者·作者·编者》，《新观察》1953年第8期。
④ 《读者·作者·编者》，《新观察》1953年第18期。

篇,文学论文1篇,共计16篇,占比57%。而且,该年《新观察》还正式改为中国作协刊物,这为其小品介入"新的人民的文艺"提供了便利。与其他报刊一样,《新观察》所刊小说、诗歌也围绕斗争、建设两大主题而展开,但它的小品更多的是对"新的人民的文艺"的反思和补正。但借用汪晖的说法,"新的人民的文艺"也是"排斥性的概念","它把生活在同一时空中的其他东西排除掉了,建立一个霸权式的等级结构",①譬如与延安文学不同的文学成分、审美追求,譬如"正面人物"与其阶级"本质"不相吻合的经验和欲望,譬如论争中不合于马列"真理"的观点和规则,都可能被"定义"为新的文学规划中的"异质成分"而遭到边缘化处理。《新观察》"小品"栏作为"鸣放"之前为数廖廖的议论空间,有效地揭示着新的体制的偏缺,并"纠正"它内含的系统性排斥。

这在1955—1956年表现最明显。如吕达《油画上的苍蝇》(1955年第4期)讽刺四处卖弄与名人"交情"的文艺工作者,同期刘炳善也挖苦在新体制迎来送往中失掉"灵魂"的所谓"作家":"他的文章很少见到了,而他的'作家派头'似乎摆得更足了。他对自己的学问早已很满足了:'托尔斯泰的作品?读过。高尔基的作品?研究过。爱伦堡?——我还跟他握过手哩。鲁迅?那还用说吗?'至于新出的书,根本不在他的眼下。……对于艺术劳动,他的内心已没有什么热爱,因为他的灵魂在发霉发臭。"②1955年第5期同时刊出三篇小品,集中讽刺高薪制、高稿酬制度下作家的"蜕变"。《小琴要控诉》(达宝)描绘无知姑娘被作家孔厥诱奸、欺骗的情形,《离婚案初审记》(刘加林)则记述了某名作家的离婚:"什么叫'偶像'的'破灭'呢?年轻的变老了,漂亮的不漂亮了,或者自己看厌了,玩够了,就要算'偶像''破灭'了吗?""这才是真正的自私,这才是极端可耻的资产阶级损人利己的思想和行为。"这些批评清晰地折射出一些延安文人在新政权成立后朝向"食利者"的身份转变及其道义资源逐渐流失的事实。《"活报剧"两出》则直指新体制"外行领导内行"的问题,讽刺声称

---

① 汪晖:《别求新声:汪晖访谈录》,北京:北京大学出版社,2010年,第114页。
② 刘炳善:《这样的"作家"》,《新观察》1955年第4期。

"生产要紧,少两篇文章不会饿肚子"的领导不懂文学。① 由此,《新观察》小品还直指向"新的人民的文艺"的批评"成规"。1955年第4期转载了苏联画家弗多诺娃的漫画《在一把梳子下面》,讽刺"文艺批评"是用一把剪刀把所有不同的人都按同一标准剪成同一发型。如果把这"剪刀"理解为"社会主义现实主义"的话,那么这一讽刺堪称精辟。《主题在哪里?》讽刺批评家人手一册"主题手册",结果按图索骥,却无法找出苏联幽默童话《米式加的粥》的主题。②《"作品讨论会"》讽刺评论家在新的单位体制下"谨言慎行"的"新世态":"与会的作家们,/五个人一个想法:/根据别人的意见,/发挥自己伟大的论点。"③1956年18期刊出的林希的《永远正确》,同样讽刺明哲保身、随时"变色"的批评家。

　　《新观察》"小品"栏对于新体制下文学乱象的批评,是较早的当代文学自我反思。客观而言,小品形式短小,难以像长篇理论文章那样展开逻辑分析,但由于寓庄于谐,往往能于轻松"小故事"中揭开"新的人民的文艺"的核心问题。《楼梯和晒衣杆》讽刺新诗的楼梯体、晒衣杆体"并不美观","我们的'新诗'不是呼天抢地,就是哎哟喧天、句子前后不相连贯、音节念不上口、韵脚也没有,长短听便。即便是写得极好的一首诗,也不过是一段散文,分开来一句写成一行罢了,哪有点诗的意境和气味?"④而一篇杜撰的某记者(余)采访战斗英雄鲁连长的"小故事"更对"英雄人物"的"制造工艺"大加鄙薄:

　　　　鲁:我们连的同志在战斗中,大多数都立过功……
　　　　余:噢! 鲜花朵朵开,你生活在花的海洋里。
　　　　鲁:这些功是鲜血换来的,他们为了保卫……
　　　　余:我明白。他们的鲜血染红了田园和山野;山野里、田园上长上了茁壮的庄稼,开满了鲜红的花。

---

① 周围:《"活报剧"两出》,《新观察》1956年第18期。
② 杨田村:《主题在哪里?》,《新观察》1956年第13期。
③ 贾承基:《"作品讨论会"》,《新观察》1956年第7期。
④ 闻璧:《楼梯和晒衣杆》,《新观察》1956年第23期。

鲁：我们连的同志，有的是放羊娃出身。有的…………

余：是的，他们曾经在天边的草原上，骑着骠悍的骏马，唱着牧歌，追赶着羊群……广阔无际的草原，丰硕的水草，养成他们豪放的性格。

鲁：不，他们那时是披着麻袋片，愁眉苦脸的给牧主放羊。

余：不，我所要写的文章，不是事实的记录，而是充满诗意的想像。

鲁：噢！哈哈！一语道破，你倒使我明白了一个大道理，难怪我们谈话，一提到鲜血，你就想到无际的草原和牧歌；提到农民，你就想到泥土味儿；提到六月，你就想起火红的太阳和凄风苦雨的日子；提到十二月，你就想起狂风卷着大地的白雪；提到夜晚，你就想起皎洁的明月挂在树梢上；提到攻击，你就想起马特洛索夫和黄继光……这原来还有点条件反射的作用哩！①

"条件反射"是对逐渐类型化的"新的人民的文艺"的不满与批评。何为"类型化"呢？按照格雷姆·伯顿的解释是："类型是意识形态化的"，"它使得对某些社会角色的看法变得'自然化'；它支持了有关政治、经济和社会权力的一些看法"。② 这一解释非常切合"新的人民的文艺"内在的社会主义现实主义叙事规则。这种规则要求文学历史地、具体地表现生活："不仅要表现现实中的今天，而且还要展示其中未来的明天"，"不仅善于描绘现在，重要的是能够发现正在成长着与尚处于萌芽状态中的东西"。③ 此种要求具体到人物叙述，就是规定须按阶级/历史"本质"制作"正面假象"与"负面假象"，如现实中的英雄人物到作品中就被会被"诗意"地"想象"成"正面假象"："他们是如此平凡，而又如此伟大，他们正凭着自己的血和汗英勇地勤恳地创造着历史的奇迹。对于他们，这些世界历史的真正主人，我们除了以全副的热情去歌颂去表扬之外，还能有什么

---

① 王致远：《"条件反射"》，《新观察》1955年第6期。
② 〔英〕格雷姆·伯顿：《媒体与社会：批判的视角》，史安斌主译，北京：清华大学出版社，2007年，第75页。
③ 王淑明：《论文学中的乐观主义》，《光明日报》1950年4月24日。

别的表示呢?"①"别的表示",指的就是英雄"披着麻袋片"、"愁眉苦脸"的"事实的记录",甚至是有关英雄恐惧、悲伤、嫉妒、情欲等复杂的人性记述。在延安文人所设定的"新的人民的文艺"中,这类"别的表示"已被非法化了,而勇敢、高尚以及他们创造的"鲜花"世界,则被指认为英雄"应当"的甚至唯一的生活。此种类型化讲述,尽管符合国家认同生产的需要,但它离人物真实生活往往已有很大距离,甚至已下滑为不顾真实的"条件反射"。

类似讽刺与反思还可见于《差不多了(拟某电影编剧)》:"唔,唔,差不多了,/这样一来,可就差不多了。/情节——相当曲折,/场面——可真不算小:/有风,有雨,有战斗,/还有火烧!/唔,唔,差不多了,/这样一来,可就差不多了。/无产阶级的优秀品质,/在这个英雄人物身上/表现得面面俱到:/这一段表现了他的机智,/这一场描绘了他的英勇,/喏,忘我的劳动,/喏,带头的作用!/唔唔,差不多了,差不多了。//当然他也有小小的缺点,/脾气不免有些急躁。/但是,妙就妙在这里:/人物么,性格要有发展——/他及时勇敢地作了/自我检讨。//唔,唔,差不多了,差不——/……?……?………/哎呀!糟糕!/(编剧先生把头皮直搔)/不行!不行!/这里面还应加个党的领导!"②如此类型化编剧,只能将"新的人民的文艺"带向遥遥可见的"末路"。那么有无突破此类"成规"的作品呢?有的,但玄珠(茅盾)为我们揭示了这类作品的遭遇:"一篇稍稍揭露了矛盾的作品,可能有的遭遇是这样的:领导者读了作品的前半段,还频频点头,赞几声'对',可是读了结尾,'图穷而匕首见',他就闭目沉吟:'怪哉!指桑骂槐,好像是讲我这里?'终于他怫然拍案而起,'荒唐,荒唐!我这里怎么会发生这样的事!必须查究!'然而他的'查究'不是在'我这里',而是在发表这篇作品的刊物的编辑部之类。结果如何?不必我来多费笔墨,读者可以有各种的猜测;但有一句话却要交代:编辑部也者,以后

---

① 周扬:《新的人民的文艺》,《周扬文集》,第1卷,北京:人民文学出版社,1984年,第516页。
② 弓马:《差不多了(拟某电影编剧)》,《新观察》1956年第9期。

接到这样的稿子就觉得有点烫手了。自然,作者也从此得到'教训',此后下笔,不能不有所顾虑。"①以上种种,足可见《新观察》对"新的人民的文艺"的有效纠错。与此同时,在1956年"全国青年文学创作者会议"以后,《新观察》还对当时不正常的写作"狂潮"予以了必要的抑制。②

《新观察》"小品"栏有关"新的人民的文艺"的反思与补正,是当代文学史上值得重新检省的理论资源。不过,其中部分思考与"讽刺的滥用"未必可以划开界限。但幸运的是,自从戈扬接手直至"反右"发生,《新观察》始终没有受到外力干预,未发表过一篇主编或编辑部的"自我批评"或"检讨"之类的文章。《人民文学》《文艺报》《说说唱唱》《文艺月报》、《光明日报》"文学评论"双周刊皆无此"幸运"。那么《新观察》"风平浪静"的秘密何在? 以戈扬的单纯、冒失,她应该比冯雪峰、赵树理、刘雪苇招致更多麻烦才对。其间缘故或在于背景因素——戈扬出任《新观察》主编出于胡乔木安排,而她本人同时又"是周扬的红人"。③ 如此双重背景,无疑是对刊物和主编极为有利的保护,可以避免不少不必要的干扰。作协秘书长郭小川被指定"负责"《新观察》,但据他后来交代,在"反右之前"他对《新观察》"没有管"。④ 如果领导都放手"不管",那么"读者"更无力给刊物造成麻烦了,因为批评性的"读者来信"往往是在领导压力下才被编辑

---

① 玄珠:《揭露矛盾时的"矛盾"》,《新观察》1956年第15期。

② 玄珠(茅盾)表示自己接到这样的"读者"来信:"自称二十不足,贫农成份,只读过四年书的人,却写得一手相当熟练的汉字;这,如果大胆怀疑起来,便觉得其中有'伪',为什么要作伪呢? 最普通的原因:贫农而又年轻,最受尊敬,或者至少最能唤起注意,取得同情。这就使我不能不担忧,这样一位'青年'首先学会的,却是揣摩风气的'本领'。其次,从他自述的文化程度和他所要求的目标看来,显然并无任何联系,因而他还是一张'白纸',他要求的培养是从无到有。在这里,可以看出他误解了培养的意义","被培养为科学家、艺术家或作家,总得先有一定的基础,而这一定的基础应当从学校(包括补习和函授)中取得;没有这基础,政府的行政部门如何能写包票? 这样一个青年既不劳动生产,又不补习文化,却把大好光阴用来向政府部门一再写信,'坚决'要求'培养',这怕不是健康的现象罢?"玄珠:《关于要求培养》,《新观察》1956年第13期。这种抑制,与中宣部对"新生力量"的公开支持并不完全一致。

③ 胡小胡:《我的父亲母亲》,http://blog.sina.com.cn/huxiaohulong(2013年4月1日访问)。

④ 郭小川:《郭小川全集》,第12卷,桂林:广西师范大学出版社,2000年,第66页。

部公之于众的。

三 《新观察》的"杂文复兴"

但直到 1956 年,《新观察》还在以"小品"之名行"杂文"之实。但"双百方针"的公布以及次年毛泽东关于杂文的讲话①,为这一文体在全国的复兴提供了良好环境。《新观察》于 1956 年六七月间正式推出"杂文"。从 1956 年第 15 期开始,杂文、小品成为主打内容,立场也有从"忠诚的批评者"调整为"持不同意见者"的嫌疑。何以如此?与戈扬思想骤变有关。戈扬是青春型布尔什维克。这类少年革命者,其革命动力往往源自书本上的青春梦想而非自身屡经磨折后的人生经验,所以骤遇大的外部冲击时很可能从一个极端跳到另一个极端。据批判材料披露:"从匈牙利事件后,戈扬在一些根本问题上发生了怀疑和动摇,右倾机会主义思想越来越严重"②。此说比较可信。其实当时韦君宜也发生过类似思想波折。不过延安出身的韦君宜没有成为"持不同意见者",而出身国统区的戈扬却因为与自由主义在人事、思想上的复杂渊源,终使《新观察》更亲近于自由主义。

在中国现代史上,自由主义知识分子曾一度主张"第三条道路"而终归失败。新中国成立后,他们对中国共产党的治国方略未必完全赞同:"当 1949 年中国共产党承担起建立新的政治上忠诚的管理集团以形成

---

① 1957 年 3 月 12 日,毛泽东也公开提倡杂文:"鲁迅后期的杂文最深刻有力,并没有片面性,就是因为这时候他学会了辩证法。列宁有一部分文章也可以说是杂文,也有讽刺,写得也很尖锐,但是那里面就没有片面性。鲁迅的杂文绝大部分是对敌人的,列宁的杂文既有对敌人的,也有对同志的。鲁迅式的杂文可不可以用来对付人民内部的错误和缺点呢?我看也可以。当然要分清敌我,不能站在敌对的立场用对待敌人的态度来对待同志。必须是满腔热情地用保护人民事业和提高人民觉悟的态度来说话,而不能用嘲笑和攻击的态度来说话。"毛泽东:《在中国共产党全国宣传工作会议上的讲话》,见《毛泽东选集》,第 7 卷,北京:人民出版社,1999 年,第 277—278 页。

② 《〈新观察〉编辑部连日召开大会揭露右派分子的反动言行》,《人民日报》1957 年 7 月 26 日。

一个有能力管理中国人民的行政机构的任务时,晚清时期的老式知识精英,即以儒家经典进行自我修行的那些学者阶层,早已随着清朝的崩溃而消失了。取而代之的是一个具有各种信仰和观点的知识分子群体——记者、作家、科学家、管理人才、军人、政治家——他们不只是受到旧中国,而且还受到日本、西欧、美国、苏联的知识和传统的熏陶",他们"更不容易被控制和使用"。①《观察》原本是自由主义刊物,在"鸣放"期间,《新观察》与自由主义重续了旧的关系。其间主要的中介就是社会学家费孝通。如果说"媒体有助于塑造我们的世界观、公共言论观、价值观和行为观"②,那么费孝通对此应该深有共鸣。他对《新观察》颇为看重。据他后来自述:"新观察记者中有我的学生,我想利用新观察约稿的关系,开拓一个扩大我思想影响的园地。"③材料显示,费孝通通过学生黄沙建议《新观察》"组织一个作者队伍,把他们包下来,读者要看某人的文章,只能在《新观察》上看到",且建议把《新观察》"办成一个给高级知识分子看的刊物","哪怕只发行万二八千份也就行了"。④ 这些建议不失为兼具品牌与市场意识的办刊策略。在此情形下,《新观察》成功重建了与自由主义的历史关系⑤,其杂文也迅速发展。

《新观察》继续关注文学问题,但更甚于此——它抛开所谓"小品",径直讨论杂文文体的合法性。这一讨论,与"笔会"关于"杂文复兴"的讨论几乎同步。1957年第6期,《新观察》刊出韦君宜文章。针对有人担心杂文会影响党的形象的说法,韦君宜持否定意见:"这正证明了我们这个社

---

① 〔美〕费正清、罗德里克·麦克法夸尔编:《剑桥中华人民共和国史(1949—1965)》,王建朗等译,上海:上海人民出版社,1990年,第40页。
② 〔美〕道格拉斯·凯尔纳:《媒体文化》,丁宁译,北京:商务印书馆,2004年,第62页。
③ 《〈新观察〉编辑部连日召开大会揭露右派分子的反动言行》,《人民日报》1957年7月26日。
④ 穆林镇:《让刊物为社会主义而战斗》,《文艺报》1957年第18期。
⑤ 其实,戈扬的做法在《新观察》编辑部内也遭到抵制。据她后来的检讨显示:"小品文是阶级斗争的尖锐武器之一,在思想混乱的情况下,应该更加加强领导,我却相反的削弱了小品文的领导。去年秋天调整组织机构时,小品文组有人提出和党员组长脾气合不来,我便把这位组长调开了。这一年来,小品文栏放出大量毒草,和这个错误措施是有联系的。"戈扬:《我的检讨》,《新观察》1957年第15期。

会的思想水平、道德水平,已经远不是过去那个社会所能想象,""爱之弥深,望之弥切"。① 第10期又刊文称:

> (小品)"危机""消亡"的说法都已经过去,不过,在我的心中还着留着一点余悸。大约在三、四个月之前,有一些同志对我们提出劝告。他们说:"小品文敌我不分,枪口对内""副作用太大""如果小品文不改变方向,将遭到多数人的反对,你们要犯大错误"等等,一片指责抱怨之声,冲进了编辑部……小品文发展的最大障碍,是某些官僚主义害怕的批评,某些人缺乏批评与自我批评精神,某些部门缺乏民主空气。②

"副作用"究竟何指呢? 这就涉及当代文学的内在问题:文艺既以"重新塑造'人民'"③为追求,那么它所生产的"英雄"就必然多为合理的因应现实实践之需的"正面假象";倘若杂文真实地依照现实将之还原出来(甚至揭露出来),那无疑会向读者自曝其"假",又如何能够有效引导民众、维护新的国家认同呢? 对此,不但被批评者会有反弹,就是有识之士也未必不以为虑。不过《新观察》态度鲜明,对所谓"副作用"不以为然,甚至以戏拟手法讽刺:"副作用先生,不幸于昨夜零点三十分逝世了,二十世纪的巨星陨落了","先生一生,对副作用是深恶痛绝的,即使在某些地方副作用比正作用要小得多,先生也不肯轻易放过,宁愿连正作用一同消灭掉",绝"不苟且"。④ 第12期又刊发"小品信箱",针对小品是"案头清品,供人玩赏玩赏罢了"的说法,署名"山村"的批评家表示:"小品文的作用是多方面的,我们不应该局限它。同时,小品文作者也就不必对它的作用操之过急,要求立见功效,或是因为看到某些小品文不起作用或作用不大的情况而停笔不写。"⑤

---

① 韦君宜:《关于一股风》,《新观察》1957年第6期。
② 山水:《一个小品文编辑的话》,《新观察》1957年第10期。
③ 〔美〕杜赞奇:《从民族国家拯救历史:民族主义话语与中国现代史研究》,王宪明等译,上海:上海人民出版社,2009年,第19页。
④ 正宗:《副作用先生小传》,《新观察》1957年11期。
⑤ 山村、山水:《小品文的作用在哪里?》,《新观察》1957年12期。

同时,《新观察》还对官僚主义频繁批评。《"要好好表扬你一下"》(何新槐,1956年14期)讽刺弄虚作假,《办事情和"舞雉鸡尾"》(秦似,1956年19期)讽刺对唯领导之命是从。《"引号"的抗议》(陈瑶,1956年21期)号召"要独立思考,多动些脑筋,少用些引号"。到1956年底,《新观察》还把批评之"火"引向此前不曾涉及的上层。闻璧(廖沫沙)批评说:"似乎天下最爱犯官僚主义的,只有这些官卑职小的'下面'的干部,科长以上的领导同志,就都是在保险柜中,不沾染任何官僚主义尘土的。"①1957年1期又刊出"拟快板"再说此事:"在你们的刊物上,/科长干部最倒霉。/翻开小品看一看,/赵钱孙李的科长有万千。/今天我把编者、作者问一问。/从有小品栏,光阴似箭已五年,/为什么老和我们没有完？是不是大的不敢碰,/小的不好谈,/批评科长不困难？"②朱滔则对现实政治明确批评,认为"肃反"运动"使得一些人'深居简出'、'打屋顶开门',每天是宿舍办公室,办公室宿舍,在这条单轨上往还着","他们把这种生活称之为'保险的生活'","怕言多语失,怕留下小辫子","于是筑起一堵'墙',又一堵'墙'"。③

　　类似批评在此时期《新观察》上比比皆是。这些作者或无体制异议,但编发这些文章的《新观察》则无疑大有"持不同意见者"之风。或者说,《新观察》的立场多少超出了自我批评的范围,而有自由主义("右派")批评共产主义者(左派)的思想特征,恰如雷蒙·阿隆所言,"左派形成于对抗当中,并通过一些观念来加以确定。它揭露某种社会秩序像所有人类现实一样不完美。但是,一旦左派取得了胜利,并轮到它来对现存社会负责,那么,成了反对派或反革命派的右派亦能够毫不困难地指出,左派代表的不是与权力对立的自由或与特权者对立的人民,而是一种与另一种权力对立的权力,一个与另一个特权阶级对立的特权阶级。"④这

---

① 闻璧:《官僚主义的"下限"》,《新观察》1956年第24期。
② 小山:《新年献礼》,《新观察》1957年第1期。
③ 朱滔:《"六亲不认"与"墙"》,《新观察》1957年第11期。
④ 〔法〕雷蒙·阿隆:《知识分子的鸦片》,吕一民、顾杭译,南京:译林出版社,2005年,第15页。

是任何革命都很难摆脱的艰难处境,但当时其他刊物多由延安文人主持,其批评多属自我纠错,而对革命本身并无怀疑。《新观察》则以费孝通为中介,接通了1940年代的自由主义传统。它的批评含有当时不多见的体制性的质疑与挑战。

这尤其体现在刊物直接组织的稿件上。譬如以"本刊记者"名义刊出的《蓓蕾满园乍开时:一个月来"百花齐放、百家争鸣"情况小记》,该文报道了知识分子对教条主义、官僚主义的批评,也表达对党员知识分子发言太少的顾虑,"现在还只是满园蓓蕾乍开之时,到百花怒放还有一段距离","应该给已经含苞的花树加一些追肥,让它早日吐蕊,真个花繁叶茂"。① 据说此文与费孝通有一定关系:"他去苏州前,曾两次到编辑部,畅谈《新观察》还没有'解冻',应该'解冻'等等。编辑部一部分人被这种思想俘虏,纷纷议论怎样'解冻'",于是"几个人分工连夜收集报刊上的右派言论,最后由一位编辑执笔写成《蓓蕾满园乍开时》的综合报道"。② 此事未便证,但费氏本人的《重访江村》以第一手经济资料对农村合作化政策表达了某种忧虑。在文章中,费孝通如实地记述了当时农村的社会真实:增产不增收,缺乏副业,粮食匮乏,无钱读书等。该文文风朴实,但字字隐含着当时农村政治经济体制面临的绝大困难:

> 许多孩子向着我们挤,我突然觉得奇怪,在这时候,这些孩子怎么会都在河边看热闹?今天怎么不上学?他们都冲着我笑,有的拉了个鬼脸说:"我们不上学,割羊草。"旁边一个老年人补充了一句:"哪里有钱念书,吃饭要紧。"虽则就是这几句话,我们被粮食两字吸住了。坐定,老乡们散后,我悄悄地问农业社干部:"是不是粮食有问题?"他点点头:六百多户的村子里有不少人家感到了粮食有点

---

① 本刊记者:《蓓蕾满园乍开时:一个月来"百花齐放、百家争鸣"情况小记》,《新观察》1957年第10期。
② 《〈新观察〉编辑部连日召开大会揭露右派分子的反动言行》,《人民日报》1957年7月26日。

紧张。①

这篇文章后来成为社会学名篇,但它对新中国的经济政策还是欠缺战略层面的理解的。其实,对于新中国应该采取市场经济还是应借鉴苏联计划经济,今天经济学界争议并不大。对于一个资源匮乏而又急需工业化的后发国家而言,计划体制是合理而有效率的选择(我国今天工业化的完成主要得力于此)。但费文既未将之与全国工业化、合作化的整体状况相联系,还将之与过去(江村历史上比较富裕)屡屡相比,侧重讲述了出现在社会主义建设中的"破坏"与"衰退"的故事。对于这些问题,该文缺乏积极、可行的建议,不难看出作者对农业合作化政策的怀疑与不满。当然,更明显的异议出现在政治方面。这方面,1957年《人民日报》《文艺报》等报刊偏发的批判材料已多有涉及,此不赘述。

无疑,《新观察》作为"一个斗争的场域",其中"某种思想体系最终会战胜其他种类的思想体系而占据主导地位"②,在"鸣放"期间,自由主义一度表现出这种趋势,而其杂文也达至顶峰,成为当时"杂文复兴"中的闪亮一页。然而用力越剧反弹越猛,在"反右"中《新观察》遭到重创,戈扬、黄沙、费孝通等均被划为"右派",编辑部亦于1957年底被改组。③《新观察》不但丧失了继续"复活"自由主义的可能,而且其杂文也一蹶不振,甚至被挪用为对"右派"的讽刺工具,储安平、章伯钧、章乃器、萧乾、费孝通等自由主义者悉数遭到改组后的《新观察》专文批判。《新观察》与自由主义的关系遂告断绝,正如编辑部的自述:"亲爱的读者、作者","过去一个时期里,由于我们迷失方向,一度放弃了以社会主义精神教育人民的编辑方针和组织稿件的群众路线,编辑部和读者曾经在精神上断了联系","这是多么惨痛的教训呵!我们将永志不忘。经过激烈的政治斗争和思想斗

---

① 费孝通:《重访江村》,《新观察》1957年第11期。
② 〔英〕格雷姆·伯顿:《媒体与社会:批判的视角》,史安斌主译,北京:清华大学出版社,2007年,第103页。
③ 但此时《新观察》没有标出主编及编委。到1959年第13期才突然列出主编马铁丁,编委刘白羽、华山、邵宇、吴晗、林元、胡愈之、夏衍、唐弢、马铁丁、致远、陆浮、穆青。

争,《新观察》回来了,回到你们身边来了"。①

1958年以后,杂文在《新观察》时断时续。不过在形式上仍在不停地刊发小品,只是针对的都是群众琐碎的不良习惯,与"黑板报"相去无几。② 对此,估计编委会也自感缺乏文学的力量,到1960年遂将之取消。当然,这并非《新观察》与杂文关系的结束。同年,它又突发奇想地提倡所谓"新基调"杂文,即当时马铁丁、龚同文等发表的以反映新生事物为特点的杂文。这种与鲁迅杂文传统缺乏关系的"杂文"该怎么操作,估计也会面临处理上的困难。《新观察》也因此难以为继。适值"三年自然灾害"纸张困难,《新观察》遂在出完1960年13期后被作协不带遗憾地停刊,也由此失去亲历1961—1962年"调整"期间杂文再度反弹的文学史现场的机会。但它前后236期的历程,也比较完整地见证了1950年代杂文这一文体的历史变迁与当代文学内部的不同文学力量之间的重组细节。

---

① 《读者·作者·编者》,《新观察》1957年第18期。
② 如1958年发表的一批杂文,畅言《杜绝这种恶习》(第4期)批评供销社工作人员赌博无聊,荀竹《懒病》(第6期)讽刺不爱劳动的人,邹积禄《"三开箱"小姐》(第7期)讽刺讲究、穿衣打扮的女青年,高士其《随地吐痰——坏习惯》(第11期)、蒋满泉《保守者像只鸭》(第15期)、小严《西瓜皮与鸡蛋壳》(第16期)都是批评不讲卫生的习惯,锐利、朝阳《公与私》(第17期)则批评不爱护公物,等等。这种下降到"黑板报"水平的小品在1959年得到继续,如敢峰《要革掉"等"的惰性》等。

第10章 《文艺月报》
(1953.1—1959.10)

上海《文艺月报》(月刊)是华东文联的机关刊物,1953年1月正式创刊。初期主要负责人为刘雪苇、唐弢、黄源等。由于内部人事纠葛频繁,1954年后唐弢、王若望、以群相继主持过编辑部工作。该刊以刊发文学作品与理论指导文章为主,但始终未能形成个性和特色。1959年10月,刊物经营难以为继,遂更名为《上海文学》。该刊前后共出版81期。

胡风派与《文艺月报》的始终

《文艺月报》(上海)是华东文联机关刊物,1953年1月创刊,1959年10月因经营困难更名为《上海文学》,共出版81期。迄今为止,这份杂志尚未引起研究者的充分注意。但从文学报刊功能史与知识分子生存史的视角看,这是一份信息异常丰富的"生态样本"。它的办刊历程清晰折射了新中国成立以后文学报刊一定程度上弱化"个性色彩"和"文学流派性质"①的功能变化过程。这种变化,既因于意识形态的压力,也直接因于各派文坛力量对《文艺月报》的"争夺"。恰如凯尔纳所言:"社会是一巨大的斗争领域,由不同成分所构成的斗争在媒体文化的屏幕和文本中搬演着"②,《文艺月报》自始至终就为这类"斗争"和矛盾所缠绕、所改变。如果说,《文艺报》多少陷入"周(扬)、丁(玲)之争"的旋涡,那么《文艺月报》就是掉入了上海胡风派与周扬派之间门户斗争的泥潭。而这一令人遗憾的过程,同时也表现为胡风派与这份刊物相始终的历史。

一 刘雪苇的迂回办刊

新中国成立初年,旧的文学报刊整体性地退出文坛,各省市文艺机构纷纷创办新的刊物。华东文联(1955年改称"上海作协")也于1953年创办机关刊物《文艺月报》。③ 作为党的刊物,它被要求坚持党性原则、"担当

---

① 洪子诚:《中国当代文学史》,北京:北京大学出版社,1999年,第24页。
② 〔美〕道格拉斯·凯尔纳:《媒体文化》,丁宁译,北京:商务印书馆,2004年,第100页。
③ 上海文联曾于1951年创办《文艺新地》,由冯雪峰、唐弢主编,但在1951年11月,"为整顿内部,并使编辑部工作同志得以参加土改""暂时休刊","到1952年下半年,文联又开始酝酿复刊《文艺新地》。酝酿过程中编委会扩大,遂经讨论决定更改(转下页)

思想领导的任务"。① 为此,文联党委特别安排巴金出任主编,但"不负责具体工作"②,安排黄源、刘雪苇、唐弢共同担任副主编(刘雪苇名字未在刊物上正式印出)。由巴金出任主编,可以团结众多"新文学"作家、保证刊物的良好声誉,而由来自华东野战军的党员作家黄源、刘雪苇出任第一、第二副主编,可以保证党对编辑部事实上的领导。对编委会的组成多少也有同样考虑。③ 不过,创刊之初的《文艺月报》有没有积极落实这种创刊设想呢?从事实看,这份刊物并没有完全循规蹈矩。相反,它的编辑理念非常接近1949年前的同人刊物,在当时的机关报刊中个性比较鲜明。

何以如此?与《文艺月报》编委会所秉承的三种传统有关。其一,九位编委皆是1930年代成名的青年作家,多数编过同人刊物,虽然到1953年同人办刊已作为"传统的观点"与"过时"的方法④遭到批评,但他们未必忘却,内心里还可能眷恋这种新文学传统。其二,九位编委当年又都是"鲁迅身边的青年作家",华东文联党委或许没有留意这层渊源,但这批"鲁迅门生"重新聚首时却没有忽略这一共同的记忆。一个细节透露:不同于《人民文学》等刊物恭请领袖或领导题写刊名,《文艺月报》却是"经雪苇同志建议",将"文艺月报"四字"从鲁迅日记和书信中拣出来拼接复制"。⑤ 这明确传递出编委们对先师鲁迅的眷眷情结。其三,几位核心编委(刘雪苇、黄源、赖少其)同时还具有足以傲人的新四军/华东野战军出身。与夏志清在《中国现代小说史》中对当时文坛的描述不同,部分文人还是有坚持自己意见的勇气的,拥有军队干部身份的几位《文艺月刊》编

(接上页)刊名为《文艺月报》"。见艾以《我与上海解放后的第一本文艺刊物》,《上海档案》2003年第2期。故《文艺月报》也算是《文艺新地》的复刊版。

① 丁玲:《为提高我们刊物的思想性、战斗性而斗争》,《文艺报》1951年第5卷第4期。
② 唐金海、张晓云主编:《巴金年谱》,成都:四川文艺出版社,1989年,第765页。
③ 九位编委中,黄源、刘雪苇、石灵、赖少其都出身华野,巴金、唐弢、王西彦、靳以、魏金枝则是非党作家。编辑人员先后有茹志鹃、陈家骅、艾以、欧阳翠、金鼓、郁波、罗洪、白浔易、汤茂林、王业、陈乃秀、俞竹舟、杨秉岩、斯宝昶、杨友梅、姚文元等。罗洪任小说组组长,艾以、姚文元任理论组组长。
④ 丁玲:《为提高我们刊物的思想性、战斗性而斗争》,《文艺报》1951年第5卷第4期。
⑤ 艾以:《我与上海解放后的第一本文艺刊物》,《上海档案》2003年第2期。

委更是如此。这三种传统最集中地体现在刘雪苇身上。① 刘雪苇是党内《文艺月报》的实际负责人。② 这位兼有延安经历的文艺理论家性格强势,并得到前24军副政委、现华东军政委员会文化部副部长彭柏山的支持。而刘雪苇、彭柏山与胡风又素有私交(后皆因"胡风案"被捕),所以,由于刘雪苇、彭柏山的强势存在,创刊之初的《文艺月报》与其说与"鲁迅门生"有关,不如说与胡风派存在更现实、直接的渊源。③ 而胡风派同时将编委会所共有的三种传统带进了《文艺月报》。

故新创刊的《文艺月报》具有强烈的同人/左翼色彩。这表现在四个方面。其一,在"工农兵文艺"的时代,《文艺月报》明确选择以知识分子为读者对象。其实,1951年全国文联已规定省市刊物须"办成通俗文艺刊物,以主要篇幅发表供给群众的文艺作品材料"④,《文艺月报》作为大区级刊物虽不在此列,但它至少形式上要对此政策表示认同。然而《文艺月报》创刊号却对此持谨慎的保留意见:"各省(市)文艺刊物的编辑方针,作品方面固然是以供给农村、工厂的文艺活动材料为主,但也并不是说可以不讲求质量。'说说唱唱用不着体验生活,用不着下苦功夫,只要把报纸

---

① 刘雪苇(1912—1998),原名刘茂隆,贵州人。幼年家贫,1931年到上海谋生,接触马克思主义。1932年入党,同年加入"左联",1936年参加"两个口号"的论争。1937年赴延安,先后在中央党报、解放社、马列学院学习、工作。1946年进入山东解放区,任山东省文联副会长。1949年随华东野战军进入上海,出任华东局宣传部文艺处处长,并负责筹备成立华东文联、新文艺出版社和《文艺月报》。

② 不过,在创刊号上,刘雪苇只是编委而非副主编。对此,当年《文艺月报》编辑艾以回忆:《文艺月报》是刘雪苇一手筹办的,一开始就担任实际负责的副主编,而创刊号上标出的副主编黄源和《文艺月报》本来没有什么关系,他原来是职位更高的华东军政委员会文化部常务副部长,但"三反""五反"中因批建越剧院"出了问题",上级临时将黄源和刘雪苇对调,黄源到《文艺月报》担任副主编,而让刘雪苇兼任华东行政委员会文化局常务副局长("部"改为"局"),所以,创刊号上也临时把副主编刘雪苇换成了黄源,但实际上刘雪苇仍担任着副主编,主持《文艺月报》工作。见笔者2007年6月28日采访艾以先生的录音记录。

③ 胡风派不能与"鲁迅门生"画等号,譬如《文艺月报》九位编委都是"鲁迅门生",但除刘雪苇以外,其他编委都不是胡风派,甚至反对胡风派,如唐弢不久后就与刘雪苇在编辑部发生激烈矛盾。

④ 全国文联研究室整理:《关于地方文艺刊物改进的一些问题》,《文艺报》1951年第3卷第6期。

消息编编写写就行'的观点,是非常错误的观点",并明确表示《文艺月报》"以文艺工作干部、大中学生与大中小学教师、机关干部、有相当文化水平的工人与职员及其它自由职业者为主要的读者对象"。① 此处对"读者对象"的排序,并非随意为之。据后来揭发材料称,刘雪苇在拟定"编者的话"时,不赞同将"工农兵"列为读者对象,略提及工人时还要坚持把知识分子放到工人前面,"指斥一定要把工人放在学生教师以前的主张为'形式主义'",当时即有编辑为此深感忧虑。② 其二,在文体选择上亦侧重知识分子的审美趣味。《文艺月报》创刊后屡屡刊载长篇论文,作品也限于小说、新诗、散文和特写等新式文体,对民间说唱则冷淡有加,仅敷衍性地选载过一次"说唱选辑",即声明此后不再"直接征求这类稿件"。③ 其三,有意疏离政治。"编者的话"虽然表示要"以反映人民的斗争生活和推动各地的文艺工作为方针",但显然是修饰之辞,因为与此同时,编委石灵化名"玄仲",委婉地质疑这种方针:

> 把文艺为政治服务简单看成各种文艺作品只能是当前具体政治任务的宣传工具,这是不妥当的。自然,文艺必须服务于政治,问题是在于如何"服务"法。首先,并不是一切的文艺形式都适合一切的任务。用快板、小调、漫画、短戏来推动打老鼠,自然没什么不可以,硬要用长篇巨幅来拍苍蝇,那就要吃力不讨好了。……应该认识到那些反映中国人民怎样打败反动派,怎样积极地与英勇地保卫和建设着祖国,怎样在他们的生活中进行着前进着的东西和落后的东西的斗争的作品,也是一种"赶任务"的作品,因为它们也帮助了祖国的发展,人民思想意识的提高。……不应该把产生这些作品的工作看成

---

① 《编者的话》,《文艺月报》1953 年第 1 期。
② 本刊编辑部:《揭露胡风反革命集团对〈文艺月报〉的进攻》,《文艺月报》1955 年第 6 期。
③ 据后来别人"揭发",刘雪苇鄙视通俗文艺。他对缪文渭说:"你是全国有名的作家,全国人民对你希望很大,你应该写具有全国水平的、全国意义的能够反映时代精神的作品。你过去写通俗文艺:说唱、快板、地方戏,那是低级文艺,今后你应该写些高级文艺"。见缪文渭、王安友、苗得雨《刘雪苇是怎样毒害工农作家的》,《文艺月报》1955 年第 8 期。

是与政治无关或没有多大价值的工作。而是应该相反,应该用主要的精力来组织与扶持,使得这一类的作品能够大量产生。当然,有些临时性的"任务"也可以"赶",但那只限于某些文艺形式,而且还必须严肃。①

当然,或有读者不认为这段文字有什么"言外之意",那么两年之后峻青对此文的批评可作参考:"(作者)对反映新的现实作了不正确的解释。当然,短论中所举出的那一些赶任务的不正确的例子(如《舞台上介绍捉老鼠》等),的确是应该批判的。但是,决不能由此而得出结论说:反映历史和反映当前最迫切的现实同样重要,因而可以面对着蓬勃的现实熟视无睹。"②此外,《文艺月报》还明确提倡自由论辩的批评作风:"除了政策性论文及短文,其他论文所言并不都是结论","只有让不同的意见有充分发表的机会,这才能够互相商榷,互相探究,达到正确的结论"。③ 事实上,新中国成立以后,机关报刊更多承担的是引导舆论与对群众负责的职能,"互相探究"则更多是新文学时代的办刊理念。当然,对这些与众不同的理念与诉求,《文艺月报》还是比较注意迂回的表述策略的:修辞上力求委婉曲折,并尽量采纳《讲话》的概念系统,以求"曲径通幽",最终达到预期的目的。

这种迂回策略使初期的《文艺月报》充满生气。如果说媒体文化"重现了现存的社会斗争,转述了时代的政治话语"④,那么《文艺月报》显然有意识疏远着文艺界的运动,而倾心于以知识分子批判性为特征的左翼传统。恰如后来批评者所言,它对"资产阶级思想放弃了斗争,采取了委曲

---

① 玄仲:《赶任务》,《文艺月报》1953年第1期。
② 孙峻青:《对〈文艺月报〉的意见》,《文艺月报》1955年第1期。在此文中,峻青还说:"问题的严重性倒不仅是《文艺月报》发表了这样一篇错误的短论,而更重要的是这篇短论中所表现的错误思想也竟然反映在《文艺月报》的编辑工作中。不久以前,党中央宣布了党在过渡时期的总路线……《文艺月报》也并没有把这件事情认真地当一回事来作,好像是发表了这几篇文章应景就算完成任务了。"
③ 《编者的话》,《文艺月报》1953年第1期。
④ 〔美〕道格拉斯·凯尔纳:《媒体文化》,丁宁译,北京:商务印书馆,2004年,第97页。

求全和平共处的态度",对"许多在马克思列宁主义的外衣掩护下宣扬资产阶级思想观点的一些文艺理论、诗歌、小说""听之任之漠不关心"。①《文艺月报》陆续刊发了巴金《坚强战士》、师陀《前进曲》、卞之琳《采菱》等"老作家"作品,也推出了王安友《追肥》、陈登科《离乡》、高晓声《解约》、昌耀《诗两首》等新人新作。与此同时,它还把艺术性作为主要衡量标准。据后来批评者披露,在某次编辑部会议上,"编辑同志对一位老作家写的一篇作品提出了意见,说这篇作品描写了一大堆生活琐事,显不出它的主题思想是什么。可是,有一位编委却立刻反驳说:'老作家的作品就是不能和新作家的作品相比嘛!'并且,还断章取义地举出别林斯基的话说:'只有描写日常生活的才是天才,追求轰轰烈烈斗争场面的是庸才'"。② 是哪位编委,批评者没有点明,但不得不承认,这种看法恐怕也是诸位编委的"共识"。《文艺月报》在批评实践中也很好地凸显了艺术品质。1953年5月号刊出了署名"编辑部"的评论《对〈追肥〉等三篇小说的几点意见》,几乎是示范性的。此文不谈主流批评每每习论的思想性、政治性,却大谈气氛、感情和语言,称赞它们有"柔和而细致的感情",语言"相当干练","具有散文诗似的清新明快的风格"。③ 这种赞誉明确传递了《文艺月报》的趣味与用稿尺度。在此尺度下,能入编辑"法眼"的就主要是老作家了,新人要打进去无疑相当困难。材料显示,编辑部对"新人"很是苛刻:"有一个作者写了一篇《黄泛区拾零》,一位编委写了封信给他说:'……你的稿子使我们为难了很久,用呢还是不用?最后决定还是不用。原因倒不仅因为这篇作品缺乏文艺性,而主要的还是怕发表之后,招来更多类似这样概括性的东西。'"④所以,创刊未几,圈子内就传言《文艺月报》"对外严,对内宽;对新严,对老宽"⑤。当然,也有另一种不满,说"刘雪苇一面把胡风集团分子大批派进'新文艺出版社',掌握了编辑出版

---

① 孙峻青:《对〈文艺月报〉的意见》,《文艺月报》1955年第1期。
② 同上。
③ 同上。
④ 同上。
⑤ 同上。

的大权。另一面,也同样派遣了他们的集团分子斯民进入《文艺月报》"①。

二 《文艺月报》里的人事矛盾

后一传言,暗示了胡风派与《文艺月报》的密切关系,但同时,它也反映了当时编辑部内部的某种看法。此种看法可谓不祥之兆。通常而论,刘雪苇的迂回策略,会使其知识分子本位的左翼经验成为体制内的合法"知识",也有利于当代文学的多元构成,初期《文艺月报》的生动气象亦因于此。然而好景短暂,《文艺月报》并未在高起点上成为"上海的《人民文学》",相反迅速滑坡,沦为毫无特色的刊物,以至于后来上海要另办《收获》《萌芽》两份杂志。整体而来,在其七年办刊史上,《文艺月报》未发表过一篇具有全国影响的小说,没有培养出一个"文学新人"。作为扎根于文学中心上海的刊物,它可以说是不大成功的。但其原因,并不能归咎于新出版制度下中央报刊对于权威资源的垄断(其实北京之外的报刊也不乏佼佼者,如《长江文艺》《天津日报·文艺周刊》、《星星》诗刊等),更不能归咎于编委能力的欠缺,准确地讲,这种挫折与新中国成立以后知识分子的生存环境有关。该环境除政治因素之外,另一重要特征就是与人事有关的矛盾与斗争,它也是《文艺月报》功能变化的重要原因之一。

不同文坛力量之间的角力在创刊时就已存在。其时主编巴金属于挂名性质,第一副主编黄源"犯过错误",又"是一个纯粹的书生"②,对编辑事务介入不多,所以,编委中真正的主事者是刘雪苇,另一个有份量的负责人则是唐弢。其中,刘雪苇受到彭柏山支持,唐弢则受到夏衍支

---

① 《文艺月报》编辑部:《揭露胡风反革命集团对〈文艺月报〉的进攻》,《坚决粉碎胡风反革命集团》,第 2 辑,北京:人民出版社,1955 年,第 176 页。
② 笔者 2007 年 6 月 28 日采访艾以先生的录音记录。

持。① 这就埋下了人事矛盾的引子，因为彭柏山、刘雪苇与夏衍分属不同文坛力量。早在1930年代，夏衍就是被鲁迅批评的"四条汉子"之一，而贫困交加中的刘雪苇、彭柏山一直受到鲁迅、胡风的热情帮助，雪苇还撰文十余篇参加"两个口号的论争"。新中国成立以后，周扬、夏衍关系密切，相互支援，而从军队回到地方的彭柏山、刘雪苇也与胡风恢复了联系。② 王元化、梅林、余洪模、张中晓、耿庸、罗洛等胡风的青年朋友都在刘雪苇担任社长的新文艺出版社内谋得职位。其实在《文艺月报》创刊时，刘雪苇、彭柏山和夏衍就已经存在了难以消除的隔阂。胡风、周扬在北京不言和，刘雪苇、彭柏山和夏衍在上海就难以合作。这仅是"旧怨"，而刘雪苇、夏衍之间还有"新嫌"。据刘雪苇回忆，上海解放后筹组华东文联时，他曾在口头上提过一个方案："我对舒主任（舒同）说，如果夏衍不调华东工作（当时他是中共上海市委宣传部长，并据他说身兼26职），是否可考虑胡风做主席，巴金做副主席的候选人？……但不久他便告诉我，夏要来华东局任宣传部副部长，胡风的工作由北京中央安排。"③在文艺界，文联"主席"较之报刊主编，更是各方力量重视、竞争的目标。在夏衍看来，刘雪苇替胡风"觊觎"华东文联主席的位置，多少是对自己不满情绪的流露。这么说是有证据的。知情人梅志认为："这一口头建议到1955年便成了他的特等大罪，以致被隔离审查十余年。"④夏衍是广为人尊敬的"夏公"，如此说是否缺乏"尊贤"之基本道德呢？笔者并不这么以为。中国政

---

① 夏衍深受周恩来总理器重，自1950年起，即担任上海市委常委，兼任上海市委宣传部部长、上海市文化局局长等多种要职。1954年，调任国家文化部副部长，其上海市委宣传部部长一职则由彭柏山接任。但在1955年实际离开上海之前，夏衍一直是华东文艺界的最高领导人。

② 梅志回忆："第一次文代会开过后，胡风感到压力很大"，"冒雨去找了雪苇"。见《追忆往事悼念雪苇同志》，《文学自由谈》1999年第4期。"1950年2月3日，胡风到徐州看望彭柏山"，"白天，他（柏山）陪胡风参观部队，介绍部队首长廖海光、皮定均等与胡风见面，和文工团员谈文艺问题，参加座谈会等，晚上两人则促膝谈心到夜深"。见梅志《胡风传》，北京：十月文艺出版社，1998年，第573页。

③ 刘雪苇：《我与胡风关系的始末》，《新文学史料》1987年第4期。

④ 梅志：《追忆往事悼念雪苇同志》，《文学自由谈》1999年第4期。

界/文艺界时有幕后斗争,不宜简单以道德去衡量,尤其是不了解内情者更不宜以后世被允许"流传"的"公共形象"去评价。说夏衍是势力中人并不意味夏衍是道德"小人"或文学成就不卓著,只能说像他这样的文艺界官员有时处于各种复杂利益关系之中,不宜轻率地恶恶善善,只能据事而论、具体分析。就夏衍和刘雪苇的关系而言,他们当然是文学同道和革命同志,但在和平岁月也渐成怨敌。据1955年批判材料看,两人之间的"新嫌",除此事外,还表现在短短三年内刘雪苇四次"进攻""上海文艺领导"(即夏衍),包括利用《武训传》栽赃夏衍事件、利用文艺整风影射夏衍事件、利用《华东文艺动态》搜集夏衍"黑材料"事件以及"文艺学习小组"事件。① 此处仅略述刘雪苇借《武训传》批判为难夏衍之事。《武训传》本与夏衍无甚关系,但电影是在上海拍摄,夏衍又是当地文艺界负责人,故在毛泽东震怒之下,夏衍不得不于1951年8月26日在《人民日报》上作公开检讨。检讨令毛泽东颇感满意,并对周扬说:"检讨了就好",要他""放下包袱"、放手工作。② 在此情形下,刘雪苇与上海胡风派如何表现呢?据材料记载:

> 运动开始,先是胡风分子罗洛、耿庸、方典(即王元化)、罗石(即张中晓)等人在胡风分子之一梅志所主编的《文汇报》副刊"文学界"上发表文章,异口同声别有用心地说:《武训传》是由于"负责同志的郑重推荐介绍",正确批评"被阻碍","被牺牲"了的原故,所以如果要"唤起更多的人,联系自己的思想",进行批判,就是"一种对于人民鉴别能力的轻蔑",就是"造成人人都是犯了原则性错误或至少是思想有问题的嫌疑的印象"……就是说,"武训传"批判应该只是追究行政责任问题。从这个恶毒的用心出发,胡风反革命集团对上海文艺领

---

① 于寄愚、刘溪、陈海仪:《揭露胡风在党内的代理人刘雪苇的罪恶行为》,《文艺月报》1955年第6期。
② 夏衍:《〈武训传〉事件始末》,《战略与管理》1995年第2期。

导进行了连续的人身攻击。①

这份材料的核心部分多有据可查,如罗石文章即刊登在《文汇报》上。有些则属罗织罪名,如"按照反革命头子胡风的指示",有些则不易找出实据,如"出面加以阻止",但估计为当时实情。不过是否实情并非紧要,最要紧的于寄愚等人费尽力气搜集材料罗列这些"连续的人身攻击"的举动,本身就表明了夏衍对胡风派积怨之深,已经达到了人所共知的程度。

这些"旧怨新嫌",加上刘雪苇的倔硬个性,双方冲突势所难免。《文艺月报》不可避免地陷入长久的人事矛盾。当然,夏衍无暇亲自编辑《文艺月报》,唐弢则成为他的代理人(唐弢、夏衍素有私交,又和耿庸、刘雪苇多有宿怨②)。所以,《文艺月报》创刊甫始,编委便隐约形成两派。刘雪苇一派,唐弢一派,石灵、魏金枝与唐弢较接近,巴金、黄源旁观,年轻编辑则各有选择,这两派之间的不和谐与北京的周扬、胡风的矛盾遥遥呼应。恰如布迪厄所言:"文学场内部进行的斗争"在起源上"总是依靠它们与(总体上发生在权力场或社会场内部的)外部斗争保持的联系"③,《文艺月报》的多数运作都不能撇开人事纠葛而放在"纯文学"的层面孤立地去理解。

三 围绕《〈阿Q正传〉研究》的冲突

双方最初旗鼓相当。创刊号同时刊出了夏衍、彭柏山、刘雪苇的讲话与论文。1953年上半年,《文艺月报》在头条、二条位置总是交替刊载三人

---

① 于寄愚、刘溪、陈海仪:《揭露胡风在党内代理人刘雪苇的罪恶行为》,《坚决粉碎胡风反革命集团》,第2辑,北京:人民出版社,1955年,第216—217页。

② 据唐弢自述,1952年3月他编印《鲁迅全集补遗续编》,刘雪苇"授意罗洛执笔",批评该书说明前后不符,断定态度"不严肃",不应该"胡乱出版"。刘雪苇利用文艺处处长的地位,把这篇短文交给《解放日报》,作为"文教简评"发表了,《简评》发表后,新华书店拒绝进货。见唐弢《我所接触的胡风及其骨干分子的反革命活动》,《文艺月报》1955年第7期。

③ 〔法〕皮埃尔·布迪厄:《艺术的法则》,刘晖译,北京:中央编译出版社,2001年,第301页。

的文章。半年内,计刊过夏衍论文4篇,彭柏山、刘雪苇文章共5篇,成抗衡之势。但夏衍身兼多职,不可能时时兼顾到这份刊物,而刘雪苇作为实际负责人,又身为新文艺出版社社长承担该刊的印刷与发行,所以在编辑部内刘雪苇是力压唐弢的。因而在最初半年,胡风派与《文艺月报》发生了密切关系。据揭露:"雪苇尽量使《文艺月报》成为胡风反革命集团公开传播反动思想的阵地,在组织稿件、选用稿件上偷偷地耍着花样。他紧紧地抓住了理论批评这一方面。在编委会上,他提出了胡风集团分子彭柏山、满涛、王元化等人作为约稿的主要对象;书刊评价呢,他主张约'新文艺出版社'的人来写,当然也就是耿庸、罗洛之流,说他们是很能写的;至于创作,他说就向'新文艺出版社'去拿点来好了。"①但这种援引私人的优势维持不足半年,形势就很快发生变化。1953年夏,华东文联党委决定刘雪苇"不再兼《文艺月报》副主编",仅保留编委身份。② 这是一次很大的人事异动。其实,华东文联本来就是刘雪苇筹办,又有彭柏山鼎力支持,谁能解除刘雪苇职务呢?这方面,笔者未能觅得相关档案材料。但以常理推之,它当出自华东文艺界最高负责人夏衍的决定。如果属实,它也是刘雪苇、彭柏山与夏衍的第一次直接冲突,刘、彭显然处于下风。夏衍何以能够占据上风?大约出于两点。其一,1953年周扬重获毛泽东信任,周扬、胡风优劣之势判然。其二,夏衍与党内高层有更密切的联系。彭柏山则相形见绌。彭柏山之女彭小莲回忆:

> 爸爸离开部队的时候,24军军长兼政委皮定均,爸爸最亲密的朋友、战友,当时不在部队,上北京开会去了。当他回来听说爸爸已经接受了调令时,拍着桌子说:"这个柏山真是胡涂,他怎么可以去这种地方。他一个书生,哪里搞得过他们啊!"③

---

① 《文艺月报》编辑部:《揭露胡风反革命集团对〈文艺月报〉的进攻》,《坚决粉碎胡风反革命集团》,第2辑,北京:人民出版社,1955年,第174页。
② 本刊编辑部:《揭露胡风反革命集团对〈文艺月报〉的进攻》,《文艺月报》1955年第6期。
③ 彭小莲:《他们的世界》(上),《小说界》1999年第6期。

连皮定均都知道文艺界很复杂、彭柏山"搞不过"。遗憾的是,一心想从军界重返文艺界的彭显然缺乏充分考虑。事实表明,皮定均的确是不幸而言中。彭遭逢的对立面便是当时已被众多文艺人尊称为"夏公"的夏衍。

1953年夏的冲突直接缘起于耿庸的《〈阿Q正传〉研究》一书。此书1953年3月出版,是一部与冯雪峰论战的专著。与耿庸势同水火的唐弢从中捕捉到偏离《讲话》的异端言论,认为有机可乘,于是组织文章,拟在《文艺月报》上展开批评。徐庆全认为,这次批评是唐弢、夏衍出于被迫的行为,"在全国范围内批判胡风及其'派'的大形势下,上海也必须跟进"①。这一判断不甚确切。其实1953年胡风虽处于劣势,但形势大体还平静,并未出现"全国范围"的批判。相反,在胡乔木关照下,胡风还被增列为《人民文学》编委,路翎也在《人民文学》发表了《初雪》等脍炙人口的小说(胡风形势是在1954年底突然恶化的)。唐弢这种做法与"大形势"关系实在不大,主要出于私怨。自然地,他的这种计划遭到刘雪苇、彭柏山的反对。关于此事,后来批判材料称,刘雪苇"仍然以编委的身份,庇护胡风集团的分子。自胡风集团骨干分子耿庸的《〈阿Q正传〉研究》出版后,我们收到读者批评的来信,编委石灵同志写了一篇对该书的批评,在送审的过程中,夏衍同志认为可以发表,再送给彭柏山、刘雪苇两人看时,他们的意见都说'写得不好',不要发表。因此,这一次批评就没有能展开。后来还是夏衍同志在来稿中选定了两篇,决定发表,才把它发表出来"。② 这段材料是胡风被捕以后发表的,所以有意忽略了唐弢、夏衍的"幕后"合作。其实,唐弢意识到自己压不倒刘雪苇、彭柏山后,便于6月15日致信夏衍求援:"前奉《〈阿Q正传〉研究》一书……领导同志中间对这个问题的看法还是不大统一的,开个小型座谈会谈谈确有必要,但由《文艺月报》来召集虽然可以,却不能保证大家一同出席,我个别征求过意见,都说是没有时间,你们谈吧。读者寄来了三篇关于这本书的评论,问题没有准备充

---

① 徐庆全:《夏衍至周扬信解读》,《纵横》2001年第9期。
② 本刊编辑部:《揭露胡风反革命集团对〈文艺月报〉的进攻》,《文艺月报》1955年第6期。

分,我们不敢贸然发表。就是石灵同志写的文章也如此,作为论争的发难是可以的,但不能作为结论来看。我个人认为这样的问题来澄清一下是有必要的。至少,读者的来稿得要适当处理,但月报本身的力量太薄弱,渴望能得到您的指示。""前奉"云云,表明唐弢此前已与夏衍协商批评耿庸之事并得到了夏衍同意,此函则是批评进度的即时报告。唐弢提到的"月报本身的力量太薄弱""不能保证大家一同出席"的情况,让人看到编委们在两派冲突发生时纷纷躲闪的情景。唐弢自知单凭自己扳不倒对方,于是"渴望"夏衍出面。夏衍如何反应批判材料言而不详。其实,夏衍接信次日,便亲自赶到编辑部,勒令刊登两篇批评稿子。由于担心刘雪苇、彭柏山再度反对,夏衍于6月17日致信周扬,希望周扬在将要召开的第二次全国文代会上"对胡风问题应该有交代,不能有头无尾,不了了之"①。于此也可见,此时胡风问题是平静的,且有"不了了之"之势。但这种"大形势"不符合夏衍"解决"刘雪苇、彭柏山的私人需要,所以夏衍要求由周扬再次挑起对胡风的斗争,使他能够师出有名。但据周扬在二次文代会上的主题发言《为创造更多的优秀的文学艺术作品而奋斗》看,周扬无一字提及胡风,也未不点名地进行影射。这多少表明,此时在中宣部也有自己的麻烦的周扬对夏衍在上海的急躁行动其实是不太支持的。

不过,周扬的支持与否不是夏衍对上海胡风派采取行动的必要条件。《文艺月报》1953年7月号如期刊出了两篇批评耿庸的文章。其中,陈安湖的文章批评耿庸"把那些主张鲁迅从进化论到阶级论的人指斥为'观念论的机械者',而极力证明鲁迅在一九二七年以前,甚至是五四以前,就已经是马克思主义的阶级论者,在实际的斗争中,把握了无产阶级的世界观了","可惜是不合事实",他认为耿庸这样做,意在"承认了没有研究马克思列宁主义也可以从所谓'实际斗争'中获得无产阶级的世界观。他抹杀了马克思列宁主义对实际斗争的重要指导意义"。② 沈仁康的文章则把耿庸观点与胡风的"主观战斗精神"予以联系,且同样认为他"否定了鲁迅先

---

① 徐庆全:《夏衍至周扬信解读》,《纵横》2001年第9期。
② 陈安湖:《从一篇〈真理报〉的专论谈到〈阿Q正传〉研究》,《文艺月报》1953年7月号。

生在思想上艰苦的改造过程和飞跃、巨大的进步"。① 两篇文章其实都在暗示耿庸、胡风反《讲话》("思想改造"是《讲话》的核心观点），这不免是"杀气"盈然。然而，对此，刘雪苇、彭柏山皆无力制止。"媒体机构是存在于一个由其他权力机构所构成的语境当中的"②，由于夏衍的强势介入，唐弢明显掌握了编辑部的权力。他还在"编者按"中说："我们觉得其中的观念是有问题的。"两篇文章刊出以后，上海各书店迅速行动，禁止销售《〈阿Q正传〉研究》。对此，上海胡风派也作出了反应：

> 批评文章刚一发表，胡风集团分子就在外面散布谣言，说沈仁康同志是巴人同志的化名、陈安湖是《文艺月报》编委石灵同志的化名，把他们自己用惯的那一套"遍山旗帜"的"布成疑阵"的手段，血口喷人地加在《文艺月报》身上，想用这来蒙混群众，污蔑这场严肃的思想斗争为"私人意气"与"宗派成见"。胡风集团分子王戎、顾征南拿来夹着谩骂口若悬河的为耿庸错误辩护的文章，另一胡风集团分子张禹则以研究鲁迅的《野草》为名，从另一方面为耿庸辩护。③

"猛烈的进攻"其实并不存在。从材料中可见，王戎、顾征南、张禹都拿来了反驳文章，但唐弢拒绝发表，而胡风派竟然无法找到任何一家公开报刊发表这些反批评。1950年，他们手上本来还掌握有《文汇报》"文学界"副刊并办了小刊物《起点》，但都以停刊告终。到此时《文艺月报》被唐弢掌握，他们就完全丧失了话语阵地。这显然是彭、刘运作乏力的表现。其实论级别，彭柏山并不低于夏衍。1953年底夏衍拟调任文化部副部长时，彭柏山则接任了他的上海市委宣传部长一职。然而，势力大小并不完全取决于职位、级别，同时还要取决于和更高级官员的私人关系。在后一方

---

① 沈仁康：《驳〈阿Q正传研究〉的一些错误论点》，《文艺月报》1953年7月号，第36页。
② 〔英〕格雷姆·伯顿：《媒体与社会》，史安斌主译，北京：清华大学出版社，2007年，第12页。
③ 《文艺月报》编辑部：《揭露胡风反革命集团对〈文艺月报〉的进攻》，《坚决粉碎胡风反革命集团》，第2辑，北京：人民出版社，1955年，第178页。

面,彭柏山与夏衍的能力悬殊。于是出现了以上诸事。而解除刘雪苇编委、发表批判耿庸文章等事也表明,即便没有全国批判的"大形势",夏衍也决意要"整顿"一下刘雪苇、彭柏山这些"不服从者"。不过对此批判材料是另一番说法:"(胡风集团)并不能长期的利用月报、控制月报,这是因为在编委会和编辑室里还有着其他拥护和执行毛主席文艺方针的同志。而且创刊不久,雪苇就调做华东文化局副局长,不再兼《文艺月报》副主编了,只担任一名编委,因而也不能再直接的控制月报了。"①这段材料隐瞒了刘雪苇被夏衍"处理"的事实,仿佛是因为刘雪苇自己工作升迁而放弃了《文艺月报》。这是不合事实的。刘雪苇在创刊时就已出任副局长,且其副主编开始就是不署名而行实权的,且从他后面行为看,他根本不愿离开《文艺月报》并对此耿耿于怀。

不过,尽管彭柏山不长于人事摩擦,但在1953年夏双方必然有所幕后冲突。遗憾的是,在当代研究中凡涉及人事斗争的史实都少有公开材料,夏衍、刘雪苇、彭柏山彼此的"较量"也不例外。然而结果很清楚:面对对手有备而来的批评,刘雪苇、彭柏山没能作出有力"反击"。

四 胡风派失掉《文艺月报》

被迫退出刊物后,刘雪苇和胡风派只好凭借新文艺出版社,在印刷、发行上为难《文艺月报》。批判材料称:"因为《文艺月报》是在新文艺出版社出版的,而新文艺出版社的出版推广方面的大权,也落在杭行(即罗飞)、冯秉序这些胡风分子手里。所以凡是遇到这方面的工作和他们进行交涉,他们总是多方地拖拉推托。"②但到1953年底,刘雪苇又被解除新文艺出版社社长一职。次年1月,他的《文艺月报》编委的资格也被取消。

---

① 《文艺月报》编辑部:《揭露胡风反革命集团对〈文艺月报〉的进攻》,《坚决粉碎胡风反革命集团》,第2辑,北京:人民出版社,1955年,第176页。

② 同上书。

胡风派由此彻底失去《文艺月报》。然而这并非结束。在中国，势力斗争要么不启动，一启动就会进入"一方全赢/一方全输"的政治模式。① "赢"到何等程度，"输"到何等程度，往往与利益强度有关。政治上王位的争夺，利益最巨，所以输者往往身死。文艺界的人事冲突，涉及实际利益毕竟有限，死自然不至于，但让"输"者声名扫地则往往是必行之事。因此，夏衍、唐弢的攻击并不止于让刘雪苇退出《文艺月报》，而是锋芒所向直指整个胡风派。于是，在全国比较平静的情况下，《文艺月报》率先展开对亦门、冀汸、路翎等人的集中批评，如吴颖对亦门《诗与现实》的批评（1954年3月号），斯人对冀汸的《桥和墙》的批评（1954年6月号），以及晓立、刘金、荒草对路翎《洼地上的战役》等作品的批评。其中，吴颖有意将亦门（阿垅）的认识方法与毛泽东的《实践论》对立起来，晓立则批评《洼地上的战役》"贬低了战士们的高贵的品质"，"作者把自己对纪律的看法代替了王应洪和王顺的看法"。② 而《文艺月报》在1954年的这些批评，还得到了与周扬比较亲近的批评家侯金镜在《文艺报》上的回应。侯认为，《洼地》等小说有个人温情主义，"在部队中间已经发生了不好的有害的影响"，"似乎纪律不能成为大家自觉遵守的、成为战斗生活的一部分，成为人民军队的集体主义的最高表现"，"相反，纪律却成为强加到战斗生活中的一种冰冷无情的东西"。③

面对这些来势凶猛的批评，刘雪苇等束手无策。"各个社会集团和阶级使用媒体和其他资源推广自己观点和利益的机会是不均等的"④，这在上海胡风派这里体现得淋漓尽致。他们既不能阻止一篇又一篇批评文章的出笼，又无法将反批评文章在公开刊物刊发出来。无奈之下，他们只能诉之作为"鲁迅门生"的共同"记忆"。据说顾征南"来信对巴金、黄源、唐弢同志进行恶毒的讽刺，他的信上写着'老实说，我们都是吃鲁迅的乳汁

---

① 邹谠：《中国革命再阐释》，香港：牛津大学出版社，2002年，第167页。
② 晓立：《从〈瓦甘诺夫〉联想到〈洼地上的战役〉》，《文艺月报》1954年5月号，第45页。
③ 侯金镜：《评路翎的三篇小说》，《文艺报》1954年第12期。
④ 〔美〕詹姆斯·卡伦：《媒体与权力》，史安斌、董关鹏译，北京：清华大学出版社，2006年，第146页。

长大的,我们不能一旦因为老"牛"死了,就可以回过去剥"它"的皮来制革履,吃"它"的肉来增加自己的营养'"①。其实巴金、黄源与这场冲突无甚关系,而唐弢并不为所谓"同门之谊"而感动,抬出鲁迅也阻挡不了他前行的步伐。事实上,1955年"胡风案"发后,唐弢在没有外在压力的情况下主动撰写了分量很重的长篇文章参与批判胡风的理论"战役",此时的批评其实还只是小试身手。不能动之以情,胡风派就开始了"骂战","后来的来信则骂编辑部为'惯走江湖卖假药的郎中'。王戎还气势汹汹地把他的文章寄到中共中央宣传部。胡风分子'泥土社'老板许史华用老婆姓名写信谩骂编辑部。他们还恶毒的起绰号,来对副主编黄源、唐弢同志进行人身攻击,一切无赖的流氓手段都用全了"。②这些方法,实即胡风亲自从北京布置的"为了累倒它,为了冲破它,就得缠住它"的"斗争"策略。但这种策略,不但毫无实际效果,反而增人恶感。结果,到1955年"胡风案"发时,上海胡风派已经被这场矛盾弄得元气大伤。③

　　这可说是胡风派与《文艺月报》关系的终点——唐弢胜利了,向怨敌复了仇,并事实上取得了《文艺月报》的实际控制权。然而作为文学报刊,《文艺月报》无疑是日益平庸了。这表现在两点。其一,刘雪苇、彭柏山、唐弢等"鲁迅门生"在新的利益分化下丧失"团结"的兴趣,而彼此间的人事纠葛破坏了《文艺月报》的迂回策略。刘雪苇在缝隙中迂回表述知识分子话语,使政治、政策在《文艺月报》难以成为"主导概念"。对此,唐弢

---

　　① 《文艺月报》编辑部:《揭露胡风反革命集团对〈文艺月报〉的进攻》,《坚决粉碎胡风反革命集团》,第2辑,北京:人民出版社,1955年,第177—178页。
　　② 同上。
　　③ 不过批判材料认为1954年底还有一次反弹:"去年十月《文艺报》在处理《红楼梦研究》的批评上发生了错误以后,胡风在北京发动了对党的进攻,胡风反革命集团在上海也遥相呼应,首先是王戎写信来责问编辑部,接着耿庸因为要写文章反攻,还先到编辑部来摸底。而亦门(阿垅)也从天津发来近四万字的'炮弹',上海的胡风集团分子经过事先的周密的布置、分工,在华东作协理事扩大会上,王戎、耿庸就出马攻击文艺领导并向《文艺月报》'开火',《文艺月报》编辑部内部的胡风分子斯民也在会上发言反击孙峻青同志的意见,和王、耿的发言相为呼应。"见《文艺月报》编辑部《揭露胡风反革命集团对〈文艺月报〉的进攻》,《坚决粉碎胡风反革命集团》,第2辑,北京:人民出版社,1955年,第179页。

无疑是了解甚至认同的。然而为了批倒胡风派,他大量援引意识形态概念,以争夺话语制高点。他的这种做法不过是把意识形态当作了"用来争取其利益的话语'弹药库'的组成部分"①,但无疑为意识形态对刊物的"长驱直入"打开了防御之门。这种因私废公的做法使《文艺月报》内在的同人性很快消失。甚至,为彻底"扳倒"刘雪苇,唐弢还组织文章"暴露"了《文艺月报》隐藏的同人经验。结果,刘雪苇的确被捕入狱了,但《文艺月报》也每况愈下。唐弢负责期间,《文艺月报》虽偶有佳作②,但整体而言可说是乏善可陈③。其二,《文艺月报》创刊初的生气,与刘雪苇敢于任事、"能力很强"④的个性很有关系。唐弢既乏革命资历,性格又圆稳,底气明显不足。所以在刘雪苇退出之后,《文艺月报》的麻烦就隐约出现。1954年底,由于《文艺报》"压制新生力量"事件,中国作协要求所有刊物都展开自我批评。唐弢马上刊出《读者、通讯员对〈文艺月报〉的批评》和检讨《热烈地欢迎更广泛、更尖锐的批评》。后者自承《文艺月报》"是旧作风","悬空地去追求所谓'全国性'","把政治标准和艺术标准颠倒过来,不恰

---

① 〔美〕詹姆斯·卡伦:《媒体与权力》,史安斌、董关鹏译,北京:清华大学出版社,2006年,第301页。

② 1953年第9期发表的蒋孔阳《要善于通过日常生活来表现英雄人物》一文具有反思价值。该文称:"我们目前有些小说所创造的英雄人物,就不太开展,太单调,太软弱无力,太缺乏鼓舞与教育的力量了。它们很少写英雄人物的生活。它们主要的,只是从生产的过程来写生产的主题,从战斗的活动来写战争的主题。因此,我们一翻开书,我们的英雄人物全部的时间和精神,都是在订计划、搞试验,在写决心书、掷手榴弹,在开会,在学习……他们的一言一动,所有的思想和感情,作者都是用弹簧扣得紧紧的,直接联系到生产与战斗的活动上面。至于在日常生活中,他们则都是一些禁欲主义者。他们没有什么爱好与趣味,没有什么人生的见解与主张,也没有什么内心的矛盾与冲突,他们就只是'纯粹的'劳动模范和战斗英雄。这样,我们读完了小说,虽然敬佩他们工作的强度与其所完成的纪录,但我们却不爱他们,却不肯亲近他们,因为我们根本就不知道他们究竟是一些什么样的人。他们和我们太陌生了,他们的处境和工作与我们的太不相同了。我们之间无法沟通思想和感情。我们自然不会跟着他们一道激动,响应他们的号召,为他们的理想而斗争了。"

③ 《文艺月报》自1954年5月号增加"杂感·随笔"以后,发表了一些小品文,但锐利者不多,"有些文章内容是显得清淡乏味,没有显示出强烈的热力,没有掌握小品文的特点。例如:《注意语言的纯洁与健康》一文,全文除引了'我爱祖国的壮丽的河山'两句话外,都是平平淡淡的叙述。因而就给人以软弱无力,不痛不痒的感觉"。见王保林《读最近几期〈文艺月报〉的杂感随笔》,《文艺月报》1954年第10期。

④ 笔者2007年6月28日对艾以先生的采访记录。

当地去追求艺术的'完美'","忽视生活里天天在茁长的、来自群众的新生力量"。① 这种做法,无异于自爆编辑"底线",并预示着《文艺月报》将被带上刘雪苇最为不屑的道路。1954年第12期和1955年第1期刊出的"海防前线速写"与"工厂斗争小说",可谓明显的信号。

---

① 编辑部:《热烈地欢迎更广泛、更尖锐的批评》,《文艺月报》1954年第12期。

《文艺月报》的内部问题及其停刊

《文艺月报》前后七年的办刊史可以分为前后两期,前期是刘雪苇、夏衍两派不断拉锯的时期(1953—1954),后期则转入王若望、以群相继主持的时期(1955—1959)。1953—1954年的人事纠葛,使《文艺月报》初期的同人风格迅速沦失,而与当时大部分机关文艺刊物趋同。但应该说,继任的王若望、以群都是富有才华、不乏个性的编辑人才,兼之华东(上海)非同凡响的文人资源,他们完全有可能将这份深受内争之害的刊物重新打造成日后《收获》那种广有影响的"经典"杂志。然而,从事实看,日趋严肃的文艺环境,和"一波未平、一波又起"的人事斗争,使《文艺月报》最终未能溃围而出。尤其后者,犹如无法解决的"内部问题",始终缠绕着这份人事旋涡中的文艺刊物,使之在失败的意义上继续成为1950—1970年代文学报刊研究中的分析样本。

一 编委会调整与《文艺月报》的新问题

在1953—1954年的人事纠纷中,唐弢成功取代刘雪苇,成为《文艺月报》的实际负责人。然而,唐弢负责的时间并不为长。1954年底,全国大行政区撤消,《文艺月报》编辑部也受到影响。先是不太任事的黄源调任浙江省委宣传部副部长,于是最初三位副主编仅余唐弢一人,故在该年12月28日,上海作协又临时增补魏金枝为副主编。不过,唐、魏皆非中共党员(主编巴金亦非党员),故1955年2月又"经作协上海分会第七次会议决定,(巴金)与唐弢、靳以、魏金枝、王若望、王元化、叶以群、孔罗荪等八人组成新的《文艺月报》编委会。巴金挂名任主编,具体编务由副主编唐弢、魏金枝、王若望负责"①。此次调整的关键是增补王若望为副主编。② 与此同时,唐弢也出任上海市文化局副局长,《文艺月报》副主编反而成了兼职。在此情况下,作为副主编中唯一的党员,王若望自然越出唐弢,成为《文艺月报》的实际"掌舵人"。王若望一履任,即在 1955 年第 2 期上发表《学习苏尔科夫的报告,向胡风的错误文艺思想作斗争》一文。不过,王若望此举并非要与唐弢"同仇敌忾"。当时全国性"胡风大批判"已经发生,这篇文章更多的是在表态。而究其实,王若望性格锋利,思想敏锐,与刘雪苇倒是非常相像,《文艺月报》可说获得了重新出发的机会。所以如此判断,是有事实根据的。尽管《文艺月报》在 1955 年第 1 期即已表示与刘雪苇时期划清界限③,但明显地,该刊进入 1955 年后仍坚持使用了迂回策略,保持刘雪苇时期的知识分子风格。譬如,用稿方面就比唐弢更注意作品的艺术性与批判品质,该年接连刊发的《荣誉》(陆文夫)、《不愉快的事情》(杨野)、《暗害》(杨润身)、《兄弟俩》(艾明之)等作品都保持了一定水准。

但意外的是,同样受到夏衍支持的王若望履任未几,《文艺月报》便骤遭"重击"。1955 年 7 月,《解放日报》突然刊出陈山文章,批评《文艺月报》第 6 期未转载"关于胡风反党集团的第三批材料"。此事的确属实(其实第一批、第二批都已转载),但主要因为这批材料篇幅过长,且各报刊均已纷纷转载,单行本也已同步发行,《文艺月报》就未再作重复性转载。当

---

① 唐金海、张晓云主编:《巴金年谱》,成都:四川文艺出版社,1989 年,第 795 页。
② 王若望,1918 年生,1933 年参加"左联",1934 年被捕入狱,国共合作后获释赴延安,后又转赴山东解放区,历任《文化翻身》主编、新华通讯社淮海前线支社社长。新中国成立后任华东局宣传部文艺处副处长等职。他之调入《文艺月报》应该出自夏衍的安排。
③ 《文艺月报》1955 年第 1 期"编者的话"称:"《文艺月报》已经出满两年了,在这次工作检查中,我们明确了过去编辑思想、编辑作风上存在许多错误","本刊创刊号《编者的话》有错误,应予纠正。其中有这么几句话:'除了政策性论文及短文,其他论文所言并不都是结论;我们所以发表对某些具体问题讨论和研究的代表个人意见的文字是因为,只有让不同的意见有充分发表的机会,这才能够互相商榷,互相探究,达到正确的结论,以提高我们的思想水平和艺术水平'。把政策性论文及短评除外,仿佛这已是结论,不能再展开讨论似的,显然是错误的。政策性论文及短评也同样可以讨论,真理是愈辩愈明的,有组织、有领导地开展自由论争,将有助于问题的正确解决"。

然,《文艺月报》历来都较少转载北京方面的讲话,如 1954 年底各地刊物纷纷转载全国文联对《文艺报》的《决议》及茅盾、郭沫若、周扬的讲话时,《文艺月报》只以加印"增刊"方式处理之,而不愿在正刊中割舍篇幅。故此事约在可大可小之间,但一旦被人穷究并"上纲上线",问题也会骤显严重。陈山文章发表以后,上海作协随即召开了会议,专门"检查"《文艺月报》,而"检查的重点主要是针对王若望"。① 在会议上,王若望遭到"围攻",尤以小说家峻青的批评最为尖锐。他不但揭露王若望不转载第三批反胡风材料的"用心",而且翻出"旧帐",挑明《文艺月报》的迂回策略:称它"脱离政治脱离实际",发表"应景"文章对待"党在过渡时期的总路线","没有把这件事情认真地当一回事来作,好像是发表了这几篇文章应应景就算完成任务了"。② 这种突发批评,不免让刚刚接手的王若望如坐针毡。但更让人心生疑窦的是,陈山、峻青为什么会突然向王若望发难呢?据刘知侠在 1957 年"反右"时候的解释,是"因为他是唯一的党员编委,他是具体代表党在那里执行和贯彻党的方针路线的"③。这无疑是不深入或有意不深入的说法。其实,峻青等青年作家在正常情况下是不敢公开对背景复杂的机关刊物发难的,而既然敢于发难,多半是有更复杂的背景。据笔者分析,《文艺月报》这番"遭难",可说是王若望生不逢时,也可以说是夏衍选择失策。

这表现于两点。其一,王若望刚刚接手《文艺月报》,上海政局就发生大的调整。1955 年初,中央调华东军区司令员兼上海市长陈毅前往北京就任外交部部长,夏衍本人也于该年 4 月正式调往北京,出任文化部副部长。这对《文艺月报》的编辑运作影响极大。过去这份刊物之所以能够"迂回"、能在体制缝隙中坚守部分启蒙理念,与陈毅主政下上海较为宽松的政治环境存在密切关系。而夏衍本人,虽和刘雪苇、彭柏山有人事冲突,但他的文艺观念却是开明、自由的,对知识分子办刊方向也比较认同。

---

① 刘知侠:《挖掉王若望的反党老根》,《文艺月报》1957 年第 10 期。
② 孙峻青:《对〈文艺月报〉的意见》,《文艺月报》1955 年第 1 期。
③ 刘知侠:《挖掉王若望的反党老根》,《文艺月报》1957 年第 10 期。

故从文艺政策层面看,陈毅、夏衍事实上是《文艺月报》的"保护伞"(尤其在王若望主持编务期间)。夏衍对刘雪苇虽有压制的考虑,但对《文艺月报》及其正常运作却是看重并保护的(一个证据是此前《文艺月报》编辑部不曾遭到公开的批评)。陈毅、夏衍赴京后,其职位分别由柯庆施、张春桥接替。柯庆施号称"毛主席的好学生",张春桥擅于刀笔,两人皆极端重视意识形态问题。他们接管上海,上海文艺环境的改变几乎是必然的。因此,整顿《文艺月报》、排挤夏衍在上海文艺界的"遗留势力"也势所必然。此可谓王若望的时运不济。然而,更不济的是,王若望与新任上海市委书记柯庆施之间还有一段很不愉快的"故事"。材料显示,在延安时,王若望曾与李锦恋爱,已经"谈婚论嫁",但被柯庆施"插了一脚",李锦转而投入柯的怀抱,与柯结婚(不久后又离婚)。① 因此结下"宿怨",两人关系非常糟糕。② 现在两人狭路相逢,又地位悬殊,这注定了王若望的厄运。柯庆施的政治秘书、新任上海市委宣传部长张春桥,对柯、王旧事是了解的,所以,即使没有柯庆施的示意,张春桥也会主动来找王若望的麻烦。兼之《文艺月报》本来就属张春桥和上海市委宣传部管辖,王若望的"前途"可想而知。估计陈山在《解放日报》上刊发的批评文章,是出自张的有意安排(张春桥从1951年11月到1955年8月担任《解放日报》社长、总编辑),峻青发言亦应有类似背景。那么,这种判断是否是臆测呢?不然。其实对此当时《文艺月报》编辑部是清楚的。编辑艾以日后回忆:"(《文艺月报》)没有照登(反胡风材料),张春桥之流歇斯底里大发作,由此而来的压力很大。"③ 艾以没有提到陈山、峻青,而直指"张春桥之流",显然他所理解的陈山、峻青的幕后指使人正是张春桥。而且,张春桥还由此在上海文

---

① 叶永烈:《柯庆施之死的真相》,《同舟共进》2010年第11期。
② 自柯庆施主掌上海工作以后,王若望便多遭"磨难":1957年1月被撤除《文艺月报》副主编职位,"反右"中被划为"右派"。1962年,王若望被摘掉"右派"帽子,重新发表一篇有关"大跃进"的短篇小说《一口大锅的故事》,结果被柯庆施在市委会议上点名批评为"公开攻击三面红旗"。时任市委委员的王若望妻子李明受到惊吓,精神病复发(1965年去世),王若望也由此搁笔。
③ 艾以:《怀念良师魏金枝》,《编辑之友》1983年第3期。

艺界搞起了"肃反"运动,除"肃"掉大量"胡风分子"外,还把与胡风素无瓜葛的王若望也一并"肃"入(其实,王若望 1955 年还出版了《胡风黑帮的灭亡及其他》一书,将他"肃反"实在勉强)。

峻青在发言中对《文艺月报》的攻击猛烈而且系统。他把该刊错误分为三类,一是"对于文艺思想战线上的资产阶级思想放弃了斗争,采取了委曲求全和平共处的态度","上海是全国出版事业的重要阵地,解放以来,研究古典文学和现代文学的某些书籍,在上海出版了不少,有许多在马克思列宁主义的外衣掩护下宣扬资产阶级思想观点的一些文艺理论、诗歌、小说,特别是充斥于市场上的那些毒害青年道德的黄色书刊、小人书、连环画等,除出一些零敲碎打的批评之外,没有受到应有的批评",二是"对于当前人民的政治生活中的重大事件,没有采取积极关心的态度",三是"片面地、不适当地强调作品的艺术性而忽视作品的倾向性,片面地强调作品的艺术技巧,而忽视作品的社会意义"。① 这样有备而来的批评不能说没有根据,但"欲加之罪,何患无辞",编辑部对此很难心服。王若望本人也心知肚明,但居于下位的他不敢公开抗辩。不过,据"反右"时期的揭发材料,他私下里还是口出怨言的,表示自己当时是"看清楚这个局势的",并认为:"作协的肃反是'为了搞夏衍','要整夏衍的那帮人'",但他"不敢讲",因为这个"宗派集团"是"市委也支持了的"。② 可见,1955 年围绕《文艺月报》的这一波折几乎是场运动"大戏":1955 年的全国"肃反"运动实际上是周扬、夏衍等人领导文艺界打击胡风及其追随者、同情者,但在上海却"旁生枝节",出现了张春桥"顺势"将夏衍追随者也"肃"入其中的意外场面。显然,陈毅、夏衍的北上,柯庆施、张春桥的晋升,导致了上海文艺界新一轮的人事矛盾。长于心计的张春桥不是刘雪苇,他的来势真正凶猛,就是周扬、夏衍亦不便强力介入。这使刚从私人恩怨中脱身的《文艺月报》不能不再度陷入被动,面临新的压力。

张春桥"整夏衍的那帮人"的方法与夏衍、唐弢清理刘雪苇、耿庸等胡

---

① 孙峻青:《对〈文艺月报〉的意见》,《文艺月报》1955 年第 1 期。
② 《王若望反党野心完全暴露》,《解放日报》1957 年 8 月 12 日。

风派的方法并无二致,同样高调援引意识形态概念作为批评武器。这种外部压力,迫使《文艺月报》不得不主动削弱其启蒙色彩,而有意识地增强其"群众性"与"战斗性"。为此,《文艺月报》在1955年下半年不但继续大批胡适与胡风,而且还开始重点培养工人作家,大改其"以文艺工作干部、大中学生与大中小学教师"①等知识分子为预设读者的创刊初衷,对工人作者表示了特别的热情。艾以回忆:"(当时)对于一般作者的稿子,我们看了认为不合用的就直接退还给作者。可是遇到工人作者的稿子,不管能用不能用,在处理之前,魏老都要亲自再看一看。再差的稿子,只要有一点点可取的地方,就要我们给作者指出来。在详细地告诉作者问题在哪里的同时,还要提出具体的修改意见"②。此外,《文艺月报》还新增"文艺写作辅导讲座""文艺信箱"等栏目,请老作家回答读者有关文艺问题的疑难,并先后刊发过《谈人物的心理描写》(王朝闻)、《关于文学的语言问题》(老舍)、《关于创作中的概念化问题》(冯雪峰)等普及性文章。"读者·作者·编者"栏目也不时发表"读者来信",甚至组织了关于小说《王志平和他的妻子》的读者讨论。不过,王若望这些妥协性的调整,并未使《文艺月报》迎来拟想中的宽松的办刊空间。

二 孔罗荪为何批评《文艺月报》?

《文艺月报》的压力还有来自编委会内部。1955年底,《文艺月报》编委孔罗荪(以下称罗荪)在《人民文学》刊文批评当时的文学刊物。文章看似总揽全局,但细读该文,却可发现它的句句重锤都"敲打"在《文艺月报》身上。罗荪批评道,"文学杂志首先应当有鲜明的立场,明朗的态度,敢于明确的表示拥护什么、反对什么",由此他认为《文艺月报》"正是表现了我

---

① 《编者的话》,《文艺月报》1953年第1期。刘雪苇在创刊号"编者的话"中不愿将工人列进"读者"范围,后来勉强列入后,还加上一个限定词"有一定文化水平的"。
② 艾以:《怀念良师魏金枝》,《编辑之友》1983年第3期。

们文学刊物的编辑工作,缺乏党性,缺乏鲜明的马克思主义立场"。① 罗荪还具体指出了《文艺月报》的两次错误,一是发表蒋孔阳论文《要善于通过日常生活来表现英雄人物》:

> 这是一篇有严重错误的论文……把尖锐的矛盾与斗争生活和所有日常生活对立起来,实际上是引导作家脱离政治、脱离实际斗争,这个论点很显然是和胡风的反动理论一脉相通的。文章发表后,不少读者来信批评,而严重的是《文艺月报》编辑部不仅不发表这些批评,反而在内部刊物上为这篇错误的论文辩护。②

另一次错误是发表小说《王志平和他的妻子》,"很多读者对这篇作品提出了批评",但编辑部态度却"很暧昧","思想混乱","把艺术性当作孤立的超阶级的东西来欣赏"。③ 罗荪此文名义上讨论全国刊物现状,但批评《文艺月报》的篇幅竟占到全文一半,而且还自曝"家丑"(如不愿发表"读者来信"的内情,若非内部人员很难知晓)。这不免让人感到殊难理解。那么,作为新编委,罗荪为什么要如此声色凌厉地批评《文艺月报》呢?其实,罗荪和《文艺月报》的关系至少在形式上是很密切的,"他和唐弢都当过邮局的拣信生,故而两人的关系特别亲近,一见面总有说不完的话"④,而仅 1955 年一年,他在《文艺月报》的发稿量就高达 9 篇。所以,他的批评动机颇难索解。迄今有关罗荪的资料,包括 2005 年出版的纪念集《罗荪,播种的人》一书,都未提及此事。在材料欠缺的情形下,笔者只能暂作推测。估计罗荪的批评存在三种可能的动机。其一,维护党性,尤其守护"新的人民的文艺"的叙事边界。其实,1950 年代毛泽东对《武训传》《〈红楼梦〉研究》的批判,冯雪峰、丁玲对《我们夫妇之间》的批判,都含有

---

① 罗荪:《加强文学编辑工作的党性》,《人民文学》1955 年第 11 期。
② 同上。
③ 同上。
④ 艾以:《追忆罗荪先生》,《罗荪,播种的人》,孔瑞、边震遐编,北京:社会科学文献出版社,2005 年,第 123 页。

维护社会主义"文化领导权"的合理成分,与人事纠葛皆无太大关系。罗荪批评亦可能源出于此。不过,这种可能性无疑较小,因为罗荪倘若真的忠于党性,他应该早就提出批评而不至于要等到1955年底才忆及此事(他批评的一些问题创刊时即已存在)。其二,"假批评、真包庇"。这类批评在"十七年"频频可见,不过具体到罗荪此文,可能性仍不为大,因为细读该文,着实难以感受到作者的曲意回护,反而更多是含沙射影。况且,如真是"假批评",罗荪就不应该那么不明智地把它发表到"显示度"至高的《人民文学》上去。其三,捕捉到张春桥对王若望的不满之意,希望抓住机会将王若望"打下去",以为晋身之阶。比较而言,这种动机可能性较大。新中国成立以后,文人们纷纷跻身重要职位,但像罗荪这样的国统区作家,文学成就比较有限,只能居于"文联秘书长"之类虚职,若欲继续升迁就须出"奇"制胜。譬如高调提倡党性、塑造自己敢于战斗的积极形象。对此类"棍子"批评,文学史家总是把想象力限定在姚文元身上,其实,姚文元的"痞气"在当年文学批评中无疑比较普遍。对此,艾以表示:"罗荪同志与唐弢关系虽然很好,但他毕竟不编《文艺月报》,经常有些较左的表现。"①应该说,罗荪未能免于此弊。实则"文革"前夕,罗荪获得机会参与了张春桥的写作组活动。不难想象,如果罗荪"假批评、真包庇"并和王若望暗通款曲,恐怕张春桥也不会"赐予"他此等稀缺的人生机遇。

不管罗荪是何动机,但1955年的《文艺月报》确实因此内外交困。对此,王若望很感不满。在1957年"鸣放"中,他谈及这一系列不正常的现象:

> 关于《文艺月报》没有登载《胡风反革命集团第三批材料》而受到批评的问题,我当时思想很不通,像这样的攻击是没有道理的,说什么不登就是忽视党中央的政策,一定有胡风分子之类,后来我才知道抓小辫子压制《文艺月报》是由于墙里有墙,是宗派主义的表现,去年《文艺月报》一直处于两面夹攻中。凡是北京有什么风吹草动,党内

---

① 笔者2007年6月28日对艾以先生的采访记录。

> 有一部分人就向《文艺月报》开刀,自从前年《解放日报》接连再次批评不登胡风反革命集团的第三批材料之后,说文艺月报社有人表示不满,就开会斗争,就是反党,反组织,弄得《文艺月报》的工作人员精神始终处于萎顿状态。①

党内有人向《文艺月报》"开刀",指的应该就是罗荪教条式地援用《讲话》批评《文艺月报》。这不免使人精神"萎顿"。不过王若望亦非等闲之辈,就在刊发罗荪批评文章的《人民文学》1955年第11期上,王若望竟也赫然发表了一篇《鲁迅对少年儿童文艺的热情关怀》。在批评有同"被处分"的1950年代,王若望不是狼狈检讨,而是与批评文章"同台献技","气定神闲"地写着不相干的文章。这说明《人民文学》所代表的官方并未认定王若望有"错误",更说明王若望在文艺界的背景也不可小觑:他不是文章发表了才惊慌失措地看到,而是在此之前《人民文学》编辑部就专门向他通报了此事,然后又拿到王的显示"闲庭信步"姿态的文章,最后一并发表出来。王若望大有向批评者展示实力的意味。毕竟,王若望也是陕北公学出身,在延安工作、学习多年,并非那么容易一攻即"破"。

然而,《文艺月报》还是要适当地表示态度。在1956年1月号上,王若望刊出了《读者、通讯员对〈文艺月报〉的批评》一文,将压在抽屉里的一些"读者来信"整理出来,以示知错就改的姿态。"读者来信"中,颇有一些尖锐意见:"谭连(山东)来信说:'《文艺月报》对反映农村中的两条道路的斗争,有力地宣传社会主义思想,批判资本主义思想,都做得很差'","张自强(上海)来信说:'《文艺月报》是华东作家协会的机关刊物,但对华东地区的文艺工作,不能经常地表示自己的态度,刊物少有社论、短评、专论等指导性的文章来赞扬什么,反对什么,提倡什么,适时地指导文艺工作'","浦若鲁(江苏)对刊物的脱离实际,提出批评:'作为一个地区性的文艺领导机关的刊物,丢开广大群众,特别是华东地区一亿以上农民群众的文艺生活,而把自己缩小到少数文艺工作者和个别城市的群众中间

---

① 《上海作协不务正业像个衙门》,《文汇报》1957年5月8日。

去,是很失算的。《文艺月报》两年来一共登了四篇有关农村文艺工作的东西,倒有三篇是放在'读者、作者、编者'和补白的地位"。① 通过"读者来信",《文艺月报》也检讨了此前的错误:"蒋孔阳同志的文章是不会受到读者的同意的,月报在发表了这篇论文之后不久,就收到一位同志的反对蒋文的文章,但月报对这篇论文采取了排斥的态度,在一九五三年十二月五日印发的文艺月报通讯员参考资料中,发表了一篇《应该怎样理解〈要善于通过日常生活来表现英雄人物〉》的文章,对蒋文作了错误的辩解。"②同时,还随刊发出"读者意见调查表",并在《告读者》中认真表示:"在工作中我们还时常有意无意地犯一些错误","就在我们对胡风反革命集团的斗争中,《人民日报》公布了《关于胡风反革命集团的第三批材料》,我们却并未转载,这是政治性的错误。作为党的刊物,作为向敌人进攻的阵地,对党中央的战斗号令竟这样淡然处之,这一错误决不是偶然的。这是我们长期以来存在的'顾了业务,忘了政治',缺乏党性的表现",并明确表示"确定《文艺月报》以工农兵及其干部为读者对象。(主要对象是工人)"。③ "主要是工人",这是公开向此前作为大区刊物的"精英化"定位告别。为显示政治性、战斗性,此期还刊出复旦大学学生陈鸣树对其老师许杰的粗暴批评《评许杰的反现实主义的小说论》。当然,《文艺月报》也向"张春桥之流"示弱了。1956 年 1 月号,《文艺月报》在头条位置刊出了张春桥的《我们的期望》。此前身为《解放日报》社长的张春桥在《文艺月报》也曾发表过两篇小文,但身份仅是普通作者,《我们的期望》则就完全以领导姿态出现,和当年夏衍、彭柏山在《文艺月报》上发表讲话的规格完全一致。

种种努力,使 1956 年《文艺月报》的内/外环境至少获得了暂时"平静"。王若望也按照有关党性的许诺开始了新的一年。《文艺月报》蓦然变了面貌,与"火热的斗争与生活"高度匹配。1 月号就开展了"关于《拖

---

① 编辑部整理:《读者、通讯员对〈文艺月报〉的批评》,《文艺月报》1955 年第 1 期。
② 同上。
③ 编辑部:《告读者》,《文艺月报》1955 年第 12 期。

拉机站站长和总农艺师》的讨论",2月号则增加了"特写"比重,刊出如《厂长大姊》《集体农庄成立的那天》等通讯。随后,《在新高潮面前》《高歌猛进》《狂欢之夜》等充满时代气息的诗歌也相继与读者见面。此外,为示落实"主要对象是工人"的读者承诺,还收集了"上海市工人曲艺会演选辑"陆续发表。与作品题材的调整相适应,《文艺月报》也改变了以前"摆出大刊物的架子""冷冰冰"①的作风,起用了一批"新人",如创作农业合作化小说的峻青、费淑芬,反映私营工商业改造的顾华标、茹志鹃,描写朝鲜战场的田金波,等等。这些做法有着政治正确,但也使这时期的《文艺月报》在文学青年中间落下"应景文章多""没有作品"②的讥评。不过,"应景"未必真是敢思敢想的王若望的追求。对此,他也深感苦闷。据当事人回忆,1956年中宣部文艺处处长林默涵到上海调研,王若望即私下里向他表示"上海文艺界内部(特别是各文艺单位领导意见)有不少分歧",林默涵闻后亦深感"上海文艺界情况很复杂"。③"双百方针"公布以后,不耐沉默的王若望即就《星星》诗刊《稿约》一字未提"社会主义现实主义"一事,明确地表达了自己的看法:

> 我这里不想替《星星》辩护,但我认为:一个刊物可以自由地选择它所爱好的某一种文学流派(只要它不是反动流派)。社会主义现实主义在我国事实上不是唯一的创作方法,既然不是唯一,如果有人公开提倡另外的创作方法,这有什么值得大惊小怪的呢?④

这无疑是王若望内心关于文学最真实的看法。事实上,从8月号开始,《文艺月报》开始有了新动向。该期《文艺月报》增加了"百花齐放,百家争鸣"和"什谈小品"两个栏目,流露出一二锐气,如杨文斌在文章中谈到"束缚在编辑身上的清规戒律","报刊宣传上出了毛病,唯编辑是问","毛病

---

① 郭小川:《郭小川全集》,第11卷,桂林:广西师范大学出版社,2000年,第276页。
② 同上书,第277页。
③ 黎之:《文坛风云录》,郑州:河南人民出版社,1998年,第48页。
④ 王若望:《板斧压不住阵脚》,《文艺报》1957年第2期。

之多,无奇不有,人人可以指责,编辑无以为计,也就包上小脚,甘心于四平八稳了","在犯错误的干部来说,更把登报视为畏途","(大家)不把它当作人民内部督促推动的工具,而把它看成判决书,人挨了批评就没有前途,书挨了批评就停止发售"。① 9月号又刊出以群的《谈直接干预生活的特写》,10月号则做了一期"纪念鲁迅先生逝世二十周年"专号,一批"老作家"悉数亮相,如茅盾、许广平、巴金、王统照、宋云彬、沈尹默、赵家璧、孔另境、傅东华、钦文、陈望道,似乎在告诉年轻读者们,在"新的人民的文艺"的内部,实际上也承继着新文学的血脉,而鲁迅及其文学遗产还仍然是我们的文学现实。

三 《文艺月报》的"解冻"

如果王若望能够继续主持《文艺月报》,那么这份刊物的1957年颇可期待。然而,张春桥并未真正"放过"王若望。在1957年1月号上,王若望从副主编位置上消失了,也从此从《文艺月报》消失。② 不过,消失掉的还有"主编""副主编"等名目,1月号上仅刊出两名执行编委:唐弢、以群。这意味着,《文艺月报》又面临一次人事异动:巴金、王若望、魏金枝三人均被黜职。王若望与柯庆施存在过节,被黜并不意外。巴金本是挂名,此时又开始筹办《收获》,他的引退亦属自然。但"革"去兢兢业业的魏金枝则另有原因。编辑欧阳翠回忆:"魏金枝秉性耿直",有些作家"不愿到工农业生产的第一线去体验生活,却偏偏要把一些不符合刊物要求的作品送到《文艺月报》发表。身为编委之一的魏金枝,则竭力反对,坚决抵制,以致得罪了一些人,导致后来对他的非议和排挤"③。何人排挤魏金枝,欧阳翠不愿言明。但魏金枝长期主持日常编务,其实离开不得,所以到7月又

---

① 杨文斌:《一个编辑的意见》,《文艺月报》1956年第8期。
② 王若望并未沉寂。1957年他撰写大量杂文,主张克服"无冲突论",倡导刊物自由化。张春桥化名"徐汇"在《人民日报》上批评王若望"反党反宪法",柯庆施在大会上呵斥"王若望那么猖狂,借党员的名义散布反党言论"。王最后被划为"右派"。
③ 欧阳翠:《回忆魏金枝》,《新文学史料》1994年第2期。

将他补回为"执行编委"。所以,这次人事调整最实质的变化,即是用以群(1911—1966)取代王若望。以群生性"胆小怕事"①,1955年又因潘汉年案件受到审查,所以易于领导。或许这正是张春桥选择以群的原因。

应该说,以群、唐弢都不具备刘雪苇、王若望的锋芒,但他们合作主持《文艺月报》之际恰值"解冻",文学环境大有松动。1956年12月,以群参加中国作协召开的全国期刊会议,会上周扬在冯雪峰要求下作了鼓励"同人刊物"的讲话,以群大为感奋,在《文艺月报》上撰文称:

> 周扬同志曾经在全国文学期刊编辑工作会议上讲过一句话:"不要害怕片面"。并且说:"编辑的本领就在既来了这个片面,再去找另一个片面来对抗,两个片面可以合成一个全面"……刊物编辑确实应该有"不怕片面"的勇气,并且敢于不要求篇篇文章都有全面观点。②

在一片"解冻"的激动情绪中,"不怕片面"构成了1957年《文艺月报》的改版理念。在该年第1期上,《文艺月报》一改此前不太设置专栏的习惯,新辟"生活的喜剧""散文游记""文艺杂谈""电影与戏曲"和"国际文艺新潮"等栏目,焕然一新。"生活的喜剧"专发干预小品,"文艺杂谈"则刊发关于文艺问题的讨论。第2期又增添"寓言新编""杂感·随笔"栏目,并刊发了艾青的《养花人的梦》《蝉的歌》等作品,十分有力。《养花人的梦》以"花"喻文人,喻文学,以"养花人"喻政府,说:"花本身是有意志的,而开放正是她们的权利。我已由于偏爱而激起了所有的花的不满。我自己也越来越觉得世界太狭窄了。没有比较,就会使许多概念都模糊起来。有了短的,才能看见长的;有了小的,才能看见大的;有了不好看的,才能看见好看的……从今天起,我的院子应该成为众芳之国。让我们生活得更聪明,让所有的花都在她们自己的季节里开放吧。"这明显是在吁求不同文人群体、不同文学传统在"新的人民的文艺"内部差异共存的权利。第3

---

① 黄药眠口述、蔡彻撰写:《黄药眠口述自传》,北京:中国社会科学出版社,2003年,第273页。

② 以群:《从"不怕片面"说起》,《文艺月报》1957年第2期。

期上又辟出独家特色的"艺文话旧"栏目,先后刊出魏金枝《我和柔石相处的一段时光》、葛琴《我的习作生活是这样开始的》等文章,召唤新文学记忆并将之缝合进"新的人民的文艺"的历史谱系。在"反右"之前,《文艺月报》发表了一系列后来被批判为"毒草"的文章,如许杰《明辨是非的批评与反批评》(2月号)、《从〈宿命的灾难〉谈起》(4月号)、蒋孔阳《关于社会主义现实主义》(4月号)、周煦良《从〈草木篇〉谈起》、钱谷融《论"文学是人学"》(5月号)、弗先(徐懋庸)《质的规定性》(6月号)、程帆《半个水电站》(4月号)、社论《在新形势面前》(6月号)等等。

其中,钱谷融的《论"文学是人学"》曾产生巨大影响("文革"中被列为"黑八论"),此文系以群约稿而来。关于此事,钱谷融自己有详细的回忆。1957年,钱谷融参加华东师范大学"科学讨论会",会上谈到"人学"问题,"讨论会后不久,《文艺月报》(即《上海文学》的前身)的一位编辑,由校内一同事陪同来访,我不知道他访问的目的是否与这篇文章有关。在谈话中,我这位同事向他提起我有这样一篇论文。我随即告诉他们我这篇论文已在讨论会上受到了许多人的批评。也许是出于通常的礼貌关系吧,他要我把文章给他看看,我就给了他一份打印稿。没过几天,这个杂志的另一位编辑跑来找我,说那篇文章他们编辑部理论组的同志看过了,并且经过讨论,认为它'既不是教条主义的,也不是修正主义的'(这是他的原话。我不知道这话是否真是编辑部的意见,或者仅仅是他个人的一种随口而出的说法?),编辑部准备发表,要我再仔细校阅一遍后尽快给他们寄去。我也就依言照办了。本来,一个稍有自知之明的人,或者一个处世比较谨慎的人,在讨论会上听了那么多批评意见以后,是不会轻率地同意把文章公开发表的。个别同志知道《文艺月报》将要发表这篇文章后,就警告我说:'别去钓鱼呵!'但我既缺少自知之明,又一向不甚懂得处世要谨慎的道理。何况,我还满以为自己的意见并不错,正希望能有更多的人来评断。能够公开发表,当然是很欢迎的。至于'钓鱼'之说,我决不相信学术界会有这等事"①。实情当然不是"钓鱼"。恰恰相反,《文艺月报》是想引起真正的理论探讨,并对其中的危险性采取了预防措施。艾以回忆:以群发表前已"估计到可能会引起争论"②,而唐弢为慎重计,"在决定发表之前,提出了三条措施。一是把论文让编委们传阅,提出意见,统一认识,二是派理论组王业同志代表编辑部去和作者联系,沟通编辑部和作者的意见;三是把《论'文学是人学'》打印50份,分送给华东局和上海市委宣传部有关领导以及一些著名文艺理论家和教授等,广泛听取他们的意见","给作者进行了政治保险"。③ 不过即便如此,此文也未逃脱被批判的命运。

钱谷融的文章,实际上代表着新文学与"新的人民的文艺"的对话与冲突。而《文艺月报》在1957年上半年,也大有独立追求。6月号社论称,固守所谓"工农兵作家"和"非工农兵作家"的界限,是"比较狭隘的观点",并表示:"希望我们的刊物能够形成自己独立的风格,我们也不打算放弃这种真心的愿望,但我们愿意发表各种不同倾向、不同风格的作品,由这些作品经过自由竞赛,经过读者群众的考验,来逐渐突出我们所要求的刊物的特点。"④作为"不同风格"的示范,7月号还令人讶异地刊出张元济、汪静之、沈兼士、许寿棠、魏文伯等文坛"老人"的旧体诗词。其中张元济是清末进士,曾任翰林院庶吉士。这些"老人"与峻青、茹志娟等"新人"共存一刊,无疑突破了"新的人民的文艺"用新/旧、进步/落后等概念项建立起来的"区分的辩证法",扩充了当代文学的版图。

四 不是停刊的停刊

遗憾的是,"解冻"时间如此之短暂,以致《文艺月报》"独立的风格"

---

① 钱谷融:《闲斋忆旧》,上海:上海人民出版社,2008年,第9页。
② 艾以:《我与上海解放后的第一本文艺刊物》,《上海档案》2003年第2期。
③ 艾以:《忆唐弢编刊》,《书城》1994年第10期。
④ 《在新形势面前》(社论),《文艺月报》1957年第6期。

尚未养成,"反右"风暴即已席卷文坛。对此,满怀希望的以群的感受是复杂的。在"反右"已经深入的8月号上,以群刊出了徐成淼的散文诗《劝告及其他》:

> 你无限伤感地对我说:"花刚开,又即刻谢了,——好景不长呵!"让我对你说吧:没有花谢,哪能结子呢?须知花开固然是"好景",但收获却更是"好景"啊!你那么婉惜地对我说:"黄昏的景致是最美丽的,可惜立刻要代之以黑夜了!"让我对你说:今天的黄昏虽然过去了,可是明天,不是有一个更美丽的早晨么?

如此的婉转伤感,也可看成以群对《文艺月报》的吊挽。但以群到底谨慎,不会像雪苇那样大胆"迂回"。这注定了《文艺月报》昙花一现后迅速庸常化的命运。形势一变,《文艺月报》也就"即刻谢了"。和当时众多刊物一样,"反右"期间的《文艺月报》陷入了持续的"大批判"之中。如对惹下大祸的《论"文学是人学"》,《文艺月报》不得不表示姿态,先后发表吴调公《论"文学"与人道主义》(8月号)、罗竹风《人道主义可以说明一切吗?》(9月号)予以批评,不过两文"基本上还没有超出学术争鸣的范围。尤其是在编辑处理上,明显地和其他报刊不同,和其他反右文章'划清'了界限"①。12月号又发表了李希凡来稿《论"人"和"现实"——驳钱谷融〈论文学是人学〉》。李文杀气腾腾,但《文艺月报》曾"因未及时发表他的来稿而曾奉命作过检讨。前车之鉴,这次当然不敢再怠慢,就照单全收"②。其他较大的批判,还有本刊编辑姚文元对江苏"探求者"的批判。叶至诚等筹办"探求者"时,曾邀请同是"文学新人"的姚文元加入,姚犹豫后婉拒。"反右"发生后,姚则转而批判"探求者"诸青年作家,认为"像'探求者'这样公开提出一套完整的反社会主义纲领的资产阶级知识分子当然是极少数的人,但'探求者'所提出的'探索人生'、'教条主义'破坏了'人和人的正常关系'的这种思想,却并非个别的,它在一部分尚未改变

---

① 艾以:《忆唐弢编刊》,《书城》1994年第10期。
② 同上。

立场的知识分子的感情上相当广泛地存在着。受着资产阶级的熏陶,受着资产阶级的文学作品的感染,受着资产阶级人性观念的影响,有一些知识分子对于人生、对于生活、对于生命的意义……等等带哲理性的社会思想上,有许多细小的感情的纤维上是深深向往于资产阶级、小资产阶级生活方式的。他们希望生活中能够有一个充分发挥'个性自由'的世界,他们沉醉于个人主义者失败的悲剧,并且咀嚼着这种悲剧的苦味,并以这种悲剧为'美';他们对于'人生',觉得是变幻而无常,他们对健康的、朝气蓬勃的、充满革命英雄主义气概的新生活有一种很深的抗拒心理,而留恋于那种带有一种个人主义的哀怨"①。

与此同时,《文艺月报》编辑部再次受到冲击。黎之回忆:"编辑干部20人,不少人受王若望的影响,发表了不少错误言论。反右后一部分下放,一部分另行分配工作。"②其中,王若望被打成"右派",唐弢不久后调往中国社科院文学研究所工作,仅有以群继续负责《文艺月报》,他"在作协党组书记周而复的提议下进入了党组,同时又成为《文艺月报》的第一执行编委"③。这里就有一个问题:"反右"大部分刊物主编都被整顿,发表过不少"毒草"的以群何以能够幸存?这与以群的温和性格有关,使上级觉得可以留用。事实上,"反右"后以群对张春桥取完全服从的态度。对此,研究者称:"他的头顶上遮盖着两片乌云——柯庆施、张春桥,在他们管辖的疆域内谋职,必然是顺彼者昌,逆彼者亡。"④可以说,1958年后的《文艺月报》彻底落入了竭力打造自己忠诚分子形象的张春桥的掌握。作为主编,以群没有什么施展空间。《文艺月报》因此具有了意识形态刊物的普遍特征:"中国大众媒介进行的信息传播一直是在政治权力的主导下进行的。大众媒介及其从业人员只需对自己的上级负责,而无需考虑到传播对象的反应。在某种意义上,他们心中只有领导,没有读者、听众、观

---

① 姚文元:《论"探求者"集团的反社会主义纲领》,《文艺月报》1957年第12期。
② 黎之:《文坛风云录》,郑州:河南人民出版社,1998年,第129页。
③ 林舟:《他在清晨与困惑分手:作家叶以群在1949—1966》,上,《新文学史料》1999年第2期。
④ 同上。

众,也不需要了解他们的心理感受、他们的情感、他们的兴趣、他们的接受能力等。"①因此,作为文学刊物,《文艺月报》经过"反右"冲击后几乎没有什么文学气息了。作者对象转向拟想中的工人、农民,作品内容则大幅政治化,形式则侧重通俗化。1958—1959 年间的《文艺月报》先后设立过"大跃进中的上海""上海工人创作专号""上海青年社会主义建设积极分子专辑""大字报诗抄""说唱·快板""民歌民谣"等专辑。这些做法,当然符合领导的政治需要,但它也很快伤害了《文艺月报》:"文章千篇一律写工厂",读者不买账,导致"发行量急剧下跌"。②据当事人回忆,《文艺月报》"原印 4 万册,(1957 年)12 月份降到五六千册"。③虽然当年文艺刊物的主要目的不在于满足读者的精神需要,而在于向社会输入社会主义意识形态,但倘若杂志真办到了无人去买、无人阅读的程度,那不但社会主义难以有效传播,就是主管部门也会情何以堪。于是,面对窘境,上级部门和《文艺月报》编辑部想出了更改刊名这一"招数":

> 由于政治运动频繁和 1958 年"大跃进",反映在文艺作品中的假大空,读者对这类作品的厌倦,导致《文艺月报》的发行量锐减。同时,据邮局人员反映,《文艺月报》往往被读者误以为是一张文艺报纸,这刊名也多少会影响到发行量。经编委研究决定,《文艺月报》不仅在内容方面必须从根本上进行改革,同时要改刊名。于是,在九月号的《文艺月报》上刊登改名启示:"本刊自十月号起改名为《上海文学》,它是全国性大型综合性文学刊物,面向全国,突出上海特色,以创作为主,发表上海和全国各地作家和群众业余作者各种形式的作品。"④

1959 年 10 月,办刊 7 年的《文艺月报》正式更名《上海文学》,可谓是"不是

---

① 张昆:《大众媒介的政治社会化功能》,武汉:武汉大学出版社,2003 年,第 453 页。
② 蔡兴水整理:《关于收获的一组谈话》,《新文学史料》2003 年第 1 期。
③ 黎之:《文坛风云录》,郑州:河南人民出版社,1998 年,第 129 页。
④ 艾以:《我与上海解放后的第一本文艺刊物》,《上海档案》2003 年第 2 期。

停刊的停刊"。当年由"鲁迅门生"创办的"文艺月报"这一名称,遂成明日黄花,沦入历史尘埃。甚至今日文学史研究者,往往不曾注意到这份杂志。

不过"新刊物"《上海文学》很快又和《收获》杂志合并。那是另一番故事,本文不再缕述。但关于《文艺月报》尚有一二感言。这份杂志整体而言不甚成功,除去政治干预的不当之外,同时也与新中国成立后新出版制度下杂志为文坛势力深度介入的局面有关。这表现为三个层面。其一,在人事冲突的复杂背景下,杂志很难保持独立思考。有独立思想的主编(如刘雪苇、王若望)无法承受挟政治而自重者(如峻青、陈山、罗荪等)带来的压力。世故老成的主编又未必对文学深怀敬畏之心,甚至视之为干进之具。无论哪种情况,杂志都难以凭借独立思考养成"流派性质"。其二,人事冲突还会使杂志的意识形态修辞日渐高调,但真正的党性亦会日渐丧失。因为人事斗争并非都是通过公开、公正的程序展开,也有权术层次的竞逐,人事矛盾中的胜利者,有时是"手腕"复杂甚至是以交接权势为务之人。他们较少有对文学或真理的纯正追求,党性往往是其利益角逐的遮饰之辞,杂志也被转变为党同伐异的利器。其三,文学杂志为不同文坛力量私有的现象,并不限于《文艺月报》,也非新中国成立初期的特定现象。它与中国知识分子的行为模式有深刻关联。刘雪苇与夏衍、唐弢与耿庸、王若望与张春桥之间的矛盾,不过是古老的朋党政治在《文艺月报》的一次小小演绎。这种拉帮结派、彼此倾轧的行为模式起于封建专制时代,但在20世纪它仍然作为一种"文化的幽灵"不时闪现。它不单使杂志的功能发生变化,亦使知识分子的灵魂在"斗争"中扭曲、变异。

第 11 章 《文艺学习》
（1954.3—1957.12）

　　《文艺学习》（月刊）是中国作协主办的一份普及性文学刊物，1954年3月创刊。主编韦君宜、副主编黄秋耘、杜麦青。该刊以指导青年阅读为主要内容，兼发少量文学作品，广受读者欢迎，发行量一度高达38万份。1957年12月因发起有关《组织部新来的青年人》的讨论及发表刘绍棠、黄秋耘的有问题的文章而停刊，对外称与《人民文学》合刊。

塑造"人民"的可能与限度

——论《文艺学习》与当代文学读者的复杂关系

美国历史学家杜赞奇的说法,很可用来理解1950年文学报刊的"编辑哲学":"在中国和印度那样的新民族国家,知识分子与国家所面临的最重要的工程之一,过去是、现在依然是重新塑造'人民'。"①实则当时文学报刊很少把读者理解为购买者、消费者,而视为新的"人民"的来源。兼之全国"扫盲"后能阅读者的数量急速增长,文艺管理部门对读者之重视远超此前。先是1951年全国报刊陆续设置"读者来信"等栏目,接着在1954年创办专门引导读者阅读的普及刊物——《文艺学习》。这份由韦君宜(1917—2002)任主编的刊物的任务其实并不止于"向广大青年读者进行文学教育,普及文学的基本知识,提高群众的文学欣赏能力和写作能力"②,而另有文化塑造之意。不过,教育/塑造"人民"真的是易克其功之事?不然,其实,当时读者来源驳杂、思想各异,未必可轻易被熏陶、被教育。《文艺学习》对读者/群众的教育,可以说亦是一场与不同文学趣味、社会力量反复进行的斗争。此种"斗争"同时也表现为"新的人民的文艺"在确立革命美学权威的过程中与各种"非文学"力量发生摩擦、冲突或妥协的多层次事实,是当代文学内部版图重构的不可忽视的现场见证。

一 《文艺学习》的创刊与定位

在现存史料中,难以查到中国作协创办《文艺学习》的直接原因。它

---

① 〔美〕杜赞奇:《从民族国家拯救历史:民族主义话语与中国现代史研究》,王宪明等译,北京:社会科学文献出版社,2003年,第19页。
② 黄秋耘:《风雨年华》,北京:人民文学出版社,1983年,第142—143页。

的创办,不像《人民文学》《文艺报》那样有充足根据,亦不似《诗刊》《收获》那样经过较长时间的酝酿、提议、批准之过程。现可搜集到的有关"前史"系韦君宜提供:"1953年,我已经三十好几岁了,青年团照规矩得把年龄大的干部输送给党,我就进了输送的名单。要上交组织部另行分配。这时中央正决定了要大力搞科技,办一些大学。新办了好几家工业学院,石油、钢铁……这八大学院都是那时兴办的。中央组织部从党员干部中间调出了一些有大学学历的知识分子干部去办这些学校。我听到调动的消息,非常紧张。就写了封信给乔木,说明我在大学是念哲学的,我的化学在中学就不及格,干不了科技,希望他帮忙,我搞搞本行算了。有一天晚上,乔木打电话叫我到他的住处去","乔木开口就说:'不搞科技,你去作家协会吧'","从此开始了我后半生的文学编辑生活"。① 不过韦君宜并未提及作协将要创办《文艺学习》,甚至胡乔木当时也未提及要安排她担任主编,仅说安排她到作协工作。但这次谈话未几,作协就创办《文艺学习》并由韦担任主编。故《文艺学习》之创办,诚然有文学的现实需要,更大可能则是因人设事,是胡专门为安置韦君宜而提议(决定)创办的。对此推测,或有人表示疑议:既然韦要做编辑,当时作协已有《人民文学》《文艺报》、《中国文学》(英文版),随便去一家即可,何必另创刊物?这就涉及位置安排了。韦君宜当时年龄不算大,但级别颇高:共青团中央宣传部副部长兼《中国青年》总编。她若调动工作,当然不宜降级使用。尤其韦是胡乔木的长期下属,而韦的丈夫杨述又身任北京市委宣传部长要职。不管怎么说,因各种机缘,《文艺学习》在1954年春创刊。

不过,韦君宜是否适合作《文艺学习》的主编呢,其实很是一个问题。从当时作协同事的反应看,情况并不乐观。据韦君宜自己回忆:"进入了作家协会,我见到了荃麟同志,也见了冯雪峰同志。为要筹备出版《文艺学习》开了个会,我就还是把我以前那一套搬了出来,仿佛记得总要介绍苏联《钢与渣》之类作品(得斯大林奖金的二等奖的,因为一等的全介绍完

---

① 韦君宜:《胡乔木零忆》,《中国作家》1993年第2期。

了)。刚一说完,冯雪峰同志就变了脸,很生气地说:'这怎么行!我们为青年办个刊物,这么办行吗'?当时弄得我很惶恐。散会之后,荃麟同志却抚慰我说:'不要紧的,他就是那个脾气。停一会儿,你到他家去一趟,诚恳地询问他,刊物究竟该怎么办。你多征求一下人家的意见就好了'。"①韦于会后的确去拜访了冯雪峰,但她是否按照冯雪峰的建议"调整"了办刊思路呢?从担任副主编的黄秋耘的回忆可以看出,韦君宜并未改变她的初衷:"有一次,在《文艺学习》开领导小组会时,他(按:冯雪峰)教训韦君宜。他说:'韦君宜,我晓得你,你过去不是几次都在乔木的领导下工作吗?你当过《中国青年》的主编,你现在想把《文艺学习》编成《中国青年》一样,那是办不到的。这样你非碰钉子不可!你应该好好学习一下文艺的东西。'说得不客气一点,就是说你韦君宜不懂文艺。"②有关冯雪峰对韦君宜的这两次批评的回忆是不是同一次批评的两种有出入的印象呢?不太可能。韦君宜的回忆是在创刊以前,而黄秋耘1954年9月才由新华社福建分社社长调任《文艺学习》副主编,他之所见至少是在创刊大半年以后,所以冯雪峰对韦君宜的办刊思路的不满是强烈的,也比较经常。当然,也可看出韦对冯的意见并不买账。为什么会这样呢?很大程度上因为韦君宜对自己信念的确信无疑。而她的这种"确信无疑",在协助她工作的副主编黄秋耘(韦、黄为清华大学同学)看来,不如说是单纯或者"教条":"韦君宜的文艺思想'正统'得惊人,跟我有点格格不入。她简直想拿编《中国青年》那一套来编《文艺学习》。有一次,我们谈起喜欢哪一位苏联作家的作品,我说我喜欢安东诺夫的,他那篇《雨》写得很美。她正儿八经地对我说:你应当更喜欢波列伏依,安东诺夫的'小资'情调太浓厚了,波列伏依的《真正的人》、《斯大林时代的人》、《我们是苏维埃人》才是真正用共产主义精神教育人民的,不少领导同志都有这样的看法。我

---

① 韦君宜:《心中的楷模——参加邵荃麟同志追悼会归来》,《回应韦君宜》,邢小群、孙珉编,北京:大众文艺出版社,2001年,第61、62页。

② 黄伟经:《文学路上六十年——老作家黄秋耘访谈录》(上),《新文学史料》1998年第1期。

没有跟她辩论,但心里颇不以为然。"①黄秋耘在另外的场合还表示:"最初我对韦君宜的印象,她是一个彻头彻尾的教条主义者。实际上也是这样。"②

不过,冯雪峰、黄秋耘的不太认可不能代表胡乔木的看法,也不能代表直管文艺界的周扬的看法。韦君宜回忆:"(我)办《文艺学习》,几乎变成了青年团在作协的代表。我们的刊物成天介绍一些得斯大林奖金的前苏联作品,什么《金星英雄》《钢与渣》等等。没想到我这个不知文艺为何物的人,竟很快成了作协党员。开起会来,周扬怎么说我就跟着怎么说,他总是对我微笑着。"③韦君宜这番含有自省的忆念文字是1990年代写下的,但初到中国作协的1950年代,她可以说是一个比较单纯积极的主编。她的文艺观念非常正统,与胡乔木、周扬等文艺领导人公开宣讲的政策性观念颇为一致(其实胡、周公开所讲与内心判断未必一致)。比如,对于文艺的功能,周扬表示:"文艺座谈会以后,在解放区,文艺的面貌,文艺工作者的面貌,有了根本的改变。这是真正的新的人民的文艺。文艺与广大群众的关系也根本改变了。文艺已成为教育群众、教育干部的有效工具之一,文艺工作已成为一个对人民十分负责的工作"。④而韦君宜对于《文艺学习》的设想与周扬公开讲述几无二致。该刊《发刊词》如此写道:"全国解放以来,我国青年获得了广泛接触文学作品的机会,文学的爱好者是大大地增多了。优秀的文学作品不是成万部,而是成十万部百万部地印行。经常阅读文学作品的,已经不是限于一些文学青年,而是广大的工人、战士、学生以及在财经、政法、文教等等系统中的工作人员。他们大多数是以严肃的态度去阅读文学作品的。他们不是为了消遣,而是迫切地想从文

---

① 黄秋耘:《我所认识的韦君宜同志》,《黄秋耘文集》,第1卷,广州:花城出版社,1999年,第211页。
② 黄伟经:《文学路上六十年:老作家黄秋耘访谈录》(下),《新文学史料》1998年第2期。
③ 韦君宜:《思痛录·露沙的路》,北京:文化艺术出版社,2003年,第170页。
④ 周扬:《新的人民的文艺》,《中华全国文学艺术工作者代表大会纪念文集》,北京:新华书店,1950年,第69页。

学作品中去认识生活的真理,去得到可以作为自己生活指南的东西。"这种表述,代表了韦君宜真实的而非虚应故事式的读者观。这意味着,《文艺学习》将是当年文坛上第一份完全忠于党的文艺诉求而不挟带知识分子"私货"的刊物。这使它的波折与起伏具有特殊的文学史意义。

可说《文艺学习》以韦君宜而起亦以韦君宜终。在《文艺学习》前后近四年(1954.3—1957.12)的办刊史里,韦始终矢志以党的观念去引导、塑造广大"文学爱好者和文学青年",给他们提供正确的文学知识和应当的文学道路。不过,该刊面对的读者,与其说是洪子诚所说的1950至1970年代文学批评中"被构造出来"的读者,不如说是现实中属于不同社会利益群体、有着不同文化需要和审美趣味的复杂读者。中国作协秘书长张僖回忆,《文艺学习》在作协里挂靠在普及工作部,"这个部经常组织作家、大学文学教授等给青年作家作报告,或者召开业余作者的座谈会。参加这些活动的有工人、农民、学生、战士、机关干部、学校的教员"①。显然,这些身份各异的读者或青年习作者未必能被"塑造"或愿意被"塑造",他们对文学的理解或追求有时反过来还挑战甚至动摇了文学及其秩序,所以,《文艺学习》自创刊伊始,便处在与读者复杂的纠葛之中。

作为延安文人,韦君宜对社会主义体制充满认同与自豪②,其文学观念与《讲话》一脉相承。同时,作为清华大学哲学系毕业生,她又善于用自己的语言表述马、恩、毛的文艺理论。在创刊号里,韦君宜开宗明义地向读者解释何为"文学":"文学作品给人的教育和理论文章给人的教育,性质不相同。作品不是用抽象的论证来教育人的,而是以生活来教育人、感动人。"那么何为"生活"呢,韦解释说:"生活,这并不是难懂的事情。我们每

---

① 张僖:《只言片语》,北京:十月文艺出版社,2003年,第33页。
② 她甚至还因此对缺乏延安经历者心生轻看。黄秋耘回忆:"她对我的印象呢,大概最初有些看不起。你晓得,建国初期,老解放区来的干部,对来自白区的干部都是看低几分的,认为这些白区来的干部没有多少斗争经验,也没有出生入死","后来,大概是邵荃麟向她介绍了一下我的经历,原来我也曾出生入死,在龙潭虎穴呆过,甚至打进日本人的机关里面工作过。这些我不再讲啦。这样,韦君宜就慢慢改变看法"。黄伟经:《文学路上六十年——老作家黄秋耘访谈录》(下),《新文学史料》1998年第1期。

个人每天都在生活着……马克思列宁主义理论家反复研究这每天过着的生活，从里面抽出它发展的规律，就成为理论。譬如，我国过去几千年都是地主压迫剥削农民，农民整年劳动，还是非常苦。地主吃油穿绸。农民实在不能忍受了就起来反抗。农民的痛苦、地主的奸恶、农民斗争的困难和勇气……一个地主一个花样，一个农民一部血泪史，实在是千言万语也说不尽。"①此种解释无疑是马克思主义本质观下的历史想象，它既真实又不真实。这并非说压迫/反抗不存在，而是说马克思主义是"从大量的因果关系中抽绎出（某种）因果关系"，而把"其他的因果关系则被当作是偶然事件加以抛弃"②，这意味着在韦君宜所推崇的"新的人民的文艺"里，芜杂的、并置着诸种相互交错因果关系的广阔生活世界，必然经受"系统的排斥"和有选择呈现。不过，韦君宜颇难意识到如此内在的问题性，而直接视之为真理：

> 理论家对它加以研究，于是从这非常复杂的现实生活中间抽出了它的发展规律，做出了对农民土地问题的重要性，土地改革的正义性，农村的发展前途的分析。至于一个地主是什么花样，一个农村妇女是怎样光着身子藏在高粱地里作活，农民的三岁的独生子是怎样被地主摔死，善良的农妇怎样自己没有衣服穿还爱护人家的孤儿，这些具体的东西，在理论著作中就必须舍弃它们。文学就完全不是这样。……它得把复杂、丰富、动人的现实生活本身显示给我们看，得通过那一个个的活人，他们之间复杂多样的关系来反映农村里正在进行着的激烈斗争。因此，那农村的妇女光着身子下地、三岁孩子被摔死……在理论文章里要被舍弃的，就可以成为文艺作品的重要部分。我们读了，就好像亲身经受一样的感到地主剥削真是可恨，那就懂得了农民的心，感到了农民真是可爱，就不由得不激动起来，发誓不愿

---

① 韦君宜：《漫谈怎样读文艺作品》，《文艺学习》1954年第1期。
② 〔英〕E. H. 卡尔：《历史是什么？》，陈恒译，北京：商务印书馆，2009年，第205—206页。

再让那种黑暗悲惨的生活出现在我国的土地上。①

这篇宗旨性长文,揭开了《文艺学习》引导读者、塑造"人民"之序幕。事后看,该刊的确取得明显成效,但同时也埋下了问题。恰如媒体学家所言:"如果媒介可以规范人们的行为,它也可以限制人们的思想范围"②,那么,《文艺学习》的引导是否会导致意想不到的问题?另一方面,读者并非等待被"塑造"的无知个体,相反,他们往往置身复杂思想冲突和利益情境,他们对《文艺学习》的引导是否会另有反应呢?这诸种可能,构成了《文艺学习》与读者之间不止息的差异和"斗争"。

二 与读者趣味的"斗争"

韦君宜"读作品是为了学习"的观点,反映了新中国成立初年党的文艺管理部门对文学教育功能与读者阅读方法的双重期待,这往往也符合现实的读者心理:在一片废墟上重建家园的民众对创造历史的英雄总不免有向往、效仿之心。借用乔森纳·卡勒的说法——"文学被作为一种说教课程,负有教育殖民地人民敬仰英国之强大的使命,并且要使他们心怀感激地成为一个具有历史意义的、启迪文明的事业的参与者"③——"新的人民的文艺"亦有"替代宗教的作用"。应该说,这是革命美学最获认同的时期。不过,《文艺学习》还是注意到某些特殊阅读趣味对革命美学的破坏:一是因为过度被"塑造"而产生的直接经验型阅读方法,二是被革命制度性排斥但事实上仍在读者中具有牢固根基的市民趣味。

前者多少令延安文人意想不到。在《漫谈怎样读文艺作品》一文里,韦已有意"纠正"这种直接经验型阅读方法。她肯定"许多青年读者读

---

① 韦君宜:《漫谈怎样读文艺作品》,《文艺学习》1954年第1期。
② 〔美〕大卫·克罗图、威廉·霍伊尼斯:《媒介·社会:产业、形象与受众》,邱凌译,北京:北京大学出版社,2009年,第192页。
③ 〔美〕乔森纳·卡勒:《当代学术入门:文学理论》,李平译,沈阳:辽宁教育出版社,1998年,第38页。

作品时的主要要求是'向作品中的英雄人物学习'",同时也提出了一些告诫:"有许多同志想从作品中得到具体的工作方法、学习方法。例如想从巴特曼诺夫的身上学会领导工厂的办法。当然,读到作品中写到某些领导办法的时候,想起自己的领导办法,心里有些感触,有些心得,是自然的。但是如果就把书当成领导方法课本来读,专门向那里边学习领导方法,那是不会有多大收获的","作品也不是党员团员课本。这就是说,作品不可把党员团员革命干部应当具备的各项品质在同一个人身上一一列举,加以清楚的说明"。① 在她看来,这种"把书当成领导方法课本"的读法,失却了"文学"阅读的本义:"有些青年同志读作品的时候,完全不去体会作品里的人物的性格、他周围环境的特点,他为什么产生这样的心境。不是从自己对于人物的真实感动而感到确有所得。而是采用一种十分简单的标尺(如《学生守则》之类)去向书中人物量一量,急忙地抽出那合格的'值得学'的若干点,就完了","还有些干部,为了进行政治思想教育,要大家读文艺作品"。② 韦君宜的批评是及时的。法国文学社会学家埃斯卡皮把阅读分为文学性阅读与功能性阅读两类。在他列举的功能性阅读中,包括"为了催眠入睡"或"让精神做保健操之类"的阅读,也包括"传授战斗技术或社会晋级技术"的阅读。③ 学习工作方法之类的阅读,无疑应属于功能性阅读。这意味着,以政治色彩明显而在早年清华同学中留下"不好""印象"④的韦君宜,其实面临了比她更为激进的读者。冯雪峰、黄秋耘等不太满意的韦的"共青团"作风毕竟有着对文学必要的认识与尊重,而许多读者的激进是连"文学"为何物都不甚了了。何以如此呢?显然是因为中小学教育的普及趋势与识字运动的快速推广,原本不识文字的大量工人、农民也拿起了文学作品,而少年单纯的学生们,也希望快速从书中寻找到成

---

① 韦君宜:《漫谈怎样读文艺作品》,《文艺学习》1954年第1期。
② 同上。
③ 〔法〕罗贝尔·埃斯卡皮:《文学社会学》,王美华、于沛译,杭州:浙江人民出版社,1987年,第144—145页。
④ 李怀宇:《赵俪生:做少数派,到"松散"的地方干革命》,《南方都市报》2007年2月7日。

为英雄的方法。可以说,读者规模几何级数的快速增长,实际上已开始冲击"文学"的边界:如果读者连环境、语言、场景都不知欣赏,"文学"又于何存焉?对此,《文艺学习》必须主动提出问题,予以讨论并解决。毕竟,"新的人民的文艺"的底线仍在于"文艺"。

但更直接的举动,是韦君宜在创刊号策划的一场名为"作品内容与自己生活没有直接关系,读了有什么用?"的讨论。讨论以读者张文恺的来信开端。张文恺在来信中称,当时阅读有一个普遍现象,"学工程的人都爱读描写工程建设的作品,学地质的人就爱读反映地质工作者生活的作品,当学生的都爱读《大学生》。而对那些与自己生活结合不紧的作品,老实说谁也不高兴去读它的"①,而他自己喜欢《普遍一兵》是因为可以"不断地帮助我克服学习上的懒惰思想",但对与自己工作无关的《水浒传》甚至鲁迅都兴趣了了:

> 《水浒》里边的英雄行为,只不过是一种"劫富济贫"、"路见不平,拔刀相助",这些与我们的生活相距太远,这种行为在他们那个时代当然也算进步的,但我们今天来读这书,有什么现实意义?又有什么直接的教育意义?鲁迅先生及其作品,当然是很伟大的。他的作品,曾无情地打击了国民党反动派。但是我们现在胜利了,我国的生活与鲁迅先生作品中的生活,完全两样了,现在我们正集中力量搞经济建设过渡到社会主义社会去。我不了解鲁迅先生作品对目前我的工作、学习有什么帮助。目前还有些描写土改的小说。如《太阳照在桑干河上》、《暴风骤雨》,我也感到读它没有多少现实主义,对我们现在的学习与工作没有什么用处。②

张文恺还说:"这不是很自然的吗?但竟有一位同学批评我读文学作品太'实用主义'了。难道读文学作品不为直接受教育,从书中寻求可作模范

---

① 张文恺:《作品内容与自己生活没有直接关系,读了有什么用?》,《文艺学习》1954年第1期。

② 同上。

的人,以联系自己、提高自己,还为着其他不成? 要联系自己,那自然是与自己的生活关系密切的作品更好联系。与自己生活没有直接关系的作品,读了有什么用呢?"①

张文恺来信疑为编辑部假托———一份尚未开张的刊物恐怕不太可能收到如此恰为所用的"读者来信"。无论是否假托,韦君宜刊出此信显然意在引起批评以作"纠正"。为此,编辑部通过"编者按"号召读者积极来信"讨论",因此读者来信很快如雪片般纷纷而至。自 1954 年 3 月至 9 月,编辑部收到相关来信竟达三千五百余封。来信中存在怎样的相互冲突的观点不得而知,但从随后各期陆续挑选、刊发的来信可见,所谓"讨论"保持有一定开放性,但最终被引向确切的结论。第 2 期"问题讨论"栏刊发了 10 封读者来信,其中有 9 封是反对张文恺的。如读者罗涛来信《鲁迅作品真的没有现实意义吗?》、读者杜乐天来信《时代不同了,作品仍有现实意义》、读者张之强《我们读了楚辞、诗经、三国等都感到受了教育》等。其中读者刘守华的来信有如张文恺现身说法,声称自己曾与张一样看法:"但当我看过《暴风骤雨》、《战斗在滹沱河上》以后的实际感受却不是这样","这些作品中的许多人物身上的那些优秀品质",他们"大公无私的精神","感动得想要流泪"。② 北京读者赵昔来信《不爱看就应该理智地鼓励自己去看》、山东读者王兴志来信《更要熟悉自己没有经历过的生活》更似在"点拨"张文恺。此外一篇,看似支持实则还是反对。天津读者刘宗武表示"与自己生活不相近的可以少读",但"少读不是不读"。③ 不过到第 3 期,又出现与张意见接近的信件。读者刘丙寅来信认为鲁迅作品的确已失去现实意义。读者向欣更表示"与自己生活没有关系的作品""看不懂","莫名其妙","在那些人物中,我既不爱谁,也不恨谁,只觉得他

---

① 张文恺:《作品内容与自己生活没有直接关系,读了有什么用?》,《文艺学习》1954 年第 1 期。
② 刘守华:《我读了写农民的书深深感动》,《文艺学习》1954 年第 2 期。
③ 刘宗武:《与自己生活不相近的可以少读》,《文艺学习》1954 年第 2 期。

们都是些莫名其妙,不可理解的人"。① 当然,也有反对者。但反对者不仅反对不恰当的学习,甚至反对学习。江苏读者忆定否定读书是为了学习的观点:"我们在休息时间,老是人手一卷地阅读着,目的是为了消遣,为了解除工作的疲劳。工作了一天后,拿上一本小说或是一本诗集,泡上一壶茶,坐在藤椅中,读着看着,那时候,我们一定会忘记了一天的疲劳。有人说:'茶、烟、读报三乐事'。我们虽不吸烟,但是喝喝茶,读读诗,看看文学作品,也是一件乐事。当然有时候看到书中的动人事迹与英勇人物,也会激励我们向他学习,但这是偶然的,我们绝不是为了学习而去看的。如果真要学习,那为啥不看理论书与伟人传呢?"②这样反对学习的观点刊在《文艺学习》上,显然不符合讨论的预定目标。但让各种观点竞逐亮相,最后再加以"总结",是欲擒故纵的策略。到第4期,《文艺学习》又摘刊8封读者来信,观点同样纷杂,如陕西读者许民志《与自己生活没有直接关系的作品可以看懂》、福建读者许平《读与自己生活太接近的作品,没有甚么意思,描写自己所不熟悉的生活的作品,读了才有帮助》。倒是第3期读者忆定的文章受到批评。北京读者石英认为忆定的观点"太危险了","文艺是宣传一个阶级思想的,而不是堆积木游戏。进步作家告诉我们生活的真面目,去向英雄人物学习,而黄色小说的下流读者则终日鼓吹资产阶级的没落、腐朽思想,宣传淫荡、盗窃、残杀和兽性,而统治者就利用黄色小说来消磨革命青年的斗志","看黄色小说,这不等于饮鸩止渴吗?"③可以说,不消编辑部亲自出面,读者忆定的观点已受到批评,失去阅读合法性。

讨论于第6期正式结束。舒辛刊文"总结"各种观点,批评了几种代表性的错误阅读态度,如消遣观点、猎奇观点,但值得注意的是,舒辛对直接经验型阅读也大加批评:

---

① 向欣:《读那些与自己生活无直接关系的作品,很难理解》,《文艺学习》1954年第3期。
② 忆定:《读文学作品只是为了消遣》,《文艺学习》1954年第3期。
③ 石英:《读黄色小说等于饮鸩止渴》,《文艺学习》1954年第4期。

>文学是有力的教育手段之———……但是它与"学到就用"的某种技巧不同,与专门指导领导方法、思想方法或工作方法的读物也不同。文学的首要任务,不是教人用什么方法工作,而是教人用什么精神和用什么态度去工作、去生活、去斗争和去做人;也就是说,它给人以精神的力量。……把文学作为传授技艺或方法的教科书的观点,只会妨碍我们正确地去理解文学。①

对于文学教育之特点,舒辛亦有论述:"文学的任务是改造人的心灵,提高人的道德品质,它所使用的方法是形象。在基本任务上,它与伦理学有点近似,但彼此的教育方式却完全不同:一种是用理念去教导人们;另一种是以活生生的形象——有血有肉的具体的人去感染人民。理论所传达的是事物的概念与事物的规律,需要认真地消化之后才能变成血肉的思想,才能影响人的性格……而形象则不同,它是直觉的,以具体感性的形式把生活所内涵的真理传达给读者,如果形象打动了读者,它就会在读者的心灵里发生作用,经过潜移默化,逐渐会影响读者的性格","形象的特征还不仅仅是可感可见的感性形式,同时它还是提高了和深化了的生活现象的综合;形象不是生活现象的'如实'描绘,而是集中了许多共类现象的特征概括起来的。因而,它不仅能真实生动地表现生活,而且还能揭示生活的本质与规律性;它不但有感染人的力量,同时也有说服人的力量"。②

这段总结,可谓《文艺学习》对半年来讨论的"定论"。至少在韦君宜看来,通过这一周全的总结,《文艺学习》可比较有效地引导、纠正读者阅读,使其多少兼顾埃斯卡皮所谓的"文学性消费"。而这无疑是"新的人民的文艺"能成其为文学的保证。此后,《文艺学习》仍收到大量有关直接经验型阅读的来信,但不再刊登。不过那种"把书当成领导方法课本来读"的读者,本质上都是革命追随者,只是因文化水平过低或太过幼稚反而疏

---

① 舒辛:《向文学作品汲取精神力量》,《文艺学习》1954年第6期。
② 同上。

忽了文学底线。

而另有一类读者,则是根基强大的市民趣味拥有者。1951年,评论家沈巨中承认:"(目前)许多读者,包括许多商店职员、家庭妇女、老板等,对目前新的人民文艺还没有认识,许多封建的堕落的作品,还是他们主要的读物。他们把文艺看作只不过是点缀生活的小摆设,消遣享乐的玩意儿,跟抽烟、喝酒一样。"①显然,对此类读者《文艺学习》不但要引导,而且还要"斗争"。实则在1954年内,《文艺学习》就对此有所关注②,但有效的针对性的批评始于1955年。该年第1期,同样采取"以读者教育读者"方法,但不再是平等讨论,而变成了"正确"对"错误"的声讨——新的栏目被命名为"我们控诉黄色书刊的毒害"。在此耸人听闻的栏目下,《文艺学习》组织了三篇文章。河北保定读者文朴《一个有为青年沉沦堕落的经过》以自身受武侠小说、言情小说毒害的经历,"现身说法"地向众多同嗜好者敲响警钟。北京二十四中教师洪滔则以《王京中了流氓与黄色书刊的毒箭》一文对学生发出劝诫。三篇文章中,范风、于良旭的文章比较系统且有操作性建议。一方面,范、于指出,"有部分青年学生埋头阅读黄色旧小说,受毒甚深。有的学生经常不上课,不上自修,在外面看《箱尸记》

---

① 沈巨中:《文学批评应面向读者群众》,《人民文学》1951年第3卷第4期。
② 1954年《文艺学习》两次刊文指出这类阅读问题。如王以平担心地说,读者对爱情特别关注:"图书馆刚买回一本《姑娘们》,于是小伙子们很感兴趣,这本书就很难在图书架上停留,由这个人的手里传到那个人手里,书页子都快翻乱了……有一个青年作者,读完《三个穿灰大衣的人》以后,什么都不记得,只记得一些关于爱情的描写而且在笔记本上写了札记,发誓要学习他表现爱情的手法。也有人这样抱怨:大家都推荐《钢与渣》,我却看不下去,太枯燥了。最后打听一下,原来还是因为缺乏对爱情的深刻的描写……我们读书的兴趣应该广泛一些,老是钻在'哥哥、妹妹'的圈子里,不是我们今天青年一代的生活态度。"见王以平《读书的兴趣》,《文艺学习》1954年第3期。黄秋耘则锐利多了,他直接将这类阅读趣味贬称为"黄色"。黄秋耘并列黄色之两害:一是社会问题:"有些青年因为看黄色书刊,成天大谈下流勾当不以为耻,对女同学、女同志则品头论足,养成一派流氓作风,有些青年因为看黄色书刊,弄得神魂颠倒,荒废学业,考试经常不及格;有些青年因为看黄色书刊,生活腐化,道德败坏,甚至犯了罪而受到法律制裁",二是政治毒害,"殊不知在今天,已被消灭和将被消灭的阶级中的反动分子,正在积极利用这些旧社会的遗毒向青年攻进,败坏青年的道德和斗志,从生活上、思想上进而发展到从政治上腐蚀我们的青年"。见黄秋耘《彻底肃清黄色书刊对青年的毒害》,《文艺学习》1954年第8期。

一类的小说,上课时也偷看。还有的学生甚至在熄灯以后还打着电筒在被窝里看","有些小学生在书摊边蹲着看武侠连环画,看得津津有味,往往忘记上学,有些小学生为了租黄色连环画看,就向家长撒谎骗钱"。① 另一方面,则认为原因在于学校监管不严,也在于"政府对旧书摊也缺乏应有的管理,只作了一些审查工作,没有从根本上杜绝这类黄色小说的来源","这样便使旧书摊老板有机可乘,大量地搜罗低级、下流、甚至反动的书籍,诱惑和腐蚀无知青年以营利"。②

不过,《文艺学习》此番对"黄色阅读"的系统批评并非编辑部单独的动作,其时《文艺报》《文艺月报》也在组织类似"口诛笔伐",而这些批判又都是文化部、公安部联手查禁鸳蝴图书行动的一部分。不过,与其他刊物临时配合形势不同,《文艺学习》倒是切实考虑了读者的现实问题:在将鸳蝴小说("黄色小说")一网打尽后,这些对革命文学了无兴致的读者又该阅读什么呢? 1955年第10期,《文艺学习》引人注目地发起一次"我们喜欢惊险小说"的讨论。惊险小说是当时由苏联引进、后在国内扶植发展的小说种类(内容多为人民公安与美蒋特务之间的斗争故事)。该期同时刊发5封读者来信。保定读者张作新表示"新近出版的一些惊险小说,很受读者们欢迎。就拿我们机关来说,新的惊险小说或登载有惊险小说的报刊杂志一到,大家便一拥而上,抢到一本就津津有味的读起来。有的青年甚至读得'废寝忘食'","读惊险小说,目的不在于单纯地知道故事,寻求惊险的情节,而重要的是通过读它来提高我们的革命警惕性,克服政治上的麻痹大意","从小说中可以看到特务分子无论用什么狡猾、阴毒的两面派手段,装成什么样子,隐瞒着罪恶的身份,但总是逃不脱公安人员和人民群众善于识别好人和坏人的锐利眼睛","可以加强我们对无敌的人民力量的信心"。③ 此外,沈阳读者海风《从郭略耶夫看敌人恶毒的两面派

---

① 范凤、于良旭:《有关部门应当重视黄色书籍泛滥的严重情况》,《文艺学习》1955年第1期。
② 同上。
③ 张作新:《对读惊险小说的一点意见》,《文艺学习》1955年第10期。

手段》、北京读者杜荣《读〈红色的保险箱〉的一点体会》、浙江读者陈淼《从贝卡芮洛夫身上看到什么》,意见相似。这些"来信"应该兼含了对文艺主管部门意图的预判,或者说只有包含这类"预判"的来信才会被发表出来。《文艺学习》引导读者的努力由此可见。不过,讲述公安与特务"斗法"的惊险小说与穿革命"外衣"的鸳蝴小说究竟有何区别呢? 所以,大众媒介生产总是"受到多种不同层面社会结构力量的制约"①的说法,在《文艺学习》体现明显——它向群众的本能阅读趣味作了妥协。引导、批判和不露痕迹的妥协,共同构成了该刊与读者不止息的"斗争"的主要内涵。

三 抑制写作热潮的失败

不过,无奈甚至力不从心,其实也是《文艺学习》"斗争"中的一部分。因为"读者"庞大而无名,与其说他们会被报刊"塑造",不如他们多数时候更相信自己本能的欲望和眼见的社会事实。如果发生此类事情,那么媒体所提供的"象征、神话以及个体藉以构建一种共享文化的资源"②就往往面临失效的窘境。而在《文艺学习》"塑造"读者的诸多行动中,有一项可说是惨遭败绩。这就是对写作热潮的抑制。由于新中国实施高稿酬制度,体制利润高企③,所以写作在当时成为万众瞩目的暴富之路。这使当时投稿者如潮水般涌现,数以千计、万计的稿件让各文艺刊物都深感吃力,"(《文艺学习》)平均每月收到文学创作来稿约有二千件"④。它的区区一个"讨论"就收到3500封读者来信! 这些投稿者大都为名利所趋,满

---

① 〔美〕大卫·克罗图、威廉·霍伊尼斯:《媒介·社会:产业、形象与受众》,邱凌译,北京:北京大学出版社,2009年,第40页。

② 〔美〕道格拉斯·凯尔纳:《媒体文化》,丁宁译,北京:商务印书馆,2004年,第1页。

③ 新中国引入苏联的"印数定额制",将文学著作稿费标准分为每千字10元、12元、15元、18元四级,看似不高,但当时物价低且平稳,文学著作印数又大大超过新文学时代,故稿酬收入也成为当时引人注目的"高收入"之一。阎纲回忆,"往往一本书就可以拿到五六万元的稿酬""当时北京一个小四合院,房价不过几千元,至多上万元。"见阎纲《稿费与作家》,《文史博览》2004年第10期。

④ 黄秋耘:《文运与国运》,《文艺争鸣》1992年第5期。

怀勃勃野心。然而另一方面,这些青年却又被毛泽东褒为"新生力量",视为新的社会主义文化事业的创造者。这两种截然相反的定义背后是两种存在冲突的文化秩序的设想,以《文艺学习》之力,颇难调和。这种困窘局面反映在编辑部1954年的工作总结中。在该总结中,编辑部一方面批评部分青年有名利思想:"有些青年读者由于受了资产阶级思想的影响,不安心工作、学习,幻想当作家,认为这是'名利兼收'的终南捷径,刊物对此也没有及时进行批判,致使这种错误的想法长期得不到纠正"①;另一方面又检查自身的"老爷"态度:"编辑部的'权威思想'、'名利思想'也是相当严重的,对新生力量重视不足,扶植不力,有时甚至采取资产阶级贵族老爷式的态度。……对青年的来稿,却多方挑剔,求大求全,采用极少。"②这不免自相矛盾:新人不正是想走"名利兼收"之途的青年吗?但《文艺学习》佯装不知这一矛盾,在重视"新生力量"的名义下,以更主要的精力,展开了对写作热潮的猛力"矫正"。

作为对"新生力量"的重视,《文艺学习》也正面引导真正热爱写作的青年。《文艺学习》自第5期起,设立一个栏目"回答文艺学习编辑部的问题"。③ 不过,这种积极的、以培养真正的"新生力量"的文学经验传授越来

---

① 《〈文艺学习〉编辑部一九五四年度工作总结》,《文艺学习》1955年第1期。
② 同上。
③ 设此栏目之意图,此期编者按说:"本刊常常收到读者的来信,要求作家介绍他们创作的具体过程。我们把读者的来信集中起来研究了一下,从里边挑出了十个问题,邀请作家们作了答复。这些答案从本期起陆续发表。"文中所列10个问题是:1. 请回忆一下,你的创作冲动是由什么引起的? 是由一件事,一个人,或者是由于其他? 2. 在日常生活或工作中,你是否观察人的活动? 特别注意些什么? 3. 当你深入群众生活时,你是否每天记笔记? 记些什么? 写作时你怎样利用这些笔记? 用得多不多? 4. 你在深入生活时,是否借助党的政策与马克思列宁主义理论的指导才深一步理解生活的? 请举具体的事实说明。5. 当你经过长期生活,积累了许多印象之后,你如何概括这些印象,创造人物的? 6. 你开始写作时,是不是根据真人真事? 如果不是,又是怎样塑造人物的? 7. 你作品中的人物是否都有模特儿? 说明你如何根据模特儿塑造人物。8. 在你的作品中有没有完全靠听来的故事写成的? 9. 你在写作之前,是否先有写作提纲? 这个提纲在写作过程中有无改变? 为什么? 10. 你每次写作,感觉最困难的是在什么地方? 有无中途写不下去的时候? 后来又怎样继续下去的? 对读者来信提出的问题,《文艺学习》杂志又先后约请了老舍、柳青、周立波、杨朔、艾芜、孙犁、碧野等回答问题。这种将细节观察、生活真实与理论概括结合起来的方法,以及名作家与读者互动的形式,对真正有志于文学的读者无疑帮助甚大。

越不是《文艺学习》的重心,因为蜂拥而至的稿件(尤其大批中学生无心学业而寄来的练习稿)不能不让编辑部深感揪心。刊物第9期(12月出版)为此刊发了长篇公开信,力图消除中学生对作家职业的"误解",告诉学生们写作是普通、艰苦的工作,要求学生们"老老实实地好好学习","决不可以荒废你们的学习",并表示,"如果不想多花劳动,只想着轻而易举地就得到巨大成绩,享受巨大荣誉,这就是一种错误的对待劳动的态度","许多同学对于'作家'这行业很有些幻想,往往把它想得很神秘,很奇妙,把那些当作家的人的生活和工作想得出乎我们国家生活的常轨之外。往往以为有这样一些人,可以做任何人都不要做的工作,但是却对世界上的事了解得比任何人都要高超。当别人埋头苦干一辈子只能做出一点点成绩的时候,这些人只随便做做很少的事情就可以比所有埋头苦干的人的成绩都伟大,生活也与众不同。这种想法实在只是一种天真的空想"。① 但遗憾的是,"一个文本只有进入到社会和文化关系中,其意义潜能才能被激活"②,这样的劝诫并不被读者所接受,很难起到作用。他们从现实中看到的仍然是作家一夜成名、一夜暴富的令人眼热心跳的事实。

进入1955年,《文艺学习》正式"矫正"读者。第1期"读者问答"栏目刊出教师郁蓝田、机关干部何富华欲从事写作的来信,锦流在答复中不予支持:"(青年)当前主要的任务,应该说还不是写作,而是学习知识或从事其他的革命工作","我们必须首先考虑如何做好祖国交付给我们的庄严任务",即使要写也"不应该和专业作家一样,要求为了自己的写作到什么特定的工作环境里去",而应在原岗位上"练习"写作。③ 到第2期,怀济则批评"所谓的文学爱好者":

> 他们最津津乐道的是某部作品、某篇文章的作者能拿到多少钱。我听到过这样的说法:"过去有谁知道魏巍是谁? 自从《谁是最可爱

---

① 编者:《给中学生投稿者的信》,《文艺学习》1954年第9期。
② 〔美〕约翰·菲斯克:《解读大众文化》,杨全强译,南京:南京大学出版社,2001年,第2页。
③ 锦流:《机关干部和学校师生能否练习写作?》,《文艺学习》1955年第1期。

的人》发表之后,他就成为名作家了"。或者:"某人不如某人的名望大","某人的稿费比谁要多得多"等等。总之,他们万分崇拜的是"名"和"利",时刻空想着的是有朝一日自己也能"名利双收"。又如《保卫延安》、《三千里江山》等为广大读者所热烈欢迎、具有巨大教育意义的作品出版以后,我就看见一些财迷们三一三十一地计算这部作品共有多少万字、作者能挣多少稿费了!他们根本不去想一想,作者为了人民的利益,曾经费了多少心血,付出了多么艰巨的劳动。他们"心向往之"的除了"名利"还是"名利",于是就经常动笔写稿,但"成绩"如何,那是可想而知的。①

新近成名的刘绍棠甚至现身说法,批评名利思想:"我们年轻人都是有幻想的,也应该幻想,但绝不能把自己的幻想建立在名利思想上",他支持写作的勇气,"但是我们绝不能先想到甚么'一举成名天下知'、甚么'名誉'、甚么'地位'、'好找爱人';也不要再向作家和编辑部要当作家的'秘诀'以便走捷径。我们要端正目的、认真学习、热爱生活、刻苦劳动,一步一个脚印向前走"。②

第1期、第2期集中刊发以上读者来信和专家意见后,《文艺学习》就搁下了此事。或许在编辑部看来,有这么一次集中"纠正"已经足够,正如对直接经验型阅读的批评,仅一次集中批评即已收到效果。但事实证明,这次引导几乎没有作用,渴望成为"作家"的青年数量仍在飞速增长。为此,《文艺学习》于1955年底再度重拾旧题。在第11、12期,编辑部分别刊出赵树理、王子野、杨耳等的文章。王子野态度激烈,其文章名字就叫《"一著成名"的妄想》。赵树理则从学业角度劝诫学生暂且不要急于作作家。他对学生投稿者提出五点建议,如"爱好文学是好事,正如爱看戏、爱看电影一样,应该人人都爱好,但如果把它当成自己的'业务',放弃了学校里的功课,那是不对的",赵建议"爱好文艺的时间一定要放在课余",

---

① 怀济:《不要只看见名利》,《文艺学习》1955年第2期。
② 刘绍棠:《给爱好文艺的青年同学们》,《文艺学习》1955年第2期。

"不要想在中学生时代当作家","不要乱投稿","不要以为将来当作家可以不学文艺以外的知识"。① 作为宣传部门的领导,杨耳则首先承认这些投稿者是"新生力量",但他弯弯绕绕,先讨论了两种技术困难问题("生活经验的问题""文学艺术劳动艰苦性的问题"),然后说:"我这样说的用意,是否为了在有志于成为职业作家的青年们头上浇冷水呢?不是的。我觉得我们绝不应该去浇冷水,但是,我们也必须让这些文学艺术的新生力量对于想要做的工作具有正确的理解。只有建立在正确认识上面的愿望、决心和热情,才是真正坚固可靠的",但最后,杨耳还是"绕"到了名利问题:"有极少数的青年,把文学艺术事业看成可以侥幸获得'名'、'利'的方便之路,以为不要什么艰苦劳动,只要写出一篇作品,就可能忽然'名闻全国'。他们在这种侥幸成名的'推动力'的鼓舞之下,就孜孜不倦地来寻求这种'成功'的机会。这种想法是极端错误的。当前的文学艺术事业是为社会主义事业服务的武器,只有决心站在工人阶级立场上的人,才可能很好的掌握它。如果把它当做达到资产阶级个人主义目的的'敲门砖',除了'事与愿违'之外,还能有什么结果呢?"②

接连两轮的"矫正"展示了《文艺学习》与青年们内心燃烧的名利之火的持续"斗争"。然而,既然稿费并未下调,既然一批批青年作家一夜成名、名利兼收(如刘绍棠、王蒙、李希凡、姚文元等),又怎能阻挡其他青年对写作之路百折而不悔的追求呢?体制魔力远甚于编辑部苦口婆心的劝阻。尤其是1956年青年作家会议的召开,更使写作热潮席卷全国。茅盾反映:"全国性的大型的杂志的编辑,每月收到的投稿,在四、五百万字到一千万字左右,如果十个编辑专门阅读这样大量的投稿,并须对每一不用的稿子都提出详尽的意见,那即使他们每天工作二十四小时还是不能办到的。"③但《文艺学习》亦展示了非凡的"斗争"耐心。1957年第5期,编辑部以长沙学生夏可为的来信为"案例",展开了对"写作潮"的第三轮遏

---

① 赵树理:《谈课余和业余的文艺创作问题》,《文艺学习》1955年第11期。
② 杨耳:《和青年们谈谈想成为职业作家的愿望》,《文艺学习》1955年第12期。
③ 茅盾:《答一个业余写作者》,《文艺学习》1956年第12期。

制。该年2月,中学生夏可为给茅盾、赵树理写信,表示要从事文学:"在文学方面,我也有极大的兴趣。我记得我,我十五岁以前,语文是我学得最差的,在那时,我的语文期终成绩是59、57(两期的)分。但到了桃江一中后,我对文学产生了浓厚兴趣,到了长沙地质学校后,我写了一篇短篇小说《入团》","寄中国青年,但没采,退回来了。我写了一篇《论宇宙生成及太阳、地球、行星的生成》(寄到了中国地质部部长李四光那里),我写了将近十首诗(有三、四首寄到了臧克家那里)。但我认为最重要的还是我现在正在创作的长篇小说《伟大与平凡》。在可能的情况下,我要写四十万字。……我希望您们会给我精神上的安慰、鼓励、帮助,给我技术上的教导。"①对此信,茅盾委托赵树理作复。赵树理回信认为夏可为"把稿子寄给部长或诗人私人"的行为"不太恰当",更认为他的写作"不切实际","非常不妥当"。② 关于此事,赵树理日后回忆说:

> 《答夏可为的信》是《人民文学》编辑部和我商量了发的。我把原信给了他们,并写好了信封,贴了邮票,嘱他们发表时勿提"夏可为"之名,而以"XXX 代之"。发表之后,代我把原信发出。可是后来还是把夏之名登出来了。好在我于这封信中虽对夏有些批评,可无失理之处。就在此信发表后,同情夏的人从各地来信百余封,对我兴师问罪。"罪"倒判得不够准确,却把他们自己的名利熏心的思想暴露无遗。③

因为反对的来信纷至,赵树理又撰文表示:"幻想的性质有两种类型,一种的内容往往是当时人们还得不到的美满境界、美妙事物;另一种的内容则是为当事人条件所不允许的个人名利","在我们社会主义的前途上,后一种幻想是不应该提倡的","从收到的信中看,有好多人把夏可为的想法、做法说成了'伟大的理想'、'卓越的志向'、'有作为'、'有毅力'、'不

---

① 夏可为:《给作家茅盾、赵树理的信》,《文艺学习》1957年第5期。
② 赵树理:《不要这样多的幻想吧?》,《文艺学习》1957年第5期。
③ 赵树理:《回忆历史 认识自己》,《赵树理文集》,第4卷,北京:工人出版社,1980年,第1836页。

怕失败'、'能和困难作斗争'。这些词句固然足以鼓励人,但我要用这些词句来鼓励一个不安心正当的学业而把主要精力用在四面八方找个人出路的一个青年,会得到个什么结果呢?"赵于是再次谆谆教导青年安心学习,不要荒废学业,不要"努力给部长们写信、投稿表现自己"。①而对读者来信中"放冷枪、泼冷水"的指责甚至"破口大骂",赵表示"恕我不复——因为这些名利熏心的人,冷水和冰块已经扑不灭他们的火焰,只好让他们熏着吧!"②此文发表以后,编辑部一月之内又收到 57 封读者来信,有人赞同有人反对。反对者如刘佩君认为赵树理"努力给青年习作者泼冷水、放冷枪、射冷炮,努力打击青年",赞同者则认为赵树理的信可以"帮助一些不安心学习、工作,幻想当作家的青年改造思想",如徽州师范柳石来信说他有个同学一星期要投五、七篇稿,学习成绩都在六十分左右,"我劝他好好学习,他却说:'什么人都没有当作家快活,东跑西跑,拿了稿费有得花,并且谁也尊敬他'"。③《文艺学习》将这些信以《赵树理〈青年与创作〉发表以后》为名摘要刊出,并加编者按称:"对赵树理同志文章的不同意见,实际上反映着在青年的学习和文艺创作问题上无产阶级正确观点和资产阶级错误观点的斗争。为了继续帮助夏可为以及和夏可为具有同样错误认识的青年,我们特将来信来稿摘要发表,并将约请专人撰稿,继续对他们的错误思想、认识进行说服教育"。

"冷水和冰块已经扑不灭他们的火焰",赵树理的这番比喻可以见出新的文学体制在读者心中激起的熊熊燃烧的欲望,可以见出在 1950—60 年代"作家"作为一种特殊职业的致命吸引力。当然,亦可见出《文艺学习》在塑造"人民"方面的无奈与限度。④ 约翰·菲斯克认为:"支配着社

---

① 赵树理:《青年与创作——答为夏可为鸣不平者》,《文艺学习》1957 年第 10 期。
② 同上。
③ 《赵树理〈青年与创作〉发表以后》,《文艺学习》1957 年第 12 期。
④ 赵树理也感到"教育"的无力:"(后来)每逢青年请我讲创作方法、创作经验时,我往往都只讲学习政治、学习文艺、深入生活三个要素,而且劝其安心于业余化,听的人往往是趁(乘)兴而来,兴尽而返,对我讲的十分不满意。我接到他们的讽刺信甚多,像'我顶不了你'、'你的经验准备带到棺材里去吗'之类的话就不知有多少了。"《回忆历史,认识自己》,《赵树理文集》,第 4 卷,北京:工人出版社,1980 年,第 1836 页。

会关系的那些人也支配着支撑它们的意义的生产"①,其实并非事事如此。作为中央文艺刊物,《文艺学习》对写作"意义"的生产,显然未被多数读者所接受。如果说,"新的人民的文艺"在整合新文学、鸳蝴派甚至"鲁迅的方向"时多数能克其功的话,那么,有着"工农兵"身份的大众却能使之陷入有计难施的"无物之阵"。而读者不接受"说服教育"的现实,隐隐兆示着"新的人民的文艺"被名利投机之徒淹没的不妙前景。当代文学可谓"前门驱虎,后门进狼"!这"狼",正是那些无比热爱文学的"文学新人"们。这种发生在文学史深处的"内部的陷落"迄今很少为人注意。

---

① 〔美〕约翰·菲斯克:《解读大众文化》,杨全强译,南京:南京大学出版社,2001年,第103页。

第12章 《光明日报》"文艺生活"周刊(1954.4—1957.4)

《光明日报》"文艺生活"周刊1954年4月3日创刊,1957年4月20日停刊。每周一期,每期约八千字。总计出版159期,以刊载各类篇幅短小的文学作品(散文、小品、旧体诗词等)为主,并兼及部分文艺批评。由于《光明日报》系民盟报纸,该副刊也具有较为明显的知识分子特征。负责人不详。

召唤知识分子的文学空间
——"文艺生活"周刊与当代文学的版图重构

延安文艺座谈会以后,毛泽东对知识分子的引导策略以体制性的思想改造要求呈现出来,"知识分子"因此亦在新中国成立后成为某种身份模糊、游移的群体。恰如南帆所论,随着毛泽东"历史叙述者"身份"最终得到了历史的承认",《讲话》等表述"也随即成为金科玉律","相当长一个时期,知识分子完全丧失了启蒙者的威信。他们作为迂腐、狭隘、保守乃至反动的角色加载史册,成为大众讽刺和抛弃的对象"。① 在此种体制性的定义与"区分"下,"知识分子"作为读者、作家、批评者甚至作为表现对象,其合法性都出现动摇。但在现实中,知识分子(尤其是前国统区文人)作为一种具体、客观的力量,仍在文艺界中占据相当位置,其审美观念、文学利益在当代文学版图重构的过程中,也经历了和"新的人民的文艺"冲突、"谈判"和妥协的互动过程。1954年创刊的《光明日报》"文艺生活"周刊,在其三年办刊史中对于"知识分子"文学合法性的重建,尤其是将"旧知识分子"重述为"劳动知识分子"的努力,正是这一过程中具有代表意义的个案。这一已被学界"遗忘"数十年的副刊,其实与《文汇报》"笔会"副刊、《收获》杂志等报刊一起,共同参与了当代文学内部不同话语力量和文学成分之间的冲突与整合。

一 "文艺生活"周刊的知识分子定位

邹谠认为,中国共产党革命的成功"孕含着后来的许多错误而未能警

---

① 南帆:《后革命的转移》,北京:北京大学出版社,2005年,第15页。

觉","比如知识分子的问题。因为农村包围城市,革命过程中政治权力的基础是农民,因此观点、想法也以农民为'参考群体'(reference group),这在当时是正确的,但后来发展到不能利用城市,不能利用知识分子"。① 这种弊端在新中国成立初年颇为明显,文学领域亦被波及。在本来就主要由知识分子构成的文艺界,知识分子的审美趣味却被贬为"小市民趣味"而遭到边缘化处理。其实,按照《讲话》的公开界定,知识分子亦属于"群众"之一部分,他们的美学趣味及阅读要求具有不可究诘的正当性,但党的文艺主管部门并不这么理解。新中国成立初年的文学报刊反复刊文,着力将知识分子从"群众"中剥离出去。1950年,丁玲认为知识分子的文学兴趣曾经是进步的,但现在已沾染上小市民的无聊与统治阶级立场,已"堕落"成"低级趣味","(他们)不了解人民的生活,对人民群众的斗争又不感兴趣,比较习惯于个人幽闭的欣赏艺术的心情","找点曲折故事以消磨时间的读者,同时也的确不大理解和不容易与作品中的人物有着同感,不容易与作者的情绪调和。譬如杜烽所写的《李国瑞》那样的人物,不懂得人民解放军的本质,以及晋察冀人民的和语言的特点,就不会感到很大兴趣"。② 这种讲述,其实置换了新文学中久已存在的新/旧之辨。本来,文学欣赏中的不同趣味、文学市场中的不同需求,并无新、旧之别,但"五四"时代新兴的小说家为了塑造"新文学"的合法性,通过人性、自由等核心概念将当时占据主流地位的鸳蝴派小说从"新小说"贬为"旧小说",将鸳蝴读者从"新派"放逐为"旧派",而丁玲的讲述,无疑是依据革命概念重新设定了"新"的等级,于是"新文学"下滑为"旧文艺","新追求"亦推移为"旧趣味"。在此情势下,原本在政治论述中尚有一定合法性的知识分子,在文艺界却被毫不犹疑地驱逐到"群众"之外。黄夷表示:"我们有不同的群众,有工农兵群众,也有小资产阶级群众",我们不能"把一部分人的掌声当成群众的正确意见"。③ 一度坚持知识分子独立性的

---

① 〔美〕邹谠:《二十世纪中国政治》,香港:牛津大学出版社,1994年,第59页。
② 丁玲:《跨到新的时代来》,《文艺报》1950年第2卷第11期。
③ 黄夷:《不要被掌声冲昏了头脑》,《文艺报》1951年第5卷第5期。

《光明日报》"文学评论"双周刊主编王淑明也检讨说:"我们也常说:'刊物要有群众性'。有人曾以此自豪,觉得这是《文学评论》的特点。其实所谓'刊物要有群众性',就这句话本身看来,涵义亦不明确。我们所说的'群众',究竟指的是什么样的'群众'呢?工农兵呢?还是小市民?或者是这二者之外呢?如果不分皂白,把小市民的嗜好和趣味,作为迎合与迁就的对象,那就糟了。我们对来自群众中的意见,没有很好的加以研究和分析,区别其中何者为正确的,何者为不正确的。我们之中,有人只要听到了誉扬就踌躇满志,以为刊物真的做到有'群众性'了。"①这些论述,导致了1954年《光明日报》"文艺生活"周刊创刊之前文艺界已经约定俗成的"成规":虽然写作者绝大多数都还是知识分子,但知识分子的审美趣味与文学诉求已被指认为"腐朽的、脱离人民、脱离实际的资产阶级文艺思想"②,不但含蓄、多义的"知识分子味"变得不合时宜,甚至知识分子的生活在"小资产阶级"的概念限制下也成为题材"禁区",恰如陈平原所言:"'小资产阶级'可能表示一种不屑的贬抑,可能形容一种风格或者趣味,可能是一种身份或者身价的证明,也可能成为一种令人恐惧的政治烙印。相当长的一段文学史之中,'小资产阶级意识'或者'小资产阶级情调'是一大批作家无法摆脱的魔咒。"③

这样的"成规"自有其道理,但同时也是权力宰制叙述的结果,恰如法国文化社会学家布迪厄所言:"新来者在他们借以存在,也就是说取得合法差别,乃至在一段或长或短的时间内取得绝对合法化的运动中,只能将他们与之较量的生产者,进而将他们的产品及与之关联的人的趣味,不断打发到过去。"④对此,一般读者或许不甚了了,但文艺中人,尤其办刊编报

---

① 王淑明:《从"文学评论"的编辑工作检讨我的文艺批评思想》,《文艺报》1952年第1期。
② 杜黎均:《失去了现在,也就没有了未来》,《文艺报》1952年第15期。
③ 陈平原:《"左翼"、"时代"及"文学"——在"左翼文学的时代"国际学术研讨会开幕式上的讲话》,《鲁迅研究月刊》2006年第1期。
④ 〔法〕皮埃尔·布迪厄:《艺术的法则》,刘晖译,北京:中央编译出版社,2001年,第194页。

的主编、编辑们,必然是深有体味。他们必然要有意识地参与到这种"合法化"运动之中。不过,是以支持的方式参与,还是以其他更复杂的方式参与,则与报刊自身的性质、编辑者的自我定位有关。作为以知识分子为主要阅读对象的报纸《光明日报》的文学副刊,"文艺生活"周刊在此方面也有所考量。在第 1 期"编者的话"中,"文艺生活"周刊表示:

> 《文艺生活》是以反映文艺生活面貌、评介文学艺术作品为主的周刊。我们希望这个周刊成为群众和作家艺术家密切联系的一个园地,成为我们读者生活中的一个朋友,帮助大家欣赏和学习文艺作品,并反映大家的意见。①

这份类似"发刊词"的"编者的话"用语简短,但其实包含意味深长的考量:它明确地将"读者"和"作家艺术家"分为两类人群,并将读者安置在"学习"位置而非像延安评论家那样不合情理地将之标榜为裁决文艺的标准。② 这意味着,"文艺生活"周刊的定位与当时其他报刊有所不同:它以知识分子而非群众为定位。

在"文艺周刊"自身刊发的公开文字及有关《光明日报》的回忆史料中,皆无这份副刊具体的编者信息。但它的知识分子定位体现得比较明显。这首先表现在周刊的作者来源上。从 1954—1957 年的周刊文章看,一些在其他刊物上不易见到的作者屡屡在此露面,如朱光潜、陈梦家、詹安泰、陈翔鹤等,而另一些频频见于其他刊物的作者如周扬、丁玲、冯雪峰则一次也未出现在"文艺生活"周刊。甚至,周刊刊发的文章也极少提到这些耸动一时的"大人物"。一个外国读者,倘若只读这份刊物,他(她)会意识不到周扬、丁玲的存在,更想象不到"延安文人"在文艺界的主导性影响。它所刊登的文章,如《"五四"时代一个知识分子的面影:读叶

---

① 《编者的话》,《光明日报》1954 年 4 月 3 日。
② 在毛泽东作了延安文艺座谈会讲话以后,延安文人纷纷将群众(读者)抬上文学裁决者的高位。如周扬认为,"任何艺术形式,只要它是能够反映人民大众的现实生活和斗争与历史的革命内容的,都应当让其存在,促其发展",而且"最后的判断者是群众"。见周扬《表现了新的时代》,《解放日报》1943 年 3 月 21 日。

圣陶的长篇小说〈倪焕之〉》(向锦江,1954年8月7日)、《读艾芜短篇小说集》(陈翔鹤,1954年4月17日)、《学习闻一多先生做学问的态度》(顾锋、詹铭新,1956年7月21日)等,委实也不太容易让人想起作为"新的人民的文艺"样板的延安文学。大体上看,"文艺生活"周刊是一份以"旧知识分子"为主要作者来源甚至主要预设读者的副刊。

不过,"文艺生活"周刊的知识分子定位似乎也就至此为止。这表现在,它也不时流露出对知识分子的讽刺乃至轻慢。1954年5月8日,周刊第6期刊出读者来信,批评作家"不敢动笔","躲在运动后面"。5月22日第8期上,更刊出一篇嘲讽知识分子审美趣味的文章:

> 电影《丰收》上映了,很多同志踊跃前往观看,可是"眼高"的人根本不屑一顾:"哼!党员带头,克服困难,提高产量……还不是这一套!"……"眼高"的人到处都有,各种"高调"也时常可以听到。例如全国主要文艺刊物和报纸纷纷推荐李准小说《不能走那条路》,有些人就感慨万分:"这样幼稚粗糙的东西居然成了宝贝"!还有人说:"什么时候中国作家写得出爱伦堡的《暴风雨》那样的作品来,中国小说就可以看得了"。言下之意,自然是目前的中国小说,没有一本可以看的……(这)是完全脱离实际脱离群众的主观主义者,自大狂的人。我们要提醒这种人:不热爱我们自己作家作品,对这些作品的冷淡,正是不热爱生活,正是对生活的冷淡。①

第16期则把知识分子式写作批评为"个人小天地"。② 严格地讲,这样的文章并不太多,但在《光明日报》这样一份由民盟知识分子主办的报刊上发表出来,多少是有些不协调的。这种"不协调"与其说反映了"文艺生活"周刊"编辑哲学"的复杂,不如说见证了媒体文化的一般特征。道格拉斯·凯尔纳认为:"社会是一巨大的斗争领域,由不同成分所构成的斗争

---

① 文外生:《爱护我们自己的作品》,《光明日报》1954年5月22日。
② 易劲草:《两种"个人小天地"》,《光明日报》1954年7月17日。

在媒体文化的屏幕和文本中搬演着。"①而《光明日报》,事实上也存在"不同成分"。无疑,它是份民盟主办的知识分子报纸,但同时,它并没有独立的资金来源,而且,它的总编辑,是由新闻总署任命的党员担任。党员总编和他的知识分子下属们,在立场与趣味上未必完全一致,这不可避免地导致了"文艺生活"周刊的"不协调"。甚至,在这种"不协调"中,党性还压倒知识分子的独立诉求日渐成为周刊的主调。可以说,在1954—1955年间,"文艺生活"周刊除了在形式上比较侧重知识分子(如经常约请著名"旧知识分子"写稿)外,事实上"知识分子气"并不算太浓厚,尤其1954年底《红楼梦研究》批判"胡风反革命案"相继发生以后,该周刊接连以主要版面刊发批判胡适、胡风的文章,难以形成鲜明的特色。

但毕竟,《光明日报》的官方定位是知识分子报纸,由知识分子充当主要"成分"是应有之义,而1956年"双百方针"的提出,为"文艺生活"周刊真正的知识分子化提供了可能。"百花齐放、百家争鸣"之本义,在于重新唤起此前已从"拥护态度""变质为消极的顺从"②的知识分子阶层,使之热情参与社会主义建设。在此情形下,《光明日报》总编辑改由党外人士担任。新的编辑作风,迅速带来"文艺生活"周刊新的面目、新的风格,使之从不自觉的"不协调"转变为有意识的"斗争"。

二 召唤知识分子:以"劳动"之名

这"新的面目",就在于全面召唤并拯救"旧知识分子"。如前所述,"旧知识分子"的现实处境与身份认同到1950年代中期已日见困难。当年中国的这些"旧知识分子",如果读到德国哲学家汉娜·阿伦特的这段说法——"解放和自由在任何历史情境下都难解难分,这并不意味着解放

---

① 〔美〕道格拉斯·凯尔纳:《媒体文化》,丁宁译,北京:商务印书馆,2004年,第100页。

② 〔美〕莫里斯·梅斯纳:《毛泽东的中国及其发展》,张瑛译,北京:社会科学文献出版社,1992年,第189页。

和自由是一样的,也不意味着作为解放的结果赢来的这些自由,就道出了自由的全部故事"①——恐怕会多少有所共鸣。在中国革命中,下层阶级的确打破枷锁,赢得了生存保障、尊严等有限自由,但知识阶所珍爱的消有自由也面临困境:"作为一个阶层的资产阶级知识分子自中华人民共和国成立以来,就经常受制于严重压力,他们认为他们的利益经常受到严重损害,他们与党的干部互不信任。"②这种令人遗憾的情形在文艺界表现得尤其突出。白鲁恂指出:当时"旧的文艺作家一般都表现为不敢写作,文艺市场几乎为新的作家所包办,这种不敢写作的原因,我认为主观上自己认为马列主义水平很低,写出来有问题,在客观上会受到挨批评和挨闷棍的攻打。另外还有一种客观存在,就是:革命的作家写出的作品在思想性上不会有什么问题,旧作家的作品一定都有唯心思想的气味。这种想法……无形间划分了新的和旧的圈子"③。因此,边缘者不能不"被疏离感和幻想破灭所包围"④,在"怀才不遇"的落寞中,多少感到自己成了"盛世遗民"(徐铸成语)。但在"双百"之前,身为"知识分子报刊"的《光明日报》不免对此持慎重姿态。而到1956年,"文艺生活"周刊却率先倡言,要求"旧知识分子"打破沉默,重新投身写作。

"文艺生活"周刊最初刊发的召唤"旧知识分子"写作的意愿,是通过发表老舍的"挑战书"来传达的。老舍是知名长篇小说作家兼剧作家,也是新中国成立后颇获礼遇的少数"旧知识分子"作家。在第96期,他以"将军"(激将)方式向"老剧作家"们发出了号召:

> 老剧作家必须都动起笔来。这并不是轻视新作家,绝对不是!俗话说得好:"老将出马,一个顶俩"。的确,剧本是极难写的,非有丰富

---

① 〔美〕汉娜·阿伦特:《论革命》,陈周旺译,南京:译林出版社,2007年,第23页。
② 〔美〕费正清、罗德里克·麦克法夸尔编:《剑桥中华人民共和国史(1949—1965)》,王建朗等译,上海:上海人民出版社,1990年,第147页。
③ 黄延贵:《对"百花齐放、百家争鸣"的一点粗浅体会》,《新港》1957年第6期。
④ 〔美〕斐鲁恂(即白鲁恂):《中国人的政治文化》,台北:风云论坛出版社,1992年,第36—37页。

的生活经验与写作经验，一定写不好。可是，近几年来，老剧作家不是忙于行政工作，就是忙着教书或别的事务，都不大动笔。这样，蜀中无大将，廖化就作了先锋，连我这样的半瓶子醋的人也居然敢写剧本了。夏衍、曹禺、宋之的这些老手还不断地努力创作，这是十分可喜的事。那么，田汉、阳翰笙、马彦祥、熊佛西、张骏祥、陈白尘、吴祖光……这些优秀的老作家呢？我知道他们都很忙（或者应当说极忙），但是为了戏剧事业，我不能不在这里将他们一军。我没有谴责他们的意思，我是说他们的本领比我强，他们若是在百忙中设法抽出些时间拿起笔来，他们一定能够写出好的作品来，至少比我写的好！在全国话剧会演的时候，我这个小卒将这些老将们一军是有意义的。我衷心地盼望他们能摆脱一些行政工作，及早温故知新，老当益壮，创造出新的成功的作品来！①

虽然老舍只将"老剧作家"们创作乏力的原因归之于"行政上的事务和社会活动"，但他的这番呼吁却为"旧知识分子"的"解放"提供了合理的召唤方式。时隔未几，"文艺生活"周刊又借"读者的话"向"老剧作家"发出了召唤："的确，像以上所说的几位优秀剧作家们的作品，在解放前蒋介石反动统治的日子里，不知道给予青年们多少帮助，使他们通过戏剧或舞台的演出，更多地认识了旧社会的黑暗，给予青年们以更大的力量去同反动统治者作斗争。解放后几年来，祖国是一日千里地奔向社会主义的大道，戏剧事业也是'推陈出新、百花齐放'。作为一群戏剧爱好者，我们无时不渴望能看到一些老剧作家们的作品。可是，除了老舍、夏衍、曹禺、宋之的这些老手的一些作品外，其他老手的作品我们却至今还没有看到"，这些读者认为繁忙不应该是主要理由，"盼望他们不再以工作忙为借口，在百忙中能够更多、更快、更好地创造出新的成功的作品来！"②这所谓"一群话剧爱好者"的意见，很可能是编辑部自撰，既可以借以表达对延安文人占据

---

① 老舍：《"将军"》，《光明日报》1956年3月3日。
② "一群话剧爱好者"：《问题到底在哪里!?》，《光明日报》1956年3月31日。

文坛中心的现状的不满,又为"文艺生活"随即展开的有关创作公式化、批评政治化等随"延安化"而来的文学病症的批评作好了铺垫。

有关批评在1956年下半年全面展开并构成了"文艺生活"周刊的主要内容,但对"旧知识分子"的关注也进一步延伸到对题材"成规"的挑战之上。关于知识分子是否宜于成为"新的人民的文艺"的表现对象,《讲话》讲得极具弹性、并不十分明确,故在1950年上海文艺界便激发了"可不可以写小资产阶级"的讨论。讨论看似不了了之,但作家(知识分子)不应去写"小资产阶级"的生活,却成了不言自明的规则。这对于绝大多数一直过着"小资"生活的文人来说,不能不说是异常痛苦的文学命运。所谓"痛苦",不仅指写作者不能自由地表现自己最熟悉的知识分子生活,更是指他们自己的生活成为"被剥夺的世界"。作为知识分子,大量从新文学时代就在为自由而呐喊的文人们,难以从内心真正接受那些将他们指认为"小资产阶级"乃至"腐朽""堕落"的再现体系,尤其不能接受"新的人民的文艺"再现体系对他们旧的信仰的他者化处理。在此情形下,萨利·泰勒的说法就变成了活生生的现实:"再现是一个有关意义的斗争场所。"①那么,面对"延安化"压力,"文艺生活"周刊展开了怎样的"斗争"或挑战呢?这可以从两个层面观察到:一、对知识分子的重新命名;二、争取知识分子题材的合法性。这两个层面的"斗争"体现在同一篇"读者来信"中:

> 我是中等技术学校的学生,我和同学都喜欢看电影,特别是有关学校生活的电影,如苏联影片《走向生活》、《中学毕业证书》等。我们爱故事里的人物,更爱他们对学习和工作的态度。比如《走向生活》里的主人公——聪明、勇敢、骄傲、性急的玛露霞和善于思考问题、沉着、坚持原则性的巴沙的形象,我们永远也不能忘怀的。……可是直到现在,反映学生生活的影片,我们一部也没有。我们多么希望有

---

① 〔英〕利萨·泰勒、安德鲁·威利斯:《媒介研究:文本,机构与受众》,吴靖、黄佩译,北京:北京大学出版社,2005年,第37页。

一部自己的影片啊！我不止一次听见同学发问："我们的国家，新型的技术学校广泛地建立起来，在我们瑰丽多彩的生活中新人新事层出不穷，为什么到现在还没有一部我们自己的电影呢？谁能够解释这个疑难呢？……我们的集体生活像春天的花朵一样，是五彩缤纷的，可写的东西是非常丰富的。因此，我不得不大声向你们呼吁：敬爱的作家、电影剧作家们，请您们为我们创作一部光辉的学校生活影片吧！"①

合肥林校钱启贤同学的这封来信，确实反映了当时文坛欠缺描写技术学校校园生活的作品的事实。但它之所以被刊登出来，恐怕同"学校生活"与"知识分子生活"的高度关联有关。这层关系在下一封"读者来信"中表现得更清楚。读者朱石生表示："反映学校生活的作品是太少了。试问有谁在书店里找到过新时代的《倪焕之》呢？有哪部作品较深刻而全面的反映了学校生活呢？"②对其原因，朱石生直接联系到了文艺界的"错误理解"："这些错误理解中最普遍的，便是认为学校生活平庸无奇，没有矛盾冲突或者是矛盾冲突不显著、不尖锐、不复杂、无戏剧性，一句话，就是否认学校也有'生活'"，那么学校有没有"生活"呢？朱举了有说服力的例子，然后呼吁"我们有理由要求作家协会在这方面做些组织工作，希望熟悉学校生活的青年作者大胆的尝试，希望作家把这纳入创作计划，希望反映学校生活的作品早日出世！"③不难看出，在这篇来信里，"知识分子生活"被重新命名为"学校生活"，而"学校"作为社会主义再现体系中的有效符码，足以支付给"知识分子"以足够合法性。而且此信还明确提出表现"老师生活"的合理性，认为学生生活既不平庸，那么"与学生生活休戚相关的教师生活也就不言而喻"。④

像是有意识的约定一样，这两封"读者来信"皆未使用当时已有负面

---

① 钱启贤：《要求为我们创作一部学校生活电影》，《光明日报》1956年3月31日。
② 朱石生：《写出反映学校生活的作品来吧！》，《光明日报》1956年7月7日。
③ 同上。
④ 同上。

化趋势的"知识分子"概念,而从学校、学生、教师等新符码入手探讨表现知识分子生活的合法性。不过学生也好,教师也好,虽然不易使人联想起"小资产阶级",但也未必易使人联想起广泛的知识分子阶层。它的召唤效果其实也比较有限。但1956年底,丁力的一篇文章就以专业评论者的姿态完整传达了"文艺生活"周刊的意图,要求正面表现知识分子的人生,认为作家们"怕被扣上'小资产阶级的情调'这顶帽子","写劳动知识分子的诗也不多,例如中、小学教师、大学教授、工程师、科学家……就很少有诗反映他们"。①"劳动知识分子"的概念听起来颇为怪异,但它把教师、教授、工程师等从"旧知识分子"或"小资产阶级"的泥潭里救将出来的努力,确实表现了作者在"新的人民的文艺"的既定体系中为知识分子争取文学权益的现实意图。

三 重塑新文学传统

作为中共中央认定的知识分子报刊的文学副刊,"文艺生活"周刊有关"劳动知识分子"的召唤和"斗争",还更深刻地表现在它对新文学传统的体认与另类重塑上。

新文学在新中国的复杂处境众所周知,一方面,它的代表人物(郭沫若、茅盾、冰心等)受到极高尊崇,另一方面,所有的"新文学经典"都获得了有限肯定和不同程度的否定,而在实质上成为"死去的经典","作为风化了的遗迹而被贬降到过去"。② 对此,陈思和指出:"经过批判胡适思想和镇压胡风集团,'五四'新文学传统的基本内涵已经无法再生出积极的意义……"③也就是说,新文学传统已经不能再以其自身的完整逻辑存在,而只能作为无数的"碎片"被整合进异质的话语体系("新的人民的文

---

① 丁力:《诗的内容、题材应该多样化》,《光明日报》1956年11月25日。
② 〔美〕阿里夫·德里克:《中国历史与东方主义问题》,陈永国译,《后殖民主义文化理论》,罗钢、刘象愚编,北京:中国社会科学出版社,1999年,第74页。
③ 陈思和:《重新审视50年代初中国文学的几种倾向》,《山东社会科学》2000年第2期。

艺")之内。这种"破碎"局面,恐怕并非"旧知识分子"或"劳动知识分子"之所乐见。对此,"文艺生活"周刊作了不少有意识的努力,以图还原、重塑新文学独立、完整的自我形象。其间用意,恐怕恰如英国历史学家理查德·艾文思所言:"社会中的每一群体都应该有其历史,借之作为建构自己认同的一种手段。"①

"文艺生活"周刊的重塑计划始于对文学史人物的历史叙述。它主要选择了两位已故的历史人物进行讲述,一是鲁迅,一是闻一多。选择此二人,既因于他们公认的文学成就,更在于他们已在社会主义历史叙述中获得正式承认。鲁迅自不待言,闻一多其实也被新中国的历史记忆纳入了"文化英雄"行列。1949年7月15日,闻一多在全国文联会议上得到了"全体代表一致起立在哀乐声中默哀"②的特殊规格的纪念。《人民日报》随后亦刊文称赞闻一多"从不丧失真诚,以严肃的态度对待人生与艺术,努力探求真理,在认识了真理之后,毅然决然走向人民,参加了革命行动。诗人闻一多的道路,是一个出身教养都优越的,有良心的艺术家的道路。他是一个真正的爱国诗人。他走了一些曲折的道路,但终于找到了人民,投奔到人民的队伍中来。在帝国主义压迫下的中国,如果是一个真正的爱国主义者,他迟早一定会走向劳动人民,一定会为劳动人民的革命事业鞠躬尽瘁,死而后已"③。对鲁迅、闻一多两位作家的公开纪念以及相关选集、文集甚至纪念馆的建立,表明鲁、闻二人已成功进入革命"圣殿"。当然,新政权将他们列入"圣殿"自有弗兰克·克默德所谓的"维持其自身利益的战略性构筑"④的考虑,但"文艺生活"周刊对鲁、闻的追忆与纪念却不能视为当时纪念"大合唱"中的同调。从具体文本看,不能不说是别有

---

① 〔英〕理查德·艾文思:《捍卫历史》,张仲民等译,桂林:广西师范大学出版社,2009年,第210页。

② 柏生:《文代大会第十一日通过全国文联章程草案 全体代表为闻一多先生死难三周年致哀》,《人民日报》1949年7月15日。

③ 艾青:《爱国诗人闻一多——纪念闻一多先生逝世四周年》,《人民日报》1950年7月30日。

④ 转引自余宝琳《诗歌的定位——早期中国文学的选集与经典》,《北美中国古典文学研究名家十年文选》,乐黛云、陈珏编选,南京:江苏人民出版社,1996年,第260页。

所求、别有所系的。

在1956年7月闻一多的死难纪念日前后,"文艺生活"周刊刊出了纪念专辑。其中,有闻立鹤的《怀念我的父亲——闻一多先生》和陈梦家的《悼闻一多先生》两篇文章。前"新月派"诗人陈梦家在诗中写道:

> 我们一同度过许多日子,/看过大海上的雾,/雾里的许多小岛,/在泰山的灵岩寺中,/我们等了几个雨天;/在衡山的茅屋里,/在南海的岸上/我们度过许多晨昏,/你总是道貌岸然的谈笑风生/把古事说得那末真,/把现代的黑暗恨的那末深……那时候我心中伤悲,/失掉了廿多年的义气朋友。/但是后来我知道,/不是我而是一切人/失掉了你。/我的伤悲也是多余的,/因为正像你平日所想像/不要那懦弱的平凡的死。/为了我们今天的自由,/你的鲜血并没有白流。

与革命的再现系统将闻一多讲述成"走向劳动人民"的"爱国主义者"不同,陈梦家却重在"义气",重在"一同度过许多日子"。这种讲述虽然在大框架上并未逆于革命,但它的内质却多少有些不同。相对而言,顾锋、詹铭新的文章异于主流意识形态叙述之处则异常明显。在"革命烈士"的主流形象之外,顾锋、詹铭新通过有关闻一多手稿的观感叙述的却是闻敢于怀疑、讲求证据的学术态度:"我们可以深切地感到闻一多先生实事求是的治学态度。他决不会别人说什么,他也说什么;在学术研究上,只要他怀疑的、他需要了解的,他都下功夫研究。这种精神,正当我们在强调'百花齐放、百家争鸣',反对人云亦云,要求独立思考的时候,不正是我们应该很好学习的么?"①这种被顾锋、詹铭新认为应该"学习"的"精神",其实正是现代知识分子的学术传统,其源头甚至可以直接追溯到胡适的"大胆怀疑,小心求证"的实验主义。对此,顾、詹未曾明言,但圈内人不难明白另一个"闻一多"的存在。

召唤另外一种关于逝者的记忆,叙述另外一种逝者的形象,是"文艺

---

① 顾锋、詹铭新:《学闻一多先生做学问的态度——"闻一多生平、著作及手稿展览"观后》,《光明日报》1956年7月21日。

生活"周刊用以"斗争"的无形技术。在这一点上,有关鲁迅的文字较之闻一多更见明显,甚至更见冲突。其实,围绕"两期论"而展开的鲁迅形象建构是新中国成立后知识分子形象重述的重要组成部分,它涉及阶级论述的最终正确与知识分子"思想改造"之途的合理性和必要性。无疑,这种应需而生的"鲁迅",与真实的充满内在悖论的鲁迅存在较大差异。或因此故,"文艺生活"周刊刊登的有关鲁迅的文章以也多从细事谈论一个认真、求实的鲁迅,而不重复将鲁迅"神化"的腔调,如《关于鲁迅的手稿》(顾锋,127期)、《鲁迅对民族遗产的态度》(王琦,127期)、《学习鲁迅精炼的艺术语言》(林志浩,129期)。但与有关闻一多的文字仅止于暗示不同,这些有关鲁迅的记忆还是挑明了对于革命再现中的"鲁迅"的不满。汤炳正由当时流行的鲁迅画像触及了此层:

> 在这些遗像和画像中,有不少的佳作,但同时也有些"不佳"之作。例如有的把鲁迅先生画成了一个剑拔弩张的怒目金刚(多数是如此)。有的把鲁迅先生画成了一个阔眉大眼、态度闲适的银行老板(如《长江文艺》1956年10月号封面);也有的把鲁迅先生塑造成了伟大的高尔基(《人民文学》1956年10月号插图)。总之,愤怒也好,闲适也好,伟大也好,但可惜都不是鲁迅先生,而是作者"心造的幻影"……鲁迅先生的"骨头是硬的",我很希望这蕴藏在骨子里的"鲁迅精神",能真实的在艺术家的笔下或手下体现出来![1]

要知道,汤炳正所批评的"怒目金刚"式的或高尔基式的鲁迅画像直到1960年代、1970年代甚至1980年代都还是鲁迅"标准像"。它是马克思主义革命再现体系下的鲁迅,而汤炳正说它们是作者"心造的幻影",这无疑是对当时已取得垄断地位的社会主义现实主义的疏离与调整无疑,这是一种比较明显的"对主导性再现的抵制"[2]。幸运的是,在经过对胡风派的

---

[1] 汤炳正:《从鲁迅先生的"像"说起》,《光明日报》1957年4月6日。
[2] 〔美〕道格拉斯·凯尔纳:《媒体文化》,丁宁译,北京:商务印书馆,2004年,第163页。

大批判之后,这样一篇貌似"闲谈"的文字的有意识的另类重塑并未引起文艺界的特别注意。

应该说,"文艺生活"周刊对于新文学传统的召唤与重塑并非系统的、存有周密计划的,但作为一种不太主流的自我纠偏的倾向,则无疑自隐而显、始终存在。这种倾向还从有关历史人物的记忆"延伸"到宰制性文学史叙述之上。1956年,作为主流的新文学"经典"叙述的一部分,由臧克家编选的《中国新诗选》一书正式出版。针对此书隐含的"宰制"特点,"文艺生活"第129期刊文称:"《中国新诗选》是读者很需要的一本书。可惜在内容的编选上还有很大缺点。人们从这书里恐怕很难了解到'五四'以来中国新诗的发展及其成就的概况。这本书是可以选入更多一些诗人的作品的,如潘漠华、俞平伯、汪静之等人。甚至像徐志摩、朱湘、李金发这些人的诗,也可以适当地选一些,然后加以必要的注释。本书选入的作品,有些并不是代表作,因此不能窥出某些诗人的创作风格。例如闻一多的诗,只选他后期的作品,不选他前期的作品就未必是恰当的。"①徐志远的这篇文章,用语平和,但实实在在表明了读书界对于革命再现系统独自享有"生产者或产品的权限的垄断"②的不满。

从1954年初到1957年初,"文艺生活"周刊以零散方式,不断召唤着"旧知识分子"文学现实和历史的合法性,这对于当时正在不断整合、收缩和逐渐凝固的"新的人民的文艺",既是不"驯服"的"斗争",又可说是现实的活力与资源。遗憾的是,该周刊出到第159期(1957年4月20日),突然再无下文,竟以停刊告终。对此,唐湜表示:"原先只一周一次,可怜得很!"③不过,对于该周刊究竟为何停刊,唐湜未曾言及,甚至笔者所能搜集到的所有《光明日报》相关史料皆未言及。不过"文艺生活"周刊的突然停刊与多数报刊的停刊、休刊不太相同,它应该不是出于上层压

---

① 徐志远:《对〈中国新诗选〉的意见》,《光明日报》1956年10月20日。
② 〔法〕皮埃尔·布迪厄:《艺术的法则》,刘晖译,北京:中央编译出版社,2001年,第272页。
③ 唐湜:《谈表演的深度问题》,《文艺报》1957年第14期。

力。一则1957年4月20日正值"鸣放"渐近高潮之际,整个舆论环境比较宽松,二则该副刊并未刊登过什么惊世骇俗之"大作"以致需要整顿。从各方面看,它应该缘于1957年4月正式莅任的新任《光明日报》总编辑储安平的战略决断。储氏政论出身,值1957年夏天"鼎沸"之际,可能不满于"文艺生活"周刊的温吞与"曲折",有意腾出版面,以便报纸以更猛烈、更直接地议政论世。目前尚无史料肯定或否定此说,但作为一种推测,它比较符合储安平果敢大胆的行事风格。这对"文艺生活"周刊当然是一种遗憾。但更遗憾的是,"文艺生活"的停刊也意外终结了当代文学内部重组过程中一方与文学历史有万种牵扯的"风景",一种有效的异质的博弈力量就此缺席。

重建文学批评的美学分析

在 1950 年代,《光明日报》是为数不多的由新政权首肯的知识分子报刊。而其副刊"文艺生活"周刊在 1954—1957 年间的存在,为知识分子复活其文学记忆、展开与"新的人民的文艺"的对话甚至"斗争",提供了优质有效的议论空间。如果说"一体化"时代的媒体也曾有机会"抵制占据主导性语码意义,而形成自身的批判性、另类的读解"①,那么《光明日报》"文艺周刊"可以说比较深入地介入了当代文学内部不同文学话语、利益之间的角力与博弈。这不仅指它在当时文学报刊中率先召唤"劳动知识分子"作为作者、读者乃至被表述对象的文学权利,更主要在它对承延安而来的"新的人民的文艺"的批评规范与叙事"成规"坚持不懈的讨论与批评。对于后者,学界尚无人予以注意并细加爬梳。实则"文艺周刊"对美学分析及日常生活的强调,也可理解为知识分子对于当代文学"另类"然而合理的建构,具有不应被忽视的文学史价值。

上 质疑批评的"政治标准"

1954 年 4 月 3 日,"文艺生活"周刊正式创刊。"编者的话"表示:"(它)是以反映文艺生活面貌、评介文学艺术作品为主的周刊。我们希望这个周刊成为群众和作家艺术家密切联系的一个园地,成为我们读者生活中的一个朋友,帮助大家欣赏和学习文艺作品,并反映大家的意见。"②这表明,"文艺生活"周刊将以文学批评为主,而与《天津日报》"文艺周刊"、《文汇报》"笔会"副刊等侧重于刊发散文、小说等文学创作的副

---

① 〔美〕道格拉斯·凯尔纳:《媒体文化》,丁宁译,北京:商务印书馆,2004 年,第 6 页。
② 《编者的话》,《光明日报》1954 年 4 月 3 日。

刊不甚相同。这种编辑定位，使"文艺生活"周刊有理由对业已形成并开始逐渐"板结"的"新的人民的文艺"投以足够关注。不过，1954—1955年，在党员总编辑的整体领导之下，"文艺生活"周刊刊发的各类文学批评无疑是比较本质化、政治化乃至教条主义的，与《文艺报》等机关刊物并无实质差异。直到1956年初"双百"方针公布以后，"旧知识分子"及其对"新的人民的文艺"的质疑与挑战才逐渐凸现并日益引人注目。

"文艺生活"周刊对"新的人民的文艺"的对话与质疑，比较突出地体现在有关新的批评体制的批评之上。其实，自《讲话》将政治标准确定为文学批评的"第一标准"以后，经过教条主义批评的刻意标榜和文人们的无奈与服从，"政治第一"实已演变为"政治唯一"。这种演变，无疑在"政治正确"的名义下对"新的人民的文艺"自身构成了巨大危害。很难想象，倘若缺乏优美的故事、魅力充分的语言，文学如何能够承担直接和间接的"政治"责任？对此，别林斯基的一段见解颇值得记取："确定作品的美学上的优劣程度，应该是批评家的第一步工作。当一部作品经不住美学分析的时候，也就不值得对它作历史的批评了；因为如果一部艺术作品缺乏迫切的历史内容，如果其中以艺术本身为目的的话——那它还可以具有相对的、尽管是片面的优点；可是，假如它只有生动的当代旨趣，却没有创造和自由的灵感的印记，那么，它就决没有任何价值，其中生动的旨趣既然是强制表现在与它格格不入的形式里，也就成了荒唐无稽的东西。"①别林斯基决绝的见解未必不是"文艺生活"周刊编辑们的切身感受。所以，从1956年初，"文艺生活"在批评风格方面逐渐出现一些"静悄悄的革命"。

较之此前政治居前的批评，"文艺生活"周刊1956年2月11日刊出的朱靖华评论就显得略有异样。这篇评论青年作者丛维熙的文字，虽然也从政治上肯定了"作者以饱满的热情表现了农民积极走互助合作道路的主题"，但其重心却落在《文艺报》《文艺学习》较少谈及的艺术感受之上：

---

① 〔俄〕别林斯基：《别林斯基论文学》，梁真译，上海：新文艺出版社，1958年，第261—262页。

在他的作品里,充满了对家乡农村生活的热爱,生活气息表现的非常浓厚。有许多农村场景、人物心理活动及生活细节的描写,都是非常朴素、真挚、亲切、动人的,读完之后,令人感到一种抒情诗的农村画面展示在我们面前,有时好像我们已经亲自步入了这个农村,站在了长满芦苇的南河岸上,望到了散发着草芽香气的田地,摸到了长满油滴滴穗子的高粱,看到了那些勤劳、朴质的人们……①

丛维熙是从《天津日报》"文艺周刊"培养出来的年轻小说家。该周刊在与世无争的孙犁的主持下,素以细腻、清新、纯净的革命美学作为追求。朱靖华的评论文字,不仅发掘了丛维熙小说中的纯净美感,而且朱的评述文字本身亦洋溢着亲切诗意。朱这篇文章刊登于"双百"方针公布以前,未必可说是有意识的调整,但此后刊发的系列评价新人刘真、阿凤、孙景琦、鲁彦周等的文字及作家们的创作自述,都可以明显地看出"文艺生活"周刊恢复批评的艺术质地的努力。这种批评,正是别林斯基所要求的"美学分析"。它们的出现,续接着新文学的批评记忆,更显示了"文艺生活"周刊对日渐偏枯的"新的人民的文艺"的批评的纠正与调节。但更明确的对"美学分析"的呼吁出现在"双百"期间。1956年6月,"文艺生活"接连两期刊文讨论。王亦放感叹说:目下文艺批评"能够在作者和读者中留下深刻印象的文章真是太少了!许许多多的文章都是很快出现,很快被人忘记。就连在《人民文学》、《剧本》、《戏剧报》、《人民音乐》等全国性刊物上,以及甚至在《人民日报》上,也都有一些文章给人以'应景'和塞责的感觉。像《文艺报》这种专门性的文艺评论刊物,对于新创作也同样缺乏深入的讨论和批评;对于中国现代著名作家如郭沫若、茅盾、赵树理、老舍、曹禺、巴金……的专题研究,连一篇也没有;在所发表的文章中,涉及艺术技巧和美学问题的就更少了"②。李弘文章则尖锐犀利、语含讥诮:

在我们的报纸、杂志上,常常出现电影评论文章。这些评论的绝

---

① 朱靖华:《读丛维熙的小说》,《光明日报》1956年2月11日。
② 王亦放:《和文艺报刊编辑谈谈》,《光明日报》1956年6月2日。

大部分——80%—90%,都是分析一下电影的主题或是叙述一下电影的故事就算了。至多,在文章快要结束的地方来两句:"某某演员深刻地表现出了人物的内心活动"……等空洞的、没有分析的话……电影的思想性不会凭空表现,它必须通过自己特殊的表现方法。我们怎么能够对这些表现方法避而不谈,而空谈其政治思想内容呢?不联系电影的艺术形式来评价电影,就必然使这种评价没有实际内容而一般化和公式化了。①

并且,似为呼应李弘有关"空谈其政治思想内容"的批评,"文艺生活"还于同期刊发碧野散文《绿宝团》。该文用诗一般优美的文字描叙一位远赴天山支援边疆的广西姑娘:"绿宝团快活地跳起舞来,她的哈萨克舞跳得很好,舞姿灵活、刚健、优美,她那两根乌黑的长辫子,在飞一般的旋动。"

随后,"文艺生活"周刊的"美学分析"显著加强,不但从艺术形式角度去肯定创作,同样地从艺术形式角度提出质疑甚至否定。后者在当时批评中并不多见,也由此引发"文艺生活"周刊有关"新诗""旧诗"的大辩论。此乃由李山文章《黯淡无光的诗》引起的文学论争。"黯淡无光"或"晦涩""颓废"之类辞汇,此前多被评论者"自然"地施之于卞之琳、林庚等已被界定为"旧知识分子"的前国统区诗人身上,但用于田间这样的延安文人身上,委实不多见。但李山从"艺术魅力"入手,直指问题核心:"诗人田间在抗日战争时期,曾写出过一些很热情很响亮的诗篇。但是,近年来,诗人的诗篇失去了它的光彩。登载在《中国青年》1956年第7号上的诗篇《唱吧,青年人》(街头诗)就是不响亮的暗淡无光的诗篇之一","我们感受不到思想上和艺术上的些微力量。感到的只是诗人心灵上的空虚,对实际生活、实际斗争的冷淡的态度","诗人还企图用'歌唱''唤醒''进军''弹起弦琴'等等陈旧的抽象词句,来掩饰他的空虚和缺乏生活真实感。在许多段落里,甚至连掩饰都没有了,干脆把没有音响、没有节奏、

---

① 李弘:《对目前电影评论文章的一些意见》,《光明日报》1956年6月9日。

没有形象、没有感情的句子排列上去了"。① 今日研究者很易把当年批评都看作粗暴无理的指责,但实际上李山这篇文字却是入情入理,反映出读者对曾经热爱的诗人的真切劝诫:"作为一个读者,我多么希望老诗人能够克服这个根本性的弱点,站在人民斗争的前列,写出富有战斗气息的、具有艺术魅力的诗歌呀!"②此文由于从审美效力着眼,既引起新诗同情者的回应,也引起旧诗同情者"乘新诗之危"(类似田间的陷入危机的新诗诗人多矣)而发起的召唤旧诗的颇具学理深度的论辩,茅盾、朱光潜、郭沫若等文界执牛耳者悉数卷入。双方从格律声调、词汇句法诸层面展开深入论辩,持续大半年,堪称当年"美学分析"之典范。

在"新诗""旧诗"论辩展开之时,"文艺生活"继续对当时批评"成规"展开讨论乃至攻击。8月25日,该刊刊出蔡羽文章,仿古人"伪托异书"的笔法,托辞拾到一本笔记,通过对该笔记的讽刺转达了对当时批评界"衡量文艺的尺子"的不屑与奚落:"这是从一本丢弃在废物堆中的旧札记本上摘下来的。它的主人不知是谁。其中所记,也并无隐秘,断断续续,都是对于文艺的观感。拜读之余,觉得真是提炼了某些惯于穿凿的评论家与非评论家的理论的精华。所以选录若干,公诸读书。某些人衡量文艺的尺子和他们奇妙的逻辑,于此可见一斑"。③ 文中共"摘录"了8则笔记,此处择其3则随录如下:

英雄应该理想化,而作者却醉心于写他的缺点和错误。既然有错误,就不能算是英雄。写英雄犯错误,就是歪曲了英雄的本质。尽人皆知,红军的本质,正如……(注:以下引证各种重要文件,不录)。

重读《我的两家房东》,不妙。文艺应该表现生活中的主要矛盾,这篇小说写在抗日战争的时候,那时的主要矛盾是什么呢?是中国人民和日本帝国主义的矛盾,正如……(注,以下引证各种重要文

---

① 李山:《黯淡无光的诗》,《光明日报》1956年6月23日。
② 同上。
③ 蔡羽:《量文的铁尺》,《光明日报》1956年8月25日。

件,不录)。作者不去写当时的主要矛盾,却写什么恋爱。根本错误。

资产阶级思想处处作祟,一个作品,初看还好,可是没有社会主义思想。作品里写着:一个志愿军给爱人写信,一开头就说:"我很想你"。好像他别的什么都不想,不想党,不想北京,不想天安门,不想祖国,不想人民,不想工人阶级和农民弟兄,不想社会主义阵营,不想被压迫的殖民地国家的人民,不想我们伟大的、幸福的未来,而只想一个女人!恋爱至上!要是改一改,把"很"字改成"也"字,说:"我也想你",意即"也"附带地想到她,这就是社会主义思想了。一字之差,思想性的差别如此!

明眼人当然知道,这些"笔记"皆蔡羽仿当时流行批评腔调而虚拟出来的。其嬉笑刻薄的风格或许让人不适,但那些失掉了想象力与美感要求的批评岂不更值得警醒？到下一期,"文艺生活"又刊发白榕《以理服人》,重提鲁迅"辱骂和恐吓决不是战斗":"'百家争鸣',无论是怎么个'争'法,但归根结蒂,总离不开一个'理'字。俗话说:'有理走遍天下,无理寸步难行',只要有'理',你怎么坚持都行,可谁要是背'理'上阵,以为只凭'勇敢威严'、'冷枪暗箭'便能获胜,那就是'末将'之流了。"①这种批评可以说更为锐利。实则新中国成立以后,批评中的论理之风日渐稀薄,挟"真理"以令天下,借身份(如"读者""编者按""社论"等)以制对方,倒渐成了批评与权力"结盟"的新习气。

当然,是不是当时所有盛气凌人的批评都无"理"可谈呢？亦不尽然。譬如多被今日研究者诟议的陈涌、冯雪峰(李定中)、丁玲等对《我们夫妇之间》的批评,其实就有延安文人之道理——作为尚未确立"文化领导权"的"新的人民的文艺"的代理人,他们对萧也牧放弃"解放区文艺"而向新文学读者输诚的做法作出理论反应,实实在在是合理甚至必要的。这是当代文学批评内在的复杂性。所以,"文艺生活"周刊对"美学分析"的强调,对"思想性"的讥薄,也引起忠实的革命文人的回应。9月6日,化名

---

① 白榕:《以理服人》,《光明日报》1956年9月1日。

"马前卒"的评论家在《人民日报》刊文认为,蔡羽文章虽"颇击中目前文艺批评的'时弊'",但不免又偏于一端:"批评家在批评具体作品时,强调了政治性,忽略了艺术性,这是不对的。但说批评家原本不要艺术,我看事实不是如此。批评写得幼稚、机械和粗暴,也是事实,但强调一些政治性,就成为罪名,那可不敢领教了。"①为此,"马前卒"援引"文以质胜"的古典传统强调"政治第一"原则。当然,马前卒所谈"政治"并非党的政策,而是"新的人民的文艺"理当恪守的社会主义现实主义叙事规范:

> 我禁不住要引一段古人的话。是文言,辛苦读者了,但还当古典作品读吧。文云:"所谓文者,务为有补于世而已矣。所谓辞者,犹器之有刻镂绘画也。诚使巧且华,不必适用;诚使适用,亦不必巧且华。要之以适用为本,以刻镂绘画为之容而已"……我是颇为同意这个古人的主张的。论文,还是政治第一,艺术第二。至于作家呢,那自然是先"有所感",然后"有所为",以"艺术"来表达"内容"的。可是自从我们介绍了苏联《共产党人》杂志关于文学艺术中的典型问题的专论以来,我们的批评界的有些人,于批评了批评之余,连作品应该反映生活现象的本质,表现生活中的矛盾,描写积极的英雄人物的典型等等的要求,也给它否定了,而且还有作品大可不必讲求思想内容,只要有艺术性就好了的口气,好像要对过去那些提倡,有"一反其道而行之"的气概,这又有何利于社会主义的建设事业呢?自然,这也可以作为"百家争鸣"中的一个流派吧。②

以逻辑而论,"马前卒"的批评颇能立足:倘若"政治"只指现实主义之于"本质""矛盾""典型"的要求,那么它们未必与"艺术地表现"发生矛盾。因此,蔡羽在回应中未否认"政治第一"标准,而只是抱怨"马前卒"的过度紧张与误解:"仿佛政治性之和艺术性,就像我们和帝国主义一样,是势不两立的;仿佛只要一说到'艺术性'字样,就必定是企图打倒政治性第一无

---

① 马前卒:《"一反其道而行之"》,《人民日报》1956年9月6日。
② 同上。

疑了。"①显然,两人争论并未充分展开,蔡羽和"文艺生活"周刊没有在逻辑上对"作品应该反映生活现象的本质"等"新的人民的文艺"批评的核心原则展开"讨论"。

不过,"马前卒"的言之凿凿毕竟只是逻辑推论。实则当时诸多"政治第一"的作品只是趋随政策,并不能保证"艺术第二",甚至无从谈起"艺术"。故而"艺术性"问题很难不了了之。所以,至1956年底,评论家方殷又从田间的诗论及此事,认为"仅凭政治热情高,也还是很难达到创作目的的,因为在文学艺术的创作实践中,除了'政治热情'之外,还应该把艺术感受、艺术风格、表现方法等等包括进去","田间所追求的'形式',和他在艺术形象上的猎奇等等,这些形式主义的倾向,目前正在他的创作道路上,起着主要的拦阻作用。如果田间不把这只'拦路虎'及时地打掉,即使他具有很高的'政治热情',也很难写出令人满意的诗篇来"。② 为证明这一观点,方殷还以田间过去的成功经验为例。不过,方殷谈的"艺术"不是形式主义而是深沉的"艺术感受":"当田间在生活感受、艺术感受深时,又不受形式拘束,或者诗人没有在事先预设下一个固定的套子套自己的时候,他就给我们写下了好诗。反之,他虽有一定的生活感受、艺术感受,但他却把精力花费在形式的追求上,花费在艺术形象的猎奇上,他就不能写出'畅所欲言'的诗篇"。③这种据实而论的有关"艺术性"的讨论,构成了对当时日渐深陷教条化、公式化"泥潭"的文学批评的纠错。

"文艺生活"周刊对批评的纠错还指向"唯我真理在握"的批评作风。针对周刊上"新诗""旧诗"论辩中沙鸥的批评文章,编者于137期同时刊发两篇文章予以"纠偏"。一是"读者来信",认为沙鸥"盛气凌人","这种作学问的态度仿佛吵架一样,我是很不赞成的"。④ 另外一篇吴明的文章批评沙鸥"实在看不出一点心平气和地探讨学问的样子","近似人身攻

---

① 蔡羽:《"一反其道而行之"种种》,《光明日报》1956年9月29日。
② 方殷:《略谈田间的〈汽笛〉及其他》,《光明日报》1956年12月1日。
③ 同上。
④ 田笛:《心平气和的讨论问题》,《光明日报》1956年12月15日。

击",有"宗派主义情绪",并表示现在"应该是到了打消宗派,正视缺点,取长补短,健步前进的时候了",而"某些诗人似乎还没有对自身的欠缺深知猛醒,有的甚至还在那里洋洋自得,听不得别人的半点批评呢!这就不能不令人十分担心了——为诗的繁荣,也为诗人自己"。① 这些调校性意见,其实都是希望对马克思主义批评模式有所补正——"那种模式认为只有一个客观现实,所以提供与现实相反的错误的观点只能起到反作用。"②

1956年"文艺生活"周刊有关"新的人民的文艺"批评的纠错,应该是当代文学内部的积极"调校"。可以说,"文艺生活"作为由"旧知识分子"掌握的媒介资源,其存在比较符合詹姆斯·卡伦所设想的"较为理想的状态":"在特权结构之外的群体应当拥有一定的媒体资源,从而能够对占主导地位的意识形态方式的代言提出质疑,探索他们自身的群体利益之所在,同时也能够展现另类的视角。"③较之同期《文艺报》《文艺学习》等展开的自我反思,"文艺生活"的"另类的视角"还更深地体现在对社会主义现实主义文学再现规则的补正与完善之上。

下 挑战叙事"成规"

"新的人民的文艺"的"成规"不仅存在于批评领域,而是更广泛地散布于有关人物、故事乃至环境的再现实践中。而且,无论是在它作为"弱者的武器"的早期(解放区文学),还是在它作为新的国家认同生产者的兴盛期("新的人民的文艺"),它都面临一些内在的质的规定性。对此,对第三世界文学有着长期观察的罗伯特·J.C.扬曾有论及:"如果一个国家的人民外表不同、语言不同、宗教不同,那么这种不同将会威胁到这个国家的'想象的共同体'(这一概念最早是由政治理论家本尼迪克特·安德森

---

① 吴明:《与"争鸣"无关的》,《光明日报》1956年12月15日。
② 〔美〕J.赫伯特·阿特休尔:《权力的媒介》,黄煜、裘志康译,北京:华夏出版社,1989年,第125页。
③ 〔美〕詹姆斯·卡伦:《媒体与权力》,史安斌、董关鹏译,北京:清华大学出版社,2006年,第304页。

总结出的)。有许多人,许多种语言,许多种文化为此受到了国家的压制。"①无疑,新中国"新的人民的文艺"存在极类似情形:为了生产、召唤新的国家形象,促成民众新的族群认同和伦理追求,"新的人民的文艺"必然有计划凸显甚至虚构某类题材、人物和矛盾,而把另外一些事实存在甚至在新文学、古典文学中占据核心位置的题材、人物或故事驱遣到视野之外。因此,"合法"对象的同质化和异质对象的被剥夺,由此成了"新的人民的文艺"的一个问题的两个侧面。

1956年前,"文艺生活"周刊未曾触及此类问题,但"双百"以后,该刊对美学分析的强调延伸及此。生活、人、多样性等成为"敲打""新的人民的文艺"的关键词。较早出现的是有关"正面人物"的疑虑。"正面人物"(工农兵及干部)是新中国"想象的共同体"的主要承载符码。党的理论家宣称"正面人物"(英雄)是时代本质、历史发展规律的映射,而从文化生产角度观之,执政党更似是"试图用这种符码或意义之图来定义自己、他人以及他们在世界中的位置"②。所以兹事体大,以致作家凡写"正面人物"则往往拘于定规,不敢逾矩。用批评者穆芝的话说,便出现诸多"不说、不笑、非常严肃的正面人物"③。不过,"文艺生活"刊发的穆芝批评并非针对此种久沿成习的模式现象,而在于某种"翻转"过来的"新的公式":"有的剧作者却以一种新的公式代替了这个公式。在某些戏里,党支部书记忽然来了一百八十度的大转变,他们一下子都变成了'热爱生活'的人,他们都这样'幽默'、'轻松',老是满脸堆着笑,好像即使发生天大的事,他们也可以毫不费力地解决","以一个新的公式代替了旧的公式"。④穆芝对人物再现的批评很快引起丁芒呼应。丁芒认为原因在于缺乏"人的统一性格":

---

① 〔英〕罗伯特·J.C.扬:《后殖民主义与世界格局》,容新芳译,南京:译林出版社,2008年,第62页。
② 〔英〕阿雷恩·鲍尔德温等:《文化研究导论(修订版)》,陶东风等译,北京:高等教育出版社,2004年,第141页。
③ 穆芝:《"风趣"的正面人物》,《光明日报》1956年3月17日。
④ 同上。

　　　　问题的症结在于剧作者没有把这些正面人物"热爱生活"的一面同他们在斗争中的表现的一面,作为统一的完整的人物性格的表现来处理;而这种完整的统一的人物性格的丰富的表现,又是为了加深戏剧中的人物性格冲突,加强戏剧性的。因此,这就出现了办公的时候、接触到斗争的时候,他们是一副面孔……回到家里或者在其他悠闲的时候,他们又变成另一副模样。《瓦斯问题》中的苏平,正是一个典型的例子。于是,观众就感到这种"热爱生活"的行动,是创作者硬贴在正面人物身上的,在那里"说教"的正面人物,绝不会如此"热爱生活"或者反过来也会感到,这样"热爱生活"的人,绝不会去"说教"。反正这是两个人,而不是一个人的统一的性格的表现。既然这是游离的而不是有机结合的,它就不能在丰富人物性格、加深性格冲突方面,对全剧产生更大更积极的效果。①

丁芒的这种观点其实涉及"新的人民的文艺"的内在症结:既然"正面人物"的"本质"已经由历史规律预先"订制",那么在现实生活中构成人的行动动力的真实的个体欲望(情欲、权力、名誉等),就多少会受到"压制"乃至被剥离。在此情形下,"正面人物"的"说教"就与其作为人的自然欲望必然"脱节"。而在此剥离基础上要求其具有"统一性格",多少有些困难。

　　在注定难以"统一"的"正面人物"之外,"文艺生活"还对"新的人民的文艺"在故事处理方面的"公式"大示讽刺。1956年5月26日,沉寂多年的"五四"老诗人沈尹默撰诗讽刺时世,其中《一件小事的回答》《写工作总结的公式》《写大会发言稿的公式》等诗,颇能切中时弊,如:"首先来几个拥护/切不可有遗漏之处。/中间,/选择些'当讲的话',/痛快发挥,/有的可以用轻松的言词,/有的可以用激昂的语调,/总之,/要赚得会场中几阵掌声,/或者引人发笑。/末了,/再来一个'……而奋斗',那就更好,/可以说一声,/'完了!'"不过,沈尹默所言尚是文牍会风问题,丁力、刘思等

---

① 丁芒:《究竟怎样表现正面人物——对穆芝同志的〈"风趣"的正面人物〉一文的意见》,《光明日报》1956年3月24日。

则直接讥贬当时诗歌、小说中的"公式"。丁力以爱情为例,认为"目前虽说有人写爱情诗了,但形成了一个'框子',不是男的是英雄,就是女的是模范,胸前挂的不是奖章,就是挂的红花,谈情的地点不是在公园,就是在树后,不是脸一红,就是辫子一甩",写风景诗"也形成了一个'框子',当写某个地方变化时,总是不外乎过去怎样荒凉,现在怎样热闹,再加上一个:将来这里会使用拖拉机或建立水力发电站一类的尾巴。"①刘思则如此讽刺电影中的爱情场景:"什么时候起订下这样一条法律:男女主角在订终身之前,必须女在前跑,男在后追,笑着绕老树数圈而后已。电影里,农村青年要这样,工厂里的情人也如此,就是少数民族也无例外,老树有知,该庆幸眼福非浅!""英雄模范自然受人热爱,但是,为什么姑娘只许爱英雄,小伙子只许追求女模范?""我不相信合作社的姑娘被爱人握住了手,都要不胜羞涩。"②

显然,有关爱情的再现模型是新的国家认同生产的有机部分。英雄、模范之外的爱欲对象,不"羞涩"的男欢女爱,以及无关"过去—现在—未来"的历史感受,无疑都大面积存在,但它们可能属于"国家的压制"的范围。如果凯尔纳的判断能够成立的话——"媒体文化所制作的图像触发了观众要进入某种思维、行为以及角色的模式的愿望,而这些模式都是为维持和再现现状的利益服务的"③——那么"新的人民的文艺"在叙事中的种种排斥和遗忘就有其内在的逻辑。而"文艺生活"的疑虑,正指向此类逻辑的意识形态优先性。遗憾的是,"文艺生活"周刊过早停刊(1957年4月),影响了其反思深度,但它与"新的人民的文艺"的这类"对话",无疑是当代文学版图重构中有价值的"斗争"。与《星星》诗刊"欢迎不同流派的诗歌""欢迎各种不同题材的诗歌"④一样,"文艺生活"亦以群鸟歌唱为喻,提倡不同艺术风格并存的合法性——夜莺以布谷鸟、喜鹊的歌声不及

---

① 丁力:《诗的内容、题材应该多样化》,《光明日报》1956年11月25日。
② 刘思:《爱情篇》,《光明日报》1956年12月22日。
③ 〔美〕道格拉斯·凯尔纳:《媒体文化》,丁宁译,北京:商务印书馆,2004年,第133页。
④ 《稿约》,《星星》1957年1月号。

自己美妙为由,要求它们学习自己,然而布谷、喜鹊却仍坚持自己的歌唱:

> 纵然夜莺唱得那么美妙,/鸟儿却还是唱着自己的歌声。/"好心肠的劝告他们都像听不见",/夜莺气得马上就要离开园林。//"夜莺姐姐,请停一停",/一只小燕子,她要把夜莺提醒:/"要是所有的鸟儿都和你唱一个调子,/世界上哪儿还有'夜莺'"?①

这可以说是对"新的人民的文艺"的忠告:如果所有作家都按照"社会主义现实主义"去写作,如果文艺界只剩下"唯一正确的方向",那哪儿还有"文学"呢?"文艺生活"周刊刊出此文时,是否考虑到此时差不多已为"陈迹"的自由主义、鸳蝴派乃至"鲁迅风"呢,未便揣测,但要求以更丰富的视角理解《讲话》、要求文学内在多样性,则是明确见之于文:"解放初期,有的同志狭隘的理解了为工农兵服务的精神,以为工农兵只爱自己的生活和战斗活动。如果有人写了爱情诗,就会有人说是小资产阶级的情调;如果有人写了风景诗,也会有人说这是小资产阶级的'闲情逸致'。因此,诗人们不敢写,即使写了,刊物也不大发表","其实,无产阶级也是有爱情生活的,也是喜欢欣赏风景的,问题是看你是用怎样的思想感情去写,不能不加辨别地一律称为是小资产阶级的东西"。②

的确,在"新的人民的文艺"的视界里,"无产阶级"被压迫/反抗的历史想象所给定、所限定,因而必然成为包含系统性排斥的艺术虚构,而爱情、风景即多属被排斥的事物。这些呼吁,实则动摇着当代文学的本质主义表现体系。当然,与对"知识分子"的召唤和重塑类似,"文艺生活"周刊对"新的人民的文艺"的反思并不见得很具系统。不过,即便多有"零敲碎打"之嫌,但它对社会主义现实主义叙事"成规"的反复讨论,对美学分析坚持不懈的强调,也依然可以瞥见新文学尚未远去的身影。格雷姆·特纳认为:"文化的意识形态系统并不是单一的,而是由许多为争夺控制权

---

① 许铭正:《夜莺的好心》,《光明日报》1956年6月23日。
② 丁力:《诗的内容、题材应该多样化》,《光明日报》1956年11月25日。

而相互竞争、相互冲突的阶级和利益所构成"①,虽然在1950年代,"单一"的确是文化的主调,但在《光明日报》这种由民主党派主持的知识分子报刊上,其文学副刊还是有准备地为快速"一体化"、制度化的当代文学提供了另类而合理的建构,自成一方却被遗漏的文学史"风景"。

---

① 〔澳〕格雷姆·特纳:《电影作为社会实践》,高红岩译,北京:北京大学出版社,2010年,第180页。

"文艺生活"周刊的新诗、旧诗论辩

俄国形式主义论者什克洛夫斯基有段议论，颇可以用来说明中国旧诗（古典诗歌）在"五四"以后文坛上的"姿势"："每一种新的文学流派都预示了一场革命"，但"被击败的阵营并没有销声匿迹"，"它只是从顶峰上被击落下来；它潜伏着，以便像一个王位的觊觎者那样东山再起"。① 无疑，在1949年前，旧诗在与新诗的激烈竞逐中不断败北，并在事实上被迫处于某种"朝"/"野"之别的格局中——新诗作为诗歌的合法代表享受着各种文学利益（"诗人"桂冠、体制职位、读者追捧、出版与演讲报酬等），而旧诗只能作为个人遣怀和私人交游而存在于少数旧文人圈子内。新中国的成立，更从体制层面加固了此种"朝"/"野"之别。② 但这一切，并不意味着作为"被击败的阵营"——旧体群体——不会卷土重来。发生在1956—1957年《光明日报》"文艺生活"周刊上的新诗、旧诗大论辩，就是旧诗"东山再起"、冲击文学史秩序的一场意味深长的学术冲突。它的始终，虽然至今仍然未引起文学史家的必要注意，但新、旧诗坛由此展开的有关经验可能性与叙述合法性的争论，却充分折射了当时"新的人民的文艺"内部不同文体、不同文学力量之间的多重纠缠的话语竞争与利益博弈。

---

① V. Shklovsky, "Rozanov", quoted from Boris Eichenbaum, "The Theory of the 'Formal Method'", in *Russian Formalist Criticism：Four Essays*, University of Nebraska Press, 1965, p.135.
② 著名新诗作者都被纳入中国作家协会，如郭沫若、艾青、何其芳、臧克家、卞之琳、冯至等，都以诗人身份获得承认和相应职位。而旧体诗词的优秀作者，则未以诗歌成就而获得承认（这些作者多以学者、教授、新文学家甚至革命者的身份获得社会地位和收入）。作为诗人，他们往往流于"在野"状态。

一　旧诗可否作为"民族遗产"

旧诗、新诗之论争起于1956年6月"文艺生活"周刊有关著名新诗诗人田间的批评。严格地讲,《光明日报》虽然被定位为知识分子报纸,但它和它的文学副刊在1956年前并没有为"旧知识分子"请命的明确计划,然而留恋于旧诗及其精神世界的"旧文人"仍然把《光明日报》视作可亲近的报纸。这埋下了旧诗在此"潜伏"的前因。不过,论战初起,却因于读者李山对于田间新作的批评。田间1949年后佳作稀出,令读者深感不满。李山认为,田间在《中国青年》上发表的四首街头诗让人"感受不到思想上和艺术上的些微力量","诗人还企图用'歌唱'、'唤醒''进军'、'弹起弦琴'等等陈旧的抽象词句,来掩饰他的空虚和冷淡"。① 这篇文字引起不小反弹。茅盾起而为田间辩护。他(化名"玄珠")认为李山的批评乃"流行的公式",田间创作出现"危机",实因为"没有找到得心应手的表现形式","田间在抗战时期的作品,内容和形式是取得一致的,这就是闻一多称之为'鼓声'那样的节奏和愤怒的情绪。这种诗的形式,不必讳言,有点模仿马雅可夫斯基。然而因为俄、汉文字构造的大不相同,勿庸讳言,这种模仿是十分牵强的,有时甚至有点可笑。田间大概觉到了这一点,所以后来他就丢掉了这件曾经使他雄纠纠地跳上台来的外套,但不幸是他屡次试裁新装,却还没找到最称身的"。② 王主玉不赞成玄珠观点,认为这"是舍本逐末的误解","(玄珠)言外之意,田间没有写出光彩的近作,是因为至今还没有自己的诗的形式,事情真是这样么? 我看未必","试问,一个老诗人专靠模仿别人的形式才能写诗吗? 如果没有自己的形式与风格,他怎能算是诗人呢? 我们说,田间毕竟是田间,他的诗绝不是别人作品的翻版","我们认为,首先是诗人深入生活,理解生活,才能真实出反映生活,才能写出扣人心弦的诗歌;终日闭门不出,光琢磨诗的'表现形式'是

---

① 李山:《暗淡无光的诗》,《光明日报》1956年6月23日。
② 玄珠:《关于田间的诗》,《人民日报》1956年7月1日。

不能写出动人的诗篇的"。① 从事后论辩看,茅盾、王主玉孰是孰非并不重要,重要的是他们都不同程度认可了田间对马雅可夫斯基的模仿,并共同承认了田间的失败或"危机"。这样的论争,无疑给对新诗久怀不满的"旧文人"群体以"可乘之机"——新诗如此不济,岂不正是旧诗"东山再起"的机遇么?

"每个国家都有一些尘封的故事要讲述"②,对于已被新文学"尘封"三十年的旧诗阵营,这的确是一个机会。朱偰的欲携旧诗重返诗坛中心的文章,就在此时出现在《光明日报》上。朱偰其人,今日治当代文学史者多不太了解。他是著名史学家朱希祖之子,留学德国,获经济学博士学位,归国后任中央大学经济学教授、南京大学经济学教授,并非"文艺界人士",但嗜爱旧体诗文,撰有《行云流水》《汗漫集》《匡庐记游》等著述,平素与沪、宁词林也多有交游唱和,是"在野"诗坛的活跃人物。在这一诗坛中,对散漫无文却又僭占"朝"位的新诗大怀不满者大有人在,朱偰可谓这一艺术修养深厚的精英群体的代表。不过,朱偰深知新诗能博得今日地位,绝非一二文章可以轻松驳倒。所以他言不及新诗,而只是就旧诗谈论旧诗的问题。他显然深谙"传统是文化地建构的"的道理,明白承载了两三千年文人精神生活的诗词突然沦为"旧诗"只不过是"在建构和重构的过程中""有些东西被包容进来,而另外的则被排除出去"③的结果。而在1950年代,要抵制曾经的"建构和重构",就必须重新讲述诗词的故事,而且是要以当时代合法的概念来讲述。朱偰找到的概念是"民族遗产"。他以此为名启动了对旧诗的召唤:"诗词歌赋,是人民文化生活的灵魂,我们要发扬民族文学遗产,存其精华,去其糟粕,则诗词歌赋好的一面,决不可一概抹杀","决不可屏诸文坛之外,使有数千年优秀传统的民族形式的诗

---

① 王主玉:《读〈关于田间的诗〉》,《光明日报》1956年7月14日。
② 〔爱尔兰〕理查德·卡尼:《故事离真实有多远》,王广州译,桂林:广西师范大学出版社,2007年,第186页。
③ 〔英〕阿雷恩·鲍尔德温等:《文化研究导论》,陶东风等译,北京:高等教育出版社,2004年,第12页。

词歌赋,从此成为绝响"。① 朱偰深知,旧诗之弊,要在两端,一是它的古雅(文言)辞汇被认为难以表达现代生活,二是它的美学趣味偏于小众,难以为迅速扩大的新的大众化读者群体所接受。对此,朱偰自问自答,一一作了辩诘:

> 有人认为旧诗的体裁太受限制了,说什么旧诗的发展,和我国的京剧一样,已经到了"定型"的阶段,正如京剧不可能演反映现代现实生活的戏,旧诗也不能写出反映现代现实生活的诗。我认为这样的看法,未免是太片面了。……旧诗范围很广,有古诗(五言、七言),乐府,歌行(五七言,长短句),律诗(五律、七律),排律,绝句(五言、六言、七言),其中律诗格律较严,束缚较多,可以说是已经发展到了"定型"的阶段,用来反映现实生活,的确是比较困难;但是古诗中的乐府,歌行中的长短句,以及五七言绝句,却正等于地方戏,用来反映现实生活,有它广阔的前途的。又有人说,旧诗太不通俗了,不合乎大众的要求,因此不能担负起社会主义现实主义文学的使命。这也是似是而非的论调,旧诗本身无所谓通俗不通俗,它可以做得十分通俗,合乎大众的要求,也可以做得十分不通俗,不合乎大众的要求。这是运用旧诗的技巧问题,并不是旧诗本身的性质问题。诗三百篇中的"昔我往矣,杨柳依依;今我来思,雨雪霏霏",不是很通俗的么?唐诗中的"君家住何处?妾住在横塘。停舟暂借问,或恐是同乡。""家临九江水,来去九江侧。同是长干人,生小不相识。"不是和对话一样么?②

此文论证严密。更重要的是,它的观点不是要求当前诗歌(新诗)要向古典诗歌借鉴经验,而是直接提倡写作旧诗。在其背后,敏感者不能不感到诗坛"在野派"对"在朝派"的不满与挑战。不难想象,这种要求与"在朝

---

① 朱偰:《略论继承诗词歌赋的传统问题》,《光明日报》1956 年 8 月 5 日。
② 同上。

派"们的自我感觉有多么遥远的距离！就在朱偰文章发表前一天，新诗诗人沙鸥也在"文艺生活"刊发了一篇谈论田间的文章，碰巧也涉及旧诗的节奏/韵律问题。沙鸥这么说："当他去了朝鲜,热情烧着他的笔尖时,他就写出好诗来了；当他单纯地去追求形象、比喻或韵脚,过分地注意了数字和排列时,他的诗有时就使人连读也难读懂了。"①明显地,沙鸥认为节奏、韵律"就像一条链子似地捆住了诗人的喉咙,使诗人无法叫出洪大的声音",使"诗人是自始至终地被限制着,被捆缚着,不能畅言,不能以擂鼓的声音来引领人民前进"。② 即是说,沙鸥以为田间新作欠佳恰因为旧的"拖累"。此种观点,与朱偰南辕北辙,双方也就此正面"遭遇"。

不过,沙鸥撰文时并不知朱偰会有这等论点,而朱偰也有意避开了与新诗的冲突(全文无一语及于新诗),但观点的截然对立很快引发了新、旧诗坛的对垒。如果说媒体"是一个不同集团与意识形态争夺主导性地位的是非之地"③,那么新诗中人很快意识到了其中的危险。他们迅速丢开田间的得失,"回师"面对旧诗诗坛的挑战。最先作出回应的是曾文斌。曾承认旧诗名列"遗产",但明确表示"把它作为一种过去社会的艺术来学习和欣赏是一回事","恢复它的形式让它继续发展下去则是另外一回事,两者不能混为一谈"。④ 而对朱偰提出的旧诗两大发展可能,曾都毫不迟疑地否定了。如对旧诗语言能否表现现代生活,曾认为：

> 应该承认,旧诗的范围的确很广。但不论如何,它必须具有一定的字数(五七言)、一定的形式(长短句)、一定的韵律,并要运用一定的语言去写作,也即是说它的格式是固定的。这在古代社会单音节的语词占优势的情况下,在封建社会内部的生活和人们的内心活动相对地单纯(和现代相比较)的情况下,用这种形式来反映当时的社

---

① 沙鸥：《从田间的诗集〈汽笛〉谈起》,《光明日报》1956年8月4日。
② 同上。
③ 〔美〕道格拉斯·凯尔纳：《媒体文化》,丁宁译,北京：商务印书馆,2004年,第3页。
④ 曾文斌：《对〈略论继承诗词歌赋的传统问题〉一文的意见》,《光明日报》1956年9月23日。

会生活,或者用它来抒发诗人们的内心感受,是没有多大问题的。但是当双音节的语词已占稳定的优势,当我们丰富多彩的社会生活日趋纷繁复杂,当人们的精神面貌极其丰富、细致,情感的波澜富于变幻时,旧诗的形式能不能适应这新的内容,就值得考虑了。即使这种形式还可以用,但诗人们在写作当中,不能不遵守古典诗歌的艺术方法,不得不去讲求句法、声调和各种格律,不能不考虑怎样使内容去适应这种固定形式的框子。在这种情形下写出来的作品,也就可想而知了。①

而对朱偰以元白体为例证明旧诗也可通俗化的说法,曾文斌也表示"同样是值得商榷的":"元白体之所以通俗,是因为它用唐代人民的口头语言来写作。由于时代的不同,在唐代老妪能听懂的东西,现在的中学生就未必能看懂。如果用古代的语言来写旧诗,所能做到的通俗是极有限的,而且不适宜于反映现代的生活,这样就只有用现代的语言来写,可是既然是用现代的语言,写现代的诗歌好了,又何必强使现代双音节的语言,去适合那古典诗歌的框子,作出这种人为的束缚?"②曾文的严密性不下于朱偰文章,且曾的观点亦得到了后世学者的印证。林岗通过大量实证材料勘察,认为新诗兴起乃因于海外经验涌起"造成了晚清诗歌中诗语与诗的形式之间的裂痕,漫长诗歌传统所定义的旧诗的语言和形式的和谐从此被打破,写出来的诗虽然很'新',但毕竟'不像'。这种诗歌语言与形式的鸿沟最终导致诗人对该语言(文言)表现力产生怀疑,并开始试验采用新的语言(白话)写诗"③。由此可见,新、旧诗坛的不可通约其来有自。林岗还认为,晚清诗人"有两个截然不同的选择。或者放弃旧式的诗歌语言和形式,探索新的诗歌语言及其表现形式;或者尽量避免诗歌表现新的经验类型,让诗歌的表现范围继续保持在惯常习见的传统经验类型之内,使诗语

---

① 曾文斌:《对〈略论继承诗词歌赋的传统问题〉一文的意见》,《光明日报》1956年9月23日。
② 同上。
③ 林岗:《海外经验与新诗的兴起》,《文学评论》2004年第4期。

和形式维持它们内在的一致性。前一种选择就是五四新文学运动开始的新诗实验,后一种选择则是保存旧诗的努力"①。这两种选择,实际上造成了诗的分野。

不过,在1949年前二者分居"朝"/"野",大致相安。然而到了1950年代,"在野派"显然不再满意这种格局,主动发起论争。推其原因,新诗群体在"新的人民的文艺"律令下纷纷陷入"危机"是直接"导火索"(田间只是一例,其实艾青、何其芳、冯至等新诗诗人普遍遭遇挫折,不少人甚至重返旧诗写作)。而最根本的是,旧诗群体力量本身从来就不曾薄弱过。尤其是,新中国领袖们还普遍是旧诗作者,毛泽东诗词虽还未大量发表,但已在社会上辗转相传。如果说"经典的变化可能是由政治形势的变化促成的"②,那么这一点在1949年后多少有所体现。至少,有了毛泽东这样的作者,旧诗群体也不再那么担心遭到"封建""遗老"之类贬斥。多重因缘,使旧诗对新诗的挑战偶然中含有必然,也使这场话语权的"争夺战"成为当代文学史的例外。所谓"例外",是相对于洪子诚总结的规律而言——"在当代这一时期,文学经典问题上出现的争论、冲突,主要是不同的文化力量在这一问题上的摩擦。由于'左翼'之外的文学派别、作家在当代已失去参与决定文学走向的资格,在经典问题上发生的文化冲突,大体上是在'左翼'内部展开"③——朱偰等挑战者,显然并非"左翼"内部之人。

二 "新体诗"的可能性

作为朱偰的支持者,资深文艺理论家朱光潜也出现在"文艺生活"周刊上。不过,朱光潜并未从理论上回应曾文斌的旧诗"不适宜于反映现代

---

① 林岗:《海外经验与新诗的兴起》,《文学评论》2004年第4期。
② 〔荷〕D. 佛克马、E. 蚁布思:《文学研究与文化参与》,俞国强译,北京:北京大学出版社,1996年,第44页。
③ 洪子诚:《中国当代的"文学经典"问题》,《中国比较文学》2003年第3期。

的生活"的论断,而是亲自作了两首"反映现代生活"的旧诗刊在周刊第125、126 期上。一是《玉门油田歌——甘肃记游杂诗》:"面嘉峪、背祁连,茫茫沙碛,一望无边,山无飞烟,野无人烟,玉门自古称绝域,春风不度,过者涕涟涟。于今科学擅威权,人力伟大胜自然,山可移,谷可填,穿崖通铁路,筑坝屯巨川";一是《乌鞘岭——甘肃记游杂诗》:"乌鞘八月似芳春,鸭绿鹅黄满地茵,小麦才青瓜未熟,江青无此艳阳晨"。两诗虽未能称佳,但化新词入旧律,状物细切,较之一般新诗,明显有优胜之处。10 月 20 日,朱偰再议前事,认为可以克服古今语言障碍,推陈出新,由此特别强调旧诗的现实资源价值和实践价值:"在'百花齐放'的文艺工作的正确方针之下,诗词歌赋是否可以和国画相提并论,或者与京戏相提并论,使它们继续开放?我的回答是属于肯定的一方面",理由是,"语言是随着社会的发展而发展的,所以诗词歌赋本身,也在不断地推陈出新,淘汰旧的词汇,吸收新的语言","创造新的体裁",所以,他认为诗歌上的"百花齐放"的目的,乃在于"开创出一种最适宜于表现现代生活的新体诗"①。在此,朱偰使用了一个特殊概念——"新体诗"。所谓"新体诗"即吸收了新语言的旧诗,朱光潜两首《甘肃记游杂诗》可作为例子。其实朱诗究其实还是旧诗,但朱偰明显不喜欢将诗词歌赋称为"旧诗",因为在"五四"以来的"新/旧"之"区分的辩证法"里,凡被名为"旧"者,几乎是"自然"地"作为风化了的遗迹而被贬降到过去"②,而这是旧诗群体最不服气的地方。故朱偰使用了"新体诗"这一新概念而非"旧诗"这一习用词,目的即在于挪用"新/旧"之启蒙主义叙述系统,为旧诗争取合法权益。这当然也是对新诗群体惯用的叙述系统的有力挑战。不过,朱偰的"争取"是否也有问题呢?柳眉毫不客气地指责朱偰曲解了本土/欧化的定义系统:

  朱偰同志在文章中翻来复去地说"民族形式的诗词歌赋"和"诗

---

① 朱偰:《再论继承诗词歌赋的传统问题》,《光明日报》1956 年 10 月 20 日。着重号系原文所有,下同。

② 〔美〕阿里夫·德里克:《中国历史与东方主义问题》,陈永国译,《后殖民主义文化理论》,罗钢、刘象愚编,北京:中国社会科学出版社,1999 年,第 74 页。

词歌赋的民族形式",这似乎是说:"民族形式"就只有"诗词歌赋",而"诗词歌赋"才是"民族形式";弦外之音,现代的诗歌就不是"民族形式"了,当然也谈不上继承传统了。①

柳眉认为,新诗也属"民族传统":"古诗的传统,应该包括它们的'表现手法',它们的'格律声调'和那种'精炼、明确、形象、生动的语词'和作家们'练词练句的方法'等等方面。其主流和本质应该是作家们的现实主义的表现手法和他们的严肃认真的创作态度",而"以既成的事实而言,鲁迅、闻一多等伟大作家,都是诗的传统的优秀继承者与发扬者;即以'百花齐放'的今天的事实来说,报刊上许多出色的诗篇,难道不包括诗的传统的因素吗?"②当然,柳眉对概念争执并无太大兴致,她更强调以事实服人:"至于诗词歌赋的旧有形式,是否能反映现实生活呢?目前尚无足够的客观实践来佐证它们'行'或是'不行'。如果现在就说旧诗受'语言的限制'和'形式的限制',因而用它来反映现实生活'是大有问题',那末也未免说早了一点","事实是最有雄辩的。欢迎诗人们的大胆尝试,如果能'推陈出新,创造出更好的体裁',用来反映现实生活,又未始不是一件美事。"③柳眉的"挑战"得到了最快速度的回应。仅隔一周,"文艺生活"就刊出一份旧诗刊物简介,从中看到"在野"旧诗群体的强大:"《乐天诗讯》是上海乐天诗社的刊物。乐天诗社是由许多诗人自由组织的社团,参加的成员大都是中央和各地文史馆的老先生,以及文教界和艺术界人士。这个诗社从1950年1月1日成立到现在,每月出版一本《乐天诗讯》。各地诗人在诗讯上发表旧作,相互传观","已经发表五百位作者的诗作","乐天诗社的组成,志在抒写社会生活,反对那种超然独特的,为少数人玩赏的诗词歌赋。以新、雅、醇为诗坛之诗品。同时,发扬民族遗产,做到'百花齐放'"。④一份不起眼的小刊物,竟聚集了超过500人的旧诗作

---

① 柳眉:《杂谈三则》,《光明日报》1956年11月10日。
② 同上。
③ 同上。
④ 《〈乐天诗讯〉》,《光明日报》1956年11月17日。

者——柳眉要求的"事实"不就在眼前么？更重要的是，如此强大的队伍竟被"屏诸文坛之外"，旧诗中人怎能对新体制感到满意呢？

不难看出，"文艺生活"周刊在整体上是同情旧诗营垒的，因为到1956年11月24日，该刊以"编者按"方式，重点推出了朱光潜的论辩文章。"编者按"称："继承诗词歌赋的优良传统，是个十分重要而又比较复杂的问题"，但"许多人把继承诗词歌赋的传统仅仅认为是形式方面的问题，一般的议论颇多，因而不少来稿的内容都大同小异"，"关于继承诗词歌赋的传统问题的探讨，主要还应该从目前诗歌创作的实际情况方面来加以考虑，这样将会有益得多。今天本报发表的朱光潜先生的文章，从新诗能向旧诗学习什么的角度来谈继承传统的问题，是值得大家欢迎的"。恰如编者推荐，朱文即是据实而谈的。那么"实际情况"如何呢？朱光潜表示，它首先表现在新诗"效果"和旧诗有很大差距，"有些旧诗，我读而又读，读了几十年了，不但没有觉得厌倦，而且随着生活体验的增长，愈读愈觉得它新鲜，不断地发现新的意味。新诗对于我却没有这么大的吸引力……往往使人有一览无余之感，像旧诗那种'言有尽而意无穷'的胜境在新诗里是比较少见的。许多旧诗是我年轻时读的，至今还背诵得出来，可是要叫我背诵新诗，就连一首也难背出。"①这可算击中了新诗的"软肋"。那么，何以新诗缺乏"效果"呢？朱光潜认为在于诗人体验的不足：

> 体验是要凭诗人的整个的人生观与世界观，整个系统的思想情感，整个的人格的。在这种客观世界与主观世界的统一中，诗才见出它的深度与广度，也才见出它的真实性。流传下来的成功的中国旧诗总是经得起拿这个深广与真实的标准来衡量的，诗人所写的总是他体验得很深刻的东西，渗透了他的思想感情，形成他的生活中紧要的不可分割的一部分。……我也读过一些外国诗，各国诗当然各有特长，但是在形象的清新明晰，情致的深微隽永，语言的简炼妥贴，声调的平易响亮各方面，是许多外国诗所不能比美的。这些特长都不

---

① 朱光潜：《新诗从旧诗能学习得些什么？》，《光明日报》1956年11月24日。

是陶潜、杜甫或其他某一个诗人凭空得来的,它是在历史过程中许多诗人辛苦摸索所积累起来的结果……我知道新诗人也在学习,但是只是这个新诗人学另一个比较成名的新诗人,学习一些翻译来的外国诗,最远的传统往往不过五四。现在应该是我们认识真理的时候了,作诗只有现在流行的那一点点训练是远远不够的。①

朱光潜如此说,的确有"偏于保守的思想习惯",其实艾青的诗也可说有"体验得很深的东西",但朱光潜无暇细顾,进而直接将新诗与外国诗挂上钩了:"(新诗)基本上是从外国诗(特别是英国诗)借来音律形式的,这种形式在我们人民中间就没有'根'。"②最后,朱光潜提倡以现代白话和旧诗音律为基础"建立新格律":"如果新诗也不能割断历史,新诗也要有音律","(我们)必须从几千年来中国旧诗的音律基础学习","看看在运用现代语的大前提下,旧诗的格律有哪些因素还可以吸收利用。只有这样做,我们新诗的音律才可以接上传统,才可以在广大人民中扎根"。③

谈到这里,给人感觉朱光潜似乎是在给新诗发展"出谋献策"了。然而细究并非如此。他随即又谈到曾文斌、朱偰争论过的根本问题:"有两种流行的误解必须加以澄清。一种是旧诗用的是文言,新诗用的是现代汉语,语言的变迁就决定了旧诗的音律不能再用。这种说法未免过分夸大了文言与白话的距离。这个距离没有一般人所想象的那么大","单就白话来说,是否就绝对与旧诗音律不相容呢?想一想子夜吴歌,想一想《花间集》中多数的词和北宋词,想一想元曲和后来的鼓书戏词,再想一想我国各省的很丰富的民歌,我们就有足够的证词可以证明诗歌尽管用当时的流行语言,而在音律方面还是可以吸收传统的民族形式。第二流行的误解是旧诗的音律形式不足以表达社会主义时代的丰富的生活。这种说法忘记了我们用的还是我们原有的语言,既用原有语言,为什么不能用

---

① 朱光潜:《新诗从旧诗能学习得些什么?》,《光明日报》1956年11月24日。
② 同上。
③ 同上。

根据它的特性所建立的音律形式呢？我为着要解决这个问题，翻了一翻一本苏联新诗的选本，看到多数诗人用的音律基本上还是俄国诗传统的音律，就是建筑在轻重相间和押韵的基础上的""而他们所歌咏的正是社会主义时代的丰富的生活"。① 从逻辑上，朱光潜不能不说是善辩的。不过，他所说的可以歌咏"社会主义时代的丰富的生活"的诗到底是什么诗呢？细读朱的论述，可知它并非旧诗，但更非新诗，更多的还是以旧诗为基础的朱偰说过的"新体诗"。

三 新诗的危机及其化解

这种既具音律之美又可表达现代生活的"新体诗"可否成功呢？从嗣后半个多世纪的诗歌发展看，聂绀弩"杂体诗"庶几近之。但整体而言，当代诗歌发展仍取决于新诗的继续推进，甚至得力于继续向外国诗学习（如朦胧诗之于欧美意象主义），而非朱光潜倡言的"向旧诗学习"。不过此为后话，而在当时论辩中，深解诗学的朱光潜无论在逻辑上还是在气势上均占上风，以致读者中出现了"新诗该死，旧诗当兴"的舆论。这恐怕是新诗自"五四"以来遭遇的最大的合法性危机。

朱光潜、朱偰的推论很自然地遭到了沙鸥、曾文斌等新诗中人的回应。沙鸥表示："朱光潜是把五四以来的新诗，作了这样的评价：讲技巧，则是'一览无余'的'不大高明'的散文；讲内容，则是脱离现实；讲形式，则是外国货；讲现状，则是'无政府'"，不能不问一下：'何所据而云然？'朱光潜是这样说明的：'我从小就爱读旧诗'，且慢，那时恐怕新诗还没有吧；朱光潜接着说：'近年来为着要了解我们文学界动态，也偶尔读些新诗'。这是说的'偶尔'，可见朱光潜并未科学地依据大量的材料，仅凭'偶尔'之见，就对几十年的新诗下这样否定的断语，这种做学问的态度也是不敢恭维的了。但并不止此，朱光潜还说'依我猜想……'又如何如

---

① 朱光潜：《新诗从旧诗能学习得些什么？》，《光明日报》1956年11月24日。

何,这就更为骇人!""岂不是纯粹的主观主义么?""我希望诚恳地对待新诗的缺点,不要只看见一个黑点,就说这块豆腐是黑的了。立脚如不稳,也就无从向旧诗学习。"①沙鸥言辞激动,情绪化反应多于理论辨析。相对而言,曾文斌更多逻辑分辨。针对朱偰文章中民族/外国的不公正的叙述框架,曾文斌批评朱偰"从个人的主观好恶出发,认为白话诗是'移植而来'的形式","把它抛弃在民族传统之外",并列举新诗从晚清到"五四"的发展历史,"'五四'的新诗体现了诗歌发展的规律,应该也就必然成为现代诗歌的主流和传统的主要继承对象",并认为新形式必须"通过"旧诗而来的说法值得商榷,新形式"必须顺着诗歌发展的趋势,从现代口语的基础上产生,不应该也不可能回过头去从五七言古诗中找出路。我们迫切需要建立用现代口语和押大致相近的韵的格律诗"。②用"现代口语"的诗,显然就不会是二朱设想的"新体诗",而只能是"改进版"的新诗。而且,似为新诗张目,林庚也在"文艺生活"上发表含有古韵的新诗作品《恋歌》:"谁啊没有过燃烧的心/谁啊不愿意冬夏常青/把你的心来比我的心/谁能够永远忘掉爱情//天上的月儿缺了又圆/地上的草儿枯了又长/风啊你吹开谁的胸膛/把一片相思记到帐上。"林庚的诗是否在读者中产生好的"效果"不得而知,但沙鸥的态度显然引起了旁观者的不满。③

至此为止,新诗面对旧诗的持续挑战,显然有些力不从心。为使"代表不同利益和不同力量的媒介观点"能充分地"在媒介文本中进行着较量"④,"文艺生活"周刊又特意安排记者采访了国务院副总理、新诗泰斗郭沫若。郭沫若当时已逐渐转向旧诗写作,但在论战中他明确以新诗代言人出场。与沙鸥等抵触旧诗不同,郭沫若赞成学习旧诗,但不认可"新诗

---

① 沙鸥:《新诗不容抹煞——读朱光潜文有感》,《光明日报》1956年12月8日。
② 曾文斌:《论讨新形式的创造》,《光明日报》1956年12月8日。
③ 田笛批评沙鸥的文章"都是愤愤不平,盛气凌人,直呼朱光潜如何如何,这种作学问的态度仿佛吵架一样,我是很不赞成"。见田笛《心平气和的讨论问题》,《光明日报》1956年12月15日。
④ 〔美〕大卫·克罗图、威廉·霍伊尼斯:《媒介·社会:产业、形象与受众》,邱凌译,北京:北京大学出版社,2009年,第190页。

该死,旧诗当兴"的说法:"我也喜欢好的旧诗,好的旧诗是会永垂不朽的。但我敢说,新诗的前途要比旧诗远大得多。"①郭沫若重申了新诗在文学史上的合理性:"从文学史上来考察,任何一种新诗体的出现都不是从天上掉下来的,它一方面是在社会发展的基础之上吸取了新的营养,另一方面也是在旧诗体的基础之上逐渐经过改造而后形成的。由四言而骚体,由五、七言而长短句,乃至由词而曲,曲再要加入字句,都清楚地说明了这一点。新诗的产生自然更不例外。由于时代的进步和语言的发展,由于社会生活日趋纷繁复杂,旧的诗歌已经不能适应这种变化,它需要一种相应的形式,因此新的诗歌出现了。拿语言的发展为例吧。我们今天的新词汇很多是三四字乃至四五字以上所构成的。这样要用四言来表达,简直就不可能。例如苏彝士运河这一辞是五个字,有一位朋友填词,为了要把这个名词嵌入四字句,便缩短成了'彝士运河'。这真是所谓削足适履,或者可以说砍头入棺了","由此可见,新诗的出现是由社会生活与语言扩大化的客观发展进程所决定的,是适应中国社会发展的规律,也是符合中国诗歌发展的规律的"。② 同时,更关键的是,他还特别强调了新诗与中国革命相始终的光荣历史:

> "五四"以来新诗是起过摧枯拉朽的作用的。特别是在抗日战争的前夜或抗战初期,许多爱国的诗歌像洪水一样的流行,在对敌斗争中起到了不小的团结大众的作用。解放战争时期以及在今天,不少好的诗歌所发挥的动员人民和组织人民的作用,也越来越大。这都是不能否认,也是无法否认的事实。③

郭沫若的论辩水准显然在沙鸥等之上。他提出的革命/反革命的叙述框架,一举击中了旧诗"软肋"。试问,汇聚在《乐天诗讯》的"老先生"们是不是有许多历史不清的可疑分子呢?是不是有若干"遗老""遗少"之类的

---

① 郭沫若:《郭沫若谈诗歌问题》,《光明日报》1956 年 12 月 15 日。
② 同上。
③ 同上。

奇怪人物呢？对此，旧诗阵营既不敢把毛泽东、陈毅等新中国领袖拉进自己阵营以壮声色，也不敢真正地"晒"自己的家底。在这一方面，以郭沫若、艾青、田间为代表的新诗享有无可争议的优势，旧诗作者不再敢轻易置喙。而郭沫若的基本观点，由此也与朱光潜大为相异。他强调以旧诗为资源，而以新诗为本。他的观点，完全可以借同期"文艺周刊"刊发的汪静之诗来表达："诗词歌赋／当作遗产／是不能重复的珍宝，／当作格式／是诗的监牢。"①总之，旧诗作为资源尽可融入当代诗歌之中，但作为现实的写作实践，则已无"前途"。这可以说是对朱偰、朱光潜及"乐天诗社"众多作者的否定。新、旧诗坛的对垒难见调和。在"文艺生活"周刊1956年12月22日制作的专题"对诗歌问题的意见"中，受访的叶恭绰、李长之、冯至等人观点仍趋为两造。李长之、叶恭绰强调新诗应大规模向旧诗学习："这是顺着千余年来轨道辙迹，把走错的弯路改归正道的"（叶恭绰），"旧诗形式中有三个原则是值得研究：(1)以四句为最小单位；(2)每句音节大半不超过四个；(3)押韵的形式采取aaba式。向旧诗学习，就是要把旧诗的技术提高到理论原则上来加以分析，而不是仅靠印象或感想"（李长之）。② 冯至则强调新诗优势："（新诗）在表达新的思想感情，加强战斗性和鼓动性等方面，是旧体诗所不能办到的。郭沫若的《女神》，不仅情感浓厚，语言精炼，而且意境也很美，富有巨大的艺术魅力；自由体诗中短的如何其芳的《河》，长的如艾青的《大堰河——我的褓姆》都是成功的作品"，"我不同意现在有人拿能不能'背诵'来衡量新诗，更不能同意有人采取轻薄的态度用'楼梯'和'晒衣竿'来比拟新诗"。③ 这类两歧的状况到1957年仍见流露。如薛汕讽刺福建《园地》杂志对艾青《泉》"捧上天去了"，"作为一个读者，忍不住要打寒噤"。④ 杨道纲则认为"好的旧诗是万岁的（这正等于废了文言文，《史记》、《左传》等仍然永垂不朽一样！）""可

---

① 汪静之：《新诗的宣言》，《光明日报》1956年12月15日。
② 《对诗歌问题的意见》，《光明日报》1956年12月22日。
③ 同上。
④ 薛汕：《闲话"花"》，《光明日报》1957年3月2日。

是旧格律诗的格律却未必是万岁的","旧的格律是应当解体的,是无法'复活'的"。①

"文艺生活"周刊上前后持续半年的新、旧诗大论辩在1957年初落下了帷幕。新诗在一片慌乱中终于稳定了"阵脚",旧诗虽再次争得了资源位置,但却未能在现实实践中取得合法性地位,进而也未能真正撼动新诗、旧诗之间"朝"/"野"之别的大格局——旧诗可以存在,但仍然只能拥有"在野"身份:它不能获得体制认定,不能被文学史叙述所接纳。这注定了旧诗作为"当代文学"边界之外的写作,将继续"残存"于边缘。那么,论辩到底是怎么结束的呢?臧克家在1956年诗选序言里曾有提及:"这个选集里,选入了一部分旧诗词,新旧诗合成一集,该是一个创举吧?去年,关于新旧诗关系的问题,有过许多争论,而毛主席的那几句话,应该是一个公允的结论。"②臧克家提到的"毛主席的那几句话"指1957年1月毛泽东致新创刊的《诗刊》编辑部信中的话:"诗当然应以新诗为主体,旧诗可以写一些,但是不宜在青年中提倡,因为这种体裁束缚思想,又不易学。"毛泽东的这一论断实际上给新诗、旧诗之争画上了句号。应该说,并不喜欢新诗的毛泽东"挽救"了新诗群体,而将旧诗推到"新的人民的文艺"的边缘甚至外部。毛泽东的这种态度,多少是对难以更改的文学史秩序的承认。不过,与其说这是体制的结果,不如说是文学之于现实生活的合理的因应。

---

① 杨道纲:《也谈新诗和旧诗》,《光明日报》1957年1月5日。
② 臧克家:《在1956年诗歌战线上——序1956年〈诗选〉》,《诗刊》1957年第3期。

第13章 《文汇报》"笔会"副刊(1956.10.1—　　)

　　"笔会"副刊创办于《文汇报》复刊后的1946年7月。新中国成立后屡有波折,《文汇报》一度停刊。1956年10月1日,《文汇报》奉命再度复刊,"笔会"也随之恢复。基本上每日一期。主要刊发小品、散文、旧体诗词等偏重文人趣味的文章。以规模大、质量高以及明确的知识分子风格,而享誉于文化界。徐开垒为该副刊主要负责人之一。

"盛世遗民"与文人文章

1950年7月15日,胡乔木在《光明日报》表示:"今天社会上有许多人感觉到没有议论自由",应该"使他们团结在《光明日报》的周围,而使《光明日报》成为一个'自由论坛'。做'野无遗贤'是《光明日报》的责任"。① 不过从事实看,《光明日报》在此方面收效有限,倒是地处上海的由前自由主义者徐铸成主持的《文汇报》颇有所成。上海是"旧文人的大本营",其"旧文人"不仅包括已被指责为以"非常腐化堕落"的故事"麻醉了许多好青年"②的鸳蝴派文人,还包括许多操词章曲赋之事的民国旧派文士乃至前清"遗老"。甚至,部分因各种原因而边缘化的新文学作家也忝入"旧"列。1956年10月1日正式复刊的《文汇报》"笔会"副刊,可谓此类在野"遗贤"的荟聚之地。"笔会"不仅如实记录了时代剧变中部分"旧文人"边缘化为"盛世遗民"③的情绪和经验,而且还在革命文体逐渐统摄汉语写作的1950年代,以大量七律、绝句、词、曲、掌故、笔记等已成"封建旧物"的文人文章,重新"复活"了某种与"新的人民的文艺"颇显"异质"的人生情怀和审美情趣。这两方面,皆折射了当代文学内部不同文学话语和利益之间的斗争与"协商",具有不应被"遗忘"的文学史价值。

---

① 胡乔木:《光明日报的任务》,《胡乔木谈新闻出版》,北京:人民出版社,1999年,第102页。
② 丁玲:《在前进的道路上》,《丁玲文集》,第6卷,长沙:湖南人民出版社,1984年,第25、26页。
③ 据当年批判徐铸成的文章说:"全国解放后,他的野心不能实现,表现很消极。有一个冬天,他和他的一个朋友在北京天坛看太阳,感叹地说:'我俩只能做"盛世遗民"'。他认为党不照顾他,对党表示不满,工作一直不积极。"朱友石:《看徐铸成的"民间报"》,《新闻战线》1958年第2期。

一　文人文章的复活

　　新中国成立后,受开国领袖毛泽东写作风格的影响,当代文章写作开始出现一种革命化或曰人民化的文体风范。它有三点趋向:其一,语言上不再以文白杂糅为美,而以明白晓畅、老妪能解的现代白话为追求;其二,写作中或显或隐地寓有阶级立场,或含有李陀所分析的"建立写作人在革命中的主体性"的过程①;其三,乐观气度。此三点对1950年代的写作影响颇大。在此情况下,传统文人文章就变得不合时宜,日渐淡出。而在此背后,则是数代"旧文人"情感与生命经验的被抑制。恰如埃斯卡皮所言:"任何集体都'分泌出'相当数量的思想、信仰、价值观或叫做现实观"②,"旧文人"在思想与趣味上与传统"幽魂"关联甚密。他们多习以诗词曲赋记述内心,且一直存在一些以填词作句而风流相赏的"圈子",对新时代深感疏隔。③ 当然,这种情形或也正常。研究者指出:"中国革命的特点是一个完全的底层革命,革命的成本是底层社会所承担。知识精英在革命前、革命中和革命后的地位是边缘化的,这种边缘化集中体现在对革命感受的陌生、与革命队伍的遥远,最后是在新政权中间缺乏适当的有机

---

① 李陀:《汪曾祺和现代汉语写作:兼谈毛文体》,《花城》1998年第5期。
② 〔法〕罗贝尔·埃斯卡皮:《文学社会学》,王美华、于沛译,合肥:安徽文艺出版社,1987年,第149页。
③ 王季思有关求学经历的回忆可见一斑:"瞿禅(按:夏承焘)在师范学校读书时,就以词笔见赏于瑞安张震轩先生。在同级同学中,他和李仲骞最投契。他们都爱读王渔洋、黄仲则、龚定庵诗,都爱看《随园诗话》,诗风也接近。李仲骞是我邻村人,经常到我家里来看书,偶然也把瞿禅与他写的诗念给我父亲听。'昨夜东风今夜雨,催人愁思到花残'(瞿禅句);'桃花落后梨花落,不信春愁如许多'(仲骞句);我在童年时就念熟了他们这些风流自赏的句子。瞿禅、仲骞后来都在大学里教诗词课。并继续写诗填词","但当时'五四'运动已经开始,新文学旧文学,新体诗旧体诗,正在先进青年跟老一辈学者之间展开争论。他们旧文学有根底,对新文学运动的反应就比较淡薄"。王季思:《一代词宗今往矣》,《夏承焘教授纪念集》,北京:中国文联出版公司,1988年,第19页。"淡薄"云云,多少也透露出他们在新文学运动压力下的无奈。而到新中国成立后,新的文风尤其是新的政治气候更使"旧知识分子"们深感疏隔。

联系去接受和传递自己的意志和愿望。"①而且,"隔阂和对立情绪是长期的和双方面的",新政权对"旧文人"(乃至知识分子)的态度亦比较疏远。在某种意义上,1949年的历史剧变也造就了新一代的"盛世遗民"。而对这些"遗民",新中国成立之初报刊是缺乏关注兴趣的。其时党的报刊遵循的是列宁办报思想:"少来些政治空谈,少来些书生议论,多深入生活。"②因此,党的报刊(尤其文学副刊)被要求"走群众路线",而"不是根据编者主观的爱好和兴趣,或某些少数读者的要求来办副刊"。③所谓"某些少数读者",即包含知识分子。

在此情形下,1956年10月1日奉命复刊的《文汇报》就明显被领导和文艺界赋予了"补救时弊"的期望。徐铸成回忆,复刊之际邓拓曾对他表示:"我们被帝国主义封锁,也已自己封锁多年,你们应当多介绍各国科技文化发展的新情况以扩大知识分子的眼界,有利于他们研究提高水平。也要关心知识分子的生活,他们有什么困难,你们可以反映。再如室内外环境如何合理布置,业余生活如知识分子喜欢种花养鱼等等,你们不妨辟一个副刊,给知识分子介绍经验,谈谈这些问题。"④"种花养鱼",是邓拓对"旧文人"生活方式的比喻。可以说,自复刊之日起,"笔会"副刊就是"旧文人"的再生之地。当然,它的作者未必全是"旧文人",其实亦有重要党政人物参与(如阿英、田汉等),但他们展示的更多是他们作为"旧文人"的一面。而"旧文人"的审美趣味与人生情怀,往往又寄之于诗词、小品、笔记等文人文章。因此,"笔会"搜求在"野""遗贤"的编辑定位,对于当代文学内部文类多样性的重建具有重要意义。对此,胡乔木是有明确期望的:

---

① 老田:《毛泽东时代高积累政策决定的知识精英职业利益空间》,凯迪社区(http://club.kdnet.net),2004年5月22日。
② 〔苏〕列宁:《论我们报纸的性质》,《列宁全集》,第35卷,北京:人民出版社,1985年,第93页。
③ 哈华:《关于解放副刊》,《文艺报》1950年第2卷第12期。
④ 徐铸成:《阳谋——1957》,《荆棘路:记忆中的反右派运动》,牛汉、邓九平主编,北京:经济日报出版社,1998年,第269页。

文艺都应该搞一些"真正老牌"的小品文——即中国传统的小品文。小品文同杂文似乎没有什么区别,但从传统的习惯看,杂文似乎斗争性更强些,而小品文则偏重于抒情叙事。总之,都是散文。中国文学从来是以散文为中坚。中国文学史主要就是散文文学史。历代的大文豪,都是伟大的散文作家。五四以后,鲁迅、周作人一代,也还继承了这个传统,他们各领导一派,写得最多的是散文。但是现在,已经没有散文了。作家写小说的时候,是认真地把它当做一种艺术去写的,而写到散文、小品的时候,就不是认真地去写了。有些人也在写,但是他们的作品没有地方登。副刊应该担负起复活中国几千年散文传统的任务,把中国小品文的传统继承下来并且发扬光大。①

"复活中国几千年散文传统"的任务,"笔会"无疑落实得极好。当然,散文、小品并非笔者所称"文人文章"的全部。相对于现代体系中的小说、诗歌、话剧等文类,我们将"旧文人"所习写的旧体诗、文统称为"文人文章"。

从1956年10月1日到1957年6月,"笔会"大量刊发了"旧文人"种类繁多的文人文章。其文体,广涉词、诗、小品、笔记、赋等,而词又有文人词、民间词之别,笔记亦有文言笔记与白话笔记(随笔)之分。在笔记中,尤引人注目的,是以专栏形式连载的各类文字。比较知名的有叶恭绰"遐庵谈艺录"、阿英"晚清小报录"、张伯驹"我所收藏的中国古代法书"、王统照"炉边琐谈"、黄裳"看剧小记"、张静庐"出版杂记"、金兆梓"逞肐之谈"、吴小如"读人所常见书日札",以及焦菊隐"菊隐随笔"、张文元"儒林内史"等。这些文人文章记载了各色"旧文人"或"旧知识分子"在新中国成之初期特殊的生存感受。默尔·戈德曼认为,1949年后"大部分知识分子欢迎共产党,因为他们厌恶国民党,因为他们赞赏共产党能够统一国家,能够在几十年的战乱之后提供财政保障"②。这在很大程度上是真实

---

① 胡乔木:《改进工作问题(1956年4月15日)》,《胡乔木谈新闻出版》,北京:人民出版社,1999年版,第232、233页。

② 〔美〕费正清、罗德里克·麦克法夸尔编:《剑桥中华人民共和国史(1949—1965)》,王建朗等译,上海:上海人民出版社,1990年,第249页。

的——即使经过《武训传》批判、胡风事件的冲击,知识分子仍保持着民族主义热情。"笔会"文章(尤其旧体诗词)比较真实地记载了这种普遍情绪。诸如《国庆颂·调寄"浪淘沙"》(高潮)、《双喜吟》(高潮)、《东方红遍环瀛十六韵》(黄炎培)、《鹧鸪天·闻湛江港将开港喜赋》(叶恭绰)、《周总理出国访问报告读后志感·调寄南乡子》(黄绍竑)、《南乡子·读黄季宽先生〈周总理出国访问报告读后志感〉用原韵和作》(吴湖帆)、《沁园春·欢迎伏罗希洛夫同志》(龙榆生)、《题武汉长江大桥》(吴琼华)、《三门峡纪游·一九五七年初视察三门得句》(田汉)一类作品,都洋溢着由国家建设激发而生的盛世之感。其中,不乏词笔、意境皆佳之作,如沈祖棻《浪淘沙·题长江大桥》:"横渡大江中,愁水愁风。忽惊破浪夺神工。一道长虹飞两岸,桥影临空。/形胜古今同,三镇当冲。莫凭往事吊遗迹。平却向来天堑险,多少英雄!"这些旧式文章,反映出"旧文人"对新兴国家的共鸣,也有效地参与了国家认同的生产。而另有一些诗词,更以日常形式记载了他们细微而真实的情绪,如王利器《北京竹枝词》云:"今日门前家长齐,接回儿女过星期,谁家小小浑忘事,却把妈妈叫阿姨","拖儿带女学当家,百货楼中望眼花,忽听播音播招领,才惊身畔没娃娃"。①

除感奋于新时代外,这些文人文章还略施讽刺之笔,指摘社会现象。不过,其批评对象往往指向已经成为"过去"的军阀政权或国民党政权,如"菊隐随笔"中刊出的《如此"调查了解"》(1956年11月26日),讽刺蒋介石到冠生园"调查"物价的形式主义。时亦有针对新中国成立初期社会众生相的,如张文元"儒林内史"专栏中的《士别三日》,谈及学生对老师称呼的变化:入学时称"王老师早",毕业时称"再见,王教授",工作后称"咦,王同志,好久不见了",升官后则呼为"老王,那里去?"②又如前《西风》主编、1950年曾在《文艺报》上作过检讨的黄嘉音的"伊索寓言新解"专栏中的《两个口袋》一文。伊索寓言中说,每个人身上都有两个口袋,前面口袋装别人的缺点,后面口袋装自己的。对此,黄加注曰:"如果你那个装着自己

---

① 王利器:《北京竹枝词》,《文汇报》1957年1月18日。
② 张文元:《士别三日》,《文汇报》1956年10月15日。

缺点的口袋,还是挂在背后的话,应该把它也放到前面来,让自己不断地看到自己的缺点,不断地纠正自己的错误。"显然,这类讽刺在"分寸"把握上颇见用心:"旧文人"难以具备"中心作家"的批评勇气。

　　比较而言,"笔会"刊发的"文人文章"之于此代知识分子经验的记述,更具价值的是有关他们在此"天翻地覆"之时代真实内心情绪的反映。无论这批"旧文人"面对民族重新崛起有多少感奋,但他们中间多数人作为"盛世遗民"的边缘身份(包括部分位高权轻者实亦如此)却是更为私人的经验。对此,陈思和表示:"以留在大陆迎接新政权的作家来说,内心世界也是各种各样的,有的纵情欢呼,有的小心窥视,有的惊惶失措,也有的隐姓埋名……从那时期的文学创作中我们大致可以看到,在一个比较单纯的革命时代里,知识分子的心理世界却是不单纯的。"①并不"单纯",实在是"旧文人"的实际精神状况。多多少少,这些心境会在"笔会"上有所流露。比如刘大杰《北望》诗。诗前题语云:"病中割肠,卧床三月,卷帘小望,满眼春光。得何其芳、陆侃如、游国恩三同志来信,谈中国文学史编写事,寄诗答之。"诗则称:"一病惊三月,新年复旧年。奋飞心尚远,欲步足难前。剖腹休言苦,断肠亦可怜。倚床常北望,朋辈自翩翩。休言文章事,能追骥尾乎? 病余诗意冷,心淡笔尖枯。烟月长今古,河山壮画图。江南肠断日,春色满平芜。"②显然,此诗含有不遇之怨艾。"倚床常北望,朋辈自翩翩",是对何其芳、游国恩等旧朋"高升"当途的企羡,"休言文章事,能追骥尾乎?"是对自己被时代"遗落"的愤懑与不平。以此观之,此诗况味与孟浩然的"不才明主弃,多病故人疏"(《岁暮归南山》)大略仿佛。而这背后,折射出中国旧式知识分子驳杂的仕宦情绪。据熟悉内情的人回忆:"大杰先生是有他的弱点的。一个是软弱,经不起风波。五十年代初的思想改造运动时,他便因一段历史一时讲不清楚而去跳黄浦江……

---

① 陈思和:《重新审视50年代初中国文学的几种倾向》,《山东社会科学》2000年第2期。
② 刘大杰:《北望》,《文汇报》1957年3月29日。

软弱,使他不能抗争。"①当然,不仅仅是性格的软弱,也有体制的巨大的威力与魅力。刘大杰日后又作出"残生坚走红旗路,努力登攀答圣恩"的诗句,显然不完全是出于压力。而《北望》一诗,较早地流露了知识分子与权力纠结不清的复杂心绪。不过,有关此类"盛世遗民"心境的记述并不多见,但它们在文人文章中的留存,是新中国成立初年知识分子思想改造的历史"痕迹",也是当代文学内部革命文体一统天下之下"缝隙"的显现。

二 遗民趣味与文人认同

"笔会"文人文章的价值,更在于某种文人文学趣味和人生情怀的展示。按照 W. C. 布斯的分析:"每一部具有某种力量的文学作品——不管它的作者是否头脑里想着读者来创作——事实上,都是一种沿着各种趣味方向来控制读者的涉及与超然的精心创作的体系。作者只受人类趣味范围的限制。"②而对"趣味",董桥亦有所解释。他认为,"趣"乃"品味、癖好之微妙","属于纯主观的爱恶,玄虚不可方物,如声色之醉人,几乎不能理喻","正是袁宏道所谓'世人所难得者唯趣。趣如山上之色、水中之味、花中之光、女中之态,虽善说者不能下一语,唯会心者知之'"(《说品味》)。那么,所谓"旧文人"的"唯会心者知之"的"趣味"又具体何在呢?可以说,它表现为中国古人一种以对世界的空无体验为底而以对现世物象细节的涵咏品味为表的审美趣味。但这种闲适的,自逸于山水、文字的趣味在"五四"以后大受批评。用丁玲鄙屑的说法是,这类趣味把文学当成"一个很艺术的玩艺",而"五四"文学恰恰反对这种趣味,而以改造社会为要紧之务:"他们对旧社会是了解得深彻些,他们深感痛苦,他们是以战斗的革命的姿态来出世的,而且担任了前锋。他们要求文学革命,痛恨文言文,他们去实践,写白话文小说,写新小说去反对文言文,而且他们写小

---

① 陈四益:《臆说前辈》,北京:人民文学出版社,2003 年,第 6 页。
② 〔美〕W. C. 布斯:《小说修辞学》,华明等译,北京:北京大学出版社,1987 年,第 137 页。

说,写诗,不是因为他们要当小说家或诗人,也不是觉得这是一个很艺术的玩艺,也不以为艺术有什么高妙,他们就是为的要反对一些东西,反封建,反对帝国主义去写的。"①而到了革命和革命文体的年代,这类趣味就更与时代的整体精神气象不大吻合了。

在《人民文学》《文艺学习》等刊物上看不到这类"趣味"的痕迹,甚至在私人交游中也日渐廖落。"笔会"则给予这种趣味以公开、自由的空间。恰如徐铸成所说"为实行邓拓同志的建议,关心知识分子的生活情趣"②。徐所谈"知识分子的生活情趣",即是与革命相疏离的旧式审美趣味。这在"笔会"文人文章中有明确体现。这些文章据内容可分为三类。其内容或异,但"趣味"实乃共之。一是历史掌故。为"笔会"撰稿者多有海上名宿,如开辟"遐庵谈艺录"专栏的叶恭绰,出身前清世家,祖父兰台(南雪)为清末翰林,曾官户部郎中、军机章京。叶恭绰少秉家学,京师大学堂毕业,以书画、收藏名世。早年为"交通系"重要成员,活跃于政界,晚年别署矩园,室名"宣室"。此般人物,大有"遗老"之概。其他掌故作者如夏枝巢、郑逸梅等实亦类似。"笔会"刊登文史掌故颇多,如《康有为进用原始》《说刻丝》《墨缘彙观著者可确定为安歧》《词林典故》《宋陈简斋铜印》《陵园仰止亭诗事》《洪承畴墓志的发现》《谑名偶志》《大方善谑》《徐光启的九间楼》《第一部油印书籍》《反面人物信札中的太平天国史料》《看南宋画院的名作》等。掌故本身是知识性的,但谈昔论往之中,自有趣味存焉。试以夏枝巢《居仁日览》小文为例:

> 袁世凯之在位也,命内史诸人于史鉴中,采取有关治乱之源,民生利弊之事,及先代诸名臣奏议,分类择录,日进一册,名之为:"居仁日览"。居仁者,就所居之堂名。日览者,仿《太平御览》例也。闻初颇依时披读,后渐搁置,而内史之采录如故。余尝见之,盖用宣纸精

---

① 丁玲:《五四杂谈》,《文艺报》1950 年第 2 卷第 3 期。
② 徐铸成:《阳谋——1957》,《荆棘路:记忆中的反右派运动》,牛汉、邓九平主编,北京:经济日报出版社,1998 年,第 272 页。

裱,界朱丝为栏,缮写亦极工整。闻当时秉笔者,为夏寿田、严复诸人云。①

袁世凯也好,洪承畴也好,这些有关"前朝旧事"的漫忆,无关批判,甚至无关感伤。如此文字中间,更多流露的是将历史付与谈议的"闲"与"远"的精神姿态,以及由之而生的某种智慧的愉悦。另一类文人文章集中于地方风物。它的作者大都是闲散"旧文人",如已被排斥在"文坛"之外的前鸳蝴派作家。其中,陈慎言在"笔会"上开辟了"北京俗话"专栏,范烟桥开辟了"苏州的桥"专栏,专门介绍地方古迹及特殊风物。此类文章涉笔甚广,其"风物"甚至还可延至蟋蟀(程小青《蟋蟀琐谈》),延及蝌蚪(周瘦鹃《闲话蝌蚪》)。无论是介绍北京樱桃沟,还是谈论江南蟋蟀,其目的都不在于启蒙主义或社会主义现实主义那种"改变社会生活的作用"②,而在于给现实中的文人提供一种疏离现世俗务的文字世界,创造"闲"而超脱的精神境界。施蛰存《闲话重阳》一文,颇可代表这种风物之"趣"。此文由王维诗句"遍插茱萸少一人"衍发开去:"不过疑问还有。到底这插戴的茱萸是花呢,是叶呢,还是果实,在唐宋人的诗词中还看不出来。查图经本草云:'吴茱萸今处处有之。江浙蜀汉尤多。木高丈余,皮色青绿,似椿而阔厚,三月开花,红紫色,七月八月结实,似椒子,嫩时微黄,至成熟则深紫',"这样看来,插头的原来是茱萸子,或者说是球果,决不可能是花也。遗憾的是,唐宋人既说这种植物是'处处有之,江浙蜀汉尤多',而我却至今还不认得,真该为'儒者所耻'了"。③ 这般文字,有明末小品的风致。而夏枝巢有关北京兰花的记述,俨如宋人笔法与心境:"兰花,云花,太平花。闽人蒋斌,有兰花百盆,皆珍品也。蒋逝移赠公园,未易岁而尽萎。周养庵家,某岁云花盛开,不移时而凋。惟故宫之太平花尚在,年年有往赏者。是花闻清初四川省所进,以北方不恒见,特署与佳名,然实则是玉蕊聚八仙

---

① 夏枝巢:《居仁日览》,《文汇报》1956年10月3日。
② 〔英〕艾勒克·博埃默:《殖民与后殖民文学》,盛宁、韩敏中译,沈阳:辽宁教育出版社,1998年,第210页。
③ 施蛰存:《闲话重阳》,《文汇报》1956年10月12日。

之类耳。"①在政治运动频繁的年代,"笔会"这些文人文章以闲远、幽静、不闻现世的旧式风度,复活、召唤出了中国人内心那种脱世的隐逸情怀。这种着眼于"山上之色""花中之光","唯会心者知之"的卧尝人生的"趣味",甚至吸引了毛泽东这种毕生致力社会改造的现实豪杰。在接见徐铸成时,毛泽东即以"琴棋书画、花鸟虫鱼"八字称赞"笔会"风格。"笔会"因此构成了"新的人民的文艺"的异数。王晓明认为:中国现代文化"从一开始就显露出强烈的务实倾向。它的几乎所有核心观念,都是针对现实的社会危机设立的——怎样理解中国的危机?中国是不是还能得救?如何才能得救?为了摆脱危机,中国人需要在观念上作哪些改变?读书人又该对国家负什么责任……新文化满脑子都是这一类的焦虑"②。"新的人民的文艺"同样承载此类焦虑。而"笔会"复活的趣味与情怀与之相去甚远。

这类"旧文人"的古典趣味在第三类文人文章中更为突出,此即酬唱贺吊之作。唱和应答乃古人雅集之风,进入新中国后,酬唱作为文人生活方式与群体认同的一部分,仍余脉未尽,"笔会"刊发此类旧体诗词甚多。如郭沫若、叶恭绰的唱和诗,如钱昌照的《金缕曲·寄在美友人促归》、田汉的《赠陈同生》,等等。田汉和陈同生在南京国民党监狱中曾同囚一室,有难友之谊,新中国成立后复念旧事,田汉颇多感慨:"夜半呻吟杂啸歌,南冠何幸近名河。/种花憾我闲情少,谈鬼输君霸气多。/'养晦十年'成血债,长征万里挽颓波。/相逢犹幸青年血,未作顽铜一例磨。"③当然,这种出自新文人之手的赠诗是含有血性的。而更多的唱赠之作蕴含的则是古典"趣味"。1957年,苏联汉学家艾德林教授访问中国,与中国"旧人物"多有往还。"笔会"先后刊出了夏承焘、龙榆生赠词。夏氏赠词《醉花荫》云:"赠别黄花香满袖,莫问销魂否。翻得醉花荫,赢得佳人,到

---

① 夏枝巢:《北京花事》,《文汇报》1956年12月5日。
② 王晓明:《太阳消失之后——谈当前中国文化人的认同困境》,《当代作家评论》1995年第5期。
③ 田汉:《赠陈同生》,《文汇报》1957年4月26日。

处呼'诗友'。欠我杭州诗几首?问白堤杨柳。临去看吴山,一片眉痕,浓似西湖酒。"诗里词外,飘动着隐逸情致,仿佛旧式文人之间相互欣赏、相互交流场景的重现。而贺诗更见文人之间心心相印、彼此共享的文化精神。1956 年 10 月,出版家张元济逢九十岁生日,友朋纷纷在"笔会"上以诗贺寿,如叶恭绰《调寄沁园春·贺张菊生先生九十岁生日词》(10 月 15 日),如陈叔通《贺张菊生九十生日》(11 月 2 日)。后者为长调,曰:"党锢余生幸独全,匆匆五十九年前,沧桑历尽开新运,红起东方照大千。记曾科举尚相沿,通艺开先设在燕,自是识时为俊杰,望风兴起武城弦。首开风气译兼编,回忆书棚共砚田,事与时移欣有托,犹推耆宿领群贤","谊兼师生老弥坚,霜雪相看各满颠,每岁南归皆省视,榻首低语尽缠绵。佳儿定省最欣然,尤爱雏孙学业专,留得涉园图卷在,故知名德绍家传。鹿裘带索是神仙,犹耆肥鲜足睡眠,我少九龄惭薄植,尚凭劳力驽加鞭。风光大好菊花天,掩映修髯分外妍。安得飞舸遥共醉,期颐有等续吟篇。"此诗大有古风的朴直,熔知交之谊与论人断世于一体。较之贺诗,吊诗则另见古典气质中的讽世之痛或"物伤其类"的喟叹。前者如谢无量之吊孙中山。1956 年 11 月 13 日,"笔会"刊出谢无量《一九五六年十一月恭逢中山先生诞辰九十周年纪念赋此诗》。诗称:"弥留仍受命,感激竟伴狂;执绋西山晚,韬精北海藏。微躯沾疾病,薄力愧承当;世论终思禹,孤怀昔就汤。为邦赖贤哲,盛业正开张;空惭旧宾客,重到一凄凉。"后者则如盛家伦猝逝后一时并至的哀悼之作。其中叶恭绰六绝《悼盛家伦》音韵流畅,意境古朴,而感伤尤深:

> 朝来洒泪独伤神,默默无言叹息频,似有无穷烦恼事,谁知为恸盛家伦。家伦近岁始论交,踪迹虽疏意自超,不以恒情来待我,回思那禁泪如潮。老来伤逝总凄其,朝露情怀只自知,争忍歌声闻夜半,歌声肠断在临歧。博学宏才世所希,穷搜佳籍助遐思,香烟缭绕炉灰烬,忍忆回谈七调碑。千里送君终一别,况兼永别阻临丧,不知灵爽今何托,明月依然在屋梁。家世茫茫了一身,卅年漂泊更何因,他年若撰声

家史,莫漫篇中失此人。①

这种物伤其类的吊挽,折射着与"新的人民的文艺"颇不协调的趣味、情怀以及某种旧式文化认同。由于盛家伦尚非"新的人民的文艺"中的"典范"人物,所以这种知音之唱并未引起反弹,但对鲁迅就不太一样,施蛰存吊鲁迅诗就一度引起争议。施蛰存早年与鲁迅有过"庄子与文选之争",现人去事存,施不胜感慨,赋诗相吊。全诗对鲁迅有崇高评价,尤其末四句:"感旧不胜情。触物有余悼。朝阳在林薄。千秋励寒操。"以物寄情,借景抒怀,深有物是人非之痛。不过,在鲁迅已被"圣化"的时代,施蛰存这种知音叹稀的伤感,尤其他在小序中显示的与鲁迅平等对话的姿态,就受到非议。小序原文为:"余早岁与鲁迅先生偶有龃龉、竟成胡越。盖乐山乐水、识见偶殊。宏道宏文、志趣各别。忽忽二十余年、时移世换、日倒天回。昔之殊途者同归、百虑者一致。独恨前修既往、远迹空存、乔木云颓、神听莫及。丙申十月十四日、国人移先生之灵于虹口公园。余既瞻拜新阡、复睹其遗物。衣巾杖履、若接平生。纸墨笔砚、俨然作者。感怀畴昔、颇不能胜。夫异苔同岑、臭味固自相及。山苞隰树、晨风于焉兴哀。秉毅持刚、公或不遗于睚眦。知人论世、余岂敢徇于私曲。三复逡巡、遂怆恨而献吊云。"对此"小序"缺乏自认错误的态度,萧充颇为不满,并撰文予以批评。②

酬唱贺吊、地方风物、历史掌故,这三类文人文章构成了复刊以后"笔会"重要的精神认同。一种属于文人阶层共有的趣味和情怀在"琴棋书画、花鸟虫鱼"的面目下得到重建并生长。在"新的人民的文艺"的年

---

① 叶恭绰:《悼盛家伦》,《文汇报》1957年5月15日。
② 萧充重提"庄子与文选之争",认为"鲁迅先生针对这种开倒车的现象,写了《重三感旧》。这并非专为施先生而发,因为所斗争的是那股复古的逆流,社会意义还要广些;然而是有施先生在其中,因为施先生在这时劝青年学庄子的文法,用文选的字汇,习《颜氏家训》的道理,正成了复古逆流中的'一肢一节',而鲁迅先生杂文的特点又正是'砭锢弊常取类型'的。所以,这场'庄子与文选'之争,既不是私人之间的'龃龉'引起的,而有社会斗争的意义;也不是'乐山乐水,识见偶殊',而有鲜明的是非在其中。施先生在当年把这场论争说成'此亦一是非,彼亦一是非',今天依然如故。从明辨是非这一层讲,荏苒二十多年,施先生的勇气还是不足,进德还是不猛。是不是还有一点'徇于私曲'呢?"见萧充《就正于施蛰存先生》,《文汇报》1956年10月31日。

代,它可以说是不合法的"知识"。但在"鸣放"整体氛围与《文汇报》作为自由主义报纸的特许下,尤其在政治领袖同样潜藏着一颗"旧文人"灵魂的现实情形下,这种趣味又以合法方式存在着,并创造了为各式"盛世遗民"所共享的话语空间。挪用凯尔纳的说法,"笔会"具有不可或缺的文学史价值——在新文学尤其是"新的人民的文艺"中,旧式文人或士大夫式"趣味""被压得鸦雀无声并从主流文化中被一笔勾销了",但"笔会"更多地是以"斗争"的方式,帮助这些"被排除在主流以外的群体的种种观点、经历和文化的形式"得到了适宜"表达"。①

三 文学史叙述中的"杂语"

凯尔纳提及的"文化斗争"在"笔会"中未必有明确规划,但其文人文章的确有这方面的事实效果。这不仅指文人文章对旧式文人趣味的复活与再现,亦指这些文章客观上对古典文学传统和新文学传统的重新塑造。何以如此?其实缘于1949年后古典文学与新文学在"新的人民的文艺"主宰叙述中的被动处境,古典文学尤其尴尬。对此,周蕾分析说:

> 典型的世界文学大都用上一种面向未来和倡议进步的修辞,要中国文学跟世界文学并列这份热切渴望,由是同时地产生了一个"尚未启蒙"和"传统"的中国,这个"旧"中国跟颓废、黑暗和死亡等隐喻结下了不解之缘,成为"新"中国的"他者"。②

显然,古典文学作为"旧"中国的一部分,亦"跟颓废、黑暗和死亡等隐喻结下了不解之缘"。甚至,随着"新"的标准的推移,一度逐古典文学而代之的新文学也被推入落伍与保守的位置。故在1949年后由新民主主义主导的"新的人民的文艺"叙述中,古典文学传统与新文学传统都经受了异己

---

① 〔美〕道格拉斯·凯尔纳:《媒体文化》,丁宁译,北京:商务印书馆,2004年,第6页。
② 〔美〕周蕾:《妇女与中国现代性——东西方之间阅读记》,台北:麦田出版有限公司,1995年,第180页。

逻辑的"再叙述",多少都他者化、沦失了其本来"自我"。在此情形下,"笔会"就具有了不可忽视的"文化斗争"的意义。它的作者多有在文学趣味上对新民主主义并不热衷的"盛世遗民",并不那么接受党的文人在"新的人民的文艺"/新文学/古典文学之间建立的等级界限。故而,在他们撰写的诗词曲赋、笔记小品中,没有延安文学的影子。相反,屡屡呈现着与革命不甚相同的文学记忆与审美想象。如果萨义德的话是可信的话——"知识分子的职责:挖掘出遗忘的事情,连接起被切断的事件"①——那么,"笔会"无疑承担了"知识分子"的职责。

"新的人民的文艺"的文学史叙述,无论对于古典文学还是对于新文学,皆以"阶级"一词作为主导概念,这就使后两种传统不可避免地发生"扭曲",而不完全是它们自身,甚至不再是它们自身。鲍尔德温认为:"传统并不是中立和客观的,不是某种等待着人们去发现的东西,传统是文化地建构的。在建构和重构的过程中,有些东西被包容进来,而另外的则被排除出去"②,显然,"人民性"和"进步性"分别成为古典文学、新文学被"建构"的标准,而它们作为知识阶层在不同时代精神趣味和生活方式表达的特征就往往"被排除出去"。"笔会"文人文章则大不相同。它们不以"阶级"为追求,而以自在性情谈文析理,因此颇能见出古典文学和新文学真面目。古典文学方面,"笔会"诸多文章有所议论,如施蛰存《秦时明月汉时关》(1956年10月6日)、闻乐《诗经注解质疑》(1956年10月27日)等。施蛰存《秦时明月汉时关》一文,展示了"旧文学"的精微与丰富:"明代诗人李于麟选唐诗,认为这首诗是唐代七言绝句中压卷之作。这样一推崇,引起了明清以下许多诗评家的议论。王世贞首先作了一个解释:'李于麟言唐人绝句当以秦时明月汉时关压卷,余始不信,以少伯集中有极工妙者。既而思之,若落意解,当别为去取,若以有意无意,可解不可解

---

① 〔美〕爱德华·萨义德:《知识分子论》,单德兴译,北京:生活·读书·新知三联书店,2002年,第25页。
② 〔英〕阿雷恩·鲍尔德温等:《文化研究导论(修订版)》,陶东风等译,北京:高等教育出版社,2004年,第12页。

间求之,不免此诗第一耳.'(艺苑卮言)王世贞的意思以为这首诗好在有意无意,可解不可解之间,所以它不落意解,就是说不能从字句上去解释,所以好","直到明末,唐仲言著唐诗解,才对这首诗有较好的解释。他说:'匈奴之征,起自秦汉,至今劳师于外者,以将之非人也。假令李广而在,胡人当不敢南牧矣。以月属秦,以关属汉者,交互其文,而非可解不可解之谓也.'……这一说法,因为是从修辞学的观点来解释,就非常切实"。① 这种"交互其文"的诗歌艺术,不关阶级不关"人民性",但无疑是旧式文学"趣味"的真实表现。

较之古典,"笔会"涉及民国新文学的篇什更多。在1950年代初期,党的文学管理部门一直致力于新文学经典重估工作。一方面,通过对少数代表性作家(如郭沫若、茅盾、老舍等)酬以名誉性高位,以示对于新文学"过去"经典位置的承认;另一方面,又通过有限的文学史评价、作家的自我修改乃至否定,剥夺其作为现实的文学资源的意义,使之"作为风化了的遗迹而被贬降到过去"②,成为"死去的经典",不再成其为"新的人民的文艺"的效仿对象。但"笔会"显然没有参与此项文化工程。相反,大量新文学亲历者在"笔会"上忆昔谈往,如《子恺老人的生活》(1956年12月3日)、《回忆初期的开明书店》(钱君匋,1956年12月19日)、《我惊喜地看到了秋瑾遗像》(胡明树,1956年10月11日)等,这类往事追怀还往往对"新的人民的文艺"的史述形成质疑。如石挥回忆唐槐秋说:"在'百花齐放,百家争鸣'的今天,我想起了他,一位话剧界的老前辈,话剧职业化的开拓者。尤其在今天不太被人们提起而渐渐遗忘了他的时候,希望重新回忆一下他的过去,我以为是有好处的,无论是他好的一面或是有缺点的一面。……我建议在中国话剧运动史上对唐先生不能以'一笔带过'的态度来对待,而应以相当的篇幅来评论他,给予他以正确的评价。"③在

---

① 施蛰存:《秦时明月汉时关》,《文汇报》1956年10月6日。
② 〔美〕阿里夫·德里克:《中国历史与东方主义问题》,陈永国译,《后殖民主义文化理论》,罗钢、刘象愚编,北京:中国社会科学出版社,1999年,第74页。
③ 石挥:《怀念唐槐秋先生》,《文汇报》1956年10月6日。

这里,质疑的实质在于对于阶级史述的疏隔甚至"斗争"。又如若瓢和尚《回忆郁达夫》文,文字幽静淡泊,所忆郁达夫亦只是一不拘形迹的文人,而笔不涉"反封建"之类。文末附有和尚吊亡诗一首:"毁家一怒走炎荒,骸骨未收慨鬼伥;湖上寻诗无好句,旧游处处感凄凉。"此诗也只就事言事,且充满故人伤挽,而与"不断进步"的阶级史述毫不相涉。从某种意义上讲,在新文学被"阶级"不断重构的情形下,这类回忆就不无恢复、抵制意义。

这种"恢复"最集中地体现在有关鲁迅的回忆与评述上。新中国成立初,根据瞿秋白"两期论"(从进化论到阶级论)重构鲁迅作为一位"阶级战士"的形象,一直是鲁迅研究的核心。然而,"笔会"却对马克思主义逻辑下的"鲁迅"深表质疑。赵俪生表示,"鲁迅论美国""鲁迅论科学""鲁迅论妇女""鲁迅论辫子"等研究题目令人颇感"担心",因为研究应当"首先深入内容,从深入中找到自然的逻辑划分的线索,然后具体地考虑专题去进行研究",而"从表面进行形式的划分","只能对鲁迅先生进行'凌迟',或者至少也是替鲁迅式讽刺杂文提供更多的资料而已"。① "凌迟"之说可谓对"新的人民的文艺"史述的尖锐讽刺。早年乡土小说家许杰谈及鲁迅时,也很有意"恢复"鲁迅的启蒙者形象,大力强调鲁迅国民性批判的现实意义,认为《弟兄》"自然不及《狂人日记》那样的鲜明,但他挖掘之深,概括之广,一直到了现在,虽然我们社会制度已经改变了,但那种由于私有财产制度长期统治形成的思想状态,不是还深深地潜藏在我们的思想深处吗?""鲁迅的现实主义的深广意义,我以为,在这种地方,又体会到了。"② 不过,较之这种挑战性回忆,"笔会"更多是从日常细节谈论鲁迅,如绍兴周家长工鹤照回忆鲁迅旧事(见罗洪《他是个忙人》,1956 年 10 月 8 日),如许广平回忆鲁迅的"朴素的战士的生活"(见许广平《鲁迅的日常生活》,1956 年 10 月 9 日)。尤其钦文的回忆,更是围绕着鲁迅睡觉、休息等琐事细节展开:"鲁迅先生当面送给我他编译的法捷耶夫的《毁灭》,我看

---

① 赵俪生:《稍谈研究鲁迅的方法》,《文汇报》1956 年 10 月 15 日。
② 许杰:《鲁迅的〈弟兄〉》,《文汇报》1956 年 10 月 16 日。

他亲自给我包扎,是包扎得这样齐整美好的,因为我已经买了一本,一直到抗日战争中遗失,我始终不忍把那个书包打开。"①这类琐碎而真实的回忆,与"阶级战士"无形中拉开了距离,在1950年代可谓"主导叙述"外一种有意味的"杂语"。

  这种有关新文学和古典文学传统再现的"杂语","旧文人"审美趣味和人生情怀的复活,以及诗词曲赋等文人文章的新生,都使"笔会"在1949年后逐渐固化的文学体系中获得了稀缺性价值——它有力地对抗着来自"主导叙述"的排斥,为久被"遗忘"的旧式文章及其情怀争取了有限的话语空间。不过,恰如詹姆斯·卡伦所言:"各个社会集团和阶级使用媒体和其他资源推广自己观点和利益的机会是不均等的"②,这类盛世遗民的文体与情怀并未获得长久的自我表达。随着"反右派运动"的发生,它们也受到一定削弱。当然,由于这些文人文章多以闲散之态出现,由于高层领袖旧式趣味的存在,兼之"笔会"并未对当时思想秩序形成现实"威胁",这类文章及其作者在"反右"飓风中也算是有惊无险,并得到一定程度的延续,并为"新的人民的文艺"的整合留下几许飞地。

---

① 钦文:《鲁迅先生的工作和休息》,《文汇报》1956年10月17日。
② 〔美〕詹姆斯·卡伦:《媒体与权力》,史安斌、董关鹏译,北京:清华大学出版社,2006年,第146页。

文学的"对台戏"如何开唱？
——论《文汇报》"笔会"副刊的文艺批评

1956年10月1日奉命复刊的《文汇报》的"笔会"副刊，不仅是"旧知识分子"的雅集之所和"文人文章"的复活之地，同时也是1950年代稀有的兼含批评与抗争的公共文学空间。复刊以后，"笔会"以杂文(小品)形式刊发了大量文学短论及批评，涉及"新的人民的文艺"叙事成规、文学批评"潜在的约定"、文学出版及阅读"惯例"等。借用批评家吴韦言的话说，"新的人民的文艺"在自身演变中已逐渐蜕变为"纯粹抽象概念的游戏"。① 对此，"笔会"给予了深刻的反思甚至猛烈的批评。这一举动显然属于主编徐铸成不久后自我检讨"与党报唱对台戏"②行动中的重要部分。不过由今观之，"笔会"在文学上的"唱对台戏"其实包含珍贵的理论价值与文学史价值，它既是"旧知识分子"对新的文学体制的质疑与思考，又是当代文学内部不同于延安文人的自我纠错与自我重建的有效尝试。对此，学界不宜轻忽，而应该以文学史视野细心予以"打捞"。

一 叙事成规之自我纠错

"笔会"有关当代文学的"唱对台戏"主要集中在"新的人民的文艺"日渐固定化的叙事成规，譬如作家、批评家对于"生活"的理解，有关题材的共识与偏见，对于正面人物和反面人物的讲述"成规"，等等。那么，既云"纠错"，这些共识和"成规"又"错"在何处呢？对此，泰勒(Mark Taylor)的一段话很值得参考："把我们的经验组织起来的每一种结构(这

---

① 吴韦言：《要做具体的工作!》，《文汇报》1957年5月15日。
② 徐铸成：《我的反党罪行》，《文汇报》1957年8月22日。

些结构的性质可以是文学的、心理的、社会的、经济的、政治的、宗教的)都是通过一些排除的行为构造出来并得以保持的,在创造某种东西的过程中,某些别的东西不可避免地被遗漏了。这种排除性质的结构于是变成一种压制的力量。"①这很有见地。事实上,"新的人民的文艺"也有其内在的"组织"现实经验的叙事结构。这种结构,和新文学、鸳蝴派乃至传统士大夫文学传统一样,有其所"见",亦自有其特殊的"排他主义"。因此不难想象,"新的人民的文艺"相对于它的视野的"某些别的东西",也会逐渐"变成一种压制的力量"。而"笔会"副刊所倚赖的文化阶层("旧知识分子"乃至各类"遗贤"),在下层阶级崛起的新政权里,实际上存在从中心到边缘的转移,甚至多少属于所谓"国民内部的异质性"。② 所以,这份副刊对"新的人民的文艺"的观察不同于延安文人,挟有一定的体制外的异议性质。这涉及文学题材、人物描写等多个方面。

文学表述生活,然而并非所有"生活"都是"新的人民的文艺"承认并接纳的对象。对此,程光炜表示,苏联社会主义现实主义"所理解的'生活',并不是批判现实主义作家眼里的那种忧愤深广的历史长卷(如鲁迅、托尔斯泰他们心目中的历史生活),那种社会生活的各个复杂方面,而是与现实政治密切相关的东西。这样,现实主义就在一个相当狭隘的范围内被界定,作家只能在这种被限定和被重新解释过的'现实生活'中进行创作"③。这种犀利的观察同样符合"新的人民的文艺",但还可换个角度去理解,即"生活"与历史规律之关系。"新的人民的文艺"对生活的认取以"历史"概念作为标准——能够反映"历史规律"(从压迫到反抗的社会史)的生活才是应该表现的生活,否则就是无意义、理当被"排除"的。这无疑是危险的;真正的"生活"总是被理解和限定在压迫/反抗的范围之内

---

① 转引自〔英〕斯图亚特·西姆《德里达与历史的终结》,王昆译,北京:北京大学出版社,2005年,第7页。
② 〔美〕酒井直树:《现代性与其批判:普遍主义与特殊主义的问题》,《后殖民理论与文化批评》,张京媛主编,北京:北京大学出版社,1999年,第409页。
③ 程光炜:《文学讲稿:"八十年代"作为方法》,北京:北京大学出版社,2009年,第203页。

（尤其是工农兵之反抗生活），那么，大量以写作为生的文人，并未经历甚至不曾见闻这类生活，他们是不是就突然丧失了自己合法的写作对象与题材呢？对此，作为上海文人的言论阵地，复刊未几的"笔会"就开始触及这一敏感问题。1957年5月28日，"笔会"披露了上海"旧文人"的苦闷："'不能写旧社会'，'写旧社会的作品缺乏教育意义'，这种片面性的说法，扼杀了不少作品。巴金同志在一次座谈会上说，曹禺的剧作《原野》、《蜕变》，原由文化生活出版社印行，版权转给新文艺出版社后，巴金同志把两部剧作的修正本送去，新文艺出版社却拒绝接受，说是'没有重版的必要'。……文艺为社会主义事业服务，重点自应放在写今天建设社会主义的轰轰烈烈的斗争生活上面，但决不能以此为理由，不让老作家写自己熟悉的、感兴趣的题材。事实上，如今四十以上的人，旧社会里泡过一阵，饱尝忧患，比年轻人更懂得爱今天的新社会，凭自己的真情实感，写出过往的'苦难的历程'，谁能说一定缺乏教育意义呢？"①事实上，前国统区作家的主要生活经验都来源于所谓"旧社会"。倘若"旧社会"作为"生活"不再合法，那么他们的写作的未来就可想而知了。

当然，即便是"合法"生活，也要根据其与"历史规律"的相关度而划分题材级别。在"新的人民的文艺"中，题材被分为重要、次要题材。譬如农业合作化、工业建设、革命斗争史等为重要题材，而知识分子、爱情等就是次要题材甚至不"合法"。这种"成规"不但让"旧知识分子"无所适从，就是革命作家亦未必完全适应。对此突出而又紧迫的理论问题，"笔会"极为重视。1957年5月28日，"笔会"刊出"本报评论员"文章，认为文艺题材级别的划分是"曲解"《讲话》所致。不过，细读该文，可以发现"本报"才真正是在"曲解"《讲话》：

> 毛主席从来没有简单的加以划分：什么题材可以写，什么题材不可以写，什么题材可以为工农兵服务，什么题材不可以为工农兵服务。毛主席是要求文学家艺术家，"必须到群众中去，必须长期地无

① 获:《"不能写旧社会"》，《文汇报》1957年5月28日。

条件地全心全意地到工农兵群众中去,到火热的斗争中去"……这是非常明白的,新的文学艺术应该努力表现工农兵。但就表现工农兵来说,工农兵并不生活在孤立绝缘的世界中,是表现新的,就不可不批判旧的;是歌颂正面的,就不可能不鞭打反面的。同时,表现工农兵题材以外的作品,只要站在正确的立场上,无论它反映什么,都可以在认识的意义和美学的意义上为工农兵服务,工农兵的精神世界和要求是广阔的,他们需要在文学艺术作品中认识自己,也需要认识形形色色的朋友和敌人。因此,为工农兵服务的道路是非常广阔的。①

这种说法大有诡辩之风。其实,毛泽东为革命作家指定的"为工农兵服务"的道路并不"广阔",而是有特定方向与逻辑设定。他早在少年时期就不满意于古典文学津津乐道于"帝王将相、才子佳人"之陋习,故在革命与社会主义建设中,他有明确"逆转"传统为工农兵服务的考虑,即要求作家更多关注底层(工农兵)的生活与诉求,而少写精英(资产阶级、知识分子)生活。所以,"笔会"对《讲话》实乃真正曲解。对此,编者当然心知肚明,但其曲解意在引向题材的无差别,争取"旧知识分子"自我表述的合法性:"优秀的艺术作品,总是产生在描写作者所最熟悉而又最激动的生活的基础上。应该允许作者有选择题材的充分自由。但是几年来,由于教条主义地理解为工农兵服务,对题材问题带来了许许多多的清规戒律,我们许多人把题材问题看得十分狭窄,把为工农兵服务,看作只能描写工农兵的生活;并且简单地从题材问题来评断艺术作品的实际价值,不管它的艺术表现如何,只要描写工农兵就是好的,而表现其他题材的,尽管它可以写得很成功,也是没有什么价值的。我们不是就有不少人把表现所谓'儿女情'、'家务事'等看得一钱不值吗?但他们不了解,题材固然相对地有轻重之分,但'儿女情'、'家务事'一样可以写出不朽的作品。古今中外的

---

① 本报评论员:《反对曲解毛主席对文艺问题的讲话》,《文汇报》1957年6月3日。

文学史上,不乏这样的事例。"①

对题材等级的抵制,是"笔会"副刊对"新的人民的文艺"的初步纠错,更有力的"对台戏"则涉及正面人物、反面人物的叙述规范。将文学人物排列成"正面""反面"的等级序列,是社会主义文学比较突出的特征。据陈美兰考证,在1949年前文艺界基本上未使用"正面人物"这一概念,仅毛泽东在《讲话》中曾提及"新的人物、新的世界";该概念的正式使用是周扬在一次文代会报告《新的人民的文艺》中提出的;到第二次文代会,周扬又重点阐释了"正面的英雄人物"。②在此规范下,何种人物堪为"正面人物",实亦有一定之规。对此,"笔会"副刊不时发出质疑之声。漫画家张乐平反映:"(解放后)我听到了不少关于三毛的议论。这些议论大大地影响了我的创作情绪。有人说:'三毛是流浪儿,就是流氓无产阶级,不值得再画';另外有人说:'三毛太瘦了,他的形象只适合于表现旧社会的儿童,而且他只有三根毛,显得营养不足,即使值得再画,也应该让他头发长多起来,胖起来,这才是新面目。'其实那时我自己就没胖起来。又有人说:'你画三毛到现在已是十多年了,当青年团员恐怕还要超龄呢。你还不给他长大起来,未免违反自然。'这些看法,实在搞得我非常糊涂,而创作情绪不免因此低落。解放前,反动派百般的污蔑我,我并不动摇,因为他们反对真理和正义,而广大读者支持真理和正义,我有勇气搞。解放了,读者的要求提高了,作者本身也应该提高,而且应该提高得更快,这是正常的,这是好的。但是教条主义的清规戒律不好,它阻碍了创作。尤其像我这政治水平低的人,实在弄得无可适从,结果只觉得很自卑。久而久之,自己也给自己加上一套清规戒律,更大大削弱了创作的勇气。"③"三毛"因为够不上"正面人物"的规格不便再画,而古代的妓女李

---

① 本报评论员:《反对曲解毛主席对文艺问题的讲话》,《文汇报》1957年6月3日。
② 陈美兰:《正面人物》,《当代文学关键词》,桂林:广西师范大学出版社,2002年,第97页。
③ 张乐平:《三毛何辜?》,《文汇报》1957年5月18日。

娃也被领导认为不宜再写了。① 张乐平等的顾虑折射出"正面人物"叙述规范的荒唐之处。

然而更让作家难以适应的是关于"合法"的正面人物更具体的表述规范。对于正面人物,"新的人民的文艺"实有比较完整的叙述程序。其核心要求是,正面人物应被描写为无缺点的英雄。这一方面可说是马克思主义的内有之义。格鲁内尔认为,马克思主义类似于基督教,其中"无产阶级扮演选民(chosen people)的角色,即最受蔑视,最下贱的人是救赎的工具","因为他们是最贫穷的人,他们才不仅将拯救自己,而且也将拯救人类"。② 而这种"天选阶级"具有先天的道德纯洁性。另一方面亦是中国社会认同生产的需要。正面人物作为承载社会主流价值的形象符号,自然被要求规避缺点(即使现实中存在)。这种"成规"对新中国成立初年文学影响颇巨,故"笔会"对之尤报以热切关注。少若撰文称:"不知从几时开始,在我们的文艺创作中产生了这么一种倾向:只要是英雄人物就不能有缺点,他的事业也一定不能失败。不仅写劳动模范或共产党员如此,在某些'戏改专家'的笔下,连古人也不例外。于是《闹天宫》的孙悟空就必须奏凯而归,《战太平》的花云也不许有丝毫的动摇犹豫。他们认为只有这样,才是对英雄人物的真正歌颂。但以我这外行的眼光看来,那些被改动的地方去正像在一座完整的石膏塑像上粘上了一张膏药。"③ 吴韦言更呼应于晴(唐因),直接批评著名文艺理论家陈荒煤关于正面人物(英雄人物)的倡导。在《为创造新的英雄人物而努力》的论文集里,陈认为既然要表现新英雄主义、树立英雄的榜样教育群众,就应该选择没有缺点的英雄

---

① 据说:"作家师陀最近的确写了一个以游民改造为题材的电影剧本;《李娃传》却是一年多以前他在上海电影制片厂工作时提出的一个写作意图。这个意图被勒杀的经过我倒是记得的。当时领导上并不会明白声称自己的意见,却暗示这样的题材不必搞。那意见的实质,据师陀自己的体会是这样的,'李娃的身份是值得考虑的,你选了这样的一个人物来写,难道说我们古代的女性就只有妓女值得表现吗?'"见黄裳《李娃及其他》,《文汇报》1957年5月10日。

② 〔英〕格鲁内尔:《历史哲学:批判的论文》,隗仁莲译,桂林:广西师范大学出版社,2003年,第35页。

③ 少若:《"改"笔随谈》,《文汇报》1956年12月5日。

来写。这种观点无疑与毛泽东、周扬一脉相承,同时也有文化认同生产的内在合理性,但它与"人学"的冲突亦显而易见。故吴韦言毫不讳言地批评陈把文学表现人生的范围限制过窄:"作家有责任去表现和歌颂这些新英雄、新品质,这是不错的;然而,陈荒煤同志却立刻又把这一点绝对化起来,认为'现在文艺创作'的'主要内容'就应该是表现这些,而且还进一步断言:'这样,才合于对生活的正确认识。'这就不禁使人怀疑了:如果真是这样,那么一部创作如果只是描写了一些普通人的命运,只是以一些所谓'家务事''儿女情'为题材的,那又怎么办呢?是不是这就是离开了'主要内容'呢?"①尤其是,在具体叙述英雄人物方面,陈荒煤竟然开出了神奇"药方",吴韦言对此深感不满:

> 据他说,新英雄人物就应该是这样的:"……比如:表现他在斗争中如何联系群众(群众又如何给他以教育),如何克服困难和阻碍(包括敌人的破坏以及和各种落后东西作斗争),而充满乐观和信心,最终胜利完成组织上所交给他的任务……这样的作品不仅思想性强,艺术性也强。"陈荒煤同志说的是既自信又坚决,但是,我却仍不免怀疑:第一,难道所有的作家写新英雄人物都得按照这一个配方来描写?如果不按这个药方来写,而按照我们伟大斗争生活所提供的逻辑来写,反而会"思想性"不强、"艺术性"也不强么?第二,难道说:这个药方竟是这样神奇、竟适用于一切"新的成长的革命的人"?不管在什么情况下,都非写这几条进去不可?……这决不是社会主义现实主义的文艺理论!这种把生活看成是一种静止不动的、僵化的,既无运动,也无千差万别的变化的凝聚物,而且企图把它规定在几条枯干的公式里的做法,无非是形而上学的纯粹抽象概念的游戏吧了。②

不能说吴韦言的批评特别刻薄。事实上,按照陈荒煤的"药方"生产出来

---

① 吴韦言:《要做具体的工作!》,《文汇报》1957年5月15日。
② 同上。

的"新英雄人物"恐怕也难有成功的案例。

"笔会"将吴韦言言辞锋利的文章刊登出来,多少表明了"唱对台戏"的立场。但"笔会"显然意犹未尽,在以"反对曲解"为名而对《讲话》行曲解之实的评论员文章里,"笔会"以毛主席未具体规定如何描写新英雄人物为由,再度批评理论家所制造的"清规戒律":"不管正面人物的历史的具体的条件如何,都应该是十全十美,在他们身上不能有任何的弱点、缺点,或任何感情上的波澜。如果不是这样,那就不是真正的歌颂","这,事实上是引导作家离开现实主义的道路,不从生活出发,而从抽象的英雄概念出发,以致创造出一些经过曲颈蒸馏器蒸馏出来的英雄人物。这样的英雄,也许是合乎那些人所规定的英雄的概念和标准了,但它却不能具有任何的艺术生命","如果一部具体作品不合乎他们所规定的英雄应该具有的几条优点和品德呢?他们就不经具体分析,经常直接的运用毛主席的话,加以批评。认为这是'对于人民的事业并无热情,对于无产阶级及其先锋队的战斗和胜利,抱着冷眼旁观的态度'的表现","结果就使新英雄人物的创造陷在烦琐哲学的桎梏里,而越来越灰白、越干枯"。① "经过曲径蒸馏器蒸馏出来的英雄人物",与吴韦言的"纯粹抽象概念的游戏"之说,实乃异曲同工。它们共同构成了"笔会"对"新的人民的文艺"叙事成规的怀疑与纠错。

二 批评方法之自我纠错

"笔会"之于"新的人民的文艺"的质疑还涉及批评领域。与新文学时代众声喧哗的批评格局相比,1949年后的文学批评更多的是是在确立"唯一的真理"的存在。兼之组织体制与批评秩序的联动关系,当代文学批评运作未几,便已弊端频发。"笔会"之于批评的"唱对台戏"分别触及批评概念化、批评教育功能极端化、批评权力化等三个具体方面。

---

① 本报评论员:《反对曲解毛主席对文艺问题的讲话》,《文汇报》1957年6月3日。

当代批评的概念化(教条主义)之弊,起于《讲话》有关"政治标准第一,艺术标准第二"的权威阐述。由于机械理解领袖意见,大量文艺官员和基层文艺工作者把"政治标准第一"演变成了"政治标准唯一",评价作品时忽视语言艺术和审美效果,而完全着眼于主题、本质等抽象概念之上。"笔会"复刊首日,就有人化名对此现象予以讽刺:"乐圣贝多芬每完成一支乐曲,总要找几个朋友倾听,征求意见,但是他痛恨概念式的批评。有一次,他创作了新的乐曲,弹给朋友听,其中一位朋友听了,神态严肃地问道:'每支乐曲都该有主题,这支乐曲的主题是什么?'贝多芬对那人看了一眼,重新又把那乐曲弹上一遍,答道:'我的乐曲的主题就是这个'。"①次日,"笔会"又刊出一篇寓言《乌鸦与猪》,讽刺这类对生活视而不见的批评家。寓言中,乌鸦对猪说,"你简直黑得可怕,如果我是黑色的,我就决定自杀",猪搬来镜子,乌鸦破口大骂:"这是多么严重的歪曲!难道生活是这样的吗?"寓言还说,"这个故事适用于缺乏自知之明的人,他们的狂妄恰好证明了自己的虚假。"②

类似文字屡屡见于随后的"笔会"。11月15日,"旧文人"姚雪垠在"笔会"上谈起明人毛奇龄旧事。毛很喜欢贬损苏东坡诗,"一位叫做汪懋麟(号蛟门)的诗人说:'竹外桃花三两枝,春江水暖鸭先知',像这首诗难道也不好么?毛奇龄愤然说:'鹅也先知,怎只说鸭!'"对此,姚雪垠引申言之:"我想,如果毛奇龄先生晚两百多年,生在今天,他的理由一定更多,他的话大概是这样说的:'春江水暖,鹅也先知,一切生活在江中的水鸟都知道,为什么单单突出地提到鸭呢? 这有什么本质的意义呢? 再说,像这样的即景诗一点也没有思想性,人民性!'"③化名为"石"的评论家甚至讽刺这样的概念化的批评家为"悲剧性的人物":"听说有过这样的人,听说而已,我没有见到过。他一看到不合己意的事,就摇头。例如看到别人讲《红楼梦》,就摇头,说:'脱离现实,要不得!'看到别人欣赏吴昌硕

---

① 士:《就是这个意思》,《文汇报》1956年10月1日。
② 公刘:《乌鸦与猪》,《文汇报》1956年10月2日。
③ 姚雪垠:《读〈带经堂诗话〉有感》,《文汇报》1956年11月15日。

的画,也摇头,说:'附庸风雅,要不得!'看到别人桌子上放了一瓶菊花,又摇头,说:'追求"小资"趣味,要不得!'——一味摇头,真是一位'摇头'理论家。自然,《红楼梦》、吴昌硕的画、菊花……绝不会由于世上有了这样的'摇头'理论家,就从此在人类的文化生活中消失。因为人民永远喜爱书、画和花……这样的人,自然也是极少极少的,或许只有前几年才有过吧,但我仍然希望,希望这种悲剧性的人物真的从此不在我们的周围碰到。"①有的文章把这类批评称为"新八股":

> 新八股当然不同于老八股,但不同的只是所应用的词汇,譬如将"黎元"换成"人民",将"廊庙"换成"国家",将"思人时而用世"换成"生命的本质乃在于以无比的英勇为我们可爱的劳动人民服务"等等,不过在精神实质上,它还是继承了老八股的传统的,倘要例子,我也可以举一个在下面:这些作品当然是有其"进步作用"。……激发了什么?提高了什么?保持了什么?讽刺了什么?诅咒了什么?肯定的与否定的没有尖锐的存在,没有尖锐的斗争;看不到肯定中的否定,否定中的肯定;没有本质的现象,没有现象的本质;没有什么真正地生,没有什么真正地死;也许思维到对立物底本质,但没有再感觉到对立物底本质;也许零星地感觉到对立物底本质,但这些感觉还没有变为思维底力与行动底力。……这是八股!这是为了博取批评家的头衔而生拼硬凑出来的新八股!这样的文字奉承不得!有志于文学的青年千万千万学不得!②

"笔会"不仅隔空打拳,而且在当时围绕《组织部新来的青年人》的讨论中,"笔会"也锋芒毕露地去"唱对台戏"。如唐挚(唐达成)就反对青年批评家李希凡的上纲上线,"然而不管怎样,对于现实的原因的探索是否深刻是一个问题,勇于探索,去决不能认为是什么'夸大'和'歪曲'。更不能因为小说所写的事件发生在北京,就认为这是作者要使人们得出'党的工

---

① 石:《有过这样的人……》,《文汇报》1957年4月25日。
② 藏弓:《八股举例》,《文汇报》1956年12月10日。

作的各个环节,和站在这些环节上的所有领导干部,都是大大小小的官僚主义者,都是粘结成这个区委组织部工作错误的"一系列的缘故"'的结论,甚至说成作者'在它隐射的锋芒上,还不止于此。'我以为,这已经不是进行艺术分析,而是一种曲意的引申和扣帽子了,但这对一个青年作者来说,又有什么好处呢?"①柳溪也在"笔会"上刊文以亲身经历揭露概念化批评背后复杂的利益关系。②

而且,与对"生活"的重新解释、对正面人物叙述规则的辩议一样,"本报评论员"对"机械的理解"毛泽东的"政治标准第一、艺术标准第二"的现象也深表不满:"把政治标准和艺术标准形而上地作了对立,根本忽视了艺术特征,忽视了文学艺术为政治服务的正确途径。发展到最后,对于这些理论批评文章来说,他们所要求的已不是什么文学艺术作品,而只是简单的要求所谓正确的政治概念了。似乎只有这样,才是符合于政治标准第一这个原则的。"③尤其是对于文学应该直接宣传党的政策的观点,"本报评论员"激烈反对:"把直接地反映政策作为艺术作品的中心任务和目的,这在实质上就是把艺术创作和一般宣传等同起来。虽然,艺术也是

---

① 唐挚:《什么是典型环境?——与李希凡同志商榷》,《文汇报》1957年2月。
② 柳溪说:"有一次,我们用一部还没有公映的影片招待一部分观众。这是一部大胆的、批评性的影片。它接触了生活中较为尖锐的问题:医生不关心病人,护士对病人态度很坏,而那位医生本人竟玩弄他手下的一位女护士,女护士因为怀孕而自杀了。整部影片是通过一位住院的工人同志所展开的'批评'、'提意见'所揭示的。我们因为看重了这部影片的立场严正、尖锐大胆,所以很想请一些影片中的'同行'看一看……但有一个激烈的人却捶胸顿足地向到会的人群大声呼吁:'这是污蔑,不是艺术!难道在我们的生活里,在我们日新月异的新生活里会有这等污秽的事情吗?我觉得我们的作家、艺术家要全心全意地歌颂我们祖国的新事业,新气象,如果像这样的艺术品,我认为有必要对作者表示怀疑,我不能不怀疑作者的立场和出身历史!我认为这是别有用心!'最后他又气急败坏地补充道:'我认为,我建议,我们电影界有必要采取手段禁止这部影片上演!'他的话,博得了一些参加座谈会的医务工作者的掌声。我们已经很尴尬了,而且也失落了,想把会议的空气扭转已经是不可能的事了。但是,忽然,从黑暗的角落里传来了喊声,我们一看,原来是一个瘦弱的人,他站起来,向前走了两步,对着刚才那位'义愤填膺'的医生喊道:'算了吧,我认识你,你就是那样的医生:是谁把一个没经化验的有梅毒的胎盘给我们的同志做了"组织埋葬"的手术?就是你!是谁把……'会议的空气整个变了。我们的会就在这种气氛中结束了。"柳溪:《大胆地干预生活吧!》,《文汇报》1957年3月2日。
③ 本报评论员:《反对曲解毛主席对文艺问题的讲话》,《文汇报》1957年6月3日。

一种宣传,'但万不要忘记它是艺术',这是鲁迅早就告诫过我们的。但是,长期以来,我们恰恰忽略了这一点;在强调艺术的宣传作用时,忘记了艺术之所以为艺术。在这种要求文学艺术作品直接描写和宣传党的政策的理论指导和影响下,有些作家已经不是从丰富的生活内容出发,观察、研究、创造出鲜明的形象来,而是从抽象化了的政策条文出发,把它变成一种框框,用来观察表现生活。合于框框的则留之,不合于框框的则去之。"①

当然,批评的概念化(教条主义)并非孤立现象,它与"新的人民的文艺"对文学教育功能的强烈追求有关。恰如道格拉斯·凯尔纳所言:"媒体形象有助于塑造某种文化和社会对整个世界的看法及其最深刻的价值观。"②对于新中国文学而言,各种刊物也必然要通过各类故事承担"教育"人民、塑造新国民的职责,故而它对文学正面认同的政治效果十分强调,甚至强调到令人紧张的程度。因此,文学批评经常以"副作用"之名警戒写作者。对此,"笔会"又刊出钟小芝小品予以讽刺:"在文艺界中所碰到的'小脚女人',有千百种的模样,其一便是'副作用'论者。一篇小说,写到一个共产党员被反革命分子的利用,作者比较生动地写了这个党员怎样地丧失立场,这情形,在现实生活中也是有的,可是'副作用'论者说:'这容易产生副作用,在群众中贬低了党员的威信'……。一个剧本中写一个工厂的领导提拔一个青年人做副厂长,'副作用'论者说:'这样写使年青人看了'想入非非,助长青年人的名利思想……'。'副作用'论者便是这样一副面孔,他们看到的生活既狭窄,对文艺也茫然无知,所以要求作品中的人物也成为'合乎规格'、没有个性的傀儡"。③

在"副作用"论者的认识中,正面人物或反面人物有清晰分界,善恶忠奸,一目了然。对此种僵化思维导致的文学之弊,许士菁以导演对电影《家》中觉新形象的表现无力为例深表感叹:"觉新该不该得到观众的同情呢?这问题比较麻烦了。使我们的电影工作者畏首畏尾了。从影片的处

---

① 本报评论员:《反对曲解毛主席对文艺问题的讲话》,《文汇报》1957年6月3日。
② 〔美〕道格拉斯·凯尔纳:《媒体文化》,丁宁译,北京:商务印书馆,2004年,第1页。
③ 钟小芝:《"副作用"论者》,《文汇报》1956年11月1日。

理方法上,处处使人感到这样的印象。好像只要一同情了觉新就会削弱了作品的积极意义似的,因此不能使觉新变成引人同情的形象。……这样的结果,使觉新变成色彩暗淡的人物,引不起人的同情也不使人憎惧,成了个迷离的影子。于是作品或多或少失去了应有的光彩","文艺创作是有许多复杂错综的道路的。研究分析也不就那样随便。不能只问人物是好人、坏人,有时人物行动的动机与效果也并不只是一条直线。应该更注意人物复杂的构成因素和达成最后目的的曲折道路"。① 较之许士菁的温和曲折,老作家魏金枝则将文学的"教育"诉求与教条主义视作一体,一并指摘:

> 我们常看见一些教条主义的批评家说:这里对反面人物的批判不够,那里对正面人物的表扬不足。好像,假使依照他们那么一批判,这么一表扬,所有的作品就可以救活似的。那么,好吧,就照他们的意思加上一段吧,是不是这作品就救活了呢? 决不会,这只能完成一种概念和一种公式而已,谁也不会来领教你这一份没有吸引力的教训的。……这里唯一的办法,只有用具体的形象,去打动读者的心,把他们吸附住,让他们自己去思考,从中得到某种于他们有利的东西。我们的教条主义则不然,非正面人物不敢写;未经前人写过的不敢写;不是"开宗明义",就是立场不稳;没有写"最后胜利",就是悲观失望;不是"有头有尾",就是缺乏群众观点;没有真刀真枪的正反角斗,就是无冲突论。②

与此相关,"笔会"还对当时日趋严重的批评"冷暴力"现象提出疑问:"过去批评界的情况就是:只要有一个人喊贼,成百成千的人就磨拳擦掌一拥而上,拳足交加。没有谁愿意弄清楚那个人,到底是手无缚鸡之力的秀才呢,还是有赃有证的贼呢;结果等到水落石出,那个被当作贼的人,原来是个秀才时,已经把他打得焦头烂额了。"③ "一被别人批评,立即剑拔弩

---

① 许士菁:《好人? 坏人?》,《文汇报》1957年3月4日。
② 魏金枝:《不要走到另一条岔路上去》,《文汇报》1957年3月18日。
③ 欧外鸥:《似暖还寒谈放鸣》,《文汇报》1957年5月22日。

张,撇开别人重要论点不谈,拣几句俏皮话、挖苦话,对批评者进行反击,这种情况是屡见不鲜的","真理愈辩愈明。既是为真理而争,只有冷静思考,实事求是,尊重别人,以理服之。骂,不能服人。坚持原则是好的,但坚持错误却很坏;战斗性是需要,但辱骂绝不是战斗"。① 那么,为什么会出现这种极不正常的批评弊象呢?舒芜将原因引向文艺领导甚至组织体制:"'粗暴的批评并不可怕,可怕的是后面跟着而来的行政命令,以至检讨、挨整,最后还变成品质问题。'舒芜认为要改变这种情况,必须发扬社会主义民主风气,必须使作家与作家之间的地位平等。"②应该说,舒芜的反省已涉及批评乱象的制度根源,与前述诸种思考一致,构成了当代文学及时有效的自我检查。

三 出版、阅读及传播之"对台戏"

除了对叙事成规、批评体制的积极反省外,"笔会"之于"新的人民的文艺"的"对台戏"还深入出版体制、阅读"惯例"以及传播体制等方面,兼具广度与深度。

在"笔会"复刊之时,全国报刊出版业的"社会主义改造"已大致尘埃落定。出版业全部转为国营。其中,出版社采取专业分工、两级管理,杂志则严格讲求中央与地方之分。如此一来,必然导致文学资源的稀缺与紧张。全国专业文学出版社仅有人民文学出版社和上海新文艺出版社两家,文学杂志数量虽多,但能给作家带来文学声誉的中央级杂志也不过寥寥几家。垄断性局面,导致竞争消失,亦导致出版者与作者之间关系失衡。对此,"笔会"屡有批评。譬如对报刊、出版社普遍存在的凌驾于作者之上的轻慢,朱偰反映:"《旅行杂志》停刊,改由中国青年出版社出版《旅行家》杂志,于是,无形之中产生许多清规戒律:一篇游记审查之前,先要问一问他是属于什么一类的作家(他们形而上地把作家分为进步的;中间的;落

---

① 拾风:《争鸣与争骂》,《文汇报》1956年10月17日。
② 《作协严重脱离群众》,《文汇报》1957年5月31日。

后的），再要看一看它的思想性如何，有没有教育意义；它所描写的对象，是否属于工农兵的生活。结果，编辑部门有意的或无意的，产生了宗派主义情绪，许多老作家被排斥了……他们的投稿不是被退回，便是被大删大改；游记中出现了许多政治口号，而文字的呆板生硬，千篇一律，更是到了令人难以容忍的地步。"①沈同衡也反映："一幅漫画的能否发表，大权完全操在编辑部手里，如果不合编辑部的意，画家的艺术劳动就要白费"，"许多报社编辑部不从漫画艺术的特点来看待漫画，而以社论、述评、新闻之类的要求，来要求漫画不讽刺、不夸张、不要只找缺点不提优点、要全面、要婉言诱导，否则'不予刊用'"。②甚至"有些自以为是的编辑，甚至代替作者出的主意，设计构图，叫作者照描"，"这种情况下，漫画艺术的创造和风格的多样等等，自然很难谈得到了"。③

出版社和报刊编辑部对于作家的体制优势，使其轻慢与政治化甚至还延伸到与当前社会关系不大的古典文学与外国文学出版之上。程千帆、沈祖棻选编《古诗今选》一书时，《出塞》《九月九日忆山东兄弟》两诗被出版社删除，"编辑向编者说，恐怕这两首诗妨碍了青年奔赴边疆，建设祖国的热情云云"④。李俍民则反映了出版社出版《牛虻》一书时对原著数段文字的粗暴删节。⑤ 李认为"这样的删节方法"，"反映了删节者对古典文学名著和宝贵文化遗产的不够尊重。我不反对根据不同的对象（如：成

---

① 朱偰：《游记文学的清规戒律》，《文汇报》1957年6月7日。
② 沈同衡：《漫画界的矛盾何在？》，《文汇报》1957年5月25日。
③ 同上。
④ 听：《补遗》，《文汇报》1957年5月6日。
⑤ 根据李俍民的记载，这几段被删的文字都是关于群众暴力的言论，如"胡乱使用短刀可怕的地方在于它会成为一种习惯。人民会把它看成日常事件，他们对人的生命底神圣感觉就会变得麻木不仁。我去罗玛亚的次数不多，但就凭我看到的这一些，当地的人民已给了我这样的一种印象：他们对使用暴力已经成为或者快要成为机械的习惯了。""当然罗，如果你以为革命者的工作只是从政府那儿取得某些让步，那么你一定会把秘密团体和短刀当做最好的武器了，因为再没有别的东西能使政府这么害怕的。可是，如果你也跟我一样的想，用暴力胁迫政府本身并不是一个目标，而只是达到目标的一种手段；又想到我们真正需要改革的是人与人之间的关系，那你一定会改变你的工作方式的。使无知的民众习惯于流血的景象，并不是提高他们付与人类生命的价值的办法。"见李俍民《奇特的删节法——对"牛虻"删节本的意见之一》，《文汇报》1957年3月27日。

人、青年、儿童)进行必要的删节,但我觉得,对成人和青年来说,对于一般有定评的优秀古典文学名著……应当尽可能用别的办法来代替删节这一最省事、最干脆但同时也最易流于粗率、武断的武器。我们可以用写序、写跋、组织人在报刊上写评介和分析文章,甚至把优秀的评介分析文章附在书中(例如韦君宜和巴人二同志写的论《牛虻》的文章附在中译本后面就很适宜)等办法,来达到指导读者的目的"。①

"笔会"还指出了出版业"文化"内涵日趋下降的事实。一方面,是由于党政人员的大量进入,出版从业人员素质明显下降所致。朱雯反映:"有一个出版社的一位工作人员检查刊物的印刷质量,翻看清样,发现一篇文章中有'文抄公'几个字,他觉得这一定是杂志社编辑的'粗枝大叶',因为天下只有'抄公文',哪有'文抄公'这种说法,便通知印刷所把'文抄公'改成'抄公文',等到发觉天下确有'文抄公'这么个词儿,才知道自己改出了毛病,弄得非常尴尬,可是一万五千份杂志已经印出来了。"②另一方面,是出版业被列入"工业企业"、管理部门屡屡以利润相绳所致。新中国成立后,编辑家赵家璧负责上海美术出版社,对其中详情颇为了解:"出版社既然被当做了工业企业,财政部门就在上缴利润上对它和工厂一视同仁了,上海地方国营的各种工业企业中上缴利润的数字1956年出版业高居第五位,仅次于公共交通运输业。上海地方国营出版业1956年全年上缴575万8千元(公私合营在外),其中人民出版社上缴229万,人民美术出版社上缴265万,两社共494万,其余的81万是解放日报等三个单位的。交通运输业是579万5千元,占第四名",因此赵感到,"党和政府要我们搞出版事业,我看主要不是在乎一年出了几百个新品种,一年印出了几千万册书,一年用了几万令纸张,或是上缴了多少利润,更重要的应当要我们出版好书,做好宣传工作,要我们为出版社在积累文化财富上做好百年大计的工作。但是看看解放八年来,全国出版物

---

① 李俍民:《奇特的删节法——对〈牛虻〉删节本的意见之一》,《文汇报》1957年3月27日。

② 朱雯:《从"抄公文"想起的》,《文汇报》1956年12月1日。

中有几种出版物可以肯定它十年廿年以后还为读者所需要呢？按照今天这种重量不重质的制度，那么我们出版社也不必再由文化部或出版处来领导，就由工业部或财政局来领导更是名正言顺了"。① 与此同时，文学杂志也在高度重复中丧失个性与多样性。署名"雷"的读者反映："我在一九五五年期间会订了三种报纸和八种杂志，但会深深感觉到自己在经济上损失非常重大。有一个时期，十一种报刊拿来，几乎全部'清一色'：不是同一文件或报告登了又登，就是首长文章刊了又刊。……连医药卫生杂志也大炒冷饭，叫人不禁为自己的经济上的损失感到痛心之外，而且也为国家的大量白报纸的浪费而觉得万分伤心。我所订的《文艺月报》，就是在这样的心情下，才决定和其它一些杂志同时停订的。……因为我家里已经有了十份的'关于胡风反革命集团的材料'，而《文艺月报》却似乎还想补给我一份，则我又何必出了钱去浪费国家的白报纸呢？"②邬不莓也讽刺文艺刊物"跟踵随至，群起效之，一呼百应，蔚成风气"③。

上述种种"唱对台戏"的做法，多少都出自非"政府中人"的立场。而事实上，这也是"笔会"副刊异于诸多报刊的原因。作为"旧知识分子"尤其是"盛世遗民"的雅集之所，"笔会"始终没有顺从于群众（工农兵）的趣味和文化诉求。相反，在"普及"日益凸显的时代，"笔会"始终抵制着群众趣味对真正"文学"的介入。这在有关阅读的冲突上颇可见出。1957年2月27日，"笔会"刊出一篇《可笑是在哪一面呢？》的文章，批评知识分子没有权利去嘲笑一个普通读者，认为一个普通读者错把吴承恩当作今人并没有什么可笑。不过，"笔会"似将此文作为"靶子"，随后又刊出两篇尖锐的批评、讽刺文章。譬如周璧认为："应该承认，知识分子去嘲笑一个普通读者是不对的，正像一个普通读者说吴承恩是今人也是不对的一样。尽管错误的具体内容不相同：前者是指知识分子采取的错误态度，在应该帮助人的时候嘲笑别人；而后者则是一个普通的读者因为缺少文学常识而

---

① 赵家璧：《出版社不是工厂》，《文汇报》1957年5月19日。
② 雷：《追忆》，《文汇报》1957年5月11日。
③ 邬不莓：《千百双绣花鞋一样花》，《文汇报》1956年11月26日。

犯的错误;——但对待这两种不同的人的不同内容的错误所应采取的正确态度,却应该是一样的;与人为善地帮助他,指出他的错误,告诉他正确的一面。'嘲笑',对自己人所犯的一般性的错误说来,是决不应该的。而有意无意的偏袒,也并不是真正的受人以德。"①不难看出,周璧对"缺少文学常识"的群众是不赞成"偏袒"的。而"茶客"更似在纠正"缺少文学常识"的群众的粗陋趣味,而细致展示文人精细的审美能力。文章虚拟一场对话,借知识分子对刘禹锡名句"朱雀桥边野草花,乌衣巷口夕阳斜"的精深理解,多少嘲笑了一般读者的浅薄。其中知识分子对一般读者说:"这不能说你没有懂得,可是也不能说你已经懂得透彻了——严格地说,如果读古诗时只是这样的懂法,也究竟和不懂差不多少。……这里花、斜两个韵脚字,是两句精神意态之所在。我不懂什么语法,不知道这是属于什么词性的。但绝不是名词或形容词之类。花、斜,都具有动字的意味。野草花,是说桥边野草,冷落寂寞中,自开自落而已。诗里的'花'字,往往是动字,就是'作花'的意思。夕阳斜,是说落照的余晖在不停留地'斜'下去了:你一定知道'红日西趋'这样的话吧?不妨说,这个斜和趋同样是动态的字,读下去,简直叫人觉得像看见了那巷口的斜阳迅速地斜下去、斜下去,余光暗下去、暗下去!"对此,一般读者自叹未懂,而知识分子又说:"照你原来所理解的,那样平板,还有什么境界、神情、意态、滋味可言呢?所以,似是而非地自以为懂了,并不比不懂更好到哪里去,甚至可以说,比不懂更糟糕。"②

---

① 周璧:《"可笑"以外》,《文汇报》1957年3月14日。
② 茶客:《旁听诗话》,《文汇报》1957年3月2日。兼带地,这篇文章还批评了文学教育:"他叹一口气,说道:'假如我们的教诗歌的老师,能在这些地方多给我们说些,那会引起我们同学们多大的兴趣啊!'我不禁又插嘴说:'刘先生所说的,都是字句间极琐屑的小问题,老师们要讲明白主题思想、教育意义,自然不能多在琐屑上费太多的话了。'他说:'不然。不是费太多的话,而是根本没有说个清楚。而且,这样说清楚了之后,我们明白了其中的神情意味,当然在接受思想教育时,也就事半功倍。连语言文字——这是文学的唯一媒介物——还弄不清,每日囫囵吞个枣,只管反复地说上一些空话式的'思想''意义',我们怎么能学习得深刻起劲呢?'他告辞了,热烈地握着刘的手不忍放下。'我们是多么希望有人能像您刚才那样告诉我们啊!'临跨出门,他还自语似的说,两眼远望,分明是在思索着什么。"

"自以为懂了,并不比不懂更好到哪里去",多少透露出知识分子对文学"领地"被本不相干的工、农、兵"侵入"的不满。可见,无论《讲话》多么强调"文艺为工农兵服务",但知识分子尤其是"旧知识分子"内心的不习惯、不接受是客观存在的事实,"对台戏"因此也有越唱越"响"之嫌。这些有关阅读、出版的批评、讽刺,如同前述针对"生活"概念、题材等级、正面人物和反面人物之叙事"成规"、阶级论批评的纷涌而至的疑问,深刻见证了当代文学内部不同文学力量之间的摩擦与冲突。这些"对台戏"诚然可以理解为当代文学内部的自我纠查,具有建议性意义,但遗憾的是,"反右"飓风大起之后,"唱对台戏"被升级为"反党"罪行,其中除了少数意见(如有关出版的部分建议)被付诸实践外,大多数的"不同意见"却因为与体制的核心原则相违背,终究只能停留在思想的意义之上。而"新的人民的文艺"对新文学等异质文学传统的"整编",也因为未能建立在广泛同意的基础上,最终给当代文学的发展埋下了难以处理的难题。

"笔会"副刊的"杂文复兴"论争

1956年10月1日,《文汇报》奉命复刊,"笔会"副刊也随之恢复,一度自叹为"盛世遗民"的主编徐铸成则着力在新语境下部分"恢复"《文汇报》旧的自由主义作风。按照美国媒体学家凯尔纳的看法,媒体总是在两种选择之中择取其一:"媒体生产是与权力关系交织在一起的","它要么促进控制,要么赋予个人以抵制和斗争的力量"①,那么,复刊以后的具有国有民营特征的《文汇报》会选择怎样的道路、以怎样的"知识"生产为己任呢? 从"笔会"刊发的大量"文人文章"以及它对"新的人民的文艺"的大量讨论看,徐铸成可以说为之选择了暗暗"抵制和斗争"的棘途,或曰"忠诚的对立面"的道路。② 怎样抵制怎样批评,则必然涉及杂文传统。作为一份身处文化中心上海而又兼具"横议"风骨的报纸文学副刊,"笔会"在当年不但大规模"复活"杂文,而且还敢于担当,策划、组织了有关"杂文复兴"的讨论。这一讨论为今日文学史家观察当时不同文学成分、话语力量之间的冲突、竞争与"谈判"提供了有效的历史现场。

一 重提杂文传统

有关"杂文复兴"的话题,《文汇报》早在1950年初就已提出。其时《文汇报》发表系列文章热议此一话题,譬如《杂文复兴》(黄裳)、《关于"杂文复兴"》(喻晓)、《杂文的道路》(金戈)、《杂文小论》(辛禾)、《略论"杂文复兴"兼及讽刺问题》(萧曼若)、《关于杂文的写作》(张淇)、《杂

---

① 〔美〕道格拉斯·凯尔纳:《媒体文化》,丁宁译,北京:商务印书馆,2004年,第73页。
② 〔美〕罗伯特·雷德斐尔德:《中国绅士》"序",北京:中国社会科学出版社,2006年,第13页。

应该属于谁》(杜高)、《我对"讽刺"的认识》(庄真)等等。明显地,作为对现体制与秩序"持不同意见"的文体,由鲁迅开创的杂文最能代表"新文学"的精神特质。那么,在"新的人民的文艺"被认定为唯一合法的"文学"类型以后,以杂文为代表的"新文学"究竟将何以自处,不能不是前国统区作家敏感而忧虑的问题。《文汇报》1950年初的讨论,便是这种集体敏感的流露。不过,由于缺乏文艺高层的介入,这些议论除了表达出"杂文是应该写,可以写的"集体诉求外,难以形成实质性结论。当时,最权威的意见体现在冯雪峰在上海电台的有关讲演中。冯提倡用"新的革命的杂文"来代替有着"在黑暗势力统治下面的奴隶头额上的烙印"的鲁迅式杂文:"新的杂文……完全不需要隐晦曲折了。也不许讽刺的乱用,自然并非一般地废除讽刺。它能够大声疾呼和直剖明析了,而首先必须站在人民的革命立场上,对于人民和革命朋友必须满腔热情,并且必须以人民大众的语言说话,为人民大众所容易懂得",他甚至认为"现在是最有利于写杂文,也最有利于把杂文写得好、写得出色的时代"。① 不知冯雪峰这样讲是否有心虚之感? 其实,对"新的革命的杂文"究竟该如何把握才不致成为"讽刺的乱用",冯并未给出操作性建议。故而新中国成立初年,在鲁迅被"经典化"的同时,杂文写作可以说是寥落而缺乏生气的。从1949年到1955年,除《新观察》《文艺报》时时刊登一些"苏式小品文"②外,文坛上难觅杂文踪迹。期间《文汇报》也经历易名、停刊诸事,对杂文的关注难以持续。不过"鸣放"期间,杂文开始以"小品"之名卷土重来。复刊以后的"笔

---

① 冯雪峰:《谈谈杂文》,《文汇报》1950年6月30日。
② 所谓"苏式小品文",是当时文艺界在"鲁迅风"杂文难以为继的情形下从苏联引入的新文体,大抵特点是不涉及敏感问题,多针对零碎小事,"是一种讽刺的文章","是用轻松的文学的语言来写的;它里面有情节,有艺术形象,有隐喻,它的最大特点是有笑——一种揭露性的笑"。见陈绪宗《小品文——进行思想斗争最灵活的武器》,《人民日报》1954年4月18日。

会"也试探推出了不太同于"苏式小品"的杂文。① 在此情形下,"笔会"于1957年初撇开"小品"之名,重拾旧题,再度议论起"杂文复兴"的话题。

所以旧话重提,与党内文人对杂文的"狙击"直接相关。1957年1月7日,陈其通、陈亚丁、马寒冰、鲁勒四人联名在《人民日报》刊文批评当时文学"乱象":"有些小品文失去了方向,在有些刊物上反映社会主义建设的光辉灿烂的这个主要方面的作品逐渐少起来了,充满着不满和失望的讽刺文章多起来了;当然,讽刺也需要的,但不划清维护社会主义制度和打击社会主义制度的界线,就会是不真实的、片面的和有害的。"②由于四位作者皆是军内文艺官员,故文章一出文艺界为之肃然。但恰如凯尔纳所言,媒体"是社会权力及其斗争的一个重要论坛"③,秉承"自由"遗风的"笔会"逆势而上,率先回应。最先议及此事的是雁序。他未直接提及陈其通等的文章,而仅是对"某些人"对杂文的"冷淡"表示不满:"为什么批评界就一直没有像关心小说、诗歌那样去关心它的发展呢?","某些刊物的刊载杂文,只是因流风所向而'聊备一格'","而一些出版社,除了对个别大名家的杂文'另眼相看'外,从来就没有出版过一个杂文选集或个人的杂文集"。④ 而对杂文可能不受欢迎的出版估计,雁序更明确表示否定:

> 有些同志可能要说,"从营业观点看,杂文没有小说、诗歌受人欢迎,出了集子可能卖不掉。"其实,说这种话的人根本并没有了解杂文的群众性。……我们这里有一个同志暑假里回镇江去,在一个机关食堂里吃饭,突然看到满食堂的人都在谈一个什么问题,这个同志仔

---

① 复刊笔会第一期(1956年10月1日)"笔会"就刊出了舒芜的《"当人们个人利益与整体利益矛盾的时候"》,称:"整体!整体!多少官僚主义假汝之名以行之"。进入11月,又刊出公刘的寓言诗《刺猬的哲学》讽刺各人心怀芥蒂,缩成一团,不敢"掏出赤忱的心来交换"。另一寓言诗《乌鸦与猪》则写道:乌鸦不承认自己的黑,"这是多么严重的歪曲!/难道生活是这样的吗?"
② 陈其通、陈亚丁、马寒冰、鲁勒:《我们对目前文艺工作的几点意见》,《人民日报》1957年1月7日。
③ 〔美〕道格拉斯·凯尔纳:《媒体文化》,丁宁译,北京:商务印书馆,2004年,第62页。
④ 雁序:《要热情关心杂文的发展》,《文汇报》1957年1月25日。

细一听,原来是在谈"九斤老太"。如何如何。她不免奇怪起来,心想:"这里机关里的工作人员绝大多数的文化水平在初中以下,他们很少看鲁迅先生的小说,怎么今天上百人都在谈'九斤老太'?"直到吃了中饭出去翻了翻当天的人民日报,才知道原来是严秀发表了一篇《九斤老太论》。一篇好的杂文的影响就有如此之大……任何对杂文的"冷遇"都是不应该的。①

虽然雁序未点名非议陈其通等,但后者显然注意到了《文汇报》的"不同声音",马寒冰很快寄文到"笔会",再度申述自己关于小品文(杂文)的意见:"报刊上发表的小品文,往往是抨击和讽刺不合理现象,和不良作风的居多,表扬好人好事的,和歌颂祖国建设的甚少","好像我们国家的工作,简直是不可想象地一团糟(!)这是很难令人信服的,也是完全不符合事实的","(我们)绝不能片面地去理解小品文的作用。我们需要的是抨击和讽刺那些不合理的现象和不良的作风;也要有歌颂我们时代中的新人新事的小品文"。② 马寒冰的用"小品文"(杂文)"歌颂"时代的观点,不免存在操作的难度——倘若鲁迅活到此时,也可能会感到难以措手。不过,对马寒冰等的意见并不可以以"官方观点"简单视之。实际上,他们代表了一批在感情上不能接受针对新中国的批评的革命文人的立场。对于陈其通(1932年参加红军)、马寒冰(西北野战军二纵宣传部长)这样经过长期残酷战争的作家来说,新中国是无数战友用青春、鲜血换来的果实,她代表着正义、公平和幸福。她即便有缺点,也是"非本质"的,不宜用杂文成篇累牍去批评。相反,文学主要职责更应该是"歌颂我们时代的新人新事"。此类观点,显然不宜以"僵化"或"保守"目之,而更多是不容信仰遭到讥议。不过马寒冰等是否在理或可再议,但他们引起了毛泽东的严厉批评却出人意料。1957年2月27日,毛泽东在最高国务会议会议上,点名批评陈其通等,"四个人署名,实际上是怀疑百花齐放、百家争鸣这个方

---

① 雁序:《要热情关心杂文的发展》,《文汇报》1957年1月25日。
② 马寒冰:《谈小品文》,《文汇报》1957年2月7日。

针,所谓自从这个方针提出来,就没有大作品了"。① 甚至,毛泽东还要求刊发该文的《人民日报》表示态度。② 严格地讲,马寒冰等的观点比较符合《讲话》,也受到许多党内文人的支持。但为什么毛泽东会批评呢?原因可能是它们在1957年初出现,与毛泽东在"反胡风运动"以后鼓励知识阶层、重新与之形成团结的想法并不协调。

毛泽东"我不赞成"的声明,使"笔会"鼓足了勇气,开始公开与马寒冰展开论战(此前双方都未点名)。3月5日,"笔会"刊出黄沫长文认为"马寒冰同志的意见归纳起来,就是这样三条:一、坏人坏事、官僚主义,在我们国家里是极少数的、个别的现象。二、如果是少数的现象,就不能写,不能揭发。三、上级领导机关没有官僚主义,官僚主义只有在下级机关才可能有","不知道马寒冰同志是从哪里找到这样三条的。当我思索这个问题而得不出答案的时候,我偶然地翻开最近一期的'学习课表',发现了一篇文章:黑格尔的《谁在抽象地思维?》这篇文章竟给了我一个答案!这答案就是:马寒冰同志是从'抽象思维'中得出他的三条的"。那么,什么是抽象思维呢?黄沫说:

> 这种思维不是从实际出发,而是从片面的定义出发,不是从实际中而是从片面的定义中去认识事物的。因此它除了从事物中抽象出来的那个片面的定义而外,不承认其他一切东西。正如黑格尔文章中所举的那个"普通的观众",他在一个被押往刑场的凶手身上看到的,仅仅是凶手而已,除了"他是凶手"这个抽象的概念而外,看不到

---

① 毛泽东:《关于正确处理人民内部矛盾》,《毛泽东思想万岁(1949—1957)》,油印资料,1969年,第159页。需要说明的是,此段文字及下一注解所引文字,在《毛泽东选集》与《毛泽东文集》所收同篇讲话中皆未收录。

② 毛泽东说:"在一月中旬和下旬开的省市委书记会上,我把他们四个人的声明文章印出来给大家看了。当时有《人民日报》的同志在座,他表示了什么?没有表示什么态度","你们发表这个东西是赞成还是反对","你总要处理一下嘛,或者是商量一下,自己没有主张,你们找中央同志研究一下嘛!看如何处理。我现在表示我的态度。我不赞成那篇文章,那文章是错误的"。毛泽东:《关于正确处理人民内部矛盾》,《毛泽东思想万岁(1949—1957)》,油印资料,1969年,第159页。

凶手身上所有其他的品质，比如在太太们眼里，他还许是"一个强壮的、漂亮的、惹人喜欢的男子"呢，等等。……我们的新社会比旧社会好，是因为新社会的好人好事比旧社会多，而新社会之所以为新社会，也是从它有许多好人好事而来的。但是却不可以由此得出结论：新社会里尽是好人好事，坏人坏事只是"极少数、个别的"现象，要是这样想，那就是犯了"抽象思维"的毛病了。①

黄沫的批评一泻千里，气势逼人。② 但究其实，马寒冰未必就是泥陷于"抽象思维"（概念化）的人，不过是面对同样社会事实，不同经验、立场的人感受的生活"真实面"有所差异、对"叙事的文化政治"更趋歧离而已。然而，面对黄沫的理论挑战，马寒冰未作任何回应。但在此期间，"笔会"的杂文讨论却一片喧哗，不少文人开始有意识地讨论杂文"传统"。3月28日，"笔会"刊出的顾家熙文章历数了1949年前出版的有影响的杂文集，如徐懋庸《打杂集》，如"野草丛书"14种（其中包括夏衍《此时此地集》、秦似《感觉的音响》、孟超《长夜集》、宋云彬《骨鲠集》等），如解放战争期间出版的胡绳《在重庆雾中》、冯雪峰《乡风与市风》、唐弢《短长书》等集子。当然，顾家熙的回顾，用意显然不在介绍旧闻，而是重现某种独立

---

① 黄沫：《不要"抽象地思维"——读马寒冰同志的两篇文章》，《文汇报》1957年3月5日。

② 黄沫还认为"抽象思维"是一种新形式的"无冲突论"，对文学危害颇大："如果我们能在建国以来短短的七、八年中，把旧社会遗留给我们的种种不好的东西消除得那么干净，以至坏人坏事成了'极少数、个别的'现象，那才是'不能相信的，也是难于理解的'呢！这也是一种'无冲突论'，按照这种理论，我们的社会也就不会有什么新与旧、先进与落后的斗争了！而所有做思想工作的人，包括作家在内，都可以放心睡大觉了！这难道不是在提倡一种麻痹精神吗？好人好事应该写，而且应该多多的写，但这与坏人坏事并不冲突；而无论写好人好事或是写坏人坏事，其目的都是为了教育人，提高人们的思想，这是一件事情的两面，正如好人好事和坏人坏事是我们生活的两面一样。在这里，抹煞任何一面都是不对的。关于文学作品只能写普通的、大量存在的现象，而不能写少数的现象，如果写了，就是用个别去概括一般……这也是一种教条。这种教条早就为伟大作家所创造的艺术形象所驳斥了，例如肖洛霍夫写了一个走向反革命的中农格利高里，然而人们并不因此认为所有的中农都是要走向反革命的。用'抽象思维'去认识事物是不行的，用'抽象思维'去进行文艺批评也同样不会有结果。"黄沫：《不要"抽象地思维"——读马寒冰同志的两篇文章》，《文汇报》1957年3月5日。

写作的精神和"传统"的力量。比如顾特别谈到了夏衍的杂文集以及夏衍关于杂文的议论:"夏衍曾经自喻为一个失去了土地的农夫,当时《救亡日报》已经被封,夏衍没有耕播的地方而又不甘怠惰,于是他想起了一幅北欧画家的油画:一个穷人在都市里的屋顶上浇灌盆花的情景,所以他将它取名为《屋上盆栽集》。夏衍后来在 1948 年香港印行的《劫余随笔》的'前记'中曾这样说:'不能在大地上耕种而只能在屋顶上栽一两棵草花,这是我在重庆三年间的心境,可是,不愿人世间有一点绿色的文化警察,竟连这一点可怜的"自慰"也不肯容许,最初是不准通过,后来经过出版者的交涉,请客,讲情,下来的"红铅笔"本子是删掉了三分之一,而又禁止我用"屋上盆栽"这个名字,看内容,像被重庆耗子啃过的破絮,不论怎样委曲也已经补缀不起来了,我一气,索性不出版了。'真的没有出版吗,也不是。这就是后来由夏衍动过手术而出版的'有关戏剧的短论散文杂感'的《边鼓集》。"①顾家熙如此重提夏衍的旧话"不愿人世间有一点绿色的文化警察",难道就无一点对当前体制化现实的暗示吗?美国新批评代表人物布鲁姆说:"经典不仅产生于竞争,而且本身就是一场持续的竞争。这场竞争的部分胜利会产生文学的力量。"②顾家熙此文重现那些似已遥远的杂文"经典",用意恐怕亦正在于召唤"产生文学的力量"吧。

4 月 10 日,"笔会"又刊出李洁呼唤"烈火一般的杂文"的文章。此文针对《学习》杂志 1957 年第 4 期所载巴人《"肯定"与"否定"》一文而写。在该文中,巴人认为他的杂文对反对统治者的魔宫起过"拆墙脚"的作用,但在今天建设社会主义大厦的时代里,他那"专事破坏"的杂文却是毫无用处了;不仅毫无用处,而且可能妨害那些些正在为这所大厦铺砖垒石的人。应该说,巴人的自述是现实的:杂文天然是一种不合作的最具有"否定性的破坏性力量"③的文体,但从逻辑上讲,新中国既已进入"建设"

---

① 顾家熙:《杂谈杂文集》,《文汇报》1957 年 3 月 28 日。
② 〔美〕哈罗德·布鲁姆:《西方正典——伟大作家和不朽作品》,江宁康译,南京:译林出版社,2005 年,第 40 页。
③ 〔日〕柄谷行人:《日本现代文学的起源》,赵京华译,北京:生活·读书·新知三联书店,2003 年,第 3 页。

阶段,再谈"破坏"不但无从措手,甚至不合时宜。然而李洁不同意巴人的顾虑。他在文中全力论证"破坏"在今日继续存在的必要,因为"社会主义大厦"和"统治者的魔宫"并非没有关联:

> 魔宫诚然是倒了,魔宫中散步出来的多少无形的但极其有毒的东西还有待大力肃清。这是一项比推翻魔宫更加艰巨、更需时日的工程。我们都是社会主义大厦的建设者,或至少是自命如此,但就是在我们中间,还有多少肮脏的、见不得人的东西,多么需要烈火一般的杂文来烧毁,多么需要"懂得内情"(巴人同志"生于清末,长于'民国',"不正是最懂得内情的吗?)的人来"反戈一击"!……何况巴人同志还写过像《况钟的笔》这样极富建设性的传诵一时的绝妙好文。今天铺砖垒石打墙脚的劳动诚然是迫切需要,但打扫垃圾、清道夫的工作也未能付之阙如。不然,住进那大厦去的人中,有许多面目一定难得是干净的,灵魂难得是美丽的。"①

"清道夫"是"忠诚的批评者"的通俗说法,这正是"笔会"副刊自我设定的富有召唤力的位置。雷蒙·阿隆分析苏联知识分子时认为:"人们在以下两种态度之间犹豫不决。其一是坚持认为,不管怎么说,这一新的政体仍忠诚于其最初的理想,并向着自己的目标前进;其二是揭露革命先知在掌权前所宣扬的革命理想与官僚分子所建立的国家之间的差距。"②对于"笔会"而言,"揭露"是更自然的"选择"也是更有利于国家建设的选择。这意味着,"笔会"要在"新的人民的文艺"内部重建杂文的力量和合法性。

二 杂文的"冷""热"之辩

至此为止,"笔会"虽着力提倡杂文,但尚未出现不同文学力量之间持

---

① 李洁:《愿巴人同志健笔》,《文汇报》1957年4月10日。
② 〔法〕雷蒙·阿隆:《知识分子的鸦片》,吕一民、顾杭译,南京:译林出版社,2005年,第116页。

续的、针锋相对的论辩。但1957年4月13日胡明树的一篇杂文,却使局面骤然变化。胡文题目长而怪异,《鸭子和社会主义,历史和文物、猪和徐锡麟……》,内容则是讽刺当地政府在杀鸭、养鸭诸事上的瞎指挥,批评有关部门无知,竟在徐锡麟烈士墓上盖农业展览馆(兼养猪):"无知并不可怕,可怕的是自以为知、自以为是的特权官僚主义。"应该说,此文讽刺的内容并不为奇,不过它在行文上的"嬉笑怒骂"式的若干作风很快引发论争。卢弓指责胡的杂文过"冷",让人"感到几分沁人的凉意"①。当然卢弓并不否认杂文在"新的人民的文艺"中的合法性:"有人近来在谈论杂文的危机。一条理由是,杂文原是用来对敌的,今天在我们国内,主要矛盾却已经不是敌我矛盾,而是人民内部的矛盾了。因此,对敌的杂文就失去了存在的价值。另一条理由是,杂文如果用作'对待人民内部矛盾的治病救人的药',就必须'中正和平',而这又失去了杂文之所以为杂文的'锋利的特点'","我倒并不同意这些看法","对有些病,就须下猛药。因此,杂文尽可以、而且也必须保持自己的锋利的特色"。②但卢文表面上四平八稳,重心却不在这里。他真正要批评的是胡文对"自己人"的"冷嘲":"杂文要有激情,乃至愤怒。对于那些严重损害着人民利益的落后事物,人们怎能不发怒,怎能不痛加斥责呢?无论杂文的作者如何愤怒,如何斥责,都是容许的,只要作者是像对待自己人那样,满腔热情,与人为善。这便是问题的关键。三娘对她儿子的错误是极为愤怒的,她岂止怒加斥责而已,简直动手打儿子了。但人们都感觉得出来,'三娘教子,打在儿身,痛在娘心'。三娘对儿子的心,是热呼呼的。可惜,有的杂文作者,对于自己人的缺点,缺乏与人为善的热情,却多少有些一棍子打死而后快的冷酷;不是'热'骂,而是'冷'嘲。对待敌人自然要'冷'。但为什么今天对待人民内部的缺点还要'冷'呢?"③

卢弓的批评当然基于主观感受,但他对"冷嘲"与"热骂"的区分,实际

---

① 卢弓:《从批评的冷与热,谈到鸭子、文物、猪……》,《文汇报》1957年5月4日。
② 同上。
③ 同上。

上触及了当年冯雪峰所谓"新的革命的杂文"两个比较棘手的问题:(1)如何界定批评者与被批评者的关系?(2)如何确定批评的态度?这两个问题相互纠结:是从革命的逻辑表述上去认识被批评者呢?还是从生活实感去界定被批评者呢?两者区别甚大。一方面,就逻辑而言,无论批评者还是被批评者,在新中国已皆属"人民",未必宜于展开讽刺。如果说"民族经常是被建立在一个对文化同质性的创造和把特定的想象这个共同体的方式优先化的'工程'之上的"①,那么马寒冰所言"歌颂"就当是"优先工程",而讽刺则属被"排斥"对象。另一方面,从生活实感观之,部分被批评者与当年鲁迅讽刺对象实在无太大差异,正宜于以讽刺待之。所以,倘若纠缠于"人民内部",杂文很难取得合法性,操作难度也非常之大。5月13日"笔会"刊发的陈秉垚文章即是如此。他一方面承认对"自己人"有"治病救人"的必要,另一方面同时反对"冷嘲"与"热骂",转而强调"冷静","因为'冷嘲'固然是必须用之于敌,但'热骂'似乎也不是什么对待人民内部矛盾问题的积极的办法。'热骂'也只不过是'骂'而已。大吵大嚷一顿之后还是解决不了根本问题。写讽刺杂文必须要把说理与开刀(讽刺)有机地结合在一起,保持冷静,力避粗暴"。②

比较起来,唐振常就不那么纠结于"人民",而从"百花齐放"角度申张了"冷嘲"的正当性:"作为文学形式的一种,我以为:杂文,也应该有各种各样的写法,热讽固然好,冷嘲又何妨!""杂文,都写成了一种调调儿,一个模式,又有什么趣味呢?写文章的人,喜爱不同,风格各殊,写起来,嬉笑怒骂皆成文章,其结果却是一样:治病。我以为:这正是杂文的繁荣。"③而且,唐振常还跳过具体的文章是非,将讨论重新拉回到"杂文复兴"的理论话题:

杂文,这玩意儿,近年来可算受了不少苦;去年夏天以后,才又重

---

① 〔英〕阿雷恩·鲍尔德温等:《文化研究导论(修订版)》,陶东风等译,北京:高等教育出版社,2004年,第170页。
② 陈秉垚:《从鸭子、文物、猪想到杂文的讽刺》,《文汇报》1957年5月13日。
③ 唐振常:《委婉的扼杀——对卢弓同志的意见的意见》,《文汇报》1957年5月15日。

新抬头,可怜,曾几何时,又逢厄运,什么片面啦,什么老是些生活小事啦,于是,销声匿迹,翻遍报刊,所谓杂文也者,真成了"千呼万唤始出来,犹抱琵琶半遮面"。近来,报纸上在讨论杂文的危机,我不同意客观环境变迁、杂文应该消亡那种说法。现在杂文半身不遂,我以为:客观原因多于主观,造成了许多人不敢写。然而真金不怕火烧,不管那些惧怕杂文、讨厌杂文的人如何,杂文还是花,还是医治人类灵魂的一剂良药,这就需要有人来写,大胆地来写,不管冷嘲与热讽,嬉笑怒骂,自成文章。卢弓同志的禁令也好,戒条也好,其结果都将是徒然的。①

唐振常有关"杂文半身不遂"的说法得到雁序的响应。雁序同样针对当时文艺界已经出现的"小品文"(杂文)应当取消的议论②,认为其说"不足为训"。为正视听,他在文章开篇引用了《讲话》的权威论断——"我们是否废除讽刺?不是的,讽刺是永远需要的。但是,有几种讽刺:有对付敌人的,有对付同盟者的,有对付自己队伍的,态度各有不同"——随后将"矛头"调转到卢弓对胡明树的批评之上。雁序认为卢弓对杂文缺乏热情:"(卢弓)在'理论'上不反对讽刺","但是,一涉及具体问题,却又来个一百八十度转弯","胡明树批评的第一种干部","对于自己错误,因它而造成的农民的损失,既不检讨,更无论赔偿,反而一直站在群众上面来'教育'群众。至于第二种那个某县的领导干部,硬是刚愎自用,死不买账:'我就是犯法也要这样干!'对这些,卢弓先生认为还不算'恶劣',不算'顽固',我不知卢弓心目中的恶劣与顽固'标准'到底如何?对官僚主义,卢弓的'冷'是冷得可以了,主张不要过火,用一用讽刺就怕他们痛了。而对胡明树的讽刺,却非常'热心'的指指点点,所谓'激情'、'愤怒',尚云何哉!"③梅阡也刊文支持胡明树,在补充了浙江龙泉县毁坏文物的恶劣证据

---

① 唐振常:《委婉的扼杀——对卢弓同志的意见的意见》,《文汇报》1957年5月15日。
② 此前,评论家范舟根据毛泽东讲话中一句"鲁迅,也不曾嘲笑和攻击革命人民和革命政党",推出讽刺(杂文)必须消亡的结论。见范舟《我说小品文要消亡》,《人民日报》1957年4月29日。
③ 雁序:《讽刺与推论的"灾难"》,《文汇报》1957年5月22日。

之后,他认为"冷嘲"又有何妨:"胡明树先生不过是向之讽刺了一下,纵使人感到几分沁人的凉意,我想也是不足为怪的,为什么偏要苛责杂文作者失之'冷酷'呢?——我以为'冷'一点也好。"①

因为有唐、梅等的支持,胡明树本人再度在"笔会"上发表文章。一方面,胡补充了官僚主义新的证据:"我在前次的文章中,有一点还不愿意写到的,现在为了说明特权官僚主义的存在,不得不在此揭发一下:那位曾反对领导破坏历史文物的下级干部,因为此事招惹了领导的歧视,于是借故报复、打击、陷害,一连串的事情都发生了",另一方面,则对"人民"逻辑提出了质疑,"有人说:'我们要反对官僚主义,但对官僚主义要有同志式的态度。'我曾在一次会上不同意这种说法,我说:'官僚主义既非我们的同志,宗派主义、教条主义也不是我们的朋友。对犯了官僚主义的同志我们要治病救人,而对官僚主义则要彻底地打倒它,恨死它!如果我们自己身上存在着官僚主义,如果我们不恨它,愿意和它和平共处,那就永远克服不掉它。'……因此,我想在此问一句:谁有本领一棍子打死官僚主义,又有何不可?"②这大大把"官僚主义"剔出"人民"之外之意。倘若官僚主义不是"自己人",那鲁迅式杂文当然可以光大发扬了。

三 "战斗的杂文"的申张

应该说,到1957年5月底,"笔会"有关杂文的讨论,日益散发出自由气息。不过,这和党内提倡杂文的权威文人的看法并不吻合。其实四五月之交,胡乔木即在《人民日报》内部谈到此问题:"不一定规定杂文必须讽刺","否则,就使得杂文有了一定界限,使副刊的园地成为讽刺的园地","批评、讽刺工作中的缺点,都需要。但热情不够。鲁迅把自己的杂文叫做'热风',以区别于'冷风'。现在的杂文作者自比共产党以外的人,自比于当权者之外,领导者之外,自比于京兆布衣,与政府中人为两个

---

① 梅阡:《一点证据:也谈杂文的冷与热》,《文汇报》1957年5月23日。
② 胡明树:《能一棍子打死官僚主义,又有何不可?》,《文汇报》1957年5月28日。

路数","这种情调使人感到有距离,作者自己造成了距离,就产生了距离感,起离心离德作用。我们的社会不至于比过去的社会坏"。① 胡乔木此段讲话当时并未公开,那么他说的杂文作者"与政府中人为两个路数"是否包含上海滩上的这些讨论呢?对此无法断定。但《文汇报》显然未顾忌此方面的问题,因此"笔会"全面地呈现出"在文化层面上重演社会根本冲突的那种你争我夺的领域"②的特征。6月以后,一批资深文人开始参与"杂文复兴"的讨论,并明确申张鲁迅的杂文传统。

6月4日,宋云彬在"笔会"同时刊发两篇文章,一篇补叙了胡明树所批评的文物破坏更详细的情况,并以一句"鲁迅说得真对:讽刺作者大抵为被讽刺者所憎恨"③对胡表示支持,另一篇则侧重于杂文"道理"的阐释。他几乎是不厌其烦地引述鲁迅有关杂文的论述④,然后表示卢弓有关"杂文的乱用"的忧虑实不足虑:"卢弓同志是不很乐观于杂文的日见其开展的;他怕人家乱用讽刺,弄到敌我不分。'我们并不一般地反对讽刺,但是必须废除讽刺的乱用',十五年前毛泽东主席在延安文艺座谈会上的讲话中早已指出来了。卢弓同志那种顾虑也是应当的。问题在于胡明树同志是不是'乱用'了'讽刺'呢?是不是用对付敌人的态度来对付自己人呢?

---

① 胡乔木:《〈人民日报〉副刊及其他》,《胡乔木谈新闻出版》,北京:人民出版社,1999年,第260—261页。
② 〔美〕道格拉斯·凯尔纳:《媒体文化》,丁宁译,北京:商务印书馆,2004年,第173页。
③ 宋云彬:《憎恨呢?愧悔呢?》,《文汇报》1957年6月4日。
④ 宋云彬称:"鲁迅写了上十上百篇杂文,他最懂得'讽刺'的道理。他说:'我们常不免有一种先入之见,看见讽刺作品,就觉得这不是文学上的正路,因为我们先就以为讽刺并不是美德。……其实,现在的所谓讽刺作品,大抵是写实。非写实决不能成为所谓"讽刺";非写实的讽刺,即使能有这样的东西,也不过是造谣和诬蔑而已。'(《论讽刺》)又说:'我想:一个作者,用了精炼的,或者简直有些夸张的笔墨——但自然必须是艺术的——写出一群人的或一面的真实来,这被写的一群人,就称这作品为"讽刺"。'(《什么是'讽刺'?》)又说:'讽刺的生命是真实;不必是曾有的实事,但必须是会有的实情。所以它不是"捏造",也不是"诬蔑";既不是"揭发隐私",又不是专记骇人听闻的所谓"奇闻"或"怪现状"。'(同上)又说:'讽刺作者虽然大抵为被讽刺者所憎恨,但他却常常是善意,他的讽刺,在希望他们改善,并非要捺这一群到水底里。……如果貌似讽刺的作品,而毫无善意,也毫无热情,只使读者觉得一切世事,一无足取,也一无可为,那就并非讽刺了,这便是所谓'冷嘲'。"宋云彬:《从一篇杂文谈到讽刺》,《文汇报》1957年6月4日。

我看都不是的。如果像这样的文章也看作是毫无善意、毫无热情的冷嘲,那必然是会发展到'一般地反对讽刺',杂文这种'花'就很难'放'了。卢弓同志口头上说他不同意有些人认为小品文有危机的看法,而认为'杂文尽可以而且也必须保持自己的锋利的特色',但是他的内心里却是不喜欢那些具有'锋利的特色'的杂文的。"①而且宋云彬还将卢弓与引起毛泽东震怒的陈其通、马寒冰等人的观点"勾连"起来,虽不免有恫吓之嫌,但对于讽刺的"正名"的确有力:"他的那种想法和看法跟陈其通等四位同志有相通之处,是有它的代表性的。陈其通等四位同志不是为了'在有些刊物上……充满着不满和失望的讽刺文章多起来了'而表示过忧虑吗?""批评的态度和方法可以有各式各样,平心静气的说理是一种态度,一种方法,这两种态度和方法都无碍于培养正确而健康的批评风气,无庸我们鳃鳃过虑,给后一种方法定出许多清规戒律来。'以理服人'也只能对可以理喻的人;对不可理喻的人只有用'痛下针砭'的方法,于是乎喜笑怒骂的讽刺文有它的存在和开展的必要了。"②

同日,方环也直截了当地声明"战斗的杂文"的"生存权利":"杂文是一种战斗的文体,这是人所共知的。鲁迅先生说得明明白白:'作者的任务,是在对有害的事物,立刻给以反响或抗争。'在革命的暴风雨时代里,战斗的作家曾经运用了这种战斗的文体,'和读者一同杀出一条生存的血路';如今,我们正在卷起袖子管建设社会主义,对敌斗争不用说了,如果人民内部仍旧有'有害的事物'存在,同样迫切的需要杂文来进行批评、揭露和讽刺。举例来说:党中央的整风指示里,说有一部分立场不坚定的分子,容易沾染旧社会国民党作风的残余,形成一种特权思想;这种'特权思想'不就是'有害的事物'之一吗?因此战斗的杂文在如今仍应得到生存的权利,本是毋庸置疑的。"③方环以整风文件为据,显得气势十足。他明确批评杂文讨论中那些质疑的声音,"杂文在胜利了的年代,自然不

---

① 宋云彬:《从一篇杂文谈到讽刺》,《文汇报》1957年6月4日。
② 同上。
③ 方环:《杂文的遭遇及其命运》,《文汇报》1957年6月4日。

再受到敌人的残酷压迫,意外的是,却碰到自己同志的善意阻挠。因为杂文所选择的敌手,多是'有害的事物',自然就是'否定'的多,而'肯定'的少,这也是不必避讳的。一心一意要取消杂文的人,总是指指点点地说:在人民内部只需要正面批评、不需要讽刺啦,工作会'被动'啦,会伤害了自己人啦,片面啦,尖酸刻薄啦,如此,云云。前一些时候,还有众路英雄不谋而合(或一谋即合)来围剿杂文。好了,我们在这里也可以看清楚杂文的命运了。它是与'有害的事物'共存亡,而又是作为'有害的事物'的死敌而存在着、而战斗着的","杂文仍然要'杂'下去,谁也没有法子捆住它,减弱它的战斗力量"。① 方环的"杂文仍然要'杂'下去"的声言很快得到著名作家巴人的声援。巴人《关于"百花齐放,百家争鸣"》(刊于6月5日)虽未专门谈论杂文,但明显是声息相通。

然而,1957年6月8日《人民日报》突然发表《这是为什么?》的社论,给全国如火如荼的"鸣放"画上了句号。但"笔会"有关"杂文复兴"的讨论却未戛然而止,而是继续向深处进发。此日刊发的徐懋庸文章,以纪念《讲话》为名,一方面厘清了在"人民内部"如何"暴露"的问题,另一方面,则不免多逞辩才,将《讲话》原有的"歌颂"之说活生生地曲解为"暴露":

> 我只想说一说对于新生事物的歌颂的问题。大凡,一种新生事物刚一露头或者只是个别地出现的时候,如黎明的日出,第一个劳动模范的产生,人们总是以又惊又喜的浪漫主义的心情去大声欢呼它,这是自然的、必要的。但当日已中天,或劳动模范已经大量产生的时候,人们虽然还是歌颂,但未必再用惊喜的欢呼,而态度会越来越现实主义的,有分析,有批判,着重肯定其中最新的发展,还要指出其中的缺点,这也是自然的、必要的;这不是不再爱它,而是更爱它了;如母亲对于成长了的儿女。这时候,倘再是一味笼统地大声夸奖赞叹,恐怕就会显得歌颂者的少见多怪,而对歌颂的对象的发展,倒未必有益了。所以,如何歌颂和暴露,既决定于事物发展的具体情况,也

---

① 方环:《杂文的遭遇及其命运》,《文汇报》1957年6月4日。

决定于作者的认识发展的实际程度。①

这可以说是中国人常用的"六经注我"的文字技术——徐懋庸其实不太认同已被教条化运用的"歌颂"之说,但借用《讲话》的逻辑,兼之故意应和(如"劳动模范已经大量产生"云云),他竟然用《讲话》"证明"了"暴露"的必要性与合理性。如此新解,可谓是"杂文复兴"讨论中一篇行文曲折、用意巧妙的奇文。

不过徐懋庸这篇奇文的发表,不能作为"笔会"特别倔硬的证据,而可以说是前自由主义者难以接触高层"内部消息"的结果(中国作协核心层在5月中下旬已得知转向消息)。所以,尽管徐铸成有"唱对台戏"的办刊策略,但"反右"骤起、《文汇报》第一时间成为批判对象后,"笔会"的"杂文复兴"讨论也随告结束。作为标志的,是6月10日刊发的唐弢《杂文决不是棍子》一文。作为颇为时人所重的鲁迅研究者,唐弢多少有些令人不解。正如"反胡风"时他主动出击胡风一样,此时他也第一时间出击"笔会"——他在文章中竟然将胡明树的批评讽刺为"棍子"。这篇文章结束了"笔会"前后持续半年的讨论。此后"笔会"虽还在发表相关文章,如卢弓《再谈批评的冷与热》等,但批判意味已甚于"讨论"。与此同时,"笔会"副刊编辑部也发生了改组。② 至此,"杂文复兴"作为话题,事实退出了当代文学。1960年代初期杂文再度"复兴",但主要推动者已转移为党内高层知识分子(如邓拓、夏衍等),残存无几的前自由主义知识分子已再无机会再无勇气与于其事。而《文汇报》在"新的人民的文艺"内部重建"新文学"传统的努力,就此成为一段渐行渐远的文学史记忆。

---

① 徐懋庸:《过了时的纪念:重读〈在延安文艺座谈会上的讲话〉》,《文汇报》1957年6月8日。

② 此前"笔会"的负责人主要是徐开垒等人,但在"反右"开始后,"笔会"就被取消独立部门性质,而"归属到报社新成立的文艺部里","文艺部的正副主任,都是新调进来的。他们对《笔会》的领导,无异接替了《笔会》主编的位置。所以这个时期甚至有的稿件,我和一般读者一样,是在早上读报时,才在版面上发现的。至于这些稿件怎样到手,怎样编发下去,我就难以回答了"。见徐开垒《文汇报文艺副刊的传统》,《新文学史料》1997年第1期。

第 14 章 《诗刊》
（1957.1—1964.12）

《诗刊》（月刊）1957年1月创刊，是中国作协创办的唯一诗歌刊物，亦是周扬公开宣称的两大"同人刊物"之一。创刊之时，臧克家出任主编，严辰、徐迟任副主编。以刊载新诗作品及相关批评为主。1964年12月停刊。1976年1月复刊。

臧克家与《诗刊》的"同人刊物"问题

  1950年代初期同人办刊不合时宜①,而出版业"社会主义改造"完成之后由官方公开宣布为"同人刊物"者,仅为《诗刊》《收获》两家②。两刊之中,《收获》切切实实承续了旧的同人传统,佳作频现,而它的编辑经验本身也构成了"新的人民的文艺"内部的"异质成分",但同样由非党人士主持的《诗刊》月刊却乏善可陈。除刊发轰动一时的"毛主席诗词十八首"外,它几乎未为当代文学提供有效的诗歌范本或有深度的诗歌理论论辩,更未表现出必要的"同人"气度。如果说"媒体在广泛的层面上支持着现存的社会秩序"③,那么《诗刊》可以说是当代文学报刊中最"尽责"者。何以如此?与该刊主编臧克家的办刊理念与办刊策略存在直接关联。可以说,作为"非党员作家",臧克家要比艾青、冯雪峰、刘雪苇等党内文人更像"党的作家"。事实上,《诗刊》对体制高度迎合的"知识"生产,是当代报刊运作值得反思的真实经验,也是当代知识分子生存伦理的逼真折射。

---

  ① 很多研究者以为新中国成立以后"同人刊物"不复存在,其实是不确切的。的确,"同人刊物"不合时宜,但中宣部和中国作协却从来没有公开禁止过"同人刊物"。因此,新中国成立初期"同人刊物"多多少少还是存在的,如《文艺生活》、《小说》月刊、《大众诗歌》、《人民诗歌》(上海)、《光明日报》"文学评论"双周刊、《大公报》"文艺周刊"、《文汇报》"笔会"副刊等报刊。

  ② 1957年5月13日,周扬在中国作协召开的编辑工作整风会议上表示:"刊物是一家,还是百家?我认为刊物既是一家,又是百家。刊物在'百家争鸣'中是一家,同时在刊物上又要贯彻'百家争鸣'的精神,这样又可以使刊物活跃。如果办成圈子比较小的同人刊物,当然也可以,像现在的《诗刊》、上海出版的《收获》,就都是同人刊物。"周扬:《解答关于"百花齐放,百家争鸣"方针的几个问题》,《周扬文集》,第2卷,北京:人民文学出版社,1985年,第510页。

  ③ 〔美〕詹姆斯·卡伦:《媒体与权力》,史安斌、董关鹏译,北京:清华大学出版社,2006年,第49页。

一 《诗刊》的创刊缘起

据郭小川回忆,作协最初批准筹办《诗刊》的确是定位在"同人":"1956年底,《诗刊》创刊,原来办起的是同人刊物。"①作协有此考虑,既是贯彻"双百方针"的举措,又是呼应民间倡议的适宜之举。所谓"民间倡议",系指当时不少诗人都有创办全国性诗歌刊物的希望和动议。对此,晏明回忆:"(徐迟)可以说是最热心的奔走、呼吁者。徐迟曾多次对我和沙鸥谈过:'我要找周扬同志,请他支持,请他发话,办一个诗刊。'诗人臧克家,此时担任中国作家协会书记处书记,在作协内部的各种会议上,他也时时为新的诗刊创刊而呼吁","在中国作家协会的一次理事会上,徐迟又一次提出建议,创办《诗刊》,与会者一致赞同","接着,克家又在作协书记处再一次提出倡议,这样多次一唱众和,果然受到作协党组的重视"。② 关于此事,臧克家本人有更为详尽的回忆:

> 那时徐迟在外文出版社工作,有一天,好几位青年诗人在他的宿舍里碰头了。大家都说,诗歌需要一个阵地,应该搞个刊物才好。我心里想,已经有个综合刊物《人民文学》了,再搞个专业性质的刊物恐怕不成。同时,我接到读者来信,也表示了和大家同样的意愿。大家怂恿我争取一下试试,因为我已经调到作协书记处工作了。我把这些情况向党组负责人刘白羽同志谈了,希望他向领导同志反映一下。不久,白羽同志到我笔管胡同的宿舍来了,说:领导上已经同意诗刊出版了。③

不过,徐迟、沙鸥、臧克家都不曾提出要办"同人刊物"。周扬、郭小川等领导声称《诗刊》为"同人刊物",可以说是作协在"鸣放"氛围下的临时决

---

① 郭小川:《郭小川全集》,第11卷,桂林:广西师范大学出版社,2000年,第420页。
② 晏明:《飘飘何所似,天地一沙鸥》(中),《新文学史料》2001年第3期。
③ 臧克家:《臧克家回忆录》,北京:中国工人出版社,2004年,第221页。

定。当然,说"临时"亦未必恰当。新中国成立后,经过"社会主义改造",全国报刊已于1955年全部归为国有,文学"知识"生产的板结化已非常明显,周扬等领导也未必不想借"百花"之机恢复文学内在的活力。提出筹办"同人刊物"可谓一举两得。不过"这是有前提的,组织上相信……臧、徐是会按照党的方针,服从党的领导的"①。这意味着,《诗刊》是"被"同人刊物的,其主编臧克家也是被指定的。②

臧克家是知名诗人,由他出任《诗刊》主编比较合适,不过又未必是最合适的。毕竟《诗刊》是当时全国唯一的诗歌刊物,而当时诗坛成就高于臧克家者不止一二,譬如艾青(艾青后来仅被任命为《诗刊》编委)。那么作协何以未"相中"艾青呢?周良沛回忆:徐迟曾告诉他,"提艾青(任主编),通不过"。③为何"通不过"呢?臧克家女儿郑伊苏亦述及此事:"刘白羽找到父亲让他当主编时,他执意不肯,因为自己非党员,不敢挑。如果真要当,就要和田间或艾青共同负责。但当时,他俩都犯错误,田间因为胡风问题受牵连,艾青因为生活问题。"④"生活问题"系指艾青1955年闹得沸沸扬扬的离婚案。"(大家)看到《北京日报》一小条艾青缺席判决的消息,就感到够扫面子了。"⑤当然这只是原因之一。其实即便艾青没有"生活问题",他也不大可能出任主编。其时桀骜不驯的艾青与周扬、刘白羽的关系都比较僵硬,尤其与刘白羽颇有过节。对此,周良沛在回忆中仅只隐约谈道:"(1956)年初,作协创作委员会对'诗歌问题的讨论'几乎就是集中力量在批评艾青,那个会议记录一发表之后,又有读者从这份记录再发出批评,弄得已经很有一股气势。就是不知道什么内情的,也可以感

---

① 郭小川:《郭小川全集》,第11卷,桂林:广西师范大学出版社,2000年,第420页。
② 关于此事,晏明回忆:"一天,作协党组书记刘白羽到克家家中,谈了《诗刊》的创办,又谈及主编、副主编、编委人选,并征求克家的意见。这显然是作协党组经过讨论后的决定,克家欣然同意。"晏明:《才华横溢 硕果累累——记老作家、老诗人徐迟》,《新文学史料》1997年第3期。
③ 周良沛:《想徐迟·忆徐迟》,《新文学史料》1997年第3期。
④ 2005年7月6日郑苏伊口述,见连敏《在诗与意识形态之间徘徊——初创期的〈诗刊〉研究》,《诗探索》2010年第2辑。
⑤ 周良沛:《想徐迟·忆徐迟》,《新文学史料》1997年第3期。

到,这绝非艾青没有写出好诗来才这样的。"①周的回忆还显示,当时艾青对作协领导有强烈的抵触情绪,"他(按:徐迟)约我跟着他去看艾青和臧克家","从西单下车,穿过两条胡同就到了艾青自己买下的四合院了。谈到办诗刊,艾青自然是表示赞成,但是又说:'我这写了一辈子诗的人他们都是这样对待我,我怀疑,他们要繁荣创作,发展新诗之类的话,有那句是真的——'艾青指的'他们'是谁,当时也只能意会,也没想去给谁对号","那时,艾青在党内受了处分,已经不是什么秘密,尽管有的,包括徐迟这样的朋友,并不在意它。但每个人面对的,还毕竟不是巴黎的,而是中国的现实。为此艾青的情绪自然也不会好。他拿起一本国外新近翻译出版他的《诗选》说:'人家还不像他们那样对我——'"②那么,"他们"是谁呢?周良沛虽不愿"对号",但不难推测出就是周扬、刘白羽等人。不过,艾青的抵触也不能说是完全来自对方的不公正的对待,与他自己的性格亦大有干系。新中国成立后,艾青在多种场合对周扬、刘白羽等"总是整人的"一帮人语多讥讽,甚至当面相嘲。据说,在1956年3月作协第二次理事扩大会上,周扬在报告中批评了艾青,艾青不服,趁中间休息,周扬对他表示:"我是对你提出希望。"艾青反唇相讥道:"我知道你的份量。"③艾青和刘白羽也很有过节。④ 艾青这种恃才傲物的处世方式无疑令人忌讳。周、刘二人之中,周扬对艾青其实是优柔包容的,刘白羽就不同了。据程光炜记载,艾青的"生活问题"之所以沸沸扬扬,也有刘白羽幕后操作的因素,"1955年春、夏之间,因离婚而在东总部胡同22号楼上'蜗居'的艾青,认识了后来的妻子、当时是作协人事科干部的高瑛。……但

---

① 周良沛:《想徐迟·忆徐迟》,《新文学史料》1997年第3期。
② 同上。
③ 程光炜:《艾青传》,北京:北京十月文艺出版社,1999年,第450页。
④ 高瑛回忆,"反右"时艾青曾对她说:"我想,对我有成见的人不仅仅是周扬,还有刘白羽和张光年,因为我和这两个人从前有结怨。我和刘白羽不和,在延安的时候就有过矛盾,在我入党的问题上我又和他发生过口角。他在总政文化部工作时和陈沂的关系不好,他想离开部队,到中国作协工作,叫我和周扬说情,周扬同意了,调进作协,当了党组书记。1955年在我们恋爱的事情上,尤其是'反右'运动,他便成了我的对头。"见高瑛《我和艾青》,北京:北京十月文艺出版社,2007年,第56页。

事情很快就'败露'了,先是高瑛把实情告诉了谭谊(按:高瑛当时的丈夫),当时作协负责人刘白羽知道后,让谭到北京市中级法院告艾青、高瑛重婚罪;接着高瑛被隔离审查,作协秘书长张僖代表组织找艾青谈话,表示事情比较严重,让他做好受处分的心理准备"。① 由刘白羽此前对待艾青的做法推想,他必然反对由艾青出任《诗刊》主编。而对艾青之才一直器重的周扬,也未必会忘记他曾安排艾青出任《人民文学》副主编,而艾青却又因为"放弃领导的自由主义态度"②而被解职的往事。合而观之,他之"通不过"是必然结果。于是,臧克家成为《诗刊》主编。

  《诗刊》是按照同人的方式筹办的。这表现在,作协除了指定主编、协助解决办公、印刷等具体事务外,在《诗刊》编辑部的组成上,尤其是在《诗刊》具体编辑工作方面,是比较尊重臧克家、徐迟等人意见而较少行政介入的。不但创刊之初如此,甚至"反右"以后依然如此。郭小川称:"大约是我作了编委的时候,党组指定我联系《诗刊》,但是我当时也只理解为帮助、联系,一切仍由克家决定;同时我考虑很多。有时,有些意见,也怕克家不能接受,而且怕说重了,所以,我依然没有起什么作用。"③可见,《诗刊》是按照党对"同人刊物"的理解开始运作的。民国同人刊物资金自筹、编辑自主,作协"同人刊物"则是由国家承担办刊资金,由编辑部相对自主地编辑刊物。所谓"相对自主",是指作协对刊物"方向"有所"帮助、联系",对其具体编辑事务则不参与。这种宽松、放任的领导方式,的确是当时其他刊物不曾享有而为《诗刊》和《收获》专有的"特权"。在此特许下,《诗刊》主编、副主编都来自最初的倡议者:副主编为严辰(兼职)、徐迟,"八个编委是由臧、徐、吕考虑、约定的,经作协同意"。④ 在1956年11

---

① 程光炜:《艾青传》,北京:北京十月文艺出版社,1999年,第445页。
② 编辑部:《文艺整风学习和我们的编辑工作》,《人民文学》1952年第2期。
③ 郭小川:《郭小川全集》,第11卷,桂林:广西师范大学出版社,2000年,第421页。
④ 子张、吕剑:《〈诗刊〉创刊前后》,《新文学史料》2010年第1期。

月前后,《诗刊》编辑部迅速组成。这个编辑部无疑是精练和简单的。① 所谓"简单"是指无派系纷争之扰。在当时周扬派已成垄断之势的情形下,《诗刊》没有来自胡风派(已被打倒)、丁玲派(正在被审查)或其他"山头"的编辑,而都是周扬、刘白羽所信任的臧、徐一类无派无系之人和臧、徐等所信任的文学青年。《诗刊》因此在前后 8 年的办刊史中,没有出现类似《文艺报》《文艺月报》《星星》等刊物的内部人事斗争。用臧克家的话说就是:"我们强调、实行民主,彼此之间关系融洽,有话就说在当面。必要时,在民主的基础上,实行集中。"②这种至为难得的"融洽"为《诗刊》的"编辑哲学"的形成提供了必要条件。从各方面讲,《诗刊》都有理由和《收获》一样,成为当年文学报刊中的一面旗帜。

遗憾的是,今日重新回首 1957—1964 年间的《诗刊》,可以说它佳作有限,学术探讨略近于无,也谈不上有什么"精神"。当然,笔者这种判断恐怕不一定能为当时《诗刊》的编者和作者所认同。譬如编辑白婉清回忆:

> 在主编臧克家的领导下,《诗刊》并没有办成一个纯诗人或"同人"刊物,而是始终面向群众,力争办成一个多出精品的大众刊物。克家同志那"严格要求,一视同仁"的编辑思想,贯彻在整个编辑部的工作中。大家从上到下形成共识:坚持质量第一,绝不盲目崇拜名人,也不轻视无名小辈。在稿件处理中,不论对著名诗人或文艺界主要领导推荐来的作品,只要质量不够,就提出意见与之商改或婉

---

① 晏明回忆:"《诗刊》的领导班子已定,很快就组成编辑部,调兵遣将,时间是在……1956 年 10 月底的金秋季节。这是令诗人们和诗热爱者兴奋的大事。作协很快在当时的文联大楼四层安排了一套三间的办公室,筹备创刊的工作立刻展开了。许多工作进展顺利,如分工,克家是主编,统率全刊。严辰、徐迟是副主编(严辰是兼职,不上班),沙鸥是编委,编辑部工作,由徐迟和沙鸥轮流分管半年。编辑组五人:吕剑、丁力、唐祈、吴视、白婉清;编务组二人:刘钦贤、楼秋芳。"其中,沙鸥还是《诗刊》党支部书记。见晏明《飘飘何所似,天地一沙鸥》(中),《新文学史料》2001 年第 3 期。

② 臧克家致周扬函,见徐庆全《名家书札与文坛风云》,北京:中国文史出版社,2010 年,第 153 页。

退,甚至还曾大胆退过诗坛巨匠郭老的诗作,即便有时因此而得罪人也在所不惜。……发现了确有才华的新人,编辑部甚至派人专访,面谈帮助。这样,诗刊社发现并培养了不少诗歌新人,有的至今已成为著名诗人(如河北诗人刘章)。①

显然,事过半个多世纪,白婉清仍将"同人刊物"视为圈子狭小、缺乏价值的办刊取向,而将"面向群众"看成优秀刊物的标准。这不免令人叹息。要知道,《诗刊》作为全国唯一的中央级诗歌刊物,它的定位本来就应该是"提高型"的高端刊物,以圈内文学"共识"选择、刊发最优秀的诗作为务。它的作者,就应该是卞之琳、穆旦、艾青、冯至、郭小川、闻捷等优秀诗人,以及以他们为典范的青年作者,而不是以刘章这类大众化的"普及型"诗人乃至普通农民、工人习作者为主。在这方面,成绩斐然的《收获》杂志就有精准定位。它最初的稿源基本上都来自面向"老作家"(如老舍、李劼人、柯灵、柳青等)的约稿,而无针对"工农兵"之意。其实,工农兵大都为业余作者,自有地方杂志或报纸副刊去承接他们的创作热情,但身为"顶尖杂志",《诗刊》倘若亦以"不崇拜名人"、培养农民诗人为荣,那实在是"编辑哲学"的错位,有愧于诗坛与文学史。

当然,同样重要的是,《诗刊》欠缺必要的内在独立精神。如果说,"媒体被视作一个意识形态的竞技场,不同阶级的观点在此进行较量"②,那么《诗刊》很少有"竞争"痕迹。那么,《诗刊》何以如此呢?应该说,《诗刊》《收获》两份刊物的"同人"起点比较相似。当然《诗刊》在北京,或许比身在上海的《收获》更易受到掣肘。但这种看法并不符合事实,因为作协对《诗刊》的确介入不多。甚至严格讲来,《诗刊》环境要优于《收获》,因为《收获》创刊之时,"反右"已经开始,而《诗刊》在 1957 年 1 月创刊,可谓"生正逢时"。所以,导致《诗刊》"乏善可陈"的真正原因应在于主编素质

---

① 白婉清:《〈诗刊〉忆旧》,《新文学史料》2010 年第 4 期。
② 〔美〕詹姆斯·卡伦:《媒体与权力》,史安斌、董关鹏译,北京:清华大学出版社,2006年,第 138 页。

之异。这主要不是指臧克家与巴金、靳以在业界号召力的差异,而是指臧克家或靳以是如何理解"主编"的内在意义。换言之,主编是怎样的"人",决定了刊物会有怎样的"性格"。当代众多报刊主编其实约略可分三类:一是醉心文学、专意营造"文学园地"者,如《天津日报》"文艺周刊"之负责人孙犁和《收获》主编巴金、靳以,二是力求在文学事业与政治安全中寻求平衡者(多数主编皆属此类),三是虽操文学之具而时有"干进"之心者。而臧克家大致兼有后两类特征。他深具明哲保身的习气,又不无顺势应时的人格追求,比较欠缺的,则是对"独立"思想品质和审美风格的渴望。如此判断,并非臆测,而是以《诗刊》的编辑事实作为依据。

二 臧克家的编辑"经验"

中国作协对《诗刊》有"同人"的定位,但《诗刊》创刊以后是否存在类似"编辑哲学"呢? 从各种史料看,《诗刊》其实并未考虑这一问题。编委吕剑回忆:"编委们从来也没有在一起讨论过办刊的思路,只有臧、徐、吕三人未必有系统的考虑过。"①而创刊号也未暗示什么"方向":"创刊号现在出版了。我们完全了解,读者要求读到好诗,要求读到歌唱和反映生活的诗,精炼的诗。我们希望今后能够团结、鼓舞全国的诗人们来创作出优美的作品,以满足读者的渴望。"②一个刊物,倘若没有系统的"编辑哲学",又如何可能形成自己的风格呢? 而据臧克家日后的揭发,冯雪峰倒就《诗刊》办刊"思路"提供过一二建议:

> 他和徐迟同志曾到冯雪峰家里向这位理论家请教。雪峰一本正经地说:"我劝你们办19世纪的诗刊或21世纪的诗刊"。听的人一直莫名其妙。臧克家同志说:"今天我明白了。这就是说,诗不要太挨近政治,诗不要紧密结合现实。如果太接近,太结合了,就不会有好诗

---

① 子张、吕剑:《〈诗刊〉创刊前后》,《新文学史料》2010年第1期。
② 编者:《编后记》,《诗刊》1957年第1期。

了。同志们,请想,活在20世纪,却要办19世纪或21世纪的诗刊;在一种什么思想下说出这样的话?"①

"不要太接近政治"可以说是办刊箴言,《收获》成功即在于此。而且周扬宣布《诗刊》是"同人刊物"也意在给它"松绑"。但臧克家有没有接受冯的建议呢?从此后《诗刊》的办刊事实来看,显然没有。不但没有,臧克家还在1957年周扬、刘白羽等对冯雪峰的批判中抛出这段谈话以为"助攻"。这表明两点:其一,臧氏对怎样办《诗刊》其实有所考虑,而冯的"不要太接近政治"的建议显然与之不太合拍;其二,"无帮无派,自成一派"的臧克家也比较注意与文艺界当权势力处理好关系。那么,臧克家对于办好《诗刊》到底有怎样的"思路"呢?

据实而论,笔者细阅1957—1964年的《诗刊》,除了创刊之初略见编者的文学史"异见"外,整整八年,《诗刊》基本上是随政治形势而不断调整、趋随,谈不上什么独立的"编辑哲学"。如果说"媒体组织的不同部分均有一定程度的自治"②,《诗刊》却似乎连"自治"的意愿都没有。当然,《诗刊》并非完全没有独特之处,那就是《诗刊》经常发表以毛泽东诗词为代表的领袖旧体诗词。1957年1月,《诗刊》创刊号一次性刊发18首毛泽东诗词,造就一桩文坛佳话。③ 不但当时轰动一时,而且事后也屡屡被当事人引以为炫资,甚至为何人首先想出此议、何人执笔撰成给毛泽东的

---

① 青草:《19世纪的遗老》,《文艺报》1957年第21期。
② 〔美〕爱德华·S. 赫尔曼、诺姆·乔姆斯基:《制造共识:大众传媒的政治经济学》,邵红松译,北京:北京大学出版社,2011年,第1页。
③ 晏明回忆:"筹备《诗刊》创刊号的工作中,最重大的一件事,是向毛主席写信,要求发表他流传在民间的十八首诗词。徐迟心灵手快,他和吕剑、沙鸥到处搜集来的毛主席八首诗词,由克家领头执笔书写,全体编委一一签名,上书毛主席,得到支持。毛主席寄回的却是十八首诗词,《诗刊》全体人员喜出望外,无比兴奋。整个文联大楼轰动起来。这一产生轰动效应的文坛盛事,众人皆知,就不再细说了。《诗刊》创刊号于1957年1月25日出版。毛主席的十八首诗词,排在《诗刊》头条的显著位置。毛主席的回信,套红影印,作为插页。创刊号本毛边,诗一栏排,道林纸精印,以十分别致的装帧与广大读者见面了。印数十万。当天在王府井新华书店出售,读者排着大长队购买,真可谓盛况空前。驻北京的外国记者纷纷向全世界作了报道。"晏明:《飘飘何所似,天地一沙鸥》(中),《新文学史料》2001年第3期。

信、何日得到毛的回信及邀请,产生一些不甚相同的"版本"。笔者对此不拟深究,但对其所透露的复杂意味却更多考虑。从各种回忆看,在创刊号上发表毛泽东诗词是徐迟、冯至偶发的"创意",但从《诗刊》历年编辑史看,与政治领袖保持密切关系,经常性地、尤其是在关键时刻发表领袖诗词,应该是《诗刊》的一种未必对外言传的编辑"经验"。

《诗刊》与新中国领袖们一直有比较密切的往来。现可考者主要如下:一、与毛泽东的往还。《诗刊》前后共5次发表毛泽东诗词作品,而毛泽东对《诗刊》也颇表关注。1957年1月,毛泽东邀请主编臧克家及袁水拍去谈诗。臧克家回忆:"毛主席知道《诗刊》就要创刊时,表示高兴。那时,纸张困难,为了争取份数,我们和当时文化部的一个负责同志争得面红耳赤。我向毛主席报告:纸张困难,《诗刊》只印一万份,太少呀!毛主席反问:你看印多少? 我说:五万份。毛主席说:好,我答应你们印五万份。"①二、与陈毅的往还。《诗刊》刊发的陈毅诗作不算多,一是1957年第9期的陈毅与郭沫若的唱和诗,一是1962年第1期的《冬夜杂咏》。但材料显示,发表不多主要因为陈毅的谨严,而非《诗刊》不够殷切:

> 对发表,他却十分谨严。不达到相当水准,他决不拿出。当年《诗刊》编辑,因为与陈毅元帅熟了,催他写稿的函很多,可陈毅却并非次次寄稿。在回信里,他常有推辞。例如,他在回《诗刊》的一封信里,有这样一段话:"近来想作几首诗,未搞好,暂作罢,搞好再呈教。我的旧作,整理尚未就绪,愈整理愈觉得诗是难事,就愈想放下了事。这只有看将来兴会来时再说。"另一封复《诗刊》的信,仍是推辞:"苦于事忙,写诗不能不作放弃,以至未定稿太多,此乃无可如何之事,彼此均有此经验,公等当不以托词视之。"②

面对《诗刊》的殷勤备至,陈毅"不但关心《诗刊》的内容,连纸张、编排、印

---

① 臧克家:《伟大的教导 深沉的怀念》,《臧克家散文小说集》,武汉:长江文艺出版社,1982年,第448页。
② 杨建民:《陈毅元帅与诗刊》,《党史博采》2007年第2期。

刷,也希望它做到'精美'"①。三年困难时期,纸张紧张,《诗刊》出版不了道林本,陈毅马上写了条子让外交部调拨道林纸。另外,针对《诗刊》改出双月刊,陈毅要求改回月刊甚至半月刊。此外,《诗刊》还于1961年第4期刊发了朱德的《诗二十三首》,编排风格与毛主席诗词18首类似。

  这些领袖诗词当然不乏精品,尤其毛泽东诗词多为诗史经典,如1962年3期刊发的《采桑子》词:"人生易老天难老,岁岁重阳。今又重阳,战地黄花分外香。一年一度秋风劲,不似春光。胜似春光,廖廓江天万里霜",兼沧桑与豪迈于一体,其雄浑高标直追魏武遗风。甚至,编辑部与领袖们的关系也可看作刊物与作者的正常关系。但真的仅止于此吗?事实上,它也同时是自我保护的办刊"策略"。作此判断,有两点依据。第一,与《文汇报》"笔会"副刊和《光明日报》"东风"副刊长期、大量刊登旧体诗词不同,《诗刊》刊发旧体诗词其实是偶一为之的。作为比较纯粹的新诗刊物,它并不轻易刊发旧体诗词。对此,邓拓即曾发生过误解。晏明回忆:"文化界一些党内上层人士都认为沙鸥在主持《诗刊》工作。有一次,我去中共北京市委看望邓拓同志,他还问我:'《诗刊》还是沙鸥在负责吧?《诗刊》发旧体诗词吗?你替我问问沙鸥……'我做了必要的解释,并代邓问了沙鸥。"②事实上,《诗刊》从未刊用过邓拓诗作。这表明,《诗刊》发表领袖诗词多多少少是有所特别考虑的。第二,臧克家也未将这些旧体诗词视作普通优秀作品发表(有些诗作其实并不"优秀"),而往往选定在特定时机。如"反右"爆发以后,编委沙鸥受到冲击,《诗刊》于该年第9期发表陈毅与郭沫若的唱和诗,尤其是于1958年第1期转载毛泽东《蝶恋花·游仙》(赠李淑一)一作,多少起到一些"稳定"作用。而1958年第10期发表毛泽东《送瘟神》、1962年转载毛泽东《词六首》、1964年发表毛泽东《诗词十首》,很难说与当年转瞬多险的政治局势没有直接干系。当然,这种判断毕竟没有确凿证据,而以推测成分居多。但所以如此"推

---

① 臧克家:《陈毅同志与诗》,《臧克家散文小说集》,武汉:长江文艺出版社,1982年,第468页。

② 晏明:《飘飘何所似,天地一沙鸥》(中),《新文学史料》2001年第3期。

测",还是建立在对臧克家处世风格的整体判断上。

观之臧克家的一生行迹,不可以说他是一位书生型诗人。相反,沉稳持重、对政治高度敏感,是他突出的特点。这一特点甚至令同事们不太习惯。臧克家当年未卷入任何政治旋涡,主要经验便是每逢政治风波即推诿遁去。郭小川称:"《诗刊》工作有很多问题,我要负主要责任。首先在与非党人士臧克家、徐迟的关系中,我对他们缺乏政治上的帮助……有些批评也是曲折和缓地表达的。我很顾虑臧克家紧张,说病倒就病倒。"[1]臧克家对形势的敏感与自我保护,与古代那些深谙进退、时常托病不出的大臣们颇有仿佛。所以,他和编辑部屡屡以传奇式方式辑觅到领袖诗词并隆而重之地发表,很难不让人疑心那是自我保护。而《诗刊》"诗外"的生存状态恰也提供了有力证据。事实上,自从创刊号发表毛主席诗词轰动全国以来,《诗刊》从未遭到过口诛笔伐。尽管它也发表过有问题的作品,如穆旦《葬歌》、郭小川《望星空》等,甚至作者本人都遭到批判,但《诗刊》编辑部和主编臧克家并未遭到什么责难。这是想象得到的"奇迹"——发表过(且不断发表着)毛主席诗词的刊物,哪位批评家敢轻易置喙呢?毫无疑问,"(臧克家)因毛泽东给他一封谈诗的著名信件而'沾光'"[2]了。应该说,"沾"毛泽东的"光"是此后臧克家有意为之的。可以说,处事圆熟的臧克家不太具备靳以、巴金那样单纯的对文学事业的追求。《收获》创刊以后,唯以文学为求,未找领袖题辞,亦不发表领导讲话,而《诗刊》则完全不同,长于在文学与权力之间谋求有利关系。

有怎样的主编便有怎样的刊物,谙熟中国式处世哲学的臧克家带给《诗刊》的是明哲保身甚至是依靠权势的办刊之路。此言或许逆耳,但郭小川的近距离评价也可略作证明。郭小川在日记中透露:

> (我)对徐迟批评比较坦率一些,但也帮助的不够。他们"捧"我,我常常认为理所当然,没有给予尖锐的批评。我明明知道《诗刊》

---

[1] 郭小川:《郭小川全集》,第12卷,桂林:广西师范大学出版社,2000年,第41页。
[2] 杨匡满:《难忘的1966》,《报告文学》2006年第3期。

编辑部最喜欢的诗人只有三个,就是闻捷、贺敬之和我,我却安之若素,不去考虑这种态度对团结诗人不利,会造成小团体习气,反而有所助长。①

"不好的吹捧作风"②多少也是趋随权势的证据。而在20世纪五六十年代,权势往往具有最充分的"政治正确"。在此情形下,可想臧克家面对冯雪峰"不要太接近政治"的建议心里会是怎样的不以为然。可以说,臧克家从主编《诗刊》的第一天起,就未想过要办成什么"同人刊物"。③ 他以成熟的政治智慧,巧妙地利用政治领袖和直管领导(还包括刘白羽等)的或巨大或直接的现实权力。这或因为他的政治"包袱"(脱党历史),但最主要的还在于他内在的身份定位。他的谨慎甚至"战战兢兢"对《诗刊》是有收益的:从1957年到1964年,中国有多少政治的波动,刊物主编落马者纷纷(连广有声誉的《收获》也于1960年被以"纸张困难"为由停刊),而臧克家和《诗刊》总是平稳地涉险而过。

三 《诗刊》的政治化生存

在当年作协刊物中,《诗刊》最无政治锐气。当然,这并非说《诗刊》自创刊起就毫无生气。毕竟,当时正值"鸣放"高潮,副主编徐迟等尚是有勃勃生气的青年,故在起初《诗刊》也是有所企图的。吕剑回忆:"创刊之初,在团结各派诗人及组稿方面,都企图开拓一个新局面……当时不是不想有所作为,不是不想在创作上引来一点冲击波。"④"冲击"在1957年上

---

① 郭小川:《郭小川全集》,第12卷,桂林:广西师范大学出版社,2000年,第41页。
② 同上。
③ 其实创刊不久,臧克家就正式要求将编委沙鸥调入编辑部,并成立了《诗刊》党支部,这同样是《收获》未采取的行动,"1957年的政治风暴开始时,沙鸥正在《诗刊》工作,担任党支部书记,自然是《诗刊》反右派斗争的主持人"。晏明:《飘飘何所似,天地一沙鸥》(中),《新文学史料》2001年第3期。
④ 吕剑:《〈诗刊〉与我:未完的回忆》,《诗刊》1987年第1期。

半年有所体现①,但在臧克家主持下,这些"冲击"存在边界:语不及政治,在文艺政策上也不挑战《讲话》,至多发表一二"非主流"诗作。及"反右"一起,这些微少的"冲击"也彻底销声匿迹。可以说,办刊八年,《诗刊》未发表过任何类似《论"文学是人学"》(钱谷融)、《不要在人民的疾苦面前闭上眼睛》(黄秋耘)、《现实主义——广阔的道路》(秦兆阳)、《关于社会主义现实主义》(陈涌)的真正具有理论深度或政策挑战性的文章,甚至连"轻轻搔痒"的讽刺诗也是偶尔才能一见。② 其实,当时《人民文学》《文艺报》《文艺学习》《北京文艺》《文艺月报》《星星》《蜜蜂》等刊物多少都"同人化"/"五四化"了,锐文迭出,唯有周扬亲自宣布的"同人刊物"《诗刊》无动于衷。整体观之,《诗刊》自创刊始便始终以"紧跟政治"为第一原则。而且,它对"政治"的判断非常精准。譬如,"百花齐放、百家争鸣"这种虽符合文艺多元发展但高度不确定的"政治",《诗刊》就只有限参与,但对"文艺大跃进""工农兵办刊"等出自毛泽东真实思想的政治,就积极"紧跟"。可以说,政治化生存是《诗刊》第一原则,艺术倒在其次。当然,《诗刊》走上如此道路,与它运作期间的"生不逢时"有关。毕竟,《诗刊》八年办刊基本上都处于此伏彼起的政治运动之中。而臧克家、徐迟等的非党身份,更使他们时有自保不暇的忧虑。"反右"一起,臧克家即请"病假",徐迟也岌岌自危。据郭小川交代:

> 大约 1958 年 4、5 月间,在旧作协的一次会议上,徐迟发言说:"我一定要积极工作,永远做党的'驯服工具'。"我听了,当即说:"你的意

---

① 连敏指出:"《诗刊》1957年上半年发表的部分诗文即反映出这种创作倾向和突破的需求,如艾青的《在智利的海岬上》、郭小川的《致大海》《深深的山谷》、艾青《望舒的诗》、陈梦家的《谈谈徐志摩的诗》、邵燕祥的《时间的话》、蔡其矫的《大海》、杜运燮的《解冻》、被视为'新月派'诗人陈梦家的《纪游三首》、穆旦的《葬歌》、弥尔敦著、孙大雨译的《欢欣》等等,它们的出现,可谓在《诗刊》的美学收获,甚至在整个'十七年'文学中也是具有突破意义的。"见连敏《在诗与意识形态之间徘徊——初创期的〈诗刊〉研究》,《诗探索》2010年第2辑。

② 如1963年3期刊出的刘征《寓言诗二首》,《老鼠的对话》写仓库管理员只顾自己的家,《鹅》讽刺"有些人拿着批评的武器,只是为了装饰自己;千万不要碰到他的痛处,轻轻搔痒倒还可以"。

思是好的,但是,说要做党的'驯服工具',可不恰当。革命者要充分发扬主动性和创造性为党工作,怎么能说是'驯服工具'呢!"①

显然,有着延安闪亮资历的郭小川不太能理解臧克家、徐迟等人的压力,但后者却颇知何以自处的方法。从1958年初开始,《诗刊》编辑部负责具体工作的编委开始从徐迟改为党员沙鸥。沙鸥更善紧跟形势。如果说,"反右"前《诗刊》还算"有所作为",那么此后《诗刊》就更深地陷入政治化、群众化的旋涡中。这表现在,作为中央刊物,《诗刊》正式提出了工农化,要求"我们诗人和劳动创造的真正的结合"②。这种"结合"既包括取材上向工农生活倾斜,也包括审美趣味上的群众化。1958年第2期推出"工厂大字报上反浪费的诗""献给农村的诗"等专辑,第3期推出"农村大跃进诗歌"专辑,第4期推出"工人诗歌一百首""工人谈诗",第5期推出"民歌选六十首""儿童诗特辑",第7期推出"战士诗歌一百首""战士谈诗"。如此"跃进"阵势,显然是要"争取成为大跃进的一名鼓手"③。这类举措,对当初有关《诗刊》的"同人刊物"的预告,是令人苦涩的映照。其实,即便有"大跃进"压力,刊物也未必一定要如此置"文学"于不顾。如《收获》同样被卷入"大跃进",但从未编过诸如"钢铁工业上的遍地开花和农业上的大丰产"之类特辑。一份中央级刊物将自己"矮化"为政策宣传读物,并不能完全推诿于政治形势。事实上,就连曾遭重创的《星星》诗刊也就工农化提出了尖锐的质疑和反思。遗憾的是,《诗刊》从来无此意愿。从1958年到1960年,《诗刊》一直忙于组织、刊登诸如"天津海河工地民歌选""河南登封县民歌选""湖北应城七香姑娘民歌选""纪念列宁诞辰九十周年""城市人民公社万岁""共产主义的凯歌""工人的诗""《红旗歌谣》赞"一类专辑、特辑以及"工人谈诗""评论"等工农兵评论栏目。这种要"争取成为大跃进的一名鼓手"④的倾向,在1958年第7期的"征稿"中

---

① 郭小川:《郭小川全集》,第12卷,桂林:广西师范大学出版社,2000年,第104页。
② 刘白羽:《对诗的希望》,《诗刊》1958年第1期。
③ 编者:《编后记》,《诗刊》1958年第3期。
④ 同上。

一展无遗：

> 我们把今年三、四季度的选稿重点在这里告诉读者,希望得到读者的大力支持。关于诗：一、表现重大题材,能深刻地反映这个伟大时代史无前例的面貌的作品；二、准备编这样几个特辑：钢铁,工业上的遍地开花和农业上的大丰产。关于评论：一、探讨新民歌中革命的现实主义与浪漫主义如何结合的文章；探讨新民歌中革命浪漫主义的特色的文章。二、从诗歌创作上探讨如何学习新民歌的文章。三、对最近文艺报刊上发表的优秀诗歌作品的评介。

这种过于"紧跟"的倾向,甚至引起了一向关心《诗刊》的陈毅的不满。在1959年4月《诗刊》座谈会上,陈毅表示："《诗刊》变为通俗性群众《诗刊》,不好。以前轻视工人、农民,以后完全倒过来,也不好。好诗就登,选得严一点儿,我赞成。编辑要有一点儿权限,有取舍。"①遗憾的是,陈毅的建议未被采纳,而且他认为《诗刊》如此作为是因为编辑权限不足恐怕也不完全符合事实。进入1960年代的《诗刊》仍然大量提倡并刊登"说唱诗""民歌""朗诵诗"等业余诗歌作品。所刊专业诗人的作品,也往往采用通俗形式,如梁上泉《毛主席就在我们村》(歌词,1964年第4期)、田间《铁大人》(说唱诗,1964年第7期)、徐迟《二十勇士》(评弹,1964年第11、12期合刊)等,或者以歌咏生产建设为内容,如张永枚《二十把锄头》(1964年第9期)、晓凡《车间风雷》(1964年第11、12期合刊)等。可以说,此时期《诗刊》的"诗味"相当稀少。

当然,缺乏"诗味"是臧克家一出任主编就注定了的。他既对"同人"了无兴趣,那么积极响应当时的文艺政策,就几乎是必然的。所谓"不平等的社会关系滋长了社会的意识形态影像(images)和表征的形成"②,在

---

① 臧克家:《陈毅同志与诗》,《臧克家散文小说集》,武汉:长江文艺出版社,1982年,第472页。

② 〔英〕尼克·史蒂文森:《认识媒介文化——社会理论与大众传播》,王文斌译,北京:商务印书馆,2001年,第20页。

《诗刊》上的确有着生动体现。不过,这并不意味着臧克家、徐迟、沙鸥等对"诗"毫不关心。事实上,他们虽多怯畏,但到底也是热爱诗歌的诗人,在安全得到保证的前提下,他们也在工农化、群众化的间隙里,略做了某些"弥补性"工作。譬如在 1961—1962 年文艺政策调整期间,也小心翼翼地提倡诗歌艺术。这主要表现在经常摘引古人谈诗的片论,看似随录,实则对当时诗坛不无针对性。如 1962 年第 1 期摘引的严羽《沧浪诗话》:"学诗有三节:其初不识好恶,连篇累牍,肆笔而成;即识羞愧,始生畏缩,成之极难;及其透彻,则七纵八横,信手拈来,头头是道矣。"这类摘录一直保持到停刊。同时,还经常刊登诗人谈诗的片语碎论,其中不乏中肯、到位的见解。如臧克家《学诗断想》点评贺敬之诗:"《放声歌唱》热情奔放,少欠凝炼;《三门峡歌》、《桂林山水歌》,意境虽美,但有点刻意求精的感觉。《回延安》情感浓烈,但深切动人;字句美丽、朴素,而又自然。"①评论平实,对当时空疏诗风不无纠偏之意。而秋耘"札记"就更言有所指:

> (薛雪)力言作诗不易……他还提出一项"具体措施":著作脱手,请教友朋,倘有思维不及,失于检点处,即当为其窜改涂抹,使成完璧,切不可故为谀美,任其渗漏,贻讥于世。……这段话,真是"警世通言"。但愿每个诗人都能接受薛雪这番语重心长的劝告,著作脱稿,不必忙于出版,先找一两位有眼力而又认真严肃的朋友看看,虚心倾听他们的意见,择其善而从之,然后反复进行修改加工,使成完璧。②

可以说,《诗刊》上大部分诗作都不免是"失于检点"的。臧克家编发如此文章,当是有所用心。不过对此"用心"也实在不必夸大,一则它们都以"补缺"姿态出现在边角处,二则它们始终限于技艺范围,并未"逾矩"。相对于当时其他报刊正在开展的"调整"(如《文艺报》展开"题材问题"的讨论,《北京晚报》"五色土"副刊则推出"燕山夜话"等杂文专栏),它基本未

---

① 臧克家:《学诗断想》,《诗刊》1962 年第 1 期。
② 秋耘:《请读〈一瓢诗话〉——读书札记》,《诗刊》1962 年第 1 期。

引起关注。

四 《诗刊》的"暂时休刊"

由于臧克家对"同人刊物"避而远之,《诗刊》在前后八年的政治旋涡中都算涉险而过,但并不意味着编辑部未起任何波澜。事实上,它也前后经历两次波折,并于1964年底被"非正常停刊"。第一次波折无疑是"反右"。严格地讲,《诗刊》在1957年上半年并未发表特别耸人耳目的作品,兼之发表毛主席诗词的巨大光环效应,"反右"期间无人敢向《诗刊》"兴师问罪",但对具体编辑就情况各异了。臧克家历来慎言谨行,又蒙毛泽东召见谈诗,自然无人"招惹"。而且,几位负责人在"反右"中都表现积极①,事后都"平安度过",但青年编辑就无此好运了:"《诗刊》的十个成员,参加了作协统一安排的几个部门的座谈会、鸣放会","编辑部最活跃的是吕剑、唐祈、吴视等"②,而"活跃"是麻烦之源。据《诗刊》"编者"称,编委吕剑、编辑唐祈,主要问题是在《人民文学》整风会上批评该刊是"宗派主义""党包办的"(二人由《人民文学》调来),以及与丁、陈集团骨干分子李又然"有着密切的联系","散布过一系列反党言论和右派思想","企图用走私方式,在版面上放出一些反党的毒草来","本刊发表过一些主要是通过他们的手输送进来的不健康的作品"。③ 结果,经过内部批斗,"认为吕剑、唐祈问题严重而定为右派分子,其中唐祈问题更为严重,由公安、司法部门逮捕'法办'"。④ 第二次波折是编辑部主任沙鸥被补划为"右派"。对此,周良沛回忆:"(沙鸥)是能紧跟形势的。上半年他在多处发了不少赞扬艾青的文章,这时又在自己原来的赞扬点上加紧了对

---

① 他们在"反右"期间都先后在《诗刊》上发表了《让我们用火辣的诗句来发言吧》(臧克家,1957年第7期)、《大鲨鱼自己浮上水面》(沙鸥,1957年第7期)、《纵火者》(徐迟,1957年第7期)、《洋奴的悔和恨》(严辰,1957年第9期)等批判文章。
② 晏明:《飘飘何所似,天地一沙鸥》(中),《新文学史料》2001年第3期。
③ 编者:《反右派斗争在本刊编辑部》,《诗刊》1957年第9期。
④ 晏明:《飘飘何所似,天地一沙鸥》(中),《新文学史料》2001年第3期。

艾青的严厉批判,结果,艾青没跑脱,可也没有少给沙鸥一顶'右派'帽子。真是一个引人深思的悲剧。"①此说太过含混,其实沙鸥被补划"右派",与艾青因思想罹祸不同。据郭小川日后交代,沙鸥出事主要因于男女关系,"沙鸥在男女关系上犯了错误,我开始以为是生活小节,无须大搞,《诗刊》人太少,垮了没人顶,有姑息情绪。事情闹大,我仍然下不了开除他党籍的决定,有些同志很有意见,我还批评他们不注意政治问题,只重视男女关系。这些,都证明我在与坏人坏事作斗争时的妥协态度"②。当然,当时批判主要着眼于其文艺思想而对"男女关系"隐而不提。但可叹的是,沙鸥"文艺思想"令批评者大感困惑:"批判沙鸥的作品,是一件容易而又困难的工作。容易的是:他的作品中的粗制滥造,思想贫乏之处,真是俯拾即是;困难的是:他作品和文章中的错误常常没有规律可寻,他忽而'左',忽而'右',忽而主张这个,忽而主张那个,忽而反对这个,忽而反对那个。"③有如此负责人,《诗刊》之乏善可陈、之被停刊实在可以想象。

客观而言,"反右"以后的《诗刊》难以引起研究者的阅读欲望,它被停刊也不令人意外:一个长期发表低水平业余诗作的"中央刊物",停刊也许是最好的归宿。较之口碑极佳的"同人刊物"《收获》于1960年被突然停刊,《诗刊》的最后一日可谓姗姗来迟。不过,《诗刊》编辑部对此还是显得缺乏准备。在1964年第11期、12期合刊上,编辑部突然声明:

> 亲爱的读者:当《诗刊》11、12月合刊号到达您手里的时候,新的一年就要到来了。在新的一年中,预祝您在思想上和工作上取得更大的收获。目前,我国各个战线上,社会主义革命和社会主义建设的群众正在蓬勃开展。为使本刊编辑部工作人员有较长的时间深入农村、工厂,参加火热斗争,加强思想锻炼,本刊决定从1965年元旦起暂时休刊。这一积极措施,一定会得到您的支持。

---

① 周良沛:《想徐迟·忆徐迟》,《新文学史料》1997年第3期。
② 郭小川:《郭小川全集》,第12卷,桂林:广西师范大学出版社,2000年,第41—42页。
③ 周建元:《沙鸥是怎样一个诗人?》,《诗刊》1960年第5期。

这份声明不是刊物正文内容,而以"附页"形式补在刊物后面,可见是临时接到上级通知被要求停刊的。当然,编辑部未说"停刊"而说"暂时休刊"(只是这一"暂"就是 12 年,《诗刊》1976 年复刊),表明臧克家等人并无意停刊。那么,作协为何要停掉《诗刊》呢?杨匡满称:"有一种说法是严文井居中作乱","在批判'资产阶级反动路线'的一次大会上,揭发出严文井说过的一句话:将来要是有人闹事,《诗刊》肯定是头一个。据说严文井曾经拿来一篇稿子给《诗刊》,被《诗刊》拒绝刊用"。① 但杨匡满不认可这一说法:"其实,严文井当时也只是副书记的角色,停《诗刊》这样的事,做主的当然是刘白羽,而且还要报告林默涵甚至周扬点头。"②那么,周扬等人为何要停掉《诗刊》呢?杨匡满无法回答,因为在他看来《诗刊》政治可靠、几乎没有"反党反社会主义"的言论,停刊很难理解。而笔者以为,这,恰恰是停刊的主要原因。诚然,《诗刊》政治可靠,但也未免"可靠"过甚,可靠得连"诗"都抛弃了:1958 年后的《诗刊》几乎没有发表过一首像样的诗歌! 这绝非当初周扬宣布要将《诗刊》办成"同人刊物"的初衷。遥想 1956 年,面对文学创作逐渐板结化的尴尬现实,周扬等人未尝不是希望通过"同人刊物"为"新的人民的文艺"注入新的活力。然而,在臧克家这样视政治安全高于一切的主编的主持下,《诗刊》不但无半丝"同人"气息,甚至还下降为政治宣传材料的集中地。如此刊物,"暂时休刊"也可说是在情理之中。

---

① 杨匡满:《难忘的 1966》,《报告文学》2006 年第 3 期。
② 同上。

《诗刊》与新诗"传统"的重塑

《诗刊》自1957年1月创刊以来,一直是一份以现代新诗为旨归的专门刊物。① 这意味着,作为唯一一份国家级的新诗刊物,《诗刊》必须面临并解决一个问题:"五四"以来的新诗(如象征派、新月派、七月派等)作为一种新的"传统",在"新的人民的文艺"中理当如何定位?这一问题包括如何评价新诗史上的诗人、作品和流派,如何叙述新诗的历史,以及在新的文化生产条件下,新诗的写作方向又当如何重新定位?这些重要的理论问题,在《诗刊》创刊之始就展开了。虽然由于臧克家、沙鸥等负责人的谨慎,这些问题未必得到充分的展开,但仍能从中看到一二或明或暗的线索,其中包含着当代文学版图重构的一份文学史见证。

一 新诗"传统"的复活

如果从《尝试集》(1920)算起,现代新诗到1957年《诗刊》创刊时已有37年历史。新诗在此时不但毫无争议地确立了其文类合法性,并在事实上掌握了体制资源。《诗刊》编委会由清一色的新诗诗人构成可算是证据,而文艺界"中心作家"里的诗人全部是新诗作者更是证据。在此形势下,新诗作为一种"传统",面对的主要不是旧诗的不甘与挑战,而是如何在社会主义的"区分的辩证法"下被重新叙述与安置。此事比较复杂。其复杂性尤在于新诗诗人中有相当一部分是已在政治上被归类为"反动"的新诗人,如胡适与新月派诸诗人。在1955年的胡适批判运动中,这批诗人

---

① 的确,《诗刊》创刊以后曾经刊登过毛泽东、陈毅、朱德等国家领导人的旧体诗作,如毛泽东诗词甚至引起过轰动,但那更多的是臧克家为刊物的"安全"而有意寻求的政治权威资源,并不影响《诗刊》作为新诗刊物的基本定位。

已被界定为国民党政权的"帮凶"。那么,对于《诗刊》编辑部而言,诗歌叙述是否可拥有一套与政治既相联系又相区分的叙述系统,就是一个敏感而紧要的问题,它直接涉及对新诗历史地位与现实意义的认定。《诗刊》从创刊之始,就非常敏锐地涉足有关新诗的评价。可想而知,作为新诗中人,编委会并不会完全认同政治之于文学的命名与叙述。吕剑回忆:"《诗刊》开头,打开了诗创作局面,邀请各派诗人参与,连徐志摩等都予介绍,打破了不少条条框框。同时,还注意到老、中、青并重,且要打捞'沉船'(沉寂了多年的老诗人)。"① 在 1957 年 2 月号上,《诗刊》刊出吴腾《五四以来的诗刊掠影》一文,看似系统介绍"五四"以来知名的诗歌刊物,实则也有"试水"之意。这篇文章以介绍早年新诗刊物为名,"客观"地提及已沦为"盛世遗民"的梁宗岱、孙大雨(《新诗》编辑人)、陈梦家(《诗刊》编辑人)等"老诗人",尤其提及了新月派代表诗人徐志摩(《诗刊》编辑人)。而且,文章在介绍刊物时,也给予这些诗人以适宜评价,如"1931 年出版的《诗刊》是新月派的刊物。徐志摩、闻一多、孙大雨、朱湘、陈梦家和卞之琳等人的作品都在这个刊物上发表。它的印刷和纸张都很讲究,从形式到内容都显出浓厚的唯美主义的倾向,脱离现实生活,追求艺术形式方面的格律音节等",又如"《新诗》创刊于 1936 年,由卞之琳、冯至、孙大雨、梁宗岱和戴望舒五人为编委,发表了卞之琳、何其芳、金克木、南星、林庚、徐迟、罗念生等人的作品,大多数是晦涩、蒙眬的自由诗"。② 这些评价侧重于形式主义。虽然评价并不高,但可以说是把新月派从政治反动的泥淖里拖将出来,承认了他们作为"诗人"的文学史存在。

尤为重要的是,《诗刊》第 2 期还刊出了两篇评论:《望舒的诗》(艾青)、《谈谈徐志摩的诗》(陈梦家)。戴望舒是现代派诗歌的代表人物,徐志摩是新月派诗歌的代表人物。在其人其诗都已成为陈迹的 1950 年代,这两篇文章代表了《诗刊》对于新诗历史的一种态度。艾青以诗的手法写道:

---

① 子张、吕剑:《〈诗刊〉创刊前后》,《新文学史料》2010 年第 1 期。
② 吴腾:《五四以来的诗刊掠影》,《诗刊》1957 年第 2 期。

> 望舒是一个具有丰富才能的诗人。他从纯粹属于个人的低声的哀叹开始,几经变革,终于发出战斗的呼号。每个诗人走向真理和走向革命的道路是不同的。望舒所走的道路,是一个中国的正直的、有很高的文化教养的知识分子的道路,这种知识分子,和广大的劳动人民失去了联系,只是读书很多,见过世面,有自己的对待世界的人生哲学,他们常常要通过自己真切的感受,有时甚至通过现实的非常惨痛的教育,才能比较牢固地接受或是拒绝公众所早已肯定或是否定的某些观念。……因之,他的诗的社会意义就有了一定的局限性。①

较之艾青在否定中的肯定,陈梦家对徐志摩的评价则流露出深切的热情与怀念。对《志摩的诗》的第一首《这是一个怯懦的世界》,陈梦家评价说:"这代表志摩当时对于个性自由的热烈的要求。这时候正是他和他第一次结婚的妻子离婚受到当时社会和亲族的反对,在他第一集诗中有过不少同类的呼声。我记得他曾说过,他的离婚是为了反对旧式的不自由的婚姻,他要反对这种制度,无论付出多么大的代价。不幸的是在他第二次自主婚姻以后,在生活上受到了更大的折磨与痛苦。但是,对此他没有表示悔恨。在他十年写诗的期间,对于旧社会的黑暗、冷酷与顽固,他是有过咒诅的,但是他一直愉快而乐观的活着,不曾颓废过","对于个人的恋爱自由,他是斗争到底的;对于整个社会的黑暗面,他只能表现为同情,人道主义的同情",甚至谈论徐的诗艺时,还赞其"轻松而清新的诗句","更纯了更美了"。② 陈梦家的这种评价明显带有强烈的倾向性,分明是要把擅于情诗的徐志摩讲得富有革命色彩,譬如举《庐山石工歌》、"反对内战的诗"来谈,甚至把绅士派的徐志摩拉到革命的"圣殿"的边上:"志摩去世已经二十五年,中国已经有了根本的巨大的变化。他所生活的时代和社会,已经成为历史的陈迹。中国正朝着一个社会主义的方向前进,作为五四以后一个青年的志摩的苦闷已经根本不存在了。在我们文

---

① 艾青:《望舒的诗》,《诗刊》1957 年第 2 期。
② 陈梦家:《谈谈徐志摩的诗》,《诗刊》1957 年第 2 期。

学事业向前跃进的时候,我们不妨回顾一下五四以来文学所走过的道路,这中间的好处坏处同样可以有益于将来的文学实践。"①

无疑,艾青、陈梦家对两位已故代表性诗人的评价都使用了新民主主义的"区分的辩证法"。但在"新的人民的文艺"努力整理、改造其他异质文类的1957年,艾青、陈梦家不仅在论证新诗的历史合法性,而且还在凸显其现实的资源意义,恰如艾青所言:"这些工作,都和他的一部分创作一样,是他所留给我们的一份财富。"②显然,这种用意显出了《诗刊》编委会与主流声音的某种有意识的疏隔。或正因此,作协分管《诗刊》工作的秘书长郭小川日后认为:"《诗刊》开始就有问题,资产阶级倾向相当严重,到了1957年下半年有些好转。"③

《诗刊》的"资产阶级倾向"还表现在它对已经成为"旧知识分子"的"老诗人"的"复活"之上。新中国成立之后,许多曾影响一时的新诗诗人因为难以适应"新的人民的文艺"关于题材与风格的规范而相继搁笔。对此,《诗刊》专门确定了"打捞'沉船'"的计划:"注意老、中、青并重,且要打捞'沉船'(沉寂了多年的老诗人)。"④据沙鸥回忆:"编辑部有三张名单","一张是老诗人的名单。我们大力争取这些在中国新诗史上有过辉煌足迹的前辈,每年能在《诗刊》上发表一次作品"。⑤ 对此计划,主编臧克家当年在致周扬的信中谈得比较明确:

> 《诗刊》从筹备到出版,为时仅一二个月,人手不多(当时只三四人,现在八人),但各处跑稿子(副主编、主编、编委亲自出马),在北京的重要作家、诗人(木天、药眠、其芳、冯至、静之、雪峰、萧三……)处,都曾去过。《诗刊》一下手,就想联系新老诗人,鼓起他们创作的兴致。各种流派的诗人,(如穆旦、杜运燮、方令孺、王统照、冰

---

① 陈梦家:《谈谈徐志摩的诗》,《诗刊》1957年第2期。
② 艾青:《望舒的诗》,《诗刊》1957年第2期。
③ 郭小川:《郭小川全集》,第11卷,桂林:广西师范大学出版社,2000年,第410页。
④ 子张、吕剑:《〈诗刊〉创刊前后》,《新文学史料》2010年第1期。
⑤ 沙鸥:《宝马雕车香满路》,《诗刊》1994年第5期。

心……)我们都写信约稿。"百花齐放"后,我们打算约些老诗人聚谈一下,想约朱光潜、穆木天等。老舍先生也给我们写了《谈诗》的文章。也约过茅盾先生(胡乔木同志也约过)。①

臧克家还表示:"总之,《诗刊》一定努力向以下各方面做去:(1)门户洞开,但质量要较高。(2)人数少,但做事情要多。(3)团结一切老诗人,从来稿中发掘新生力量。"②臧克家的门户开放的办刊方针也是编辑部共识。据反右批判材料称:编委吕剑、编辑唐祈的主要错误在于在编辑部"散布过一系列反党言论和右派思想","曾企图用走私方式,在版面上放出一些反党的毒草来。因为事先被发现,及时铲除",但《诗刊》还是"发表过一些主要是通过他们的手输送进来的不健康的作品"。③ 此处所谓"不健康的作品",其实就来自"老诗人"。从《诗刊》创刊后的前6期看,这种"不健康的作品"数量着实不多(臧克家处事极为谨慎),但也的确有那么一二之作,与"新的人民的文艺"倡导的乐观、健康风格并不那么相宜。

譬如前西南联大诗人杜运燮的《解冻》一诗(刊《诗刊》1957年5月号)。"解冻"云云,既给人以苏联"解冻"文学的关联性想象,又暗示"旧知识分子"在新政权下的紧张与期冀。诗中有这样的写"春风"的诗句:"吹过草根,吹过了年轮,/吹进思想的疙瘩和包袱,/在冰层上画图案,在脸上加深笑纹。/是花的都在开,有芽的都绽出来,/欢呼这只爱抚的手,拿出最好的。/一切从头创造,过去已经深埋。"其中,"是花的都在开,有芽的都绽出来"固然洋溢着欢乐之情,但这种欢乐还带有"冰层"未融的寒气。"思想的疙瘩和包袱"则直接点出了"旧知识分子"在新中国遭遇的体制性疏离。又如另一位前西南联大诗人穆旦的诗作《葬歌》(刊《诗刊》1957年5月号)。穆旦在1940年代即以"丰富和丰富的痛苦"的主题开掘而称誉诗坛,1948年赴美留学,1952年获博士学位回国。但作为前国民党

---

① 臧克家1957年4月27日或5月27日致周扬函,见徐庆全《名家书札与文坛风云》,北京:中国文史出版社,2010年,第153页。
② 同上书,第154页。
③ 编者:《反右派斗争在本刊编辑部》,《诗刊》1957年第9期。

远征军翻译而不获重视,甚至诗作都难以发表。这首《葬歌》以温婉哀伤的笔调,诉说诗人对于"旧我"的告别:

> 你可是永别了,我的朋友?
> 我的阴影,我过去的自己?
> 天空这样的蓝,日光这样温暖,
> 在鸟的歌声中我想到了你。

一方面,诗人在历史剧变中意识到必须改变的现实:"历史打开了巨大的一页,/多少人在天安门写下誓语,/我在那儿也举起手来;/洪水淹没了孤寂的岛屿",所以"我"决定埋葬"旧我",然而另一方面,诗人又对这种"自我"不断丧失的精神现实,感到忧虑甚至质疑:"'希望'是不是骗我?/我怎能把一切抛下?/要是把'我'也失掉了,/哪儿去找温暖的家?"从诗中不难看出,诗人一方面誓别"旧我",另一方面却又那般恋恋难舍,可见"旧我"自有一种合理的使人难以诀别的人生哲学及生活方式。而对新的生活,诗人一方面理性上要迎接之,另一方面则在情感上难以融入,屡有"寒冷"之感。这种纠结的情感,正如研究者所言:"诗中交杂着现实与理想、过去与未来、希望与绝望、光明与黑暗等多种力量的冲突,把痛苦、矛盾的体会延伸到了个体最隐私的情感深处,在否定与质疑中,他不断发现自己、解剖自己,表现出鲁迅式的'抉心自食'的精神。"①如此撕扯冲突的精神状态,显然是"旧知识分子"在革命年代比较普遍的生存处境的反映。这首诗,与其说表现了诗人面向新生活的自我期待,不如说表现了诗人面对新生活的疏隔与距离。

《诗刊》刊发的"不健康的作品"不仅表现在"旧知识分子"真实的生命体验,同时也表现在与革命美学不那么匹配的现代主义诗艺的使用上。杜运燮的《解冻》使用了象征,而穆旦的《葬歌》多用隐喻。而 1957 年第 4 期刊出的唐祈的诗《水库三章》:"夜半的水库工地,/恍如一片神奇的梦

---

① 连敏:《在诗与意识形态之间徘徊——初创期〈诗刊〉研究》,《诗探索》2010 年第 3 期。

境。/宝石般璀璨的灯光,/像一阵黎明的雨/洒落在墨绿的河面上。"这又几乎是印象主义的写法。这在以豪爽、直抒胸臆的社会主义诗歌中自是一种可以鉴取的艺术资源。

无疑地,新诗传统在《诗刊》的"复活",还得力于作协对《诗刊》的"同人刊物"的定位。因最初中国作协在创办《诗刊》和《收获》时,是明确作为同人刊物试点的,故对两刊皆无介入。对此,郭小川回忆:

> 开初,并未指定我领导,或联系。但,作为诗歌工作者,我有责任联系这个刊物,跟克家、徐迟也有往来。这时,我的思想是混乱的,一时左,一时右,我自己在创作思想上一直就有问题,自然不能发现问题。这时,我既没有企图影响《诗刊》,即使偶然提些意见也不能发生好的作用,但有些问题我是知道的,例如,沙鸥对艾青的捧场,我是不满意的,却未提出有力的批评。①

当然,作协领导不"企图影响"的态度并不意味着《诗刊》真的是"同人刊物",但至少在叙述新诗传统这一问题上,它采取了与政治有所疏隔的立场。

二 对"诗歌逆流"的批评

叙述上对"新诗"的承认,已边缘化为"旧知识分子"的"老诗人"的复活,显示了《诗刊》对于新诗传统的接受与塑造。这无疑有利于当代文学的内部多样性的建构。然而,这一积极尝试始行未几,便被"反右派运动"拦腰打断。本来《诗刊》主编臧克家就不是敢于任事之人,运动一起,《诗刊》就彻底为政治的"宰制叙述"所垄断。

应该说,在作协各大刊物中,《诗刊》问题最为轻微,故在"反右"高潮期间,《诗刊》编辑部未受到大的冲击,其编辑工作也未被系统清理。仅

---

① 郭小川:《郭小川全集》,第11卷,桂林:广西师范大学出版社,2000年,第420页。

1957年第9期刊出的黎之文章提到穆旦《葬歌》的"灰暗"心情:《葬歌》"是他那种灰暗悲伤心情的解剖","他把知识分子的改造比着走一条'长长的阴暗甬道',而作者似乎还在这个'甬道'里彷徨","把知识分子改造描写得那样阴森可怕","几乎是一个没有改造过的知识分子对知识分子改造的污蔑了"。①不过,黎之的批评虽有峻厉言辞,但着眼点仍在诗作之上。1958年第1期,《诗刊》又刊出刘白羽文章,不点名地批评艾青:"有一位诗人,在民主革命斗争中,他的诗的才华,曾像一条南方温暖的小河一样奔流过。可是进入社会主义革命后,他自己早已是一个上不沾天下不着地的'梁上君子',他的诗的才华早已吊在梁上风干掉了。同志们帮助他到生活中去,他却十分反感,说:'我住在家里也能写出好的诗'。可是,他的好的诗在哪里?他连一点热爱社会主义生活的激情都没有,他还有什么好的诗?!人们不要过分的自信而把自己淹死在自己狭窄的阴暗的小小心灵中吧!"②这篇文章不无讽刺与自得,但其实也无针对《诗刊》之意(虽然艾青是《诗刊》编委),而更多是刘白羽个人私怨的流露——恃才傲物的艾青一直对作协领导刘白羽言辞不屑,而此时艾青已因"丁、陈案"牵连而被划为"右派"。

但到1958年下半年,作协对其他刊物的清理渐近尾声,对《诗刊》的必要整顿工作也展开了。该年《诗刊》先后针对此前发表的两篇文章进行了批判,一篇是专门批判穆旦《葬歌》。李树尔批评穆旦"对思想改造抱着这种修正主义的态度,一方面是对旧我看得太重了,温存倍至,恋恋不舍。另一方面是对新社会的距离太远了",对于穆旦诗句——"我到新华书店去买些书,/打开书,冒出了熊熊的火焰,/这热火反使你感到寒慄,/说是它摧毁了你的骨干"——李树尔批评说:"难道这不是资产阶级个人主义思想的歌颂吗?"甚至说:"这首诗在去年《诗刊》5月号发表,也不是没有原因。在这不久以前,右派分子费孝通在《人民日报》发表了《知识分子的早春天气》,是企图鼓动一部分知识分子反党、反对思想改造的。请问穆旦

---

① 黎之:《反对诗歌创作的不良倾向及反党逆流》,《诗刊》1957年第9期。
② 刘白羽:《对诗的希望》,《诗刊》1958年第1期。

的企图如何？其实已经是很明显的了,想把思想改造说成是'恐惧'的、借以号召人们不要把'我'失掉,因为这样会'失掉温暖的家'。"①此文完全以政治立论,而穆旦亦因此文而被追加"历史反革命"罪名。另一篇文章则批判艾青的《望舒的诗》。批判者蔡师圣认为:"艾青在《望舒的诗》里,对戴望舒前期诗歌在当时的反动作用避而不谈,顶多只轻描淡写地讲了一句'对当时的青年,只会产生不好的作用',而对戴望舒诗歌的形式和表现手法,却津津乐道,毫无倦意","模糊了现在的青年读者对戴望舒的正确认识和估价",而蔡认为,戴望舒前期的诗在当时"是起了麻醉和毒害读者、阻碍革命斗争的反对作用"的。②显然,此时《诗刊》已放弃此前有关新诗的文字叙述,而转向政治叙述了。换句话说,《诗刊》完全服从了"反右"后日趋激进的阶级化的诗歌史叙述。这种服从集中体现在《诗刊》有关王瑶的新诗观点的批判文章中。

在一篇由北京大学中文系集体创作的批评王瑶《中国新文学史初稿》的文章中,批评者再次提到艾青《望舒的诗》,认为"(艾青)把戴望舒前期那些消极、颓废,引导读者回避现实,败坏斗志的反动诗作,认为是,'这种忧郁是属于现代人的',把歪曲现实生活粉饰残酷阶级压迫下的农村面貌、劳动人民被描绘得如法国上层社会的'村姑',说成是'属于现实生活的诗',是'诗人在寻一些新的题材'。对望舒后期诗歌则抬得过高。抗战期间,戴望舒在严酷的现实教育下,特别是民族战争对他的影响,使他写出了一些闪烁着爱国主义情感的诗来。但是这种感情的基础还是小资产阶级由于民族压迫所激发的狂热的浪漫的革命的幻想,并没有脚踏实地认识斗争的力量和真正的敌人。"③当然更主要的,还是系统批判王瑶在《中国新文学史初稿》中对胡适、新月派、现代派以及胡风派的评价。批判者认为,王瑶和艾青等人一样,一直在为"这股诗歌逆流招魂"。譬如对徐

---

① 李树尔:《穆旦的〈葬歌〉埋葬了什么?》,《诗刊》1958年第8期。
② 蔡师圣:《略谈戴望舒前期的诗——评艾青〈望舒的诗〉》,《诗刊》1958年第8期。
③ 北京大学中文系56级鲁迅文学社:《批判王瑶对新诗的资本主义观点》,《诗刊》1958年第10期。

志摩：

  徐志摩是作为右翼资产阶级的典型代表在诗坛上出现的。他说："我只知道个人，只认得个人，只信得过个人，我相信德谟克拉西只是普遍的个人主义"(《落叶》)。五四革命向人民群众深入发展，毁灭了资产阶级与帝国主义、封建主义妥协的愿望。虽然在徐志摩最初的诗中还可以看出一点新兴资产阶级的追求，但整个基调却是哀伤的，低沉的和幻灭的。……这种死亡的幻灭的哀叹，就是王瑶所欣赏的，宣扬的"高亢的浪漫"。①

又批评王瑶有关胡风等七月派诗人的论述："胡风反动集团一贯从理论到实践宣传主观战斗精神，王瑶不仅从他们的创作上肯定了这点，而且还从理论上全盘的接受，用来评价作品。胡风是'感情很丰富'，绿原是'渗着一些忧郁的抒情情调'，亦门是'感情真挚而含蓄'，庄涌是'感情明朗而有力'等等，王瑶这种脱离阶级分析，侈谈作家主观感情的批评标准，同样也存在对其他作家的评价中。如艾青抗战期间曾写出一些如《向太阳》、《火把》等较受欢迎的诗，但他的思想基础始终还是资产阶级的，激发他创作热情的是民主革命时期小资产阶狂热的精神要求。但恰恰在这点上，王瑶给了艾青最高的捧场：'那热情多少带有一点忧郁性的伤感；但这正是他歌颂光明的动力'(下册48页)。不是革命的现实的斗争和先进的思想，而是艾青'诗中迸发的感情，把当时许许多多爱好正义的知识分子的热情燃烧起来了，使他们勇敢地走向了革命。'(下册49页)王瑶对作家内心激情的热烈歌颂，甚至摆在一切之上，是和胡风的主观战斗精神异曲同工的。"②这篇批评不能不说有相当识见！事实上，在1930年代清华求学期间王瑶即有"小胡风"之称谓③，他的文艺观念受到"主观战斗精神"的

---

  ① 北京大学中文系56级鲁迅文学社：《批判王瑶对新诗的资本主义观点》，《诗刊》1958年第10期。
  ② 同上。
  ③ 李怀宇：《赵俪生：做少数派，到"松散"的地方干革命》，《南方都市报》2007年2月7日。

影响、被批评为"脱离阶级分析"并不为奇。不过这意味着,和王瑶的"资产阶级观点"一样,《诗刊》创刊之初关于新诗的相对开放的叙述系统已被编辑部自我放弃。这不但意味着"旧知识分子"的退场,甚至也意味新诗作为一种文类的合法性发生动摇。

三 新诗与"新民歌"

由于《诗刊》编辑部在"反右"后完全放弃独立意识,任由教条主义的政治/阶级叙述在文学领域里长驱直入,这导致了当代文学更为严重的问题。按照布尔迪厄的说法:文学场永远存在的一个主要问题是"对斗争中的合法参与性的定义。诸如'这根本不是诗歌'或'这根本不是文学'这样的论断,实际上意味着拒绝这些诗歌或文学的合法存在,把它们从游戏中排除出去,开除它们的教籍"①。这种"斗争"现在也发生在新诗之上。显然,由于新诗传统的破碎与不充分,所以在"反右"后的文艺"大跃进"中,它首当其冲,大有被开除文学"教籍"的危险。这主要指1958年有关诗歌形式的论争。

1958年诗歌形式的讨论起于毛泽东有关新诗宜向民歌和古典诗歌学习的倡议。而在由此掀起的"新民歌运动"中,新诗遭遇四十年未遇之"寒流"。当时在全国各刊物上都出现了否定新诗尤其以(新)民歌为根据否定新诗的言论。对此类观点,资深新诗诗人何其芳、卞之琳颇难苟同,于《处女地》1958年7月号上刊文辩驳。《诗刊》无疑注意到了这一歧议,于是有意促使争议扩大。在1958年10月号上,《诗刊》刊出了宋垒与何、卞二诗人商榷的文章。宋垒认为:"何其芳、卞之琳两同志探讨诗歌发展道路的文章,都流露着轻视新民歌的观点,而把我国诗歌前途寄托在一种虚无漂渺中的'新格律'或'现代格律诗'上。为了证实自己的论点,他们所举的理由不尽相同,但综合起来不外以下几条:新民歌主要以内容取

---

① 包亚明主编:《文化资本与社会炼金术——布尔迪厄访谈录》,包亚明译,上海:上海人民出版社,1997年,第84页。

胜,引人之处不在其形式;民歌体是有局限性的;工人不欣赏民歌体,说明民歌体不能表现现代复杂、丰富的生活。……但新民歌中那种雄奇磅礴的共产主义气魄和时代精神,是任何古代诗歌所没有也不可能有的。这种内容,必然要求适合表现它的形式;豪迈的共产主义精神,在诗歌中必然要求以铿锵有力的音响和精练集中的形式来表达。这样,大量的大跃进诗歌以民歌的形式出现,是自然而然的;而知识分子腔调的自由诗和所谓新格律诗,在这儿就暴露了它先天的弱点。"①宋垒当然也明白用"共产主义气魄"来否定新诗勉为其难,毕竟,读者欢迎才是最具说服力。何其芳自以为新诗优胜于新民歌之处还是在于读者的评价。为此,宋垒又对新诗读者加以"阶级分析":

> 为了证实自己的论点,何其芳和卞之琳同志都只举出《诗刊》今年四月号"工人诗歌一百首"中民歌体很少,言外之意是工人不爱民歌体。这种做法也是令人遗憾的。其实,不仅是《诗刊》上的工人诗歌,其他报刊上也还有些工人诗歌并非民歌体。不用阶级分析的眼光,这个问题是不容易看清的。解放后工人中增加了大批新成分;那些带有知识分子味的自由诗,大多是学生出身的青工写的。这些青工的思想感情、个性、爱好以至语言,都或多或少受过资产阶级知识分子的影响,他们正在党的教育下加强思想锻炼,清除这些坏影响。②

与此同时,新诗诗人欧外鸥也现身说法,认为"大多数的新诗不仅是形式上,就是它的构思与想象的表现也全部仿照西洋格调,是跟群众远离,没有广大群众基础的。只有很少数的诗人敝帚自珍,很少数的知识分子读之无味,弃之可惜地念它一下;甚至有些知识分子也不喜欢它。我们写新诗的人,这样做法根本就不对头。但是一直还不自觉,怨天尤人,还以为曲高和寡,别人水平低不懂得欣赏。其实像这样的洋八股进口货仿制品,是

---

① 宋垒:《与何其芳、卞之琳同志商榷》,《诗刊》1958年第10期。
② 同上。

为谁而写的,要谁去欣赏它呢?它根本就不是工农群众喜闻乐见的地道国产"①。

对宋垒以"阶级"自恃的批评,卞之琳撰文回应说:"宋垒同志在《商榷》一文中树立了'轻视新民歌'这个对立面,而把何其芳同志和我就放在这样一个对立面,我认为不符合事实真相","我们真正的分歧究竟在哪里?我从宋垒同志的辩驳里很难看出。可能宋垒同志的意思是:要发展我们的'社会主义诗歌'就得把'五四'以来的新诗传统完全否定,抛开不管。我(和何其芳同志)不同意。这就值得大家来辩论。至于宋垒同志可能认为新民歌的形式(狭义的形式,就是以五言'体'、七言'体'为主的诗歌'体')是一种'新'形式,我(和何其芳同志)不同意,这点分歧不值得辩论。"② 卞之琳言辞间不免有一种知识的傲慢,但宋垒的回应就更从学术走向了政治:"卞之琳同志说:'要我们学习民歌,并不是要我们依样画葫芦来学(写)民歌,因为那只能是伪造。注定要失败'。这句话可作两种解释,其一是学习民歌应避免模仿,应有所创造,如果是这样的意思,就没有什么错误。但从卞之琳同志的真正观点来看,并不是这个意思。他认为我国诗歌'还没有形成一种为大家所公认的新格律',而他,考虑新诗格律,'是根据了五四以来诗歌创作实践,根据现代口语的特点,参考了古典诗歌和西方诗歌的规律,在中外诗歌音律的基本原理的指导下,进行了探索'。在这里,民歌既不可作根据,又不可作参考,这,不仍是表现了对民歌的轻视吗?……(分歧)不止是轻视新民歌的问题,这是诗歌发展道路上两条恰恰相反的道路。提倡新民歌的基础上发展我们的诗歌,就能建立我们民族形式的社会主义诗歌;而离开新民歌去设计'新格律'或'现代格律诗',那只是一条死胡同!"③宋垒将他与卞、何的分歧界定为"两条恰恰相反的道路",而又将他坚持的以新民歌为基础的发展之路称为"社会主义诗歌",那么卞、何坚持之路又是什么性质呢?那几乎是不言而喻的。

---

① 欧外鸥:《也谈诗风问题》,《诗刊》1958年第10期。
② 卞之琳:《分歧在哪里?》,《诗刊》1958年第11期。
③ 宋垒:《分歧在这里》,《诗刊》1958年第12期。

面对这样的争论方法,卞之琳未再作回应。争论不止自止。

有意味的是,《诗刊》在这场包含重要意义的论争中究竟持何立场?实在难以看出。不过据臧克家、徐迟等人自身作为新诗诗人的身份推测,他们理当是支持并维护新诗自身传统的,这从他们引入这场争论也可看出。但另一方面,编辑部对这场争论始终没有任何表态(如通过"编者按""编者的话"等形式),同时又在争论"结束"以后大量刊发新民歌作品和通俗化、民间化的新诗作品,可见,《诗刊》对于政策的响应还是要大大高于他们对于文学性的坚守。这最后的编辑风格意味着,《诗刊》在新诗传统的争议与叙述方面,也许存在少许客观的贡献,但整体而言是自我放弃,并未承担起唯一的国家级诗歌刊物的责任。可以说,《诗刊》有关新诗的论争与叙述,是新文学传统被"新的人民的文艺"予以整合、重塑的现场记录。

第 15 章 《星星》
(1957.1—1960.10)

《星星》诗刊(月刊)1957年1月创刊,不设主编,白航任编辑部主任,石天河、流沙河、白峡任编辑。属四川文联主办刊物,但更多时候被文艺界目为"同人刊物"。以刊发诗歌作品及相关评论为主。1957年7月"《星星》诗案"爆发后,编辑部被改组。1960年10月停刊。

"《星星》诗案"与《星星》诗刊

"双百方针"在1956—1957年间文学报刊中渐次激活出新动向,不但大量在1951年被迫"以主要篇幅发表供给群众的文艺作品材料,向着通俗化、大众化的方向发展"①的刊物借势重返"精英化",就是此前身份不明确、政策不明朗的同人刊物也浮出地表。当代文学内部多样性由此获得一定恢复。创刊于1957年1月的《星星》诗刊,作为一份无"同人"之名而有其实的文学杂志,代表了党内青年知识分子对"新的人民的文艺"的积极反思和重新建构。然而创刊未几,《星星》便以冒险的编辑作风卷进震动全国的"《星星》诗案"。四川文联内部之宗派纠葛,更使"诗案"一波数折,终至势不可逆。"《星星》诗案"不仅使编辑部内青年诗人群体分裂,亦使"新的人民的文艺"内部某种有效互动与博弈如昙花般凋谢。

一 体制内的"同人刊物"

《星星》诗刊历来被目为"同人刊物"。黎之回忆:"这个刊物是一批青年诗歌爱好者创办的,在当时文艺报刊都是机关主办的情况下,这个刊物带有同仁办刊的性质。"②此看法并不准确。其实《星星》也是"机关主办",其办刊经费亦来自四川文联,所谓"一批青年诗歌爱好者"也是文联在职的文艺干部。另一事实更表明《星星》不是严格意义上的同人刊物。据石天河回忆,1957年2月,《星星》初遭《四川日报》"春生"(四川省委宣传部副部长李亚群化名)批评后,他与流沙河等人写了反批评文章,但

---

① 全国文联研究室:《关于地方文艺刊物改进的一些问题》,《文艺报》1951年第3卷第6期。
② 黎之:《文坛风云录》,郑州:河南人民出版社,1998年,第68页。

《四川日报》拒绝发表,他们遂向文联党组书记常苏民请示,希望在自己办的《星星》上发表反批评文章,但未获常的允许,这批文章遂夭折腹中。① 所以,严格地说,《星星》不是新文学意义上的同人刊物。至多可说是体制内的同人刊物。即是说,上级部门给了编辑部较大自由,但又可随时收回。这与中宣部公开宣布的两份同人刊物(《诗刊》《收获》)颇为仿佛。不过与《诗刊》有名无实不同,《星星》确有同人之风。然而与老成持重的《收获》不同,《星星》办刊锐利莽撞,颇有冒险主义倾向。因此它甫一创刊便刺人耳目,"不仅引起国内文艺界的注意,苏联《文学报》还发了消息"②。

  从现有材料看,《星星》"同人"程度是高于《收获》的。其一,其编辑部不设主编、轮流负责。石天河回忆:"编辑部主要是四个人:白航任编辑主任,我任执行编辑,白峡、流沙河任编辑。本来,刊物通常都是应该有主编、副主编的。但是,一则因为白航和我都还很年轻,知名度不高,似乎不够当主编、副主编的资格。再则,当时中国一切都学苏联。据说,苏联的很多文学刊物,有的有主编,有的则是采取'执行编辑'制度,所以,我们没设主编就设一个'编辑主任'。"③其二,《星星》有公开宣布的编辑哲学。所谓"编辑哲学"是刊物灵魂:"如果杂志有其严格遵循的哲学体系,就能使它富于个性、与众不同。一个编辑哲学体系说明了这份杂志的意图是什么,对哪些方面感兴趣,怎样满足读者的这些兴趣,以及它运用什么手段来表达自己的思想。"④那么,《星星》办刊"意图"何在? 对此,有两条材料可供参考。一是1957年1月8日《成都日报》在报道《星星》创刊时,引述了白航关于"解冻"的比喻:"要是没有党中央提出的'百花齐放,百家争

---

① 石天河:《逝川忆语——〈星星〉诗祸亲历记》,香港:天马图书有限公司,2010年,第17—18页。
② 黎之:《文坛风云录》,郑州:河南人民出版社,1998年,第68页。
③ 石天河:《逝川忆语——〈星星〉诗祸亲历记》,香港:天马图书有限公司,2010年,第1页。
④ 〔美〕萨梅尔·约翰逊、帕特里夏·普里杰特尔:《杂志产业》,王梅主译,北京:中国人民大学出版社,2006年,第183页。

鸣'方针,刊物是办不起来的。诗歌的春天来到了! 不单是诗,整个文学也一样,正在解冻。"①二是创刊号刊发的稿约。稿约称:"我们的名字是'星星'。天上的星星,绝对没有两颗完全相同的,人们喜爱启明星、北斗星、牛郎织女星,可是,也喜爱银河的小星,天边的孤星。我们希望发射着各种不同光彩的星星,都聚到这里来,交映成灿烂的奇景。所以,我们对于诗歌来稿,没有任何呆板的尺寸。我们欢迎不同流派的诗歌。现实主义的,欢迎! 浪漫主义的,也欢迎!" "我们并不偏爱某一种形式。我们欢迎各种不同题材的诗歌","我们只有一个原则的要求:诗歌,为了人民!"②今天看来,此稿约略失平淡,但在当时无疑具有刺激性的效果。否则,中国一个内陆省份的地方刊物又怎会引起《真理报》的注意呢! 这份"稿约"系执行编辑石天河所撰,编辑流沙河发表时又略作改动。那么,它的"刺激性"何在? 日后流沙河交代称:

> 我们发出资产阶级自由主义的诗歌宣言——稿约。上面故意不提社会主义现实主义和工农兵方向,而代之以"现实主义"和"人民"字样。这不是偶然的。在这以前,我就向丘原说过,社会主义现实主义是斯大林授意,高尔基上当,个人崇拜的年代里,教条主义的产物。……(石天河)对我说过可惜马克思死早了,否则今天的文艺理论不会是这样。③

显然,稿约相当激进。事实上,经过新中国成立初期"新的人民的文艺"对不同"流派""风格"的区分与收编,当代文学到1957年已很大程度上成为社会主义现实主义的"专属领地"了。此稿约怎么看都是在挑战"新的人民的文艺"对文学版图的重新规划。其实,稍晚数月创刊的《收获》未必就无此意,但靳以、巴金不刊发这种高调的稿约。《星星》一开端就走在桀骜

---

① 胡尚元、蔡灵芝:《流沙河与〈草木篇〉冤案》,《文史精华》2005年第1期。
② 《稿约》,《星星》1957年1月号。
③ 流沙河:《我的交代》,见石天河《逝川忆语——〈星星〉诗祸亲历记》,香港:天马图书有限公司,2010年,第163页。

不驯的道路上。

当然,就《星星》同人而言,此种"外貌"平淡的稿约,已是他们多番"下调"的妥协之物。事实上,执行编辑石天河其实颇有理论追求。他与白航、流沙河、白峡等人创办《星星》时就存在某种共识。什么"共识"呢?借用雷蒙·阿隆的话说:"不管是苏联的国内,还是国外,人们在以下两种态度之间犹豫不决。其一是坚持认为,不管怎么说,这一新的政体仍忠诚于其最初的理想,并向着自己的目标前进;其二是揭露革命先知在掌权前所宣扬的革命理想与官僚分子所建立的国家之间的差距。"①显然,四川的这批青年知识分子,更接近于第二条道路。

二 《星星》的"抵制和斗争"

从创刊数期刊发的稿件看,《星星》明显选择了"赋予个人以抑制和斗争的力量"②的媒体生产之路。这种选择也得到批判材料的印证。据称:"他们对大部分具有社会主义内容和反映社会主流的稿件百般非难,这些稿件,只要其中提到奖章、提到英雄,他们就异常厌恶,只要其中稍有一点概念化成分(修改后即可成为好诗),便弃置不用,但对有右倾思想情绪的稿件,却是异常关切,即或这些稿件粗糙、潦草,他们也要反复修改,尽量刊用"③,"流沙河说,'每逢"七一"或"十一"快到了,歌颂党和歌颂祖国的诗稿,就像每年中秋定期泛滥的尼罗河水一样,涌向编辑部来,这些诗彼此相似,仿佛作者们事先开了一个会,大家商量过怎样写似的。遗憾的是有些编辑以'配合任务'为借口把其中的一些发表了"。④ 这些批判材料是否可信呢?结合《星星》所刊作品看,"非难""关切"之说应不为污蔑。由创刊号观之,《星星》辟有"情诗""长诗""和平鸽哨""劳动曲""兵之歌""祖

---

① 〔法〕雷蒙·阿隆:《知识分子的鸦片》,吕一民、顾杭译,南京:译林出版社,2005年,第116页。
② 〔美〕道格拉斯·凯尔纳:《媒体文化》,丁宁译,北京:商务印书馆,2004年,第73页。
③ 本刊编辑部:《右派分子把持〈星星〉诗刊的罪恶活动》,《星星》1957年第9期。
④ 山莓:《流沙河的个性》,《星星》1958年第1期。

国风景线""生活漫吟""诗歌遗产""歌词""民歌(情歌专辑)"等栏目,颇为丰富。各栏目看起来和"工农兵文艺"关系密切,但实多有锋芒逼人之作。如"情诗"栏里刊出的杨汝纲的《诗简》和曰白的《吻》。后者在"爱情"都已不大合时宜的年代,竟直接写起情色意味的性接触:"像捧住盈盈的葡萄美酒夜光杯/我捧住你一对酒涡的颊/一饮而尽/醉,醉!//像蜂贴住玫瑰的蕊/我从你鲜红的/唇上,吸取/蜜,蜜!//像并蒂的苹果/挂在绿荫的枝头/我俩默默地/吻,吻!"若说《吻》只是道德大胆,创刊号另一组诗《草木篇》就有思想层面的逾轨了。此诗因为"诗案",在当年举国皆知并在知识分子中获得广泛同情。但从当时文化生产的要求看,它的确有损社会主义"文化领导权"。它以对新的秩序和文化的暗喻和讽刺,挑战了"新的人民的文艺"之于同质主体的生产。流沙河的讽世情感与其身世不无关系。他出生于成都小地主家庭。其父曾任国民党金堂县军事科长,土改中被处死刑。作为"新时代"青年,流沙河不能忘怀家庭创痛、不亲近新政权并流露于文字是不难理解的。对此,编辑部其实已有考虑,但还是冒险刊发了。石天河回忆说:

> 发稿之前,李累曾拿去看过,并私下向我说:"这篇东西,有点像王实味的《野百合花》,是不是不发?"我当时并不认为《草木篇》是多么好的作品,只是觉得,在当时的诗坛上……"散文诗"已很少见到,要"百花齐放",散文诗的形式,也是不可少的。而且,王实味的《野百合花》是杂文,《草木篇》是散文诗,并无相似之处。加上,我自己对《草木篇》那种"寄言立身者,勿学柔弱苗"的内涵,即提倡独立人格的精神,是有同感的。感到它对在官僚主义领导长期压抑下、人格尊严被压扁了的知识分子,有激励的作用。所以我对李累的话,不以为然,没有去作仔细的思索,更没有多作利害的考虑。便硬性地决定,发了。①

---

① 石天河:《逝川忆语——〈星星〉诗祸亲历记》,香港:天马图书有限公司,2010年,第25页。

从社会主义文化生产要求来说,李累(省文联领导)的观点颇有道理。甚至此后对《草木篇》展开批评亦不无合理之处。石天河日后也表示:"这是我作风上不够谨慎的地方。直到报纸上的批评文章,把《草木篇》说成是针对共产党和社会主义的不满情绪,我才想到,这种以意象作隐喻的诗,是很容易被曲解后再加以批判的。特别是由于流沙河在四川文联某些人的心目中,被看作是对共产党怀有'杀父之仇'的仇恨心理的人,一旦他的作品被作成'反党、反社会主义'的曲解,就会弄得众怒沸腾而我们百口难辩。"①

在"生活漫谈"栏中,创刊号还刊出傅旭杂文《批评家的"原则"》,以诗为杂文,讽刺批评家察言观色,唯以揣摩上意为规则:"不是批评家没有主见,/而是在静听权威的声音。/他们的批评原则是:/风风雨雨,/人云亦云。群众喜不喜欢我不管,/只要权威点头,/至于什么艺术,现实,/全是扯淡!/权威才是我们的唯一的天平。"这种批评与当时各刊物"鸣放"潮流相呼应,出格之处不多,但《星星》的异端性并非表现于偶然的一二作品,而是渗透在诸多细节。譬如创刊号第51页摘抄了两段话,一是艾青的:"一首诗的胜利,不仅是那诗所表现的思想的胜利,同时也是那诗的美学的胜利。而后者,竟常常被理论家所忽略。"另一句是安东诺夫的:"回想回想马克思所说的:'艺术作品创造理解艺术并且能够欣赏美的公众'。这句话,是有益处的。"这类补白频见于后几期刊物,并非无心之举。据流沙河交代:"弄补白,是他(石天河)作为'地下斗争'方式提出,我加以积极支持的。爱伦堡的一段话是我作为为《吻》辩护,由我抄好给他的。艾青的一段话是他一个人搞的,搞了以后才告诉我的。此外,我还找了好些补白,如泰戈尔的'小狗对天上的星星说:你总有一天会熄灭。星星不理它'之类,在茶馆里对丘原谈过。他大为赞赏。只是由于以后批评的厉害

---

① 石天河:《逝川忆语——〈星星〉诗祸亲历记》,香港:天马图书有限公司,2010年,第25—26页。

了,才没有弄上去。"①这也是石天河没有否认的事实。

"石天河在《星星》共编辑了三期"②,他的咄咄逼人的"抵制和斗争"的锋芒也在第2期上延续。此期又增加了新栏目"玫瑰的刺",刊出了长风两首讽刺诗《步步高升》《我对着金丝雀观看了好久》。这两首诗不太为今天读者所知,但其批评力量却大于《草木篇》。据流沙河交代,编《步步高升》时石天河费了不少心思:"石天河说:'此文内有些话不能明说,只能暗示。如《步步高升》和《台湾杂忆》,一首是骂官僚主义的,一首是骂国民党的。我有意把这两首诗并列在一起,但又不明说官僚们和蒋介石一样,这样,既骂了官僚主义,又不让他们抓住漏洞,而明眼人一看却明白。'(初稿的确如此,以后他又勾去了)。"③后者则批评单位制度下知识分子的生存处境与精神状态,可谓入木三分:

> 我为了到野外呼吸新鲜的空气,
> 观看天空的老鹰和壮丽的山河,
> 离开了见不到日出日落的院子,
> 从一条万紫千红的大街上经过。
> 忽然看见路旁的树下挂着竹笼,
> 竹笼里面有一个华丽的金丝雀。
> 它在笼子里蹦呀,跳呀;跳呀,蹦呀,
> 不住地唱着,唱着,唱着单调的歌,
> 过一阵,就吃几粒小米,喝几滴水,
> 歇一会,又开始歌颂自己的生活。
> 像我偶然在路旁看见了它,

---

① 流沙河:《我的交代》,石天河:《逝川忆语——〈星星〉诗祸亲历记》,香港:天马图书有限公司,2010年,第164页。
② 刘成才:《"倘无古老而缄默的山岩即命运横亘于前"——石天河与一九五七年〈星星〉诗案研究》,《社会科学论坛》2010年4期。
③ 流沙河:《我的交代》,石天河:《逝川忆语——〈星星〉诗祸亲历记》,香港:天马图书有限公司,2010年,第163—164页。

它也偶然在笼子里看见了我,
于是,更兴奋地蹦跳起来,
好像说:"你看我,你看我多么活泼!"
同时,更得意地歌唱起来,
连声说,"你看我,你看我多么快乐!"
可惜我心里都是疑问,
不知道究竟应该回答它些什么。

《我对金丝雀看了很久》《步步高升》显然不是新中国社会关系的全部,但恰如詹姆斯·卡伦所言:"媒体通过有选择性地强化(或弱化)现有的'倾向'或大众文化中的某些元素,能够有效地影响公众舆论。"①《星星》这些诗作对当年公众思想不失强烈的启蒙作用,使人及早认识"革命的第二天"个人与体制的关系的问题。当然也正因此,《金丝雀》一诗日后被批判为"恶毒地污蔑共产党玩弄人民"②。

白航的"解冻"企图,在最初两期《星星》上得到充分体现。从某种意义上讲,这也是"新的人民的文艺"内部对文类多样性乃至立场多样性的自觉诉求,甚至,这是"人的文学"向"新的人民的文艺"发出的质疑与吁求。在第2期"编后草"中,石天河表示:"人民有七种感情:喜、怒、哀、乐、爱、恶、欲。缪司有七根琴弦:喜、怒、哀、乐、爱、恶、欲。诗人的心,就是缪司的七弦琴。诗,总是要抒情的。没有不抒情的史诗,没有不抒情的风景诗,也没有不抒情的哲理诗。中国有六亿人民,六亿人民的感情,是一个无比宽阔的大海。如果谁说'抒人民之情'会限制了诗,那真是一件奇事。但如果谁要偏爱着'单弦独奏',只准抒某一种情,那也只能说是一种怪癖。"③石天河时时不忘"人民",更多的是修辞策略,其实作为集体概念的"人民"对于私人"感情"并不允其"无比广阔",他所谓"人民"实乃小写之

---

① 〔美〕詹姆斯·卡伦:《媒体与权力》,史安斌、董关鹏译,北京:清华大学出版社,2006年,第208页。
② 施幼贻:《黑色的歪诗》,《星星》1958年10期。
③ 《七弦交响》,《星星》1957年第2期。

"人",承载着个体日常生活与私密情感之"人"。

由于锐利、有力的"抵制和斗争",《星星》才出两期就已大受欢迎:"外间的反应很好。最初,我们只印了二万五千份,但读者踊跃订阅,创刊后印数就向三万以上飙升。(我们曾打算一下子冲上五万至十五万,文联领导没有同意。)"①但这是《星星》冒险主义编辑作风的结果,因而它另外的结果也可以预料——"《星星》诗刊'放'出《吻》和《草木篇》后,有的同志就说:'完蛋了,不能给它写稿了'!"②

三 "《星星》诗案"的初起

可能正在第2期编完付印之时,"《星星》诗案"亦悄然拉开。1957年1月14日,《四川日报》发表署名"春生"的文章,批评一周前白航对《成都日报》记者表达的文学"正在解冻"之说,认为《星星》把"百花齐放"误会成了"死鼠乱抛",认为该刊是"顶着'马克思主义的美学观点'、'艺术的特征'等种种商标而冒出来的、资产阶级的、小资产阶级的'灵魂深处'的破铜烂铁的批发者"。③次日,《四川日报》又发表金川文章《从"坟场"和"解冻"想到的》,呼应春生。1月17日,《四川日报》又刊发曦波批评文章《"白杨"的抗辩(外一章)》。这些批评接踵而至,局面不免突如其来。不过细究起来,也不能说是"突如其来",因为《星星》异端作风必然会招致反弹。因为被《草木篇》等列作批评对象的新中国毕竟刚刚完成革命,正在进行百废待兴的经济重建,虽然它的一些政策不利于部分知识阶层和前精英阶层,但它的正义性和效率却获得了极大多数干部和底层社会的认同。在此情形下,《星星》招致反批评可以想象。第一种反弹来自革命知识分子对革命的守护。"春生"实是四川省委宣传部副部长李亚群,"曦

---

① 石天河:《逝川忆语——〈星星〉诗祸亲历记》,香港:天马图书有限公司,2010年,第2页。
② 《〈长春〉如何大"放"大"鸣"——本刊邀集作者、文艺编辑举行座谈会》,《长春》1957年第6期。
③ 春生:《"百花齐放"与"死鼠乱抛"》,《四川日报》1957年1月14日。

波"则是省文联组织部长李友欣。他们的批评未必可以完全用意识形态压制来解释。如李友欣与石天河本来私交甚笃,但因《草木篇》而感情断绝。石天河回忆:

> 我认为把《草木篇》这个问题,搞成一个政治问题,无论如何也是过分的。他说,"你认为过分?'波匈事件'以后,帝国主义在全世界掀起了反共高潮,中国的反动分子,和共产党有'杀父之仇'的人,他们不想拿起刀来杀共产党吗?毛主席说:'无产阶级专政的刀子我们不能丢!'我们丢了,敌人就要拿起刀子来杀我们。"我说,"我认为,'波匈事件'的问题是复杂的,如果波兰、匈牙利的党自己不犯错误,不脱离群众,人民会跟着反革命走吗?"他说,"那要看你站什么立场,知识分子是有动摇性的。美国的法斯特退党了,法国的阿拉贡也动摇了,我们决不能动摇!如果中国发生'匈牙利事变',我一定作卡达尔,而决不会作纳吉。现在,谁散播反动思想,我就要和他斗!"我感到他越来越激动,就说,"谁是卡达尔,谁是纳吉,那要到时候才知道。如果脱离群众,恐怕就只能作拉科西。"我没有想到,这句话把他激怒了。……我与李友欣多年的战友情谊,像一刀两断似的被砍断了。①

不过,石天河认为还有另一重反弹动因:私人恩怨。据他所言:"在文联的领导人中,我和李友欣的关系最好,和李累的嫌隙最深。我觉得,李累个人权力欲太强,而且作风不好,说话作事都很武断,在人事关系上有'顺我者昌,逆我者亡'的宗派主义作风。在他领导下工作的人,谁趋附他,便为他所信任。即使其人的文学才能并无可取之处,也会安排在较重要的岗位上。而不趋附他的人,便容易受到冷落甚至歧视","我和他之间,关系虽然冷漠,还并没有什么个人恩怨。后来,其所以感情恶化,主要是由于他的

---

① 石天河:《逝川忆语——〈星星〉诗祸亲历记》,香港:天马图书有限公司,2010年,第28页。

一篇作品被否定了,他认为是我在其中起了'烧阴火'的作用"。① 石天河等和李累的矛盾,外界自然不甚了了,但随着《四川日报》"春生"等批评文章的相继发表②,随着省文联开始搜集石天河等的"反党材料",双方矛盾就公开化了。石天河曾向常苏民等文联领导申诉此事。③

　　李累后来取代石天河等入主《星星》,但他未就当年人事矛盾留下任何文字资料。不过以中国社会人事关系复杂的常例推断,石、李矛盾虽未必如石天河自述那般激烈,但基本事实应该是存在的。不难想象,刚刚创刊的《星星》陷入了怎样的风雨将临的景象。不过,与其他刊物"老于江湖"的主编们相比,《星星》编辑并不那么惧怕批评。他们或许还以为这是"杀出一条血路"的新契机。几乎在上述文章发表的同时,石天河等也在着手反击。石天河、流沙河、储一天三人迅速写出几篇反批评文章投给《四川日报》。但报社总编伍陵委婉劝三人自行撤回。石天又考虑在《星星》上发表,但未获得文联领导常苏民同意。气愤之下,石天河等决定自印小册子散发。然而"内部斗争在某种程度上由外部制约来仲裁"④,石天河等小册子不但未印成,反而于1月下旬被要求接受省文联组织的"思

---

　　① 石天河:《逝川忆语——〈星星〉诗祸亲历记》,香港:天马图书有限公司,2010年,第36页。
　　② "春生"文章见报后,《四川日报》《成都日报》、《草地》(月刊)在一个月内又接连发表了二十多篇文章批评《草木篇》和《星星》编辑部。余辅之称:"《草木篇》歌颂的是孤高、硬骨头、优越感、顽抗精神等等。这就是《草木篇》宣扬的'立身之道'的一个方面。它们的'立身之道'和这个时代格格不入,是和'共产主义的世界观和人生观'不相容的。……它散发着仇视人民,仇视现实的毒素。"余辅之:《〈草木篇〉,究竟宣扬些什么》,《四川日报》1957年1月27日。曾克、柯岗则质问创刊号《稿约》中的两句话,"现实主义的,欢迎!浪漫主义的,也欢迎!""我们只有一个原则性的要求:诗歌,为了人民!"针对这两句话,他们问道:"何以对社会主义现实主义这朵主要的花不表示欢迎呢?""是不是说社会主义现实主义的诗歌就不是为人民呢?"柯岗、曾克:《读了〈星星〉创刊号》,《四川日报》1957年1月24日。
　　③ 1957年2月12日,石天河致常苏民信称:"我个人所受的迫害,则是宗派主义分子李累及其亲信,趁火打劫进行陷害的结果。……我希望您重新研究那些被我认为'反党'的罪名的根据,研究各种制造'反党'罪名的方式和方法,研究……等人的罪恶目的,并调查他们在文联内外所进行的活动的宗派主义性质。我希望您公正地重新处理这件事情。"石天河:《逝川忆语——〈星星〉诗祸亲历记》,香港:天马图书有限公司,2010年,第41—42页。
　　④ 〔法〕皮埃尔·布迪厄:《艺术的法则》,刘晖译,北京:中央编译出版社,2001年,第301页。

想教育",又于 2 月上旬被要求参加省文联组织的"机关教育大会"。在这次会议上,流沙河违背"腰也不肯向谁弯一弯"(《草木篇》)的自我期许,开始主动示弱,甚至"检举"身边的朋友:

> 常苏民讲话后,先叫流沙河检讨。流沙河的检讨,表面上是检讨他自己,但着重的是检举别人。主要谈了这样几点:一是他的错误思想,是受了石天河的影响;还说:在匈牙利事件时,石天河说过"假如我在匈牙利,说不定我也要杀人。"流沙河还特别深沉地说:"石天河这个人,我对他摸不透。"(表示他对石天河很隔膜,感到石天河内心阴暗、莫测高深的意思。)二是在检讨"波兰、匈牙利事件"期间他的一些思想言行时,顺便检举了茜子(陈谦)、丘原(邱漾)等人。①

石天河回忆:此次"机关教育大会"后,"常苏民代表文联党委,宣布给予我'停职反省'处分"②。不过,四川省文艺界对《星星》也并非一边倒批判。2 月 8 日、12 日,省文联文艺理论批判组两次召开座谈会,邱乾昆、晓枫、沈镇等都表示支持。邱乾昆认为《草木篇》的弱点只是立场不明确,在客观上会引起不良的效果。沈镇说,《吻》不是黄色的,难道人们在吻的时候也要喊一声共产主义万岁吗?《草木篇》只是有些含糊,从这方面来讲,它并没有错。晓枫认为《四川日报》上对《草木篇》和《吻》的批评文章是用教条框子去套,而不是从生活上看,这些批评是不实事求是的。③ 但这些支持的声音,未改变石天河被停职反省的结局。据报道,这些不同意见也受到压制,"第一次会上,有几位同志发表了不同的意见,文联的一位领导同志马上发言,说人家站的是反动立场。第二次会,那几位同志不敢来参加了"。④

倘此趋势得以延续,《星星》恐怕只有停刊检查一途了。事实上,《星

---

① 石天河:《逝川忆语——〈星星〉诗祸亲历记》,香港:天马图书有限公司,2010 年,第 21 页。
② 同上书,第 23 页。
③ 胡尚元、蔡灵芝:《流沙河与〈草木篇〉冤案》,《文史精华》2005 年第 1 期。
④ 范琰:《流沙河谈〈草木篇〉》,《文汇报》1957 年 5 月 16 日。

星》一遭批评即有读者退订,甚至代办订购的邮局职工也劝读者不要订阅"反动刊物"。① 但在此期间文艺界大形势却在发生变化。1957 年 2 月底,"批判并始降温,报上不再发表对《草木篇》的批判文章。这是因为大环境发生了变化,全国范围的'鸣'、'放'开始了"②。故第 3 期《星星》仍如期出版。不过此时负责人由石天河改为白航,"第三期到第七期是白航主持"③,石天河至此离开了《星星》。不过,石天河更忧虑的是李累对《星星》的染指:"我当时估计,白航的位子也不稳了,李累可能会让傅仇来顶替我,然后,把白航也顶掉。我只好说:'他们要怎么检查就检查吧,我们没有反党,"百花齐放"的方针还是要坚持。'(我当时准备向常苏民建议,把山莓从四川音乐院调来,接替我在《星星》的位置,以免《星星》落到李累、傅仇手里。这打算,确实是我抵制'左派夺权'的想法。但后来在'反右运动'中,有的人除了说我向白航布置了'抵制领导派人'之外,还布置了'集体罢工、稿子搁下不交'等等。那只能是某一个人把他自己的想法,移花接木式的栽在我头上,我并没有那样'布置',我和白航也不会那样幼稚。)"④

在此背景下,《星星》第 3 期也作了妥协。此期白航转载了此前《四川日报》上黎本初一篇比较温和的批评《我看了〈星星〉》。⑤ 此文虽然批评《吻》的自然主义,批评《草木篇》的自然主义与"无立场的硬骨头",但对

---

① 《吸取批评〈草木篇〉的教训》,《文汇报》1957 年 5 月 21 日。
② 胡尚元、蔡灵芝:《流沙河与〈草木篇〉冤案》,《文史精华》2005 年第 1 期。
③ 刘成才:《"倘无古老而缄默的山岩即命运横亘于前"——石天河与一九五七年〈星星〉诗案研究》,《社会科学论坛》2010 年第 4 期。
④ 石天河:《逝川忆语——〈星星〉诗祸亲历记》,香港:天马图书有限公司,2010 年,第 32 页。
⑤ 对此,石天河回忆:"这大概是文联领导叫黎本初写的,目的是要应付两方面的压力。一方面是要使宣传部放心,表示《星星》刊出了批评文章,等于自己作检讨了。一方面也是为了应付来自读者和文艺界对'春生'粗暴批评的普遍不满,表示刊物并没有被完全否定。(黎本初当时接替我作理论批评组长,他是解放前地下工作时的共青团员,解放后转为党员,是文联领导人作为未来接班人的培养对象。从他的文章,可以看出,文联领导当时,是想一方面撤换编辑人员,一方面仍然要尽力保住刊物不被封杀。这在当时,可说是合乎常情的。)"石天河:《逝川忆语——〈星星〉诗祸亲历记》,香港:天马图书有限公司,2010 年,第 33 页。

《星星》还是以褒扬为主:"《星星》诗刊,以清新的格调,在1957年新年,呈现在我们广大读者的面前","这些新作者的生活面是如此广阔,也就给诗的形式带来了多样化……对于读多了单一的形式和内容的读者,也不能不产生清新的感觉","希望《星星》一期比一期办得更好"。这实是文联领导(常苏民)对《星星》施加的保护。下一期《星星》转载了毛泽东发在《诗刊》创刊号的18首旧体诗。惹祸的曰白、流沙河也各发表一篇表明态度的小诗(《我爱青岛》①《京华小诗》)。流沙河说:"曰白的《我爱青岛》和我的《京华小诗》都是作为'洗冤'之用发出去的。"②《京华小诗》云:"我羡慕中南海的鱼。/每天傍晚,/也许它们能看见——/我们最敬爱的同志,/一天工作完了,/散步湖边?"这些诗大约不是真情流露,而主要是表明认错、改正的低姿态。与此同时,《星星》也作了自我辩护。白航在"编后记"中称:"如果说在'百花齐放,百家争鸣'的方针下,欢迎各种不同流派的诗歌在我们的诗坛上出现的话,那么,社会主义现实主义的诗篇,则应占一席为首的地位。"可以说,这是在重塑《星星》"立场"。而且,白航还拉来读者为刊物张目:"本刊创刊后,曾收到全国各地读者寄来的鼓励与批评的信件,对此,我们表示深深的感谢。"这是希望把《星星》重新拉回"新的人民的文艺"的轨道。不过,第3期也未完全丧失第1期、第2期的锐利,如署名"小刺猬"的作者刊出的《荒唐歌》:

<blockquote>
有一位天才的批评家,/他有个独特的规章,/不管诗、词、歌、赋,/不管戏、剧、说、唱,/一律要套进他那万能的框架。他说:"这种作品,才够份量!"/哎哟哟,/你说荒唐不荒唐!
</blockquote>

---

① 不过,此诗后来还是被认为有问题,"他爱青岛,并不是由于祖国河山的美,而是爱海岸像'情人的手臂似的温暖',海浪'温柔地将他全身吻遍'。这是一首'写物以附意'的诗,诗的意境很不健康"。本刊编辑部:《右派分子把持〈星星〉诗刊的罪恶活动》,《星星》1957年第9期。

② 流沙河:《我的交代》,见石天河:《逝川忆语——〈星星〉诗祸亲历记》,香港:天马图书有限公司,2010年,第165页。

四 《星星》的内部矛盾

第 4 期延续了低徊姿态。《敬告读者》称:"为了节约纸张,同时也为了提高刊物质量,从这一期起,《星星》减缩了一些篇幅"(从 56 页减至 44 页),同时"为了节约纸张,发行数量有限,故无零售"。这显然是文联为削除"坏影响"而采取的限制。不过《星星》仍未完全丧失锋芒,如陶任先(流沙河化名,"讨人嫌"也)《风向针》:"东风吹来,他向东方;西风吹来,他向西方;如果刮旋风,他就要忙慌,整天团团转,没有任何固定的方向。"这期稿子是白航、流沙河两人所编。据流沙河日后交代:"(《风向针》)在我心目中这是讽刺赵秋苇和杨维的(据说他们有一回埋怨说:"一会儿又左了,一会儿又右了,真不知道该怎么办!")①此期还刊出《婚礼》《美丽的脚印》。《婚礼》结尾透出哀愁:"唯有一个长头发的姑娘,/默默地坐在角落,/观察着喧闹的人们,/一种奇妙的感情激荡在她的心窝//她悄悄地叹气,/溜出帐篷/草原的夜雾里带着花香。未来的那个人会是谁呢?/唉,真叫人难以猜想。"《美丽的脚印》写青年男女夜间幽会:"早晨我把姑娘送出寨门/昨夜雪在路上铺了厚厚一层/她踏着轻盈的碎步渐渐走远/雪地上留了一行美丽的脚印。"这两部作品在编辑部内曾引起分歧:"邹雨林的《婚礼》,白航叫删去最后带有哀愁的一段。我却认为全诗的精华正好在那里,拒绝了。"②

但就在第 4 期编辑期间,形势再变——毛泽东注意到了《草木篇》。1957 年 3 月 8 日,毛泽东同文艺界代表谈话时说:"放一下就大惊小怪,这是不相信人民,不相信人民有鉴别的力量。不要怕。出一些《草木篇》,就那样惊慌?你说《诗经》、《楚辞》是不是也有草木篇?《诗经》第一篇是不

---

① 流沙河:《我的交代》,见石天河《逝川忆语——〈星星〉诗祸亲历记》,香港:天马图书有限公司,2010 年,第 165 页。

② 同上。

是《吻》这类的作品?"①3月底,常苏民传达了毛泽东讲话精神,宣布撤销对石天河的处分。随之,国内舆论出现支持《星星》的声音。《文艺学习》1957年4期刊文称:"鲁迅说过:'辱骂和恐吓决不是战斗'这是至理名言。对待文艺作品的批评,对待作家的思想问题,尤其应该记取。四川日报上余音同志的文章,把《吻》的作者比为'死鼠'、'过街老鼠'、'一只带着瘟疫的过街老鼠'。洪钟同志发表在《红岩》三月号的文章里,指替《吻》辩护的人,是卑劣和低下的","争论、批评是要双方站在平等地位进行的。锣鼓方响就把对方先归入'畜生道'中,那还能给人留下什么抗辩的余地?但更值得注意的是《草地》三月号上田原同志的文章","有一段从《草木篇》作者思想倾向的代表性谈起,一直联系到某些人具体的政治、历史和家庭情况,这已完全超出了文艺批评的范围,而它所可能引起的影响是很不好的"。② 而《星星》编辑部此时也部分恢复生气,有意不"配合"甚至抵制文联。据后来流沙河交代:

> 为了进一步摆脱党的领导,我提出搬家。白航并不反对,只是说上面不会答应。开始讨论内部矛盾时,白航用"工作忙"来抵制。我们故意不去。……也不要编后记。用沉默抗拒争鸣的方针,我们是一致的。中国青年报来信约稿。白航主张写,用以挽回《星星》的声誉。我反对,原因是我认为只在作品上翻小案不过瘾。要么全盘摊开(即公布歪曲真相的"政治迫害"),要么沉默下去。我还介绍范琰找白航谈,为了扩大事态。抵制傅仇来《星星》是我的主意,怕他来扭转资产阶级方向。这是我和石天河早就商量好了的办法。三月底,我又向石天河说此点不能动摇:"要留一片干净土地!"③

---

① 毛泽东:《同文艺界代表的谈话》,《毛泽东文集》,第7卷,北京:人民出版社,1999年,第257—258页。
② 孟凡:《由对〈草木篇〉和〈吻〉的批评所想到的》,《文艺学习》1957年第4期。
③ 流沙河:《我的交代》,见石天河《逝川忆语——〈星星〉诗祸亲历记》,香港:天马图书有限公司,2010年,第165—166页。

实则这些抵制并未完全奏效。在宣传部支持下,李累进入编辑部:"《星星》编辑部虽然仍由白航主持,但李累已经在干预编辑部的事务了,《星星》的发稿,不能不受到牵制。"①因此,编辑部出现复杂局面。到第 5 期,保守姿态继续。目录被移至封底且不标页码,栏目名称全部消失,几个有特点的栏目事实上被取消,如"玫瑰的刺""刺梅花""诗论"等,变成了纯创作。但依旧有一二锋芒,如《泥菩萨》(白鸽飞,第 5 期):"不说什么,/不学什么,/不明白什么,/不表示什么,/横竖——/缺不了我一份供果。"

到 5 月,"鸣放"空气日浓,《文汇报》也在 5 月 16 日刊出了对流沙河的访问记。关于此事,流沙河称:"《文汇报》上刊出了对我的访问记,四千字,在上海颇轰动。"②且据他交代:"5 月 19 日,我和丘陈二人去南郊公园。看《文汇报》上的访问记,丘陈二人怪我为什么不提李累的名:'像李累这样的人,一贯整别人,没有尝过遭整的苦。应该公布他的名字,把他搞臭!'并劝我立刻去信补充,把名字点出来。遇见晓枫,我和他单独谈。我以自己的'遭遇'说明思想改造政策的彻底失败。这以后我又写了《请把同志当作同志》一文给《萌芽》,又写了《一首诗的遭遇》一文给范琰转《文汇报》,又期待着范琰的大报道,企图把火烧得更猛。"③获知此信息,石天河"把《四川日报》退回的,我的反批评文章的小样,寄给了《人民日报》"④。

故到第 6 期,原编辑部同人力量再度回升,刊出白鸽飞《传声筒》:"万人之上,/一人之下,/啥事不管,/只管传话。"第 7 期几乎恢复了创刊号的勇气(其实编第 7 期时北京风向已转),流沙河有意编发了公木《怀友二首》。诗原有小注:"去年九月,由武汉去南京,于江新轮上想起天蓝同志,他被扣上胡风分子的帽子,已一年多没有消息,但我深知他决无问

---

① 石天河:《逝川忆语——〈星星〉诗祸亲历记》,香港:天马图书有限公司,2010 年,第 80 页。
② 流沙河 1957 年 5 月 22 日致石天河信,见石天河《逝川忆语——〈星星〉诗祸亲历记》,香港:天马图书有限公司,2010 年,第 90 页。
③ 流沙河:《我的交代》,见石天河《逝川忆语——〈星星〉诗祸亲历记》,香港:天马图书有限公司,2010 年,第 172 页。
④ 石天河:《逝川忆语——〈星星〉诗祸亲历记》,香港:天马图书有限公司,2010 年,第 111 页。

题,似有所感,因成此诗,今转赠流沙河同志一哂。"诗中称:"浮云两三片,哪得掩光辉。"又曰:"眼看东方红日出,任他冷雾侵衣衫。"流沙河发表时隐去原注,改为"去年九月,由武汉去南京,于江新轮上,想起一同志,因有所感,成此诗。"第7期还刊出丘尔康《抒情诗杂谈》,直接呼应创刊号稿约和第2期《七弦交响》:

> 尽管有人说李煜词的天地是多么狭小,它却实实在在地抒情;尽管有人说李煜词没有什么意义,它却在一千年来获得广大读者的喜爱,打动了多少人的心,直到今天我们读它时,还不能不受到一定的感染。然而,想从李煜词中挤出爱国主义等的"人民性"来,确实是不容易的……抒人民之情,这是不容怀疑的。但什么是人民之情的范畴呢?仿佛有这一种看法:凡涉及社会主义、爱国主义的或积极性的感情如快乐、兴奋、歌颂等则是;而一些平凡的,或消极性感伤如悲伤、忧愁等则不是。果真这样,那确是一种再简单不过的分类法了。……许多诗歌是这样的严谨不动声色,也许怕犯不健康之名吧。我以为凡属正常的,人之常情的感情都应包括进去。

遗憾的是,这些吁求几乎是流沙河、白航偷运的"私货"。很快"反右"爆发,白航、流沙河以及在峨眉山休假的石天河都被卷入其中。在《星星》第7期摆上街头的时候,《星星》诗刊已正式成"案"。还在6月下旬,《人民日报》《文艺报》就点名指称石天河为"四川文艺界右派反党集团""首恶"。7月9日,石天河被文联派人从峨眉山"请回"。流沙河很快"反水"。石天河回忆:"(流沙河)把我和另一位同情胡风的学生徐航和他通信的信件,交给上海《文汇报》记者姚丹,在1957年7月24日的《文汇报》加上编者按语发了一大版。按语中除了认定我是'军统特务'外,还指明我们'抄了胡风的经验'。于是,四川文联完全按照'反胡风'的办法,制造出了一个'以军统特务石天河为首'的'四川省文艺界反革命集团'。"①12

---

① 石天河:《回首哪堪说逝川》,《新文学史料》2002年第4期。

月 14 日,省文联作出《四川省文艺界反革命小集团的决议》,列名"小集团"者 24 人,编辑部全军覆没(流沙河亦未幸免但处理较轻)①。

不过,《星星》并未停刊,而是以改组方式被整顿。李累、傅仇于 8 月正式入主编辑部,并迅速将《星星》从"给学生看"的高端诗歌刊物逆转为以"工农兵"为对象的政治性刊物。此后《星星》充满对油区、人民公社、雪山战士的歌颂,且出现"大跃进"新民歌、工厂大字报等前所未有的文艺形式。这种编辑作风,重立场而疏忽艺术品质,无疑使刊物质量大为滑坡。据说,"在开始选载民歌和工厂大字报诗歌时,编辑部曾经接到一些'读者来信',批评《星星》刊登这些作品降低了刊物的质量,甚至认为这些作品根本不是诗",但"编辑部没有被这些意见所动摇,而是以更坚定的态度,以更多的篇幅,连续地选载了工农群众的诗歌"。②《星星》至此不再成其为"新的人民的文艺"内部的自我批评者。《星星》的始终,也是文学若为"群众"名义所困则会丧失自我调节能力、陷入危机的一个例证。

---

① 石天河回忆:"只有流沙河一人,因写过一万二千多字的《我的交代》,认罪态度较好、检举揭发有功,使当时文联领导顺利地挖出了我们这个'反革命集团'。因而,唯一地获得了宽大处理,划为右派后,仍留在四川文联机关管制,做些帮助看稿之类的工作。但'文革'中也下放农村劳动过。"石天河:《回首哪堪说逝川》,《新文学史料》2002 年第 4 期。

② 安旗:《反右以后的〈星星〉》,《诗刊》1958 年第 11 期。

从"诗歌下放"到"新诗的道路"

——《星星》诗刊 1958—1959 年的新诗大辩论

"《星星》诗案"之后,《星星》诗刊经过人事重组,石天河、白航等创办人相继被划"右派",而改由与石天河等颇有隙怨的李累、傅仇正式接手。经此易人,《星星》就基本上丧失了初创时期的异议诉求。不过,这并不意味《星星》彻底放弃了自己的编辑个性。至少,在一些缺乏体制挑战性的"纯文学"论题上,《星星》仍在一定程度上保持了早期个性。发生于1958—1959 间的关于"新诗发展道路"的讨论,即显示了党内青年知识分子对于文学的理解与坚守。约翰·菲斯克认为,文化"是社会关系图中居于不同、有时甚至是对立地位的群体间的一种冲突"①,发生在"文艺大跃进"期间的这场论争,正是新诗遭受大众读者越界"冲击"几致丧失其"文学"合法位置的一场冲突。在这场论争中,新诗作为被守护或被排斥的知识对象,经受着阶级、民族、文化等不同概念系统的叙述与争夺。而当代文学内在的矛盾与危机也于论争期间得到清晰的展示。

一 "诗歌下放"的阶级修辞

新诗在文学史上的优势地位,一方面缘于古典诗词的语言、形式日益不能适应繁复的现代生活,另一方面则缘于"五四"时期"新诗人"以"新/旧"之"区分的辩证法"对"旧诗人"进行的排斥与放逐。"五四"以后,诗歌分为两脉,一脉是承续了古典诗词在精英/大众阅读秩序中高端位置的新诗,一脉是被放逐于"野"(限于私人交游)的、形式上又较疏离现代生活

---

① 〔美〕约翰·菲斯克:《解读大众文化》,杨全强译,南京:南京大学出版社,2001 年,第 46—47 页。

的旧体诗词。两者之间可说是"均以封闭线路存在,相互之间毫不往来"①。不过这也只能说是大致局面。不难想象,1949年中国社会天翻地覆的变化,不同诗歌作者和读者群体的身份、权力发生转移,新诗的优势地位很难不伴随此起彼伏的"斗争"。譬如,不甘于"野"的旧诗群体就很有可能成为"斗争"之源,发生在1956年《光明日报》"文艺周刊"上的新诗、旧诗的论战即是明显表现。与此同时,在毛泽东革命民众主义路线下快速崛起的"群众"也是新诗潜在的挑战者。1958—1959年间《星星》诗刊关于"新诗发展道路"的讨论,正是"群众"与旧诗阵营合作对新诗形成的压力以及由此招致的反应。

讨论源于赁常彬在《星星》上刊发的《诗要下放》一文。在该文中,赁常彬以工人接受状况作为标准,对新诗加以批评:"几年前,曾参加一个工厂的文娱晚会。台上正在说'相声'。坐在我旁边的一位老师傅,伸长脖子,上身前倾,差点触到前面的人的后颈窝,不时敞声大笑,眉飞色舞。节目一个一个地往下进行。我忽然发现这位老师傅垂下头来,似乎发出轻轻的鼾声。这时台上正在朗诵诗歌,使我吃惊的是:这些诗,是我推荐的节目。我是喜欢这些诗的。不久后,我重读《鲁迅书简》,读到鲁迅先生给姚克的信,有这样几句话:诗'原是民间物,文人取为已有,越做越难懂,弄得变成僵石,他们就又去取一样,又来慢慢的绞死它。'原来我喜爱的那些诗,正是某某'文人'的得意之作;无怪乎那位老师傅要打瞌睡了。"②由此,赁常彬要求"诗歌下放":"'文人'写诗,有一种好习惯:刻苦推敲,反复修改,所谓'新诗写罢自长吟'、'语不惊人死不休'","但同时也是坏习惯:仅仅停留在'自我检验'上就止步了。诗要好好地为工农兵服务,诗人就要跳出'自我检验'的小圈子,到山上去,到乡下去,到街头去,到车间去,到沸腾的劳动战线上去,把自己刚刚写成的诗稿,朗诵给工农群众听

---

① 〔法〕罗贝尔·埃斯卡皮:《文学社会学》,王美华、于沛译,合肥:安徽文艺出版社,1987年,第56页。

② 赁常彬:《诗要下放》,《星星》1958年第2期。

听,看看他们是否打瞌睡"。① 如此要求当然有违于文学"惯例"。写诗,为什么一定要去"乡下"和"车间"而且还名之为"锻炼"呢?

客观而论,种地的或做工之人自古以来都不是诗的读者,诗人也不以他们为预设读者。朱光潜回忆自己以前的看法说:"书写出来给谁看?当然给读书人看,所谓'读书人'指的当然不是工农兵那些'老粗',而是和我一样的'士大夫'阶级。"②不过,贳常彬提出新诗"要在劳动群众中锻炼"的要求,并不令人讶异,它甚至是一个历史的自然的结果。事实上,早在"革命文学论争"期间,成仿吾就要求革命作家"克服自己的小资产阶级的根性",走"向那龌龊的大众"③,并明确将"大众"作为文学评价的标准:"我们的文学,如果不能获得大众,将要成为什么样的东西呢?结局,还是小有产者的手淫吧",它"必须得到大众的理解与欢爱"。④《讲话》更持此种看法。这背后实则有着民族—国家建设的现实需要:"新中国民族—国家的建构基础是'劳动大众',准确地说是农民,而不是知识分子","所以,无论是建国之前出于国家独立的需要,还是在建国以后出于国家建设的需要,有效的社会动员必然也必须以农民为主要对象"。⑤ 尤其是"反右"之后,毛泽东对吸纳知识分子参与社会主义建设深感失望,转而以加倍热情强调工农兵。所以,贳常彬将"工农群众"抬升为诗歌的裁判者、将知识分子型作者贬称为"文人",可谓时势使然。

正因有时势因素在内,贳氏不合"惯例"的倡议几乎立刻得到了呼应。默之认为"诗歌下放"需要诗人们"思想改造","(不少诗人)由于思想感情没得到彻底改造,在灵魂深处还隐藏着一个小资产阶级的王国,因此,写出的东西,总是带着一股浓重的资产阶级、小资产阶级知识分子的气味。这种气味,不仅在思想感情上与工农群众相去太远,就是那一串文

---

① 贳常彬:《诗要下放》,《星星》1958 年第 2 期。
② 朱光潜:《读〈在延安文艺座谈会上的讲话〉的一些体会》,《文艺报》1957 年第 2 期。
③ 成仿吾:《从文学革命到革命文学》,《创造月刊》1928 年第 1 卷第 9 期。
④ 石厚生:《革命文学的展望》,《我们》1928 年创刊号。
⑤ 陶东风:《大众化与文化民族性的重建——社会理论视野中的 1958—1959 年新诗讨论》,《文艺研究》2002 年第 3 期。

诌诌、酸溜溜的词句,也使他们摇头却步,不敢领教……改变这种情况的唯一途径,就是要诗人'下放'。'下放'主要是要求诗人加强劳动锻炼,彻底改变思想感情"。① 默之还明确从《讲话》借来了一套阶级的区分系统:群众/小资。他不但否定新诗,甚至连新诗作者者都放在"小资"的不洁概念下给否定掉了。而且默之对当时诗歌刊物"热衷于所谓'名人'的'名作'"、"知识分子气味深厚的诗""到处泛滥"②的现状亦深表不满。同期刊发的冬昕、雷宗富的文章几乎同出一辙:"任何时代的诗歌(别的文学形式也一样),得不到劳动人民的喜爱,便是或者作用不大,或者成为少数所谓'上等人'的玩物和装饰品"③,"在《星星》诗刊第二期上读了《诗要下放》后,使我很高兴;不仅我高兴,就是厂里那些喜爱诗歌的同志都很高兴。他们说:又将要有我们喜欢的、读得懂的诗了。过去,我们厂里,有很多同志都订了诗歌刊物,他们喜欢诗歌。可是,过几个月就不订了;继续订的,也很少拿来看。我问他们为什么?他们说:'看不懂,看过了就忘记了,到不如去俱乐部打麻将,下象棋'④。显然,这里存在客观的矛盾——毕竟,恰如鲁迅当年在文艺大众化论争中所言,大众化其实要求"读者也应该有相当的程度。首先是识字,其次是有普通的大体的知识,而思想和情感,也须大抵达到相当的水平线"⑤。那么,怎么解决这一问题呢?冬昕提出的方案恰是鲁迅所反对的,即"设法俯就""迎合大众,媚悦大众"⑥,具体地说就是要降低诗人的写作,而非提升工农兵的"程度":

> 有人会担心:提倡诗歌要劳动群众看得懂、听得懂,会不会降低诗歌的质量?会不会影响诗歌的提高?我们可以反问一句:什么是质量?什么叫提高?劳动群众看不懂、听不懂,难道就一定是好作品?

---

① 默之:《为"诗歌下放"进一言》,《星星》1958年第4期。
② 同上。
③ 冬昕:《谁看?谁听?》,《星星》1958年第4期。
④ 工人雷宗富:《读〈诗要下放〉后》,《星星》1958年第4期。
⑤ 鲁迅:《文艺的大众化》,《大众文艺》1930年第2卷第3期。
⑥ 同上。

> 通俗并不是粗制滥造。通俗的诗,应该是既俗又雅的,叫做雅俗共赏。它的语意,能够为劳动群众所接受,同时它又是具有诗的艺术特点和艺术风格的。……应该晓得,在劳动群众之中,就有很多好的诗歌成品、半成品和原料。比如,在农村生产大跃进中,农民有这样的口号:"不许荒山睡觉,不让绿水闲流!"难道这不是很美的诗句吗?①

显然,要求艾青、何其芳等新诗人来写这样的诗歌,其实与取消新诗并无太大差异。如果说"文化虚构建立在系统性的和有争论的排斥(exciusions)之上"②,那么新诗在此就大有遭受"排斥"之意味。然而,就在这些文章发表的同时,毛泽东在成都召开的中央工作会议上发表了一段有关诗歌的讲话:"我看中国诗的出路恐怕是两条:第一条是民歌,第二条是古典,这两面都提倡学习,结果要产生一个新诗。现在的新诗不成型,不引人注意,谁去读那个新诗。"③毛泽东的这一观点直到今天都未完全被新诗发展所证明,但当时作为领袖指示,立刻被各地政府宣传部门传达并落实。1958年4月20日,四川省委发出搜集民歌民谣的通知。不难想象,这种政策会影响一个年代诗歌的命运。而《星星》有关新诗的讨论也更加迅速、不留余地地朝否定新诗的方向上急速前进。1958年第5期更将新诗从"小资产阶级"的泥坑扔进"资产阶级"臭水潭:"要诗歌下放,首先作品必须具有无产阶思想和饱满的政治热情。一切资产阶级个人主义的腔调、颓废阴暗的情感,必然与工农兵群众和有觉悟的革命知识分子格格不入。在诗歌的语言方面,必须要让广大的工农兵群众读得懂,听得懂。也就是说要精炼、生动、口语化。如果诗写得艰深晦涩,使人如读天书,即令有点可取的内容,除了可供孤芳自赏而外,不可能有多大用处。"④当然,"新诗"中的街

---

① 冬昕:《谁看?谁听?》,《星星》1958年第4期。
② 〔美〕詹姆斯·克利福德、乔治·E. 马库斯编:《写文化——民族志的诗学与政治学》,高丙中等译,北京:商务印书馆,2006年,第35页。
③ 毛泽东:《建国以来毛泽东文稿》,第7册,北京:中央文献出版社,1993年,第124页。
④ 廖代谦:《诗歌如何才能下放》,《星星》1958年第5期。

头诗、大字报诗歌还是受到肯定的①,但此类观点对真正有影响的新诗视而不见,与前述否定看法并无根本差异。

可以说,新诗自从"五四"取得高端位置以来,还从未遭受如此大的冲击。如果说"政治制度的变化""改变了那些监督和认可经典的机构,因而也改变了经典的内部构成"②,那么发生在新中国的改变就在于"群众"的崛起。陶东风从民族主义角度谈及这一现象:"所谓'民族性'的话语建构遵循了一个认同、两个排除的程序。一个认同,即认同人民大众或工农兵;两个排除,首先是排除西方文化,其次是排除知识分子文化——在这里,西方文化(洋腔洋调、洋八股)与知识分子文化(学生腔)又几乎被完全等同,并具有相同的阶级(资产阶级或小资产阶级)属性。"③新文学三十年,新诗虽亦有"大众化"压力,但终究不过是知识分子的内部倡议,但1958年的"群众化"要求却不但挟有"无产阶级"的威力,而且还有着"文艺大跃进"的体制压力。研究者指出:1958年5月以后,"认为新诗脱离群众、脱离传统、洋化与缺乏民族特色,更成为一个'共识',很少有人表示异议。新诗乃至整个'五四'新文学作为新中国的民族—国家文化代表的资格受到深刻的挑战"。④ 然而即便如此,对于新诗虚无主义式的攻击还是在新诗阵营里激起了反弹。与攻击者多不太懂诗或仅想靠发表文章博取"上位"机会不同,新诗阵营的反驳多出自青年诗人。诗人雁翼明确表示:

---

① 工人周生高称:"《星星》诗刊发表的工厂大字报诗歌和红五月的'诗传单'就很好。'诗传单'在我们工厂里,一次就预售出500张。《星星》4月号发表的15首'街头诗'也很好,工人们喜欢它,如诗人戈壁舟在1946年写的《两条狗》第一段,既通俗又深刻地把一个大汉奸、卖国贼的丑象勾划出来,而且还把他必然会同敌人一样的'垮台',也清楚告诉了人们。因此,我们建议:不但《星星》诗刊要多登'街头诗',希望四川、成都日报的文艺副刊也能用一定的篇幅刊登一些'街头诗',让诗歌能真正地下放到工农群众中去,为我们生产大跃进而高歌猛进。"见《从街头诗想起》,《星星》1958年第6期。

② 〔荷〕D. 佛克马、E. 蚁布思:《文学研究与文化参与》,俞国强译,北京:北京大学出版社,1996年,第49页。

③ 陶东风:《大众化与文化民族性的重建——社会理论视野中的1958—1959年新诗讨论》,《文艺研究》2002年第3期。

④ 同上。

>"诗歌下放"这一口号的提出是积极的、适时的,是富于战斗性的。我反对那种把"诗歌下放"的口号曲解成是对过去诗歌成绩的否定,这种说法和看法,实质上是反对"诗歌下放",反对诗歌为工农兵服务,反对党的文艺方针。恰恰相反,诗歌下放的提出,是为了更好的、更具体的发展过去诗歌的主流。它不仅首先承认和肯定了过去诗歌的成绩,而且也正是为了更好的、更积极的发展这种成绩。这就是"诗歌下放"这一口号的积极性所在。①

雁翼所言当然不合贠常彬等鼓吹"诗歌下放"的原意。而且,观点也明确相反。贠常彬等明确嘲讽新诗,而雁翼却认为"新诗"过去是"主流",是要发展而不是放弃。而且,雁翼还采取了技巧性说法,认为"诗歌下放""主要是指诗歌的思想内容,至于形式,它只是表现思想内容的一种手段,郭小川同志的《致青年公民》,人民群众喜欢,李季同志的《王贵与李香香》、《玉门诗抄》人民群众也喜欢,《和平的最强音》能够下放,《天山牧歌》也能下放,民歌和街头诗能够表现人民的生活斗争,自由诗也同样能够。街头诗这种短小精悍的形式应当提倡,但也不应当否定其他的形式,街头诗不是唯一能够下放的诗。"②这无疑是避重就轻。其实,许多读者之不喜欢新诗,首先就在于它的自由体形式。

雁翼维护新诗的文章似乎引起了《星星》的兴趣。编辑部在该文前加"编者按"称:"我刊发表了一些关于'诗歌下放'的文章,文章中已经有了不同的意见。这是正常的。我们希望大家展开讨论。经过讨论,认识一致,有利于诗歌创作更健康的发展。"当然,这并不意味着《星星》"同情"雁翼。在同一期,还刊发了工人马铁水的文章,批评"上面"脱离群众。③ 而雁翼作为知名诗人,正是"上面"的人。这使雁翼观点遭到"围

---

① 雁翼:《对诗歌下放的一点看法》,《星星》1958年第6期。
② 同上。
③ 工人马铁水表示:"我就一向是比较喜欢四川和陕北的民歌、民谣,以及在民歌、民谣的基础上创作成的易上口、易记、易感染人的新诗——远的如李季同志的《王贵与李香香》,袁水拍同志的《马凡陀山歌》,近的如闻捷同志《天山牧歌》,戈壁舟同志的《延(转下页)

攻"。沙里金表示:"(雁翼同志)隐约的暗示了自己过去在诗歌创作上的成绩是主要的,对于今天所提出的'诗歌下放'、'向民歌学习'的口号含有一种消极的、抱怨的情绪","过去诗歌有成绩,要承认、要肯定。但过去诗歌有严重的脱离群众的倾向。不但表现在思想内容上,同时也表现在形式上"。① 悟迟说得更尖刻:"我反复读了几遍,弄不清诗人雁翼的'实质上'到底是赞成诗歌下放? 还是反对诗歌下放? 说他在反对,他又反复提到党的为工农兵服务的文艺方针,说他是赞成,却又说了很多相反的原因,说'街头诗不是唯一能够下放的诗'哪、'诗是靠诗人感受写出来的'哪、'形式它只是表现思想内容的一种手段'哪等等,因此,使我看了,好象如果'诗歌下放',他就要'宁愿改行作其他的工作'一样。"②这不算是对雁翼的误读。雁翼的修辞的确比较缠绕(不敢直接否定政策所致),但核心意图在于维护诗的领地是无疑的。对此,沈耘的说法则多少有所威胁性:"'诗歌应不应该下放',我看还是一个思想问题。如果是站在无产阶级立场,坚决执行文艺为工农兵服务的方针,肯定是拥护'诗歌下放'的;反之,站在资产阶级立场,认为工农兵只能看一些粗浅的东西,或者甚么都看不懂,把文艺提到高不可攀的地位,那必然就反对'下放'了。"③

(接上页)河照样流》、《沙原牧女》,傅仇同志的《雪山谣》等等。再就是喜欢优秀的古典诗词,而顶不喜欢那种缺乏新的生活气息的和行行都挤满 20 几—30 几个字,读起来使人气都出不赢的东西。我自己还有过这样的情况:用'两起'手法写出'两起'东西来,即一是专为了写给工人们看的,登在厂里板报上,形式尽量采用民歌、快板体裁;另一是专为投寄报刊的,尽量采用刊上流行的如'含蓄的'、'提高的'新诗的体裁。为什么要这样呢? 经验告诉我:不这样就很容易两头吃碰! ……过去一段时期有些编辑同志欣赏的(当然包括一些读者的口味),恰是工人群众所不欣赏的或欣赏不了的,有些诗在'上面'很盛行,而拿到群众中去就有些吃不开了。这就很明显地呈现出了一种诗走诗的路、群众走群众的路的现象。"见马铁水《我鼓掌欢迎》,《星星》1958 年第 6 期。

① 沙里金:《我不同意雁翼同志的看法》,《星星》1958 年第 7 期。
② 悟迟:《诗歌,不是诗人的专利》,《星星》1958 年第 7 期。
③ 沈耘:《向农民学诗》,《星星》1958 年第 7 期。

二　新诗的"人民"性危机

　　严格地讲,雁翼对一众论者所依恃的小资/群众(无/资)的概念并未提出有力的"反叙述"。到第 8 期,类似"反叙述"正式出现。该期余冀洲文章显然挪用/反用了小资/群众的分类法。他认为不能将新诗划归"知识分子腔",它也是"群众"的:"如李季同志的《玉门诗抄》和雁翼同志过去在各个报刊上面发表的一些诗篇,都受到了群众的好评的。因此我们说,过去的'自由体'的诗歌是有成绩的,而且成绩是主要的","(沙里金)把过去诗歌的成绩一笔勾销了"。① 相对而言,红百灵对雁翼的支持力度更大。红百灵首先打出毛泽东"百花齐放"的名论为新诗张目,同时也努力重新定义"新诗",将之与"人民"建立关系:

　　　　马雅可夫斯基是用诗歌参加苏维埃建设、忠心地为人民服务的典型。几十年前,诗人在工人中朗诵《好》中"枪,在我手中,列宁,在我们脑中"的当儿,一个工人马上站起来说:"马雅可夫斯基同志,还有你的诗在我们心中。"看吧,苏联的工人不是喜爱伊萨可夫斯基的带着深厚的民歌风味的诗吗?但这位擂鼓诗人——被斯大林称为苏维埃最优秀的诗人——的诗不是和列宁的形象一起闪在人们心中吗!有人说这种阶梯诗不合中国人口味,但这可能是少数人的看法,我和周围的青年朋友们是喜欢它们的。这种诗是强烈的政治抒情诗,是响亮的战鼓,它号召我们去投入火热的斗争生活。郭小川同志学习马雅可夫斯基是正确的,无论在语言上、形象上都得到青年们的喜爱。②

红百灵同样反用小资/群众论述框架,并将持此论者贬为"少数人",而用"我和周围的青年朋友们"进一步给新诗镀制上"人民"色彩。甚至,红百

---

① 余冀洲:《雁翼同志的看法是正确的》,《星星》1958 年第 8 期。
② 红百灵:《让多种风格的诗去受检验》,《星星》1958 年第 8 期。

灵还凸显了新诗与"革命"的关系。事实上,这是新诗相对于古诗、民歌的长项。郭沫若、艾青、田间、郭小川等皆以此取得广泛影响,但批评者对此有意避而不谈。

这意味着,新诗守护者还可以另有一套叙述。"我们处于战争之中,而且我们通过历史进行战争"①,参加革命的"历史",正是新诗可以制胜的武器。其实,论起文学与革命的关系,民歌并不为强,旧体诗词则"遗老"气多,由此是可以形成真正有力的"反叙述"的。遗憾的是,在此方面红百灵用力不够,他和余翼洲一样从小资/群众系统借力的方法并不那么可靠。韩郁明确指出了新诗读者的小众性质:"在调查中,也有人赞成登自由体或其他体的新诗。这些人主要是些教师、学生和机关干部,就是说,都是知识分子"②,而"知识分子"和"小资"几乎是同义词。冬昕在新的文章中也明确指出新诗读者属于少数人:"那种形式同劳动群众日常的语言相差大,读起来、听起来都别扭,广大劳动者不喜爱它。马雅可夫斯基是一个伟大的苏联诗人,他用俄语歌唱,而且首先是用他对劳动人民革命事业的忠忱歌唱。他在劳动群众中朗诵他的诗,很受欢迎。中国的诗人、诗歌作者,如果不考虑中国语言和外国语言的不同,不考虑中国劳动人民现在的喜爱,硬要写阶梯式,不一定效果大。贺敬之同志的《放声歌唱》,是阶梯式,他的《回延安》,有相当多的民歌体成分。把这两首作比较,从群众的接受和喜爱看,后者是胜过前者的。郭小川同志的《向困难进军》(阶梯式),同他的《深深的山谷》《白雪的赞歌》(这两首不是阶梯式,语句比较整齐,而且押了韵)比较的情形,也会是这样。有些知识青年喜欢阶梯式,但他们的人数,怎能比得上作为基本群众的工农呢。"③应该说,红百灵等借用小资/群众阶级叙述作出的反击很容易被化解:在阅读趣味上,新诗的确难以被镀上"人民"油彩,至多只是受到"人民"中少量知

---

① 〔法〕米歇尔·福柯:《必须保卫社会》,钱翰译,上海:上海人民出版社,1999年,第163页。
② 韩郁:《诗歌下放的真正涵义是什么》,《星星》1958年第8期。
③ 冬昕:《新民歌是共产主义诗歌的萌芽》,《星星》1958年第9期。

识青年的喜爱,而"基本群众"则兴味索然。韩风、雪梅等以大量工人不爱新诗的实例支持了冬昕对雁翼等的新一轮批评。

然而红百灵实在无法接受把新诗扭转到民歌方向上的"正确"舆论,但讨论新诗是否受到群众喜欢着实太被动了,不如掉转枪头,去讨论被一众读者视若"圣篇"的民歌。于是,在《星星》第9期上,红百灵再度撰文,明确表示:"把目前的民歌看成是我国当代不可逾越的诗的顶峰是不能成立的",一则"设想世上只有牧童、农叟的竹笛单响,而没有响彻街头的铜鼓、没有音调繁复的钢琴等的合奏,我们的生活会成为什么样子?"二则,"民歌还是有其欠缺之处,不可忽视。为了发挥它唱的本能,不得不编得短小、句子齐整、韵律严,才易记易唱。但正由于这,使它不能有更大的容量,其思想、境界、面积是有限度的,就以当前人们最赞扬的'天上没有玉皇,地上没有龙王。'这一首民歌来说吧,它虽然表达了我们的农民在党领导下向自然挑战、战胜干旱、争取丰收的英雄气概和干劲,但毕竟由于只这么几句,仅表达了这气魄和干劲而已,对抗旱的壮观场面的刻划和它的更深刻的意义,还是太缺乏笔墨的。因此,我们说,像《和平的最强音》这样的思想性深刻、形象具体、感情如大海的汹涌的巨型诗篇,是单纯的民歌体不能办到的。而且,有些民歌为了押韵、句子匀整,使诗句反显得不合语言的自然律,生硬,听来读来倒恰是不顺口也不顺耳的"。① 这明显是"倒戈一击",而且相当有力——民歌的简陋本就众所周知。与此同时,红百灵还对同期刊发的余音的文章提出反驳(红应事先看过该文)。余音另以一种土/洋的叙述系统,将新诗贬为"洋八腔",并声称"让我们的诗歌具有中国作风、中国气派,使之能够反映劳动人民的生活和斗争,真正做到为他们所喜闻乐见,更好地为社会主义建设事业服务"②。红百灵完全不同意这种人为贬低:"好的洋腔我们要接受。我们是爱国主义者,也是国际主义者,不是狭隘的民族主义者。拖拉机是外国来的,因为它耕地比牛耕得快、好,所以社员们也爱上了洋拖拉机。我看马雅可夫斯基

---

① 红百灵:《我对诗歌下放的补充意见》,《星星》1958年第9期。
② 余音:《重要的是改变诗风》,《星星》1958年第9期。

的'田地呵,您要三倍地增产,丰收同志——我们欢迎您来!'这样明朗通俗的'洋腔',我们的社员们不会是不懂和不喜欢的吧!至于说句子长就是欧化,也是值得讨论的。我们说欧化,是指诗句的形象和用语有西欧外洋气派;而句长句短是以诗人感情的律动为标准的,时代的大事件需要诗人用潮水似的长句子歌唱,这是时代的要求。马雅可夫斯基初期的诗,人们不习惯,但后来人民热爱它们。蔡其矫、朱子奇等同志的诗,只要下去改造,和民歌与其他诗歌一样,是会成为我们社会主义现实主义诗歌大森林的大榕树的。"①

红百灵的"后来人民热爱它们"的说法受到了工人小晓的有力支持。他表示:"我是一个二十一岁的青年工人,现在仅有初小五年文化程度,一天偶尔在《抗美援朝诗选》里发现了这首《和平最强音》,当时我一连读了三四遍,并把它介绍给其他的工友同志,结果他们和我一样,给予这首诗很高的评价","(现在)工人农民的文化水平飞跃和提高,他们不仅仅能看报纸、刊物,还能阅读各种理论的书籍,何况一首《和平最强音》呢?"②故而他明确反对以"诗歌下放"名义贬低新诗:"不能借着诗歌下放和为工农服务的理由就此宣判其他形式的死刑。除了民歌形式从古到今对我国劳动人民有极大影响外,其他的诗形式,不论在国内外,它的影响也是极深刻的,同时它也有不可估计的功绩。"③不过,较之小晓的支持,四拥而上的却更多是否定甚至批判。愚公撰文批评红百灵用"人民"为新诗张目,因而主张对其所谓的"人民"予以辨识:

> 要弄清楚"人民"指的是谁?如果"人民"是指"工农兵"而不是指资产阶级知识分子,那么,毫无疑问,人民是不喜欢欧化的自由诗的。……实际情况是:诗人在创作自己的新诗,劳动人民在发展自己的民歌,新诗严重地脱离了实际,脱离了群众。柯仲平同志在一个座

---

① 红百灵:《我对诗歌下放的补充意见》,《星星》1958年第9期。
② 工人小晓:《我的看法》,《星星》1958年第10期。
③ 同上。

谈会上说:"新诗新民歌,好比两台戏,对台对唱来对比:新民歌如同海起潮,新诗如同水在滴,你把几滴水来尝一尝,嘴里尝着碎玻璃。"柯老的这段话告诉我们,新诗与民歌同受"检验"的结果,人民对新诗的评价是:尝着像碎玻璃,因之,人民连理都不理它。①

同时,对被红百灵屡作佳例的蔡其矫、朱子奇的新诗,愚公亦断言:"我敢说人民并不爱他们的作品","(蔡诗)有些内容较健康而新颖,但也有些内容很不健康,例如他的《川江号子》《宜昌》等诗中流露出一种阴暗情绪","在他的《回声集》中有些诗也发散着小资产阶级的臭味。例如《东长安街》和《星期日西郊道上》,既没有反映出我们时代的气息,也没有反映出人民首都的特色。在《风和水兵》里,把自己的小资产阶级的情调强加在人民海军的身上,模糊了人民战士爱祖国、恨敌人的刚强而豪放的美好性格"。② 与愚公纠结于"人民"究竟爱不爱新诗相比,黎本初、傅世俤的文章则"升级"为立场批判:"他把诗歌下放解释成'主要是指诗歌的思想内容,至于形式它只是表现思想内容的一种手段。'这犯了把内容和形式完全对立起来、割裂开了的错误。接着他又说任何形式都可以下放。我也说各种形式都可以下放,但有一个条件,这些形式都必须是群众所喜闻乐见的,那种二十个字的长句,生编硬凑的洋豆腐干,只有极少数知识分子才能懂得的形式,必须淘汰,也必然会被时间的巨流所淘汰",而对雁翼要"改行"的说法,黎本初认为"已经失去无产者的朴实本色,而有点旧文人傲慢、恫吓的气味。如果照他指出的方向去做,不能够使诗更大众化,而是安于'小众化';不能更好为社会主义建设服务;所以说实际上是损害无产阶级的利益。这种观点和态度都是错误的"。③ 黎认为雁翼"损害无产阶级利益",尚还略留余地。傅世俤则直接把红百灵的主张归入"资产阶级文艺观点":"(红百灵观点)归纳起来,民歌第一是小器;第二是无才华;第

---

① 愚公:《必须向民歌学习》,《星星》1958年第10期。
② 同上。
③ 黎本初:《论诗歌下放和诗的出路》,《星星》1958年第9期。

三是破坏了这,又破坏了那","事实上民歌的实际情况并不是如红百灵所指责的那样,而是因为红百灵自己不爱民歌,于是就在对方脸上抹黑,加以丑化,打倒在地而后宣扬自己的资产阶级文艺观点","他恶群众之所爱、爱群众之所恶","红百灵是在鼓吹否定民歌,仇视民歌的意识下,要吸取民歌的所谓'养分'。这种吸取行动,在这个时代是不容许的,谁要这样做,谁就会头破血流"。① 这样的批评不免杀气盈于纸上。不难看出,这场讨论也大有朝向"文艺批判"转变的兆头。

三 作为反叙述的革命论

黎本初、傅世俤的文章把雁翼等人观点定位在"反对……省委"之上,不免包含危险。或因此故,四川省委很快注意到了这场讨论。为防止雁翼等观点造成"恶劣影响",省委宣传部长李亚群指示《星星》编辑部专门召开座谈会,李亲自出席,并在讲话中点名批评雁翼的"形式无关"论②,认为红百灵坚持自由诗是"正统"的观点"是同劳动人民在诗歌战线上争正统、争领导权的问题"③。"文化领导权"之说颇有见地。陶东风也认为:"这也是中国共产党能够取得成功的根本原因。因此,在'无产阶级当家作主'的中华人民共和国,知识分子不是主体,当然更不可能是文艺的服务对象。新民歌之所以被抬到中国诗歌发展方向的地位,原因正在于它是工农兵自己创作、为工农兵服务的文化。合乎逻辑地,新民歌所代表的文化就不仅是新诗的发展道路,而且也必然是中国新文化的发展道路","所谓诗歌道路的论争实际上是一场文化领导权的斗争,它与执政党

---

① 傅世俤:《对〈我对诗歌下放的补充意见〉的意见》,《星星》1958年第10期。
② 李亚群认为"把形式与内容截然分开,显然是不对的","他们之所以要唱这种论调,实质上是他们不愿意放弃自己熟悉、喜爱、自认为是很好的形式。假如这些人,真的认为形式无关紧要的话,民歌体是人民群众喜闻乐见的形式,很好嘛,大可好好的学习,为什么一定要坚持自由体才是主流呢?所以说,形式无关紧要的论调,实质上是掩饰自己不愿放弃自己熟悉的那种形式的挡箭牌,也即是不愿向新民歌学习的挡箭牌"。李亚群:《我对诗歌下放问题的意见》,《星星》1958年第11期。
③ 李亚群:《我对诗歌下放问题的意见》,《星星》1958年第11期。

的文化发展方向、与新政权的合法性机制都紧密相关"。① 应该说,李亚群是敏感的,故他进一步指出"思想改造"问题:

> 像红百灵这样的知识分子,首先还应该是考虑如何自我改造,不应该是考虑如何"改造"新民歌。……我说要多看多比,才能口服心服,当然还有一个前提:你对什么样的东西最感兴趣,你认为什么样的东西最美,往往与你所持的立场、观点的阶级属性是有关的。②

以李亚群的特殊身份,他在座谈会上的这番讲话可以说是这场"讨论"的定调。事实上,被批评者红百灵也在座谈会上"修正"了自己的看法。

但"讨论"真的结束了吗,"代表不同利益和不同力量的媒介观点"在《星星》不再"较量"了吗?③ 没有。进入1959年,《星星》仍热议此事。既有顺着李亚群之"结论"而对新诗穷追不舍者,也有眼见新诗被逼迫无计而奋起"反击"者。刘开扬兴奋宣布新诗已经"黯然失色",唯有"向民歌学习"方有前途:"不庸讳言;有相当大一部分人是用资产阶级的思想感情在歌唱新社会,他们的语言不是工农群众的语言,即使是写铁路建设、伐木、农业生产等等,也仍然表现出资产阶级描写风景那种思想感情,细腻有余,雄壮不足,有些看来豪放的其实也是矫揉造作,根本与工农的思想感情不同","新诗的创作问题在1958年工农业大跃进以后有了全然新的发展和迫切的革新要求,那就是民歌民谣以排山倒海之势撼动着中国的诗坛,相形之下新诗为之黯然失色,诗人们自然感到自惭形秽。党及时指示新诗要向民歌学习,在民歌的基础上去提高,才是新诗的唯一出路"。④ 愚公则明确要在民歌、新诗之间作等级区分:"我国诗歌的主流、支流和逆流是什么呢? 我们知道,民歌是文学的源头,它赋予了各个时代的诗歌以新

---

① 陶东风:《大众化与文化民族性的重建——社会理论视野中的1958—1959年新诗讨论》,《文艺研究》2002年第3期。
② 李亚群:《我对诗歌下放问题的意见》,《星星》1958年第11期。
③ 〔美〕大卫·克罗图、威廉·霍伊尼斯:《媒介·社会:产业、形象与受众》,邱凌译,北京:北京大学出版社,2009年,第190页。
④ 刘开扬:《关于新诗创作问题》,《星星》1959年第1期。

的生命,哺育了历代杰出的诗人,挽救了历代快要衰颓的诗风。因此,我认为民歌是我国诗歌的主流","有些人却无视史实,硬说'自由诗(实际是指洋化诗)是主流'。他们为什么要这样歪曲史实呢?其目的无非是为了肯定只有部分知识分子才喜爱的洋化诗的成绩","谁是主流之争,实质是部分知识分子要为洋化诗争正统争领导权的问题"。① 在此形势下,新诗一时大有"穷途末路"之光景,甚至连旧诗作者也掺和进来,认为新诗应该以民歌五七言为主。② 这与其说是要新诗向民歌学习,不如说是要把新诗改造为旧诗。这种"乘乱取便"的做法,连民歌论者都不愿接受。③

遭到如此"围攻",新诗的难堪可谓无以复加。但新诗毕竟已经拥有郭沫若(国务院副总理)、艾青(此时已划右派)、何其芳(中宣部副部长)这样的优秀诗人,并产生了郭小川、贺敬之这样的青年新秀,而民歌和新民歌到底有多少作品脍炙人口呢?所以,尽管有"立场"高悬,新的维护新诗的声音却在接连出现。甘棠惠指出,刘开扬看法"混淆视听",把他"个人的看法"说成"'党'的'及时指示'","好像这样一提,就增加了他个人论辩的正确性似的。党是英明而伟大的,是一个力量无穷、威信极高的集体,我们不能随随便便利用党的名义"。④ 其实,甘是故作不知,刘开扬的观点明显与李亚群甚至与毛泽东都一脉相承,提到"党的指示"并不为过。但甘故意耸人听闻显然出于对新诗被排斥的不满。金戈则更直接地示以不满:"刘开扬、愚公、韩郁三位同志对'五四'以来新诗的估价都是不恰当的。因而错误地得出:'新诗绝大多数是没有得到广大劳动人民喜爱和传诵,即使是某些较好的诗,也不过在知识分子中留下深刻的影响'的

---

① 愚公:《对〈新诗的道路〉一文的几点浅见》,《星星》1959年第2期。
② 缪钺:《新诗怎样在民歌和古典诗词歌曲的基础上发展》,《星星》1959年第1期。
③ 韩郁指出:"(缪钺说)新诗在民歌和古典诗词歌曲的基本上发展,其形式应以五七言为主。我以为,这是值得商榷的。新诗与民歌和古典诗词,就其形式而言,毕竟是不同的。新诗有新诗的特点和风格,民歌有民歌的特点和风格,二者不能混为一谈。诗人学习民歌,新诗在民歌的基础上发展,并不等于被民歌化,合而为一体。如果新诗也是五、七言体,那就不是新诗,而是民歌了。"韩郁:《把新诗交给劳动人民》,《星星》1959年第2期。
④ 甘棠惠:《关于一个问题提法的商榷》,《星星》1959年第3期。

结论。这样丢开新诗的主流,来否定新诗的成绩,是不公平的。"①

严格地说,直到论争进行快一年的时候,新诗维护者始终未能有效回答群众不喜欢新诗这一棘手问题,更未能对批评者的阶级论述(群众/小资、无产阶级/资产阶级)、民族主义论述(中国作风/"洋八股")等由《讲话》而来的叙述系统提出有力"反叙述",以致新诗"节节败退",以致"现在一提起自由诗""就有人嗤之以鼻,深恶痛绝"。② 在此情形下,谷瓯、谭洛非等的辩论文章就颇具理论价值。对群众不喜爱新诗的棘手难题,谷瓯的解释颇具策略性,也令人信服:

> 自由诗现在确实还不是群众喜闻见的形式,但不能因此说它要不得,写不得,因为这种现象是暂时的、历史的。由于广大人民——主要是农民,解放前受着剥削压迫,衣食无着,根本没有条件接受科学文化知识,所以他们和"文坛"、"诗坛"是隔绝的,他们对文人写的东西(不管内容进步或落后、革命或反动)是极生疏的。拿诗歌来说,他们只熟悉民间艺人演唱的、自己周围口头流传的歌谣;当他们感情冲动要通过诗歌表达时,很自然的也就表达为这种形式。这也就是目前农民写诗几乎全部使用五七言四句一首的这种民歌形式的原因。我们知道,人的习惯、爱好、兴趣是变化、发展的。在扫除了文盲、普及教育、农民的文化修养提高了、对各类文艺作品接触多了以后,他们会扩大自己的兴趣,改变习惯,原来不了解、不接受的东西(包括诗的形式在内)就可能了解并接受。……工人中的诗人如李学鳌、温承训、韩忆萍等多是写新诗的!(其中主要是自由诗),用民歌体写的不多。这和他们的文化教养、生活环境等有密切关系。所以我们可以说,今天农民不习惯于读自由诗,更不去写它,但明天他们就会高声诵读惠特曼、马雅柯夫斯基的作品,诵读《和平的最强音》、《放声歌

---

① 金戈:《要正确估价"五四"以来的新诗》,《星星》1959 年第 4 期。
② 谷瓯:《自由诗和外国诗及其他——漫谈发展诗歌的另一途径》,《星星》1959 年第 4 期。

唱》、《向困难进军》等优秀的自由诗。①

更重要的是,在逻辑上,谷瓯解决了此前讨论中雁翼、红百灵有点拙于应对的两个问题。其一,土/洋问题。批评者总用民族主义概念去描述形式问题,比如把新诗视作与"中国作风""中国气派"异腔别调的"洋八腔":"比方,就有这样的人,把诗歌分成三类,'古诗'、'民歌'以外的诗都统称为'洋诗'(当然自由诗也在此列了);说'一般的洋诗(即所谓"自由诗")的诗意,是比较薄的;甚至有些洋诗,语言松散,感情空虚,简直可以说不成为诗';又说:'洋诗,是抒发资产阶级、小资产阶级的感情的。''……用的是欧化句,或别别扭扭、晦涩难懂的句子。'","从这些判决书一样的话里,只能得出一个结论:自由诗无论就其内容或其形式来说,都是要不得的谬种,必须处以死刑","这种粗暴而又幼稚的论断,已遭到不少同志的驳斥,这是必然的"。②但谷瓯对形式的民族区分不以为然,并不认为自由体就是"洋诗",并以相当篇幅介绍了"古典诗歌中的自由体作品"。进而,谷瓯又把形式问题从民族主义叙述系统拉到现代/传统的论述领域。在此领域中,谷瓯阐释了自由诗作为一种适合于现代语言、现代人生的新形式从僵化的古典诗歌中脱胎而出的情形:"我国诗歌(指文人的诗歌)发展到'五四'前,旧的形式、格律等已成了僵死的东西,成了束缚诗歌发展的枷锁,而这种形式已根本不能表达反帝、反封建的民主主义革命的内容。在这种情况下,结合我国语言特点接受了外国的一种新形式——自由诗,于是就创作出了新的体例的诗来。"③他还以大量实例证明自由体具有古诗难以比肩的作为现代诗歌的生命力:

  我国历次革命高潮中,随着政治斗争的激烈,诗的朗诵往往也就频繁起来。在这方面自由诗又表现了它的优越性,朗诵不是开始于

---

① 谷瓯:《自由诗和外国诗及其他——漫谈发展诗歌的另一途径》,《星星》1959年第4期。
② 同上。
③ 同上。

现代,我国古典诗歌也有它自己的"朗诵"(姑且用这个词)的方法,即所谓"吟诵"。由于一些人的提倡,早两年在北京等地也流行了一阵,举办报告会大讲其吟诵方法,广播电台也设了专门节目请一些老先生去吟诵。然而,曾几何时,它也就销声匿迹、无人再提了。所以如此,是因为吟诵只是诗人自己或读者个人自我欣赏、自我陶醉的方式——写到或读到得意处,就摇头摆尾、拖着长长的腔调哼哼唧唧起来,借以自娱。听的人如没读过或面前没有那首诗,是根本不知道他哼的是什么的。……只有自由诗较适于朗诵;过去经常朗诵的绝大多数都是自由体的。①

其二,无产阶级/资产阶级问题。批评者总把新诗指认为知识分子(资产阶级或小资产阶级)写的、也仅为知识分子所欣赏的艺术形式,对此红百灵总以有人(其实数量不多)喜欢为由反对,显然是乏力的。谷瓯却转而从新诗与革命的关系来讲述此问题:"我们把诗歌史与历史发展联系起来看,往往当革命高潮、阶级斗争的风暴来临的时候,正是自由诗盛行的时代,并且往往产生出以自由诗著称的伟大诗人。这因为革命的号手们,突破既成格律和旧诗体的限制,通过自由诗更能充分表达他们亢奋昂扬、势如狂风暴雨一般的革命热情,从而鼓舞群众,大声疾呼地号召人民勇往直前。美国伟大的民主诗人惠特曼是生活在美国南北战争、解放黑奴的革命高潮时期,他自己和他的诗都投入了这个进步的斗争事业,并且以他的自由诗开拓了诗歌的新时代。十月社会主义革命的伟大歌手、'苏维埃时代最优秀、最有才华的诗人'马雅柯夫斯基也是写自由诗的,而且他还创造了排列法迥异于一般的、自己的独特的诗体。在过去,诗歌经常被一些诗人当作自我玩赏的工具,而今天它已被革命诗人们有意识地当作阶级斗争的武器,正如马雅柯夫斯基所说:'是炸弹和旗帜'。"②这可以说是新

---

① 谷瓯:《自由诗和外国诗及其他——漫谈发展诗歌的另一途径》,《星星》1959年第4期。

② 同上。

诗令旧诗乃至民歌相形见绌之处,谷鹆虽未举例,但郭沫若、何其芳、郭小川、闻捷、贺敬之哪一个不是"时代的号角"呢?这一反击非常有力,"毕竟,包括新诗在内的'五四'启蒙主义的合法性与中国革命以及中国共产党的合法性存在紧密地联系着","彻底否定包括新诗传统在内的'五四'启蒙主义现代性,必然意味着否定整个中国现代革命乃至中国共产党自身的历史合法性。何况'五四'新诗运动的许多领袖人物(如郭沫若)当时还身居高位"。① 而返观旧诗、民歌,倒很难找出类似的诗人或诗作。

谭洛非、谭兴国的辩论逻辑明显承谷鹆而下。一方面,他们强调作为"现代"的新诗与作为"传统"的古典诗歌之间实还有着血脉关联,另一方面,他们更浓墨重彩地凸显新诗与中国革命相始终的战斗历史:"四十年来,它一直是在与反动统治的镇压和迫害不断斗争中挣扎着发展起来,它有力地配合了中国新民主主义革命和社会主义革命各阶段的政治任务,在一定程度上忠实地纪录了各个阶段的社会现实,成为革命者向反动派斗争和教育人民的锐利武器。革命的新诗运动是在与各种反动的、封建买办的、资产阶级的诗歌逆流不断战斗中壮大起来的;革命的诗歌运动,也是在不断与新诗和诗人自身的缺陷作斗争中,即不断的自我革新中成长起来的。在回顾新诗的历史发展的时候,必须同时看到这三个方面。这正是我们今天应该继承和发扬的光荣传统。有的人一笔抹煞了'五四'以来新诗运动的业绩,甚至说是'越革越糊涂',那是不正确的。"②当然,与谷鹆一样,他们也将"徐志摩之流"剥离在新诗之外。

这是当时比较普遍的做法:"由于革命性的标准高于民族性的标准,所以更常见的维护'五四'新诗传统的言述是'革命论'的。革命论言述与大众论言述是有区别的。在革命论的框架中,'五四'的进步知识分子,无论是他们的出身还是他们的作品,虽然不是大众化或民族化的,但

---

① 陶东风:《大众化与文化民族性的重建——社会理论视野中的1958—1959年新诗讨论》,《文艺研究》2002年第3期。

② 谭洛非、谭兴国:《发扬革命新诗运动的战斗传统和革命精神》,《星星》1959年第5期。

却是革命的。因此,通过'革命'(包括资产阶级民主革命和社会主义革命)叙事把新诗合法化,从革命角度把新诗分为革命与反革命的两大传统,并认为前者是主流,后者是支流,在当时十分普遍的。"①而且,两谭的文章有一个副标题"为纪念'五四'40周年而作",而这正是对当时中央举办的纪念活动的呼应,具有体制的力量。《星星》诗刊有关"新诗发展道路"的讨论,至此画上了句号。当然,也不完全是"句号",黎本初对谷瓯文章对古典诗歌和民歌的"丑化"颇感不满,又撰文辩称古典诗词在朗诵方面的经验"倒是不成熟,但决不是谷瓯同志所说的那样丑恶"。②

从新诗被"围攻"得无以立足到民歌、古典诗歌也要为自己的弱点辩护,可以说,新诗中人最终在这场论争中守住了"阵地"。不难看出,即使上有国家政治,中有各层政治追随者的制度性压力,但如果真的触及文学底线(譬如新诗大有被取消之势),文学迸发的"反叙述"力量也颇为惊人。也就是说,新诗作为一种业已在作者、读者中取得公认的"知识",即便有体制的强力,也终有不可"屈服"的领域。《星星》的这场讨论,恰好显示了当代文学内部重构中此种无形的文学力量的存在。

---

① 陶东风:《大众化与文化民族性的重建——社会理论视野中的1958—1959年新诗讨论》,《文艺研究》2002年第3期。
② 黎本初:《谈〈自由诗和外国诗及其他〉》,《星星》1959年第5期。

第16章 《收获》
(1957.7—1960.10,1964.1—1966.5)

《收获》(双月刊)1957年7月创刊,巴金、靳以任主编,是周扬公开宣称的两大"同人刊物"之一。以刊登"老作家"的较长篇幅作品为主,在文艺界享有盛誉。1959年10月靳以不幸去世,孔罗荪继任副主编。1960年10月与《萌芽》杂志一起,被合并入《上海文学》。1964年1月短暂复刊,"文革"爆发后再度停刊。

"同人刊物"是怎样生存的

——论《收获》杂志之于当代文学的启示价值

由巴金、靳以主编的《收获》杂志创刊于1957年7月,是周扬于该年5月在中国作协编辑会议上公开宣布的两种党外"圈子比较小的同人刊物"①之一。这份隶属于中国作协但却在上海编辑的大型文学刊物,在某种意义上可谓是延安文人和前国统区文人在"新的人民的文艺"的缝隙里展开的文学"自救"行为。遗憾的是,《收获》的创刊几乎与"反右派运动"同时发生。但这份刊物仍然以不同于《星星》《人民文学》的谨慎然而严肃的同人编辑作风,最大限度地为当代文学提供了"文学"典范。作为一份极为罕见的、有意识避开宗派势力干扰的大型刊物,"大《收获》"经历的历程(1957—1960),见证了"同人刊物"在1950年代"新的人民的文艺"体制下特殊的生存之道,以及它所承担的角色与功能,也折射出当代文人在特殊政治语境下展开另类知识生产的现实可能性。

一 《收获》创刊中的特殊经验

关于《收获》的创刊动议,现存史料相互矛盾。一种看法认为源于靳以等作家"从下到上"的私下酝酿。编委周而复回忆,1952年"我曾和靳以商量创办一个大型文学刊物","靳以对我的想法非常赞成,他也愿意参加"。②周还表示,但当时由于"找不到有魄力出这样刊物的书店和出版社",就"暂时搁下来了",后来"(我)被调到中共上海市委宣传部工作,分

---

① 周扬:《解答关于"百花齐放,百家争鸣"的几个问题》,《周扬文集》,第2卷,北京:人民文学出版社,1985年。
② 周而复:《收获三十年——兼怀靳以、以群》,《新文学史料》2003年第3期。

工主管文艺。旧事重提,我和靳以又谈起创办大型文学双月刊的事,他更加积极"。①但另一编委刘白羽则明确反对这一说法:"周而复是当时统战部长,他和这个不沾边,是中央决定的,当时强调党的领导。"②刘白羽表示《收获》是出于自己提议然后中宣部"从上到下"安排靳以创办的,"我在中央宣传部的一个会议上建议,出一个大型的刊物。因为当时所有的刊物都是千篇一律,上海的叫《上海文学》,北京的叫《北京文学》,都叫《XX文学》","我主张出一个像以前30年代郑振铎、章靳以他们办的《文学季刊》这样的一个刊物,后来在中宣部的会议上就同意了"。③刘白羽的"建议"是否是最早动议有待考证,但他对周而复的否定显然是不可靠的。周当时确实担任了统战部部长,但此前他和靳以合编过《小说》月刊(1952年初被"指示"停刊),且据《巴金年谱》记载,他还积极参与了《收获》的筹备,嗣后又在《收获》上发表长篇小说《上海的早晨》。他与《收获》肯定是"沾边"的。那么,《收获》的创刊到底是"从上而下"还是"从下而上"?最有发言权的当是一手筹办刊物的第二主编靳以。遗憾的是,靳以于1959年10月不幸逝于《收获》主编任上。但据《收获》编辑寒星回忆,靳以曾对他表示创办《收获》是为了贯彻"双百"方针,"中宣部和中国作协想以巴金和他的名义,继三十年代他和巴金一道创办《文季月刊》之后,在新的历史条件下团结更多的老作家,为他们的新作,在出书之前提供一个广泛听取读者意见,以便修改得更好的机会;同时也发现和培养一批新作家,以使我们的事业后继有人"④。靳以显然在强调"从上而下",但这一说法其实也不可靠。据《巴金年谱》记载:

(1957年1月)月初在靳以家与周而复、孔罗荪等相聚。商谈在上海创办一种大型文学刊物,发表中、长篇小说、长诗、多幕剧以及长

---

① 周而复:《收获三十年——兼怀靳以、以群》,《新文学史料》2003年第3期。
② 蔡兴水整理:《关于〈收获〉的一组谈话》,《新文学史料》2003年第1期。
③ 同上。刘白羽这一说法有一个纰漏,即1957年前并不存在《上海文学》,《上海文学》是1959年由《文艺月报》改名而成。
④ 寒星:《往事不如烟——在靳以手下工作的日子》,《新文学史料》2000年第2期。

篇论文,与靳以被推为主编并当即拟定编委名单,报请上海市委宣传部批复。①

周而复回忆与《巴金年谱》相符:"我正式报告中共上海市委,很快批准出版《收获》双月刊和编委名单。"②而巴金另一回忆又与周而复说法吻合:"中国作家协会提出《收获》作为作协刊物之一,一切编辑、出版、发行仍由上海负责。靳以高兴地告诉我这一消息,我们同意。"③还有一条史料:"有一次大家在一起谈起靳以以前编辑的大型刊物,为了体现'双百'方针,有人建议让他创办一份纯创作的大型刊物,靳以也想试一试,连刊物的名字也想好了","我答应做一个编委,连我在内,编委一共十三人。我说:'编委就起点顾问的作用吧,用不着多开编委会'"。④ 这三条史料互证,表明《收获》的筹备主要起于靳以、巴金等作家的商议,获上海方面批准,中国作协闻知此事,为示支持,主动提出将《收获》列为中国作协刊物(与《人民文学》《文艺报》等同级)。而靳以那么说,很可能是时当"反右",有意将刊物创办完全解释为官方安排从而减少其"同人"压力。当然,这也不意味着刘白羽所言完全错误。他可能的确提过建议。

故大体上说,《收获》创刊是"从下而上",是当时几个方面的"共识"。如果说大众媒介总是"源于一个复杂的生产过程","受到多种不同层面社会结构力量的制约"⑤的话,那么在《收获》一事上这类"制约"便更多地表现为"促进"。"旧知识分子"的现实处境与要求可谓一个方面。1949年后,除了几位代表人物,前国统区文人处境普遍不能与解放区作家相提并论。《人民文学》基本上不刊发"旧知识分子"的稿子。他们即使能在机关刊物上发表作品,亦须遵守某些新"公式"。这对已形成风格、信念的作家

---

① 唐金海、张晓云主编:《巴金年谱》,成都:四川文艺出版社,1989年,第835页。
② 周而复:《收获三十年——兼怀靳以、以群》,《新文学史料》2003年第3期。
③ 同上。
④ 巴金:《〈收获〉创刊三十年》,《收获》1987年第6期。
⑤ 〔美〕大卫·克罗图、威廉·霍伊尼斯:《媒介·社会:产业、形象与受众》,邱凌译,北京:北京大学出版社,2009年,第40页。

而言无疑多有不适。他们对"自己的"刊物的渴望无疑存在。另一方面,掌握中宣部和中国作协实权的延安文人恐怕也有某种不便明言的"复活"文学的期望。从"反右"以后中宣部、中国作协对《收获》的支持与保护看,这份期望倒未必是适应"双百"形势的临时考虑,而更接近切切实实的寄望。其实,从作协领导而言,他们尽管注重文学的意识形态功能,但心中亦不乏文学"底线",他们也寄望出现大作家、大作品。然而数年下来,《人民文学》《文艺报》等机关刊物显然离此目标越来越远——中共中央的高度关注,使"战斗性"注定成为它们的宿命。在北京之外,办一份类似当年《小说月报》《文学季刊》的大型文学刊物,无疑是很可取的选择。与此同时,这种上、下一心的局面还隐藏着当代报刊运作的更多信息。靳以所以能顺利筹办《收获》,与他不涉派系大有关系。新中国成立初年,文艺界发源于左翼文艺的几大"山头"(如周扬派、胡风派、丁玲派等)斗争不已。到《收获》创刊时,胡风派早已全军覆没,而周扬与丁玲仍处于纠葛矛盾之中。在此情形下,无派系纠葛的靳以、巴金更易得到周扬等领导的倾力支持。其实,在1956年,想办"同人刊物"的又何止靳以、巴金?① 丁玲即是其一。但她办刊,又怎能不引起周扬"夹带私货"的顾虑?但靳以不会引起领导这样的嫌隙。正因此,周扬才同意并放权。靳以对寒星说的"以巴金和他的名义"实乃自谦,其实中宣部明确将主编大权放手给了他们,这与茅盾主编《人民文学》、巴金主编《文艺月报》颇不相同。巴金、靳以对《收获》编辑部的构成、编辑业务的展开,可以"拍板"。故而周扬宣称《收获》是"同人刊物"。也因此,中宣部最大限度地不干涉《收获》,这一态度基本上持续了"大《收获》"的始终。

这是《收获》成功的最大保障,甚至比今天学界屡屡称道的《收获》的"百花自由竞放的""精神和品格"②还要重要。要想在党委体制下办"同

---

① 关于同人刊物的政策,不少学者误解为是禁止的,其实不然。新中国成立后中宣部和中国作协从未规定不准办同人刊物,1956年毛泽东公开表示可以办同人刊物,周扬也发表了类似讲话。故办同人刊物的想法在当时文艺界比较普遍,只是难度很大,尝试者后来多遭批判。

② 程永新等:《〈收获〉:50年傲立的文学标杆》,《海峡都市报》2011年4月20日。

人刊物",这是比纸面上文字更重要的体制保障。在此方面,靳以显示出了不同一般的敏感和经验。他深知派系乃办刊之大忌。其实,按惯例,中国作协刊物都是在北京编辑、发行,故筹备创刊时,作协有意调靳以、巴金到京工作,但被婉拒。《收获》编辑彭新琪认为:"章先生大概不愿到北京去","京派、海派,这个文学界的门户之见也很厉害"。①其实,当时文坛的"门户之见"已不再是京派、海派,而转变为延安文人内部的周扬派或丁玲派,靳以不去北京,避免了自趟"浑水"。靳以于此显示出了智慧。这层"智慧"还体现在筹备过程之中。譬如主编,如果不是一人独任主编的话,那么这个班子必须非常和睦。《文艺月报》之失败在于刘雪苇、唐弢不和、缺乏合作空间。而靳以有机会选择"搭挡"时,他再次选择了老朋友巴金。他们志趣相同,又皆无党无派。编委会也以志趣相投而组成。② 而对于具体工作的编辑,靳以更是精心物色。除业务能力和政治外,他特别注意团结,他调来的编辑多系自己的学生:

> 章靳以就要学生,学生跟老师的关系比较融洽。他就怕过去机关人员之间的扯皮。编辑部就调来几个编辑,都是章先生的学生。如姚奔,他过去也在重庆,很熟悉的,也是写诗的,人很好,东北人;还有一个江敦熙,也是非常好的一个人。③

而且靳以也不希望人多,多则生派。他计划编辑部"至多不超过五、六个人,人多了,难以作思想工作,不好办事"④。最后,他还请来资深党员萧岱作编辑部主任。于是,姚奔、江敦熙、彭新琪、樊康、寒星(后还聘作协的陈

---

① 蔡兴水整理:《关于〈收获〉的一组谈话》,《新文学史料》2003年第1期。
② 周而复回忆:"(我和靳以)共同商量团结各方面作家的编委名单。首先提到的是郑振铎,他是学贯中西的学者,文学界前辈,编过不少影响很大的刊物;其次是剧作家曹禺和陈白尘,电影剧作家柯灵,散文家冰心,诗人艾青,小说家靳以、刘白羽、周而复,评论家罗荪;同时,吸收少数较年轻作家参加,于是加了小说家峻青和菡子。我们初步交换了意见,又和巴金等商议,大家同意,又分别征求本人意见。"周而复:《收获三十年——兼怀靳以、以群》,《新文学史料》2003年第3期。
③ 蔡兴水整理:《关于〈收获〉的一组谈话》,《新文学史料》2003年第1期。
④ 寒星:《往事不如烟——在靳以手下工作的日子》,《新文学史料》2000年第2期。

海仪作为驻京女编辑)构成了一个没有人事恩怨的得力的编辑团队。

那么,为什么靳以有这样远离派系的"头脑"?其实与他们在体制下的办刊经验有关。新中国成立后,靳以、巴金皆为《文艺月报》(1953年创刊)编委(巴金还挂名主编),短短两三年的"旁观"经历,使他们目睹了势力纷争对于刊物运作的负面制约作用。《文艺月报》一开始便陷入内讧。以彭柏山为幕后支持的刘雪苇和以夏衍为后台的唐弢之间矛盾不已,最终唐弢占得上风,在夺得编辑权的同时也使《文艺月报》沦为一份政治高调而艺术品质偏低的刊物。这种恶性宗派矛盾在上海文艺界人所皆知,甚至"施蛰存就恶意地说因为《文艺月报》有宗派主义,就先分出了一个《萌芽》,又分出了一个《收获》"①。不能说施蛰存完全是污蔑。以常理度之,既然巴金本来就主编着《文艺月报》,何必要另外去办一份新杂志呢?但事实上,巴金在《文艺月报》内既不"负责",而《文艺月报》在几任负责人的操作下已积弊难返——每任主编都将刊物视作"私器",纷争不已,争之不胜,便援引政治作为手段,结果使意识形态在刊物中长驱直入。作为编委会中"靠边站"的人,靳以、巴金对此必有深切体会。所以,他们组织编辑部时,特别注意团结。故而如果我们透过《收获》来谈当年同人刊物的"生存之道",这恐怕是第一位的。与《文艺月报》内刘雪苇与唐弢争斗不已不同,靳以、巴金相处极佳。这使他们面对各种危险时,总是相互支持,共同抵抗,而非相互"拆台",致使刊物完全"裸露"在政治的侵袭之下。

二 《收获》的"旧作风"

1957年7月24日,《收获》创刊号正式出版。然而它的不幸超过了当时所有的刊物——它筹备时正值"鸣放"高潮,出版时"反右"飓风却已刮起。甚至它列出的编委艾青转眼即成"右派"。这给《收获》带来了巨大压

---

① 靳以:《写在〈收获〉创刊的时候》,《收获》1957年第2期。

力。本来,靳以打算以作品"说话",连发刊词都未准备。突如其来的变化,使靳以不能不以一份临时的发刊词对付。巴金回忆:"《收获》本来没有《发刊词》。第一期已经编好,纸型由上海寄到北京,我当时在北京开会,忽然收到靳以寄来的《发刊词》,他征求编委的意见,我一看便知道是为了'六大标准'","我似乎看到了一顶悬在空中的'反党反社会主义'的帽子。我想他不会比我轻松"。① 这份临时补上的"发刊词"说:"《收获》的诞生,具体实现了'百花齐放'的政策。《收获》应该团结更多的作家,尤其是老作家们。但是在《收获》中间,我们也盼望有生气勃勃、新鲜活泼的新人的作品。我们希望《收获》能贡献给我们亲爱的祖国以更多的香花和有益的食粮。"这明显是敷衍形势,不过,此后的《收获》并未因"形势"转变而更改自己的"编辑哲学"。与当时并称为两大"同人刊物"的《诗刊》不同,《收获》未按惯例使用"毛体字"作为刊名(而是请钱君匋装帧设计),甚至未请领袖或领导题辞。创刊号也未发表任何政治或政策性论文。这一切非常引人注目"展示"了《收获》的理念:不考虑上级的需要,彻底面向读者,以作品实力"说话"。那么,它的预设读者是怎样的呢?但对如此重要的问题,《收获》避而未谈。是靳以未曾考虑过这一问题吗?绝对不是,更多的只是不便直接说出而已。埃斯卡皮的说法应该很符合靳以内心真实的想法:"文化修养的共同性质导致我们所说的认识上的共同性。任何集体都'分泌出'相当数量的思想、信仰、价值观或叫做现实观;所有这些都被认为是一目了然、毋需证实、毋需论证、毋需辩解的。"②《收获》的预设读者,恐怕就是与"旧知识分子"有着"共同"的文化修养或信仰的"读书人",而不是满口政治的"伪读者"或只能欣赏说唱文艺的工农兵。但这样的定位,又如何能够公开说出来呢?但事实证明,这样的"读书人",这样的文学趣味,即使在"反右"轰轰烈烈进行着的1957年,也有广泛的基础。

---

① 巴金:《〈收获〉创刊30年》,《收获》1987年第6期。
② 〔法〕罗贝尔·埃斯卡皮:《文学社会学》,王美华、于沛译,合肥:安徽文艺出版社,1987年,第149页。

《收获》创刊号一出版就是318页,厚厚一大本,大方而富有质感,以最大限度冲击了读者对于"文学"的期待。创刊号一次性刊完了老舍先生的经典剧作《茶馆》。其他作品亦是名家名作,如艾芜长篇小说《百炼成钢》、康濯长篇小说《水滴石穿》,皆是深入生活的作品。短篇小说则刊出了沙汀的《开会》和刘白羽的《我们的早晨》,童话刊出了严文井的《唐小西在"下一次开船港"》,诗歌方面刊出了冰心的《我的秘密》和严辰的《苏联行》。电影文学剧本则刊出了柯灵的名作《不夜城》。理论方面,重点推出了鲁迅学术讲义《中国小说的历史的变迁》和巴金《和读者谈谈〈家〉》。从这些作品可以看出,《收获》疏离政治不但表现在不发表政策性论文或作品(《星星》创刊时亦如此),而且还表现在不挑战政治(《星星》则不然,所以《星星》尽管没有刊出过高质量的作品,但也引起轰动)。它完全以作品本身取胜,而作品本身又是比较切合"新的人民的文艺"的。如《茶馆》讲述的新旧时代变迁的故事,是社会主义现实主义的"主导"版本,然而该剧对于人物语言、心理、动作的精湛刻画,对于"横截面"话剧艺术的巧妙掌握,就不是某种"框架"可以概括的。可以说,这种作品展示了"新的人民的文艺"应该和可能达到的高度。因此,《收获》的创刊很快引起文坛的高度关注,当时即轰动一时:"创刊号出版,受到广大读者的欢迎,引起文艺界重视,短时间内,销售一空,立即再版发行。"①仅创刊号就发行6万余份,《收获》几乎在第一时间就确立了自己的品牌与声誉,在当时文学报刊中是一个奇迹。

　　但到第2期出版时,"反右"已经席卷全国,作为"同人刊物"的《收获》,不能不感到很大压力。程永新表示:《收获》创刊"没多久就遇上了'反右',到1960年自然灾害时不得不停刊","可谓是小心翼翼编杂志,夹缝中求生存"。② 这表现在有限度的"亲近"政治的姿态。第2期发表了邵荃麟《斗争必须深入———九五七年九月十七日在中共中央作家协会党组批判丁陈反党集团扩大会议上的发言》。但"夹缝"的感觉,最主要是来

---

① 周而复:《〈收获〉三十年——兼怀靳以、以群》,《新文学史料》2003年第3期。
② 程永新等:《收获:50年傲立的文学标杆》,《海峡都市报》2011年4月20日。

自其"同人刊物"的暧昧身份。因为到1957年8月,"《星星》诗案"已入高潮,"探求者"等尝试办同人刊物的青年作家正被批判,而作为被周扬公开声称的"同人刊物",尤其是在《文艺报》上还被人"羡慕"的同人刊物,《收获》不能不倍感紧张。后者指的是"鸣放"期间《人民文学》编辑杜黎均的发言。在中国作协召开的座谈会上,杜黎均对《收获》在主编、编辑、组稿方面所受的"特殊"待遇深表羡慕,说"作协的刊物是否能像《收获》那样自由刊登作品,发表意见?"①"反右"骤起以后,靳以对杜黎均的这段白纸黑字颇感忧虑,故在第2期特别撰成一篇长文来"叙述"《收获》与党的关系,称:"在反动派残酷的统治之下,我们所编辑的'文学季刊''文季月刊'和'文丛'都先后被扼杀了。……当党给了我们这个任务,尽管我们很高兴,可是也有很深的顾虑。读者的要求大大地提高了,作家的队伍更无比的壮大,新的作家正象我们祖国的新生事物一样,时时刻刻都涌现着;我们怀疑那可怜的'老经验',不足以满足读者的要求,更不能够很好地组织和团结广大的作家们。"②不过,这些都是虚谈,靳以最想做的是努力撇清《收获》与"同人刊物"的关系:"(杜黎均)这句话里暗示着《收获》竟是那么'自由自在','无拘无束',什么作品都可以登,鲜花毒草可以杂陈;尤有甚者,什么意见都可以发表,不管是否对社会主义有利,可以乱放乱鸣。好像《收获》不受党的领导,不在革命文学事业之内,是一株野花闲草。另外一面,又好像作协其他的刊物是那么的'不自由',不能自由刊登作品,也不能自由发表意见,竟把书记处说成了过去的'审查官',要审查稿件。我们应该肯定地说,《收获》在选稿和编辑工作上,从来没有受到任何干涉,党的领导和书记处从来也没有审查过稿件。……有的稿件我们也要看过,如果还不能决定,我们送给编委同志看。将来也许有的稿件,在我们拿不定主意的时候,自动地送给党的负责同志看,请党的负责同志帮助我们,替我们解决问题,但这不是审查稿件,这是协助我们把编辑工作做得更好。"这篇文章是辩解性的。那么,杜黎均等是不是"别有用心地造谣生

---

① 《作协在整风中广开言路》,《文艺报》1957年第11期。
② 巴金、靳以:《写在〈收获〉创刊的时候》,《收获》1957年第2期。

事"呢？当然不是,《收获》的确是按同人方式在办刊——中国作协没有给它安排一个干部,它的主编、编委、编辑都是靳以出面邀请、调动的,而且,恰如靳以自述"党的领导和书记处从来也没有审查过稿件"。这与另一份"同人刊物"《诗刊》就不尽相同。《诗刊》一则由作协秘书长郭小川分管(当然,郭小川管得比较松),二则《诗刊》主编臧克家处事练达,"紧跟"刘白羽,紧抓政治,与党办刊物并无区别。对此,靳以当然自知,但《收获》不能承担这种名义。所以,他撰文自解,所幸巴金在关键时刻主动与他同命运。靳以撰写该文只署了自己名字,巴金为示支持,也署上了名。对此,巴金回忆:"他接着在第2期又发表了《写在〈收获〉创刊的时候》,文章给我看过,我了解他保护刊物的苦心,我自己也想找机会表态,不加考虑便在原稿上署了名。"①如果靳以的搭档不是巴金,而是某位有嫌隙的同行,那么他很可能被人揭发(譬如唐弢之于刘雪苇)。这是无派争给刊物带来的"利益"。同样,因为没有派系之争的"牵扯",《收获》也受到了中国作协的保护:

> 1957年反右,传出来说《收获》是"同人刊物",不要党的领导。靳以不是党员,巴金不是党员,是"独立王国",讲得最多的是"同人刊物"。解放前都有"同人刊物",解放后怎么能有呢,一定要在党的领导下,……他们不敢碰巴金,但是对章靳以不同,想把他架空,调走,下生活嘛,由党组来管。后来北京中国作家协会表态了。所以章靳以一面下生活,一面管编辑部,非常辛苦。②

"他们"指上海市委宣传部长张春桥领导下的激进势力。在周扬等的保护下,靳以得以在下厂(上海国棉一厂)同时,继续主编《收获》。类似好运《星星》诗刊就不曾遇到。该刊编辑部出事以后,不但未受到上级保护,而且还被有着派系旧怨的上级借着"反右"契机,"打造"成了莫须有的"反革命集团"。在此形势下,靳以也不断地调整《收获》,以适应变化的形势。

---

① 巴金:《〈收获〉创刊30年》,《收获》1987年第6期。
② 蔡兴水整理:《关于〈收获〉的一组谈话》,《新文学史料》2003年第1期。

如第3期调整了编委,将已经出了"问题"的艾青、陈白尘去掉,而加入了李季。第3期还刊出了"苏联文学作品给我们斗争和工作以力量",以强化"党的文学"的形象,缓解"同人"猜疑。但与此同时,靳以并没有改变《收获》的基本风格,仍然在"大跃进"时代组织、刊发了一批优秀长篇小说,如《大波》(李劼人,1957年2期)、《浮沉》(艾明之,1957年2期)、《这一代人》(舒群,1958年1期)、《辛俊地》(管桦,1958年1期)、《上海的早晨》(周而复,1958年2期)、《石爱妮的命运》(谷峪,1958年3期)、《平原枪声》(李晓明,1959年2期、第3期)、《迎春花》(冯德英,1959年4期)、《创业史》(柳青,1959年6期)等等。此外,还刊出一批优秀剧本,如《老兵新传》(李准,1958年1期)、《蔡文姬》(郭沫若,1959年5期)、《林则徐》(郑君里,1959年6期)等等。

这是《收获》的黄金时期。在一个政治动荡、文坛恩怨不绝的年代,《收获》作为事实上的"同人刊物"竟奇迹般地存活了下来!那么,它有哪些编辑经验是以作为当代文学"传统"的呢?有三点颇值一说。其一,是视杂志为承载艺术之公器,而非势力之私有。这一点许多主编都不能做到。丁玲主编《文艺报》时就屡屡攻击周扬支持或器重的作家(如赵树理、夏衍)。但靳以不以杂志为私器,唯以优质作品是求。周而复回忆:"他们体现了极优良的编辑作风。他们也不以刊物为交易所,你的刊物登我一篇稿子,我的刊物就登你一篇稿子,然后互相吹捧。他们团结广大新老作家,只看稿子不论出自哪个作家手笔。他们团结的作家越来越多,作家也愿意将自己佳作交《收获》发表,因此发表了许多引人注目的作品,其中不少是传世之作。"[①]其二,把文学看成编辑、作者、读者之间共同的事业,而非名利,因而他们对作品有真诚的要求,"不论新老作家,不论和编者关系亲疏,一视同仁。即使名家作品,如思想内容有毛病不宜发表……都亲自写信给作家,诚恳而又热情提出中肯意见,建议暂勿发表,待修改或改写后发表,这样对刊物对作家都有好处、对读者负责"。[②]因此,他们

[①] 周而复:《〈收获〉三十年——兼怀靳以、以群》,《新文学史料》2003年第3期。
[②] 同上。

也积极作家与读者之间交流的桥梁,而不利用"读者来信"故意打击或捧某位作家:"每期杂志出版以后,我们不断地收到读者对作品提出具体意见的信,都及时转给作者,这一点,《收获》在作者和读者之间,起了一定的桥梁作用。"① 其三,将作家看成艺术的创造者,而非官员或自己人/异己,对作家非常尊重:

> (他们)与作家平等相处,关系融洽,绝不自命高作家一等,更不当作家的上级,颐指气使……处理作家来稿,他们这样认真严肃,诚恳谦虚,尊重作家的劳动,重视作品的成就,看到一部好作品,如获至宝,像自己创作的一样喜爱,高兴有了新的收获,绝不随便取舍作品,没有仔细认真读完作品以前,也不妄下断语。……他们言而有信,说到做到,绝不失信于作家。约来稿件,或收到投稿,及时审阅,决定何期发表,就和作家联系,按期发表。一部长篇小说不能在原定一期内发表完,还向作家表示歉意,告诉作家下期刊完。"约稿时急如星火,收稿后石沉大海"的事,《收获》编辑部从未发生过,也不借口工作忙把稿子压下不看,或看后拖着不处理。②

对作家的尊重还表现在不轻易修改原稿。当时由于国家级刊物稀缺,报刊与作家之间的关系久已失衡,有时并不那么尊重,随便修改来稿即是一例。③ 然而《收获》却"不妄改作家的作品的,即使有意见也是提出来,把原稿寄回给作家请他们自己修改。就是在文章间发现了误书和我们不明了的地方,也——地详细提出请求作家自己答复"④,"准备刊用而还有些意见的稿件,我们都轻轻地做下了记号,提出编辑部的参考意见,连同原

---

① 《编后记》,《收获》1957 年第 3 期。
② 周而复:《收获三十年——兼怀靳以、以群》,《新学史料》2003 年第 3 期。
③ 像秦兆阳在《人民文学》就较多修改《组织部新来的年青人》《办公室主任》《羞耻》《爬在旗杆上的人》等小说。据说他改动幅度之大,令人咋舌,他曾一次"删掉"《爬在旗杆上的人》"约七千字描写人物转变的部分","并得意地对作者说:'我把你那个光明尾巴给删了'"。见朱寨《秦兆阳的身手》,《人民文学》1958 年第 4 期。
④ 巴金、靳以:《写在〈收获〉创刊的时候》,《收获》1957 年第 2 期。

稿寄还原作者自己酌量考虑修改。就是文句间有不妥之处,我们也注明行数字数和作者商讨经作者同意才代为改正"①。对将要发表的稿子,他们总是尽量刊出作者的亲笔签名。这种做法,特别尊重作者,也让读者感到文学的尊严。也正因此,很多作家喜欢将自己最好的作品给《收获》。

这完全是当年《文学季刊》的作风。在"新的人民的文艺"的体制下,这几乎是《收获》编辑部和中国作协以及作家、读者们共同创造的一个"奇迹"。② 譬如一个不起眼的表现在于,当年读者中的"积极分子"经常找刊物的毛病,以换得在报纸上发表的机会。但在《收获》三年有余的办刊史中,从未遇到这样的问题。大概"积极分子"也意识到《收获》内、外无破绽而又上有庇护,所以无人来"敲打"。不过,以上种种《文学季刊》的"旧作风"之所以能够"复活",还取决于靳以、巴金的"书生本色"。《收获》的一切做法,并不高深,但一定需要一颗"干净的心"。换言之,只有主编无仕途之念,不打算以刊物为晋身之阶,刊物才可能办得优秀。而在单位制度下,这样"无欲则刚"的主编过于稀少。

三 萧岱与《收获》

1958年初,文艺"大跃进"逐渐开始。同年4月,《人民日报》发表社论《大规模地收集全国民歌》,掀起了全国范围内的"新民歌运动",提出"村村有诗人",对全国文学报刊影响甚大,"工农化"一时成为办刊新"动向"。但在1958年上半年,《收获》静以待之,未作什么调整。不过,百密一疏,《收获》尽管不以挑战意识形态为追求,但在"新的人民的文艺"日渐收缩的局面下,刊出"越轨"之作几乎难以避免。1958年第3期,靳以刊用了方纪小说《来访者》,被姚文元在《文艺报》上痛加批评,认为"《来访者》是

---

① 《编后记》,《收获》1957年第3期。
② 当然,《收获》并非完全不受干扰。彭新琪回忆,1957年在第3期即将签字付型时,突然收到当期一位作者组织上的来信,说这位作者"有问题",不同意发表他的作品,章靳以"垂下了头,镜片后的目光黯然了",只得抽换。见彭新琪《怀念老师靳以》,《新文学史料》2001年第3期。

一篇丑化社会主义社会和美化极端个人主义者的作品","表面上是在'批判'康敏夫,应当承认作者在开头和结尾,也抽象地、有意识地强调了他对康敏夫的憎恶。但整篇作品的环境却是这样阴沉黑暗,康敏夫又被写成那样一个多情的反封建的'勇士',实际上形成了对社会主义社会的控诉,在读者的心上引进了一种对新生活的非常阴暗的怀疑情绪",并认为这篇小说是"反右"以后"文学领域中受到严重打击的资产阶级思想,又开始冒出尖来"①的表现。这是《收获》第一次遭受批评。在"反右"尘埃未定的情形下,靳以不得不承认"错误",并"主动承担责任","惟一的心愿是维持刊物的生命,促进刊物的繁荣。于是在这一年的第四期上,《收获》增辟了'读者论坛'一栏,刊登了两篇批判《来访者》的读者来稿。同时由编委罗荪写了一篇评论文章,总算逃过阴影"。② 这一事件及其背后上海市委宣传部的压力,迫使一向疏离潮流的《收获》也不能不有所表示。

于是,在1958年第4期,靳以编发了"民歌一百首"和中篇小说《大跃进的春天》(霍平),以配合"文艺大跃进",而且还增加了"革命斗争回忆录""特写、报告"等栏目。然而到1958年下半年,《收获》的"夹缝"处境更见明显。巴金回忆:当时"开始了以姚文元为主力的'拔白旗'的'巴金作品讨论'。'讨论'在三种期刊上进行了半年,虽然没有能把我打翻在地,但是我那一点点'独立思考'却给磨得干干净净"。③ 在此情形下,《收获》要保持《文学季刊》的作风,不能不说倍增困难,譬如不再敢刊发包含异见的优质稿子。郭小川的《一个和八个》就被《收获》婉拒。据郭小川自述:"我知道《人民文学》不登,《收获》要稿,我又给了《收获》。隔了一些时间之后,靳以同志来了一封简单的信,说他们讨论过了,意见很尖锐,说

---

① 姚文元:《论〈来访者〉的思想倾向》,《文艺报》1958年第16期。
② 南南:《靳以纪传》,太原:山西人民出版社,1999年,第237页。两封读者来信是晏学的《读〈来访者〉》和李毓山、王本宽的《〈来访者〉宣扬了什么?》,罗荪文章名为《〈来访者〉是一篇对新社会的控诉书》,都是有保留的批评。
③ 巴金:《究竟属于谁》,《巴金全集》,第16卷,北京:人民文学出版社,1991年,第155页。

歪曲了部队生活,歪曲了现实等等。"①如果说媒介文本往往可以提供"不同文化有争议的意义"②的话,那么经过《来访者》事件冲击的《收获》在这方面就明显谨慎。这种谨慎,兼之"反右"以后知识界的普遍紧张③,兼之"大跃进"中"工农化"的压力,《收获》到1959年竟然一度面临稿荒问题。当然这也是当时报刊的普遍问题。然而《收获》毕竟不是毫无特色的《文艺月报》,即使在这种困难局面下,靳以、巴金仍以其独特的个人魅力为刊物约到了最好的稿件,譬如《创业史》和《青春之歌》(部分修改章节)。

不过"文艺大跃进"到1959年下半年因自然灾害问题而不了了之,文学报刊的形势压力有所缓解。然而《收获》却另遭意外——1959年10月,靳以突发心脏病意外去世。靳以是《收获》的灵魂,他的离去对《收获》是巨大的冲击。巴金对《收获》原本即介入不多,兼之被"拔白旗",亦无心力实际负责《收获》。这使中国作协不得不另行寻找合适人选接替靳以的主编位置。于是,编委之一、上海作协秘书长孔罗荪成为新任副主编。对此,刘白羽回忆:"靳以去世后,巴金主编,但具体工作是孔罗荪帮助做的。"④彭新琪也表示:"孔罗荪对刊物比较熟悉,跟靳以还是比较好的,容易让人接受。"⑤不过与刘白羽说法不同,彭新琪认为罗荪未做具体工作,实为"挂名",编辑部实际"主持刊物的""就是萧岱"。⑥ 两说相异,比较而言,彭新琪作为《收获》编辑当更知内情,而刘白羽作为远在北京的作协领导,只是根据人事任免程序作出判断,不免出现偏差。在萧岱主持下,《收获》变得更加谨慎。萧岱"三十年代留学日本,解放前在上海地下

---

① 郭小川:《郭小川全集》,第12卷,桂林:广西师范大学出版社,2000年,第30页。
② 〔美〕大卫·克罗图、威廉·霍伊尼斯:《媒介·社会:产业、形象与受众》,邱凌译,北京:北京大学出版社,2009年,第190页。
③ 黎之回忆:当时大量作家成为"右派",更多人紧张,敢于写稿的人越来越少,"反右后稿源缺乏,一部分作者划为右派,一部分下去,很难约到稿件。"见《文坛风云录》,郑州:河南人民出版社,1998年,第129页。
④ 蔡兴水整理:《关于〈收获〉的一组谈话》,《新文学史料》2003年第1期。
⑤ 同上。
⑥ 同上。

党的地下文委工作"①,是历练甚深的资深党员,所以他对《收获》的"同人刊物"身份、朝夕改易的政治形势、上海作协内部人事纠葛都更多敏感。他的"编辑哲学"以力求无事为务:"萧岱因为经历了很多运动,觉得作家协会很复杂,当时分成几派,他就关着门说,我们《收获》编辑部的人不要出动,上班的时候在里头,不要跟外单位的人多搭界。"②彭新琪也回忆:

>　　当时党内非常严格的,不像今天,比较宽松。萧岱同志经历过多次运动,看多了,很谨慎,对很多事情他都不敢点头,要汇报,听领导意见,当时作协上层也有些矛盾,他很怕卷入,尽量叫我们大家都不要走出办公室活动。他人是个很好的人,听党的话,你要怎么做就怎么做。③

这意味着,《收获》的"同人刊物"的性质将逐渐剥离。事实上,进入 1960 年后,《收获》一方面在继续刊发优秀作品,如周立波的《山乡巨变》(续编,1960 年第 1 期)、李劼人《大波》(第二部,1960 年 2 期),另一方面,则出现了明显的通俗化、政治化的趋势。譬如编发"民歌三十首",发表业余作者作品(如仝洛《"厂小志大"》,钟廉芳、张春熙《松毛岭上》),甚至刊登一些"当红"人物的文章。对此,周而复回忆:"在张春桥、姚文元、徐景贤还没有暴露他们反革命面目的时候,在'左'的思想影响之下,也发表过姚文元他们有错误观点的文章。这是白璧微瑕。"④应该说,这时期的《收获》开始逐渐与其他机关刊物趋同。

作为同人刊物,《收获》多少有些难以为继之慨,但突然被通知停刊,恐怕更出编辑部的意外。此事发生于 1960 年 10 月。施燕平回忆:"一九六〇年底,由于我国国民经济发生了严重困难,影响到文化事业的

---

① 寒星:《往事不如烟——在靳以手下工作的日子》,《新文学史料》2000 年第 2 期。
② 蔡兴水整理:《关于〈收获〉的一组谈话》,《新文学史料》2003 年第 1 期。
③ 同上。
④ 周而复:《〈收获〉三十年——兼怀靳以、以群》,《新文学史料》2003 年第 3 期。

发展。为了适应形势的需要，组织上决定在上海出版的三个刊物《收获》、《上海文学》(即原《文艺月报》，一九五九年十月改名)、《萌芽》，合并为一个刊物——《上海文学》，由巴金任主编，以群、魏金枝为副主编(实际上以群是常务副主编)。"①不难看出，所谓"合并"系指编辑人员安置，而就《收获》而言则是明确无疑的停刊。何以要停《收获》？正式的解释是纸张困难。巴金回忆："《收获》出满三年，中国作协派人来商量停刊的事，说是纸张缺乏，我感到意外，但是在'三年自然灾害时期'，我也无话可说"，"想想，我有些难过"。②对此彭新琪也有感受："那时候是三年自然灾害、人为的天灾人祸，纸张非常困难，当时我们的纸张很糟糕。"③不过这种解释仍有不尽合理之处。从刊物运作而言，若三刊合并，自当是以强并弱，将办得一般的《萌芽》和难以维系的《文艺月报》(即《上海文学》)合并到《收获》里去，而非相反，将广有声誉的《收获》并到《上海文学》里去。这明显违反品牌运作的"惯例"。那么，其间又有何种缘故呢？对此，彭新琪语焉不详："作协本来就对《收获》有看法。"④有何看法，彭未再细说。笔者推测，恐怕还是在于它的切切实实的同人作风——三年多来，靳以等对政治始终不那么热心的态度，肯定让周扬、刘白羽等承受过不少压力。而现在既然又是稿荒又是纸张吃紧，不如顺势将它"脱手"给上海市，亦是人之常情。

而且，合并时不以《收获》为名，其实也是机关刊物的"传统"。在单位体制下，主管部门对刊物所谓"声誉"、所谓读者喜爱，其实并不重视。《说说唱唱》《文艺学习》等刊物停刊时实皆有可观销量，但主管部门又何曾考虑！所以，在这样的文化环境里，"大《收获》"前后三年有余的"同人刊物"经历不能不说是一个小小的奇迹。它需要宽松的政治环境，需要编辑、作家、官员和读者对于"文学"的共识，尤其需要主事者干净、纯正的人

---

① 燕平：《以群的编辑作风》，《编辑学刊》1986年第4期。
② 巴金：《〈收获〉创刊30年》，《收获》1987年第6期。
③ 同上。
④ 同上。

格。而像靳以、巴金这样不以刊物为私有、不以刊物为干进之具而把不同风格的文学作品视为人世间最可贵的创造的主编,更是凤毛麟角。在此意义上讲,新文学有效参与了"新的人民的文艺"的建构。而《收获》之于当前文学的启示价值,也于此清晰显示。

第 17 章 《朝霞》
（1974.1—1976.9）

《朝霞》（月刊）1974年1月创刊。该刊长期被目为"阴谋文艺"的源出地，但它的创刊动议实际上源于上海市委写作组负责人萧木的文学爱好。创刊以后，由欧阳文彬和施燕平负责编辑工作。以刊发各体文学作品和文学批评为主。1976年9月，该刊停刊。

《朝霞》与上海市委写作组关系考

在1976年第8期(即停刊前一期)的《朝霞》月刊上,作者严隽雄以夸张的语言写道:"通读《朝霞》今年一至七期的整整三十篇随笔,我们仿佛看到,一支轻骑兵跃马横戈,驰骋在批邓斗争的沙场。"①这一形象的比喻,在一定程度上概括了《朝霞》三年办刊历程(1974.1—1976.9)中的主要宗旨。"杂志是国家的声音"②的说法,或许部分符合《朝霞》的办刊史实,但肯定不合于今日知识界对于该刊的"共识"。不过这并不意味着"共识"不包含事实,显然在1970年代,《朝霞》这支"轻骑兵"是服从于与党内务实派领袖邓小平相矛盾的"党内利益"的。这导致了《朝霞》中在当代文学报刊中最不堪入耳的名声与很少有人愿与细论的命运。不过,作为1970年代一枝独秀的刊物,《朝霞》的办刊历史,它与"名倾一时"的上海市委写作组的始终③,见证了文学受政治和派系之累的最后景象,实在具有不止于政治批判的文学史研究价值。

---

① 严隽雄:《关于〈朝霞随笔〉的随笔》,《朝霞》1976年第8期。
② 〔美〕萨梅尔·约翰逊、帕特里夏·普里杰特尔:《杂志产业》,王海主译,北京:中国人民大学出版社,2006年,第5页。
③ 上海市委写作组"早在'文革'前的1963年就已成立。时任市委文教书记的石西民,以及张春桥、杨西光等领导也先后分管过这个班子。最初这个写作班,只是从各个单位抽调而来的一些笔杆子,是个临时拼凑的集体,主要任务是奉命批判意识形态领域的'修正主义'思潮。'文革'开始后,写作班人员分分合合,几经演变,到1971年7月,在张春桥的授意下,正式下达了成立市委写作组的通知。此时的写作组,已非昔日可比,它不仅兼有早先市委宣传部的职能,在某些方面还超出了宣传部的管辖权限。"见燕平《我在〈朝霞〉杂志工作的回忆》(上),《扬子江评论》2010年第5期。

一 《朝霞》的诞生:"写点文艺作品"

今日知识界对于《朝霞》的印象一般都集中于"阴谋文艺"。实则当初它的发起人、读者并非如此考虑。时为文学青年的朱学勤回忆:"上海出版了四份杂志:《学习与批判》、《朝霞》、《摘译》自然科学版和社会科学版。虽然也是左,但比'两报一刊'好看","这四种杂志,父亲总是定期寄到我生活的地方,引起周围同道者的羡慕。后两种杂志,今天我还保存得很好"。① 拥有这份文学杂志能够被人"羡慕",足见它的内涵并非"阴谋"二字可以概括。而关于它的发起,负责人施燕平也有详细回忆。他表示,《朝霞》的初起,因为编辑"上海文艺丛刊"(后易名"朝霞丛刊")②,而"丛刊"的缘起,则与上海市委写作组负责人之一萧木在一片荒芜之下对文学的不能忘情有关:

> 萧木对文艺创作一向情有独钟……(他)建议大家写点文艺作品,反映我们伟大时代的风貌。他原先的想法是通过办一个创作学习班的形式,组织队伍,动员大家写点东西,待出了成果,就汇编成册出版。可是写作组的主要头头朱永嘉连连摆手说不行。一向谨慎的他认为写文艺作品,这是一项冒险的事,搞不好要摔跤的。但执着的萧木并不放弃,事情传到了时任市委书记的徐景贤那里……他建议可以先办个丛刊,有好的作品就集中起来出版。③

这个"看着办"的丛刊于 1973 年正式出版,反响竟然颇佳。于是朱永嘉"为了弥补这个欠缺,决心办个月刊。于是向张春桥、姚文元写了封信,要

---

① 朱学勤:《书斋里的革命》,长春:长春出版社,1999 年,第 58 页。
② "上海文艺丛刊"是上海人民出版社于 1973 年出版的一本丛刊,共出 4 辑,分别是《朝霞》《金钟长鸣》《珍泉》《钢铁洪流》,标明"上海文艺丛刊",32 开本。随后出版的另外八本丛刊,虽然延续了"丛刊名"的编辑体例,但不再标名"上海文艺丛刊",而是标明为《朝霞》丛刊"。两者共出版 12 本。
③ 燕平:《我在〈朝霞〉杂志工作的回忆》(上),《扬子江评论》2010 年第 5 期。

求出版一本16开本的综合性文艺月刊"①。朱永嘉"自下而上"的要求,很快得到以张春桥、姚文元为代表的中宣部的批准:"张春桥在9月13日批:'请文元同志阅批,拟同意他们的计划,出一个文艺月刊。'姚文元在同一天也作了批示:'建议写作组主要同志能注意抓大事,留有发表评论的余地,编辑文学月刊。丛刊的工作可多培养一点人搞,不必每一篇稿子都看过,否则将来可能难以对某些作品发表评论。'"②从此时情形看,姚文元对怎么"使用"这份新刊物可能有所考虑,但要说有什么"阴谋"计划,则言过其实。

  由此可见,知识界对于《朝霞》"阴谋文艺"的刻板印象不免含有误解成分。因而谢泳的判断是比较公允的:"《朝霞》的创办与当时主流意识形态的要求有联系,但不能说它的出现是阴谋","它的编辑方针和编辑实践完全服务和配合于当时的主流意识形态,当时全国在此前后创办的各种文艺杂志,编辑思想和编辑体例基本相同"。③ 由此,《朝霞》成为1970年代初期新起的一批文学刊物之一,主要负责人是资深编辑欧阳文彬和施燕平:"出了《朝霞》以后,欧阳文彬跟我两个人,她是政治上负责,我是业务上负责。当时不叫主编,是编委。这个都是当时写作组决定的。"④而编辑部的构成亦参酌了资历、业务能力等条件:"抽调原在《萌芽》从事编辑的邢庆祥和原在《上海戏剧》搞评论工作的王一纲","老的工人作家中,抽调毛炳甫、李良杰",此外还"到杨浦区借调已从《解放日报》回到杨浦区政宣组工作的姚克明外,还从来稿中发现了电影文学剧本《陈玉成》的作者刘征泰。他的文笔老练,知识面广,表达能力很强"。⑤ 刊物运作以

---

① 燕平:《我在〈朝霞〉杂志工作的回忆》(上),《扬子江评论》2010年第5期。
② 同上。
③ 谢泳:《〈朝霞〉杂志研究》,《南方文坛》2006年第4期。
④ 施燕平:《我的工作简历》,《当代作家评论》2004年第3期。
⑤ 燕平:《我在〈朝霞〉杂志工作的回忆》(上),《扬子江评论》2010年第5期。

后,又成立了五人编委会。①

　　这就是 1970 年代"最火的文学刊物,也可以说是文坛的标杆"②的《朝霞》的开端,也是《朝霞》与上海市委写作组关系的开始。严格地讲,《朝霞》是一份最能体现毛泽东"工农兵文艺"(无产阶级文艺)思想的刊物。1960 年代中期纷纷停刊的《人民文学》《上海文学》《文艺报》《收获》等刊物主编们早年多受"五四"熏陶,对"工农兵文艺"的认同与落实大都有勉为其难之慨,譬如《收获》直到停刊都对"工农兵"兴趣淡漠。而《朝霞》筹办之初就已经切实考虑到了刊物的"无产阶级文学"性质的保障。施燕平回忆:《朝霞》作者多承"上海文艺丛刊"而来,而丛刊作者又主要是从上海各文化部门搜罗来的工农兵业余作者,然后通过办"学习班"形式培训而成,从第一期学习班开始,就很注意作者成分,"有工厂职工、铁路员工、商店店员、部队的干部和战士、公社社员、学校教师、海员以及编辑等","学员中有林正义(笔名华彤)、姚克明、史汉富、钱钢、张士敏、邢庆祥、王一纲、樊天胜等人","这样的学习班,在 1973 年就办了四期,至 1976 年 10 月《朝霞》停办为止,先后总计举办了 11 次之多,参加人数有 200 多人"。③ 所以,创刊以后,《朝霞》公开的办刊宗旨是围绕毛泽东文艺思想、发展无产阶级文艺。

　　不过,这并不意味《朝霞》与上海市委写作组及当时政坛中激进派的疏远。事实上,《朝霞》既是上海市委写作组所办刊物,那么它与"激进派"的关系就是先天存在的。对此,谢泳认为:"一个值得注意的现象是,在《朝霞》杂志上,江青、张春桥、姚文元、王洪文都没有发表过署名文章,'文

---

① "为了更好地发挥一些同志的特长和作用,写作组决定在编辑部内成立一个编委会,由写作组指定五人组成。除了欧阳文彬和我两个老编辑外,还有三位。一是部队作者林正义,这是一个能诗能文的多面手,书法功底扎实,刊物上的某些标题字,出自他的手笔。……二是姚真,20 多岁的小姑娘,当过红卫兵,参加过上山下乡,聪明能干,充满朝气,工作泼辣。再一个是朱敏慎,他原是南京路上中百一店的工作人员,早被列入工人作家的行列,一向办事认真谨慎负责","既注意到老中青搭配,又包含了军人、学生、店员等成份"。见燕平《我在〈朝霞〉杂志工作的回忆》(上),《扬子江评论》2010 年第 5 期。
② 蒋子龙、李云、王彧:《现实主义正等待着一次突破》,《上海文化》2009 年第 4 期。
③ 燕平:《我在〈朝霞〉杂志工作的回忆》(上),《扬子江评论》2010 年第 5 期。

革'中最有影响的小说家浩然也没有作品在《朝霞》上发表。从这一点判断……《朝霞》杂志出现在'文革'后期(特别是林彪事件后),主要原因是相对'文革'前期,整个社会生活有趋于恢复正常秩序的要求","文学艺术自然会成为人们的追求"。① 这一判断很有见地,但也还需要作两点解释。其一,张春桥等未在《朝霞》署名发表文章,是他们在政治斗争中自我保护的表现(以免被人抓住白纸黑字的把柄)。他们不但没在《朝霞》上发表文章,"九大"后也极少在《人民日报》《红旗》上发表文章,所以不发表文章并不意味着他们无介入之意。相反,《朝霞》完全听命于上海市委写作组,而写作组又受命于身在中央的张、姚。对此,施燕平讲得异常清楚:"(《朝霞》)是上海人民出版社编辑、出版,实际上是由上海市委写作组下属的文艺组主管,所有稿子均由写作班领导核心之一的萧木及文艺组负责人陈冀德审定"②,同时"每期的月刊目录和校样都得送市委备案,甚至送给在北京的张春桥、姚文元以至王洪文","《朝霞》是在张春桥、姚文元指挥下,由上海市委写作组直接领导"。③ 其二,尽管《朝霞》完全处在"激进派"领导之下,但在创刊之初,张春桥等的确未对它投以更多注意。《朝霞》之渐入"阴谋文艺"的"不归之途"是注定的,但同时也存在从无到有、从浅到深的过程。

这种复杂情形,使《朝霞》的"编辑哲学"不能不深受影响——在一般意义上,它当然是"毛泽东文艺思想"的忠实执行者,而在具体业务上它又日渐面临着、趋附着写作组和"激进派"在党内矛盾中的特殊利益。故《朝霞》的"办刊方针"多少显得有些纠结:

> 什么是《朝霞》的办刊方针? 应该说,从我参加《朝霞》的丛刊和月刊工作以来,上面谁都没有完整明确地宣布过,但是零零碎碎、片言只语,提到的不少。以我的感受,主要有两点:一是培养队伍。张春

---

① 谢泳:《〈朝霞〉杂志研究》,《南方文坛》2006年第4期。
② 燕平:《我在〈朝霞〉杂志工作的回忆》(上),《扬子江评论》2010年第5期。
③ 同上。

桥和姚文元多次提到要培养一支工人阶级的文艺队伍。朱永嘉和萧木也曾多次在创作学习班上强调要从工农兵中培养队伍。其实，所谓培养队伍只是手段，其目的是要培养一支能为他们那条政治路线服务的笔杆子。二是要触及时事，为政治服务。①

施燕平把"为他们那条政治路线服务"列作《朝霞》的"目的"，但又说"政治服务"，这两者时而重叠，时而疏离。然而这可能正是施燕平负责《朝霞》时的亲身体验。② 因萧木"写点文艺作品"而生的《朝霞》月刊面临的可以说是新中国成立以来最为逼仄的生存环境。

二 文艺领域内的"继续革命"

创刊之初，《朝霞》的环境还略见宽松。张春桥等并未通过市委写作组给《朝霞》布置什么任务。据谢泳提供的材料称："第一期《朝霞》月刊出版以后，社会反响并不大，销售情况比预期的小，倒是得到了姚文元的赞赏"，"他拿到创刊号后，看到封面，马上对身边人员说：'朝霞是什么？是天空中的一种高积云，升得很高，它能够主动把太阳中的红光吸收进来又反射出去，成了朝霞'"。③ 这表明，此前姚文元对《朝霞》的版式设计并不了解，此时《朝霞》与"激进派"的关系可见一斑。故创刊时《朝霞》选题策划完全出自编辑部，上海市委写作组除了技术性帮助并无深的介入。因此《朝霞》最初运行在变化着的"毛泽东文艺思想"的轨道之上。作为办刊

---

① 燕平：《我在〈朝霞〉杂志工作的回忆》（上），《扬子江评论》2010年第5期。
② 《朝霞》一直由陈冀德、施燕平共同负责。其中，施燕平1975年10月调往《人民文学》，陈冀德则负责始终，不过中间也有短暂离开。这是因为上海派中有派，上海市委写作组和上海工人革命造反总司令部之间存在矛盾，后者在1974年4月曾掀起《朝霞》事件，差点导致停刊整顿，被张春桥叫停。期间陈冀德"到了浙江上虞一个名叫下畈的小村子里养病去了。这一去有半年左右时间，一直到1974年的10月，才回到上海。这期间，写作组就安排文艺组的余秋雨临时替代陈冀德联系指导《朝霞》工作的角色"。见燕平《我在〈朝霞〉杂志工作的回忆》（上），《扬子江评论》2010年第5期。
③ 谢泳：《〈朝霞〉杂志研究》，《南方文坛》2006年第4期。

者,陈冀德、施燕平当然懂得"叙事提供了教育人们和传达思想的有力方式"①的道理,所以《朝霞》一创刊,就发起了"努力反映文化大革命的斗争生活"征文,号召作者"塑造工农兵英雄形象":"努力塑造工农兵英雄形象是社会主义文艺的根本任务。在巩固和发展无产阶级文化大革命胜利成果的今天,塑造经过文化大革命锻炼的工农兵英雄形象,是文艺创作的一个崭新课题,也是文艺为无产阶级政治服务的一个重要方面。……早在一九六二年党的八届十中全会上,毛主席就完整地提出了我党在整个社会主义历史阶段的基本路线。此后的阶级斗争、路线斗争的形势的发展,特别是第九次、第十次路线斗争的历史经验和新鲜经验,不仅证明了党的基本路线是客观规律的反映,而且更加丰富了党的基本路线的内容。文艺创作也必须随着斗争的发展而发展,不断反映新的形势、新的特点,表现出英雄人物对党的基本路线的新的认识。"②这番号召里提及的"阶级斗争、路线斗争",实际上就是毛泽东"继续革命"的思想。对此思想,今日不少研究者以为是毛泽东晚年的历史性失误之一。然而在当时,它实在有着现实的针对性,比如预防官僚主义、阻止新的等级分化,甚至也受到许多民众的支持。可以说,无论是领袖的主观意志还是客观现实的需要,"继续革命"都构成了戈斯曼所说的"时代"的"主导范畴","它们在某个时间和某些环境下是人们可以接受的"。③ 因此,在当时刊物上,"继续革命""防止资本主义复辟"等关键词就自然构成了当时文学报刊的"主导范畴",《朝霞》也不例外。在这个意义上,《朝霞》最初承载的还是毛泽东"继续革命"的思想,而并非党内激进派的特殊利益。甚至因为上海是"文化大革命"爆发之地,《朝霞》"为错误的政治路线服务的及时

---

① 〔美〕阿瑟·阿萨·伯格:《通俗文化、媒介和日常生活中的叙事》,姚媛译,南京:南京大学出版社,2006年,第1页。
② 周天:《在继续革命的道路上——谈谈党的基本路线和短篇小说中英雄人物思想高度的关系》,《朝霞》1974年第1期。
③ 〔波兰〕埃娃·多曼斯卡编:《邂逅:后现代主义之后的历史哲学》,彭刚译,北京:北京大学出版社,2007年,第234页。

性和深刻程度上,都是其他刊物不能相比的"。① 在此,"错误的政治路线"云云,首先就应包含"继续革命"的思想。

因此,《朝霞》甫一创刊,即发生了小说《生命》批评事件。该小说刊发于《工农兵文艺》(沈阳)1972年创刊号,记述的是向阳村造反派与走资派的斗争。倘若不读小说原文,会以为这是一篇趋时之文。但细读小说,却会发现"风景"殊异。上海市委素以"造反"自傲,而在这篇小说中,作者是如何描述造反派的呢?对此,《朝霞》特别辑选了部分小说原文刊出,如:

> 走在前面这个人名叫崔德利,曾经担任过大队党支部书记。一九六五年"四清"运动时,被撤了职务,开除了党籍。农村文化大革命深入以后,他发表了一个声明,说他是中国赫鲁晓夫对于干部搞的形"左"实右的资产阶级反动路线受害者,他要求恢复党籍,重新甄别。特别是上海"一月革命"风暴传到农村,他见时机已到,便打起造反的旗号,蒙蔽了部分群众,组织了造反兵团,自封为头头兼三队队长,夺了大小队的权,在村里,一时间气势汹汹,很是唬人。

不难看出,《生命》冒天下之大不韪,竟将造反派从"英雄"位置上打翻在地,塑造成了"得意洋洋"、扯着"造反"旗号、巧言谋私的"反面人物"。这种颠倒,对"文革"合法性无疑构成了挑战。如果说媒体文本"有时候""也会反映出两种不同意识形态立场之间的冲突,或者是对意识形态现状的挑战"②,那么《生命》就正好踩响了这颗"地雷"。对此,《朝霞》异常敏感,接连组织文章予以批评。复旦大学学生称:"从《生命》中,读者只能得出这样的结论:经过四清运动后,农村的领导权已完全掌握在走社会主义道路的当权派的手中,因此,这场重点'是整党内那些走资本主义道路的当权派'的无产阶级文化大革命就完全没有必要。请看,向阳村的领导权原来是掌握在带领贫下中农学大寨的走社会主义道路当权派、大队党支

---

① 燕平:《我在〈朝霞〉杂志工作的回忆》(下),《扬子江评论》2010年第6期。
② 〔英〕格雷姆·伯顿:《媒体与社会:批判的视角》,史安斌主译,北京:清华大学出版社,2007年,第63页。

部书记张春生手里,革命、生产都搞得不错,而文化大革命一来,向阳村倒退了,领导权被阶级敌人篡夺,无产阶级专政被削弱,资本主义复辟的妖风笼罩了向阳村,阻碍了向阳村农业学大寨运动,破坏了春耕生产,挫伤了广大贫下中农的社会主义积极性。一句话,无产阶级文化大革命给向阳村带来了数不尽的灾难。"①上海师大学生则批评小说丑化革命"造反派":"小说给造反兵团'按上'一个坏头头崔德利,用崔德利的形象代表整个造反兵团的形象。《生命》把真正的革命造反派一笔抹去,不让他们在作品中露面;出现在作品里的,除了崔德利的应声虫丁士明之外,就是四类分子的家属、富裕中农等,整个造反兵团就成了一团漆黑的复辟资本主义的反革命别动队。其次,小说把走资派破坏文化革命的一系列罪行,诸如挑动武斗、破坏春耕生产、刮反革命经济主义妖风等,都一股脑儿地倒栽在革命造反派身上。"②不过众所周知,各地造反派与破坏生产等行为的确有所关系。对此,赵国才指出:"在个别地区类似情况是可能存在的。但是,文艺作品却不能自然主义的'照抄',也不是任何事件都可以作为文艺创作的素材。革命的文艺工作者必须抓住生活的本质和主流,进行艺术概括,既源于生活,又要高于生活。"③"抓住生活的本质"进行"概括"的说法,仍是新中国成立初期"新的人民的文艺"的基本逻辑,只是此时多少有些诡辩的气味。

"《生命》事件"表明,《朝霞》最初主要是从政治警觉性上维护"文化大革命"的理想,并无具体的"特殊利益"在其中。正因为如此,上海市委书记徐景贤不久后表示《朝霞》"欠了辽宁的一笔债,批了他们的《生命》",并指示《朝霞》"考虑转载他们的一些文章,表示向他们学习,以改善

---

① 复旦大学中文系邱雄华、陶玲芬、肖律:《〈生命〉是对无产阶级文化大革命的否定》,《朝霞》1974年第2期。
② 上海师范大学中文系一年级一班评论小组:《老铁头是无产阶级革命造反派的形象吗?》,《朝霞》1974年第2期。
③ 赵国才:《要正确地反映无产阶级文化大革命的光辉历史》,《朝霞》1974年第2期。

关系"。① 不过,《朝霞》很快就带有了党内不同政治利益斗争的嫌疑。譬如"努力反映文化大革命的斗争生活"的征文中的一些作品,被误以为是有意识策划的攻击党内务实派的举动。施燕平回忆:"(征文作品)一是描写 1966 年冬天在海港码头、船厂、铁路等重要交通运输部门的造反派,如何与走资派制造的'三停事件'作针锋相对的斗争;二是以红卫兵造反为主要内容,写他们如何高举革命战笔奋起战斗的经历,也有的写他们深入农场山村,边劳动边与阶级敌人、错误路线、走资派斗争的故事;三是造反派如何站稳立场,粉碎走资派刮起的经济主义妖风。"②这类斗争故事占据了 1974 年《朝霞》的大部分版面,不过它们与党内政治斗争并无事实关系,但由于它们多以造反派和走资派的斗争为纲,结果往往被认为是影射,后来遭到追查,如《一篇揭矛盾的报告》(刊 1974 年第 4 期)、《试航》(刊 1974 年第 5 期)、《一往无前的人》(刊 1974 年第 7 期)、《远航书简》(刊 1974 年第 12 期)等。其中《试航》源于交通部的真实事件,"有一次经济组派人在学习班上介绍了有关风庆轮的事件,说在远洋公司有一部分人存在严重的崇洋媚外思想,有一条名叫风庆轮的国产海船,因是国产的,上面不准它出国远航,经过激烈斗争,终于争取到远航,但在航行途中,同交通部派到船上的两个崇洋媚外的干部不断斗争,最终还是完成了航行任务,胜利返航。写作组为此责成编辑部组织作者创作",编辑部最终派人完成了采访、写作,但这为编辑部带来了"后患",最后刊发出来的《试航》尽管"无一字提到交通部,也未曾出现远洋公司的字样,但在'四人帮'粉碎后,该文被批为攻击交通部的毒草"。③

按施燕平的说法,《一篇揭矛盾的报告》《试航》等作品委实无影射现实中某某革命老干部的考虑。它们塑造工农兵英雄形象、强调自力更生

---

① 施燕平 1975 年 11 月 18 日日记手稿,见吴俊《另一种权利割据:当代文学与地方政治的关系研究》,《南方文坛》2007 年第 6 期。
② 燕平:《我在〈朝霞〉杂志工作的回忆》(下),《扬子江评论》2010 年第 6 期。
③ 同上。

和路线斗争都是当时文艺刊物"服务和配合于当时的主流意识形态"①的通例。不过,从无到有,《朝霞》创刊的初衷与它运行的现实也逐渐有所出入。事实上,随着刊物渐上轨道,一般性的反映"继续革命"的作品便逐渐被现实针对性强烈的理论倡导和"示范作品"取代。譬如在第3期、第4期就开始出现了"方泽生""任犊"(皆上海市委写作组化名)的文章。这些文章主要是关注无产阶级文艺的一般问题,如有关"资产阶级文化对无产阶级的侵蚀"②的忧虑,如对"阶级斗争熄灭论""无冲突论"的不满,③但也不同程度触及了当时的政治敏感问题:

> 如同世界上任何事物无不一分为二一样,文化大革命的发展过程也是一分为二的。一部分群众在运动中曾经出现了这样那样的缺点或错误,决不能带着欣赏的态度或幸灾乐祸的态度去描写它,更不能夸大它,要热情写出他们在同一小撮叛徒、特务、死不悔改的走资派的斗争中,不断地克服这些缺点或错误,把非无产阶级的思想引导到无产阶级的革命轨道。④

这意味着上海市委已不甘心让麾下这份刊物只是"写点文艺作品"(多数是"纸面上轰轰烈烈,实际内容空空洞洞"⑤),它在在难忘的还是那个"死不悔改的走资派"(特指时任国务院副总理的邓小平)。不过虽然已有这些初兆,但由于1974年的中国政坛在毛泽东掌握下主导倾向是"以安定团结为好"⑥,"激进派""务实派"尚未形成猛烈冲突,故其时《朝霞》只是在势力斗争的边缘游走,尚未全方面地堕入其中。这从1975年初的一则工

---

① 谢泳:《〈朝霞〉杂志研究》,《南方文坛》2006年第4期。
② 方泽生:《右倾翻案思潮的代表作——评晋剧〈三上桃峰〉》,《朝霞》1974年第3期。
③ 任犊:《热情歌颂新的人物新的世界》,《朝霞》1974年第5期。
④ 同上。
⑤ 燕平:《我在〈朝霞〉杂志工作的回忆》(下),《扬子江评论》2010年第6期。
⑥ 毛泽东当时有两个批示:"无产阶级文化大革命,已经八年。现在,以安定为好。全党全军要团结","还是安定团结为好"。见《建国以来毛泽东文稿》,第13册,北京:中央文献出版社,1998年,第402页。

农兵学员批评可见一斑。上海电机厂工人批评1975年第3期《朝霞》说：
"《朝霞》第三期诗歌的发表，正是在全党、全军、全国人民遵循毛主席关于理论问题的指示，掀起学习无产阶级专政理论的热潮的时候"，"但是，当我们翻开第三期《朝霞》的目录，看到的却是'母亲'、'白云'、'晨曲'、'骨肉'之类的标题。这里，我们并不是批评指责写诗的同志，就一些诗本身而论，有几首写得还是好的。但是，编辑部同志把这些诗集中在一起发表，却反映了一些不正确的思想，反映我们编辑部同志没有积极地、主动地组织作者去用诗的武器，紧密配合当前火热的斗争。不能说和现实斗争背道而驰吧，也可以说是'远其道而行之'"。① 没有"紧密配合当前火热的斗争"不尽是事实，但多少反映了1974年以来《朝霞》编务的重心——关心更多的，还是文艺界自身的问题，譬如英雄人物塑造的理论问题、青年作者的名利心问题，甚至文字技巧问题，等等。参与现实的政治利益之间的冲突，虽然是上海市委写作组的"惯性"思维，但此时期并未变成《朝霞》的主要现实。而这也多少说明，远在北京的张春桥、姚文元在相当一段时间并未给《朝霞》施加具体的任务和压力。

三　倾覆于政治波涛中

进入1975年后，激进派、务实派矛盾骤然紧张。为竞争毛泽东继承人的位置，双方渐有势不两立之势。在此情形下，《朝霞》明显卷入党内斗争，充当了攻击邓小平、周恩来等务实派领袖、并为江青、王洪文等树碑立传的工具。一般来说，"意识形态工作是隐含在媒介文本之中的"②，但1975年后的《朝霞》则不太"隐含"。对此，施燕平在回忆中未明确承认，但刊物本身是最好的证据。1975年8月，毛泽东评《水浒》的批示刚刚

---

① 上海电机厂五一工大文科班：《诗歌应是进攻的号角——从〈朝霞〉第三期和第四期的诗歌所想到的》，《朝霞》1975年第5期。
② 〔美〕大卫·克罗图、威廉·霍伊尼斯：《媒介·社会：产业、形象与受众》，邱凌译，北京：北京大学出版社，2009年，第192页。

发出,《朝霞》就在第9期首页用黑体字印出"毛主席语录":"《水浒》这部书,好就好在投降,做反面教材,使人民都知道投降派。"同时发表写作组文章《〈水浒〉儿童版(增订本)前言》,反反复复从宋江架空晁盖的故事影射现实中的"投降派",用意昭然:"这些大叛徒、大内奸,一旦窃取了领导权以后,就一定会同敌人相勾结,卖身投靠,奴颜婢膝,无所不至,革命果实就要断送,军队就要变质,人民就要遭殃。因此,投降主义是革命队伍里最危险的大敌","可以相信,有机会读到这部书的少年儿童们,一定能更深切地领会毛主席的指示,进一步在农民革命战争的历史经验中认识投降主义和修正主义给革命带来的祸害"。① 到第10期,学者郭绍虞也撰文呼应对"投降派"的影射与批评:"理论必须联系实际,学习是为了战斗。评论《水浒》的群众性运动,是我们知识分子接受工农兵再教育的极好机会。工农兵站在学习理论、反修防修的最前哨。我们年老知识分子也要紧紧跟上","对于宋江、刘少奇、林彪一类投降派,就是要狠狠地批,坚决地斗"。② 在此,"过去的历史"的确没有"真正过去",它们被转述为"故事",被"用来解决现在的问题"。③

作为对"投降派"/走资派的影射,上海市委写作组又推出了电影《春苗》。这部电影改编自原刊于《朝霞》丛刊的小说《赤脚医生》。该小说配合1965年毛泽东"把医疗卫生工作的重点放到农村去"的指示,讲述了上海郊区"赤脚医生"田春苗深入田间地头为农民服务的故事,同时也批评了农村卫生落后、愚昧迷信现象及医疗队伍中的坏人。电影由于情节、场景处理较佳,在全国产生了很大影响。当然,这也使电影中的影射(以死不改悔的走资本主义道路的当权派卫生院院长杜文杰影射邓小平)传播更广。据后来材料披露,邓小平对《春苗》极为不满:"党内那个不肯悔改的走资派"对《春苗》"十分反感","他看了一半,就拂袖而去,连声斥之为

---

① 石一歌:《〈水浒〉儿童版(增订本)前言》,《朝霞》1975年第9期。
② 郭绍虞:《宋江私放晁盖新析》,《朝霞》1975年第10期。
③ 〔美〕阿里夫·德里克:《跨国资本时代的后殖民批评》,王宁等译,北京:北京大学出版社,2004年,第49页。

'极左'!"①材料还说:"黑风一经吹出,随之浊浪翻滚,从阴暗的角落里,冒出了种种奇怪谈论,对《春苗》大肆攻击,横加指责,叫嚷影片'污蔑社会主义','否定党的领导',甚至要'彻底批判','勒令停映'!"②由此可见,《春苗》与势力斗争的纠葛之深。而《朝霞》杂志明显站在激进派一边。《春苗》刚刚放映,《朝霞》1975年第10期就刊出署名石川的肯定文章《〈赤脚医生〉是怎样变成春苗的——主角春苗形象的典型化》。

1975年底,随着周恩来、毛泽东病情不断加剧,党内两派矛盾益发加剧,《春苗》更加成为斗争"武器"。此时,《朝霞》更有意识"制造出了焦虑",然后又以它给定的方式"调节并解决这些焦虑"。③ 这表现在1976年第1期周天的文章对读者的"提醒":"看完电影《春苗》后"可以"思考""走资派杜文杰这个人,今后会不会搞翻案呢?"④这明显是要将激进派自身的政治焦虑"制造"成全民焦虑。第3期,更不点名地将邓小平与《春苗》中的"走资派"相提并论:"可是,这对于那个提出'三项指示为纲'的党内不肯悔改的走资派来说,可就是'大逆不道'了!","在他的眼里,十七年'城市老爷卫生部'的统治本来就'好得很',代表着'社会主义'嘛,像杜文杰把持的卫生院岂止是'社会主义'的,还是一面'红旗'呢!"⑤那么,怎么解决这种焦虑呢?文章檄告天下以"共诛之",气势逼人:

> 生活中的走资派与银幕上的杜文杰,总是痛痒相关,同病相怜的。他们对《春苗》的恶意指责攻击是必然的。这是政治上的右倾翻案风在文艺上的反映,是走资派的反攻倒算!这股右倾翻案风,不仅卫生战线上有,教育战线、科技战线、文艺战线也都有。风源就来自那

---

① 姜思慎:《警惕,走资派还在走!——从不肯改悔的走资派攻击〈春苗〉谈起》,《朝霞》1976年第3期。
② 同上。
③ 〔英〕罗杰·西尔弗斯通:《电视与日常生活》,陶庆梅译,南京:江苏人民出版社,2004年,第22页。
④ 周天:《秧苗与〈春苗〉》,《朝霞》1976年第1期。
⑤ 姜思慎:《警惕,走资派还在走!——从不肯改悔的走资派攻击〈春苗〉谈起》,《朝霞》1976年第3期。

个不肯悔改的党内最大的走资派!"彻底批判"《春苗》也罢,"勒令停映"也罢,都不过是为了否定文化大革命,对抗毛主席的革命路线。……但历史是前进的,革命是阻挡不了的,复辟者决不会有好下场!①

与此同时,《朝霞》开始积极落实张春桥关于组织写反"走资派"小说的指示。1976年第3期刊出的《总攻发起之前》,仿佛句句直指邓小平:"郑良才这个不肯悔改的走资派,干了多少牛鬼蛇神不敢干,也没法干的坏事呀! 资本家只敢躲在阴暗角落翻看变天账,他却能打着蹲点的幌子,在大江船厂搞资本主义复辟的试验;教唆犯只能偷偷摸摸引诱天真烂漫的孩子去犯罪,他却能以市委领导的名义,要挟银行信贷员捏造假材料,为他镇压群众运动提高炮弹;纵火犯再狡猾,作案时也不得不取出使人怵目惊心的火种,他却能堂而皇之地凭借自己手里的大权刮起反革命经济主义妖风,破坏文化大革命!"②学者刘大杰也以七律明显讽邓:"痛击右倾翻案风,奇谈怪论大昏庸,/新生事物如潮涌,文革光辉似火红,/以目乱纲心有鬼,妄图复辟梦成空,/坚持革命驱云雾,努力登攀探险峰。"③朱建平则对"复辟狂"多加讥讽:"希望复辟的人过去有,现在有,将来还会有。那个不肯悔改的走资派不是以有辫子为荣吗,他一上台就亮出来,把复辟希望变成复辟行动","革命的剪刀终究要革到他头上去的。他若顽固到底,硬要带着这条辫子进棺材,那也无伤大局"。④ 应该说,这些电影、小说和诗作,都已经觅不到几分"文学"的气息,甚至不关"毛泽东文艺思想",而赤裸裸成了势力斗争的工具。其中有些作品直接出于写作组的安排,有些则是趋利者为邀宠而为。

至1976年清明节,因纪念逝世的周恩来总理而酿出双方更大冲突,邓

---

① 姜思慎:《警惕,走资派还在走!——从不肯改悔的走资派攻击〈春苗〉谈起》,《朝霞》1976年第3期。
② 周林发:《总攻发起之前》,《朝霞》1976年第3期。
③ 刘大杰:《七律四首》,《朝霞》1976年第3期。
④ 朱建平:《复辟狂的辫子》,《朝霞》1976年第3期。

小平被迫退出中共中央。此时,《朝霞》就完全以激进派"喉舌"姿态,第一时间全文刊载《中共中央关于华国锋同志任中共中央第一副主席、国务院总理的决议》《中共中央关于撤销邓小平党内外一切职务的决议》等政治文件。到此时节,激进派和上海市委写作组已不再把《朝霞》看作文学杂志,而直接当成舆论战前哨了。故 1976 年第 5 期出现的文章就和邓小平"赤膊相见"了:

> 刘少奇、林彪曾不择手段地进行捣乱,邓小平也曾处心积虑地进行扼杀。早在一九六四年,京剧革命刚刚兴起时,邓小平就阴阳怪气地说:"戏剧改革我双手赞成,但我就是不爱听。"好一个"不爱听",活生生地暴露出一副资产阶级顽固派的狰狞嘴脸!……邓小平"不爱"无产阶级文艺,那他爱什么呢?爱的是地主资产阶级文艺,唯恐它们断了香火,绝了种,因而大声疾呼"要表现帝王将相的智慧","从三皇五帝编起,一直编到近代史"(注意:唯独没有中国共产党领导下的现代革命史),"编他三百六十本,一天演一本",妄图为剥削阶级修家谱,同京剧革命相对抗,维护文艺领域的资产阶级专政。①

任犊还表示:"邓小平大刮右倾翻案风,翻文化大革命的案,算文化大革命的账,也从反面给我们上了生动的一课。"②

1976 年的《朝霞》月刊,因而也成为围剿"走资派"、批判邓小平最为密集的文学刊物,它全力出击,未留任何余地。它的作为"轻骑兵"的功能到此发挥到了极致。在这样的刊物上,不再有"文学",甚至也没有"不同成分所构成的斗争"。③ 不难想象,随着政治形势的再度逆转,《朝霞》不可能不付出相应的代价。1976 年 10 月,江青、张春桥等人突然被捕。在此情形下,"市委写作组的一些头头都受到审查批判,《朝霞》当然不可置身

---

① 任犊:《文艺创作要为巩固无产阶级专政服务——纪念〈在延安文艺座谈会上的讲话〉发表三十四周年》,《朝霞》1976 年第 5 期。
② 同上。
③ 〔美〕道格拉斯·凯尔纳:《媒体文化》,丁宁译,北京:商务印书馆,2004 年,第 100 页。

局外,也被责成停刊检查"。① "检查"的结果是,《朝霞》几位重要作者和编辑都遭到处理。② 这是《朝霞》与上海市委写作组关系的结束。这种结局,恐怕是始作俑者萧木做梦也没有想到的。事实上,在政治斗争如此紧张的1970年代,因为"想写一点文艺作品"而生的《朝霞》月刊的最后结局也只能如此了。在派系主义与政治引导彼此联手的情形下,"文学"势难突围。而这,多少也是当代文学一份并不那么愉快的"缩影"。

---

① 燕平:《我在〈朝霞〉杂志工作的回忆》(上),《扬子江评论》2010年第5期。
② 燕平回忆:"如林正义,在'四人帮'粉碎后的清查中,因曾经担任过《朝霞》编委,又一度被国家出版局看中欲调去《诗刊》工作。清查者认为这说明是'四人帮'看中的人,加上又写有一篇小说《闪光的军号》,刻画了一位副师长在新的形势下,忘了战斗的职责,不听从党的指挥,只是在个人利益上打圈子。由此认为这是'反党乱军'的毒草。于是在1977年9月,受到被开除党籍、军籍,遣送回乡的极端处理","段瑞夏则走了另外一条路,他带了夫人去了国外",而"两位当年年轻的女编辑","一位是农村作者卫国珍,她虽然早在'四人帮'垮台前就已离开了《朝霞》,但在'四人帮'粉碎后,因一度在《朝霞》工作并发表过作品,为此在农村受到不应有的歧视","还有一位姚真,当时是个年仅二十多岁的姑娘,生性活泼,性格直爽,自从受到过严的处分后,一直郁郁寡欢,情绪低沉,身体不好,为此提前退休"。燕平:《我在〈朝霞〉杂志工作的回忆(下)》,《扬子江评论》2010年第6期。

怎样克服"无产阶级文艺"的焦虑?
——《朝霞》杂志与社会主义文学的危机应对

如果说"代表不同利益和不同力量的媒介观点在媒介文本中进行着较量"①的特征在《朝霞》月刊不太明显的话,那么今日知识界将《朝霞》主要作为"阴谋文艺"工具纳入"文学史记忆"的做法,其实也不准确。后者不但不符合上海市委写作组负责人萧木酝酿该刊时"写点文艺作品"②的初衷,也不符合它前后接近三年的办刊史实。③ 实际上,《朝霞》不仅有着势力斗争("批邓")、政治认同生产等"面孔",同时也存在着特定的文化认同生产和文学观念的表达。它在出版的当时能够称得上"风行"④,即与后者密切相关。不过在这中间,可以说存在某种文学与历史的"逆转"。恰如王尧所言:"'文革'和'文革文学'曾经是我和我们成长的思想文化资源;历史的残酷在于它开了个玩笑,一个曾经是'正面'的资源终于成了

---

① 〔美〕大卫·克罗图、威廉·霍伊尼斯:《媒介·社会:产业、形象与受众》,邱凌译,北京:北京大学出版社,2009年,第190页。
② 燕平:《我在〈朝霞〉杂志工作的回忆》(上),《扬子江评论》2010年第5期。
③ 《朝霞》屡被目为上海市委写作组控制下的"阴谋文艺"刊物,实际上许多《朝霞》作者与上海市委写作组并无关系,"有相当部分是外地作者主动投来的稿件,如曾经或现今仍活跃在文坛,并作出不少贡献的作家中,就有陆天明的三幕话剧《扬帆万里》、四幕话剧《樟树泉》和《火,通红的火》,黄蓓佳的短篇小说《补考》,古华的中篇小说《仰天湖传奇》,张步真的小中篇《高山鱼跃》,王立信的中篇小说《欢腾的小凉河》,焦祖尧执笔的电影文学剧本《矿山的春天》,刘心武的电影文学剧本《清水湖的孩子》等等。此外还有李瑛、李学鳌、孙友田、柯原、沙白等的诗歌,段荃法、张有德的小说,路遥的散文等,这批作者大多数并不清楚《朝霞》与写作组文艺组之间的隶属关系,他们是作为一个少有发表作品机会的作者,向一个文学刊物投稿来的"。见燕平《我在〈朝霞〉杂志工作的回忆》下),《扬子江评论》2010年第6期。
④ 蔡翔回忆:"那时候,我休息天就跑到淮海路,淮海路有一个地方专门贴大字报,居然还有小说。我这个年龄的人,好像都有读小说的习惯。回到上海,《朝霞》是每期必买的,读里面的小说。"见《七十年代:末代回忆》,《七十年代》,北岛、李陀编,北京:生活·读书·新知三联书店,2009年,第337页。

'负面'。"①那么,今日文学史家需要面对的一个问题就是:如果我们重返现场,《朝霞》是否有它自身孜孜以求的"真问题"? 这就涉及当时"无产阶级文艺"的危机、焦虑及其应对。不过今日研究者对此明显缺乏求实的兴趣,甚至一些撰写了《朝霞》研究论文的学者,也明显没有认真阅读过《朝霞》1974—1976 年间所刊载的小说、杂文及有关批评文字。

一 抵抗"倔强的物质欲望和特权的遗传"

佛克马、蚁布思认为:"在一种文学成规主要由作者、销售商、批评家和普通读者组成的情况下,如果它得到一群人的支持,那么它是合理的"②,《朝霞》能够成为部分读者"每期必买"的刊物,除了当时刊物稀缺的因素之外,与它的合理性必然有关。这意味着,《朝霞》必然有它自己主动面对并处理的、能引起读者共鸣的时代性问题。那么,这份由上海市委写作组创办、掌握的刊物,在"批邓斗争的沙场"③之外,又有怎样的时代性问题需要克服呢? 对此,丹尼尔·贝尔的一段话有必要予以参考:"革命的设想依然使某些人为之迷醉,但真正的问题都出现在'革命的第二天'。那里,世俗世界将重新侵犯人的意识。人们将发现道德理想无法革除倔强的物质欲望和特权的遗传。人们将发现革命的社会本身日趋官僚化,或被不断革命的动乱搅得一塌糊涂。"④这样的问题,其实正是 1960 年代毛泽东夙夜忧虑之事。在某种意义上,它也是毛泽东发动"文革"并非唯一的然而却是重要的原因。而毛泽东的忧虑,也构成了 1960 年代以后"无产阶级文艺"的内在难题。以无产阶级文艺刊物"领袖者"自居的《朝霞》,在卷入政治矛盾的同时,也在面对并克服这种"革命第二天"的时代

---

① 王尧:《迟到的批判》,郑州:大象出版社,2000 年,第 2 页。
② 〔荷〕D. 佛克马、E. 蚁布思:《文学研究与文化参与》,俞国强译,北京:北京大学出版社,1996 年,第 92 页。
③ 严隽雄:《关于〈朝霞随笔〉的随笔》,《朝霞》1976 年第 8 期。
④ 〔美〕丹尼尔·贝尔:《资本主义文化矛盾》,赵一凡等译,北京:生活·读书·新知三联书店,1992 年,第 75 页。

焦虑。

那么,《朝霞》如何克服呢？它的方法,与多数杂志并无大异——"它们创造我们用来解释世界意义的象征符号"①。对于《朝霞》而言,克服焦虑最有效的"象征符号"就是通过小说、故事和诗歌创造"英雄"的形象谱系。对此,《朝霞》早在创刊号征文启事说得非常清楚："努力塑造具有无产阶级文化大革命的精神的英雄形象,通过文学这个形式来说明'这次无产阶级文化大革命,对于巩固无产阶级专政,防止资本主义复辟,建设社会主义,是完全必要的,是非常及时的。'这应当是我们工农兵业余作者和革命文学工作者的光荣任务。"②这类英雄来自世俗世界,却又没有沾染"倔强的物质欲望和特权的遗传"。通读《朝霞》所载的多种小说,可见它所创造的英雄人物除了下层出身以外,还具有一些比较突出的"正面"特征。譬如热爱劳动,从劳动中获取"人"的尊严。有一篇名为《"植保"姑娘》的小说出现了如下情节："桂芳连忙从另一只袋里摸出几片棉花叶送到老队长手里说：'你看,这不是棉花叶上的红蜘蛛吗？'老队长仔细一看,果真有几只红蜘蛛在爬动,心里立刻紧张起来,但又问：'前几天都没有发现卵块,这红蜘蛛是从哪里出来的？'阿凤说：'这几天高温,干旱,是繁殖红蜘蛛的最好时间,棉花地里本来没有红蜘蛛,都是从林带上飞下来的,所以要赶紧下措施,打药水。''噢'。老队长心情沉重起来了。"③如此把劳动当成叙述核心,正面地描写劳动的喜悦和忧虑,在1980年代以后的文学中颇难见到,也不太受读者欢迎,但它折射了"无产阶级文艺"的强烈意愿:重述被损坏的劳动的尊严,以期"塑造人民"。对劳动的热爱,因此构成了《朝霞》英雄谱系的第一特征。与之相伴的,则是下层阶级创造历史的主体感与自我认同。刊于1974年7期的小说《工厂的主人》有这样一段对话：

---

① 〔美〕萨梅尔·约翰逊、帕特里夏·普里杰特尔:《杂志产业》,王海主译,北京:中国人民大学出版社,2006年,第145页。
② 《"努力反映文化大革命的斗争生活"征文启事》,《朝霞》1974年第1期。
③ 张道余:《"植保"姑娘》,《朝霞》1974年第1期。

第17章 《朝霞》(1974.1—1976.9)

> 江红　普通工人？晓华，工人阶级是创造历史的主人，跟着毛主席，咱们能翻乾坤，换新天，跟着毛主席。咱们能让共产主义在全人类实现！旧社会，咱们工人只能当牛作马，今天毛主席要我们当家作主，咱们能不好好干吗？
>
> 晓华　(十分激动)……
>
> 江红　我再问你，你管这些事是为了什么？难道是为了你自己吗？
>
> 晓华　为自己？我要是为自己早就不管这些事了！要是为自己，我干完八小时早就回家了！
>
> 江红　咱们工人是工厂的主人，厂里的事，咱们工人现在要管，将来要管，要管到底！①

这种"当家作主"的英雄工人形象，多少是"类型化"的，同时又是当时文艺界亟需召唤出来的意识形态主体。而"类型化"意味着特定的文化认同生产："它使得对某些社会角色的看法变得'自然化'；它支持了有关政治、经济和社会权力的一些看法；它宣扬了什么是真理，什么是谬误。"②在《朝霞》中，这类"英雄"其实是将"群众创造历史"的观念"自然化"了。此外，"英雄"个人又与国家保持高度的同质性。刊于1975年1期的一篇评论称："读到这儿，我们不禁被任树英生动、形象的比喻，充满美好理想的革命激情所振奋。'一个即将完工的发电站'这个比喻，意境多么深远啊！在无产阶级文化大革命中成长起来的社会主义新生事物，不都像'发电站'一样在各条战线上放出巨大的能量吗！然而，任何新生事物的成长都是要经过艰难曲折的，都要经过激烈的斗争，付出极大的努力。小说不仅塑造了一个满腔热情支持新生事物的工人阶级英雄形象，而且还深刻地展示了她的思想境界：这就是她胸中装着一个使整个电视工业战线都'飞

---

① 上海市工人文化宫业余小戏班集体创作、贺国甫、黄荣彬执笔：《工厂的主人》，《朝霞》1974年第7期。
② 〔英〕格雷姆·伯顿：《媒体与社会：批判的视角》，史安斌主译，北京：清华大学出版社，2007年，第75页。

起来'的美好理想。这个美好理想已经超越了一个工厂,一个局部,一个狭隘范围。"①甚至,这类英雄还是代际相传的。②

"媒体塑造了我们对社会现实的理解"③,对于这样的英雄,不知当年读者是否信任? 1974—1975年间,正是大批知识青年力图摆脱"插队"生涯、重返城市的时期——不是"倔强的物质欲望和特权的遗传"而是基本的生存和尊严,在一步步损耗年轻一代的"革命设想"。如果说"革命的第二天"是党的领袖的焦虑,那么被城市抛弃的感觉则是万千知识青年新的痛苦体验。那么,社会主义媒介也必须面对这一新的时代问题,所以《朝霞》对英雄主体的召唤又是随着现实形势变化而调整的。小说《洪雁度假》和报告文学《可爱的年轻人》讲述的是另外一种类型的英雄。洪雁是推荐上大学的工农兵大学生,然而她大学即将毕业,却无留在城市工作的打算而决意返乡继续当农民:"人们何曾见过呢? 实在太新鲜了。然而更新鲜的,是洪雁根据她'度假'的体会,认为农机学院应该办到农村去,并身体力行,立志把自己的青春献给这云岭山。资产阶级法权观念在洪雁身上,已经找不到一点影子了,什么'下乡镀金'呀,'读书做官'呀,'知识私有'呀,全被共产主义思想冲刷得干干净净!"④《可爱的年轻人》中的亚美是来自上海的下乡知青,同样准备扎根农村作一辈子农民:"她生长在黄埔江边,父母亲都是工人,但是亚美却从小就爱上了山区,而且立志要建设山区","和她同来的同学有的调进了工厂,有的送上了大学,有的当

---

① 叶伟成、任寿城、华斌群:《努力揭示工人阶级英雄形象的思想深度——读几篇工业题材小说有感》,《朝霞》1975年第1期。

② 当时的青年作家余秋雨在一篇散文中写道:"越往上走,山势越险峻,树木越茂密,风景越壮美,我的心胸也越开阔。我边走边想:大苍山,就和祖国的其他千山万岭一样,在它这林深岩叠、莽莽苍苍的身躯里,埋葬着多少可歌可泣的革命历史故事? 而今天,额角被革命风涛刻满了皱纹的唐进同志、周大爷他们,带领着自己的儿女,不,带领着一支宏大的青年革命队伍,在这里又开始一次新的长征! 快走,在他们里边,我又将会听到多少动人的新故事啊!"余秋雨:《记一位县委书记》,《朝霞》1975年第7期。

③ 〔美〕詹姆斯·卡伦:《媒体与权力》,史安斌、董关鹏译,北京:清华大学出版社,2006年,第179页。

④ 上海电机厂五一工大文科班:《一桩开天辟地的新鲜事——读小说〈洪雁度假〉》,《朝霞》1975年第4期。

了老师,有的战斗在边防线上。但是我们的亚美,六年来只回上海探过一次亲,去省城开过两次会,六年共出工二千零四十天。大队党支部,公社党委的负责同志,一次又一次把推荐她上大学、进工厂的表格送到她手里,她一次又一次红着脸把空白表格送还到领导同志手里。有人劝她:'亚美,你今年二十三岁啦!再下去超过招生和招工年龄啦!'我们的亚美回答:'农村也是大学,也是工厂,我就在这里干一辈子革命不好吗?'"①显然,这些作品的真实性是很可怀疑的。即便真实,亦可能只是难以为普通知识青年接受的小概率事件。然而这恰恰是《朝霞》"意义"之所在。布迪厄认为,文学其实是一种场域,在那里它将被"建构成一个充满意义的世界,一个被赋予了感觉和价值,值得你去投入,去尽力的世界"②。面对"革命""理想"在现实社会中的不断崩坍,《朝霞》的英雄讲述,正是"无产阶级文艺"克服这一焦虑的有效策略。

  与对英雄的召唤相匹配,《朝霞》还批评了官僚化的现实(如《春苗》对不合理的医疗体制的批评)。当然,最重要的是反对"无冲突论",确保通过阶级斗争生产英雄的合法性。《朝霞》创刊未几,即开展了对"无冲突论"的批评。叶伦"清理"了"无冲突论"的历史,把它指认为"文艺黑线"的新版本:"'无冲突论'是政治上的'阶级斗争熄灭论'在文艺创作上的反映。是以阶级斗争的观点指导创作,还是以'阶级斗争熄灭论'指导创作,建国以来一直存在着两个阶级、两条路线的斗争。刘少奇、陆定一、周扬等反革命修正主义分子在政治上鼓吹'阶级斗争熄灭论',在文艺上又宣扬'无冲突论'","'无冲突论'的抬头,正是因为部分同志受了这种谬论的影响,对新形势下尖锐复杂的阶级斗争和路线斗争认识不足的必然结果。"③解放军读者白克强的来信则对小说《除夕之夜》(刊《安徽文艺》1973年第10期)提出批评,并由此反对"无冲突论":

---

① 伍元新:《可爱的年轻人——来自大娄山的报告》,《朝霞》1976年第2期。
② 〔法〕皮埃尔·布迪厄、〔美〕华康德:《实践与反思——反思社会学导引》,李猛、李康译,北京:中央编译出版社,1998年,第172页。
③ 叶伦:《中庸之道与"无冲突"论》,《朝霞》1974年第2期。

小说的故事发生在一九七二年除夕之夜，民兵志众"代班放哨"去了，家里只剩下爱人雪梅和刚出生三天的孩子。雪梅第一次醒来时，见到邻居张二嫂来照顾她，喂饺子、烧蛋汤，雪梅"心里热烘烘的。"她第二次醒来时，邢大娘和卫生员小芹又来了，冲糖水、洗尿布，雪梅"心里甜滋滋地"。在听完邢大娘的一段忆苦后，雪梅又睡着了。当她第三次醒来，听到邢大娘和小芹为了争着留下来照顾她而发生的争执，雪梅"鼻子一酸，一眶滚烫的泪水呼啦一下子涌了出来"。她对这时回家来看望她的志众说："去吧"，"为革命，为大伙，也为我们的孩子……"小说就这样结束了。这算什么"有意义的片断"呢？一堆家务事，一片儿女情而已。……生活就是斗争。"截取"没有矛盾和斗争的"片断"，而说是"有意义"，而且是有"强烈的时代精神，深刻的社会意义"，这究竟是什么样的社会意义？什么样的时代精神呢？！①

在"编者按"中，《朝霞》表示白克强的来信涉及"当前文艺创作中一个值得注意的问题"，"应该引起我们的警惕"。故到 1974 年第 4 期，《朝霞》新辟"肃清'无冲突论'的流毒"的专栏。赵晨晖撰文指出："'无冲突论'既然从根本上否定了党在社会主义时期的基本路线"，"同时也是对以革命样板戏为标志的无产阶级文艺革命的反动"，"否定革命样板戏的方向，反对样板戏创作原则的普遍意义，也就成为修正主义在文艺领域里复辟倒退的重要内容。而'无冲突论'就是为这一政治目的服务的。所谓'不喜欢看斗争激烈的戏，太刺激了，要看轻歌曼舞'，就是妄图用'无冲突论'来否定革命样板戏的方向，夺回他们在文化大革命中失去的阵地"。② 作者们则现身说法，以自己反对"无冲突论"的成功经验向读者汇报了英雄塑造的体会："'无冲突论'的流毒在我们中间也有影响"，"《小牛》中烈士的弟弟尽管写得比较可爱，但在他面前却没有什么矛盾斗争。是不是生活中

---

① 解放军 0777 部队白克强：《这是在提倡什么？》，《朝霞》1974 年第 3 期。
② 赵晨晖：《必须批判"无冲突"论》，《朝霞》1974 年第 4 期。

没有提供尖锐的矛盾冲突呢？根本不是。茶林场在青年要不要上山的问题上就有过许多斗争的暴风雨。批判'无冲突论'后，作者认识到不反映激烈的矛盾冲突，依靠'你好，我好，大家好'来塑造英雄人物，就会偏离党的基本路线。思想上提高了，创作上就有了突破。作者让烈士弟弟在与以姜士儒为代表的修正主义路线执行者的斗争和青年内部错误思想的斗争中高大起来"。①

诸如此般的英雄塑造，的确印证了凯尔纳的说法："媒体文化也是争夺社会控制的战场。"②不过，《朝霞》这种高强度的英雄叙述真的达到了"塑造人民"进而克服"无产阶级文艺"的焦虑的效果吗？1975年底，《朝霞》刊出的一封"读者来信"，可以看作回应。插队知青孟维来信说："刊物中很少反映立志务农、扎根农村的知识青年生活。下乡知识青年在农村三大革命运动中，涌现了大批先进人物，他们为粮食超'纲要'，为大办农业，为缩小三大差别，作出了自己的贡献。而我们的文艺刊物往往很少反映，我作为知识青年，希望经常能看到这类作品。"③此信真伪不易辨别。如果它是真的，那么表明《朝霞》的英雄讲述确实给当时的青年创造了"充满意义的世界"。倘若此信是该知青为了回城"挣表现"而故意迎合刊物需要而写成的话，那么表明《朝霞》已沦为被利用的材料。

二 "只战斗，不文艺"的焦虑

"无产阶级文艺"的焦虑不仅在于意义断裂，还在于"只战斗，不文艺"的技术考量。对此，洪子诚认为"无产阶级文艺"存在"政治的直接'美学化'"，"周扬和胡风之间虽然存在理论分歧，他们在文学内部诸因素关系的理解上，却是一致的。这就是思想（政治性）—真实性（现实性）—艺术性的结构。他们的分歧，是在肯定这一基本格局之下产生的。而对于激进

---

① 上海市属国营农场三结合创作组：《第一步》，《朝霞》1975年第9期。
② 〔美〕道格拉斯·凯尔纳：《媒体文化》，丁宁译，北京：商务印书馆，2004年，第61页。
③ 孟维：《刊物要多反映下乡知识青年生活》，《朝霞》1975年第12期。

派来说,则表现了拆卸这一格局,从中清除'真实性'的趋向,而使这一结构,简化为政治—艺术的直接关系"。① 没有了"真实性"这道艺术"阀门",政治的直接"美学化"实际导致了文学的"灭顶之灾"。《朝霞》给人直感印象是满纸政治概念,殊少艺术品质,就连施燕平自己也承认《朝霞》多数作品"粗制滥造,表现方法大同小异"。② 今日读者、研究者对之不愿卒读也不无道理。不过,既然《朝霞》创刊初衷在于"写点文艺作品",而且创刊之后又陆续吸引了贾平凹、叶蔚林、余秋雨、王小鹰、周涛、古华、夏坚勇等青年作者的稿件,那么解决其"只战斗,不文艺"的焦虑亦在不言之中。只是此项应对的努力不似"塑造无产阶级英雄人物"那般大事宣传,而更多表现为编辑部的默默用力。这有三点不为人注意的表现。

第一,在较多时候,《朝霞》在选择稿件上亦颇注意艺术质地。刊于1974年第6期上的杨美清小说《岩龙和小平》是这样开头的:"这是初春的一个傍晚。玫瑰色的斜阳,照射着边疆稀稀落落的竹楼村寨。一丛丛碧绿的芭蕉树,在清凉的晚风中摆动着又宽又大的叶子;一群群的黄牛、红马、白羊,全都吃得饱饱的,从山坡河谷向寨子里奔跑着;放牧人的歌声,随着一座座小竹楼升起的炊烟,在那绿竹青树丛中,徐徐萦绕着。呵,边疆的傍晚,是一幅多么诱人的景象啊!"③这样的文字虽还不能称为纯净,但对于生活氛围的努力把握与细腻描绘,却不是政治直接"美学化"可以概括的。类似有着意境追求的文字还可见于余秋雨的报告文字、路遥的散文。比如路遥《江南春夜》:"远处的小河上,飘来一阵悦耳的歌声:青青的河水映蓝天,金灿灿的阳光照心田……寻声望去,只见纵横交错的水网上,一叶叶轻舟,斜舷侧棹,这大概是社员们闹春耕在翻泥积肥吧,夕阳映照,那远处的村庄,和这近处的麦浪、微微泛着金色波光的河流交织在一起。"④这样的"抒情诗气氛",在"战斗"的《朝霞》月刊上其实并不稀见。

---

① 洪子诚:《关于五十至七十年代的中国文学》,《文学评论》1996年第2期。
② 燕平:《我在〈朝霞〉杂志工作的回忆(下)》,《扬子江评论》2010年第6期。
③ 杨美清:《岩龙和小平》,《朝霞》1974年第6期。
④ 路遥:《江南春夜》,《朝霞》1974年第5期。

而且,这也不能解释为优秀作者的特例。其实此文作者路遥只是复旦大学中文系学生(有些研究者把他误会成了后来的著名小说家路遥),属于《朝霞》众多普通作者之一。事实上,贾平凹当时也在《朝霞》发表习作。短篇小说《队委员》(刊 1975 年第 12 期)明显地有着赵树理式的对于地方语言和个性叙述的讲求:

> 生产队只有队长,怎么有委员? 有的,梨花村刘得胜老汉就是。老汉今年七十了,儿子在县上工作,家里只有老两口,蛮可以过松心日子,可他脾气怪:爱跑腿,爱说话。队里大小生产会次次离不了他。其实,他连芝麻大个"官儿"都不是。人就嘴头上送他个"委员"。老汉偏又爱在会上提意见;事事帮新上任的青年队长出主意。为这,大伙都喜欢他,只有会计跟他合不来。老汉怀疑会计账上摆"八卦阵",向大队作了反映;会计得到风声后就半个眼窝见不得他,两人一搭腔就抬杠。①

这种活泼、紧凑、"土气"十足的语言,也是《朝霞》"无产阶级文艺"的一部分,但它与《腊月·正月》《小月前本》等"新时期"小说实多有声气相通之处。故在此意义上,谢泳的判断是公允的:"1976 年后成名或者长期活跃于当代文坛的主力作家中,许多人的文学生涯都开始于这本杂志","中国 1976 年以后的文学源头,其实是从这本文学杂志开始的"。② 而且,在《朝霞》自己的作者队伍(创作学习班)中,其实也不乏构思、文笔都堪称优秀的作者,如段瑞夏、卫国珍、钱钢等,虽然他们中的多数未获得进入新时期文坛的机会。

第二,对艺术的讲求还体现在批评文字中。虽然《朝霞》公开批评"一些轻歌曼舞、小桥流水式的东西,完全背离时代的要求"③,但在具体评论中,《朝霞》又往往对作品技术手段、艺术魅力颇多关切。如对电影《平

---

① 贾平凹:《队委员》,《朝霞》1975 年第 12 期。
② 谢泳:《〈朝霞〉杂志研究》,《南方文坛》2006 年第 4 期。
③ 高信:《文学是战斗的——学习鲁迅创作思想札记》,《朝霞》1974 年第 5 期。

原作战》如此评价:"在处理赵勇刚的核心唱段《毛主席的革命路线指引我永不迷航》时,改变了故事影片摄制中镜头分切过多的做法,基本上用一个长镜头一气呵成,但又通过镜头的运动和运动中所产生的节奏,做到有变化。有层次地来完成这个成套唱腔的拍摄,既保留了京剧舞台艺术的特色,又使赵勇刚的革命激情体现得更为感人。"①电影《闪闪的红星》的视觉表现也被目为"成功":"如山林营地的夜晚这场戏。小冬子蜷缩着睡了,吴修竹在缝棉衣;后来一游击队员进草棚,微笑着注视吴修竹缝衣服,又看了下小冬子,把旧大衣盖在冬子身上,走出草棚;冬子舒展地睡着,突然睁开眼睛,见吴大叔还在缝衣服,又看见身上盖着大衣,翻身坐起,挟着大衣,戴上帽子出草棚;小冬子顶着寒风,把大衣披在哨兵的身上,吴大叔在草棚前会意地笑了。没有一句对话,伴随着他们的只有反复出现的富有抒情味的音乐旋律","这种感情的丰富内容,又是千百句话所无法表达、代替的。没有话,却比千言万语更有力"。② 尤值得注意的是,此篇评论由上海市委写作组文艺组(署名"方泽生")撰写。这多少表明,《朝霞》并不反对艺术化,而只是反对脱离阶级事实的艺术表现。

　　第三,《朝霞》有时亦直接刊文强调艺术经验。如司徒伟智强调诗歌韵律:"做诗,就是要讲一点韵律","马克思和恩格斯一再提到的流传很广的但丁的《神曲》、歌德的《浮士德》以及海涅的诗,都是讲究韵律的。中国古代的许多古诗与民歌,它们的流传并不是靠什么出版机关,而是靠人民群众的'有口皆碑',这里没有韵律、节奏也是不可想象的","我们无产阶级的诗歌是为革命为战斗而写的,它应当比以往一切诗歌更多地克服读者的'麻烦',以在群众中传播得更深、更广"。③ 这类文章诚然不多,但多少反映编辑部对读者审美追求的重视,以及解决"只战斗,不文艺"的焦虑。

---

① 陆民:《英雄光辉照银幕——评赵永刚的银幕形象》,《朝霞》1974 年第 7 期。
② 方泽生:《一部细致动人的好电影——评影片〈闪闪的红星〉的艺术成就》,《朝霞》1974 年第 11 期。
③ 司徒伟智:《诗歌的韵律与投枪的光芒——谈马克思、恩格斯给拉萨尔的两封信》,《朝霞》1975 年第 11 期。

《朝霞》杂志能在当时吸引全国众多的读者,甚至能成为诸多知识青年的"思想文化资源",无疑与它倡导的语言、意境乃至叙述风格有关。今日知识界之所以认为"这本杂志在文学本体方面提供的意义实在有限,特别是在各种艺术形式的探索以及文学语言的运用上,《朝霞》及其作品基本没有提供什么有创造意义的东西"①,并不全因于艺术的原因,很大程度上也与其立场的格格不入有关。

三 突破"资产阶级思想"的包围

作为当时"文坛的标杆"的《朝霞》,也不自限于上海一地的文艺动态。相反,它对英雄主体召唤的焦虑,对"只战斗,不文艺"的内在用力,都着眼全局。这种全局感,亦使《朝霞》面临着"无产阶级文艺"的又一重焦虑:如何帮助工农兵作者突破"资产阶级思想"的包围,站稳无产阶级立场。这种问题,在今天研究者看来或许不值一哂,或以为是阶级思维的"遗毒"。然而在当时,尤其在革命领袖毛泽东而言,这可以说是他晚年最大的焦虑。毛泽东之投身革命、领导革命,除了富国强兵的民族主义愿望之外,还有一个巨大愿望,即为中国过去的下等阶级创造一个没有剥削和压迫的世界。对此,萧延中认为:

> 毛泽东政治哲学的理论核心和基本特征,即关于20世纪中国人民摆脱受压迫、被奴役的地位,走向自由与幸福的学说,这一基本的思想倾向和理想追求,是支配他终其一生探索的内在驱动力……爱护人民、依赖人民、拯救人民,甚至为人民作主,是他永恒的思想灵魂。②

这种愿望转移至知识界,便表现为对知识分子的深刻怀疑与不信任。毛泽东不止一次地公开表示这种令后世研究者颇感不适的态度。如1957年

---

① 谢泳:《〈朝霞〉杂志研究》,《南方文坛》2006年第4期。
② 萧延中:《划时代悲剧的剖析与理解》,《晚年毛泽东》,北京:春秋出版社,1989年。

他在全国宣传工作会议上说:"现在的大多数的知识分子,是从旧社会过来的,是从非劳动人民家庭出身的。有些人即使是出身于工人农民的家庭,但是在解放以前受的是资产阶级教育,世界观基本上是资产阶级的,他们还是属于资产阶级的知识分子。"①这种看法具体于文艺界,便表现为不大信任国统区作家甚至"亭子间"出身的解放区作家,并最终希望代之以"工农兵作者"。应该说,毛泽东希望从工农兵中培养"我们的教授""我们的作家"在逻辑上自有其合理性,困难只是在于技术难度委实太大:一是要求缺乏优良教育与文字素养的一线工人或农民经过"学习班"一类的训练掌握纯熟的文学技巧,在事实上很是困难,二是那些被党千方百计加以培养的"工农兵作者"一旦有所名声之后还真的愿意与工农取同一立场吗?也非常可疑。而在1970年代,当"工农兵作者"数以万计出现以后,这一问题就实实在在构成了"无产阶级文艺"的莫大焦虑。作为国家领袖,毛泽东已无暇顾及此事。但《朝霞》对此表现了热切的关注。

在1975年第3期的《朝霞》杂志上,上海市委写作组(署名"任犊")刊发了一篇题为《走出"彼得堡"——读列宁一九一九年七月致高尔基的信》的文章。此文给年轻的蔡翔以极深印象:"一个叫'任犊'的人写的文章,《走出'彼得堡'》,名字就很响亮,文章也做得雄伟。当然,后来这个名字没人招领。"②此文的"雄伟"在于作者由列宁批评高尔基久居彼得堡、为旧知识分子所"包围"的信引申开去,谈了一个"无产阶级文艺"难以摆脱的问题:

> 离开了阶级队伍,即便像高尔基这样的工人作家,无论出身多好,以往的历史多光荣,也无法战胜资产阶级,甚至无法抵御资产阶级对他本人的腐蚀和毒害。……解放后,我们党也曾怀着极大的革命热忱,培养过一批工农作者。他们的成长历程,至今人们还记忆犹

---

① 毛泽东:《在中国共产党全国宣传工作会议上的讲话》,《毛泽东文集》,第7卷,北京:人民出版社,1999年,第273页。
② 蔡翔:《七十年代:末代回忆》,《七十年代》,北岛、李陀编,北京:生活·读书·新知三联书店,2009年,第337页。

新(可惜他们中有的人自己却忘了)。……但以后,人所共知,修正主义文艺黑线向他们招手了,终于把有些人锁进了"受到那些满怀怨恨的资产阶级知识分子的包围"的"彼得堡"——作家协会。结果,几年下来,有的变修了,有的好一点,但也生上了霉斑。总之,要代表辛勤哺育自己的阶级说话,很难了。他们是怎么变的?世界上的坏事往往从不劳动开始。离开了劳动岗位,离开了三大革命斗争的第一线,自己又不警惕,不注意思想改造,实际上,已逐渐离开了作为一个工人的社会存在,"工人作家"里的"工人"二字,仅仅变成了一个形式上的点缀,或者变成了一种历史的问题。①

"任犊"谈到的"解放后"党培养的"一批工农作者"实有所指,比如刘绍棠、丛维熙等青年作家。"工农作者"不再为"辛勤哺育自己的阶级说话",的确是非常棘手。那么,何以如此呢?"任犊"归因于"资产阶级的包围":"刘少奇、周扬一伙那么起劲地鼓吹'三名三高',那么卑劣地用稿费、名利为钓饵来引诱一些工人作者,无非是想用资产阶级法权的罗网把工人从自己的阶级队伍里拉出来。"②此处所谓"资产阶级法权",主要是指"稿费、名利"。显然,"任犊"认为,"工农兵作者"在这样的"阶级的争夺战"中往往被"稿费、名利"所击败。"任犊"这篇长文是否在理呢?今天研究者往往以为未必。林宁认为:"文革时期写作没有稿酬,无利可图,批判三名三高,写作亦无名可图","《朝霞》凭什么集聚作者,激活创作,吸纳作品,主要靠的是文革的思想、文化主张"③。应该说,这一判断既准确又不太准确。的确,当时是批判"三名三高"、大致取消稿酬的,但这并不意味着写作在当时就沦为"无利可图"之事。《朝霞》创刊以后能吸引蜂拥而至的稿件,其实仍有名、利因素。对此问题,《朝霞》在后续讨论中说得比较明白:"文艺这个阵地,剥削阶级经营了千百年,向来占有很大的优势,无

---

① 任犊:《走出"彼得堡"——读列宁一九一九七月致高尔基的信有感》,《朝霞》1975年第3期。
② 同上。
③ 林宁:《论〈朝霞〉的文学生产范式》,《扬子江评论》2009年第5期。

产阶级要靠一两次革命运动把它改变过来,很难","随着气候条件的变化,文艺界往往会出现各种争名于朝、争利于市的怪现象。有的人穿着工人织的布,吃着农民种的粮食,却长期拿不出什么东西来为工农服务,而且无动于衷,却热衷于经营他的安乐窝;有的人坐吃'大锅饭',名为集体创作,不拿主意,不负责任,互相扯皮;一到有东西可捞的时候,什么宴请啦,排名次啦,则又把手伸得老长老长……即使是在踏上文艺阵地不久的新的作者队伍里,资产阶级的生活作风也时有反映。严重的甚至忘记了阶级的委托、胸中的大目标,争条件、争荣誉,用小生产的眼光来看待无产阶级对资产阶级的胜利,以为现在该轮到自己来'捞一把'了"。① 不难看出,当时一位"工农兵作者"倘若能够多得发表机会,虽不能获得稿费和广泛的名声,但可以在单位内获得升迁,有"东西可捞",如住房、休假、医疗等各种优待"条件"。而在当年,这类机会也是稀缺的。故而,即便在"三名三高"屡被批判的情形下,写作仍被视作快捷"发达"之道,引得"工农兵"趋之若鹜,蜂拥而至。

不过,"工农作者"背叛自己的阶级与资产阶级名利思想的"包围"真的存在果与因的关联吗?依刘绍棠而论,他之所谓"忘恩负义"实乃出于对社会主义现实主义的反思,与受稿费吸引并无太深关联。然而在1970年代语境中,讨论社会主义现实主义或"无产阶级文艺"的合法性无疑是不适宜的,而将背叛之因"绑定"到名利思想之上,既不乏事实上的若干联系,更是策略性转移。故而《朝霞》有关背叛阶级立场的焦虑即被简化为名利思想的包围而被反复"讨论"。在1975年第5期刊物上,任犊再次刊文称:"在我们的周围,资产阶级的牢笼,还多得很。资产阶级法权思想就是一个。有的人对这座牢笼羡慕得很,别人要冲出来,他却想钻进去……真正的革命的无产者,就必须冲破这座牢笼","在我们的队伍里,也有那么一些人,在旧轨道上走惯了,对周围的那些资产阶级霉菌已经失去了嗅觉。什么都习惯了,因而也就熟视无睹,正如古语所说的,'入鲍鱼之

---

① 方泽生:《学习无产阶级专政理论与改造文艺队伍》,《朝霞》1975年第5期。

肆,久而不闻其臭'"。① 方泽生也认为:"(老资产阶级)人还在,心不死,梦寐以求地希望我们这批文艺的新鲜血液,也变得象他们一样充满着铜臭与霉味,以挽救他们垂危的命运","整个社会主义时期,就是生长着的共产主义与衰亡着的资本主义相斗争的时期,经济基础与上层建筑各方面都有着旧的痕迹,因而不可避免地会产生新的资本主义毒菌。这是不足为怪的,但必须引起我们足够的警惕。文艺队伍中种种争名于朝、争利于市的恶劣行径,毫无例外地都是由于把文艺当作个人的事业。既然文艺是个人的事业,文艺作品也就变成了商品,可以拿到市场上去交换,可以变成猎取名利的'资本',到这一步,也就与腰缠万贯的资本家相去不远了"。② 这两篇同样出自上海市委写作组文艺组的文章,都将名利思想归结为"衰亡着的资本主义"的表现。

《朝霞》明确地将批判资产阶级法权思想列作新的"斗争形势":"怎样限制资产阶级法权,怎样同传统观念实行彻底的决裂,怎样缩小三大差别,怎样对资产阶级实行全面的专政,已经成为亿万工农兵群众的中心议题。社会主义的正气升上来,资本主义的邪气垮下去,革命的新生事物到处都在胜利地涌现。面对这样的斗争形势,我们的文艺难道可以置身事外、保持沉默吗?"③此种批判在 1975 年后续各期上延续。④ 其中,凌云的

---

① 任犊:《让思想冲破牢笼——学习列宁〈欧仁·鲍狄埃〉有感》,《朝霞》1975 年第 5 期。
② 方泽生:《学习无产阶级专政理论与改造文艺队伍》,《朝霞》1975 年第 5 期。
③ 《编者的话》,《朝霞》1975 年第 6 期。
④ 1975 年第 7 期上刊出了两篇批评文章。张辛豹说:"一个人如果总是绕着'我'字兜圈子,对名利耿耿于怀,讲什么没有功劳有苦劳,没有苦劳有疲劳,向党向人民伸手要地位要报酬,这就说明他把自己当作商品,争名于朝,争利于市了。已陷进了资产阶级思想泥坑,其结果一定是落得个可悲可耻的结局。"见张辛豹《"还有我"和"不是我"》,《朝霞》1975 年第 7 期。陈大康则将名利之徒称为"乖人":"只要还存在着阶级和阶级斗争,'乖人'们在世间就不会绝迹。出了阶级敌人之外,在我们的队伍中,也往往会有一些人由于不能摆脱资产阶级法权思想的束缚,把为革命而不计个人得失的高尚行为看作是'傻',而对那些所谓吃得开、兜得转、门路广、头子活络之类的'乖',则羡慕得不得了,一心想当上个'乖人'。其实,乖人不乖,在政治上完全是个糊涂人。刘少奇口口声声'吃小亏占大便宜',林彪鼓吹'诱以官,禄,德',这些全是为'乖人'们设下的钓饵。当'乖人'自以为做了乖事而飘飘然起来的时候,恰恰正是上了修正主义路线的钓钩了。"陈大康:《赞傻》,《朝霞》1975 年第 7 期。

批评矛头还指向苏联的坏榜样:"在苏修文艺界,奖金真可谓多如牛毛,什么'苏联国家奖'、'全苏工人题材优秀作品奖'、'国防部文学奖'、'卢纳察尔斯基文艺评论奖'、'列宾美术奖'、'格林卡音乐奖'、'斯坦尼斯拉夫斯基戏剧奖',等等,等等,简直是举不胜举。然而,这些名目繁多的奖金,每奖达几千卢布的数额,则是'牛毛'所不可比拟的了。苏联工人每个月的工资只不过六、七十个卢布,而苏修作家、艺术家的一次'外快'竟如此之大,他们的收入也由此可见一斑了","一方面进一步扩大差别,在文艺界培植一小撮新资产阶级分子、修正主义作家和艺术家;另方面则是以此为诱饵,'鼓励'作家、艺术家为勃列日涅夫的政治路线效劳"。① 这样的批评,多少能反映出当时毛泽东对于过度阶级分化社会的忧虑。毛泽东不但希望写作者不在经济上过于"脱离群众",而且希望他们和工农同心同德。而"同心同德"的可行方式,是保持他们的下层身份。因此《朝霞》克服"无产阶级文艺"的焦虑另一现实的举措,是倡导工农兵作者是"大众中的一个人":

> 队伍正在蓬勃向上,并不等于斗争已经结束。资产阶级思想无时不想包围我们这支队伍。我想,群众之所以把自己的队伍叫成"工农兵业余作者",而不简单地称作"工农兵作者"或者"业余作者",是要使自己的队伍体会到每个字都含有深切的叮咛。当有人潜心于"自己的事业",创造所谓"自己的"作品时,"工农兵"这三个字就在严肃地质问:"同志,你有没有忘记,创作是阶级的委托?"当有人一头扑入"大部巨著",几个月没有去摸劳动工具,"业余"这两个字就会亲切地提醒:"该到第一线去搞'三同'啦,为了永远做无产阶级中的一员,你手中不能只有一枝笔,更要有锤子、锋刀、枪杆。"当有人陶醉于所取得的一点成绩,追求起什么"家"的称呼的时候,"作者"会站到面前:"警惕!'作家'的称呼,属于另一条路线。"战斗吧,前进吧,工

---

① 凌云:《从"列宁奖金"谈起》,《朝霞》1976年第6期。

农兵业余作者!①

胡廷楣这篇文章刊出时,《朝霞》杂志距离停刊也仅余一个多月了。可见,在政治斗争最白热化的状态中,上海市委写作组和《朝霞》编辑部都未忘却"无产阶级文艺"这种时代性的焦虑。而"工农兵作者"是否背叛自己的阶级立场,严格地讲与激进派的政治利益并无直接的关联。这表明,《朝霞》在它前后将近三年的办刊史上,在附从于政治斗争的同时,也在很大程度上承担着"无产阶级文化"建设的任务。而这种文化,按照王晓明的说法,是对左翼文化的深刻继承,"是从一个被压迫者的立场看问题"的文化,而在《朝霞》以后的时代,这种文化被以"去政治化"的名义埋葬,进而整个社会发生了"持续向'右'转","变成一个对于弱势群体特别严酷的社会"②,以至于面对《朝霞》时,研究者很难意识到它还有怎样的"正面"资源。

---

① 胡廷楣:《"工农兵业余作者"这个称号》,《朝霞》1976年第8期。
② 王晓明、杨庆祥:《历史视野中的"重写文学史"》,《南方文坛》2009年第3期。

结论　文学报刊与当代文学之关系

当代文学报刊的"四重面孔"

较之"对'新文学'的发生,对现代文学流派的形成起到重要作用"①的现代文学报刊,当代文学报刊(1949—1976)声誉明显不佳。在今日研究者看来,它"由国家所控制、管理、实施监督"②,主要承担国家对于写作的"调节、控制","不可能拥有鲜明的特色"③。这种把当代文学报刊主要定位于政治"管理"的学术"共识"很易得到多种来源的支持——譬如毛泽东说,"各地党报必须无条件地宣传中央的路线和政策"④,韦尔伯·斯拉姆也说,社会主义国家"消除"了"出版和广播的谋利动机",使报刊"自由地尽其作为国家和党的工具的职责,而不是博取大众欢心的竞争者"⑤——但实际上,此种"共识"也不难被证伪。譬如,《天津日报》"文艺周刊"、《收获》杂志就很有"鲜明的特色"。倘若考虑到"社会主义改造"完成之前的报刊(如《小说》月刊、《文艺》月刊等),情况无疑更为复杂。不过,从细节上发掘一二逾出"共识"范围的个案并非紧要,最重要的是从整体上对报刊在当代文学发生、发展过程中所承担的角色与功能予以讨论。对此,学界已有关注主要集中在政治"监督"之上。这当然是正确的,但同时也是极不完整的——如果政治"监督"是当代文学报刊呈现给读者的重要"面孔"的话,那么它至少还有三重较少被人注意或完全不曾被人注意的"面孔"。

---

① 洪子诚:《中国当代文学史》(修订版),北京:北京大学出版社,2007年,第23页。
② 洪子诚:《问题与方法:中国当代文学史研究讲稿》,北京:生活·读书·新知三联书店,2002年,第206页。
③ 洪子诚:《中国当代文学史》(修订版),北京:北京大学出版社,2007年,第22—23页。
④ 毛泽东:《毛泽东新闻工作文选》,北京:新华出版社,1983年,第156页。
⑤ 〔美〕韦尔伯·斯拉姆等:《报刊的四种理论》,中国人民大学新闻系译,北京:新华出版社,1989年,第174页。

一 报刊与当代文学的认同生产

对于当代文学报刊的政治功能,洪子诚、王本朝、吴俊等学者已展开充分研究,此处不再赘论。值得进一步追问的是,它的另外三重"面孔"又各是何种样态呢?笔者以为,其第二重"面孔"可定位为文化认同生产。文化认同不同于政治"监督",后者实质在于生产某种关于特定政党或统治集团的认同与忠诚。此种政治认同生产是当年报刊的普遍追求,如它们大量讲述的有关党拯救人民和国家的故事,有效完成了新政权的合法性论证。文化认同则不同于此,它的重心在于生产一种肯定性的文化价值判断。政治认同未必普遍存在于国家每一种出版物内,文化认同生产则合理、普遍得多。对此,德国文化社会学家菲舍尔·科勒克的说法颇可以参考:"无一社会制度允许充分的艺术自由。每个社会制度都要求作家严守一定的界限","社会制度限制自由更主要的是通过以下途径:期待、希望和欢迎一类创作,排斥、鄙视另一类创作"。[1] 如果我们认为"纯文学"多半属于人为想象的话,那么我们就得承认诸如文化认同这样的功能是任何社会都会加予文学的"一定的界限"。而当代文学报刊作为有志于社会改进的党内或左翼知识分子所掌握的大众媒介,对此种功能无疑会更持主动姿态,自视为对社会理应承担的责任。那么,当代文学报刊承担了怎样的文化认同生产职责呢?

若欲厘清此一问题,则须涉及对毛泽东时代的整体理解。"文革"以后,知识界对此一时代持有负面的甚至极端的看法。但进入新世纪后,随着历史间距的延伸和问题视野的调整,部分学者的判断亦逐渐发生变化。如钱理群提出了有关"毛泽东时代"的"世纪遗产"问题,认为"毛泽东时代""已经形成了与特定的政治、经济体制相适应的自己的观念、哲学,自己的思维方式,心理结构,情感方式,伦理道德,行为准则",并已"成为集

---

[1] 〔德〕菲舍尔·科勒克:魏育青译,《文学社会学》,《现当代西方文艺社会学探索》张英进、于沛编,福州:海峡文艺出版社,1987年,第38页。

体无意识,形成了新的国民性"。① 不过,对于"中国式的社会主义文化"的具体内涵,钱理群言之不详。对此,甘阳认为:"毛泽东传统所推崇的最核心的基本价值就是'平等'",且其"平等""包含着经济、政治各个方面的含义"。② 韩毓海亦解释说:"毛泽东的平等与和谐社会,不是统治阶级和利益集团之间的均衡、和谐,而是广大劳动者大众与精英集团之间的平等;是耕者有其田,是'大道之行,天下为公',是占中国人口绝大多数的农民能够平等分享以土地产权为标志的社会财富和现代发展产生的好处。"③甘、韩两位学者的看法可能会遭到自由主义知识分子的驳议,但如果不历史地考察现实(现实中"平等"仅有限地实现),而只就其文化生产而论,可以说,"平等"的确是毛泽东力欲创造的"新文化"的关键词。革命以前,上层阶级与下层阶级之间的结构性失衡是冷冰冰的社会事实,权力阶级对等级秩序的维护与文化阶层在"最基本的人性的艺术"④的名义下对秩序的默认则是文化的真实。在此情形下,新政权采取了抑强扶弱的国策,一方面通过政策大规模抑制旧的精英阶级(如地主、资本家乃至知识分子),甚至冲击新中国成立后革命干部群体,另一方面,则力图提高工人、农民等旧的下等阶级的经济地位与政治地位。应该说,虽然付出了深度伤害旧的社会精英的代价,但毛泽东并未真正撼动社会的权力结构(权力顶端则经重新"洗牌")。不过,作为理想的价值诉求,与下层阶级有着直接利害关系的"平等"的确严重冲击了各式精英孜孜以求的"自由"理念,成为"毛泽东时代"文化认同的核心。

显然,文学报刊在平等主义的文化认同生产中承担了至关重要的作用。恰如罗杰·西尔弗斯通所言:"媒介有能力调动起神圣的力量,有能

---

① 赵园等:《20世纪40—70年代文学研究:问题与方法》,《中国现代文学研究丛刊》2004年第2期。
② 甘阳:《用中国的方式研究中国 用西方的方式研究西方》,《现代中文学刊》2009年第5期。
③ 韩毓海:《"漫长的革命":毛泽东与文化领导权问题(上)》,《文艺理论与批评》2008年第2期。
④ 梁实秋:《文学是有阶级性的吗?》,《新月》1929年2卷6—7号。

力创造出人类学家称为'共同体'的东西"①,当代文学报刊承担了创造平等的文化"共同体"的责任。无疑,这种创造面临巨大困难:因为"平等"在中国过去,既非上等阶级的价值理念,甚至也不为下等阶级所认同。中国民众,无论贵贱贫富,汲汲以求者,其实还是不平等结构中的优势位置。周作人早年曾言:"中国有'有产'与'无产'这两类,而其思想感情实无差别,有产者在升官发财中而希望更升更发者也,无产者希望将来升官发财者也,故生活上有两阶级,思想上只有一阶级,即为升官发财之思想。"②此说虽挟有"五四"式的愤慨,然而并不太脱离事实。甚至在革命中受惠的下层农民,一旦有机会"翻身"甚至致富,就不再那么热衷"平等"了(可参见《李有才板话》《铁木前传》等小说)。这种"思想上只有一阶级"的特点使革命前的文化与"平等"格格不入。恰如论者所言:

> 一个社会的占统治地位的思想(它的法律、政治、宗教等形式)是统治阶级的思想。这些思想被用来操控一个不平等和不公正的系统并使之永久化。在这一策略中,文化成了社会的一个支撑物,并使现存的事物秩序合法化。③

革命前的中国社会尽管包含"不平等和不公正的系统",但民众不满的多是自己在系统中的弱势位置,而非系统本身。他们或许希望借助革命改变命运,甚至在"不平等和不公正的系统"中成为新精英(譬如干部),但未必有兴趣改变规则。也就是说,在价值观念上,以财富、权力为标准的等级文化实际上是社会长期的"共识"。而"平等主义"更多是小概率地存在于部分仁人志士和下层民众头脑之中。所以,当代文学报刊要把"平等"讲述成时代的肯定性价值非常困难。

---

① 〔英〕罗杰·西尔弗斯通:《电视与日常生活》,陶庆梅译,南京:江苏人民出版社,2004年,第30页。
② 周作人:《爆竹》,《语丝》1928年第4卷第9期。
③ 〔英〕阿雷恩·鲍尔德温等:《文化研究导论(修订版)》,陶东风等译,北京:高等教育出版社,2004年,第27页。

从 1949 后文学报刊的实际情形看,它们在此方面还是取得了相当功绩。这表现在它们在组织、编发各种文学故事时有意植入了与"平等"有关的两个生产性概念:一、尊严;二、劳动。其中,尊严指下层阶级作为"人"的地位的初步确立以及由此衍生的主体意识。在此前文化中被忽略或被俳优视之的下层民众,在当代文学报刊中,其"被侮辱被欺凌"的人生获得叙事的尊重(如《金锁》,淑池著,刊《说说唱唱》1950 年 3—4 期)。甚至,作为新的国家公民,他们还走向了建设的前方(如《新结识的伙伴》,王汶石著,刊《延河》1958 年第 11 期)。可以说,无论是讲述历史还是再现现实,"尊严政治"都是当代文学报刊的"主导概念"。汪晖认为:"20 世纪的理想和社会主义时代真实的成就""不仅是经济的成就,而且也是工人和农民在这一实践过程中曾经获得的——也是并不稳定的——尊严感。"① 这其中实实在在有着文学报刊的重要劳绩。不过不难料想,缺乏大众共同尊重的财富和权力,衣衫简陋、谈吐欠缺风姿的农民的尊严和主体感又如何能够赢得来源纷乱的读者的内心认可?在这方面,当代文学报刊亦有其独特的创造——它有计划地、普遍地讲述了"劳动"的价值。对此,蔡翔在分析《改造》(秦兆阳著,刊《人民文学》1950 年第 1 卷第 3 期)等小说时认为:"在中国的乡土社会,'劳动'一直被视为个人的一种'美德'。个人通过自己的劳动获得相应的生活资料,不仅受人尊重,而且在根本上维持了费孝通所谓的中国乡土社会的'礼治秩序',也是所谓'内足于己'的德性政治的生活化表征","(在社会主义文学中)'劳动'作为某种'美德',或者某种'德性'的显现,不仅被用来重新塑造中国的乡土社会,也被用来改造包括地主阶级在内的乡村农民"。② 这是富有启发意义的论断,不过尚可进一步分辨。诚然,在乡土社会,"劳动"作为"美德"标准的确存在,但又是"弱传统"——一个缺乏财富与权力的农民,即便善于劳动,也只能居于社会下层。然而长期劳动、精于劳动又几乎是农民在权

---

① 汪晖:《别求新声:汪晖访谈录》,北京:北京大学出版社,2010 年,第 371—372 页。
② 蔡翔:《革命/叙述:中国社会主义文学—文化想象(1949—1966)》,北京:北京大学出版社,2010 年,第 245 页。

力社会中的唯一资本,革命和新政权若真欲激发农民、工人等阶层的尊严感和主体意识,恐怕这还只能是唯一的"入口"。所以,尽管劳动从来不是大众读者喜阅之事,但当年报刊还是响应文艺管理部门的要求,长期、有计划地提倡"劳动"。1957年春,新近创刊的《诗刊》的主编臧克家在致周扬函中明确表示:"关于劳动主题的作品,我们一定遵从您的意见,大力组织。"①而且,文学报刊在叙事中还把"劳动"与个人成长、国家主体塑造巧加叠并,造成了有关"劳动模范"和"新英雄形象"的类型化生产。这类有关劳动的"组织"不但见于《人民文学》《文艺学习》,而且还见于《大众诗歌》《文艺生活》等同人刊物。不仅见于新中国成立初的杂志和副刊,甚至也见于"文革"期间的"帮派"刊物,如《朝霞》和复刊以后的《人民文学》。此处略引一段《朝霞》上的小说原文:

> 一进料房,朱红勒上袖管,戴上橡皮手套,就利利索索地干起来了。台上放着三只钵头,她按个舀上料,又把起先理清的那绞纱劈成几小支,取了一支套在蓝玻璃棒上,放在第一个钵头里均匀地把纱提上放下。"到时!"小红对自己下了命令,然后果断地把纱拎出水面,纱染上了一层黄色。她笑了。根据经验她看得出来是够标准的。接着,她又拿了一支纱放入第二只钵头。到时拎出来,却变成乌黑的了。小红脸上喜悦的光采消失了,她目不转睛地盯着几丝发蓝的色花,眉头动了一下。"只准赶上进口料,不准落后!"小红咬了咬嘴唇,适当调整了碱用量,又敏捷地将第二支纱投入钵头,仍然剩着几丝发蓝的色花!朱红额头冒出晶莹的汗珠。②

这样的凸显着"劳动"价值的故事,虽然在"文革"结束、财富与权力重新夺回其在文化价值中的结构性位置以后不再有人问津,但在1950—1970年代,它们确实提供了"象征、神话以及个体借以构建一种共享文化的资

---

① 臧克家1957年4月27日或5月27日致周扬函,见徐庆全《名家书札与文坛风云》,北京:中国文史出版社,2009年,第154页。
② 朱勤甫:《攻"关"》,《朝霞》1974年第3期。

源,而通过对这种资源的占有,人们就使自己嵌入到文化之中了"①。如果说,中国当代文学正在不可逆地流失"普通劳动者"的立场和感觉,那么1949—1976年间文学报刊通过劳动、尊严的讲述而产生的平等的文化诉求,就可谓是一份可珍藏的"文学史记忆"。

不过,以"平等主义"重新讲述从来不曾平等的历史与现实,必然带来否定与排斥。恰如英国媒体学家所言:"建立民族国家包括消除芜杂,去除或是说排斥危及民族感情'清纯度'的因素"②,那么,哪些人、事会成为社会主义"新文化"创造中的"芜杂"呢? 这包括两层:1. 在现实中被抑制的旧式精英;2. 劳动者自身与"正面假象"并不一致的部分日常的欲望。这两层"排斥"在当代文学报刊中非常明显,如《文艺报》对《神龛记》《金锁》《来访者》《辛俊地》,《人民日报》对《美丽》《改造》等作品的批评。在周蕾看来,这种种排斥又是新文化认同生产的必然,是"帝国主义强加于一个'落后'民族的遗产的一部分","像许多处在帝国主义时代的国家一样,中国人在二十世纪初要摆脱最终会遭到毁灭命运的唯一选择就是'走向集体',生产出一个'民族文化'来",它"不可能是没有附带任何精神症状的"。③ 这种以排斥旧式精英和部分日常欲望为"标志"的"精神症状",与五四文学排斥"旧文化"(多以农民作为"病理标本")、古典文学"遗忘"下等阶级的特点并无二致,实皆不同时代文化认同生产的需要。不过由于今天知识者对"平等主义"认同所排斥的旧式精英存在感情、价值上的"十指连心"之痛,所以往往不能承认此种认同生产的合理性,甚至将之直接混同于政治意识形态控制,致使当代文学报刊的文化"面孔"暧昧不清。

---

① 〔美〕道格拉斯·凯尔纳:《媒体文化》,丁宁译,北京:商务印书馆,2004年,第1页。
② 〔英〕戴维·莫利、凯文·罗宾斯:《认同的空间:全球媒介电子世界景观和文化边界》,司艳译,南京:南京大学出版社,2001年,第31页。
③ 〔美〕周蕾:《写在家国以外》,香港:牛津大学出版社,1995年,第78页。

二 报刊与当代文学的观念及趣味

当代文学报刊的第三重"面孔"则比较容易识别。尽管洪子诚认为1949年后"以杂志和报纸副刊为中心的文学流派、文学社团的组织方式结束了"①，但这并不等于说，当年报刊囿于《讲话》完全没有自己内在的文学观念与审美趣味。相反，这恰恰是报刊最为重要的"面孔"。不过在不同报刊个案上，此"面孔"可能会体现为不同的成分。但由于启蒙主义研究模式中"'官方'与'民间'，'主流意识形态'与'非主流意识形态'，'国家权力话语'与'个人话语'等'对立项'的概念"带来的"很大的妨碍"②，许多研究者只能、只愿发现两种被他们理解为"二元对立"的文学观念。而纵观当年报刊，至少有四种文学"成分"存在其中，而某些"成分"内在的复杂性甚至"胀破"了启蒙模式的框架。

其一，是周扬据《讲话》而阐发的"新的人民的文艺"。当时几乎所有报刊都对《讲话》表示拥戴，但真正能落实"新的人民的文艺"的要求的，主要还是机关刊物。以《文艺报》为代表的机关刊物通过"组织"作品与批评实践，在"重要"题材、"正面假像"、阅读趣味与批评标准等方面，在1949—1952年间以较快速度形成了"新的人民的文艺"的基本"成规"。不过，即使是机关刊物，也很少有自始至终、彻彻底底践行了这些"成规"的。更复杂的是，"新的人民的文艺"其实是以延安文艺为"样板"的，而在"老解放区文艺"内部，延安也并不完全是"普适性"的。对此，启蒙研究者有关"解放区文艺"的同质化思维同样是"很大的妨碍"。其实，抗战时期全国大小根据地达二十余个，延安缺乏条件对所有根据地进行文化"整合"，亦难以在延安以外开展令知识分子"刻骨铭心"的"整风""抢救"运动，这使"老解放区文艺"内部衍生出不可小觑的差异，甚至冲突。这从新中国成立初

---

① 洪子诚：《问题与方法》，北京：生活·读书·新知三联书店，2002年，第206页。
② 赵园等：《20世纪40—70年代文学研究：问题与方法》，《中国现代文学研究丛刊》2004年第2期。

年由前新四军作家主编的几份刊物上可看得分明——《光明日报》"文学评论"双周刊、《文艺》月刊、《文艺月报》——它们对"新的人民的文艺"的设想,与延安文人(实为八路军系统)主编的刊物实在是大有区别。如果说"文学评论"双周刊阐释的"新现实主义"与社会主义现实主义或相去未远,那么《文艺》月刊则确确实实有"坚持列宁的文艺原则"、对《讲话》暗自不敬的嫌疑。而《文艺月报》更明确反对"普及"方针。尤其是,这几份刊物都对作品中表现"人性"显示了异乎寻常的兴趣。《恩情》《兄弟》《柳堡的故事》这些刊载在《文艺》月刊上的小说,都很"不小心"地把革命弄成了传统伦理的对立面。譬如,为了革命,母亲间接地杀掉了自己的儿子(《恩情》),为了革命,弟弟直接射杀了自己的兄长(《兄弟》)。面对《白毛女》这种将革命逻辑有效地"嫁接"到民间伦理逻辑之上的经典延安文本,《文艺》月刊的"编辑哲学"无论有意还是无意,都是不那么"和谐"的。比较起来,《天津日报》"文艺周刊"倒是由前八路军作家主持并支持的(如孙犁、方纪、康濯、萧也牧等),它不"赶任务","欢迎有生活、有感受","切切实实的文艺作品"①,且编辑、作者、读者之间津津乐道、反复讨论的都是些怎样处理细节、怎样描绘场景、怎样把握人物心理之类的"技巧"问题。而《说说唱唱》编者赵树理无疑是"新的人民的文艺"最"合法"的代表者,然而在他看来,《文艺报》也好,《人民文学》也好,它们刊登的"欧化"的小说或新诗究其实"只在极少数人中间转来转去"的"交换文学"②,"新的人民的文艺"理当"以继承民间文学传统为主"③。于是《说说唱唱》便以"人民"喜爱的单弦、快板、快书、大鼓、相声、坠子等曲艺作为叙事形式。但《文艺报》屡屡发表对曲艺"既不会,同时又很讨厌"④的评论家的文章,指责《说说唱唱》"歪曲劳动人民","看不到……有什么反抗,对地主有

---

① 孙犁:《我和〈文艺周刊〉》,《远道集》,天津:百花文艺出版社,1984年,第121页。
② 李普:《赵树理印象论》,《长江文艺》1949年创刊号。
③ 《赵树理小传》,《赵树理研究资料》,黄修己编,太原:北岳文艺出版社,1986年,第5页。
④ 彭斐:《舒乙谈老舍与赵树理的友谊》,《中国赵树理研究》2010年第1期。

什么憎恨,有的只是对地主的羡慕"。① 这种种差异、互不"服气"甚至相互冲突的状态②,构成了"新的人民的文艺"内部的多质性。遗憾的是,当自赏于"独立精神"的启蒙研究者将该时期文学贬斥为"政治宣传读物"③时,当代报刊文学"面孔"之内"新的人民的文艺"如此之多的"细纹""沟壑"就都被无声地"抹去"了。

其二,是左翼传统(或曰"鲁迅传统")。当年周扬在第一次全国文代会宣布"毛主席的《文艺座谈会讲话》规定了新中国的文艺方向","除此之外没有第二个方向","如果有,那就是错误的方向"④时,他之料想中的"错误的方向"恐怕包含"鲁迅的方向"。但事实比周扬的料想更为"严峻":1949年后,相当部分的"同路人"作家和解放区作家对"鲁迅的方向"是难以割舍的。何以如此? 一方面,因为无论延安文学还是左翼写作,都承续了鲁迅对于现行秩序的怀疑、破坏的精神,并通过新/旧(或压迫/剥削)的叙事编码将自己所不满的秩序非法化,进而放逐到"过去"。这种充满正义的异议性写作构成了这些作家自我认同的基础。然而新中国成立后,面对这种以"否定性的破坏力量"⑤为特点的文学传统变得"不合时宜"而政权合法性论证上升为文学任务的新局面,许多作家心理上难以适应。另一方面,革命(左派)胜利并不意味着理想全部变为现实,相反,"革命的第二天"的问题几乎第一时间出现。恰如雷蒙·阿隆所言:"左派形成于对抗当中","它揭露某种社会秩序像所有人类现实一样不完美","但

---

① 邓友梅:《评〈金锁〉》,《文艺报》1950年第2卷第5期。
② 前新四军作家主编的几份刊物大都遭际"坎坷",《光明日报》"文学评论"双周刊屡次批评延安作家,并与《文艺报》发生持续论战。1951年11月被迫停刊,主编王淑明在《人民日报》上作公开检讨。南京文联主办的《文艺》月刊也在1951年12月"无疾而终",各方面均未给出有说服力的解释。《文艺月报》虽安然度过1950年代(1959年易名为《上海文学》),但它的最初负责人、前新四军作家刘雪苇却在创刊半年之后就被解除了编委职务。
③ 陈思和、张新颖:《关于中国当代文学史的几个问题》,《当代作家评论》1999年第6期。
④ 周扬:《新的人民的文艺》,《中华全国文学艺术工作者代表大会纪念文集》,北京:新华书店,1950年,第70页。
⑤ 〔日〕柄谷行人:《日本现代文学的起源》,赵京华译,北京:生活·读书·新知三联书店,2003年,第3页。

是,一旦左派取得了胜利","成了反对派或反革命派的右派亦能够毫不困难地指出,左派代表的不是与权力对立的自由或特权者对立的人民,而是一种与另一种权力对立的权力,一个与另一个特权阶级对立的特权阶级"。① 这两重因素导致"鲁迅的方向"在当代文学报刊中酿出新的文学"成分"——对革命及其文学的疏离与自我质疑。这又有两类表现。第一,"旧知识分子"主编的少数同人刊物疏离政权合法性论证的新要求,并有意对抗日渐政策化的"延安化"趋势。如靳以主编的《小说》月刊对《讲话》的"政治标准第一"的批评"成规"有所疏离。它对稿件的要求、对作品的分析都侧重于艺术质地。《文艺劳动》《起点》甚至1957年才创刊的《收获》杂志,也都不配合当前政治,排斥意识形态批评和"善于捕捉风向、呼应权威批评的'读者'"②,以知识分子主体性为明显特征的左翼风格在此类报刊上得到赓续。第二,左翼传统在机关刊物内部"复活"。如《文艺报》在冯雪峰主编时期发动"新英雄人物讨论",讽刺无"落后"之累的先进人物为"无本之木"③,《人民文学》也呼应称当时作品中的人物"太'典型'了,'典型'的像死人一样,毫无活人气息","都是按主观的概念而活动的结果"。④ 这些讨论明显是在质疑"新的人民的文艺",而努力将左翼"国民性改造"思想熔铸其中。及至"鸣放"时期,文学报刊一片"解冻"朝气,"鲁迅风"杂文蔚为大盛。《人民文学》《文艺学习》《文艺月报》《北京文艺》《文艺报》几乎悉数"变脸",对作为"新的人民的文艺"理论根基的社会主义现实主义频频挑战,提出《讲话》在很大程度上只是"指导当时文艺运动的策略性理论"⑤,表现了强烈的突破《讲话》、重建左翼乃至"五四"批判现实主义传统的变革企图。这种"重返左翼"的文学"成分"到1960年代初期一度又构成报刊文学"面孔"的主要内容。

---

① 〔法〕雷蒙·阿隆:《知识分子的鸦片》,吕一民、顾杭译,南京:译林出版社,2005年,第16页。
② 洪子诚:《中国当代文学史》(修订版),北京:北京大学出版社,2007年,第25页。
③ 李晴:《这是脱离生活的结果》,《文艺报》1952年第11、12期。
④ 丁玲:《要为人民服务得更好》,《人民文学》1952年第6期。
⑤ 刘绍棠:《我对当前文艺问题的一些浅见》,《文艺学习》1957年第5期。

其三,是自由主义传统。自由主义知识分子尽管欣悦于民族国家的独立,但他们中的不少人对中国共产党的政治实践与治国方略是缺少了解的。更令人遗憾的是,新中国成立后,一方面在兑现其富国强兵的民族梦想,另一方面则的确以"无产阶级专政"加强了对知识阶层的管理。这使前自由主义者往往不能适应,甚至在"盛世遗民"的现实处境中重新思考社会主义及其文学。他们掌握、影响的文学报刊因此包含较浓的自由主义"成分",对"新的人民的文艺"屡示"不同意见"。如《文汇报》"笔会"副刊讽刺延安理论家陈荒煤提倡的"新英雄人物"创造方法为万能"配方":"难道说:这个药方竟是这样神奇、竟适用于一切'新的成长的革命的人'?""这决不是社会主义现实主义的文艺理论!这种把生活看成是一种静止不动的、僵化的,既无运动,也无千差万别的变化的凝聚物,而且企图把它规定在几条枯干的公式里的做法,无非是形而上学的纯粹抽象概念的游戏罢了。"①与此相应,《光明日报》"文艺生活"周刊为"劳动知识分子"争取文学权益,《大公报》"文艺周刊"与《文艺报》展开有关批评方法的"对话"。其中,受 1940 年代"第三条道路"代表人物费孝通影响的《新观察》杂志,则选择了"忠诚的批评者"的编刊道路,频频批评新的文学体制中"外行领导内行"的问题②,讽刺延安在作家高薪制、高稿酬制度下的"蜕变",如诱奸妇女,以"偶像""破灭"为理由抛弃妻子③,等等。不过,此类报刊上的批评与质疑,往往被启蒙研究者"打包"到"非主流意识形态"之中,而与"同路人"作家甚至解放区作家主编的报刊相混同。其实二者区别颇大。"重返左翼"的文人们实皆"革命之子",并不从政治理念上批评革命,而前自由主义者尽管时时节制自己"从概念上就反对"的情绪,但机会"合适"时也不时"流露"出来,如《新观察》连载刊出的《重访江村》和未能如愿刊出的《北大学生在闹事吗?》等文章,就明显表现出了对新政权

---

① 吴韦言:《要做具体的工作!——读于晴同志的〈文艺批评的歧路〉一文有感》,《文汇报》1957 年 5 月 15 日。
② 周围:《"活报剧"两出》,《新观察》1956 年第 18 期。
③ 刘加林:《离婚案初审记》,《新观察》1955 年第 5 期。

计划经济政策的否定和对现实政治的介入意图。这种自由主义"成分"在报刊的文学"面孔"中不算突出,但也切不可混同于"革命之子"的自我反思。

其四,是"旧文学"的传统。严格地讲,在1949年前诗、词、曲、赋等就已被"驱逐"到体制之外,但新中国成立后两重因素仍为"旧文学"在文学报刊中赢得一席之地。一是"旧文学"本身并未绝灭,一直在上层知识分子中间以私人交游方式存在,二是"旧文学"意外获得一笔巨大权威资源——新的政治领袖们多雅好诗词。这为"旧文学"重返公开的文坛开辟了渠道。《光明日报》"文艺生活"周刊和《诗刊》不时刊发旧体诗词,《文汇报》"笔会"副刊和《光明日报》"东风"副刊则大规模地发表。这些诗词或许爱国,但其间"遗老"群至的氛围、"盛世遗民"的寂寞、讥时讽世的伤痛,显然与"新的人民的文艺"相去甚远。但这并不意味着报刊会为自己的"旧文学"成分而深自不安。恰恰相反,在"民族传统"的名义下,它们(如《光明日报》"文艺生活")还数度主动发起与新诗的论战,为"旧诗"争夺文学史地位和现实文学资源。

上述四种文学"成分"并不能完全概括当代文学报刊第三重"面孔"之下所有的文学观念与审美趣味(如天津《星报》、上海《大报》和《亦报》还另外承载了鸳蝴文学趣味),但它们在同一刊物内交替或混杂的存在表明两点:其一,尽管社会主义传播模式"将排斥其他的或各种有抵牾的观点当做一种政策问题"①,但不同文学观念之间的冲突、摩擦和整合,则是文学报刊逼真而私隐的"故事";其二,报刊的文化"面孔"相对单纯,但其文学"面孔"则复杂、纠结得多。

三 报刊与当代文学的人事纠葛

至此,政治"监督"、文化认同、差异性的文学诉求这三重"面孔"是否

---

① 〔英〕尼克·史蒂文森:《认识媒介文化——社会理论与大众传播》,王文斌译,北京:商务印书馆,2001年,第26页。

穷尽了当代文学报刊的全部复杂性呢?倘这样想,就可谓不甚了解中国社会。凯尔纳的说,"媒体确实操纵了人们,可是人们也操纵和利用了媒体"①,这番意见可谓意味深长。据笔者的阅读经验,许多时候刊物刊载一篇意识形态批评或发表一篇"反动人物"(如"走资派")故事,其实际目的并不在于以上三点,而只在于"操纵和利用"报刊以便打击、报复"异己"。这意味着,当代文学报刊还有第四重"面孔"——不关政治信仰,不关文化认同,甚至不关审美趣味,而只是或主要是势力争斗的工具。那么,何为势力呢?在中国古代,其实称为"朋党","指同类的人为自私目的而至相勾结","后专指士大夫各树党羽,互相倾轧"。② 在现当代文学研究中,更多以"宗派"来命名。不过,在当代文学中,这种主要以共同利益(兼带一定的共同思想基础)而结成的非正式团体,早已不再具有"宗派"概念内含的宗族、血缘色彩,而"朋党"概念也已在现实中消失,故我们采取西方政治学习用的"派系"概念来称呼这种非正式的势力。

这种非正式的社会力量在中国的存在是漫长而必然的。一方面,在传统中央集权制下,政治权力是一切利益的根本来源,全社会充满了对权力的高度崇拜与竞逐。另一方面,在集权制度下,权力高度集中于皇帝或具体机构的最高长官私人手中,个人必须通过各种私人关系("人脉")才能有效保护自己、发展自己,"如果在仕途上孤立无援,独往独来,毫无背景,毫无依托,就难以在错综复杂的政治斗争中保住权位","官运亨通也与他无缘,甚至连性命也难保"。③ 于是,以同宗、同门、同乡、同年等非正式的血缘和类血缘关系为基础的派系,长期而普遍存在于中国传统社会。新中国成立后,由于单位制度的实行,此种现象仍然存在(但血缘基础大致消失)。恰如罗斯·特里尔所说:"派别斗争在中国就像美国的苹果馅

---

① 〔美〕道格拉斯·凯尔纳:《媒体文化》,丁宁译,北京:商务印书馆,2004年,第184页。
② 《辞海》,第3438页,上海:上海辞书出版社,1965年。
③ 李金河:《论中国封建社会朋党交恃的社会文化渊薮》,《中央社会主义学院学报》2000年第2期。

饼那么普遍。"①置身于这样的社会现实中,当代文学报刊不可能脱身事外。一方面,在单位体制下,私人不能办刊,刊物(尤其是高级别机关刊物)就成为"奇缺资源"。另一方面,当年文坛存在多种彼此矛盾甚至对抗的文学力量,如胡风派、丁玲派、周扬派乃至围绕江青而形成的激进文人派别,彼此都将报刊视作势在必得的文学资源。所以,争夺主编权、"操纵和利用"刊物一类行为,就成为当代报刊的"日常经验"。

遗憾的是,今天的启蒙研究者几乎没有考虑到这重"面孔"。他们总是单纯地将报刊解读为观念("主流意识形态"或"非主流意识形态")的载体,而很少意识到报刊同时还处在复杂的权力关系与利益纠葛之中。这种"派系主义"的"面孔"是当代文学报刊研究至今尚未充分意识到的问题,然而早在1951年,周扬、丁玲就公开批评这一现象了。②但轻描淡写的批评不起作用。刊物"单位化"的体制,人以派分的现实,往往会将刊物导向"派系主义"的泥潭。而严斥"小集团倾向"的丁玲本人就是新中国成立后刊物派系化的主要"推动者"。在她主编《文艺报》期间(1949年9月—1952年1月),《文艺报》固然是在中宣部领导下提倡党的文艺思想的阵地,但它又何尝不是丁玲(以胡乔木为幕后支持者)表达个人意气的有效载体?譬如《文艺报》集中批评有"方向"之誉的赵树理,借《武训传》事件反复影射夏衍、不点名地围攻这位"上海市文艺领导同志",显然与中宣部没有什么关系。这种"操纵和利用"文学报刊的事例——如果我们愿

---

① 〔美〕罗斯·特里尔:《江青正传》,张宁等译,北京:世界知识出版社,1992年,第176页。
② 在1951年12月召开的北京文艺界整风动员大会上,丁玲批评当时"有些文艺团体存在着非常恶劣的庸俗习气。某些同志在处理问题时不是从政策、原则出发,而是以一种难以容忍的庸俗方式如所谓'友情'、'团结'或'自尊心'、'面子'等等来代替它,他们没有认识文学艺术等事业是工人阶级革命事业的一个重要部分,他们不认为文艺事业是集体的事业,除了国家和人民的利益之外,再也不能够有任何其他的利益,而把它庸俗化或视为个人的或小集团的利益",更直接批评"个别的刊物还有小集团倾向","譬如《人民戏剧》头几期,就用了许多篇幅来登主编人的作品。后来《人民戏剧》主编换了中央戏剧学院的人,则又大半是戏剧学院同志的稿子了"。见丁玲《为提高我们刊物的思想性、战斗性而斗争——在北京文艺界整风动员大会上的讲话》,《人民日报》1951年12月10日。

意梳理的话——在 1949—1976 年间实在是司空见惯。"周扬派"接手以后的《文艺报》在此方面一仍其旧自不必论，有些不太知名的小的报刊亦是如此，如《文汇报》"文学界"周刊。一份来自"反胡风运动"的批判材料称：

> 刘雪苇当时身为党委文艺处长，却不按照上级的指示正确展开运动，而按照反革命头子胡风的指示，组织胡风反革命集团分子乘机集中力量向党的文艺领导进行攻击。运动开始，先是胡风分子罗洛、耿庸、方典（即王元化）、罗石（即张中晓）等人在胡风分子之一梅林所主编的《文汇报》副刊"文学界"上发表文章，异口同声别有用心地说……《武训传》批判应该只是追究行政责任问题。从这个恶毒的用心出发，胡风反革命集团对上海文艺领导进行了连续的人身攻击。①

这份材料有些是罗织之辞（如"按照反革命头子胡风的指示"云云），有些则是白纸黑字的事实，如罗洛、耿庸、方典等于《武训传》批判尾声在"文学界"副刊发表的文章。《武训传》的拍摄、放映与夏衍本无关系，但因夏衍是上海文艺界负责人，所以他在批判中不得不出面承担责任，以在《人民日报》公开检讨上海文艺工作"思想工作的薄弱、自由主义庸俗习气的浓厚、事务主义的纠缠"②、毛泽东点头称许告终（未成行政处理）。但在此前后，与夏衍宿怨甚深的胡风派诸作家却借此"扩大"事端，制造"舆论"，希望将夏衍"掀"到台下。于是，在夏衍公开检讨之前，《文汇报》"文学界"副刊便被梅林、罗洛、耿庸等"利用"成了对夏衍"落井下石"的工具。如耿庸声称，《武训传》的错误在上海早有人察觉，却遭到阻止，"负责同志"（实指夏衍）"不仅是以他们自己的错误认识影响了别人"，"并且也一定产生了正确批评的被阻碍的客观效果的"，耿庸还指责"人人有责"之说转移了

---

① 于寄愚、刘溪、陈海仪：《揭露胡风在党内的代理人刘雪苇的罪恶行为》，《文艺月报》1955 年第 6 期。

② 夏衍：《从〈武训传〉的批判检讨我在上海文化艺术界的工作》，《人民日报》1951 年 8 月 26 日。

批判注意力,"耽误了对待《武训传》所必需的严肃认真的思想论争的全力进行罢了"。① 夏衍从《武训传》事件安然脱身以后,胡风派仍不甘心。张禹将一篇名为《读夏衍同志关于〈武训传〉问题的检讨以后》的文章投到《文艺报》,明确要求就是要呼吁追究夏衍的行政责任。而当时《文艺报》主编丁玲也在对周扬及其追随者发难,所以很快将该文刊发于《文艺报》1951 年第 5 卷第 4 期。当然,倘若只看文字,这些文章似乎也是正常批评。但深入研究胡风派的李辉并不如此认为:"夏衍遇到麻烦,对于在上海的胡风的一些朋友,恰恰是一次极好的机会","耿庸他们看到,夏衍等依然控制着上海的局势,在竭力把批判对象转移,以减轻自己的压力,而他们却正是要借这场批判,给夏衍施加压力"。② 这里面非常值得思考的是,上海胡风派作家和"文学界"副刊其实并不太认同《讲话》,对意识形态批评更是讥讽有加,但一旦可以借以打击异己势力,他们也不惮于满口意识形态。遗憾的是,这种"思想和'再现体系'""被相互竞争的群体用来争取其利益的话语'弹药库'的组成部分"③的情形,几乎覆盖了当年三分之二以上的报刊。新四军出身的王淑明主编的《光明日报》"文学评论"双周刊也不能免除此累。作为周扬的早年故人和现任下属,王淑明在"文学评论"上刊发的齐谷的文章,怎么看,都在像故意"抹黑"丁玲。齐谷认为,丁玲在《太阳照在桑干河上》中的人物描写是失当的,譬如"对李子俊老婆的某些描写,就可能多少给人一个可怜的印象","也过多地表现了钱文贵家庭内部的矛盾,因而多多少少冲淡了钱文贵作了地主阶级的代表的意义",而对干部的描写也是失当的,譬如对于文采(当时颇有文采乃是影射周扬的议论)"是作了相当夸张的描写的","这样的人物,在经过一定时期的革命锻炼的知识分子中间,应该说是个别的。作者着力地描写了这样一个人物,而又把安置在工作团的领导者的地位,应该说是很不适当

---

① 耿庸:《论诚实和负责》,《文汇报》1951 年 6 月 4 日。
② 李辉:《胡风集团冤案始末》,北京:人民日报出版社,1989 年,第 82—83 页。
③ 〔美〕詹姆斯·卡伦:《媒体与权力》,史安斌、董关鹏译,北京:清华大学出版社,2006 年,第 301 页。

的"。① 尤其令丁玲不能忍受的是,此文动辄引用周扬言论,还屡以周扬派小说家周立波的《暴风骤雨》作为标准,认为《太阳照在桑干河上》在干部、农民和工作团描写三个方面全方位地"不及"《暴风骤雨》。这是迥异时论的论断?还是心计颇深的派系之见呢?实在不难判断。

不过,"文学评论"双周刊也好,"文学界"副刊也好,"羼杂"人事矛盾的程度并非最严重的。有些刊物自创刊至停刊可以说始终都泥陷其中而不能自拔,甚至无意自拔。前者如《文艺月报》,1953年创刊一开始就陷于刘雪苇(以彭柏山为幕后支持者)和唐弢(以夏衍为幕后支持者)的"角力"之中。其结果是夏衍相继解除了刘雪苇的《文艺月报》编委和上海新文艺出版社社长职务,而唐弢全面"掌握"编辑部,并于1954年利用《文艺月报》发起了"胡风派"批判(当时周恩来、胡乔木已安排胡风工作并意欲淡化"胡风问题")。甚至还为此利用作协机构召开批判会议。对此明争暗斗,圈内都看得分明。贾植芳回忆说:"1954年批判胡风文艺思想,上海作协开会,我在门口遇到了施(蛰存)先生,他着皱眉头说:'这是你们吵架,把我找来干什么?'他说得很认真。"②"你们吵架"即指上海胡风派与周扬派之争。了解这些背景,再看刊登在《文艺月报》上的诸多批评文章,如吴颖对亦门《诗与现实》的批评,斯人对冀汸《桥和墙》的批评,以及晓立、刘金、荒草对路翎《洼地上的战役》的批评,那"读法"自会不同——不会被满篇意识形态修辞"迷惑"双眼。后一种情形最典型莫如1974年创刊的《朝霞》月刊。它最初的创刊动议或许因为"萧木对文艺创作一向情有独钟",希望"大家写点文艺作品"③,但创刊未几,就陷入了党内"激进派"与"那个死不改悔的走资派"之间的激烈冲突。它的反"走资派"小说,它的评《水浒》的论文,实际上都"驰骋在批邓斗争的沙场"④上。而它的停刊,同样与政治存在直接的关联。这些大大小小的斗争,多多少少让

---

① 齐谷:《也谈〈太阳照在桑干河上〉》,《光明日报》1950年12月23日。
② 贾植芳:《世纪老人的话·贾植芳卷》,沈阳:辽宁教育出版社,2003年,第16页。
③ 燕平:《我在〈朝霞〉杂志工作的回忆》(上),《扬子江评论》2010年第5期。
④ 严隽雄:《关于〈朝霞随笔〉的随笔》,《朝霞》1976年第8期。

列宁的教导——出版事业绝不是个人或某个小集团的事业,而是无产阶级总事业的一部分,是"由全体工人阶级的整个觉悟的先锋队所开动的一部巨大的社会民主主义机器的'齿轮和螺丝钉'"①——沦为不太及物的虚谈。

  由上可见,当代文学报刊的第四重"面孔"尽管不太为研究者所注意,但它可以说是实实在在的事实。这重"面孔"存在两个特点:其一,它有如传统政治的"幽灵",自始至终都存在于文学报刊之内,且呈越演越烈之势。其二,它与报刊的另外几重"面孔"不仅是重叠共存的,而且存在负面的互动效应。这主要表现在派系斗争为"取得政治上的优越感和优胜权"②,往往高调援用意识形态修辞,大幅劣化文学"环境",致使报刊内含的各类文学观念和审美趣味逐渐屈服于政治,而其"平等主义"的文化认同也日渐被抽离生活真实性的根基。当代文学报刊每况愈下的现实与此深有关联。整体言之,报刊在当代文学中承担的角色与功能非常复杂,虽不能说是"众声喧哗",但"党对所有公共传播的监督在实际上并不能保证传播媒体总是以一个声音讲话"③的判断的确是实实在在的事实。也就是说,尽管许多研究者都将当代文学报刊简单地"压缩"为意识形态载体,但那更多的只是其最易被识别又最易被对毛泽东时代怀有不愉快记忆的知识分子所"承认"的一重"面孔"。实际上,当代文学报刊远不是政治意识形态的"一言堂",甚至也不是主流文学观念和异端文学观念的"二重奏"。它的确有时只承载一种观念或利益,但更多时候是交叠着多重观念成分和利益因素。而这一切,用格雷姆·特纳的话说,又"是产业、制度和国家文化之间复杂的协商过程的产物"④。发生各种报刊上的"协商过程",既

---

① 〔苏〕列宁:《党的组织与党的出版物》,《列宁论文学与艺术》,北京:人民文学出版社,1983年,第68页。
② 郭英德:《中国古代文人集团与文学风貌》,北京:北京师范大学出版社,1998年,第134页。
③ 〔美〕詹姆斯·R.汤森、布兰特利·沃马克:《中国政治》,顾速、董方译,南京:江苏人民出版社,2003年,第151页。
④ 〔澳〕格雷姆·特纳:《电影作为社会实践》,高红岩译,北京:北京大学出版社,2010年,第194页。

是刊物自身经历的或隐或显的"故事",又是"当代文学"自身形成、发展和变异的历程。其间包含传统与现代、通俗与精英、知识分子与大众等相互博弈的复杂的文学史问题。对于研究者而言,怎样的刊物"故事"才是最真实的呢?或许"没有最终的历史,也没有最终的解释",但"可以有并非纯粹武断的对于过去的逼近"。①

---

① 〔波〕埃娃·多曼斯卡编:《邂逅:后现代主义之后的历史哲学》,彭刚译,北京:北京大学出版社,2007年,第122页。

报刊体制与当代文学的发生及展开

近些年来,因"新文学"报刊研究流波所及,一直被以为"文学"质素不高的当代文学报刊(1949—1976)也渐受关注,如对《人民文学》《文艺报》《诗刊》等"国家级"刊物的研究。这是可喜的拓展。不过,这些个案研究一则亟待扩大"覆盖面",二则受到启蒙主义研究模式"很大的妨碍"①,总是热心并满足于讲述一个个大同小异的党与"文学上持不同政见者"(Literary Dissent)的故事。② 后一种局限性,不仅使当前当代报刊研究难以原生态地呈现"新的人民的文艺"与各种"异质成分"相互竞逐、"谈判"并最终一统于"无产阶级文艺"的多层次的史实,更使之难以从整体上探究报刊体制与中国当代文学的发生、发展的关系。即是说,报刊之于当代文学,不仅是不同文学成分、话语力量相互竞争的被动的场所,而且报刊自身编辑与运作的体制,亦强烈地介入了这种"竞争",对文艺界利益格局的重组、文学"潮流"的转移、叙事"成规"的形成都产生了制约甚至决定性的影响。那么,又有哪些报刊体制深深介入了当代文学的发生及发展呢?至少有三:(1)社会主义所有制;(2)代理人制度;(3)派系主义运作方法。这三层或明或隐的体制都与新中国单位制度紧密相关,而它们与当代文学由盛而衰的相始终的纠缠过程,亦是近年少有人注意的"文学史现场"。

---

① 赵园等:《20世纪40—70年代文学研究:问题与方法》,《中国现代文学研究丛刊》2004年第2期。
② 《"文艺理论与通俗化:四〇—六〇年代"研讨会记录》,《中国文哲研究通讯》(台北)1996年第3期。

一　报刊所有制与当代文学版图重构

　　报刊体制之于当代文学影响最大的因素,是其为社会主义所有的"单位"属性。对此,中国共产党在接手政权之前有清晰的考虑。1948年11月,中共中央指示:"报纸、刊物与通讯社,是一定的阶级,党派与社会集团进行阶级斗争的一种工具,不是生产事业。"①这一指示明确将刊物列为必须予以控管的意识形态机构。这种战略定位既是苏联经验的承继,又是新的革命政权必须掌握社会主义"文化领导权"的必然。不过,对此今日学界不免多有偏于一端的"共识",将之视为严密的政治控制。此意当时或许有之,但它更多的是建立在为下层阶级(群众)真正谋利益、负"责任"的政党自信上。当列宁宣布党的出版事业"应该成为有组织的、有计划的、统一的社会民主党的工作之组成部分"②并"少发一些知识分子议论"③时,他考虑到的是资本主义制度下"关于绝对自由的言论不过是一种伪善而已","在劳动群众当叫化子而一小撮富人作寄生虫的社会中,不可能有实在的和真正的'自由'"。④ 不难想象,矢志于推翻官僚、地主、资本家等利益集团而为下层阶级谋求"解放"的毛泽东和中共中央,对列宁的出版思想必会有深深共鸣。所以,以抑制甚至取消国民党时代报刊出版为实质内容的接管政策几乎没有遇到什么争议,就获得党的高层一致同意并被在全国范围内执行。执行的结果是旧的或非国有的文艺刊物几乎"全军覆没"。1949年,全国通过军管会重新登记、获得营业资格的报刊共计两百余种,但其中绝大多数都是科技类刊物,与意识形态有关的私营新

---

　　① 《中央关于新解放城市中中外报刊通讯社的处理办法的指示》,《中共中央文件选集》,第14卷,北京:中共中央党校出版社,1987年,第413页。
　　② 〔苏〕列宁:《党的组织与党的文学》,《马克思主义与文艺》,周扬编,北京:解放社,1950年,第200页。
　　③ 〔苏〕列宁:《论我们报纸的性质》,《列宁选集》,第3卷,北京:人民出版社,1960年,第602页。
　　④ 〔苏〕列宁:《党的组织与党的文学》,《马克思主义与文学》,周扬编,北京:解放社,1950年,第203页。

闻报纸和文艺杂志十去其九,仅有十余种。而新中国成立初期,一大批由中央和各地方文协创办的文艺刊物纷纷出现,如《长江文艺》(中南区文联)、《东北文艺》(东北文联)、《人民文学》(中国作协)、《文艺报》(中国作协)、《人民戏剧》(中央戏剧学院)、《北京文艺》(北京文联)、《延河》(西安作协)、《文艺学习》(中国作协)、《作品》(广州作协)、《剧本》(中国戏剧家协会)等等。随社会主义报纸而附设的文艺副刊数量更多,如《人民日报》"人民文艺"副刊,《天津日报》"文艺周刊",《解放日报》"朝花"副刊,《光明日报》"文学评论"双周刊和"文艺生活"周刊,《中国青年报》"青年文艺"副刊,《北京晚报》"五色土"副刊,《羊城晚报》"花地"和"文学评论"副刊,等等。

对社会主义所有制报刊的领导地位的有计划确立,彻底逆转了各种类型的文艺刊物之间的力量格局,也使中国现代文学面临了前所未有之变局。所谓"变局",系相对于1940年代末期的文艺格局而言。当时,文艺界呈现为新、旧文学之间"井水不犯河水"而"新文学"内部左翼、右翼又分治并存、互补相持的基本格局。在文学史上,"新文学"倡导者曾与林纾等发生过激烈论争,终于将清末民初之"新小说"打成"旧文学"。不过此后鸳蝴派以其"自抱主张自成体系自立门户"的作品,"始终没有被新文学骂倒吃掉"。① 在此过程中,鸳蝴派逐渐吸纳了新文学因素,而新文学也慢慢承认了旧文学于世相摹写、人心刻画方面的高度成就。而新文学中的左、右两翼自1920年代末期分化形成以来一直论战不断。其中右翼文学以讲述人性的保守主义故事而获得官方或明或暗的支持,左翼文学屡遭查缉但以其正义诉求而赢得更为广泛的读者认同。不过,双方在某种意义上又互为"镜子",对左翼避免过度的"集团主义",对右翼避免过度脱离现实疾苦,可以说都极有裨益。这种相互竞争又相互承认、吸纳的文坛大局,对文学内部多样性、异质性的生成,对其在自我否定的张力中获取提升资源的发展模式,无疑具有决定性的意义。然而,这种新/旧、左/右相对

---

① 魏绍昌:《我看鸳鸯蝴蝶派》,香港:中华书局,1990年,第47页。

均势、彼此制衡的大格局,被社会主义所有制绝对主导的新体制彻底逆转。这表现在,经过1949年的重新"洗牌",原本偏居一隅、为左翼之一脉的延安文学有如从空而降,突然变成了文艺界意气风发的主宰者——机关刊物济济一堂,而经审查获准营业的十余种同人刊物不免势单形只,被挤到文坛边缘。据笔者掌握的数据,截至1951年底,全国共有文学杂志约109种,其中机关刊物约90种,私营同人刊物19种。后者之中,左翼传统9种,右翼1种(即复刊后的《观察》),鸳蝴派3种。① 至1952年底,由于屡遭批评、经营困难及"社会主义改造"提前进行等原因,19种私营同人刊物悉数停刊(仅《观察》被改组为《新观察》,但与储安平不再有实质性关系)。这意味着,在机关刊物突然出现以后,当年延安以外的文学,无论新/旧、左/右实际上一并沦为了即将被剔出文坛的"旧文学"。而所谓"当代文学",就发生在这破"旧"立"新"的过程中。

这种"被剔出"的遭遇是社会主义所有制主导下的刊物体制的必然。就机关刊物而言,它们由国家投资,由"可靠的共产党人"负责,被安排为"新的人民的文艺"的阵地,被要求以《讲话》为唯一方向。可以说,在新环境下"复制"、发展延安文学是机关刊物的主旨。它们对"老解放区文艺"以外的文学缺乏兴趣甚至排斥可想而知。比如一度引领读者的鸳蝴文人,完全丧失了在机关刊物露脸的机会。张恨水身在北京,但近在咫尺的《人民文学》《北京文艺》宁愿发表炼钢工人、炮队士兵的习作,也不发表他的稿件。丁玲对这类文人"没有出路""不能生存下去"②的警告,一天天地变成现实。至于"新文学"中的右翼自由主义作家,因多系和国民党政权有所瓜葛的"体制内作家",甚至曾经"勘乱"延安文学(如朱光潜等),同样难以登上机关刊物的版面。机关刊物也很警惕与右翼作家的关系。涂光群回忆:"反胡风及肃反运动开始后,揭发可疑的人和事。我听

---

① 另有数种大众读物不便归类,如张桂枝主编的《越剧报》(1946年4月创刊)、叶峰主编的《沪剧周刊》(1946年2月创刊)、田鲁主编的《东方红画报》(1949年10月创刊)、鲁思主编的《影剧新地》(1949年8月创刊)等等。

② 丁玲:《在前进的道路上》,《丁玲文集》,第6卷,长沙:湖南人民出版社,1984年,第27页。

一个人发言揭发某小说编辑曾建议向上海女作家赵清阁组稿。主编突然说:赵清阁是国民党作家,你们知道不知道？他这一说,把大家镇住了,我自然也很吃惊,啊,原来是这样！我相信了主编。据我所知,从此以后,在漫长岁月里,《人民文学》从未向上海老作家赵清阁组稿。"①事实上,此前《人民文学》也是不向此类作家约稿的。据"鸣放"期间《人民文学》编辑吕剑披露,"编辑部在进行组稿时'对作家划有各种界线','对党员作家十分信任,对非党的作家却总是不放心'","是具有'排他性'的","作家怨声载道"。② 显见地,新文学右翼和鸳蝴派在刊物重新"洗牌"以后,已基本丧失发表阵地。它们被"新的人民的文艺"排斥,逐渐步入被"遗忘"之境。当然这并非说他们在机关刊物上绝无"露脸"可能,相反,特殊意义上的发表机会依然存在。譬如检讨自己过去与国民党政权的关系（如朱光潜、沈从文等）,或检讨自己在新中国的新作。张友鸾的仿效"新的人民的文艺"的新作《神龛记》被认为用"所谓'内幕性'的生活场面""迎合一部分落后读者阅读黄色小说的低级趣味","缺乏本质的意义"③,因此张友鸾被迫在《文艺报》上公开检讨。卞之琳的"改旧从新"之作《天安门四重奏》也被批评"晦涩难懂",他不得不在《新观察》上发表检讨。他在检讨中的长长感叹,更似在叹息某个时代的结束:

> 我当初以为《新观察》的读众大多数也就是旧《观察》的读众,只是刊物从本质上变了,读众也从本质上改造了。……可是还没有明确的,具体的体会到变的深度,深到什么样子。④

"刊物从本质上变了",给自由主义写作画上了句号。相对而言,左翼文学的情形似乎乐观得多,毕竟左翼文人多系革命"同路人"（甚至地下党员）。不过即便如此,机关刊物也未必真正看重。郭沫若、茅盾等作为"典范人

---

① 涂光群:《上海老作家们》,《新文学史料》2004 年第 1 期。
② 田之:《〈人民文学〉反右派斗争获初胜——剥露唐祈、吕剑的丑恶原形》,《文艺月报》1957 年第 9 期。
③ 江华:《一本为不法商人作辩护的小说》,《文艺报》1952 年第 5 期。
④ 卞之琳:《关于〈天安门四重奏〉的检讨》,《文艺报》1951 年第 3 卷第 12 期。

物"被公开优待并不等于对"鲁迅方向"念念难舍的"胡风派"不被排斥。更重要的是,无论是否"同路",左翼文人都被要求告别"旧轨",以汇入"新的人民的文艺"。

不过,在机关刊物上被区分、排斥并不意味着延安以外的其他新/旧、左/右文学传统在新中国成立初年新的刊物格局中完全丧失自己的地盘。毕竟,由于政权声誉的考量和"统一战线"的事实因缘,新中国并未公开宣布同人刊物非法,亦未完完全全如列宁所言"一取得政权,就要封闭资产阶级报刊"①。事实上,经过各城市军管会重新登记,仍有少量私营同人刊物得以复刊或创刊,而《大公报》《新民报》《文汇报》三家私营报纸的文艺副刊仍继续存在。在这些报刊中,与"新的人民的文艺"多有差异的"异质"文学传统依旧在运作,甚至与"延安化"格格不入。其中有与自由主义渊源甚深的《观察》杂志,有夏衍为安置上海鸳蝴作家而专门批准创办的《大报》和《亦报》,亦有走"鸳蝴路线"的《青春电影》杂志,而承续左翼传统的刊物甚至略有规模,如《文艺生活》(广州,司马文森主编)、《小说》(上海,靳以主编)、《文艺复兴》(上海,郑振铎主编)、《大众诗歌》(北京,沙鸥主编)、《人民诗歌》(上海,吴越、劳辛主编)、《文艺劳动》(北京,严辰、苏金伞等编)、《起点》(上海,梅志主编)等等。此外,《文汇报》"笔会"副刊、《大公报》"文艺周刊"、《新民报》"萌芽"副刊、《新民晚报》"文艺批评"副刊,与新/旧、左/右关系其实都有密切联系。这十余种非社会主义所有制刊物在机关刊物之外其实走着两条路子:一是放弃旧的风格与文学诉求,努力自我调整,努力将自己归化到"新的人民的文艺"之中,如《大众诗歌》《文艺生活》《观察》等;一是力图坚持延续旧的传统,如《大报》《亦报》《小说》《起点》等刊物及几家私营报纸文学副刊。前者勉为其难,基本上未见成效。如《大众诗歌》趋附大众化、政治化,《观察》"无

---

① 〔苏〕列宁:《关于出版问题的发言》,《列宁全集》,第26卷,北京:人民出版社,1959年,第267页。

法继承其以前的抨击时弊的风格,变成了以宣传为主的杂志"①。选择后一道路的刊物则扎实有力,甚至颇见成绩。如《小说》月刊不但刊出了《饥荒》(老舍)、《开不败的花朵》(马加)等优秀小说,且以沉稳方式承续了"新文学"作风,譬如在编辑中对生活的形象化、故事的现实性、细节的可靠性等"文学"质素的强调,相反,对与"毛主席的文艺方向"有关的本质、规律等概念很少提及。《大报》《亦报》亦以刊载丰子恺、周作人、张爱玲的作品而颇见成绩。其中,张爱玲化名"梁京"在《亦报》上连载的小说《十八春》还造成轰动。这些承自鸳蝴传统和新文学传统的作品在1949—1951年间的存在,实际上构成了对"新的人民的文艺"的有效竞争。《文汇报》《大公报》等报纸副刊甚至有意识地展开这种"竞争"。譬如,1950年5月28日,《文汇报》刊文批评主流的延安化批评"大都或多或少的存在着一些不该有的'偏向'","暴露出其本质的——空虚和脆弱了"。② 此文引起《文艺报》主编陈企霞的批评,但陈的批评不但未产生"威慑"效果,《大公报》《新民报》反而在1951年更大胆地"纠正"以《文艺报》为代表的延安化的批评作风。当时,《文艺报》发起了有关萧也牧、朱定等作家的批判,《大公报》也刊文批评电影《关连长》(据朱定小说改编),认为该电影"编导者的意图是可喜的,但所表现的艺术形象并不能很完整地表达出这意图",譬如关连长"凡是遇到困难老是搔搔头皮,用毛巾擦头上的和脖子上的汗珠!这样是不够和很难促使观众对这位战斗英雄的景仰和学习的"。③ 这貌似在配合《文艺报》的批判——的确,沙土使用的是"新的人民的文艺"本质化的叙事规范,认为关连长既为"英雄",就不应再有各类"缺点",否则会影响他作为"正面人物"的认同效果。不过,再读《大公报》的后续文章,很容易发现《大公报》刊发沙土文章的目的,大不同于《大众诗歌》等刊物的"自我归化",相反,这明显是在"设局"——有意表述

---

① 储望华口述、李菁整理:《秋之泣——怀念父亲储安平》,《文史博览》2008年第12期。
② 罗石:《略谈我们的文艺批评》,《文汇报》1950年5月28日。
③ 沙土:《评〈关连长〉》,《大公报》1951年4月7日。

"异见"以便作为批评的"靶子"。4月14日,《大公报》接连刊发两篇文章,一是康捷的《〈评《关连长》〉读后》,一是陈允毫、杨兆麟、邵哲等集体署名的《写批评要慎重》,对沙土的概念化批评大加讽刺。而《大公报》在"编者按语"中也直言不讳地批评沙土"粗暴鲁莽、夸大缺点错误",并宣布对另外两篇批评《关连长》的稿子"不预备发表了"。与此相呼应,《新民报》副刊也于4月18日刊出钟子芝文章,尖锐斥责沙土"没有欣赏艺术的修养"。"没有欣赏艺术的修养"反映了前国统区文人对延安式批评的普遍观感。这无疑是当时迅速扩张中的"新的人民的文艺"所遭遇的不太"和谐"的声音。于此可见,新中国成立初年的"当代文学"可以说是芜杂的,既充满着建构的大气,又充斥着摩擦、挑战与多重博弈。

  然而,这种充满张力的相互竞争的状态在新的刊物体制中未能持久。新中国成立初年,实现"耕者有其田"和国家独立的中国共产党获得了巨大声誉,各种机关刊物也由于分享了这种意识形态资源而赢得了巨大影响力。当时刊物主编们对于刊物订数恐怕会有做梦般的不真实感——随便一份刊物都会销到10万、20万甚至30万份。而私营同人刊物的声誉却迅速"耗损"。"人民的信任是报刊赖以生存的条件,没有这种条件,报刊就会完全萎靡不振"[1],私营报刊在新中国正是如此"萎靡不振"。如在1940年代曾一度达到惊人的10万份销量(新文学刊物一般卖到两三千份就自感"畅销"了)的《观察》杂志,复刊以后仅有三千订户。如此昨是而今非的景象,令主编储安平颇感茫然。对此,王鹏指出:"在新中国成立后的最初几年中,读者主要阅读《人民日报》等几份中共机关报刊","'民营'报纸,不被读者重视"。[2] 而且同人刊物与机关刊物在意识形态权威指数上的巨大落差,又转化为了两类刊物在批评上的不平衡关系。当年新、旧文学相安无事,左、右两翼相互指责,但新中国成立以后,这种相持不下的格局就主要演变为机关刊物(尤其《文艺报》)对同人刊物的批评和责问。

---

[1] 〔德〕马克思:《摩塞尔记者的辩护》,《马克思恩格斯全集》,第1卷,北京:人民出版社,1956年,第234页。

[2] 王鹏:《建国初〈大公报〉的一段曲折》,《炎黄春秋》2005年第8期。

据笔者掌握的材料看,《文艺报》先后批评过《小说》《大众诗歌》《文艺生活》《新民报》《大公报》《光明日报》和《文汇报》,而糟糕的是,普通读者又对这些批评深以为然:"把它看成判决书,人挨了批评就没有前途,书挨了批评就停止发售。"①这些因素,导致各同人刊物先后主动和被动地停刊。

可以说,中共中央对报刊的社会主义所有制的设计与实践,从根本上重构了文坛生态,使现代文学的"多重声音"逐渐向当代文学相对单一的格局转化。尤其是社会主义体制下"无形资产"的重组,更使延安文艺在数量上、声望上进而在作者、读者、评论上全面压倒同人刊物,并为之画上句号。新旧并存、左右相持的现代文学就此终结,而"新的人民的文艺"也由此"一统天下"并事实上进入繁盛状态。不过,因为"新的人民"(农民、工人)的凸显,乡村通俗文艺(曲艺)等亦得以跻身"文学"行列,使当代文学的内在构成发生变化。

二 "代理人"问题与当代文学的内部竞争

截至1952年初,"异质"文学阵地基本消失,机关刊物可说已垄断所有文学资源。所有制改造由而决定了当代文学的基本格局:它以"新的人民的文艺"的逻辑展开,旧的作家要么被收编,要么放弃写作。不过,这是否意味着左翼文艺、右翼文艺、鸳蝴等"旧传统"彻底绝灭了呢?其实不然。这要涉及当代报刊体制的另一重常为人"遗忘"的因素——代理人制度。何谓"代理人"呢?这其实是社会主义出版体制中的难言之隐。譬如列宁和延安评论家都经常谈论"党的文学",但究其实,"党的文学"到底指什么?它其实只是抽象概念,作者、读者和批评家具体面对的,仍然只是一份份具体的刊物,一个个具体的主编(负责人)。对于党的刊物,中共中央曾规定"均须由已经证实为忠于无产阶级利益的忠实共产党编

---

① 杨文斌:《一个编辑的意见》,《文艺月报》1956年第8期。

辑"。① 这一设想在操作上又存在陷阱:"已经被证明是……可靠的共产党人"真的可靠么,或者说,现实中真有列宁所期望的"齿轮"或"螺丝钉"一类人物么? 当年报刊负责人中《文艺学习》主编韦君宜(限 1956 年前)、《诗刊》主编臧克家堪称"螺丝钉"(前者因过度单幼,后者因饱经世故),而其他负责人如艾青、丁玲、冯雪峰、刘雪苇、秦兆阳、张光年、靳以、石天河、戈扬、王若望等,都绝非"螺丝钉"所能概括。他们经历既异,文学观念与审美趣味又参差不同,对《讲话》的认识与接受亦不尽一致。他们并非抽象的党或"毛主席的文艺方向"本身,只是党在刊物中的"代理人"。这意味着,尽管各机关刊物对"新的人民的文艺"均表认同,但各刊物负责人完全有条件将对《讲话》的不同理解甚至与《讲话》相去甚远的种种文学观念和文学利益带进刊物。因此,所谓"一体化"的当代文学在共同的"新的人民的文艺"的面目下必然呈现出诸多纷异甚至冲突的"风景":一方面,"新的人民的文艺"在竭力排斥、驱逐或"整编"各种"异质成分",另一方面,这些"异质成分"又在"新的人民的文艺"内部复活、再生乃至卷土重来。此种"旧传统"的因代理而致再生/寄生的情形,在 1952 年后的文学报刊中计有四种表现。

那么,又有哪四种表现呢? 其一,是自由主义"成分"被小面积地"代理"进国营文学报刊。1952 年后,出于统战考虑,中共中央仍将几家报纸交由"旧知识分子"主编,如《文汇报》短暂停刊后由徐铸成再度复刊,而《光明日报》作为民盟机关报,虽系国营但也主要由"旧知识分子"掌握。相对而言,《新观察》主编戈扬本是党员,但她长期活跃于国统区,与自由主义知识界交往颇频,所以前自由主义知识分子(如社会学家费孝通)实际上也对《新观察》的"编辑哲学"产生了显著影响。这些便利条件为自由主义被"代理"进这些报刊提供了可能。1953—1957 年间,《新观察》对新政权在政治制度、经济政策方面的尖锐质疑(如费孝通《重访江村》等文

---

① 《中国共产党加入第三国际决议案(一九二二年七月)》,《建党以来重要文献选编(一九二一——一九四九)》,第一册,141 页,北京:中央文献出版社,2011 年。

章)是自由主义最激烈的挑战,而在文学方面,自由主义的知识分子本位诉求也有明显表现。譬如《光明日报》"文艺生活"周刊争取"劳动知识分子"的重新命名①,《文汇报》"笔会"副刊对由《讲话》而来的"政治标准第一"的创作"成规"屡示不满:"虽然,艺术也是一种宣传,'但万不要忘记它是艺术'",但"有些作家已经不是从丰富的生活内容出发,观察、研究、创造出鲜明的形象来,而是从抽象化了的政策条文出发,把它变成一种框框,用来观察表现生活"。②《新观察》还以"双簧"形式论证杂文的合法性。这些报刊的根基是有着"盛世遗民"之慨的前自由主义群体。其二,是以鲁迅为代表的左翼文学传统被大面积"代理"进党的报刊。本来,作为"新的人民的文艺"样板的"老解放区文艺"本身即从左翼文艺分蘖而来。这种渊源上的合法性使左翼文艺不同于"新的人民的文艺"的重要特质——强调"揭出病苦",反对思想改造,并不真正热心"普及"——进入党的报刊几乎"顺理成章"。冯雪峰、刘雪苇、巴金、靳以当年都是"鲁迅身边的青年作家",他们对于《讲话》的态度虚虚实实,而在编辑实践中则明显承续了早年左翼理念。冯雪峰在《文艺报》组织"新英雄人物讨论",批评当时流行的"英雄人物"多是"无源之水和无本之木","提倡写新人新事,却又拚命反对写矛盾和斗争","(这)是在真理面前犯了罪"。③ 刘雪苇在《文艺月报》创刊之初就不认同只将"工农兵"列为读者对象,"指斥一定要把工人放在学生教师以前的主张为'形式主义'",当时即有编辑为此深感忧虑。④ 而年轻一些的秦兆阳、黄秋耘以及《星星》编辑部、"探求者"同人群体"不管是通过苏联的渠道,还是通过自己先辈的著作","还是继承了'五四'时代的传统"。⑤ 不过与费孝通等自由主义前辈

---

① 丁力:《诗的内容、题材应该多样化》,《光明日报》1956年11月25日。
② 本报评论员:《反对曲解毛主席对文艺问题的讲话》,《文汇报》1957年6月3日。
③ 李晴:《这是脱离生活的结果》,《文艺报》1952年第11、12期。
④ 本刊编辑部:《揭露胡风反革命集团对〈文艺月报〉的进攻》,《文艺月报》1955年第6期。
⑤ 〔美〕费正清、罗德里克·麦克法夸尔编:《剑桥中华人民共和国史(1949—1965)》,王建朗等译,上海:上海人民出版社,1990年,第270页。

不同,这些负责人又多是"革命之子",对新政权高度认同,只是在文学领域,他们更希望在《讲话》之外寻求更多文学资源,以使"新的人民的文艺"在政治性与艺术性之间达成更佳平衡。因此,1953年后(尤其"鸣放"期间),《人民文学》《文艺报》《文艺学习》《北京文艺》《星星》《蜜蜂》《东海》《文艺月报》等刊物纷纷提倡"干预",重新讨论社会主义现实主义的"真实性"与有效性,酿成浩大"革新"潮流。如《人民文学》刊文批评本质化的叙事想象:"他们常常用一种'既然那末'式的'创作方法'去观察生活和刻画人物。例如,既然他是贫农(或是党员等等),那末,他对农业合作化运动一定很积极;既然他是先进生产者,那么他一天到晚除了机器以外一定什么也不注意。"①对"文学为政治服务"的提法亦再三"解释":"文学艺术为政治服务和为人民服务应该是一个长远性的总的要求","不能眼光短浅地只顾眼前的政治宣传的任务,只满足于一些在当时能够起一定宣传作用的作品","应该考虑到它首先必须是艺术的、真实的,然后它才是文学艺术,才能更好地起到文学这一武器的作用"。②《星星》则"故意不提社会主义现实主义和工农兵方向,而代之以'现实主义'和'人民'字样"③。这种种调校,实是"代理人"(主编)重新引入左翼资源、力图激活逐渐板结的"新的人民的文艺"的集体努力。其三,是鸳蝴文学"成分"被小范围"代理"进国营报刊。1952年后,言情、武侠等鸳蝴主要文学类型已彻底丧失阵地。但由于当时社会精英群体率皆受过旧式教育,长于酬唱应和的鸳蝴文人因此与各类"新人物"也得以建立密切的往来。譬如老舍、赵树理与在京"旧文人"多有过从,而毛泽东也先后接见过周瘦鹃、郑逸梅。这为鸳蝴文学在他人地盘上"新生"赢得机会。旧式趣味浓厚的徐铸成就把复刊以后的"笔会"副刊变成了鸳蝴"旧文人"的主要聚集之地。"笔会"当

---

① 樊骏:《"既然……那么……"》,《人民文学》1956年第7期。
② 何直:《现实主义——广阔的道路》,《人民文学》1956年第9期。
③ 流沙河:《我的交代》,见石天河《逝川忆语——〈星星〉诗祸亲历记》,香港:天马图书有限公司,2010年,第163页。

时在自由主义议论之外,还专为知识分子"种花养鱼""介绍经验"。① 故在武侠、言情两类鸳蝴写作屡遭查禁之后,不少鸳蝴文人转而到"笔会"上作"趣味"笔墨。如陈慎言开辟的"北京俗话"专栏,范烟桥开辟的"苏州的桥"专栏。这些"趣味"笔墨既有地方"风物",更多文人"不问人世纷纭""谈诗悟禅"的旧式情怀。此类人生"趣味"多少近于丁玲所批评的"闲聊的低级趣味"②,然而那种隐逸的每个人都可能会有的超脱俗世的内心情致,甚至毛泽东这种革命家也不能免。他在接见徐铸成时,特别以"琴棋书画、花鸟虫鱼"八字赞许"笔会"。种种因缘,使"笔会"副刊等成为鸳蝴传统再生的"保留地"。其四,是古典文学"成分"被"代理"进党的报刊。其实鸳蝴小品亦可算作其中一部分,不过此处所谈"古典"并不限于小品,而更多指旧体诗词曲赋。甚至也不仅指游戏态度,而更多指某种为中国知识阶层代代承递的生活态度和古典情怀。雅好诗词并对"旧知识分子"在新体制下的"遗民"处境有切身感受的徐铸成在"笔会"副刊大量编发此类"文人文章"。这些诗作多数集中于酬和、吊挽乃至不遇等主题中。其间情怀往往不是"新的人民的文艺"所强调的未来感和乐观主义。譬如施蛰存吊鲁迅诗云:"感旧不胜情。触物有余悼。朝阳在林薄。千秋励寒操",以物寄情,深有"物伤其类"之痛。又如刘大杰《北望》诗曰:"倚床常北望,朋辈自翩翩",流露出对旧朋"高升"当途的企羡,"休言文章事,能追骥尾乎?"则表达的是对自己被"遗落"的不平与落寞。此类文字,与革命几乎没有关系,但也曲折表达了"旧知识分子"在"延安化"压力下的复杂心境。较之大量刊发旧体诗词的"笔会"、"东风"副刊(《光明日报》),《光明日报》"文艺周刊"甚至为"旧诗"展开了对文学史地位与现实资源的争夺。它刊文批评新诗"基本上是从外国诗(特别是英国诗)借来音律形式的,这种形式在我们人民中间就没有'根'"③,并明确提倡以现代白话和

---

① 徐铸成:《阳谋——1957》,《荆棘路:记忆中的反右派运动》,牛汉、邓九平编,北京:经济日报出版社,1998年,第268—269页。
② 杨犁整理:《争取小市民层的读者》,《文艺报》1949年第1卷第1期。
③ 朱光潜:《新诗从旧诗能学习得些什么?》,《光明日报》1956年11月24日。

旧诗音律为基础"建立新格律"。

以上四种与"新的人民的文艺"并不吻合的旧传统或"异质成分",实际上都是"代理"的产物,它们在"新的人民的文艺"内部并与之形成了竞争、依附和寄生等复杂关系。这是1953年以后当代文学发生的"现场"。而这一切皆与当代报刊的"代理人困境"有密切关系。从文学史角度观之,这也可说是当代文学的幸运。不过,"异质成分"在"新的人民的文艺"内部"复活"还不是"代理人问题"的全部表现。其实,"新的人民的文艺"怎样从"老解放区文艺"脱胎而出、铸炼出新的文学"正统",或许是更为重要的文学实践。而在此方面,文学报刊的"代理"体制亦深深介入其中。理解此层"代理"问题,须首先撇清学界某种长期的误解,即将"解放区文艺"混同于"延安文艺"的常识。其实这种"常识"并不合于事实。抗战时期,中共根据地并非只有以延安为中心的陕甘宁边区,全国共有较大区域的根据地达二十余个。其中,近半为八路军所开辟,近半为新四军所开辟,小部分为地方武装开辟。由于战争分割,危机四伏,除了在文化人集中又相对安全的延安进行过严格的整风运动外,其他根据地就主要是传达和学习。所以延安之外的革命文人对《讲话》的认同程度,对延安文人的"服气"程度,实在都成问题。在此情形下,非延安出身的作家对"新的人民的文艺"的设计有自己独特的理解就几乎是必然的。他们主编报刊时无疑会把一些相对于延安的"外省经验""代理"其中。据笔者接触的报刊史料,当年报刊中有异于《文艺报》《人民文学》等主流报刊设计的"新的人民的文艺"亦有三种。

其一,是"华东版"的"新的人民的文艺"。来自华东野战军的作家对新的文学"正统"的构想与延安文人颇有不同。这与其前身新四军长期孤悬江南、远离中央的处境有关。与延安作家不同,"华东文人"未经严格的整风、"抢救",对《讲话》口服而未必心以为然。其中彭柏山、黄源、刘雪苇、赖少其、王淑明诸人又皆"左联"出身,多为"鲁迅身边的青年作家",其资历不弱于丁玲、周扬,所以新中国成立以后这批文人缺乏唯周扬等马首是瞻的"意识",他们主编的刊物亦多有"我行我素"之风。如"觉得行政职务太小"决定通过办刊物"自找出路"①的王淑明在《光明日报》上办起"文学评论"双周刊,屡屡"重磅"批评丁玲、赵树理两位最具影响的延安小说家,一时令人侧目。而由华东文人编辑的南京文联机关刊物《文艺》月刊在"毛主席的文艺方向"已被宣布为新中国的"唯一的方向"后,依然对《讲话》视若无睹,高调谈论"坚持列宁的文艺原则",认为"研究列宁有关文艺的启示,会使我们获得新的精神武装,使我们能顺利的完成历史给我们的斗争任务"②。与此同时,《文艺》月刊还特别热衷讲述毛泽东所反对的"抽象的人性",尤喜欢将革命放到人性"炼炉"上去"煎烤",譬如《恩情》《兄弟》甚至《柳堡的故事》屡屡将革命置于破坏人性、反伦理的位置。它们也许有现实的基础,但与延安新歌剧将革命叙述成民间伦理秩序的恢复者的策略大有不同。这种"人性的现实主义"明显包含了"华东文人"对"新的人民的文艺"的独特设计。其二,是"冀中版"的"新的人民的文艺"。冀中活跃着孙犁、方纪、萧也牧、管桦、王林等作家。他们对《讲话》完全认同,但或许是更"准确"地理解了《讲话》,他们主编的刊物(如《天津日报》"文艺周刊")与《文艺报》《人民文学》差异极大。用孙犁的话说,"文艺周刊""欢迎有生活、有感受,手法通俗,主题明朗,切切实实的文艺作品"。③"文艺周刊"不追求丁玲孜孜念之的"思想性"和"战斗性",而只是老老实实与习作者讨论怎样观察,怎样描写,怎样遣词造句以及怎样造成"风格"等高度技术化的话题,所刊作品也多是"一个小小故事,一个小小女性情感的激动"④,或善于通过"生活气息十分浓厚的细节"展开"人物内心感情的描写"的篇什⑤。这显然是负责人孙犁个人美学趣味尤其是人生诉求的投射的结果。只有无欲而刚、性格寡淡的孙犁才有可能

---

① 王淑明:《从〈文学评论〉编辑工作中检讨我的文艺批评思想》,《人民日报》1952年1月10日。
② 农菲:《坚持列宁的文艺原则·树立新时代的文艺批评》,《文艺》1950年第1卷第2期。
③ 孙犁:《我和〈文艺周刊〉》,《远道集》,天津:百花文艺出版社,1984年,第121页。
④ 萧来:《芦花荡》,《天津日报》1949年10月15日。
⑤ 陈起:《评丛维熙的短篇集〈七月雨〉》,《天津日报》1956年3月1日。

把真正的美"代理"到革命之中,而多数延安主编为求仕进力保刊物"政治正确",结果一步步将原本包含诸多生机与可能的"新的人民的文艺"推向狭窄、偏枯之境。其三,是"晋西南版"的"新的人民的文艺"。该根据地活跃的赵树理、王春、苗培时、章容等作家长期致力于"新文学"通俗化。其中赵树理虽被纳入"延安文学"系列,但究其实,扎根于灰扑扑土地的赵树理与出身"亭子间"但掌握着体制权力的主流延安文人对"新的人民的文艺"的理解几乎"背道而驰"。譬如,赵树理极为认同《讲话》关于"普及和提高的正确关系"的论述,而冯雪峰、丁玲、艾青等对此其实不太以为然(冯通过在《文艺报》发动"普及"与"提高"之辩悄悄纠正了文艺主管部门1951年关于刊物通俗化的要求)。又譬如,赵树理对隐藏在《讲话》权威论述——"文艺作品中反映出来的生活却可以而且应该比普通的实际生活更高,更强烈,更有集中性,更典型,更理想,因此就更带普遍性"①——之下的本质化要求缺乏认识,而"本质""规律"等概念正是《文艺报》整饬话语秩序的"利器"。这些认识差异,使赵树理等在《说说唱唱》杂志及《工人日报》《新民报》文学副刊上践行的"新的人民的文艺"与多数党的刊物都不甚"搭界"。主流延安文人有时也重视说唱文艺,但不过以之为吸引农民的权宜之策,《说说唱唱》等刊物申求的则是"旧文艺"(唱词、鼓词、单弦等)与农民审美经验自身的"文学"价值及其现代化转型。这也可说是被赵树理"代理"进当代文学的一种难能可贵的"本土经验"。

　　以上三种不同"版本"的"新的人民的文艺",兼之前述四种在"新的人民的文艺"内部复活或寄生的旧的"异质成分",都可说是由于代理人制度而产生的当代文学内部的差异性倾向。这些倾向所代表的刊物和作品,几占当时文坛半壁江山。这使当代文学在所谓"一体"的内部事实上纠结、涌动着不同的文学成分和话语方式,甚至埋下了众多流派"萌芽"的可能。这意味着,尽管存在社会主义所有制的管控,但难以摆脱的"代理人困境",依然可以使这种种"成分"并存相持,成就当代文学"万物花开"

---

① 毛泽东:《在延安文艺座谈会上的讲话》,《毛泽东选集》,第3卷,北京:人民出版社,1991年,第861页。

的景象。然而,这种可能并未变成充分的事实。何以如此呢？这涉及报刊体制中又一重隐而不彰的因素——派系主义。

三 派系介入与当代文学的衰退

有当代文学研究者指出了政治对文学的强力介入。的确,由现象看,当代文学从初创期(1949—1952)一定程度的"芜杂",到发展期(1953—1957)的内部"竞争",到1960年代及以后的偏枯乃至日趋萧条,政治的介入发生了重要影响。如此判断当然是正确的。但这般考虑真的穷尽了当代文学全部的内在"病症"吗？笔者并不以为然。其实当代文学遇到的困境也有知识阶层自身的责任。如此说法多半"逆耳",但事实却须直面。事实上,许多报刊负责人,如丁玲、冯雪峰、唐弢、张光年、陈企霞、康濯、刘雪苇、施燕平、袁水拍甚至邵荃麟、王淑明、石天河等,实皆派系中人。不过由于"知识分子"一词在不少研究者思维中已和"受害者""幸存者"等概念同一化,而他们可能同时是"挟私报复者""任人唯私者""排斥异己者"的事实就往往被无意识"遗忘"。而部分研究者即便已接触到不少相关史实,但也多因为贤者讳不愿提及。这种善意当然可以理解,然而研究必须尊重事实,道德考量并无太大意义。而派系主义作为报刊运作的重要"潜规则",对当代文学"发展"实在有太紧要的关系。恰如1954年胡风的忧患之言——报刊已陷入"一层又一层的小领袖主义","有力的作家们进行了对于这些刊物的争夺战"①——但更重要的是,为什么派系主义会对当代文学的发展造成莫大的损害？上海《文艺月报》对"胡风派"的围剿可作为典型的例证。

1953年6月,《文艺月报》副主编唐弢在编委会上提出要刊发两篇批评耿庸《〈阿Q正传〉研究》的文章,理由是"论点很有问题,并对雪峰作了无原则的谩骂"②。此说表面上看颇为严正。的确,耿庸批评了冯雪峰在

---

① 胡风:《胡风三十万言书》,武汉:湖北人民出版社,2003年,第355页。
② 夏衍:《夏衍全集》,第16卷,杭州:浙江文艺出版社,2005年,第136页。

瞿秋白两期论基础上发展出的完整的"鲁迅论"。耿庸(包括胡风、王元化等)认为,冯雪峰的鲁迅研究暗含了一个问题:承认鲁迅经过《讲话》所要求的"思想改造",无形中利用鲁迅形象证实了《讲话》的正确,而这被胡风等视作对鲁迅的背叛。胡风私下对耿庸表示:"(冯)完全是假东西,越来越恶劣","这一仗,要把他的'飘飘然'打掉,免得他欺负读者,祸国殃民"。① 不过,对此层用意,耿庸并未在书里写出。书中正面讲的,主要是鲁迅从一开始即是成熟的马克思主义者。此说不免怪异,但胡风、耿庸既欲取消有关鲁迅"变化"(思想改造)的论点,又不能否认鲁迅最后已成为马克思主义者的权威结论,就只能让鲁迅提前"成熟"。单从理论上讲,耿庸的论点的确如唐弢所言"很有问题",但这是否意味着应该对耿庸予以公开批评呢?其实冯雪峰本人即未公开回击。因为同为"鲁迅弟子",冯雪峰对耿庸以及耿庸背后的胡风不免惺惺相惜。倘若一加反驳,抓住耿庸的理论"软肋"不难,但势必会将耿庸隐藏着的对抗《讲话》的真实想法"曝光"。然而唐弢选择了回击,专门组织文章准备批评耿庸。那么,唐弢此举真的出于理论上对于"真理"的热爱吗?非也,其实不过是找到了对耿庸乃至上海"胡风派"②下手、报复的机会。此说是否是"不惮以最坏的恶意推测"之呢?其实有实实在在的"前因"在。据唐弢自述,1952年他编印《鲁迅全集补遗续编》,刘雪苇"授意罗洛执笔",批评该书说明前后不符,断定态度"不严肃",不应该"胡乱出版",然后刘利用他的文艺处处长的地位,把这篇短文交给《解放日报》作为"文教简评"发表了",结果导致新华书店拒绝进货。③ 而在1940年代,他与耿庸更有过难以释怀的笔墨"官司"。显然,此时意气纷争成了唐弢主要的动力。他明显不惮于将此事演变为更大程度的派争,甚至演变为《文艺月报》内部的夺权之战。因

---

① 胡风:《致耿庸(1952年8月28日)》,《胡风全集》,第9卷,武汉:湖北人民出版社,1999年,第98页。

② 从后来被划为"胡风分子"的情形来看,上海"胡风派"的两位核心人物是胡风早年友人、来自华东野战军的彭柏山(任华东文化部部长)和冯雪苇(任华东宣传部文艺处处长),在他们周围还有一批青年作家,如贾植芳、王元化、张禹、耿庸、张中晓、罗洛、梅林等。

③ 唐弢:《我所接触的胡风及其骨干分子的反革命活动》,《文艺月报》1955年7月号。

为在当时《文艺月报》内部,真正话事者并非副主编唐弢,而是该刊筹办人、原拟任副主编的华东宣传部文艺处处长刘雪苇。历史宿怨与现实矛盾,使唐弢决意难。不过研究者很可疑问:以唐弢的国统区进步文人的身份,又如何敢在《文艺月报》内部向刘雪苇(刘背后是彭柏山)这种新四军出身的党的文艺官员"叫板"?果然,当唐弢在编委会上提出批评耿庸时,立刻遭到刘、彭的否定。唐弢于是迅速求援于自己的"后台"、华东宣传部部长夏衍。在夏衍强力支持下,不但两篇批判文章得以发出,而且《文艺月报》编委会也被改组,刘雪苇被清理出编委会,不久后刘又被解除了上海文艺出版社社长一职。到1954年,执掌了《文艺月报》大权的唐弢就进一步发动了对"胡风派"的围剿(但上海"胡风派"的反批评无一字可以刊出),其实此时"胡风问题"在周恩来、胡乔木的善意安排下,本来已有渐渐平息之势。而《文艺月报》也由此深深卷入了派系斗争。

"技术具有一定的灵活性,可以被用来达到各种不同的目的"①,文学报刊编辑亦可说是一种"技术",但当它用于派系目的时,对文学的伤害就变得非常刺目。这在唐弢组织的批评来稿上极是明显。这两篇文章与其说在论理析文,不如说在网罗罪名。两文满纸高调的意识形态修辞,处处寻求耿庸反《讲话》的"罪证"。譬如,其中陈安湖文章批评耿庸否定鲁迅研究中的"两期论",实是以"鲁迅在一九二七年以前,甚至是五四以前,就已经是马克思主义的阶级论者"为借口,否定党有关知识分子的思想改造政策:"(他)承认了没有研究马克思列宁主义也可以从所谓'实际斗争'中获得无产阶级的世界观。他抹杀了马克思列宁主义对实际斗争的重要指导意义。"②沈仁康则把耿庸观点与胡风予以联系,"耿庸认为不应该'分析鲁迅先生的什么前期的思想',而主要去分析:'鲁迅先生的战斗要求如何和历史的发展形势取得了血肉的结合,以及如何在这血肉的结合的基础

---

① 〔英〕格雷姆·伯顿:《媒体与社会:批判的视角》,史安斌主译,北京:清华大学出版社,2007年,第236页。
② 陈安湖:《从一篇〈真理报〉的专论谈到〈阿Q正传〉研究》,《文艺月报》1953年7月号。

上向前发展了的,从而发扬革命的人道主义者鲁迅先生的积极的战斗精神'","这和反马克思主义的文艺思想所谓'主观战斗精神'有什么两样呢?"①两文刊发后,上海各书店立即停售耿庸的这一著作。在这一事件背后,唐弢存在两点可为后人引以为戒的做法:其一,他本人以撰"鲁迅风"杂文而知名,从逻辑上讲对意识形态应该不是太信从,但为了"击垮"私敌,他不惜以《讲话》为工具,主动借用意识形态批评、利用《文艺月报》向耿庸、阿垅、冀汸等"胡风派"发起"猛攻";其二,唐弢没有受到任何压力需要发表这些文章,相反,他是排除阻力(刘雪苇、彭柏山等)发表了这些对耿庸等人文学前途与政治前途都很不利的文章。这不免可怕而危险——它大有主动"引狼入室"的后果:主动引导政治逻辑"侵犯"文学事业。而且还可看出,在唐弢心中,所谓"鲁迅弟子"的共同体意识并不存在,甚至所谓"文学共同体"也不大存在。遗憾的是,在当年报刊负责人中,类似"复杂"人物比较普遍,丁玲、张光年、陈企霞等亦遵循相同"潜规则"。

　　作为作家或评论家,这些文人都有自己的独到造诣,但作为刊物主编他们往往又以派系利益作为行动准则。丁玲主编《文艺报》期间,曾屡屡点名和不点名地批评"周扬的人"(夏衍、赵树理等)。她所刊发的批评,往往借用"毛主席的文艺方向"的名义,但其动力和目的却多在于"胡(乔木)、周(扬)之争"中的权力收益。这种派系主义的报刊批评对赵树理的通俗化实践却构成了严重的破坏——赵树理本人离开《说说唱唱》,而该杂志继任者王亚平活生生地将"本质"植入大众故事之中,致使刊物质量下降最终停刊。而周扬派重要人物张光年接任《文艺报》主编后,又反过来刊发批评丁玲的稿子。1959年,由于郭小川不愿再追随周扬党同伐异,《文艺报》就出现了批判《望星空》《一个和八个》的文章。如华夫(张光年)称:《望星空》"那调子是多么低沉,多么悲观绝望啊,它突出地反映了这位诗人灵魂深处的不健康的东西","是个人主义的东西受到挫折以后的悲观绝望的表现"。② 对此,郭小川在"文革"期间交代材料中说:

---

① 沈仁康:《驳〈阿Q正传研究〉的一些错误论点》,《文艺月报》1953年7月号。
② 华夫:《评郭小川的〈望星空〉》,《文艺报》1959年第23期。

> 我觉得,周扬、张光年、刘白羽、林默涵、邵荃麟的手法不正派。《一个和八个》诗稿在周扬手里压了一年零四个月,当我做他们的"驯服工具"时,他们一声不吭,当我反抗他们时就忽然拿出来示众。我给刘白羽的也在他手里压了几个月,他原来并未表示不满,这时又忽然拿出。①

在此过程中,《文艺报》《人民文学》连同政治意识形态都成了被派争利用的工具。派争者也较少对于"文学"的敬畏。此类情形,在当代文学报刊上尚可大规模地开列。譬如,王淑明在《光明日报》"文学评论"双周刊上对《太阳照在桑干河上》的批评,陈企霞在《文艺报》对裘祖英(王淑明)的批评,张中晓(罗石)在《文汇报》"文学界"副刊上对夏衍的批评,张禹在《文艺报》上对夏衍的批评,唐挚在《文艺报》上对周扬的商榷,邓友梅等人在《文艺报》上对《说说唱唱》不依不饶的批评,侯金镜在《文艺报》上对路翎小说的批评,《人民日报》对丁玲、冯雪峰乃至夏衍、周扬的批判,《朝霞》和1976年复刊以后的《人民文学》上的多数评论文章,等等。这些批评,当然有文学论辩自身的因由,但在不同程度上与人事恩怨、门户意气甚至政治斗争都存在说不清楚的关系。这些批评为获得政治/道德的"制高点",总是把《讲话》及教条化的马克思主义概念当作"用来争取其利益的话语'弹药库'"②,使文学底线屡屡被政治逼近甚至突破。不难想象,有这样一批文人,当代文学又如何可能走向宽阔与丰富?所以,当代文学最终在"文革"期间全面陷入困局,知识阶层自身也实在是难辞其咎。

不过,从理论上讲,当代文学报刊体制上的派系主义之弊,未必一定会导致文学沦陷于政治的结果。一则人以类聚,利益、观念以及部属关系、师承关系、地缘关系等客观因素的存在,使派系分立之势在所难免。二则文学派系实际上也可表现为文学流派。其实"新文学"历史上的意气之

---

① 郭小川:《郭小川全集》,第12卷,桂林:广西师范大学出版社,2000年,第111页。
② 〔美〕詹姆斯·卡伦:《媒体与权力》,史安斌、董关鹏译,北京:清华大学出版社,2006年,第301页。

争、门户之见又何曾少呢？然而语丝社、创造社、新月社等并不被人贬为"派系"，而被视为有效地组织、提倡并实践了特定文学观念与审美趣味的"流派"，其时文学报刊也被认为代表着一种"以杂志和报纸副刊为中心的文学流派、文学社团的组织方式"。① 然而当代文学报刊却大为沦落，它们既在名义上被贬为意识形态载体，而在事实上也多被利用为派争工具。当然，客观而论，当代报刊也存在"养成"流派的可能，譬如《天津日报》"文艺周刊"对"有生活、有感受""切切实实"②的革命现实主义的培植，譬如《说说唱唱》对"眼光向下"的"旧文艺"现代化的实践，譬如《光明日报》"文学评论"双周刊对"新现实主义"理论的系统建构，甚至冯雪峰负责时期的《文艺报》心怀另图的"新英雄人物讨论"。但遗憾的是，其中除了"文艺周刊"略有"流派"气象外，其他各刊最终皆为派系斗争所拖累——或被迫停刊，或经常性地被充作人事冲突之工具。那么，更深层原因又在何处呢？这又涉及两个方面。其一，从中国传统来看，派系斗争若欲取得胜利，必寻求与政治权力的结盟。其二，与权力结盟的手段，主要在于与重要政治人物私人关系的营造，因此也会带有传统政治的消极之处。而当代文学报刊所在的新中国一定程度上仍受传统政治的影响，而为后发现代化采取的单位制度也加剧了派争。在单位制度下，国家力量是"强控制"的，个人因此需要更深刻地仰赖于国家："单位是个人生存、发展的依托，脱离单位的个人在计划体制下很难寻求更大的发展机遇和充足的资源保障。"③与此同时，单位制度下权力与资源更有效地集中于少数"从国家的权威中获得权威的人"④（即领导）的手中。这意味着，任何利益获取都需要更直接地仰赖于权势者个人。因此，传统派争的两种机制在社会主义制度下变得有过之而无不及。这种权力化的斗争机制的加剧可谓不

---

① 洪子诚：《问题与方法：中国当代文学史研究讲稿》，北京：生活·读书·新知三联书店，2002年，第206页。
② 孙犁：《我和〈文艺周刊〉》，《远道集》，天津：百花文艺出版社，1984年，第121页。
③ 刘建军：《单位中国》，天津：天津人民出版社，2000年，第20页。
④ 〔法〕雷蒙·阿隆：《知识分子的鸦片》，吕一民、顾杭译，南京：译林出版社，2005年，第102页。

祥之兆。此种"不祥"表现在：其一，在1949—1976年间围绕文学报刊的"有力的作家们"的"争夺战"①中，所发生的主编权更替往往是"劣币驱逐良币"。譬如，《人民文学》最初党内负责人本属吟酒啸歌之徒、对政治不太上心的副主编艾青，但在1952年初，他被需要扩大领导范围的胡乔木安排丁玲取代，而丁玲至少在此时期是"紧跟"胡乔木并有意与周扬"争夺"文艺界负责权力的。又如《文艺报》1952年以后的主编是冯雪峰（曾出于对《讲话》的"不同意见"组织过"新英雄人物讨论"），1954年底因转载李希凡、蓝翎文章时持保留意见的"编者按语"被借故"整顿"，于是周扬安排了长期趋随自己的张光年和"勇"于揭发丁玲的康濯入主《文艺报》。《文艺月报》实际负责人、对胡风文艺思想颇多接近的刘雪苇也在1953年下半年被善于"纵横取巧"的唐弢取代。《星星》最初的负责人石天河、白航在"《草木篇》事件"后被"在人事关系上有'顺我者昌、逆我者亡'的宗派主义作风"的李累取代。而《说说唱唱》在赵树理"出局"以后的继任者王亚平对旧文艺的理解就显然是从新文学立场出发的。诸如此类的人事变更，必然带来文学报刊"文学"质素的劣化。其二，在"劣币驱逐良币"的过程中间及以后，作为对仕途往往有所热衷的"劣币"，新负责人往往会加倍地使用派争中的"意识形态模式"。无论是真的相信，还是需要作出"信仰"姿态，此时的文学报刊多半会被种类繁多的"本质""规律""共产主义"等概念所填充。以此，既可以获得领导信任，也可以保证立场正确。这种积极分子特征在当年报刊中非常分明。丁玲接手《人民文学》以后，立刻改版，竟然在此国家级刊物上大量发表铁厂、棉纺厂、纱厂、解放军战士的习作，且推出了时事化的"三反、五反创作辑""志愿军诗特辑""世界诗人为和平而斗争"特辑。王亚平接手《说说唱唱》后，第一时间不点名地批评赵树理"在具体工作中缺乏或放弃了思想领导"②，并将刊物定位从"人民大众的眼光"调整到"无产阶级的立场"，大量选登配合政策的说唱

---

① 胡风：《胡风三十万言书》，武汉：湖北人民出版社，2003年，第355页。

② 王亚平：《为彻底改正通俗文艺工作中的错误而奋斗》，《说说唱唱》第24期（1951年12月）。

作品。李累接手《星星》后，就将之从"给学生看"的高端刊物下调为以"工农兵"为对象的政治刊物。① 这种"积极分子化"趋势，确有形势推移的背景，但负责人为派系利益而动也是重要动因。有这两层"不祥"变化，当代文学又怎能不"沦没"呢？

　　派系主义报刊"潜规则"导致的当代文学中"劣币驱逐良币"现象，不仅指刊物负责人的更迭，也指当代文学内部不同文学成分和话语力量之间的冲突现象。历史地看，1949年后社会主义所有制逐渐挤压并最终"清空"私营同人刊物以后，左翼文学、右翼文学、鸳蝴文学等各种文学传统就丧失了自己的"领地"。这从根本上决定了当代文学的"一体化"趋势。然而文学报刊"代理人困境"的普遍存在，仍然使当代文学呈现为"一个被争夺的领域"②，各种"异质成分"和不同版本的"新的人民的文艺"在"一体化"表象之下彼此竞争、相互否定又相反相成，并形成生机勃勃的相持局面（"百花文学"是其典型气象）。遗憾的是，由于派系主义比较普遍，兼之单位体制的"催化"作用，当代文学报刊在一定程度上也是主动地"抹除"了其四处潜伏的摩擦、竞争和冲突，也逐步消灭了当代文学内在的"芜杂"与张力，几乎是不可逆地将"新的人民的文艺"带向"无产阶级文艺"，甚至带向帮派文艺。报刊体制与当代文学生产间复杂的关联，是当代文学史研究值得继续深掘的内在"景观"。

---

① 安旗：《反右以后的〈星星〉》，《诗刊》1958年第11期。
② 〔英〕阿雷恩·鲍尔德温等：《文化研究导论》，陶东风等译，北京：高等教育出版社，2004年，第141页。

参考文献

一 报刊资料(1949—1976)

《文艺报》《人民文学》《小说》《大众诗歌》《诗刊》《光明日报》《文艺生活》《文艺月报》《文艺学习》《文汇报》《天津日报》《大公报》(上海)《星星》《东海》《收获》《说说唱唱》《新华日报》《羊城晚报》《新观察》《文艺》《长江文艺》《四川日报》《上海文学》《朝霞》

二 国内资料与著述

欧娟:《〈人民文学〉杂志与中国当代文学》,湖南师范大学博士学位论文,2009年。

李迎春:《建国初期文艺报研究(1949—1957)》,河南大学博士学位论文,2006年。

陈坚、陈抗:《夏衍传》,北京:北京十月文艺出版社,1998年。

晓风选编:《胡风家书》,上海:复旦大学出版社,2007年。

马研:《〈人民日报〉、〈文艺报〉对中国当代文学的影响》,吉林大学博士学位论文,2010年。

斯炎伟:《全国第一次文代会与新中国文学体制的建构》,北京:人民文学出版社,2008年。

胡风:《胡风三十万言书》,武汉:湖北人民出版社,2003年。

王本朝:《中国当代文学体制研究》,北京:新星出版社,2007年。

程光炜:《文学讲稿:"八十年代"作为方法》,北京:北京大学出版社,2009年。

《中华人民共和国出版史料》,第1—8卷,袁亮主编,北京:中国书籍出版社,1995—1998年。

钱理群:《1948:天地玄黄》,济南:山东教育出版社,1998年。

艾以:《海上文谭》,上海:上海三联书店,2012年。

洪子诚:《中国当代文学史》,北京:北京大学出版社,1999年。

洪子诚:《问题与方法》,北京:生活·读书·新知三联书店,2002年。

陈恭怀:《悲怆人生——陈企霞传》,北京:作家出版社,2008年。

王增如、李向东编:《丁玲年谱长编》,天津:天津人民出版社,2006年。

晓风编:《胡风家书》,上海:复旦大学出版社,2007年。

涂光群:《五十年文坛亲历记(1949—1999)》(上、下),沈阳:辽宁教育出版社,2005年。

郭小川:《郭小川全集》,桂林:广西师范大学出版社,2000年。

冯雪峰:《雪峰文集》,北京:人民文学出版社,1983年。

周扬编:《马克思主义与文学》,北京:解放社,1950年。

毛泽东:《毛泽东选集》,北京:人民出版社,1991年。

高捷编:《回忆赵树理》,太原:山西人民出版社,1985年。

戴光中:《赵树理传》,北京:北京十月文艺出版社,1987年。

罗小茗编:《制造"国民":1950—1970年代的日常生活与文艺实践》,上海:上海书店出版社,2011年。

蔡翔:《革命/叙述:中国社会主义文学—文化想象(1949—1966)》,北京:北京大学出版社,2010年。

王蒙、袁鹰主编:《忆周扬》,呼和浩特:内蒙古人民出版社,1998年。

李向东、王增如:《丁陈反党集团冤案始末》,武汉:湖北人民出版社,2006年。

王淑明:《论文学上的乐观主义》,北京:文艺翻译出版社,1952年。

竹可羽:《论文学与现实的关系》,北京:作家出版社,1957年。

韦君宜:《思痛录·露沙的路》,北京:文化艺术出版社,2003年。

《坚决粉碎胡风反革命集团》(第1辑、第2辑),北京:人民出版社,1955年。

黎之：《文坛风云录》，郑州：河南人民出版社，1998年。

黄药眠口述、蔡彻撰写：《黄药眠口述自传》，北京：中国社会科学出版社，2003年。

钱谷融：《闲斋忆旧》，上海：上海人民出版社，2008年。

张昆：《大众媒介的政治社会化功能》，武汉：武汉大学出版社，2003年。

黄秋耘：《风雨年华》，北京：人民文学出版社，1983年。

邢小群、孙珉编：《回应韦君宜》，北京：大众文艺出版社，2001年。

胡乔木：《胡乔木谈新闻出版》，北京：人民出版社，1999年。

牛汉、邓九平编：《荆棘路：记忆中的反右派运动》，北京：经济日报出版社，1998年。

臧克家：《臧克家回忆录》，北京：中国人民出版社，2004年。

程光炜：《艾青传》，北京：北京：十月文艺出版社，1999年。

高瑛：《我和艾青》，北京：北京：十月文艺出版社，2007年。

徐庆全：《名家书札与文坛风云》，北京：中国文史出版社，2009年。

石天河：《逝川忆语——〈星星〉诗祸亲历记》，香港：天马图书有限公司，2010年。

毛泽东：《建国以来毛泽东文稿》（1—7册），北京：中央文献出版社，1993年。

南南：《靳以纪传》，太原：山西人民出版社，1999年。

朱学勤：《书斋里的革命》，长春：长春出版社，1999年。

北岛、李陀编：《七十年代》，北京：生活·读书·新知三联书店，2009年。

萧延中编：《晚年毛泽东》，北京：春秋出版社，1989年。

汪晖：《别求新声：汪晖访谈录》，北京：北京大学出版社，2010年。

黄修己编：《赵树理研究资料》，太原：北岳文艺出版社，1986年。

李辉：《胡风集团冤案始末》，北京：人民日报出版社，1989年。

贾植芳：《世纪老人的话·贾植芳卷》，沈阳：辽宁教育出版社，

2003年。

郭英德:《中国古代文人集团与文学风貌》(修订版),北京:中国人民大学出版社,2012年。

魏绍昌:《我看鸳鸯蝴蝶派》,香港:中华书局,1990年。

刘建军:《单位中国》,天津:天津人民出版社,2000年。

三 海外著述

〔美〕汤森、沃马克:《中国政治》,顾速、董方译,南京:江苏人民出版社,2003年。

〔美〕詹姆斯·卡伦:《媒体与权力》,史安斌、董关鹏译,北京:清华大学出版社,2006年。

〔美〕Flemming Christiansen、Shirin M. Rai:《中国政治与社会》,黄烈修、潘兆民译,台北:韦伯文化国际出版有限公司,2005年。

〔英〕利萨·泰勒、安德鲁·威利斯:《媒介研究:文本,机构与受众》,吴靖、黄佩译,北京:北京大学出版社,2005年。

〔美〕道格拉斯·凯尔纳:《媒体文化——介于现代与后现代之间的文化研究、认同性与政治》,丁宁译,北京:商务印书馆,2004年。

〔美〕阿普尔:《国家与知识政治》,黄忠敬、刘世清、王琴译,上海:华东师范大学,2007年。

〔美〕邹谠:《二十世纪中国政治》,香港:牛津大学出版社,1994年。

〔美〕大卫·克罗图、威廉·霍伊尼斯:《媒介·社会:产业、形象与受众》,邱凌译,北京:北京大学出版社,2009年。

〔英〕格雷姆·伯顿:《媒体与社会:批判的视角》,史安斌等译,北京:清华大学出版社,2007年。

〔法〕雷蒙·阿隆:《知识分子的鸦片》,吕一民、顾杭译,南京:译林出版社,2005年。

〔英〕尼克·史蒂文森:《认识媒介文化——社会理论与大众传播》,王文斌译,北京:商务印书馆,2001年。

〔美〕杰罗姆·B. 格里德尔：《知识分子与现代中国》，单正平译，天津：南开大学出版社，2002年。

〔英〕阿雷恩·鲍尔德温等：《文化研究导论》，陶东风等译，北京：高等教育出版社，2004年。

〔美〕詹姆斯·卡伦：《媒体与权力》，史安斌、董关鹏译，北京：清华大学出版社，2006年。

〔英〕戴维·莫利、凯文·罗宾斯：《认同的空间：全球媒介、电子世界景观和文化边界》，司艳译，南京：南京大学出版社，2001年。

〔美〕杜赞奇：《从民族国家拯救历史：民族主义话语和中国现代史研究》，王宪明等译，北京：社会科学文献出版社，2003年。

〔美〕约翰·菲斯克：《解读大众文化》，杨全强译，南京大学出版社，2001年。

〔美〕萨梅尔·约翰逊、帕特里夏·普里杰特尔：《杂志产业》，王海主译，北京：中国人民大学出版社，2006年。

〔美〕邹谠：《二十世纪中国政治》，香港：牛津大学出版社，2004年。

〔美〕费正清、麦克法夸尔编：《剑桥中华人民共和国史（1949—1966）》，王建朗等译，上海：上海人民出版社，1990年。

〔法〕皮埃尔·布迪厄：《艺术的法则》，刘晖译，北京：中央编译出版社，2001年。

〔英〕阿兰·斯威伍德：《大众文化的神话》，冯建三译，北京：生活·读书·新知三联书店，2003年。

〔美〕爱德华·S. 赫尔曼、诺姆·乔姆斯基：《制造共识：大众传媒的政治经济学》，邵红松译，北京：北京大学出版社，2011年。

〔荷〕D. 佛克马、E. 蚁布思：《文学研究与文化参与》，俞国强译，北京：北京大学出版社，1996年。

〔美〕威尔伯·施拉姆等：《报刊的四种理论》，中国人民大学新闻系译，北京：新华出版社，1980年。

〔美〕J. 赫伯特·阿特休尔：《权力的媒介》，黄煜、裘志康译，北京：华夏出版社,1989年。

〔美〕莫里斯·梅斯纳:《毛泽东的中国及其发展》,张瑛译,北京:社会科学文献出版社,1992年。

〔美〕汉娜·阿伦特:《论革命》,陈周旺译,南京:译林出版社,2007年,第23页。

〔美〕斐鲁恂:《中国人的政治文化》,台北:风云论坛出版社,1992年,第36—37页。

〔法〕罗贝尔·埃斯卡皮:《文学社会学》,王美华、于沛译,合肥:安徽文艺出版社,1987年。

〔日〕柄谷行人:《日本现代文学的起源》,赵京华译,北京:生活·读书·新知三联书店,2003年。

〔美〕胡素珊:《中国的内战:1945—1949年的政治斗争》,王海良等译,北京:中国青年出版社,1997年。

后　记

望着眼前这叠名为"中国当代文学报刊研究(1949—1976)"的厚厚书稿,心中着实有许多感叹,仿佛一段艰辛的路途终于告一段落。而且幸运的是,这部书稿还得到程光炜老师的肯定与支持,收入了他所主编的北京大学出版社"当代文学史研究丛书"。我与程光炜老师日常接触的机会很少,但《文学讲稿:八十年代作为方法》等著作的"后现代加历史分析"之方法,对我启迪甚大,并影响到我的学术领域和研究方法的选择。这些都令人心怀欣喜与感激！不过遗憾的是,这部书稿从2016年最初完成到现在出版,其间其实有充裕时间可以用以修改与完善,但这几年间我又碌碌于另外一个需要耗费巨大精力的"中国当代文学本事研究(1949—1976)"项目,故对这部书稿的打磨就未能尽如己意。现在书稿只能以目前这番模样与同行见面,于作者而言,不能不说是有几分忐忑的。

最初考虑做这么一项研究,起于一个偶然念想。在新世纪最初十年,我主要做当代文学制度研究,所涉资料中最重要的就是1950—1970年代文学报刊,为此长期出入中山大学图书馆四楼的保存本书库,那里收藏有大量1949—1976年间文学报刊(唉,现在这些"过时"报刊因阅读率低而改藏到地下密集书库了,取阅变得颇为不便)。在那个书架密集的书库里,我借阅、抄录资料有一两年时间,很多时候就我一个读者,一片安静,有如脱离了时光。某日突发奇想:这一排排装订整齐的纸张脆黄的旧报旧刊,恐怕永远不能和莫言、余华争夺读者了吧？甚至,可能是因为它们与政治过于紧密的关系,连"中国知网"都迟迟不愿将它们纳入数据库。既如此,我为何不专门做一做这项工作呢？而且,以我当时读刊的感觉,知道这些乏人问津的旧报旧刊里隐藏着很多我们不了解和即便了解也可能认为

"不重要"的史料,然而在当代文学史范围内,"重要"和"不重要"难道不是高度不稳定的概念吗?如果不那么在意此一时代的"重要"标准,而按自己的眼光,将其中一些有文学史价值的史料与事件发掘整理出来,或许不无意义吧?这个念头缠绕我很久时间,但到底是迟疑不决。因为我知道,这是一个背负着海量阅读的工作,烦琐而未必有大的学术"收益",不可擅入。不过,业已形成的文学史料工作的兴趣最终起了决定作用。于是,我在2009—2016年间的主要学术工作,就变成与枯燥的故纸堆日日为伴,并最终变成了眼前的这叠书稿。

这种以"外部研究"为主的书稿,必然是枯燥、缺少读者的。不过在我自己,却的确有一二收获。这既指它获得了广东省和教育部的项目资助,部分研究在《文艺研究》《文艺理论研究》《新华文摘》《中国现代、当代文学研究》(人大复印资料)等刊物上发表或被转载,更指自己在学术观念的转变。比如,它让我相信材料真的可以自己"说话"。以前许多年,写论文总为"问题意识"所缠绕,没有想好问题,甚至没有形成一些初步的观点,都有点不敢选题,但选定报刊研究、通读完十几种报刊下来,这种顾虑基本消失。反而感觉,只有读了大量的一手的原始的材料,游于事实的海洋,才能形成真正的接地气的学术问题。这部书稿选取了17种报刊个案展开研究(原也包括《人民文学》研究,但考虑到较之目前已出版的研究成果并无有力的新材料与新观点,遂临时删去),这些个案研究中的问题,并非来自理论"洞察",而全部来自读报阅刊的感受与发现,甚至是意外或奇怪的发现,譬如,王淑明在《光明日报》"文学评论"双周刊的"逆袭"式办刊之道,南京《文艺月刊》对"列宁的文艺原则"不合时宜的坚守,《朝霞》杂志中的社会主义文化焦虑,等等,都给我留下深刻的印象。与此同时,报刊研究也让我对"文学势力"有更深的接触与思考。在《中国当代文学制度研究(1949—1976)》一书中,我曾希望引入这一概念以调整新启蒙主义的二元对立思维,使体制/个人、官方/民间、主流/异端之二元论变得更加开放,而能容纳文学史现场中的多重"力的关系",不过应该说,由于客观与主观的原因,这种考量并未完全变为现实。去年在广州偶遇许子东老师,他即笑道,你这本《中国当代文学制度研究》初看起来是要在洪子诚老师之外"另起炉灶",结果却大致是"殊途同归"。这是中肯的评断。比较起来,这部书稿对此就落实得更到位一些。依我浅见,1950—1970年代的文学报刊至少有"四重面孔",承载着四重功能或任务:政治监督、文化认同、文学观念、势力纷争。其中,新启蒙主义的主流/异端、官方/民间之论,只能涉及其中部分内容。有鉴于此,我在研究中就做了侧重安排:对新启蒙主义特别强调的众所周知的也是最为重要的政治意识形态,虽然时时涉及但没有列为核心问题,而对其不大虑及的势力纷争则着意凸出。有关《文艺报》《说说唱唱》《文艺月报》《星星》等刊的研究,尤其如此。在我自己看来,这是避开前人研究重点而另作尝试的有意之举。但治文学报刊史比我经验丰富得多的武新军兄,则以为如此处理有错失"主要问题"之嫌。武兄所言也是有道理的。因此,这部书稿想呈现的,并非当代文学报刊运作的"全景图",而是此前研究中重视不够而在我看来又断不可忽略的部分。当然,我也不确定自己关于这些报刊运作的尝试性"解剖"是否能为学界同行们认可,毕竟,事关派系恩怨、势力纷争的内容,在不少学者看来并不属于"文学",文学研究理当"滤除"这一部分内容。但我不大习惯这种"纯文学"观,鲁迅在《伪自由书》中说过一段话,总是让我想起,"有明说要做,其实不做的;有明说不做,其实要做的;有明说做这样,其实做那样的;有其实自己要这么做,倒说别人要这么做的;而有一声不响,其实倒做了的",研究报刊,不能没有这样的眼光。而以此眼光看出去,当代文学报刊的事实与当代文学的历史图景,必然变得异常纷乱。当然,也是异常鲜活。

  以上是关于这部书稿的对象与方法的一二感受。与此相关,我也意识到自己在多年研究中形成了一些"特点",其间有些并不合乎常规,如我无论自己写文章还是指导研究生做论文,都比较强调研究史意识,要与前人研究进行"对话",而忌写成"自言自语"。对于自己注意到了的且确实受到启发的精彩观点,哪怕是发表在地方院校学报上的博士生论文,也会予以引用,对于自己有所异议的观点,哪怕是对我学术思路引领甚大、内心充满崇敬的洪子诚、程光炜等老师的论述,我有时也会与他们商榷。至于对同一学者的论述,此处商榷彼处又引为同道的处理,就更是频繁。在我自己,这都不过是关于具体学术论题的具体讨论,并未特别地留心。但显然,这种"对话"式写作若分寸把握不当是可能造成误解的。其实,观点差异从来不是正误之别,而更多是经验、立场与方法之异的投射。希望在以后的"对话"中,我能将在这层意思表达得更加清晰。

这部书稿校订于新冠疫情期间。这场突如其来的巨大变故,改变了我们的社会,也改变了许多家庭。要特别感谢在疫情期间为书稿撰写序言的恩师於可训先生。2020年3月底,他刚刚失去终生相爱的爱人、我们的对学生如同儿女的敬爱的师母。但在遭受重创之后的恢复中,他仍提笔鼓励我这个愚钝的学生。此情此景,怎能不令人铭刻于心!作为学生,又怎敢不勉力前行?还要感谢北京大学出版社的张雅秋老师和延城城老师,他们的认真与耐心,可算是这部书稿难得的际遇。

这部书稿本质上是《中国当代文学制度研究(1949—1976)》一书的"副产品",多少算是"任性"与冲动的结果。如果有机会重新选择的话,我应该不会再着手此项高度偏重史料的"纯学术"研究。原因无他,只是因为站在2020年这个人世多故的时间点上,一个老旧的问题越来越多地敲打着我的内心,那便是我的来路和应当的承担。我出生于鄂北农村,迄今为止,几乎所有亲人都生活在故乡的土地上。我常问自己,我的研究和自己生活过的土地与岁月究竟有什么关系?我所厕身其边缘的喧哗的学术界,又在多大程度上具有真实性、及物性?这些拷问,常使我陷入莫名的茫然、恍然之中。时光倏忽,我竟也快到"知天命"之年了,而我也不算是一个高产的作者(上一本书出版已是九年前了)。莎翁名剧《麦克白》中有段台词,令我经久难忘:"人生不过是一个行走的影子,一个在舞台上指手划脚拙劣的愚人,登场片刻就在无声无息中悄然退下,充满了喧哗与骚动,却没有任何的意义。"不过我的难以忘怀,并非因为相信这段话,恰恰相反,正因为一天比一天更明白生命的真实,才应该更有力地抓住那些更为可靠、扎实的事物,方为不负此生。在这个意义上,我希望在此后的学术生涯中可以与更令自己内心宁静而沉着的研究对象为伴,说出自己应该说出和能够说出的话。

张　均
2016 年 9 月 30 日初稿
2022 年 1 月 16 日改定
于广州